btb
Aus Freude am Lesen

btb

Buch

Als junger Arzt kommt im Jahre 1866 der ungarisch-rumänische Aristokrat László Graf Dracula nach Paris, um bei Professor Charcot, dem weltberühmten Pionier der Hypnose, zu studieren. Doch in der französischen Hauptstadt erwartet ihn weit mehr als die beunruhigende Konfrontation mit gepeinigten Seelen in Hörsälen und Krankenhäusern. Während ihn seine Cousine Nicole in die Gesellschaft einführt, macht ihn der junge österreichische Diplomat und skrupellose Lebemann Lothar von Pick mit der Pariser Halbwelt bekannt. Schon bald wird die schöne Stancia seine Geliebte. Als sie auch Lothar ihre Gunst schenkt, schneidet László ihr, rasend vor Eifersucht, die Kehle durch und verspürt danach das unbändige Verlangen, ihr Blut zu trinken. Schockiert über seine Tat verläßt er Paris und begibt sich in das abgeschiedene Familienschloß in Transsylvanien – die Welt soll vor dem in ihm schlummernden Monster verschont bleiben.
Zwanzig Jahre später jedoch weckt die Begegnung mit der betörenden, blutjungen Estelle erneut sein blutiges Verlangen. Sie wird sein nächstes Opfer. Von da an verliert Graf László alle Skrupel und befriedigt hemmungslos seine Gier. Immer wagemutiger werden seine Angriffe auf wehrlose junge Frauen, als hoffte er, endlich zur Strecke gebracht und von seinem Leiden erlöst zu werden. Doch das Schicksal hält für ihn ein ganz besonderes Ende bereit. Denn Lothar von Pick kündigt seinen Besuch auf Lászlós Schloß an.
Das geheime Leben des László Graf von Dracula – die einzigartig faszinierende und tiefgründige Studie eines zerquälten Menschen und zugleich ein außergewöhnlich packender Vampirroman, der seine Leser buchstäblich bis zur letzten Seite in Atem hält.

Autor

Roderick Anscombe, 1947 in Manchester geboren, stammt aus einer Arztfamilie. Nach einem Studium der Psychologie und Philosophie in Oxford entschied er sich für ein medizinisches Zweitstudium. Ende der siebziger Jahre übersiedelte er als Psychiater mit Spezialgebiet Schizophrenie nach Amerika. Zur Zeit lehrt er an der Harvard Medical School. Nach Studien über die Natur des Unbewußten ist dies sein erster Roman.

Roderick Anscombe

Das geheime Leben des László Graf Dracula

Roman

Deutsch von Charlotte Franke und Sabine Lohmann

btb

Die amerikanische Originalausgabe erschien 1994
unter dem Titel »The Secret Life of Laszlo Count Dracula«
bei Hyperion, New York

Umwelthinweis:
Alle bedruckten Materialien dieses Taschenbuches
sind chlorfrei und umweltschonend.

btb Taschenbücher erscheinen im Goldmann Verlag,
einem Unternehmen der Verlagsgruppe Bertelsmann.

1. Auflage
Genehmigte Taschenbuchausgabe Juni 1997

Umschlaggestaltung: Design Team München
Umschlagfoto: Jana Leon
Satz: IBV Satz- und Datentechnik GmbH, Berlin
T. T. · Herstellung: Augustin Wiesbeck
Made in Germany
ISBN 3-442-72167-9

I

18. MAI 1866

Ich weiß, es sollte ein Vorwort geben. Irgendeine Erklärung. Aber ich kann nicht warten. Paris ist alles, was ich mir erhofft habe – großartiger und inspirierender als meine kindlichen Träume –, und ich werde meine Eindrücke noch diese Woche niederschreiben. Aber erst muß ich die ungewöhnliche Szene zu Papier bringen, der ich gerade beigewohnt habe.

Wie ich in dem Brief, mit dem meine Bewerbung angenommen wurde, aufgefordert war, habe ich mich gestern ins Hôpital Salpêtrière begeben und den ganzen Tag darauf gewartet, daß mir der Registrator Fälle zuweist. Aber nichts dergleichen. Vielmehr schien sich Dr. Ducasse meiner Existenz gar nicht bewußt zu sein und beschied mich barsch, zu warten, als ich ihn ansprach. Freitag ist natürlich der Tag des Meisters, und so ging ich an diesem Morgen frühzeitig in das *amphithéâtre,* den großen Vorlesesaal, um mir einen ersten Eindruck von Professor Charcot zu machen. Von den anderen Ärzten waren noch nicht viele eingetroffen, um seiner Demonstration beizuwohnen, und so konnte ich mir einen ausgezeichneten Platz in der zweiten Reihe sichern.

Hinter und über mir füllten sich schon bald die Ränge. Ich drehte mich um und sah in die Runde – nicht daß ich erwartet hätte, in dieser eleganten Menschenmenge jemanden zu kennen. Trotzdem suchte ich die Reihen nach einem freundlichen Gesicht ab, um später vielleicht ein Gespräch anfangen zu können, denn ehrlich gesagt habe ich mich seit meiner Ankunft in dieser Stadt ein wenig einsam gefühlt, vor allem auch, weil mir Tante Sophie nicht geantwortet hat. Der Mann neben ihr war in eine Abhandlung über Hysterie versunken, und ich zögerte, ihn zu stören. Um mich herum posierten Männer auf eine höchst stutzerhafte Art, sprachen in einem affektierten Ton miteinander oder riefen sich von einem Ende des Saales zum anderen etwas zu, und ich hatte den Eindruck, daß sie sich nur aufspielen wollten, als ginge es jedem von ihnen nur darum, von allen anderen bemerkt zu werden. Ich vermißte die ungekünstelte Art, mit der die Studenten in Budapest auf die Vorlesungen warteten, aber vermutlich würde diese Impulsivität in Paris als hoffnungslos provinziell gelten.

Wie ich mich so umsah und zu dem hohen domartigen Deckengewölbe hinaufstarrte, durch das Fenster hinaus in den Garten, zu dem Lesepult auf dem Podium vorn und zu der Krankenbahre, die, von einem Tuch verhüllt, an der Seite stand, blickte der junge Mann neben mir von seinem Buch auf und deutete mit einer ruckartigen Kopfbewegung auf die Menschenmenge hinter uns.

»Verdammter Zirkus«, sagte er abfällig.

Da ich zu diesem Anlaß von so weit her gekommen war, ärgerte mich seine Bemerkung. »Ich nehme an, das ist die gespannte Erwartung«, sagte ich. »Jeder hofft, das Neueste von Charcot zu erfahren.«

»Die Hälfte von denen sind nicht einmal Ärzte«, erwiderte er.

Wieder sah ich mich im Saal um. Ganz vorn saßen mehrere Klinikärzte in langen weißen Schürzen, die von der Hüfte bis zu den Knöcheln reichten, aber weiter hinten waren es Leute mit den typischen Künstlerkappen auf dem Kopf; andere trugen modische Kleidung und kesse Hüte.

»Dichter, Journalisten, Philosophieprofessoren – *tout Paris*«, sagte er.

»Bestimmt alles Studenten des Geistes?« warf ich ein.

»Müßiggänger«, schnaubte er. »Die beim Anblick von Blut umkippen würden.«

Jetzt richtete sich unsere Aufmerksamkeit auf eine Frau, die durch die Tür hinter dem Lesepult in den Saal gekommen war. Ihr Eintritt erzielte die gleiche Wirkung wie die eines Orchesterdirigenten in einem Theater: Der Geräuschpegel sank, aber die Menschen verstummten nicht völlig. Vielmehr wurden ihre Gespräche intensiver, zischender, während sich Spannung im Saal ausbreitete. Ich für meinen Teil spürte, wie sich meine Brust zusammenzog vor Aufregung: Bald würde der Mann, der über das verborgene Reich der

Seele mehr wußte als irgend jemand sonst auf der Welt, die geheimnisvollen Abgründe, die dem menschlichen Geist innewohnen, vor mir enthüllen.

Die Frau schritt zielbewußt an ihren Platz hinter dem Stuhl, der an der einen Seite des Podiums stand. Sie war ungefähr fünfzig Jahre alt, und ihr stahlgraues Haar war glatt nach hinten gekämmt und zu einem festen Knoten gebunden. Selbst wenn man ihrer einfachen Schwesterntracht Rechnung trug, wirkte ihre Erscheinung und ihre kühle Gelassenheit für die hundert Gesichter, die jede ihrer Bewegungen gespannt verfolgten, streng und abweisend. Von ihrem Gürtel hing eine Kette mit einer Vielzahl von Schlüsseln, von denen einige ziemlich alt aussahen und ihre Wichtigkeit innerhalb der Institution deutlich hervorhoben.

»Madame Verdun. Charcot hat sie mit der Pflege der Patienten betraut«, erklärte mir mein Nachbar mit leiser Stimme. »Sie ist immun«, fügte er hinzu, und ich glaubte sogar eine Spur Hochachtung in seiner Stimme zu entdecken.

»Handelt es sich um eine Infektion?« fragte ich.

Er sah mich befremdet an, als würde er sich wundern, wie jemand so unbedarft sein konnte. »Hysterische Ansteckung«, erklärte er geduldig. »Die Schwester steht direkt hinter dem Stuhl. Sie ist dem gleichen Einfluß ausgesetzt, den Charcot auf die Patientin projiziert. Madame Verdun widersteht jeder Trance.«

Die Assistenten des Professors, unter ihnen auch Ducasse, kamen herein und nahmen ihre Plätze in der leeren Reihe vor mir ein. Es waren ernste, aufmerksame Männer, die sich wie Diakone in der Kirche benahmen. Wir warteten.

Dann betrat Professor Charcot den Saal. Mit der Hand an der Tür hielt er inne und warf einen kurzen gebieterischen Blick durch das große Auditorium. Er ist ein kleiner Mann und ein wenig untersetzt, und man nennt ihn den »Napoleon der Neurosen«. Er ist jetzt ganz in Schwarz gekleidet, und seine Hände und sein Gesicht sind unnatürlich blaß. Er ist kein Mann großer Gesten und hält die Hände in Brusthöhe, aber wenn er spricht, sind sie rastlos, als würde er die Wörter aus einem Schwall kleiner Fische auswählen, die durch seine Finger gleiten. Er ist um die Vierzig, und sein langes Haar, das aus seiner hohen Stirn nach hinten gestrichen ist, weist schon graue Strähnen auf. Das alles ist nicht gerade die Beschreibung einer bemerkenswerten Persönlichkeit, was aber daher rührt, daß ich noch nichts über die Augen des Professors gesagt habe. Sie sind absolut durchdringend, liegen tief in den Höhlen und haben schwarze Ringe, wie von zuwenig Schlaf. Sie lodern wie das Feuer.

Charcot ließ den Blick über die Zuhörer gleiten, und für den Bruchteil einer Sekunde bildete ich mir ein, daß er mich direkt ansah, ein unbekanntes Gesicht ganz vorn in der Menge. Während dieses Augenblicks durchdringender Betrachtung kam ich mir wie unter einer Linse vor, unfähig, meine innersten Geheimnisse zu bewahren, falls er sie hätte wissen wollen. Seine Augen bewegten sich weiter und nahmen die Zuhörer als Ganzes in sich auf, bevor er ihnen den Rücken zukehrte und zum Lesepult schritt.

Er erklärte, daß er uns etwas Neues zeigen wollte: eine Teilung des Bewußtseins. Nach ein paar einleitenden Bemerkungen nickte er Madame Verdun fast unmerklich zu, und sie ging zur Tür und winkte in dem düsteren Licht den Assistenten, die unseren Blicken entzogen waren. Dann näherte sich eine blasse, geisterhafte Erscheinung der Tür, die von Madame am Arm gefaßt und zu dem Stuhl geführt wurde, der schon für sie bereitstand.

Charcot neigte den Kopf in ihre Richtung. »Wir sind Ihnen zu Dank verpflichtet, Mademoiselle Stacia«, sagte er.

Bei Licht war Stacia eine bezaubernde junge Frau mit blondem Haar. Sie war einfach gekleidet, ohne jeden Schmuck, nur mit einem Rock und einer Bluse, die an den Schultern von einem Zugband zusammengehalten wurde. Sie warf den Zuhörern einen etwas erschrockenen Blick zu. Als Charcot sie ansprach, drehte sie sich verwirrt zu ihm um. Es schien ihr schwerzufallen, die Fassung zu bewahren, und ich hatte den Eindruck, als müßte sie ihren ganzen Mut zusammennehmen, um nicht aus dem Gleichgewicht zu geraten.

»Ich bin bereit, Professor«, sagte sie schließlich.

»Sehr gut«, sagte er mit der gleichen Feierlichkeit.

Sie sahen einander lange an, als wären wir anderen im Saal gar nicht vorhanden. Charcot bewegte die Hände, ohne den Blick von ihr zu nehmen, und sprach leise mit ihr, so leise, daß ich ihn nicht verstehen konnte. Es waren besänftigende Worte, wie von einer Mutter, die ihr Kind beruhigt, allerdings hatte man den Eindruck, als würde sie mit einem Zauberspruch belegt, denn mit einemmal schien sie das Bewußtsein zu verlieren. Das soll heißen, daß ihre Augen offen und auf das Gesicht des Meisters gerichtet blieben, so wie vorher, daß sie aber keinen eigenen Willen mehr zu haben schien, ihm völlig zugewandt war; selbst ihre innersten Gedanken schien er zu beherrschen.

»Schlafen Sie jetzt«, hörte ich ihn murmeln, und dann schlossen sich unendlich langsam und leise bebend ihre Augenlider. Ihr Körper erzitterte, und es waren wie die Todeszuckungen eines kleinen Tieres. Madame Verdun stand aufmerksam und reglos hinter dem Stuhl.

Charcot drehte sich wieder zu uns um, so, als hätte er seinen Vortrag gar nicht unterbrochen gehabt. »Ich möchte Ihnen ein Phänomen zeigen, das Ihnen höchstwahrscheinlich nicht bekannt ist. Meines Wissens ist es in der wissenschaftlichen Literatur noch nie beschrieben worden. Dieses Phänomen weist ähnliche Merkmale wie die Suggestibilität der Hysterie, die traumatische Amnesie und die psychogene Paralyse auf, und doch übertrifft es alle drei in einem erheblichen Maß.«

Die Männer um mich herum beugten sich mit noch größerer Aufmerksamkeit nach vorn. Stacia befand sich in einem wunderbaren Schlaf. Auf ihrem Gesicht lag der Ausdruck unendlicher Ruhe, ihre Stirn war klar und ungetrübt.

»Bei Bewußtsein zu sein heißt, zu wissen, was man weiß«, erklärte Charcot. »Ohne Bewußtsein zu sein heißt, nichts zu wissen. Nichts wahrzunehmen. Sich an nichts zu erinnern. Unser Verständnis verschließt sich der Möglichkeit einer mittleren Ebene, die zwischen dem Bewußten und dem Unbewußten liegt und nicht reine Verwirrung oder Delirium darstellt.« Er drehte sich wieder zu Stacia um und schien in Gedanken verloren. »Und doch... nun, wir werden ja sehen.« Er riß sich von seinen Träumen los. »Aber Sie müssen es sehen«, erklärte er. »Denn ich glaube nicht, daß eine Beschreibung allein genügt, um Sie zu überzeugen. Das kann nur eine Demonstration bewirken.«

Er trat auf die Seite, damit wir jede Bewegung sehen konnten. »Stacia!« rief er sanft.

»Mein Herr«, antwortete sie leise. Es war nur ein Hauch, den aber jeder in dem totenstillen Saal vernahm.

»Gleich werde ich Ihnen eine einfache Anweisung geben.« Mit

noch immer geschlossenen Augen drehte sie den Kopf auf die Seite, als würde sie, allein in einem dunklen Raum, dem Ursprung der Worte nachgehen, die aus einer anderen Welt kamen. »Wenn Sie aus dem Zustand des Wachschlafs zurückkehren, werden Sie sich wieder unter Kontrolle haben, aber ...«, die Stimme des Professors wurde jetzt tiefer und hallte vor Eindringlichkeit, »Sie werden sich nicht daran erinnern, was geschehen ist, während Sie geschlafen haben.«

»Ich verstehe.«

»Öffnen Sie jetzt die Augen.«

Stacias kornblumenblaue Augen starrten ohne zu blinzeln geradeaus, während sie geduldig auf die Anweisung wartete. Sie besaß eine hinreißende blasse Schönheit, und ich schätze, ich war nicht der einzige, der von der zuversichtlichen Stille ihres Gesichts, von der Fülle ihres flachsfarbenen Haares, das ungeflochten und lose über ihre Schultern fiel, und von den zarten nackten Schultern entzückt war.

»Rechts von Ihnen sehen Sie das Lesepult.« Ihr Kopf drehte sich wie der eines mechanischen Spielzeugs nach rechts. »Und darauf eine Wasserkaraffe und ein Glas. Wenn Sie das Zeichen bekommen, werden Sie aufstehen und sich ein Glas Wasser aus der Karaffe eingießen und es austrinken. Und zwar sofort. Egal, was passiert.«

Charcot machte eine Pause, und seine Augen glitten über die Gesichter vor ihm und blieben auf meinem haften.

»Ihr Name?« fragte er mich.

Ich sagte ihn ihm und hörte die vertrauten Silben in dem *amphitéâtre,* als wären sie mir völlig fremd, als kämen sie von einer anderen Person.

»Zu passender Gelegenheit werden Sie während der Vorlesung die Hand heben und eine Frage stellen.«

Ich nickte zustimmend, traute meiner eigenen Stimme nicht.

»Dracula«, sagte er nachdenklich und zog jede Silbe in die Länge, so daß es wie ein kurzer Satz in einer anderen Sprache klang. Ich beobachtete sein Gesicht, um darin irgendeinen Ausdruck zu entdecken, der auf eine Erinnerung an meinen Vater hindeutete, aber ich könnte mir denken, daß ihn höchstens die Musikalität unseres Familiennamens amüsiert hat.

»Also gut«, sagte er, und ich hatte sofort das Gefühl, wieder in

Unbedeutung zu versinken. »Wenn der Doktor die Hand hebt, ist das Ihr Zeichen, Mademoiselle Stacia. Dann gehen Sie zum Lesepult, um meine Anweisung zu befolgen. Und Sie werden es tun, ohne zu wissen, was Sie dazu gebracht hat, es zu tun.«

Wieder drehte er sich zu den Zuhörern um, als wollte er uns anstacheln, ihm nicht zu glauben. Dieser kleine stämmige Mann in seinem Gehrock aus schwarzem Samt hatte etwas von einem Zauberer aus dem Varieté an sich.

»Schließen Sie die Augen«, forderte er Stacia auf. »Wenn ich bis drei gezählt habe, werden Sie aufwachen. Sie werden ruhig sein, erfrischt, und Sie werden sich nicht daran erinnern, was sich gerade ereignet hat. Eins. Zwei. Und drei!«

Er schnippte mit den Fingern, und die junge Frau schien wieder von Leben erfüllt. Sie holte tief Luft, und sie streckte und dehnte sich, als wäre sie gerade an einem Sonntagmorgen auf dem Land erwacht. Sie sah sich um, zuerst erstaunt, aber dann wurde sie beim Anblick der vielen Ärzte, die sich hier versammelt hatten, wieder scheu. Fragend drehte sie sich zu Madame Verdun um, fand aber bei ihr keine Unterstützung oder Bestätigung.

Charcot war an seinen Platz hinter dem Lesepult zurückgekehrt und blätterte in seinen Notizen, aber aller Augen waren auf Stacia gerichtet. Ich bin mir nicht sicher, was wir von ihr erwarteten. Sie schien sich selbst nicht ganz im klaren darüber, zu welchem Zweck sie hier war, und saß mit den Händen im Schoß und sittsam gesenkten Augen da.

Der Professor zog unsere Aufmerksamkeit wieder auf sich, indem er seinen Vortrag und die Themen noch einmal zusammenfaßte, die er vor seiner Demonstration dargelegt hatte. Ich wartete darauf, bis ich an der Reihe war, und war mir der Blicke, die die Menschen mir von Zeit zu Zeit zuwarfen, sehr wohl bewußt, aber es ist wohl unnötig zu sagen, daß ich keinen Hinweis von Charcot selbst bekam, was zu tun war. Nachdem er mich aus einer Laune heraus ausgesucht hatte, schien er sich meiner Existenz überhaupt nicht mehr bewußt zu sein. Ich hatte den Eindruck, daß er sich nicht im vollen Fluß seines Vortrags unterbrechen lassen wollte, und so wartete ich mit einiger Unruhe.

Schließlich beendete er seine Vorlesung und verkündete, daß er jetzt Fragen entgegennehmen wolle.

Ich war noch damit beschäftigt, die letzten Worte seiner Zusammenfassung in meinen Notizblock zu schreiben, aber in diesem Augenblick blickte ich kurz auf. Ein erwartungsvolles Raunen ging durch den Saal, doch ich tat nichts. Charcot sah mich noch immer nicht an. In der ersten Reihe räusperte sich Babinski, der erste Assistent des Professors.

»Professor, würden Sie den Unterschied zwischen dem normalen Vergessen und der Unverfügbarkeit des Wissens während des schlafwandlerischen Zustands näher ausführen?«

»Selbstverständlich«, sagte Charcot.

Wieder schrieb ich wie wild mit, bemüht, nicht ein einziges kostbares Wort seiner Antwort auszulassen, als ich bemerkte, daß der Meister zu sprechen aufgehört hatte. Doch diesmal unterbrach ich mich nicht beim Schreiben. Ich kritzelte weiter in meinem Buch, und das leise Geräusch der Stahlspitze auf dem Papier hallte durch das Auditorium wie quietschende Schuhe in einer Kathedrale. In dieser greifbaren Stille spürte ich einhundertundein Paar Augen, die mir beharrlich auswichen, einhundertundeinen Willen, die mich drängten, meiner Aufgabe nachzukommen. Aber ich schrieb noch ein bißchen weiter und genoß die schwankende, heitere, kitzelnde Erregung in meiner Magengrube. Mit einem Schnörkel beendete ich das letzte Wort und hob, zur Erleichterung einiger Leute, die unruhig auf ihren Plätzen hin und her rückten, die Hand.

»Sie behaupten, das Objekt wüßte nicht, daß es weiß«, begann ich. Charcot ermunterte mich mit einem Kopfnicken, mit meiner Frage fortzufahren, obwohl ihm bewußt gewesen sein muß, daß sich Stacia hinter ihm von ihrem Stuhl erhoben hatte. Sie sah sich unsicher um.

»Das ist richtig«, sagte Charcot. Er hatte sich vom Lesepult entfernt und stand jetzt vor mir.

Niemand hörte auf meine Frage oder auf Charcots Antwort. Stacia hatte die Wasserkaraffe auf dem Lesepult entdeckt. Sie machte zögernd einen Schritt darauf zu und sah Charcot an. Aber der war in eine höchst uncharakteristische weitschweifende Antwort auf meine Frage vertieft und schien Stacia gar nicht zu bemerken. Diese drehte sich zu Madame Verdun um, um ihre Erlaubnis einzuholen. Aber Madame Verdun war mit einem kleinen Fleck auf ihrem Handrücken beschäftigt, den sie mit dem Daumennagel zu entfernen versuchte. Stacia biß unentschlossen auf ihre Unterlippe. Ihr sozialer Instinkt verbot ihr, anzurühren, was für einen Mann weit über ihrem eigenen Stand reserviert war. Einigen meiner Kollegen, die sich verzweifelt bemühten, ein Grinsen zu unterdrücken, kam die Szene wohl komisch vor. Aber für mich waren die Verzweiflung und die Skrupel des Mädchens so real und offensichtlich, daß die Szene nicht eines gewissen Pathos entbehrte.

Schließlich faßte Stacia einen Entschluß und ging auf das Lesepult zu. Charcot sah sie und schien erstaunt.

»Mademoiselle?« fragte er in scharfem Ton.

Mit ausgestreckter Hand, um das Glas von der Karaffe zu nehmen, drehte sie sich so kurz vor ihrem Ziel um, und als ich den erschrockenen Ausdruck auf ihrem Gesicht sah, ergriff mich Mitleid.

»Seien Sie so gut, und kehren Sie an Ihren Platz zurück, bis die Vorlesung vorbei ist«, befahl der Professor in sehr gebieterischem Ton, der keine Widerrede duldete.

Stacia war hin und her gerissen, aber sie hielt die Stellung. »Entschuldigen Sie, aber ich bin sehr durstig«, sagte sie.

Charcot sah Madame Verdun an, um von ihr eine Erklärung zu bekommen, aber sie deutete mit einer höflichen Geste ihr Unverständnis an. »In wenigen Minuten werden Sie wieder auf Ihrer Station sein, dort können Sie so viel Wasser trinken, wie Sie wollen«, sagte Charcot zu Stacia.

Stacia verbeugte sich dankbar, schien aber beunruhigt und ein wenig unzufrieden, als sie zu ihrem Stuhl zurückging. Charcot fuhr mit der Diskussion fort, aber Stacia war unruhig und sah mal hier und mal da hin. Plötzlich stand sie mit einem Ruck auf und ging zielbewußt auf das Lesepult zu. Der Konflikt war gelöst, ihre Skrupel waren weggewischt. Energisch ergriff sie die Karaffe und schenkte dem Gurgeln und Spritzen des Wassers keine Beachtung, als sie es ins Glas schüttete. Sie füllte es bis zum Rand. Trotzig trank sie es aus, aber als sie fertig war, schien sie plötzlich keinen eigenen Willen mehr zu haben.

Charcot hielt sie auf, als sie an ihren Platz zurückging. »Und? War es gut, Mademoiselle?« fragte er.

Seine Augen glitzerten belustigt. Wie der Regen bei einem Gewittersturm, der die Spannung aufhebt, erfüllte Gelächter und dann

Applaus den Saal. Sie klatschten dem Meister Beifall, für seinen *coup de théâtre,* seinen *coup de science,* für die Art und Weise, wie er das Bewußtsein dazu gebracht hatte, dieses außerordentlich schwer faßbare Objekt der Wissenschaft, den menschlichen Geist, auf sich einwirken zu lassen. Doch mein Beifall galt Stacia.

Im Saal herrschte jetzt eine neue Zwanglosigkeit. Wenigstens ließ der Meister diesen Eindruck zu, während er den Ellbogen auf das Lesepult stützte und das Glas nachdenklich zwischen den Fingerspitzen hielt, ein kleiner pompöser Hamlet mit Yoricks Schädel.

»Wir sind Wissenschaftler, Stacia. Sie müssen uns gewähren lassen«, sagte er und winkte ihr, zu ihm ans Lesepult zu kommen. Sie lächelte süß. »So wie andere Wissenschaftler den Aufbau einer Blume studieren, wissen wir, wie sich ein Gedanke zusammensetzt.«

»Ich werde Ihre Fragen, so gut ich kann, beantworten.«

Ich wunderte mich, daß die energische Frau, die das Wasser getrunken hatte, verschwunden war. Dieses sanftmütige Mädchen, um das der Professor mit väterlicher Geste den Arm gelegt hatte, war eine ganz andere Person.

»Ich glaube, Sie können uns helfen, etwas zu verstehen, das uns neugierig macht.« Er sprach mit gleichgültiger Stimme, als müßte er nur noch eine Kleinigkeit erledigen, die an diesem Tag geklärt gehörte, um dann in aller Ruhe nach Hause gehen zu können, um mit seiner Frau und seinen Kindern zu Mittag zu essen. »Wir sind neugierig – nur neugierig, wissen Sie –, zu erfahren, was Sie veranlaßt hat, aufzustehen und dort drüben aus der Karaffe zu trinken.«

Sie schien verwirrt. »Es war nur so ein Gefühl, dem ich nicht widerstehen konnte. Und da habe ich das Wasser gesehen.«

»Hat Ihnen irgend jemand gesagt, daß Sie es tun sollen?«

Man konnte sehen, daß sie sich alle Mühe gab, hilfreich zu sein. Sie wollte ihm geben, was er haben wollte, aber sie wußte nicht, was es war.

»Sehen Sie sich einmal genau um, Stacia. Sehen Sie sich die Doktoren gut an, und sagen Sie mir, ob Ihnen irgendeiner von ihnen gesagt hat, daß Sie es tun sollen.«

Zuerst war sie etwas schüchtern, aber dann sah sie sich die Versammlung mit größerem Vertrauen und sogar mit Neugier an. Ich saß direkt vor ihr. Als ihr Blick auf mich fiel und über mich hinwegglitt, zu dem Burschen neben mir, wurde ich von dem gleichen prickelnden, schwankenden, erregenden Gefühl erfaßt wie vorher, als ich gezögert hatte, meine Frage zu stellen. Jetzt erinnerte ich mich daran, warum es mir so vertraut vorkam. An einem Nachmittag im Winter, als das Licht schon verblaßte, war ich auf unserem Besitz auf der Jagd. Ich wartete in einem Dickicht, als eine Damhirschkuh auf die Lichtung trat. Sie hob den Kopf und schnüffelte in der Luft und sah sich um, aber sie konnte mich nicht wittern. Trotzdem begann sie nicht zu grasen. Sie spürte die Gefahr ganz in der Nähe. Ich beobachtete sie, während sie die Stelle musterte, an der ich kauerte. Und genauso glitt jetzt Stacias Blick über mich hinweg, ohne mich zu sehen.

21. MAI 1866

Heute schien Ducasse, der bis zu Charcots Vorlesung keine Zeit für mich gehabt hatte, ganz versessen darauf, mir Arbeit zuzuweisen.

»Wir müssen ein paar Fälle für Sie finden, die Sie aufarbeiten können«, sagte er zu mir.

Endlich wird man mir erlauben, an den Aktivitäten des Salpêtrière teilzuhaben. Das Hôpital ist anders als alle Krankenhäuser, die ich bisher gesehen habe. Es ist eher wie eine kleine Stadt, gar nicht wie ein Hospital, mit sich kreuzenden Straßen, einer der ältesten Kirchen von Paris, einer Wäscherei, einem Saal, in dem an den Samstagabenden eine Tanzveranstaltung für die Patienten abgehalten wird, und großen Gärten. Das Ganze ist von einer Mauer umgeben, so daß die Gemeinschaft in sich geschlossen ist. Seit Jahrhunderten war es das Armenhaus für ältere Frauen, Bettler, Prostituierte und Verrückte gewesen. Es ist nicht ganz klar, ob Charcot zur Strafe in das Salpêtrière geschickt wurde oder ob er die Ernennung auf diesen Posten selbst als eine günstige Gelegenheit angesehen hat, jedenfalls hat er aus ganz Europa Ärzte angezogen, die hierherkommen, um seine Praktiken zu erlernen.

Ich bin froh, daß ich dem Hauptgebäude zugeordnet bin, denn hier hat Charcot eine besondere Station für auserwählte Patienten wie Stacia, die außergewöhnliche Symptome zeigen und zu ungewöhnlichen Akten des Somnambulismus fähig sind, auf den der

Meister seit neuestem seine Forschungen konzentriert. Die besondere Abteilung liegt im ersten Stock, während ich im zweiten arbeiten soll, mir die älteren Frauen vornehmen soll, die noch nie gründlich untersucht worden sind. Obwohl ich erst wenige Tage hier bin, ist mir klar, daß die Frauen von der besonderen Station eine eigene Kaste bilden. Die meisten von ihnen sind jung, und so würde es nicht schwerfallen, unter ihnen einige zu finden, die auf eine direkte Art sehr attraktiv sind. Die schlafwandelnden Damen sind verwöhnte Wesen, und das wissen sie auch. Sie dürfen ihre eigenen Kleider tragen und sich auf dem Gelände des Hôpitals frei bewegen. Sie brauchen nichts zu den alltäglichen Notwendigkeiten des Lebens beizutragen, und Charcot räumt ihnen auch alle möglichen besonderen Privilegien ein. Ich begegne ihnen, wann immer ich komme und gehe, denn sie hängen an der Treppe herum und taxieren jeden, der sich durch ihre Mitte drängt, genauestens. Ich glaube, daß sie sich langweilen, und nach dem Geflüster und den Gesprächsfetzen zu urteilen, die ich aufgefangen habe, vertreiben sie sich die Zeit mit Klatsch und Intrigen.

Es ist spät, aber wenigstens habe ich jetzt ein festes Dach über dem Kopf, wohin ich mich zurückziehen kann. Mein Nebenmann im *amphithéâtre*, den ich zuerst für recht mürrisch und desinteressiert gehalten hatte, stellte sich mir nach der Vorlesung als Roland Vernier vor. In Wirklichkeit ist er ein übersättigter und zynischer Kerl. Er bewegt sich langsam, fast zögernd, und mit seinem runden Gesicht, den vollen Lippen und den schattigen Augen wirkt er phlegmatisch, aber dieser Eindruck ist falsch, denn er besitzt einen lebhaften, schnellen Verstand, und manchmal gestattet er sich ein Zwinkern mit den Augen, um anzudeuten, daß man das, was er sagt, nicht allzu ernst nehmen sollte.

Ich erzählte Roland, daß ich erst in dieser Woche aus Budapest gekommen und in einem Hotel in der Nähe des Gare d'Austerlitz abgestiegen sei. Er sagte, ihm wäre eine Situation bekannt, die sich für mich als vorteilhaft erweisen könnte.

Nach meiner Ankunft war meine erste Sorge, eine billigere Unterkunft zu finden. Ich ging von einem Stadtteil zum anderen, erkundigte mich nach Mietwohnungen und war erstaunt über die Preise, die die Hausbesitzer für die schäbigsten Zimmer verlangen. Noch dazu erwarten sie von dem künftigen Mieter nicht selten, daß er sich einen einzigen Diener mit einem halben Dutzend anderer Bewohner des Hauses teilt und daß er sich selbst um das Waschen seiner Bettücher kümmert. In einem Haus gar gelang es mir nicht, weiter als bis zur Concierge vorzudringen, die mir nach mißtrauischer Begutachtung und verschiedenen anmaßenden Fragen mitteilte, daß sie nicht an Ausländer vermieten!

Ich muß sparsam sein, denn mein Bruder Georg hat mich deutlich darauf hingewiesen, daß von dem Familienkonto kein Geld für meinen Aufenthalt hier in Paris fließen wird. Tatsächlich hat er mir ganz offen gesagt, daß das Geld, das er mir für meine Studienzeit gegeben hat, eigentlich dazu vorgesehen war, das Dach des Ostflügels im Schloß zu reparieren. Und mein Bruder ließ auch keine Gelegenheit vergehen, mir lange Vorträge über seine wirtschaftliche Situation zu halten. Anscheinend wirft das Gut nicht genügend Gewinn ab, so daß nach und nach das Holz verkauft werden muß, um die laufenden Kosten zu decken, obwohl dieses Holz nach dem Erbrecht eigentlich von einem Grafen zum nächsten weitergegeben werden sollte. Kurz und gut, ich muß in Zukunft für meinen Lebensunterhalt selbst aufkommen, und ich werde mein Bestes geben, obwohl ich mich frage, ob die finanzielle Situation der Familie genauso angespannt wäre, wenn Georg nicht ständig beim Kartenspiel derart hohe Summen verlieren würde. Es gibt nichts, was ich dagegen tun könnte, außer mich zu bemühen, sein Kartenspiel zu verbessern, was aber ein vergebliches Unterfangen wäre, denn Georg spielt wie ein Rittmeister, der er ja auch ist, stolz auf seine Bereitschaft, trotz schrecklicher Verluste immer weiter nach vorn zu preschen. Georg ist der ältere von uns beiden. Er ist der Graf, nicht ich.

Roland, der von meiner heiklen Lage wußte, erzählte mir nun, daß in dem Haus im Quartier Val de Grace, in dem er selbst wohnt und das nicht weit vom Hôpital liegt, Zimmer frei geworden sind.

»Erst vor kurzem frei geworden sind«, wiederholte er mit einem nachdenklichen Blick, der andeutete, daß ich ihn ruhig näher danach fragen sollte.

»Wieso?« fragte ich folgsam und sah ihn boshaft lächeln.

»Sagen wir mal so – der frühere Bewohner hat mehr als nur seine Zimmer frei gemacht.«

»Ich verstehe«, sagte ich mehr oder weniger ehrlich.

»Was aber bedeutet, daß Sie den Hauswirt zu einem guten Preis bewegen können.« Sicher sind die morbidesten Dinge nötig, um bei diesem Mann einen Sinn für Humor zu wecken.

Und so sitze ich um Mitternacht in den ehemaligen Räumlichkeiten eines Selbstmörders. Die Wohnung ist wenig mehr als eine Dachstube ganz oben im Haus, aber ich habe einen schönen Blick über die Dächer, und am Abend kann ich im Norden die Lichter der Stadt sehen. Es nieselt, und der feine Regen hat von den Dachziegeln und der Erde zwischen den Pflastersteinen unten auf der Straße einen warmen feuchten Geruch hervorgezaubert. Es ist der Geruch der großen Stadt, und doch erinnert er mich an den würzigen Geruch der Nadelwälder bei uns zu Hause.

2

23. MAI 1866

Dieses Tagebuch wird der Ort sein, an dem ich die unbekannten Tiefen meines Charakters ausloten werde. Es wird der Spiegel sein, den ich mir vorhalte, um das zu fassen zu bekommen, was ich nicht sehen kann.

Ich blicke jetzt in den Spiegel, den ich auf dem Tisch vor mir aufgestellt habe. Ich sehe einen Mann, der etwas älter aussieht als dreiundzwanzig Jahre, aber vielleicht entspricht dieser Eindruck auch nur meinem Wunsch, erfahrener zu wirken, als ich in Wirklichkeit bin. Man sagt mir, ich sähe gut aus, obwohl ich mir hier in Paris immer etwas fremdländisch, fast exotisch, vorkomme. Ich trage mein schwarzes Haar lang, so daß ich wie ein Bohemien aussehe, und mein Schnurrbart ist ordentlich getrimmt, obwohl ich mir einen gewissen gefälligen Schwung erlaube, ein leises Wippen, das mir, wie ich gern glauben möchte, einen Anstrich von Verwegenheit verleiht.

Das auffälligste Merkmal in dem Gesicht, das mich anstarrt, sind die Augen. Diese Augen bergen einen unmißverständlichen Hinweis auf meine Vorfahren, Reiter der weiten Steppen. Ich erkenne einen kleinen Rest jener dunkelhäutigen Barbaren in meinen Augenbrauen: dick und schwarz und an den äußeren Enden ein wenig nach oben gebogen, was etwas Teuflisches hat. Wie seltsam es ist, daß sich dieser Hinweis auf Dschingis Reiterscharen, den Zerstörern der Zivilisation, im Gesicht eines Mannes wiederfinden sollte, der die Absicht verfolgt, zum Inbegriff von Kultur zu werden!

Es trifft sich gut, daß ich dieses Tagebuch, das letzte Geburtstagsgeschenk meiner Mutter an mich, im Land ihrer Geburt beginne.

Ihre Geschichten von Paris und den Garnisonsstädten, in denen sie aufgewachsen ist, haben meine Phantasie angeregt, all die eleganten Herren mit ihren entzückenden Damen, die kluge schlagfertige Reden mit tiefschürfenden Abhandlungen über Kunst und Philosophie vermischen, während sie im Frühling über die Boulevards schlendern. Ich weiß, daß es diesen Ort nirgendwo sonst gegeben hat als in den nostalgischen Reminiszenzen einer einsamen Witwe, die sich mit ihren beiden Söhnen in einem zugigen Schloß von jeglichen gesellschaftlichen Ablenkungen ausgeschlossen sah.

Paris ist die Stadt des Lichts, die ich von meinen windumtosten Türmen in Transsylvanien zu erkunden hoffte – siebenjährig und ohne ein Gespür für die ungeheure Größe der Welt. Dort begann – in der Vorstellung eines verträumten Jugendlichen, der in den Wäldern einer weit entlegenen Provinz seine endlosen Schulferien verbrachte – mein triumphaler Eintritt in das Rampenlicht der großen weiten Welt. Paris verkörpert alles, wonach ein blutjunger Universitätsstudent strebt, es ist der Ort für Vorlesungen und Verabredungen, eine Gelegenheit für Offenbarungen und Lösungen und zur Einsicht in die Blindheit der Leidenschaft, ein Reich, in dem sich die vielen Möglichkeiten des Wissens, der Ideen, der Liebe oder der Sünde offenbaren können.

Und Paris war und ist die Stadt von Nicole.

An diesem Nachmittag zog ich meinen besten Mantel an und fuhr mit einem Mietwagen zum Haus meiner Tante nahe der Rue Faubourg Saint Honoré. Meine Mutter hatte mir zwar erzählt, ihre Schwester habe eine gute Partie gemacht, aber auf das riesige Gebäude, vor dem der Wagen hielt, war ich nicht vorbereitet. Zuerst dachte ich, der Kutscher habe nur wegen irgendwelcher Probleme mit den Pferden angehalten, aber er versicherte mir, daß es die richtige Adresse sei. Ich entließ ihn mit allerlei dunklen Vorahnungen. Das Gebäude ist aus hellen Steinen gebaut, und an seiner Fassade im Renaissancestil befinden sich üppige Verzierungen und allegorische Statuen. Protzig und ohne die geringste Zurückhaltung kündet es vom Reichtum seiner Bewohner. Voller gespannter Erwartungen stieg ich die Stufen zu dem imposanten Portal hinauf.

Ein livrierter Diener, ein Mann in meinem Alter, öffnete auf mein Klingeln hin und schien nicht geneigt, mir Einlaß zu gewähren. Auf seinem Gesicht lag Skepsis, als ich ihm mitteilte, daß ich ein Angehöriger der Familie sei, eben erst in Paris eingetroffen.

»Madame ist nicht zu Hause«, beschied er.

Natürlich war mir sofort klar, daß sie Besuche abstattete, auf denen Nicole sie sicher begleiten würde.

»An welchem Tag empfängt Madame Berthier?« fragte ich.

Er lächelte leise, wie um anzudeuten, daß ich, wenn ich mit seiner Herrin genügend bekannt wäre, um behaupten zu können, zu ihrer Familie zu gehören, eigentlich wissen müßte, an welchem Tag Madame Besucher empfing.

»Ich werde meine Karte hierlassen«, sagte ich schnell, obwohl ich mir, wenn ich es recht bedachte, nicht ganz sicher war, ob ich meiner Cousine Nicole die genaue Adresse meiner bescheidenen Bleibe verraten wollte.

Der Diener ließ mich bis in das große Foyer des Hauses. Ich war entschlossen, ihm nicht zu seiner Genugtuung den Cousin vom Lande vorzuführen, der sich neugierig umsah, auch wenn ich mich nicht davon abhalten konnte, den funkelnden Kronleuchter über der sich elegant bis zu den Salons hinaufschwingenden Treppe anzustarren.

Ich zog meine Karte heraus und knickte die eine Ecke um, wie man es hier tut, um zu zeigen, daß man persönlich vorgesprochen und festgestellt hat, daß die betreffende Person, die man hatte besuchen wollen, nicht zu Hause war. Ich zögerte, entschloß mich dann aber, meine Adresse auf die Rückseite der Karte zu schreiben, da meine Tante sonst keine Möglichkeit gehabt hätte, mit mir Verbindung aufzunehmen. Der Lakai deutete hochmütig auf einen Tisch mit einer Malachitplatte, die viergeteilt war, so daß die Adern des Steins ein symmetrisches Muster bildeten, ähnlich dem von Baumringen. Als ich die Hand darauf legte, vermittelte mir ihre Oberfläche an diesem warmen Frühlingstag ein Todesfrösteln.

Ich bin enttäuscht, daß meine Tante keine Schritte unternommen hat, um sich mit mir in Verbindung zu setzen. Ich hatte ihr noch vor meinem Weggehen aus Ungarn geschrieben. Hätten sie nicht bei ihren Dienern eine Nachricht für mich hinterlassen können, da sie ja wußten, daß ich früher oder später vorsprechen würde, und die Anweisung, mich mit der einem Familienangehörigen zustehenden Achtung zu behandeln?

Ich erinnere mich an Tante Sophie nur von dem Besuch, den sie und Nicole uns kurz vor dem Tod meiner Mutter abgestattet hatten, aber meine Erinnerungen an Nicole waren überwältigend. Wir waren damals beide dreizehn Jahre alt gewesen, aber sie war in jeder Hinsicht schon viel weiter als ich, schon fast eine Frau, während ich im großen und ganzen noch ein Kind war – ein schmachtender, verträumter Junge mit viel zu starken Gefühlen, um damit umgehen zu können.

Nicole war auf eine wundersame Weise hübsch, wie ich es noch nie zuvor erlebt hatte. Ihre Augenwimpern waren dicht und lang, und sie hatte die Angewohnheit, sich ein wenig auf die Seite zu drehen, als wollte sie über irgend etwas nachdenken, und mit den Augen zu blinzeln, was ich absolut hinreißend fand. Sie war sich ihrer Wirkung auf mich sehr wohl bewußt. Sie neckte mich mit ihrem Benehmen, beglückte mich mit kleinen Zeichen der Zuneigung und stürzte mich auf genauso unerklärliche und verwirrende Art mit einem abweisenden Wort oder gar völligem Schweigen für den Rest des Tages ins tiefste Unglück.

All dies tat sie, ohne Rücksicht darauf zu nehmen, daß es zwischen uns noch andere Gefühle gab als die der widerwilligen Kameradschaft zwischen Cousins, die umständehalber gezwungen waren, einen ganzen Sommer lang miteinander auszukommen.

Besonders eine Erinnerung an Nicole habe ich in meinem Herzen aufbewahrt. Sie ist mir so kostbar, daß ich kaum daran zu denken wage, aus Angst, ich könnte sie in ihrer delikaten Beschaffenheit zerstören, indem ich sie Stück für Stück neu erfinde, um die Lücken an den Stellen zu schließen, an denen sich die Wahrheit schon abgenutzt hat.

Es war nach dem Mittagessen, und die Erwachsenen waren in ihre Zimmer gegangen, um sich auszuruhen oder sonstwie zu beschäftigen. Ich schrieb ein Gedicht an Nicole. Während ich in Gedanken versunken und mit dem Federhalter zwischen den Zähnen durch die offenen Terrassentüren der Bibliothek in den Garten starrte, hätte ich eigentlich schon längst bemerken müssen, daß sich jemand von hinten an mich heranschlich. Ich befürchtete das Schlimmste, nämlich daß es Georg war. Auf keinen Fall durfte etwas so Verdammenswertes, so Verweichlichtes wie ein Gedicht an die Liebe je in seine Hände fallen.

Aber es war Nicole, die mit einem glockenhellen Lachen über meine Schulter griff und mir das Blatt Papier entriß. Ich ließ mir Zeit, als ich ihr hinaus in den Garten folgte, und an der Tür sah ich, daß sie mitten auf dem Rasen stand, um sich anzusehen, was sie mir weggenommen hatte.

Himmel, in welche Höhen sich László schwingt – nichts Geringeres als Poesie! verriet ihr Gelächter. Dann brach das Lachen ab – in einem Augenblick der Ekstase, die mich immer wie ein Schluchzer ergreift –, weil sie begonnen hatte, meine Wörter zu lesen, und begriff, daß ich das Gedicht für sie geschrieben hatte. Wieder erklang ihr gezwungenes spöttisches Lachen, aber ich hatte erreicht, was ich wollte, und trat ins Freie, um ihre Verfolgung aufzunehmen, so wie sie es von mir erwartete. Sie stand noch immer in der Mitte des Rasens und las einen weiteren Vers. Ich hatte schon Angst, daß sie ihn laut lesen würde und daß Georg, durch die Störung aufmerksam geworden, kommen und sie hören würde, und so lief ich schnell zu ihr, um mir das Gedicht zurückzuholen. Ich griff nach dem Blatt Papier, aber sie machte mit erstaunlicher Behendigkeit einen Schritt zur Seite, wehrte so meinen Angriff ab und lief dann in Richtung Garten davon. Das brachte uns in eine sichere Entfernung zum Schloß und gab mir die Gewißheit, die Wiedererlangung meines Werks ohne Bedenken hinausschieben zu können, bis sie jedes einzelne Wort davon gelesen hatte. Sie versteckte sich hinter dem Belvedere. Ich näherte mich ihr von der einen Seite seiner runden Holzwände, und sie lief, wie ich erwartet hatte, aus dem Schutz der Wände fort und einen Pfad entlang. Ich sah, wie sie beim Laufen mein Gedicht mit der Hand an ihr Herz drückte.

Ich verschwendete viel Zeit mit anstrengenden, aber völlig unwirksamen Manövern auf den um die Blumenbeete herumführenden Wegen, so daß sie noch einmal einen Aufschub herausholte und stehenblieb, um in Ruhe weiterzulesen und mich über die Geranien und die kleinen Buchsbaumhecken hinweg, über die ich, wenn ich ein anderes Spiel gewollt hätte, leicht hätte springen können, mit meinen eigenen Worten neckte. Als ich mich bereit fühlte, ihr Atemlosigkeit vorzutäuschen, ging ich, während sie die letzten Zeilen meiner Verse mit einer Art nervösen, angenehm erregenden Bosheit laut vorlas, die mein Herz pochen ließ, auf sie zu. Sie hatte das Gedicht zu Ende gelesen, kehrte jetzt aber an den Anfang zurück, um es noch einmal in aller Stille zu genießen, um hungrig die bewundernden Worte in sich aufzunehmen.

»Du hast alles gelesen«, sagte ich in tragischem Ton. »Du weißt alles über mich, was mir wichtig ist. Gib mir jetzt wenigstens mein Gedicht zurück, damit ich es als Andenken aufheben kann.«

»Niemals«, erwiderte sie, und ihre Stimme klang, als würde sie Böses im Schilde führen. Mir wäre es lieber gewesen, wenn dieses Spiel einer ernsteren, heroischeren Stimmung Platz gemacht hätte.

Sie lief wieder weg, und ich folgte ihr etwas langsamer. Aber indem ich ihr Zeit ließ, sich selbst den Schauplatz für unser unbekanntes Finale auszusuchen, verlor ich ihre Spur. Eine Weile suchte ich vergebens auf überwachsenen Pfaden nach ihr, dann hörte ich rechts von mir einen leisen Schrei. Sie hatte versucht, unter einem Rosenbogen durchzugehen, der nach vielen Jahren der Vernachlässigung einer grünen Höhle mit dornigen Ranken glich, und der lose Stoff, aus dem das Mieder und die Ärmel ihres Kleides waren, hatte sich darin verfangen. Absolut reglos, in einer unnatürlichen Pose erstarrt, stand sie da.

»O bitte«, flehte sie, und mir wurde klar, daß sich irgendwo ein Dorn in ihre Haut bohren mußte.

Die Ranken hatten sich an ihrer Schulter verfangen und schlangen sich um ihren Arm. Ich trat hinter sie, beugte mich nach vorn, um über ihre Schulter zu blicken, und konnte die Konturen ihrer zart sprießenden Brüste sehen, die sich erregt hoben und senkten. Betäubt atmete ich den moschusartigen, unparfümierten Duft eines jungen Mädchens an einem warmen Sommertag ein.

»Tu doch etwas!« forderte sie.

Ich riß meinen Blick von ihren Brüsten los, um die Quelle ihrer Schmerzen zu finden. Der Rosenzweig war dick und holzig, mit bösartigen, dunklen Dornen. Aber als ich ihn von ihrem Arm ziehen wollte, hörte ich das Reißen von Stoff.

»Nein, nein!« rief sie wütend und stampfte mit dem Fuß auf. Sie hatte mein Gedicht fallen gelassen, und es lag vergessen auf den feuchten Steinen am Boden.

Vorsichtig löste ich den Dornenzweig, der sich an ihrer Schulter im Kleid verfangen hatte. Das Holz war hart und steif, aber es hatte sich bei Nicoles Versuchen, sich loszumachen, gebogen, und als ich jetzt das eine Ende losließ, schnappte es mit einem plötzlichen Ruck zurück. Nicole schrie auf. Hinten an ihrem Arm hatte sich über dem Ellbogen ein dicker Dorn tief in ihre weiße Haut gebohrt, und an seinem Ende bildete sich eine dunkle rote Perle.

Sie sah mich mit weit aufgerissenen ängstlichen Augen an. »Zieh ihn raus. Bitte!« sagte sie, als glaubte sie, ich würde sie vielleicht nicht loslassen.

Ich zog den Dorn aus ihrem Arm und hätte auch noch das Blut gestillt, wenn sie sich nicht losgerissen hätte und davongelaufen wäre. Als ich unter dem Rosenbogen wieder ans Sonnenlicht kam, war sie schon, ohne sich umzusehen, den halben Weg über den Rasen gelaufen.

Kurze Zeit, nachdem Tante Sophie und Nicole wieder nach Frankreich zurückgefahren waren, ist Mutter gestorben, und man schickte mich auf ein Internat.

24. MAI 1866

An diesem Morgen klopfte Madame Thébauld, die Concierge, an meine Tür. Ich habe noch nie erlebt, daß sie ihren Posten am Eingang des kleinen Hotels zu unserem Gebäude verließ, und schon gar nicht für eine Besorgung, die einen der Mieter betrifft. Wir sind eine liederliche Schar, wie sie jedem einzelnen von uns durch ihr mißbilligendes Schnauben zu verstehen gibt, wenn wir bei ihr vorbeikommen, und ihre ewige Wachsamkeit ist nötig, um uns vor der Verdammung zu retten.

»Jemand mit einer Botschaft«, verkündete sie.

Ich sah, daß jemand hinter ihr stand, konnte aber in dem trüben Licht des Korridors nicht erkennen, wer es war. Madame trat auf die Seite, und der Lakai aus dem Haus meiner Tante drückte sich an ihr vorbei und kam in mein Wohnzimmer. Er hatte ein Couvert bei sich, aber seine Mission hielt ihn nicht davon ab, sich abschätzend bei mir umzusehen, bevor er es mir überreichte. Mit geradezu marktschreierischer Neugier verrenkte sich Madame Thébauld von der Tür aus den Kopf.

Ich öffnete den Umschlag und zog die Karte aus Büttenpapier heraus. »Madame Berthier wird am Donnerstag von drei bis fünf Uhr zu Hause sein«, war darauf gedruckt. Und darunter stand mit kleiner, säuberlicher Handschrift geschrieben: »Bitte komm. Wir würden uns freuen, Dich zu sehen. Deine Tante Sophie.«

Der Diener wartete sichtlich gelangweilt auf meine Antwort.

»Ich bin entzückt. Bitte überbringen Sie Madame Berthier meinen Dank. Ich werde sehr gerne kommen.«

Er nahm diese Nachricht entgegen, als hätte er sie erwartet, deutete eine kaum wahrnehmbare Verbeugung an und ging wieder.

Madame Thébauld war sichtlich unzufrieden. Es war eine der seltenen Gelegenheiten, zu denen sich in ihrem Gebäude etwas tat, ohne daß sie wußte, was es war.

»Eine hübsche Einladung«, begann sie und wäre noch geblieben, um mich in ein Gespräch zu verwickeln, hätte ich mich nicht vor die Tür gestellt. Sie fragte so beharrlich weiter, daß ich ihr die Tür vor der Nase zuschlug.

Als ich endlich wieder allein war, konnte ich meiner Freude Luft machen. Ich ging mit der Karte ans Fenster, um sie nach näheren Hinweisen zu untersuchen, wie ich aufgenommen werden würde. Aber die Handschrift meiner Tante, sehr ordentlich und ohne Schnörkel, verrät nichts. Die Nachricht selbst ist genau unten in der Mitte der Karte geschrieben – wenigstens nicht hastig oder als Nachgedanke, obwohl ich zugeben muß, daß ich wegen des Zeitpunkts der Einladung leichte Zweifel hege. Schließlich liegt mein Eintreffen in Paris schon über eine Woche zurück. Aber vielleicht hält man das hier so. Man gibt sich reserviert, als wären Gefühle unangebracht oder Freundlichkeit naiv, und so muß ich wohl, obwohl das meiner wahren Natur widerstrebt, eine gewisse *ennui* vortäuschen, wenn ich mich hier in der Gesellschaft behaupten will. Und was die Worte meiner Tante betrifft, so habe ich sie schon so viele Male immer wieder gelesen, um irgendwelche Nuancen der Zuneigung zu entdecken, daß sie schließlich jede Bedeutung verloren haben.

Es finden sich keinerlei Hinweise darauf, was mich erwartet. Die Zeit hat alles verändert. Die Berthiers sind groß und einflußreich geworden, während meine eigene Familie in einer unbedeutenden Provinz des österreichisch-ungarischen Kaiserreichs in ländlicher Rückständigkeit dahinsiecht. Und ich kann es kaum erwarten, das Mädchen meiner Erinnerungen der realen Nicole, die jetzt eine Frau sein muß, gegenüberzustellen.

Ich habe mich mit meiner Arbeit im Hôpital beeilt, um zu Tante Sophies »Empfang« nicht zu spät zu kommen, und muß jetzt leider feststellen, daß ich viel zu früh fertig bin und die Zeit totschlagen muß. Es würde hoffnungslos unerfahren und übereifrig aussehen, wenn ich gleich um drei Uhr erscheinen würde. Ich mußte den ganzen Tag an Nicole denken, aber natürlich weiß ich eigentlich gar nicht, an wen ich denke, denn Nicole ist eine Abstraktion. Ich weiß nicht einmal, ob sie sich nach den zehn Jahren noch an mich erinnert. Aber das ist albern. Denn es hat etwas gegeben zwischen uns, etwas Unausgesprochenes und um so Geheimnisvolleres und Dauerhaftes.

Nicole ist für mich Prüfstein und Maßstab gewesen. Nie wieder habe ich eine solche Freude am Dasein einer anderen Person verspürt. Ich nehme an, das beweist, wie unerfahren ich in Wirklichkeit bin, aber die Wahrheit ist, daß es seit Nicole niemandem gelungen ist, mich mit nur einem Wort oder einem sanften Lächeln in derartige Verzückung zu versetzen. Ich spürte, daß sie genauso fühlte wie ich, aber da sie eine Frau war, noch dazu eine Französin, verbarg sie ihre wahren Gefühle hinter ihrer spielerischen und manchmal neckenden Art. Nur gelegentlich ertappte ich sie dabei, wie sie mich nachdenklich betrachtete, während ich mit etwas anderem beschäftigt war oder mich mit jemand anderem unterhielt, und ihr Blick war von einer solchen Zärtlichkeit, daß mein Herz höher zu schlagen begann.

Georg hat mir gestattet, Vaters besten Gehrock mit auf die Reise zu nehmen. Ich habe keine Erinnerungen an meinen Vater, aber der Gehrock paßt mir gut, selbst die Ärmel haben die richtige Länge. Allerdings sind die Aufschläge und die Rockschöße hinten ausgesprochen unmodern, waren es sogar in Budapest, so daß ich sie habe ändern lassen. So wird wenigstens der Gehrock die Prüfung bestehen.

Es ist noch immer zu früh. Ich habe einen Wagen bestellt und muß von dem Tisch, an dem ich schreibe, immer wieder zum Fenster gehen, um nachzusehen, ob er schon da ist.

Im Salpêtrière hat mir Dr. Ducasse heute morgen noch weitere Patientinnen zur Untersuchung zugeteilt. Er scheint mit meiner

Arbeit ganz zufrieden zu sein. Jedenfalls hatte er nichts zu kritisieren. Die Patientinnen sind alles alte Frauen, die meisten im dritten Stadium von Syphilis, ein Zustand, der für Charcot von großem Interesse ist, da er gerade eine Studie über die Anomalien der Gelenke durchführt, von denen bei dieser Krankheit die Degeneration des Nervensystems begleitet ist.

Heute bin ich Stacia auf der Treppe begegnet. Sie kam gerade herunter, als ich auf dem Weg in die Station war, obwohl ich mir eigentlich gar nicht vorstellen kann, was sie im zweiten Stock zu suchen hatte, denn dort gibt es außer den regulären Stationen nur einen Sezierraum, die Büros der Ärzte und ein kleines Arbeitszimmer. Ich lief gerade eilig die Treppe hinauf, blieb aber stehen, als ich sie kommen sah, und tat so, als wäre ich außer Atem, um ein kleines Experiment durchzuführen. Ich lehnte mich, als sie vorbeiging, an das Geländer, so daß sie Gelegenheit hatte, mir direkt ins Gesicht zu sehen. Sie zeigte aber nicht die geringste Spur des Wiedererkennens, vielmehr betrachtete sie mich streng, wie es alle speziellen Patientinnen von Charcot an sich haben, und ging ohne ein Wort an mir vorbei. Ich hatte ein leises Zögern erwartet, eine Frage auf ihren Lippen, ein Zusammenkneifen der Augen, um noch mal genauer hinzusehen, aber sie schien mich noch nie gesehen zu haben. Ich blieb bei der letzten Biegung der Treppe stehen, so daß ich außerhalb ihres Blickfelds war, während sie hinunterging, aber sie sah sich nicht nach mir um.

ABEND

Das Haus der Berthiers ist noch verblüffender, als die Eingangshalle vermuten läßt. Das Zimmer, in dem Tante Sophie ihre Besucher empfängt, ist dem Kabinett eines Renaissanceprinzen nachempfunden. Von der Decke hängen lange Stoffbahnen, die den Eindruck vermitteln, man betrete ein Zelt. Prächtige, tiefrote und ockerfarbene Teppiche bedecken den Boden und ergänzen die Tapisserien. Überall hängen Bilder von Heiligen in Ekstase, von Märtyrern oder von Frauen im Harem, die in träger Sinnlichkeit warten. Aber ich möchte nicht den Eindruck erwecken, dies alles wäre degeneriert oder exzentrisch, denn ich glaube, Tante Sophie hat einen Hang zum Künstlerischen. Die üppigen Stoffe und die sinnlichen Farben sollen den Eindruck luxuriöser Ungezwungenheit vermitteln, und der Reichtum ist schier greifbar.

Das Zimmer war überfüllt, worüber ich froh war, denn ich wollte zuerst meine Tante und meine Cousine eine Zeitlang beobachten, bevor ich sie ansprach. Die meisten Besucher waren Frauen, und jede schien jede zu kennen. Da ich selbst niemanden kannte und auch nicht vorgestellt worden war, bahnte ich mir unauffällig entlang der Wand einen Weg durch den Raum. Ein Dienstmädchen reichte mir einen Teller, und da ich zum Frühstück nur ein Brötchen mit Kaffee zu mir genommen hatte, bediente ich mich mit kleinen Häppchen, während ich mich unter den Gästen umsah.

Tante Sophie saß in der Mitte des Salons und hielt hof. Sie war eine gutaussehende und imponierende Frau in einem dunkelblauen Seidenkleid, und ich bemerkte, wie sie von den anderen gutgekleideten Frauen respektvoll begrüßt wurde. Ein Herr in meinem Alter beugte sich gerade über sie, um ihr die Hand zu küssen, und sagte etwas Amüsantes, was sie zum Lachen brachte, so daß sie ihm ihre Hand entzog und ihm mit erhobenem Finger spöttisch drohte. Der Mann hatte ein schmeichlerisches, elegantes Benehmen und strahlte Selbstvertrauen aus, worum ich ihn beneidete. Er ließ sich Zeit, obwohl hinter ihm schon einige Damen warteten, um von ihm begrüßt zu werden, und flirtete ausgiebig mit der Dame, die doppelt so alt sein mußte wie er, bis sie ihn mit einem Winken der Hand und einem leisen, komplizenhaften Lächeln entließ.

Der charmante Teufel ging in Richtung Wintergarten davon, und ich bahnte mir einen Weg zu dem Sofa, auf dem meine Tante saß, um auf eine Gelegenheit zu warten, mich ihr zu präsentieren. Es gelang mir nicht, ihren Blick zu erhaschen, weil sie gerade damit beschäftigt schien, eine junge Frau nach der Gesundheit ihrer sämtlichen Verwandten zu befragen. Mir war unbehaglich, denn ich stand nahe genug bei ihnen, um erkannt zu werden, aber nicht nahe genug, um in die Unterhaltung mit einbezogen zu werden. In diesem Augenblick entdeckte ich das andere Zentrum gesellschaftlicher Aktivitäten im Raum: drei junge Frauen, die von mehreren Männern umringt wurden. Es war klar, daß die eine der jungen Frauen der Mittelpunkt dieser Gruppe war und daß die anderen beiden Damen ihre Freundinnen waren.

Zu spät bemerkte ich, daß die Dame vor mir weitergegangen war und daß Tante Sophie mit mir gesprochen hatte.

»Oder täusche ich mich?« fragte sie gerade. Sie lächelte, als ich um Worte verlegen war und nicht gleich antwortete. »Ich erkenne die Gesichtszüge deiner Mutter und die Farbe deines Vaters.«

»Ich bin László«, sagte ich schlicht, als ich mich schließlich wieder gefaßt hatte.

Ihr Mund lächelte, aber ihre Augen lächelten nicht. Sie musterte mich aufmerksam, versuchte die Auswirkungen der Jahre auf den Charakter eines Jungen abzuschätzen, den sie vor zehn Jahren das letzte Mal gesehen hatte. Vorsichtig hob sie die Wange, damit ich sie küssen konnte.

»Mein Neffe László«, sagte sie und stellte mich der Dame vor, die neben ihr saß. »Er ist ein Wissenschaftler und hier, um bei Professor Charcot zu studieren.«

»Oh?« sagte die Dame verwirrt, so daß weitere Informationen angebracht schienen.

»Meine Schwester war mit Lászlós Vater verheiratet, dem Grafen Dracula.«

»Ach. Tatsächlich?«

»Aber Lászlós Vater starb, als – du noch ein kleiner Junge warst, nicht wahr?«

»Als ich vier Jahre alt war.« In meiner Aufregung war ich drauf und dran, ihr zu gestehen, daß ich seinen Umhang trug, der mir wie ein Handschuh paßte, aber ich konnte mich gerade noch beherrschen.

»Der Graf ist für den Frieden zum Märtyrer geworden«, informierte Tante Sophie die Dame.

»Ein ungarischer Patriot«, fügte ich hinzu. »Er ist bis heute nicht vergessen.«

»Ein Opfer von achtundvierzig«, sagte Sophie beiläufig zu der Dame, die verständnislos nickte.

»Ich wußte gar nicht, daß Sie eine Schwester haben«, sagte die Dame.

»Sie ist kurz nach unserem letzten Besuch im Schloß gestorben.«

»Wie traurig.«

»An Schwindsucht. Es war eine lange Krankheit. So daß es eigentlich eine Gnade war.«

»Ich freue mich so, Sie wiederzusehen«, brach es aus mir heraus. Ich hatte ihre Hand ergriffen, aber es gelang ihr, sie unter meine zu schieben.

»Fürwahr. Fürwahr«, sagte Tante Sophie und klopfte mit der anderen Hand auf meine, wie man es gewöhnlich tut, um einen fiebrigen Patienten zu beruhigen.

Durch die Erinnerung an die letzten Tage meiner Mutter waren in mir Gefühle geweckt worden. Was ich zu Tante Sophie, der einzigen lebenden Verbindung zu meiner Mutter, sagen wollte, ließ sich schwer in Worte fassen, vor allem hier, in diesem Gedränge und vor all den Fremden. Ich merkte, daß meine Tante über meine Schulter hinter mich sah, wo noch andere darauf warteten, ihr ihre Aufwartung zu machen.

»Du mußt wiederkommen«, sagte sie. Die Audienz war zu Ende. »Wirklich, du mußt versprechen, ganz oft zu kommen. Du gehörst doch zur Familie, und wir müssen uns unbedingt besser kennenlernen!« Sie zwinkerte mit den Augen, ein Zeichen für mich, sie jetzt zu verlassen.

Das Sofa, auf dem Tante Sophie saß, war wie eine Lichtung im Wald, in der man sich im Sonnenlicht sozialer Bedeutung badete, und so schlüpfte ich zurück in den anonymen Schatten der Menge, um mir zu überlegen, wie ich mich Nicole nähern könnte.

Nicole. Sie war verwirrend elegant, einschüchternd, unerreichbar. Ihre strahlenden dunklen Augen, ein wenig vorstehend, genau so, wie ich mich an sie erinnerte, schienen noch größer und verhangener zu sein. Sie trug ein Sommerkleid, kein so förmliches wie ihre Mutter, aber der Schnitt betonte ihren schlanken Hals und ihre Schultern. Anmutig drehte sie sich von einem Gesprächspartner zum anderen, die alle um ihre Gunst wetteiferten. Sie war eine Königin, die hofhielt, und die beiden anderen Frauen waren die Hofdamen.

Sie kann nicht bemerkt haben, daß ich sie anstarrte, weil sie nicht in meine Richtung gesehen hat, aber in einem jener Augenblicke, in denen man fast geneigt ist, an eine unwiderstehliche Anziehungskraft zwischen Mann und Frau zu glauben, warf sie mir einen Blick zu. Ich muß betonen, daß sie nicht einfach nur in meine Richtung sah, vielleicht durch etwas abgelenkt ganz allgemein in die Menge blickte; nein, sie wandte den Blick von dem Mann, der gerade mitten in einem Satz war, und sah mir direkt in die Augen. Dieses beinahe telepathisch zu nennende Bewußtsein hatte sie schon bei ihrem Besuch im Schloß gehabt: die Fähigkeit, zu spüren, daß jemand sie ansah oder intensiv an sie dachte – oder, genauer gesagt, die Fähigkeit, zu spüren, wenn *ich* sie ansah oder an sie dachte.

Ich wandte den Blick ab. Es war eine rein instinktive Reaktion, für die ich mich sofort haßte, denn als ich wieder zu ihr hinsah, richtete sich ihre Aufmerksamkeit auf eine andere Gruppe in ihrer Nähe. Dieser kurze Moment war so intensiv gewesen, daß ich geblinzelt hatte. Für einen Augenblick war es wie Zauberei gewesen, das sofortige Wiedererkennen, aber ich hatte es nicht festgehalten, und es war mir durch die Finger geglitten.

Ich nippte Wein aus einem Glas, ohne mir meiner Umgebung bewußt zu sein. Als ich wieder in Nicoles Richtung sah, fiel mir auf, daß sie kaum lachte, obwohl sich die jungen Männer alle Mühe gaben, sie zu amüsieren. Vielleicht lachte sie nur deshalb nicht, weil sie ihre Freier anspornen wollte, noch mehr um ihre Gunst zu werben.

Ich überlegte gerade, wie ich weiter vorgehen sollte, als ich neben mir eine Stimme hörte.

»Ich kenne Männer, die sich lieber einem Angriff der preußischen Kavallerie stellen würden, als sich mit Nicoles Bewunderern einzulassen«, sagte ein etwa sechzig Jahre alter Herr zu mir. »Aber wenn Sie Angst haben sollten, sich zum Narren zu machen, dann werden Sie überhaupt nichts erreichen.« Er kicherte in sich hinein und verschwand wieder in der Menge.

Ich entschloß mich für einen frontalen Angriff. Ich straffte die Schultern, setzte mein schönstes Lächeln auf und schlenderte zu dem Sofa, auf dem Nicole saß. Ich schwankte ein wenig, als ich nur noch ein kleines Stückchen von ihr entfernt war und sie noch immer keine Anzeichen des Erkennens von sich gab. Als ich bei der gesellschaftlichen Festung angekommen war, einer Mauer aus bestens geschneiderten Rücken, hinter der die Unterhaltung in vollem Gange war, mußte ich stehenbleiben. Es gelang mir zwar, eine Lücke zu finden, aber inzwischen hatte ich meinen Schneid verloren, und so wartete ich einfach nur auf eine Gesprächspause, um Nicole auf mich aufmerksam zu machen.

Ihr Haar war etwas dunkler, als ich es in Erinnerung hatte, aber es hatte noch immer die gleichen kastanienbraunen Töne wie früher. Es war nach hinten zusammengebunden, mit hübschen Ringellöckchen an beiden Seiten, die ihr ovales Gesicht einrahmten. Die Augen mit den schweren Lidern vermittelten den Eindruck von Trägheit und erotischer Schwüle, obwohl Nicole in Wahrheit intelligent und sehr aufgeweckt ist. Diesen Ausdruck von Schläfrigkeit kannte ich gut; sie setzte ihn immer auf, wenn ihr bewußt war, daß sie von einem Mann, der sie attraktiv fand, angestarrt wurde, und dieser Ausdruck der Gleichgültigkeit sollte dem Verehrer sagen, daß seine Bewunderung sie langweilte. Aber ich erinnere mich noch gut daran, wie ihre Augen blitzten und ganz dunkel wurden, wenn sie wütend auf mich war, und jetzt konnte ich hin und wieder das heimliche Funkeln sehen, das sie vor ihren Bewunderern verbarg. Nicole war in ihrem Element, und ich fragte mich, wie sie sich damals gefühlt haben mochte, einen ganzen Sommer lang, weit weg in Ungarn, ohne all die Aufmerksamkeiten ihrer eleganten Freunde.

Einer der Herren machte eine witzige Bemerkung, und ihr Blick streifte mein Gesicht, als sie die Reaktion der Zuhörer beobachtete, glitt über mich hinweg und kehrte zurück, und während ihr Blick auf mir ruhte, zog sie fragend die Augenbrauen in die Höhe, ohne mir zu verstehen zu geben, daß sie mich erkannt hatte. Ich lächelte und machte eine Verbeugung.

»Wir haben einen Dichter unter uns«, verkündete sie zu meinem Entsetzen, denn die kleine Episode im Schloßgarten war nicht gerade etwas, das ich gern vor all den fremden Leuten ausgebreitet hätte, aber die Nicole, an die ich mich erinnerte, wäre sehr wohl imstande gewesen, mich damit zu quälen. »Ich möchte Ihnen gern meinen Cousin László vorstellen, der erst kürzlich aus Ungarn angekommen ist«, sagte sie ohne große Umstände.

Ich trat nach vorn und beugte mich etwas vor, um die Hand zu küssen, die sie mir hinhielt, eine Geste, die zwar in Budapest üblich war, die aber hier als altmodisch oder ungewöhnlich intim bei einem solchen gesellschaftlichen Anlaß erscheinen mußte. Auf jeden Fall war damit meine familiäre Priorität in der Gruppe besiegelt. Die anderen machten mir Platz. Eine der beiden Hofdamen bot mir ihren Sitz neben meiner lieben Cousine an, aber ich lehnte dankend ab.

»Nach so vielen Jahren wieder vereint zu sein.« Die junge Dame stieß einen sehnsüchtigen Seufzer aus, der mir reichlich übertrieben vorkam.

»Auf diesen Augenblick habe ich zehn Jahre lang gewartet«, sagte ich. Ich bemühte mich, Worte zu wählen, die geeignet waren, die Zuneigung eines Cousins auszudrücken, aber gleichzeitig wollte ich die Gelegenheit ergreifen, Nicole meine Gefühle mitzuteilen, ohne vor all diesen Leuten, denen ich noch nie begegnet war, mein Herz auszuschütten. »Ich habe oft an Sie gedacht«, sagte ich einfach.

Nicole betrachtete mich mit einem rätselhaften Lächeln. »Dann müssen wir genau da weitermachen, wo wir aufgehört haben.«

»Sie sind den ganzen weiten Weg bis nach Paris gekommen, nur um Nicole zu sehen?« fragte derselbe Mann, der vorher mit meiner Tante gesprochen hatte, ungläubig. Die anderen lachten. Er schien die Rolle des Hofnarren zu spielen. Oder vielleicht sogar noch mehr, denn anscheinend konnte er sich als einziger ungestraft über Nicole lustig machen, als wäre er nicht von Ehrfurcht ergriffen und als bräuchte er sie nicht ganz ernst zu nehmen.

»Aber nein«, warf Nicole ein, bevor mir eine passende Antwort einfiel. »Ich bin nur ein nebensächliches Detail. László ist hier, um sich mit den Phänomenen des Geistes zu beschäftigen.«

»Ah, ein Wissenschaftler und ein Dichter«, sagte der glatte Kerl verständnisvoll.

Nicole stellte ihn mir als Lothar von Pick vor und nannte mir auch die Namen der anderen. Anscheinend umgibt sie sich mit Stutzern und einfältigen Mädchen, und einige Male glaubte ich zu sehen, wie sie ihren Unmut über irgendeine nichtssagende Bemerkung herunterschluckte.

Andererseits scheint Lothar wichtig zu sein. Er spricht französisch mit einem leichten Akzent, und als ich seinen Namen hörte, wurde mein Eindruck bestätigt, daß wir beide Untertanen des Kaisers Franz Joseph sind – ich als Ungar, er als Österreicher. Lothar ist eher klein und nicht besonders gutaussehend, aber sein respektloser Humor fasziniert die Menschen. Sein Selbstvertrauen grenzt schon fast an Unhöflichkeit, und was andere Leute von ihm denken, scheint ihm völlig egal zu sein – mit dem Ergebnis, daß alle um seine Zustimmung buhlen, die er ihnen aber nie gewährt. Nicole möchte ihn ganz gerne zu ihrem Lieblingsspielzeug machen, aber ich fürchte, diese Rolle wird ihm nicht stehen. Sein Äußeres ähnelt dem eines Fischotters: Sein Haar ist dunkelbraun und aus der Stirn glatt nach hinten gestrichen, was ihm trotz seiner dicken Lippen und Wangen etwas Glattes verleiht, so als wäre er gerade eben aus dem Wasser aufgetaucht, naß und glitzernd, um in der Luft die Schwächen der Menschheit aufzuspüren. Wenn er nichts sagt, liegt ein ironisches Lächeln auf seinen Lippen.

»Und wie findest du die Universität?« fragte mich Nicole.

»Ich studiere nicht an der Universität.« Ich dachte, daß sie das aus dem Brief, den ich ihrer Mutter vor meiner Abreise aus Ungarn geschrieben hatte, eigentlich wissen müßte. »Ich bin Assistent im Salpêtrière.« Ich sah, wie einige voller Abscheu das Gesicht verzogen, andere mich mit leerem Gesichtsausdruck anblickten. »Bei Professor Charcot«, fügte ich überflüssigerweise hinzu.

»An diesem schrecklichen Ort für alte Frauen?« Nicole zitterte. »Wie hältst du das aus?«

»Rümpfen Sie nicht die Nase, beste Nicole«, sagte Lothar mit leiser spöttischer Stimme. »Wer weiß, was noch aus Ihnen werden könnte, wenn Sie keinen Ehemann finden? Dann würden Sie vielleicht auf Lászlós Gnade angewiesen sein, dort im Salpêtrière, damit er Ihnen ein hübsches Plätzchen sichert.«

Ich fand, daß er etwas zu weit gegangen war, aber anscheinend erwartete man von ihm solche schrägen Bemerkungen, jedenfalls schien es niemanden zu stören.

Nicole starrte ihn mit einem sphinxhaften Lächeln an. »Nun, wo immer meine Tage auch enden werden, ich werde stets mit Genugtuung feststellen können, in Ehren alt geworden zu sein«, sagte sie. »Ob Sie das auch von sich behaupten können?«

»Tugendhaftigkeit ist zwar eine Belohnung, aber zu meinem Glück nicht die einzige Belohnung, die Paris zu bieten hat.«

»Ich glaube nicht, daß Sie eine Belohnung verdienen, Lothar.«

»Bis jetzt hat es Gott immer zustande gebracht, mich vor dem zu bewahren, was ich wirklich verdiene.« Er verbeugte sich mit spöttischer Unterwürfigkeit, mit gesenktem Blick, aber mit dem leisen Lächeln, das alles leugnete, auf den Lippen.

»Könnten Sie Lothar nicht einen Platz im Salpêtrière sichern, László? Würden Sie das tun? Würden Sie ausnahmsweise einen Mann aufnehmen, jemanden, der sich schon vor der Mitte seines Lebens durch sein ausschweifendes Leben ruiniert hat?«

»Einige Teile des Hôpitals habe ich noch nicht gesehen«, begann ich unsicher. Ich war nicht geübt in ihrem scherzhaften Geplänkel und kam mir dumm und hinterwäldlerisch vor. »Aber wenn er ein außerordentlich interessanter Fall wäre, könnten wir vielleicht eine Ausnahme machen.«

Ich war froh, als alle lachten, auch wenn ich das Gefühl hatte, ganz zufällig einen Treffer gelandet zu haben.

»Dann ist Ihre Zukunft ja gesichert«, sagte Nicole zu Lothar. »Er wird einen ausgezeichneten Fall abgeben. Einen außerordentlich seltsamen Fall. Lothars Geist ist voller geheimer Pfade, auf die noch kein Lichtschimmer gefallen ist.«

Wieder lachten alle, und jetzt wurde mir das Muster klar: Lothar konnte sagen, was ihm gerade einfiel, aber Nicole mußte das letzte Wort haben. Ich warf ihm einen Blick zu und war überrascht, als er Nicole mit ziemlich ernster Miene anstarrte. Zum erstenmal hatte er die Maske zynischer Belustigung abgelegt.

Es schien genau der richtige Augenblick zu sein, ihnen von der Demonstration am Freitag und von Stacias bemerkenswerter Gedächtnislücke zu erzählen.

»Ein Trick«, verkündete Nicole, noch ehe ich die Geschichte zu Ende erzählen konnte. »Die ganze Sache war ein Schwindel.«

»Sie beurteilen sie nach Ihren eigenen Maßstäben«, sagte Lothar, aber Nicole beachtete ihn nicht.

»Sie hat einen ganzen Saal voller brillanter Wissenschaftler hintergangen!« spottete sie. »Die Theatervorstellung eines hübschen Gesichts – sie war doch hübsch, nicht wahr?« Ihre Frage schoß mir wie eine Anschuldigung entgegen.

»Nun, ja, das war sie tatsächlich«, gab ich zu, obwohl ich nicht weiß, warum ich ein schlechtes Gewissen hätte haben sollen.

»Sehen Sie!« sagte Nicole triumphierend.

»Aber das hat nichts damit zu tun«, protestierte ich, und Nicole sah mich mitleidig an. »Sie hätten dabeisein sollen. Es war schrecklich überzeugend.«

»Kann denn jeder dorthin, um zuzusehen?« fragte Lothar, der sich meinen Bericht mit großem Interesse angehört hatte. Nicht ein einziges Mal hatte er dazwischengeredet, obwohl er zuvor ohne die geringsten Hemmungen andere Leute mitten im Satz unterbrochen hatte. Trotzdem beschloß ich ihn zu ignorieren, ich wollte mich vor

Nicole nicht weiter lächerlich machen und so schnell wie möglich das unglückselige Thema Stacia fallenlassen.

Aber Lothar schien ehrlich interessiert. Ich war überrascht, als er meinen Ellbogen berührte.

»Was halten Sie von einer Zigarre im Wintergarten?« schlug er vor.

»Danke, aber ich rauche nicht«, wehrte ich ab, denn ich wollte Nicoles Gesellschaft nicht missen.

»Sie zeigt nicht, wie sie sich freut, Sie zu sehen«, flüsterte er so leise, daß es außer mir niemand hören konnte, in mein Ohr. Ich spürte, wie es mir eiskalt den Rücken herunterlief. Es war, als hätte er meine Gedanken gelesen. Woher konnte er wissen, was ich so heftig zu hören wünschte?

»Sie wird hierbleiben«, beruhigte er mich und zog an meinem Ärmel, und so ging ich mit ihm. Er nahm meinen Arm, und wir schlenderten wie alte Freunde durch den Salon. »Sie tut so, als wäre es ihr gleichgültig«, sagte er vertraulich, so, als wären wir zwei Ärzte, die unsere Ansichten über einen schwierigen Fall austauschen. »Aber das ist alles nur gespielt. In Paris ist alles gespielt. Niemand handelt spontan. Niemand sagt die Wahrheit. Das gilt als altmodisch. Wenn ich also die Wahrheit sage, glauben sie entweder, ich wäre ein gottloser Narr oder ein Schauspieler von erlesener Finesse. Folglich sage ich, was mir gefällt.«

»Ich bin doch sehr erstaunt, welche Freiheiten Sie sich gegenüber Nicole herausnehmen.« Ich erhob bereits Besitzansprüche und fühlte mich verpflichtet, sie zu beschützen.

»Aber sie ist nicht beleidigt, nicht wahr?«

Ich mußte zugeben, daß dem so war. Er öffnete die Glastür zum Wintergarten, und zusammen traten wir in die feuchtschwüle Luft dahinter.

»Im Gegenteil«, beharrte Lothar. »Sie ist fasziniert. Und sogar geschmeichelt. Es ist schwer, die Wahrheit zu akzeptieren.«

»Ich glaube kaum, daß Nicole im Salpêtrière enden wird.«

»Natürlich nicht. Sie wird eine erhebliche Mitgift bekommen und sich in dieser Hinsicht keine Sorgen machen müssen. Darum geht es doch dieser Bande von Idioten, deshalb sitzen sie ihr zu Füßen und hängen an jedem Wort, das über ihre Lippen kommt.« Er war damit beschäftigt, das Ende einer Cheroot abzuschneiden.

»Natürlich empfindet sie nur Verachtung für diese Leute«, sagte er und sah plötzlich auf. »Aber Nicole ist eigensinnig und oberflächlich.« Er ignorierte meinen Protest. »Vielleicht ist dieses Mädchen einfach nicht bereit, sich irgendeinem Kerl als Frau hinzugeben. Und am Ende könnte es eines Tages noch soweit kommen, daß sie sitzenbleibt.«

Der Wintergarten war prächtig, ein wahrer kleiner Dschungel mit Lichtungen hier und da, auf denen unter Palmen Tische und bequeme Sessel standen. Die schön geformten Wedel und gebogenen Stiele großer Farne trennten diese Plätze voneinander, so daß wir, als wir um eine Ecke bogen, ganz unerwartet auf den älteren Herrn stießen, der mit mir im Salon gesprochen hatte. Er schien in Gedanken versunken zu sein und betrachtete nachdenklich den blauen Ring aus Rauch, der aus der dicken Havanna aufstieg, die er zwischen dem Daumen und dem Mittelfinger hielt.

Lothar ließ keine Sekunde vergehen. »Ah, da sind Sie ja!« rief er. »Wir haben gerade davon gesprochen, welche Chancen Ihre Tochter hat, ihre Tage im Hôpital Salpêtrière zu beenden.«

Ich zuckte zusammen, aber anstatt wütend aufzuspringen, kicherte der alte Mann.

»Das würde mir viel schönes Geld ersparen«, sagte er wie zu sich selbst.

Tante Sophie und Nicole hatten uns damals allein besucht, so daß ich nie Gelegenheit hatte, meinen Onkel Aristide kennenzulernen. Es hieß, daß er sehr wohlhabend sei, ein Finanzier, der in einer Vielzahl Unternehmen Posten innehatte, und aus dem, was Georg mir – mit großer Mißbilligung – gesagt hatte, gewann ich den Eindruck, daß er im Grunde ein Spekulant war, auch wenn man das nicht geglaubt hätte, wenn man ihn sah.

Als ich mich ihm vorstellte, sprang er auf und schüttelte mir herzlich die Hand. »Ich hatte ja keine Ahnung. Mein lieber Junge! Willkommen. Willkommen. Haben Sie alles, was Sie brauchen?«

Er war ein kleiner, drahtiger Mann mit einem langen schmalen Gesicht, das durch einen spitzen, fast weißen Bart noch länger wirkte. Als wir so unvermittelt auf ihn gestoßen waren, hatte er nachdenklich ausgesehen, aber jetzt wirkte er sehr lebhaft, und ich nahm an, daß er sich von den vielen Menschen weggeschlichen hatte, um sich unter den Farnen ein paar Minuten von den verrückten Gesprächen in den anderen Räumen zu erholen. Noch immer hielt er meine Hand fest und musterte mich unverhohlen.

»Sie sehen Ihrer lieben Mutter sehr ähnlich.« Und an Lothar gewandt: »Sie war eine große Schönheit, wissen Sie.« Nach einer kleinen Pause murmelte er wehmütig. »Die beiden Schwestern.« Er schien sich an irgendeinen fernen Tag zu erinnern, den er uns vorenthielt.

Dann fragte er nach Georg und schien sich besonders für den Zustand des Anwesens zu interessieren. »Verkaufen Sie bloß kein Stückchen Land.« Wie ein Schulmeister, der eine wichtige Unterrichtsstunde gab, wedelte er mit dem Finger vor meinem Gesicht hin und her. »Nicht einen Morgen. Wissen Sie, warum?«

»Weil das Anwesen seit fünfhundert Jahren im Besitz unserer Familie ist«, erwiderte ich.

»Nein«, sagte er wegwerfend, als hätte ihn die Belanglosigkeit meiner Antwort vom Kurs abgebracht. »Weil man durch Ihre Gegend eine Eisenbahn bauen wird. Und das bedeutet, daß Ihr Getreide und Ihr Gemüse und Ihre Herden auf Märkte kommen werden, von denen Ihre Vorfahren nicht einmal geträumt haben.«

»Und was ist mit den afrikanischen Handelsgesellschaften?« fragte Lothar. »Sind die ein lohnendes Geschäft?«

»Die sind nichts für Sie.«

»Ich gehe gern ein Risiko ein.«

»Die sind nur für Narren.« Aristide wurde ungeduldig. »Die afrikanischen Gesellschaften sind künstlich in die Höhe getrieben worden. Die Aktien werden niemandem etwas einbringen, außer denen, die sie ausgeben. Glauben Sie mir, ich weiß es.«

Mit diesen Worten drehte er sich um, warf seine Zigarre in den Lilienteich, wo sie zischend verglühte, und ging.

Als wir zurückkamen, lichtete sich die Menschenmenge im Salon, viele verabschiedeten sich schon. Nicole ergriff nur kurz meine Hand und murmelte die üblichen Abschiedsworte, aber ihre Mutter hatte nun, nachdem sie ihren Verpflichtungen als Gastgeberin nachgekommen war, mehr Zeit für mich. Sie sah mich liebevoll und traurig an, während sie meine Hand hielt, und ich glaube, sie mußte an meine arme Mutter und ihr einsames Leben so weit von zu Hause und ihrer Familie denken.

»Sie müssen uns wieder besuchen, mein Junge«, sagte Aristide und klopfte mir auf die Schulter, als wollte er mir versichern, daß er es ernst meinte. Dann drehte er sich zu Lothar um, der an diesem Nachmittag wie mein eigener Schatten war. »Und wenn Sie sich schon damit befassen müssen, dann kaufen Sie abendländische Handelsgesellschaften. Aber lassen Sie um Gottes willen die Finger von Afrika!«

Wir gingen zusammen hinaus, und auf dem Bürgersteig wollte ich Lothar zum Abschied die Hand geben, aber er bot mir an, mich in seinem Wagen mitzunehmen. Ein offener Landauer, dessen schwarzlackierte Oberfläche wie ein unheilvoller Spiegel glänzte, wartete am Straßenrand. Der Kutscher stand respektvoll mit der Hand an der offenen Tür da, aber die beiden grauen Wallache scharrten schon unruhig mit den Hufen. Die Vorstellung, daß Lothar mit seiner prächtigen Equipage vor meiner ärmlichen Wohnung vorfuhr, war mir mehr als peinlich.

»Nein, wirklich, ich muß noch etwas in der Stadt erledigen«, wehrte ich ab.

»Dann setze ich Sie dort ab.«

Das konnte ich ihm schwerlich abschlagen und dachte mir eine Besorgung aus, die uns nicht allzuweit von meinem Nachhauseweg wegführte. Ich muß gestehen, daß ich die vorbeistreichende Luft genoß, und auch die Köpfe, die sich auf den Champs-Élysées nach uns umdrehten, wenn wir vorbeifuhren, und ich lehnte mich in der weichen Lederpolsterung zurück, als wäre dies für mich das Selbstverständlichste von der Welt.

Kurz nachdem wir über den Fluß gefahren waren, stieg ich aus.

»Wir müssen uns wiedersehen«, sagte Lothar.

»Bestimmt werde ich Sie bei den Berthiers wiedersehen«, erwiderte ich.

»Nein, vorher. Sie müssen meinen Schneider kennenlernen.«

»Ich verstehe nicht.«

»Und dann werden wir unseren Spaß haben.«

»Aber ich will Ihren Schneider gar nicht kennenlernen.«

»Aber Sie müssen! Da drüben links. Es ist nicht zu übersehen.« Und damit klopfte er seinem Fahrer auf die Schulter, und die Grauen zogen davon. »Wir treffen uns morgen dort«, rief er mir über die Schulter zu. »Um vier.«

Lothar ist ein unverschämter, dreister Kerl, den ich einfach gern haben muß. Ich glaube nicht, daß er und Nicole etwas miteinander haben. Sie amüsieren sich gegenseitig. Mehr ist es nicht. Ich würde ihn nicht gerne als Rivalen sehen. Er besitzt so viele praktische Dinge – Geld und gute Karriereaussichten zum Beispiel –, die ich nicht habe und die für Mütter und Väter von Töchtern wichtig sind. Ich denke bereits an eine Liaison mit Nicole, und dabei kenne ich sie kaum! Ich stelle mir so viele romantische Dinge vor, daß ich mir ständig ins Gedächtnis rufen muß, daß nichts von all dem auch nur das geringste mit einer wirklichen Person zu tun hat. (Ist sie wirklich oberflächlich, wie Lothar sagt, oder will er mich nur zu seinem eigenen Vorteil in die Irre führen?) Nicole ist ein Traum. Aber ich fange schon an, mir ein Leben mit ihr in Paris vorzustellen!

Georg würde mich nicht vermissen. Elisabeth ist eine freundliche und bescheidene Person, aber in den drei Jahren, seit sie mit meinem Bruder verheiratet ist, hatten wir wenig Gelegenheit, uns kennenzulernen. Onkel Kálmán wird einen anderen Jagdgefährten finden – ich hatte in den letzten Monaten sowieso herzlich wenig Zeit dafür. Gregor ist mit den Belangen seiner Kirchengemeinde beschäftigt, und ich habe in letzter Zeit immer weniger von meinem lieben Freund gesehen, mit dem ich in die Schule gegangen bin, und immer mehr von dem strengen Priester, der allmählich an seine Stelle tritt. Es gibt nur wenig in Ungarn, um das es mir leid tun würde, wenn ich dafür Paris haben könnte.

3

26. MAI 1866

Ich habe eine Nachricht geschickt, daß ich heute nicht zur Arbeit kommen kann. Mein Kopf fühlt sich an, als wäre er letzte Nacht gespalten worden. Wenn ich meinen medizinischen Pflichten auch nicht nachkommen kann, so kann ich doch wenigstens in meinem Tagebuch weiterschreiben und versuchen, die störenden Ereignisse von gestern im richtigen Licht zu sehen.

Am Morgen bin ich ins Hôpital gegangen. Ducasse hat mir eine Brut alter Frauen zugeschoben, von denen ich bis ins kleinste Detail ein Verzeichnis anfertigen soll. Ich muß täglich von jedem Gelenk ihres Körpers den Bewegungsgrad messen und aufzeichnen, damit Charcot mit diesen Daten seine Theorie über das kontinuierliche Fortschreiten der Syphilissymptome belegen kann. Folglich hatte ich den ganzen Morgen mit einer einzigen Patientin zu tun. Sie war außerordentlich redselig, und ich mußte sie ständig unterbrechen, um sie dazu zu bringen, bei der Untersuchung mitzuhelfen.

Ich war ungeduldig und wollte rechtzeitig mit meiner Arbeit fertig sein, denn ich hatte beschlossen, mich mit Lothar an der von ihm vorgeschlagenen Stelle zu treffen. Er hat etwas an sich, von dem ich mich angezogen fühle. Außerdem bin ich, alles in allem, viel zu ernst und habe nichts anderes mehr im Kopf als die morbiden Phänomene, die ich studiere, und sollte mir etwas Zerstreuung gönnen.

Während ich ihre Finger und Handgelenke und Knie bewegte, schwatzte die alte Frau ununterbrochen von ihrem »Beschützer«, der, wie sie mir zu verstehen gab, ein reicher Liebhaber war, der sie wie eine Dame von Rang unterhielt – das heißt, falls man ihr glauben darf. Sie war erfüllt von dem Schmuck und den Juwelen und den edlen Herren, die ihr auf dem Gipfel ihres Lebens zu Füßen lagen, und schien sich der hilflosen Lage, die nun im Salpêtrière ihr Los ist, gar nicht bewußt zu sein.

Ich war wie vereinbart um vier Uhr bei dem Schneider, aber von Lothar war keine Spur zu entdecken, und so verbrachte ich peinliche zwanzig Minuten damit, so zu tun, als würde ich die ausgelegenen Stoffe in Augenschein nehmen. Es war eine jener diskreten, schrecklich teuren Einrichtungen, in denen niemals von Preisen die Rede ist. Der Geschäftsführer, ein kleiner Mann mit Knopfaugen, der mit dem Meßband um seinen Hals hantierte, musterte mich eingehend, als er sich mir näherte, um mich zu begrüßen. Ich teilte ihm mit, daß ich nicht aus eigenem Anlaß gekommen war, sondern daß ich mit einem Bekannten, einem seiner Kunden, hier verabredet war. Dann schlenderte ich herum, befühlte die Feinheit des einen Stoffes oder die Weichheit des anderen. Wann immer ich den Blick hob, ruhten die fragenden Augen des Geschäftsführers auf mir, und auf seinem Gesicht erschien sofort ein Lächeln, das aber genauso schnell wieder verschwand, wenn ich meine Aufmerksamkeit etwas anderem zuwandte. Um ihn auf die Probe zu stellen, musterte ich die Stoffballen auf den Regalen zu beiden Seiten seines Kopfes, so daß er gezwungen war, sein falsches Grinsen mehrere Minuten lang beizubehalten, bis er etwas in seinem Kontobuch entdeckte, mit dem er sich beschäftigen konnte.

Schließlich kam Lothar und wurde von dem Geschäftsführer unterwürfig begrüßt. Der Mann verbeugte sich tief, nahm ihm den Hut und den Spazierstock aus Elfenbein ab und händigte sie einem Assistenten aus. Lothar trug einen schwarzen Umhang mit Einfassungen und Besätzen aus Satin. Er wirkte überaus elegant, und ich sagte ihm, daß er nicht wie jemand aussah, der neue Kleider benötigte.

»Nicht ich, alter Knabe. Sie.«

»Ich habe genügend Kleider«, protestierte ich und lachte, um ihm zu zeigen, daß ich es für einen Witz hielt, aber ich fühlte mich doch ein wenig unsicher, weil ich wegen Vaters Umhang so meine Zweifel hatte.

»Hören Sie zu«, sagte Lothar ruhig, legte mir auf seine vertrauliche Art den Arm um die Schultern und drehte dem Geschäftsführer, der erwartungsvoll neben ihm lauerte, den Rücken zu. »Das Erbstück, das Sie gestern anhatten, mag vielleicht für Ihre alten Damen im Hôpital schön und gut sein, aber für die Berthiers genügt es nicht. Warten Sie, bis ich mit diesem Burschen hier gesprochen habe. Er schuldet mir einen Gefallen oder zwei, und ich werde für Sie einen guten Preis herausschlagen.«

Und damit machte sich Lothar ans Werk. Er deutete auf einen Stoffballen, der Geschäftsführer gestikulierte mit den Händen, ein Assistent sprang nach vorn, holte den Ballen herunter, warf ihn auf den Tresen und rollte ihn mit einem scharfen Ruck für Lothar auseinander. Lothar schlenderte weiter, ohne ihn zu beachten, anscheinend hatte er schon wieder das Interesse verloren, und ein neuer Stoff hatte seine Aufmerksamkeit auf sich gezogen. Einmal sah ich, wie Lothar mit dem Geschäftsführer sprach, der aufmerksam zuhörte und von Zeit zu Zeit einen Blick in meine Richtung warf. Am Ende kamen sie wieder zu mir zurück.

»Graf!« sagte der Geschäftsführer respektvoll.

Ich war überrascht und sah fragend zu Lothar, aber der hielt einen Stoff hoch, um auf seiner Oberfläche das Licht einzufangen, und tat, als hätte er nichts mitbekommen.

»Verzeihen Sie mir, Graf«, wiederholte der katzbuckelnde Kerl beharrlich. »Ich hatte bis zu diesem Augenblick ja keine Ahnung!«

Und ohne weitere Umstände fing er an, bei mir Maß zu nehmen, stieß das Ende seines Meßbands in alle intimen Winkel meines Körpers, bevor ich mich dagegen wehren konnte.

Ein Assistent kam mit vier Stoffballen im Arm zurück.

»Mir würde dieser hier gefallen«, schlug Lothar vor. »Er hat den richtigen Ton für die Klientel, die Sie in Ihrer Praxis empfangen werden. All die reichen Damen, denen es nie bessergeht und die immer weiter zahlen und zahlen«, flüsterte er verschwörerisch, als der Geschäftsführer und sein Assistent weggingen, um einen Mantel zu suchen, den sie mir wegen der Rockaufschläge zeigen wollten, die sie für mich im Sinn hatten.

»Aber das kann ich mir nicht leisten«, sagte ich ärgerlich, schließlich doch gezwungen, meine Armut einzugestehen.

»Dann zahlen Sie es eben nicht«, sagte Lothar leichthin.

»Dann lassen wir es bei dieser Scharade bewenden und gehen.«

»Zuerst noch den Mantel.«

Der Geschäftsführer und sein Assistent kamen durch den Gang gelaufen und trugen stolz den Mantel vor sich her.

»Ich dachte, wir wären übereingekommen, daß ich nicht zahle.«

»Einverstanden. Aber wir können den Mantel doch auf Kredit nehmen.«

»Niemand gewährt mir Kredit«, erwiderte ich kurz und bündig. »Mich kennt hier keiner.«

»Sie brauchen nur Ihren guten Namen und elementare Schreibkünste.«

»Graf«, fragte der Geschäftsführer besorgt, »wären Sie damit zufrieden, oder würden Sie noch etwas schmalere Aufschläge vorziehen?«

Es war ein wunderbarer Mantel, und in dem Stoff, den Lothar ausgesucht hatte, würde er noch hinreißender sein. Ich war sprachlos.

»Am Sonntag habe ich den Duc de Beaumont mit etwas Ähnlichem gesehen«, sagte Lothar. »Heutzutage ist es in modischen Kreisen fast unmöglich, Aufschläge zu tragen, die zu schmal sind.«

»Richtig«, stimmte der Geschäftsführer zu, entzückt, einen Connaisseur vor sich zu haben, mit dem er sich unterhalten konnte.

»Dann ist es also entschieden?« fragte Lothar.

»Das heißt... die Seideneinfassungen in Grau oder in Schwarz?« warf der Geschäftsführer ein.

»In Grau«, sagte ich, von seiner Frage abgelenkt, aber dann wurde mir sofort klar, daß ich mich mit dieser Antwort für den Anzug entschieden hatte.

»Eine ausgezeichnete Wahl, wenn ich mir die Bemerkung erlauben darf, Graf«, begeisterte sich der Geschäftsführer.

»Schlicht, aber mit ein bißchen Angabe«, sagte Lothar. »Und auch sehr nach dem Geschmack von, na, Sie wissen schon«, fügte er mit leiserer Stimme hinzu.

Er lächelte, als wäre es ihm gelungen, mich über eine unsichtbare Linie zu locken. Mir war ein bißchen übel vor Angst, aber gleichzeitig hatte ich das aufregende Gefühl, als würden wir uns aus der Schule stehlen, um uns einen köstlichen Nachmittag lang dem Müßiggang hinzugeben. Zum Teufel damit, dachte ich.

Der Geschäftsführer bot mir einen Stift zum Schreiben an. »Wenn Sie so gut wären, hier zu unterzeichnen, Graf. Eine reine Formalität, das kann ich Ihnen versichern.«

Er schien nervös, daß ich vielleicht beleidigt sein könnte, und es hätte mir gefallen, ihn noch mehr zu foltern und darauf zu bestehen, daß ihm mein Wort genügen müßte. Außerdem wußte ich nicht, welchen Namen ich benutzen sollte. Lothars Spiel mitzumachen, um bei einem Kaufmann Ansehen zu erringen, war das eine; aber dann auch tatsächlich mit einem Titel zu unterschreiben, der mir gar nicht zustand, war etwas völlig anderes. Ich schloß einen Kompromiß, indem ich mir etwas ausdachte, das, mit quietschender Feder und vielen Schnörkeln geschrieben, eindrucksvoll sowie völlig unleserlich war.

Der Geschäftsführer schien hochzufrieden. »Ihr Anzug wird in einer Woche fertig sein«, sagte er.

»Montag«, korrigierte ihn Lothar in einem Ton, der keinen Widerspruch duldete.

»Selbstverständlich, mein Herr, Montag«, sagte der Geschäftsführer und geleitete uns unter Verbeugungen zur Tür.

Wir waren kaum in den Landauer gestiegen, als der Fahrer auch schon die Peitsche über den Pferden schwang, und dann fuhren wir mit einem solchen Tempo los, daß ich nach hinten in meinen Sitz zurückfiel.

»Sehen Sie«, sagte Lothar und zog mit dem Silberknauf seines Spazierstocks einen alles umfassenden Bogen durch die Luft, als würde er einen Vortrag halten. »Je größer die Forderungen sind, die man stellt, desto größer die Achtung, die einem entgegengebracht wird. Er sagt, der Anzug wird in einer Woche fertig sein; und ich sage ihm, daß er in drei Tagen fertig zu sein hat. Als Folge davon schenkt er dem bemerkenswerten kalligraphischen Musterstück, das Sie ihm gelassen haben, gar keine Beachtung.«

»Wollen Sie damit sagen, daß ich die Rechnung nicht bezahlen kann?« fragte ich ziemlich erhitzt. Seine Anspielung, daß ich versuchen würde, mich meinen Verpflichtungen zu entziehen, fand ich eher lächerlich als beleidigend.

»Ich dachte, Sie hätten selbst gesagt, daß Sie es sich nicht leisten könnten, ihn zu bezahlen?« sagte er und klopfte mir dabei auf die Schulter. Von der Ehre eines Gentleman war gar nicht erst die Rede. Für Lothar war alles ein großer Spaß. »Aber ich habe das Gefühl, daß Sie schon bald zu Geld kommen werden.«

»Das halte ich für sehr unwahrscheinlich.«

»Wenigstens genug, um Ihre Schneiderrechnung zu bezahlen.«

»Wie soll das geschehen?« fragte ich.

»Ich habe für Sie etwas Geld in die abendländischen Handelsgesellschaften gesteckt.«

»Das hätten Sie nicht tun sollen.« Ich war verstimmt darüber, daß er mich für arm hielt, und wütend, weil er mich dazu gebracht hatte, in seiner Schuld zu stehen.

»Warum nicht? Es war ganz einfach. Ich habe ein paar Anteile für Sie und ein paar für mich selbst gekauft. Sie können mir die Summe von dem Geld zurückzahlen, das Sie bei dem Geschäft verdienen, dann sind wir wieder quitt.«

»Und was passiert, wenn die Kurse fallen und Sie das Geld verlieren?«

»Das wird nicht der Fall sein. Ich habe den Tip von Aristide. Er will, daß Sie davon profitieren. Das ist sein Geschenk. Er hätte nicht davon gesprochen, wenn Sie nicht dabeigewesen wären. Schließlich gehören Sie zur Familie.«

»Die Aktienbörse ist nichts anderes als die Wetten bei den Pferderennen«, sagte ich beklommen, als mir Georgs Verluste einfielen.

»Genau.«

»Die meisten Leute verlieren die meiste Zeit. Das ist statistisch bewiesen.«

»Und es stimmt auch fast immer. Aber bei manchen Rennen weiß man schon vorher, wie sie ausgehen werden, noch bevor die Startflagge geschwenkt wird.«

»Sie glauben, daß diese Aktien manipuliert sind?«

»Wenn Aristide Berthier seine Finger im Spiel hat, können wir davon ausgehen, daß es nicht die Gesetze des Zufalls sind, die die Geschäfte der abendländischen Handelsgesellschaften vorantreiben.«

»Damit will ich nichts zu tun haben.«

»Erzählen Sie das Ihrem Schneider.«

»Sie haben dem Mann doch erzählt, ich wäre ein Graf.«

»Nicht ›ein Graf‹, sondern *der* Graf. Was Ihnen, wie ich bemerkt habe, gar nicht mal unlieb war.«

»Was meinen Sie mit ›der Graf‹?« fragte ich.

»Ich habe ihm Ihren Namen gesagt. Das ist doch gar nicht so falsch. Wenn Ihr Bruder Georg nicht wäre, würde es sogar stimmen.«

»Aber ich habe Ihnen gegenüber nie von meinem Bruder gesprochen.«

»Ich habe es nachgelesen.«

»Nachgelesen? Sie sagen das, als handle es sich um etwas, das man auf einem Fahrplan nachlesen kann.« Ich gab mir Mühe, gelassen zu bleiben, aber es ist störend, wenn jemand mehr über einen weiß, als man ihm selbst verraten hat.

»Wußten Sie denn nicht, daß ich Attaché an der Botschaft bin?«

Ich hatte im Zusammenhang mit ihm nie an etwas so Weltliches wie Arbeit gedacht, denn er schien über jede Routine erhaben zu sein.

Lothar war amüsiert. Er schwenkte seinen Spazierstock zwischen Zeigefinger und Daumen und spielte den affektierten Diplomaten: »Ich habe nur die Klingel auf meinem Tisch betätigt und dem Bürogehilfen aufgetragen, Ihre Akte zu holen. Eine sehr dünne Akte, wie sich dann herausstellte. Nichts Heikles. Eigentlich absolut enttäuschend. Allerdings sind Sie ja auch noch nicht lange hier, eine Woche erst. Wollen mal sehen, ob wir sie nicht ein bißchen umfangreicher gestalten können.«

»Ich hätte nicht gedacht, daß ich so wichtig bin.«

»Sind Sie auch nicht. Das ist doch nur Papierkram. Die Bürokraten in Wien behalten unseren Adel im Ausland gern im Auge.«

»Besteht darin Ihre Arbeit?«

»Großer Gott, ich ›arbeite‹ doch nicht«, sagte er angewidert, und mir kam es zum erstenmal so vor, als ob ich ihn beleidigt haben könnte. »Das ist ein Posten, den mir mein Vater besorgt hat. Das ist seine Vorstellung davon, wie er mich vor Schwierigkeiten bewahren kann, solange ich in Paris bin. Merkwürdigerweise bildet er sich ein, etwas aus mir machen zu müssen. Der Botschafter kann mich nicht leiden, aber er schuldet meinem Vater einen Gefallen, deshalb behält er mich im Auge. Egal, was ich tue, er wird immer dafür sorgen, daß ich mit meiner Karriere vorankomme. Vater muß ihn irgendwie an der Angel haben.« Er lächelte fröhlich. »Verletzt Sie das?«

Ich zögerte, ihm beizupflichten. »Wo wären wir ohne unsere Familien?« sagte ich mit einem weltmännischen Schulterzucken.

»Schließlich öffnen sich die Türen vor dem Adel ganz von allein.«

»Sie sollten es wissen. Sie sind ein ›von‹.«

»Das hat sich mein Vater gekauft.«

»Das ist sicherlich übertrieben.«

»Er hat sein Vermögen gemacht, indem er Uniformen an die Armee verkauft hat. Haben Sie sich jemals gefragt, wer von der Niederlage bei Solferino profitiert hat? Denken Sie einmal darüber nach! Denken Sie an all die toten Soldaten. Wie viele getötet wurden! Sehen Sie, und jedes Mal, wenn ein Soldat erschossen wird, müssen sie ihn durch einen anderen ersetzen. Und wenn er nicht durch einen sauberen Kopfschuß getötet wird, wird unweigerlich seine Uniform ruiniert.« Er fand diesen Gedanken ungeheuerlich komisch, und daß ich ernst blieb, schien ihn nur noch mehr zu belustigen. »Und es werden die wenigsten Soldaten durch Kopfschuß getötet. Deshalb ist mein Vater so reich. Das ist der Grund, warum Sie und ich in dieser Kutsche mit den schönen Pferden in das beste Restaurant der Stadt fahren können!«

Wir hatten die verkehrsreichen Hauptstraßen der City hinter uns gelassen und fuhren schon eine Weile durch das willkommene Grün des Bois de Boulogne. Mitten im Wald kamen wir zu einem Restaurant, das im Stil eines griechischen Tempels erbaut war. Sobald der Wagen stehenblieb, sprang Lothar heraus und hielt die Tür für mich auf.

»Ich hoffe, Sie nehmen meine Einladung an?« sagte er.

Innen führte uns der *Maître d'hôtel* zu einem Ecktisch. In diesem Teil des Bois gab es noch kein Gaslicht, und so wurde der Raum nur von Kerzen in hohen Ständern erhellt, die entlang der Wände aufgestellt waren, und von kleineren Kerzen auf den einzelnen Tischen. Dadurch war alles in einen geheimnisvoll glühenden Schein gehüllt. An den Wänden und sogar an den Türen waren Spiegel angebracht, die aus den Schatten und den verdoppelten Spiegelbildern, die sich zum Kerzenlicht hinbogen, eine verwirrende Perspektive schufen. Die Dimensionen des Raums waren auf geheimnisvolle Weise verschwunden, und ich hatte das Gefühl, mich in einem traumartigen Raum zu befinden, ohne genau zu wissen, wo ich wirklich war. Das einzige, dessen man sich sicher sein konnte, war das Licht von der Kerze auf dem Tisch und das Gesicht ihr gegenüber, das sie erhellte.

Es war ein verschwiegener und geheimnisvoller Ort, und ich fragte mich, welcher Art die abendliche Unterhaltung sein würde, die Lothar im Sinn hatte. Die anderen Speisenden waren größtenteils ältere Männer, und hier und da saßen an den kleinen Tischen Herren mit jungen Frauen von hinreißender Schönheit.

»Das beste Essen in Paris, aber kein Ort, an den sie je ihre Frauen mitbringen würden«, sagte Lothar, während er sich umsah, um die Gäste zu betrachten. »Champagner!« bestellte er bei einem vorbeigehenden Kellner, der sofort die Richtung änderte, um zu holen, wonach Lothar verlangt hatte. »Was Sie hier sehen, sind die berühmtesten und teuersten Frauen der Welt.«

»Bezahlte Frauen, nehme ich an.«

»Sie sind die *grandes horizontales*. Zu teuer für Sie und auch für mich.«

Ein Kellner brachte den Champagner und stellte die Flasche in einen Kübel mit Eisstücken. »Soll das eine Feier sein?« fragte ich etwas gereizt. Lothar bedeutete dem Kellner, sich zu entfernen, und ließ den Korken fachmännisch knallen. »Auf eine neue Freundschaft!« schlug er vor, und wir tranken.

Ich hatte keinen Champagner mehr getrunken, seit Georg vor drei Jahren Elisabeth geheiratet hatte, und ich hatte ganz vergessen, daß er sich so kalt und doch prickelnd im Mund anfühlte. Es war, als schluckte man gefrorenen, dampfenden Rauch.

»Großer Gott, müssen Sie einen Durst gehabt haben!« rief Lothar lachend.

Ich muß das Glas wohl in einem Zug heruntergekippt haben, und er füllte es erneut. Ich sprach den nächsten Toast. »Auf Nicole!« rief ich.

»Auf die süße Nicole«, erwiderte er, während er mich die ganze Zeit über den Rand seines Glases hinweg beobachtete. »Möge sie nie zwischen uns treten«, fügte er im letzten Augenblick hinzu, als ich gerade zu trinken begonnen hatte. Er sagte es im selben Augenblick, als ich schluckte, und ich hatte das gleiche Gefühl wie vorhin in der Schneiderwerkstatt, nämlich, daß mir etwas entgangen war.

»Sind Sie...« Mir fiel in diesem Augenblick kein harmloses Wort ein für etwas, das wie eine beiläufige Frage klingen sollte.

»Interessiert?« schlug Lothar vor.

»Ja«, sagte ich mit einer vagen Handbewegung, und er grinste wie ein Raubtier. »Sind Sie an Nicole interessiert?« fragte ich nochmals.

»Sind Sie?«

»Eigentlich kenne ich sie kaum.«

»Was hat das denn damit zu tun? Man kann doch auch so... interessiert sein?«

»Ich habe sie vor sehr langer Zeit gekannt. Wir waren noch Kinder.«

»Aber Kinder sind so intensiv. Reine Liebe und reiner Haß!«

»Ja, das stimmt. Aber Sie haben meine Frage noch nicht beantwortet.«

»Ob ich an Nicole interessiert bin?« Er drehte den Stiel seines Glases nachdenklich zwischen Finger und Daumen und starrte mich mit einem rätselhaften Lächeln an. »Ich finde Sie viel interessanter.«

Ich hatte mich nach vorn gebeugt, um zu hören, was er sagen würde, und muß erschrocken in meinem Stuhl zurückgefahren sein. Ich war mir nicht sicher, was ich gehört hatte, aber Lothar griff schon nach der Flasche, um nachzuschenken, sein Benehmen war ruhig und gelassen, als wäre nichts zwischen uns vorgefallen. Vielleicht hatte ich die ganze Sache falsch verstanden. Er ist nicht weibisch. Er zeigt keinerlei Verhaltensweisen oder Gesten, die auf eine gleichgeschlechtliche Neigung hindeuten würden.

»Sie ist Ihrer nicht würdig«, fuhr er fort, und ich hatte nicht die Absicht, ihn an dem, was er vor einem Augenblick gesagt hatte, festzunageln. Er lehnte sich in seinen Stuhl zurück und entzog sich dem intimen Kreis des Kerzenlichts; sein Gesicht lag im Schatten, und sein Ausdruck war nur undeutlich zu erkennen. Er sprach von ihr auf eine müde und erschöpfte Art, etwas gereizt, so daß ich mich fragte, ob Nicole ihn schon abgewiesen hatte.

Endlich kam unser Essen. Wir hatten beide Hunger, und die Gerichte sahen köstlich aus. Einige Minuten lang widmeten wir uns dem Essen, ohne etwas zu sagen, was uns die willkommene Gelegenheit gab, das Thema zu wechseln. Lothar fragte mich nach meiner Arbeit am Salpêtrière und interessierte sich für Charcots Freitagsvorlesungen. Sein besonderes Interesse galt den besonders extremen und bizarren Verhaltensweisen, einschließlich sexueller Abweichungen. Ich sagte ihm, daß ich über diese Syndrome gelesen hätte, daß ich aber noch keine Gelegenheit gehabt hätte, sie leibhaftig zu studieren – ein unbeabsichtigtes Wortspiel, das ihn amüsierte, worüber ich mich freute, denn ich bin nicht gerade geschickt darin, mir bei passender Gelegenheit einen Witz einfallen zu lassen. Ich glaube, das kam von dem Champagner, der meine Zunge gelöst haben mußte und dazu führte, daß ich ziemlich lustig wurde. Gegen Ende des Essens brüllte Lothar (und ich ebenfalls) bei fast allem, was ich von mir gab, vor Lachen.

»Und jetzt müssen wir mit unseren wissenschaftlichen Forschungen fortfahren«, sagte er.

Ich hatte nicht die leiseste Ahnung, was er meinte, und stolperte in den Landauer, der wie immer vor der Tür auf uns wartete, als wäre er wie durch einen Zauber dorthin gelangt.

»Rue de Londres«, rief Lothar dem Kutscher zu, beugte sich nach vorn und umklammerte meine Knie, um meine Aufmerksamkeit zu gewinnen. »Das wird Ihnen gefallen, das verspreche ich Ihnen. Viel mehr Spaß als mit Nicole.« Dann brach er in Gelächter aus. Ich schätze, wir waren beide schon ziemlich betrunken.

Das Haus, vor dem wir hielten, sah absolut respektabel aus. Lothar sprang aus dem Wagen, aber ich blieb sitzen.

»Wo sind wir hier?« fragte ich unsicher.

»Es ist das beste seiner Art«, grinste Lothar.

»Es ist ein Bordell«, sagte ich ausdruckslos.

»O nein, das ist ein viel zu weltlicher Begriff für diesen Ort.«

»Ich finde, das hätten Sie mir vorher sagen müssen.«

Er legte die Arme auf die Tür der Kutsche und sah mich neugierig an. »Sie haben doch wohl keine Skrupel, oder?«

»Seien Sie nicht albern!« protestierte ich.

»Bestimmt sind Sie es sich selbst schuldig, es sich wenigstens anzusehen. Sie studieren doch die menschlichen Verhaltensweisen. Sie können nicht alles aus den Büchern erfahren. Das hier ist die Wirklichkeit. Da drin sind wirkliche menschliche Wesen. Woher, glauben Sie wohl, haben die Professoren ihre Fallstudien, über die sie schreiben? Die befinden sich auf der anderen Seite von dieser Tür und warten darauf, Sie kennenzulernen. Warum tun Sie nicht einfach so, als wäre es eine Freitagsvorlesung Ihres Professors Charcot? Ich verspreche Ihnen, daß Sie nicht enttäuscht sein werden.«

Ich gebe zu, daß ich neugierig war, denn ich war noch nie in einem Bordell gewesen. Georg, der einst aus irgendeiner gottverlassenen Garnisonsstadt auf Urlaub nach Budapest gekommen war, hatte mich überreden wollen, ihn in ein Haus mit sehr schlechtem

Ruf, das die Männer von der Kavallerie bevorzugten, zu begleiten, aber ich hatte nicht gewollt. Ich konnte mir einfach nicht vorstellen, diesen Akt an einem solch deprimierenden Ort zu vollziehen. Und so hatte ich enthaltsam wie ein romantischer Mönch gelebt, der ein Keuschheitsgelübde für die Liebe abgelegt hat. Es war das Bild des Mädchens Nicole, das all die Jahre mein Talisman und meine Stütze gewesen war. Aber jetzt ließ sich dieses Traumbild mit der wirklichen Nicole aus Fleisch und Blut schwer in Einklang bringen. Der Traum verblaßte und verwelkte wie eine gepflückte Blume.

»Sie brauchen überhaupt nichts zu tun, wissen Sie«, sagte Lothar schmeichlerisch, während er mir aus der Kutsche half. Heiser flüsterte er in mein Ohr: »Wenn Sie wollen, können Sie auch nur zusehen!«

»Sie meinen, wenn andere es tun?«

»Ja! Das ist ein großer Spaß.«

»Wissen sie es?«

»Hmm, ich bin mir nicht sicher. Das macht es ja so interessant. Es ist viel ehrlicher, wenn sie es nicht wissen.«

Lothar schlug laut mit dem Messingklopfer an die Tür, und nach einem Augenblick glitt die Abdeckung eines Spions zur Seite. Man betrachtete uns mehrere Sekunden lang. Anscheinend kannte man Lothar, denn die Person hinter der Tür machte uns wortlos auf. Eine Frau unbestimmten Alters, die nicht unkultiviert aussah und ein schlichtes schwarzes Kleid trug, das sie vom Hals bis zu den Knöcheln einhüllte, bat uns einzutreten.

»Madame«, sagte Lothar, ergriff ihre Hand und verbeugte sich. »Ich habe die Ehre, Ihnen...« Und er stellte mich wieder als ›den Grafen‹ vor. »Er ist heute abend mein Gast.«

Sie bedeutete uns, ihr durch die Eingangshalle zu folgen, aber ich hielt Lothar zurück.

»Ich bin nur zum Zuschauen hier«, zischte ich.

Er zuckte die Achseln. »Tun Sie, was Sie wollen.«

»Ich will, daß das klar ist.«

»Ich verstehe. Ihr Interesse ist rein wissenschaftlich.«

Ich suchte die ironisch hochgezogenen Augenbrauen, mit denen Lothar stumm seine Belustigung über meine Selbsttäuschung ausdrückte, konnte aber keine Anzeichen von Spott entdecken.

Madame führte uns durch die Eingangshalle in ein kleines Zimmer, das ihr als Büro zu dienen schien, und goß für jeden ein Glas Wein ein. Wir tranken auf ihre Gesundheit. Dann lehnte sie sich schweigend zurück und sah uns erwartungsvoll an.

»Vielleicht«, begann sie und sah mich an, »wenn Sie mir sagen könnten, welche Vorstellungen Sie haben...«

»Mein Freund ist sehr sittsam«, antwortete Lothar für mich.

»Ah«, sagte Madame, offenbar entzückt. Sie sah mich mit neuem, professionellem Interesse an und nickte nachdenklich mit dem Kopf.

Als sie, wie um mich zu beruhigen, meine Hand ergriff, wäre ich fast zusammengezuckt.

»Kommen Sie schon, Graf«, sagte sie beruhigend. »Sie brauchen nicht schüchtern zu sein. Ich werde Sie schon nicht beißen.«

Mit diesen Worten nahm sie meine Hand und legte sie mütterlich auf ihren Schoß, während sie mich ansah. Panik stieg in mir auf, und ich verspürte den schier unbezähmbaren Wunsch, von diesem Ort wegzulaufen. Madame streichelte meine Hand, während sie in Gedanken verschiedene Möglichkeiten durchging, und ich spürte, wie dieses Gefühl der Panik immer stärker wurde, bis es der prickelnden Erregung des Augenblicks glich, in dem ich vor Stacia im Auditorium gesessen hatte und ihre Augen, ohne mich zu erkennen, über mich hinweggeglitten waren.

»Ich würde gern die...«

»Damen kennenlernen«, sprach Madame den Satz zu Ende. »Aber natürlich. Gehen wir in die Salons. Das ist die beste Art anzufangen.« Ich zog meine Hand zurück und war froh, als sie ihre Aufmerksamkeit Lothar widmete. »Und Sie, mein Herr? Ich denke, Sie finden sich zurecht. Sie wissen ja immer ganz genau, was Sie wollen.«

Sie stand auf und bat mich, ihr zu folgen. »Ich werde Ihnen jetzt die Damen vorstellen.« Als wir die paar Stufen der Haupttreppe in die Salons hinaufgingen, hörte ich gedämpfte Geräusche, die ich nicht zu identifizieren vermochte, die aber aus dem darüberliegenden Stockwerk kamen. Madame warf einen Blick nach oben und sah mich mit hochgezogenen Augenbrauen an. Dann ging sie weiter. Plötzlich blieb sie wie erstarrt stehen. »Wenn Sie es vorziehen sollten, Graf, wir haben natürlich auch Jungen.«

Ich schüttelte den Kopf.

»Sie sind sehr gefällig.«

»Danke, nein«, sagte ich und kam mir lächerlich höflich vor, so, als würde ich auf einer Einladung zum Tee das zweite Stück Torte ablehnen.

»Man kann nie wissen. Da Sie ein Freund von Herrn von Pick sind«, fügte sie mit einem Lächeln hinzu, während sie mich aufmerksam musterte. Dann drehte sie sich um, um weiterzugehen. »Ein Mann mit sehr verschiedenartigen Interessen«, murmelte sie.

Sie schob mich in ein Zimmer, das genausogut der Salon im Haus einer wohlhabenden Familie hätte sein können. Die junge Dame am Klavier hätte eine sittsame Lehrerin sein können. Sie stellte sich als Lola vor und fragte mich, ob es ein Musikstück gäbe, das ich gern hören würde. Ich sagte ihr, daß ich mich über etwas von Strauß freuen würde, und sie spielte sehr geschickt einen Walzer. Ein Herr in der Ecke des Zimmers, den ich vorher nicht bemerkt hatte, wachte auf und lief hinaus, um eine Tanzpartnerin zu suchen.

Ich hörte das schallende Gelächter eines Mannes und das Kichern mehrerer Frauen aus dem angrenzenden Zimmer und ging nach einem kurzen Zögern hinein, um nachzusehen. Ich fand einen etwa fünfzigjährigen Mann, der sich auf einem Sofa zurücklehnte, und auf ihm und um ihn herum drei junge Frauen in Unterwäsche in verschiedenen Posen. Mit seinen weichen Gesichtszügen und seinem weißen Bart sah er wie ein Bacchus aus einem mythischen Gemälde aus. An irgendeinem Punkt dieses Abends mußte er einen Abendanzug getragen haben, aber jetzt fehlten ihm seine Jacke und sein Hemd, so daß er an seinem Oberkörper nichts weiter anhatte als seine Ärmelstulpen und seinen Kragen.

»Nehmen Sie sich, wen Sie wollen!« rief er mir zu. »Ich habe nichts dagegen. Ich bin fix und fertig. Völlig fertig. Würde ihn auch dann nicht mehr hochkriegen, wenn die göttliche Sarah selbst hereinspaziert käme und mich bitten würde, es zu tun.«

Die Mädchen lachten und neckten ihn, zwickten ihn am Bart und fuhren mit den Händen über seinen Bauch.

»Gnade!« rief er prustend.

»Lassen Sie sich nicht stören«, sagte ich, und es klang lächerlich höflich. Dann ging ich weiter.

Das nächste Zimmer hätte ein Café oder die Bar in einem Herrenclub sein können. An der einen Seite stand wachsam ein Kellner, und an den Tischen saßen mehrere Herren mit Frauen des Hauses. Die Männer wirkten entspannt, hatten ihre Jacken abgelegt und tranken ihren Wein in Hosenträgern. Alle fühlten sich in dieser lokkeren Atmosphäre offenbar sehr behaglich und richteten an jeden, der an einem anderen Tisch saß, das Wort, egal, wer es war. Ich fand Lothar in ein Gespräch mit Madame vertieft, aber sie stand auf und verließ ihn, als sie mich kommen sah.

»Waren Sie schon oben?« fragte er. Ich verneinte. »Dann brauchen Sie noch etwas Champagner«, entschied er.

Anscheinend war das das einzige Getränk, das hier serviert wurde. Ich war sehr durstig und trank in großen Schlucken. Dabei hielt ich den Blick gesenkt, weil ich niemanden mit meiner Neugier beleidigen wollte, aber meine Aufmerksamkeit richtete sich insgeheim auf vier Damen, die an einem Tisch an der Seite saßen. Lola kam hereingeschlendert und gesellte sich zu ihnen. Lächelnd winkte sie mir zu, aber ich bemühte mich, sie nicht zu ermutigen.

»Wer ist das?« fragte Lothar.

»Lola, die Klavierspielerin. Ich habe sie im anderen Zimmer kennengelernt.«

»Die habe ich nicht gemeint, sondern die andere, von der Sie nicht den Blick lösen können.«

Lothar besitzt eine unheimliche Gabe, auch das leiseste Interesse eines anderen zu registrieren, oder überhaupt jedes Gefühl, das sich bei jemandem, mit dem er gerade zusammen ist, über das Normale hinaus erhebt. Darin gleicht er einem Jagdhund, der das Wild meilenweit riechen kann. Tatsächlich hatte ich mein Augenmerk auf eine der Frauen am Tisch gerichtet, aber ich konnte sie nicht deutlich sehen, weil sie halb von uns abgewendet dasaß.

»Die mädchenhafte Frau mit dem blonden Haar!« erklärte Lothar triumphierend. »Habe ich recht?«

»Ja«, bestätigte ich, aber es störte mich, daß er es so schnell herausgefunden hatte. »Aber ich habe sie noch nicht richtig sehen können.« Trotzdem war da etwas an ihrem Haar, das mir bekannt vorkam.

Bevor ich ihn zurückhalten konnte, winkte Lothar Madame heran.

»Ah, Suzanne«, sagte sie. »Ja, eine treffliche Wahl.«

Sie ging direkt zu dem Tisch, an dem die Mädchen saßen, und ich zuckte innerlich zusammen, weil die Enthüllung meines heimlichen Verlangens mir peinlich war. Madame beugte sich über das Mädchen und flüsterte ihm etwas ins Ohr. Langsam drehte sich Suzanne um, und als sie in unsere Richtung blickte, sah ich zum erstenmal ihr Gesicht. In diesem Moment machte mein Herz einen Sprung! Meine Gedanken weigerten sich zu funktionieren, aber mein Herz begann heftig zu klopfen.

»Sie sehen aus, als wäre Ihnen gerade ein Geist erschienen«, sagte Lothar.

Die Frau, die inzwischen auf mich zukam, war mir als Stacia bekannt.

Ich drehte mich um und sah Lothar an, als könnte er bestätigen, daß diese Erfahrung, die ich gerade machte, kein Traum war, und ich bedaure noch jetzt, daß ich ihm Gelegenheit gab, meinen schokkierten Gesichtsausdruck zu sehen.

»Sie kennen sie, nicht wahr?« fragte er. Er sah mich prüfend an, und ich hatte das Gefühl, daß er in meinem Gesicht wie in einem Buch las.

Es war zu spät, Madame zu sagen, daß ich meine Meinung geändert hätte, daß nicht sie es sei, die ich wollte. Stacia trug ihr Haar offen, so daß es ihr über die Schultern fiel. Sie war wirklich wie ein Mädchen gekleidet und kam mit lebhaften, unbekümmerten Schritten näher, strich dabei mit den Händen ihr Kleid glatt, so wie es ein Mädchen tut, das an Erwachsenenkleider nicht gewöhnt ist. Damit wollte sie auf ihre Jugend und ihre Unschuld hinweisen, was natürlich gespielt war, eine Hurenhaustäuschung, die niemanden täuschen würde, aber ich hoffte, daß sie, wenn sie mich erkannte, ihr Wissen zu verbergen verstand. Oder besser noch, ich betete den Zustand der Amnesie herbei, in den Charcot sie versetzt hatte. Schließlich hatte sie nicht mehr zu verlieren als ich, wenn man sie an einem solchen Ort wiedererkannte.

»Einen Augenblick lang hat sie mich an jemanden erinnert, den ich in Ungarn kenne«, sagte ich zu Lothar und zuckte die Achseln, um anzudeuten, wie absurd meine Überreaktion gewesen war. Es gelang mir ein reuiges Lächeln, ein sehnsüchtiger Blick. »Das ist alles schon so lange her, aber es hat ein schlimmes Ende genommen.«

Stacia – Suzanne – setzte sich an unseren Tisch. Sie lächelte mich professionell an, und ich dankte ihr stumm, daß sie kein Zeichen des Erkennens von sich gegeben hatte.

»Sie ist ziemlich nett«, sagte Lothar zu mir. Er sprach in ihrer Gegenwart völlig offen über sie und sah Suzanne an, als würde er ein Bild bewundern.

»Danke«, sagte sie ruhig und drehte sich zu mir.

Ich war ihr auf der Treppe im Salpêtrière begegnet, aber ich hatte mir nicht mehr als einen kurzen Blick auf sie erlaubt, weil ich sie nicht auf mich aufmerksam machen wollte, um nicht vielleicht die Hypnose, die Charcot über ihr Unterbewußtsein gelegt hatte, zu gefährden. Jetzt sah ich, daß Stacia schon etwas älter war – ich würde sie auf fast dreißig schätzen –, als sie mir das erste Mal während der Demonstration vorgekommen war. Sie hatte sich das Gesicht stark angemalt, und die Farben und Schatten, die vom anderen Ende des Zimmers verschwommen und natürlich ausgesehen hatten, zerfielen aus der Nähe betrachtet wie bei einem Ölgemälde in einzelne Teile, so daß sie bizarr und wie ein Spielzeug anmutete. Im ersten Moment überlegte ich, ob ich mich vielleicht getäuscht haben könnte, ob es sich hier nicht vielleicht doch um eine andere Frau handelte, vielleicht sogar um eine ältere Schwester von Stacia.

»Waren Sie es, der mich gewählt hat?« fragte sie.

»Ja«, gestand ich. Es würde nicht so schwierig sein, wie ich befürchtet hatte. Irgendwie kam mir das Zusammentreffen jetzt nicht mehr so peinlich vor.

»Ich habe es gern, wenn man mich wählt«, sagte Stacia fast scheu. Es hätte ehrlich sein können, aber das zählte nicht, nicht mehr als ein eintöniges Bühnenbild, das von dem sich darin entfaltenden Drama ablenkt. Sie war für mich ein genaues Abbild schüchterner Anziehungskraft, und ich hatte das Gefühl, nichts weiter zu brauchen als den Anblick ihrer sanften, niedergeschlagenen Augenlider, die unter meinem Blick leicht zu flattern begannen.

»Sie dürfen meine Hand nehmen, wenn Sie es wünschen«, sagte sie leise.

Ich tat es. »So weich«, murmelte ich und fühlte mich wie ein linkischer Bauernjunge, der seine sanfte Schäferin umwarb.

Lothar hatte das Kinn auf die Hand gestützt und beobachtete unsere Annäherung mit ironischem Interesse.

»Sehr hübsch gemacht!« sagte er. Ich fragte mich, ob sich hinter seiner Distanziertheit vielleicht Eifersucht verbarg. Er nahm die Rolle des Zuschauers und Kritikers ein, so als wären wir Handelnde in einem Schauspiel, das für ihn aufgeführt wurde. Und im nachhinein gesehen könnte das der Wahrheit sogar ziemlich nahe gekommen sein.

Er füllte die Gläser so nebenbei, so offensichtlich geistesabwesend, daß mir gar nicht auffiel, daß ich noch gar nicht ausgetrunken gehabt hatte und somit auch nicht wußte, wieviel ich trank.

»Möchten Sie, daß ich bei Ihnen bleibe?« fragte mich Lothar wie selbstverständlich. Mir war nicht ganz klar, was er damit meinte. Er beugte sich spöttisch grinsend über den Tisch. »Schließlich kann man sich beim erstenmal ziemlich einsam fühlen.«

»Eine Jungfrau!« entfuhr es Stacia. Sie fuhr ehrfürchtig mit den Fingerspitzen über meine Wange. Ich hatte dieses verwunderte Starren schon im Gesicht von Medizinstudenten erlebt, wenn sie einen Patienten mit einer seltenen, aber berühmten Krankheit vor sich haben.

»Wir könnten sie uns teilen«, schlug Lothar leise vor. Seine träge Haltung war wie weggeblasen, und sein Gesicht war vor Erregung rot angelaufen.

Sprachlos vor Ekel drehte ich mich zu Stacia um, um ihre Reaktion zu sehen, aber sie schien überhaupt nicht empört zu sein.

»Das kostet Sie aber das Dreifache«, sagte sie nur.

»Das ist wirklich das Abscheulichste... Degeneriertestc...«, begann ich, sah aber sofort, daß meine Worte keinen Eindruck auf ihn machten und daß es keinen Sinn hatte weiterzusprechen.

»Aber ich bitte Sie! Seien Sie doch nicht so prüde! Ich könnte Ihnen ein paar Tips geben. Hinweise von einem alten Fachmann.« Er bewegte seine Finger, geschmeidig und vielsagend; eine Geste, die mir nicht bekannt war, die aber unmißverständlich höchst obszön wirkte. »Stehe Ihnen gerne bei, falls Sie in die Klemme geraten.« Er lachte laut auf. Offensichtlich fand er sich sehr komisch.

»Ich brauche Ihre Hilfe nicht!« fuhr ich ihn an, nahm mich aber gerade noch rechtzeitig zusammen. Lothar provozierte mich, und ich lieferte ihm genau die Unterhaltung, auf die er aus war. »Vielleicht bin ich gar nicht so unerfahren, wie Sie glauben.«

Meine Geheimnistuerei stachelte ihn nur noch mehr an. »Oh«, sagte er mit spöttischer Bewunderung und nickte langsam mit dem Kopf, während er mich die ganze Zeit mit einem bösen Glitzern in den Augen anstarrte.

»Ja, in der Tat«, erwiderte ich richtig. Ich war entschlossen, ihm ins Gesicht zu lügen. Beruhigend drückte ich Stacias Hand, und sie belohnte mich, indem sie beide Hände um meine Hand legte.

»Ihre Erfahrungen liegen mehr auf der Linie der Observation als im Praktischen, nicht wahr?«

»Gewiß. Als Arzt hatte ich schon mit den Körpern von Frauen zu tun. Wenn es aber um Liebe geht, dürfte es, was das Physische betrifft, herzlich wenig Geheimnisse für mich geben. Soviel kann ich Ihnen verraten.«

»Ich hatte eigentlich eher an« – Lothar hatte mit Zeigefinger und Daumen ein Schlüsselloch gebildet und wie ein Monokel an sein Auge gehalten, wobei er sich in seinem Sessel herumdrehte, um es auf verschiedene Punkte im Zimmer zu richten und schließlich an mir haftenzubleiben – »gucken gedacht.«

Ich hatte ein ungutes Gefühl wegen der Richtung, die das Gespräch jetzt nahm. »Die Beobachtungen eines Arztes haben wissenschaftliche Gründe. Mit dem wollüstigen Voyeurismus, dem Sie sich hingeben, haben sie nichts zu tun.«

Stacia war von unserem Gespräch gelangweilt und legte meine Hand in ihren Schoß. Dagegen wäre sicherlich nichts einzuwenden gewesen, wenn sie nicht ihre Schenkel gespreizt und meine Finger dazwischen begraben hätte.

»Ich bin überrascht, daß Sie es zur Sprache bringen«, fuhr Lothar beharrlich fort.

»Das war nicht ich. Das haben Sie getan.«

»Den Voyeurismus, meine ich.«

»Ich erinnere mich genau daran, daß Sie sagten, es wäre eine der Spezialitäten des Hauses.« Ich fragte mich, wohin das alles führen würde, fühlte mich aber auf sicherem Boden und nippte entspannt an meinem Champagnerglas. Aber was Lothar dann sagte, versetzte mich doch in Erstaunen.

»Ich habe dabei eher an die Besonderheit Ihres Hauses gedacht. Hat es da nicht irgendeine Art optischen Mechanismus gegeben?« fragte er.

»Ich habe nicht die leiseste Ahnung, wovon Sie reden.« Obwohl ich es natürlich sehr wohl wußte, aber ich merkte, daß er das Spiel nicht noch weiter treiben würde.

Es hat etwas Aufregendes, ja Erotisches, beinahe erkannt zu werden. Stacia hatte meine Hand zwischen ihre Schenkel gelegt, und ich hatte das Gefühl, daß sie mir damit erlaubte, meine Hand noch weiter nach oben zu schieben, was ich vorsichtig tat und unter dem dünnen Stoff des Musselinrocks die Innenseite ihrer Schenkel abtastete. Dabei sah ich Lothar in die Augen, forderte ihn auf, seine These weiterzuentwickeln. Vorsichtig schob ich meine Hand immer weiter nach oben, fast bis zu den Toren der Venus, als ich einer anderen Hand begegnete, die das Objekt meiner Wünsche bedeckte. Stacias andere Hand lag entspannt über meiner, erlaubte und ermutigte mein heimliches Forschen. Ich streichelte die scheuen Finger, die mir den Weg versperrten, und wollte sie durch die sanfte Berührung überreden, mich vorbeizulassen. Stacia lächelte mich ermutigend an, dann hob sie das Champagnerglas an ihre Lippen und trank mit sichtlichem Genuß, während meine Gefühle wie ein Kartenhaus in sich zusammenfielen. Die Finger, die an diesem intimen Ort mit meinen verschlungen waren, konnten unmöglich die ihren sein!

Ich fuhr entsetzt zurück und wäre gerne aufgesprungen, um Lothar zu stellen, aber ich wollte ihn nicht noch mehr amüsieren, indem ich ihm zeigte, wie erregt ich war.

»Für Sie ist wohl alles ein Spaß!« rief ich.

»Mehr oder weniger«, stimmte er mir leichthin zu.

»Sie haben einen verdorbenen Charakter!«

»Haben wir den nicht alle? Gibt es zwischen Ihnen und mir wirklich einen so großen Unterschied? Ich bin nur ehrlich mit mir, das ist alles.«

»Besitzen Sie überhaupt kein Schamgefühl?«

»Das gibt sich mit der Zeit. Nicht wahr, Suzanne?«

Ich ergriff Stacias Hand und sprang, sie mitziehend, auf. Solange ich gesessen hatte, war mein Gleichgewicht nicht auf die Probe gestellt worden, aber jetzt mußte ich feststellen, daß ich in aufrechter Position weitaus weniger stabil war als erwartet. Stacia hakte sich bei mir unter, um mich zu stützen, und bevor ich wußte, wie mir geschah, gingen wir die Treppe nach oben.

Ein Tagebuch sollte von den bedeutenden Ereignissen im Leben seines Verfassers berichten. Dies war also meine erste Liebesnacht. Liebe! Ich hatte mir das alles so romantisch vorgestellt, aber als ich über die Türschwelle jenes Zimmers trat und Stacia die Tür hinter uns schloß, da habe ich alle ritterlichen Vorstellungen, alle wissenschaftlichen Motive der Beobachtung, alle Beschwörungen eines Dichters und alle zarten Gefühle eines Liebenden aufgegeben. Ich war ein wildes Tier.

4

28. MAI 1866, AM MORGEN

Ziemlich besorgt gehe ich heute wieder in das Hôpital. Es läßt sich unmöglich noch länger hinausschieben. Vorgestern hat Roland an meine Tür geklopft, um nach mir zu sehen. Er hat auch meine Nachricht zu Dr. Ducasse gebracht, in der ich diesem mitteilte, daß ich mich nicht wohl fühle.

»Zuviel Alkohol«, sagte ich zu Roland. »Aber am Montag bin ich wieder dort.«

»Passen Sie auf Ihre Leber auf«, riet er mir. »Sie ist das einzige Organ im Körper, ohne das ein Mensch nicht auskommt.«

Der Alkohol war aber nicht der wirkliche Grund, warum ich mich schlecht fühlte. Vielmehr habe ich einen gehörigen Bammel davor, Stacia von Angesicht zu Angesicht gegenüberzutreten. Ich hatte körperlichen Kontakt zu einer Patientin! Ich habe keine Angst, daß sie mich bei Madame Verdun verraten könnte, denn wenn sie das täte, müßte ich ihre nächtliche Tätigkeit offenlegen. Im Grunde ist es die Angst davor, in ihrem Gesicht den Ekel zu sehen, den ich selbst für mich empfinde. Ich habe mich wie ein Tier gebärdet, habe mich auf ihr gewälzt und an jedem Teil ihres Körpers gelutscht. Ich bin völlig außer mir. Ich schaudere bei jedem Detail, das mir unverhofft durch den Kopf geht. Ich weiß nicht, wie sie es ausgehalten hat. Aber vielleicht habe ich mich auch gar nicht viel schlimmer benommen als die anderen Gäste, die diese Frauen bei ihrer Arbeit ertragen müssen. Ich darf nicht zulassen, daß mir solche Überlegungen als Entschuldigung für mich selbst dienen.

Und Nicole? Ich habe sie betrogen. Ich war rein geblieben, wenn nicht für sie, dann für eine andere, die ich noch nicht kannte, der ich am Ende aber meine Liebe schenken würde. Und was bin ich jetzt?

Nur ein weiterer schnell zu habender und mittelloser Mann in der Stadt.

Lothar, der an der Oberfläche so glatt ist, so weltmännisch, hat sich als ein degenerierter Kerl entpuppt. Er übt einen perversen, korrumpierenden Einfluß auf mich aus. Ich werde ihn nicht wiedersehen. Lothar ist so offen zynisch, daß alle zu glauben geneigt sind, dies sei nur eine Pose, hinter der er sein insgeheim sensibles, zurückhaltendes Wesen verbirgt. Niemand nimmt ihn beim Wort. Er besitzt kein Schamgefühl. Das sagt er ganz offen, aber niemand glaubt es ihm. Anscheinend unterliegt er wirklich nicht den normalen Zwängen der Gesellschaft. Gewissen, Skrupel, Ideale, Anstand – solche Gedanken sind ihm fremd. Schon allein das ist ein Phänomen, das es wert wäre, untersucht zu werden. Aber ich kann diese Beziehung nicht fortsetzen, selbst wenn mich dieser Mann aus rein wissenschaftlichen Gründen interessiert. Außerdem ist er seiner sexuellen Veranlagung nach zweifellos vieldeutig.

Ich glaube mich zu erinnern, daß Lothar eine versteckte Andeutung über irgendeinen »optischen Mechanismus« machte. Zuerst dachte ich, er wüßte tatsächlich darüber Bescheid, aber inzwischen scheint mir diese Annahme ziemlich weit hergeholt. Es war wohl nur ein Glückstreffer. Lothar flicht in seine Reden alle möglichen Andeutungen und Doppeldeutigkeiten ein. Er legt sie aus wie Angelhaken, um anderer Leute Geheimnisse damit einzufangen. Nichts kann ihn mehr entzücken, als ein mit Schuld beladenes Geheimnis ans Tageslicht zu bringen. Aber er kann gar nicht wissen, daß der Begriff für mich tatsächlich eine Bedeutung hat. Es war nur ein Versuch, mehr nicht. Trotz allem habe ich heute morgen beschlossen, in diesem Tagebuch absolut ehrlich zu sein – auch schroff, wenn es sein muß. Es ist das einzige Mittel gegen mein kürzliches Verhalten.

Mein Vater hatte ein starkes, wenn auch laienhaftes Interesse an der Wissenschaft und hatte eine ganze Sammlung optischer Instrumente zusammengetragen, die nach seinem Tod an mich gegangen sind, da Georg keine Verwendung für sie zu haben schien. Dazu gehörte auch ein Teleskop von ungewöhnlicher Stärke. Wie peinlich, hier davon berichten zu müssen! Ich hatte diesen Vorfall schon fast vergessen. Oder jedenfalls hatte ich mir gewünscht, ihn vergessen zu können.

Die Wasserversorgung im Schloß war – und ist – außerordentlich primitiv. Sie besteht aus wenig mehr als nach unten führenden Rinnen, die sich an der Nordseite in die Überreste des mittelalterlichen Burggrabens ergießen. Folglich ist es keine einfache Sache, ein Bad zu nehmen, denn es ist dazu eine ganze Schar Diener nötig, die heißes Wasser aus den Küchen herbeischleppen, was wiederum Organisation und Überwachung erforderlich macht, wenn das Bad voll werden soll, bevor das Wasser abkühlt. Daher ist ein Bad zu nehmen ein großes Ereignis im Schloßhaushalt, das einer vorherigen Anmeldung bedarf.

Als Tante Sophie und Nicole zu Besuch bei uns waren, habe ich mit der optischen Ausrüstung meines Vaters, vor allem mit dem Teleskop in Verbindung mit einem kleinen Spiegel, herumexperimentiert. Ich fand heraus, daß ich, indem ich den Spiegel in einem genauen Winkel aufbaute, um die Ecke sehen konnte. Dieses System kostete mich Stunden mühsamer Feinarbeit, da eine kleine Veränderung des Winkels, in dem der Spiegel aufgestellt war, dazu führte, daß ich einen Riß in der Decke betrachtete anstatt den Türknauf, auf den ich mich zu konzentrieren versuchte. Darüber hinaus gab es, nachdem ich das Prinzip erst einmal beherrschte, nicht sehr viel Interessantes, auf das ich meine neue Errungenschaft hätte anwenden können.

Tante Sophie und Nicole waren daran gewöhnt, häufig zu baden. Das sei in Paris so der Brauch, sagte mir damals meine Mutter. Ich nehme an, wir müssen ihnen ziemlich ungewaschen vorgekommen sein. An der Seite des Hofes, die dem Badezimmer gegenüberlag, waren die alten Festungsmauern, ein Ort, an den man nicht gerade entlanggehen würde, wenn oben jemand ein Bad nahm, und so machten die Diener im Sommer die Fenster des Zimmers auf, um eine kühle Brise hereinzulassen. Ich konnte von meinem Schlafzimmer aus nicht direkt in das Badezimmer sehen, aber mit Hilfe des sorgfältig arrangierten und unauffällig aufgestellten Spiegels konnte ich einen kleinen Teil des Zimmers überblicken. Es waren endlose Wanderungen durch Gänge, vor und zurück, die gewundene Schloßtreppe hinauf und hinunter, um den Spiegel richtig einzustellen, aber als die Hälfte ihres Aufenthalts dort herum war, hatte ich die Technik wahrhaftig perfektioniert. Mein gesunder Sinn für Schicklichkeit hielt mich davon ab, das Teleskop auch an meiner Tante auszuprobieren. Sie war immerhin die Schwester meiner Mutter, aber das war eigentlich nicht der wahre Grund. Tatsache ist, daß sie mich nicht interessierte.

Aber in jenem Sommer war ich ganz begierig, einen Blick auf Nicole werfen zu können. Das Bild, das ich schließlich erhielt, war verschwommen, ungefähr so wie eine Skizze. Aber ich erinnere mich noch genau daran, was für ein Schock es war und wie mein Mund trocken und meine Knie weich wurden, so daß ich mich kaum auf den Beinen halten konnte, als ich sie zum erstenmal erspähte. Sie war mädchenhaft schlank, mit runden Hüften und einem Hintern, der künftige Üppigkeit versprach. Ihre Brüste waren nur Knospen, aber für diesen Teil ihres Körpers schien sie sich sehr zu interessieren, denn sie hielt sie immer hoch und sah sich in dem großen Spiegel neben der Badewanne erst von der einen Seite und dann von der anderen an. Ich war von dem winzigen Dreieck aus dunklem Haar unter ihrem Bauch hingerissen und bemühte mich ohne Erfolg, dieses Geheimnis schärfer ins Bild zu bringen.

Wann immer für Nicole das Bad hergerichtet wurde, fand ich einen Grund, mich davonzustehlen. Damals akzeptierte man bereits, daß das einsame Studieren ein Teil meines Wesens war. Im Verlauf der Woche brachte ich mein Teleskop dazu, sich weniger auf die einzelnen Körperteile zu konzentrieren als vielmehr auf Nicole und ihr geheimes Leben, wenn sie sich allein glaubte, und so stellte ich meinen Spiegel dementsprechend ein. Ich beobachtete sie, wenn sie, in gespielter enger Umarmung, tanzte oder kritisch ihr eigenes Bild betrachtete, wobei sie ein ständig größer werdendes Repertoire an Mimik und Gesten einer *femme fatale* übte oder zärtlich der kurvenreichen Oberfläche ihres sich rasch entwickelnden Körpers folgte. Ich hätte ein schlechtes Gewissen haben müssen, aber das hatte ich nicht. Ich liebte sie. Wenn ich sie dann später am Nachmittag beim Tee traf und wir uns wie gewöhnlich unterhielten, hatte unser Gespräch wegen meiner geheimen Beziehung zu ihrem geheimen Selbst eine tiefere Bedeutung.

»Optischer Mechanismus.« Lothar hatte blindlings einen Pfeil in die Luft geschossen, und er war mitten im Ziel gelandet. Nicole hat nie gewußt, daß ich sie beobachte.

So lange ich noch in der Stimmung bin, Geständnisse abzulegen, muß ich unbedingt an Gregor schreiben. Alles kann ich ihm nicht erzählen, denn seit dem Priesterseminar ist er etwas engstirnig geworden. Aber er wird zwischen den Zeilen lesen. Und wenn ich an Gregor schreibe, muß ich vorher einen Brief an Georg und Elisabeth schreiben, da Gregor die erstbeste Gelegenheit ergreifen wird, sie mit meinen Neuigkeiten auf dem Schloß zu besuchen. Gestern traf im Hôpital ein Brief von Elisabeth ein, in dem sie mich wegen meiner Schreibfaulheit schalt. Deutschlands Kriegssucht gegen das Kaiserreich beschäftigt sie sehr, und sie fürchten, daß es einen Krieg geben wird – wenigstens Elisabeth befürchtet es; Georg wird die Aussicht auf eine ordentliche Schlacht genießen, da bin ich mir ganz sicher. Mir war bislang nicht einmal bewußt, daß es eine Krise gibt, was nur beweist, wie sehr ich alle weltlichen Dinge vernachlässigt habe. Elisabeth schreibt: »Ich sage: ›Pfui dem Bismarck und seinen preußischen Grenadieren!‹« Wie einfach das Leben wäre, wenn Frauen die Welt regieren würden! Sie ist bescheiden und gut – zu gut für Georg, denn ich glaube, er weiß es gar nicht richtig zu schätzen, was für eine feine Frau er hat.

Aber diese Briefe müssen bis später warten. Ich kann es nicht länger hinausschieben. Ich muß jetzt ins Hôpital gehen und mich Stacia stellen, was immer sie für mich bereithält.

ABEND

Die Sonne schien, und ich beeilte mich, weil es schon spät war. Ich muß zugeben, daß ich etwas nervös war, als ich im Salpêtrière ankam. Ich entschloß mich, durch das Westtor zu gehen, von wo aus man durch den Garten ins Hauptgebäude gelangt. Am Haupttor ist nachts ein Wächter, aber die anderen Eingänge befinden sich in der Nähe belebter Plätze, und ich konnte mir vorstellen, daß Stacia durch das Westtor kam und ging und sich im Schatten der Bäume am Rand des Gartens entlangschlich.

Das Tor war in einen Bogen im alten Gemäuer eingelassen. Es war ein schweres, beschlagenes altes Holztor, aber es ließ sich ohne große Mühe öffnen, und ich ging auf einem Weg unter Linden, die die Grenze des Gartens bildeten. In der Nacht würde das Tor verschlossen sein, so daß Stacia einen Schlüssel haben mußte oder mit dem Wächter eine Abmachung getroffen hatte.

Ich ging im Schatten der Bäume und nicht durch das grelle Sonnenlicht des Gartens, so daß mich die alten Damen, die neben den Blumenbeeten auf Bänken saßen, und auch die gelegentlichen Geistesgestörten, die über die Wege schlenderten, nicht sehen konnten. Weiter entfernt entdeckte ich zwei junge Frauen, die Arm in Arm spazierengingen, und stellte mich hinter einen Baum, um zu sehen, ob eine von ihnen vielleicht Stacia war. Sie war es tatsächlich, zusammen mit einer anderen von Charcots »Spezialfällen« aus der Station, die von Madame Verdun betreut wurde. Sie gingen in eine Richtung, die vom Gebäude wegführte, und ich rechnete mir aus, daß ich an dem Punkt, an dem sich unsere Wege kreuzten, mit ihnen zusammentreffen würde.

Zuerst ging ich schneller, damit es bei unserem Zusammentreffen so aussehen konnte, als würde ich gemächlich schlendern. Stacia schien sich lebhaft mit ihrer Gefährtin zu unterhalten, und ihr Lachen war über die Geranienbeete hinweg bis zu mir zu hören. Zu meiner Schande muß ich gestehen, daß mein Herz vor Lust zu rasen begann und daß meine Augen von den Kurven und Rundungen ihres Körpers, die unter ihrem einfachen grauen Kleid verborgen waren, magnetisch angezogen wurden. Ich mußte mir ins Gedächtnis rufen, daß ich Arzt innerhalb der Grenzen einer Anstalt war, daß ich eine Stellung bekleidete, die fast heilig zu nennen war. Stacia trug keinen Schmuck und wirkte völlig ungekünstelt, ihr Benehmen natürlich und ungeziert; nichts an ihr erinnerte an die Schauspielerin, die sie in der vergangenen Nacht gewesen war, keine provozierenden Gesten oder verführerischen Blicke. Dies hier war ein völlig anderes Wesen als das, mit dem ich mich entwürdigt hatte. Trotzdem sehnte ich mich mit einer animalischen Leidenschaft nach ihr, die ich nicht unterdrücken konnte.

Ihre Gefährtin schien meine Gegenwart zuerst zu bemerken. Ich fragte mich, worüber sie gesprochen haben mochten, weil sie Stacia zur Vorsicht gemahnte, daß man sie hören könnte, und ihr Verhalten wurde sofort verschlossener. Stacias Gefährtin kannte ich vom Sehen, genauso wie sie mich, und sie bewegte sich geziert und warf Blicke in meine Richtung, wie es Frauen tun, wenn sich ihnen ein erstrebenswerter Mann nähert. Stacia zeigte keinerlei Interesse an mir, auch nicht, als die Wege, auf denen wir näher kamen, sich kreuzten und wir fast zusammenstießen.

Ich blieb stehen, um sie vorbeizulassen, und nahm meinen Hut ab. Ihr Benehmen war förmlich und ausgesprochen respektvoll, als sie einen Knicks vor mir machten. Das war schon alles, außer daß ich glaubte, bei Stacias Gefährtin den Anflug eines koketten, abfälligen Ausdrucks im Gesicht wahrzunehmen. Stacias Miene selbst blieb unbewegt, zeigte weder Freude noch Abscheu.

Sie gingen weiter, und dann stand ich in der gleißenden Sonne allein da, verwirrt und ohne Kopfbedeckung. Ich überlegte mir, ob sich hier vielleicht ihre außergewöhnliche hypnotische Veranlagung bemerkbar machte. Könnte es sein, daß sie die Ereignisse des vergangenen Abends einfach ausgeblendet hatte, so daß ihre Handlungen – und Gott sei Dank auch meine – in ihrem Bewußtsein nicht länger vorhanden waren? Charcot hatte in einer seiner Vorlesungen seltene Fälle beschrieben, bei denen ein Mensch ein Doppelleben geführt hatte, sozusagen wie zwei Personen, von der jede nicht wußte, was die andere tat, und ich fragte mich, ob das bei Stacia vielleicht auch der Fall sein könnte: ein zurückhaltendes und bescheidenes Wesen am Tag und eine Hure in der Nacht.

Als ich das Gebäude betrat, in dem meine Station und die besondere Station für Charcots Frauen untergebracht waren, mußte ich an das Gelächter von Stacia und ihrer Gefährtin denken, das abgebrochen war, als ich mich ihnen genähert hatte, und mir kam der Gedanke, daß es sich bei ihrem Gespräch vielleicht um mich gehandelt haben könnte. Diese Frauen hatten den ganzen Tag nichts zu tun und waren von einer notorischen Geschwätzigkeit und stets bereit für einen Flirt. Ich habe Gesprächsfetzen aufgefangen, von denen die Frau offenbar wollte, daß ich sie hörte, während ich die Treppe zur darüberliegenden Station hinaufstieg, von ihren Diskussionen über irgendein eingebildetes Interesse, das ihnen ein Arzt entgegengebracht hatte, oder von ihren bitteren Klagen über irgendeine geringfügige Bevorzugung, die einer anderen zuteil geworden war. Was ich vor zwei Nächten getan hatte, könnte jetzt allgemein bekannt sein. Daher straffte ich die Schultern und bereitete mich auf eine plötzliche Stille vor, während ich durch ihre Mitte ging, wartete mit angespannten Nerven auf ihr plötzliches Gekicher, während ich mich oben auf der Treppe umdrehte. Aber nichts dergleichen. Statt dessen begegnete ich ihrer einstudierten Gleichgültigkeit, während sie mit ihren Unterhaltungen fortfuhren.

Mit einem Gefühl der Erleichterung hängte ich meine Jacke ins Schreibzimmer und nahm eine gestärkte weiße Schürze vom Haken. Mit gesenktem Kopf eilte ich auf die Krankenstation und hoffte, daß Dr. Ducasse mein Zuspätkommen gar nicht bemerken würde, aber als ich an ihm vorbeiging, schaute er von der Patientin, deren Arm er untersuchte, zu mir hoch und musterte mich kritisch.

»Ich nehme an, es geht Ihnen wieder besser, Doktor.«

»Danke, ja«, erwiderte ich. »Ein leichter Anfall von Bauchschmerzen. Nichts Ernstes.«

Mit einem mißbilligenden Blick wandte er sich wieder ab, und ich hatte das Gefühl, daß er mich als Drückeberger mit privatem Einkommen abtat, der sich nur zu seinem Privatvergnügen mit der Medizin beschäftigt. Dabei liegt mir nichts ferner. Dr. Ducasse weiß nichts von meiner Begeisterung, hält sie vielleicht nur für eitle Neugier. Wieder einmal hat er mir die langweiligste Gruppe Patientinnen gegeben. Sie leiden an verschiedenen Lähmungserscheinungen, deren Dokumentation mir obliegt, wobei ich gleichzeitig feststellen soll, ob sie noch weitere Symptome entwickelt haben.

Dann rief er mich noch einmal zu sich. »Die Dame mit der Arthropathie, von der Sie am Freitag berichtet haben?«

»Ja?« Das war die große Kurtisane, die in ihrem Alter schwere Zeiten durchmachen mußte. Ich befürchtete schon, daß er bei ihr etwas Wichtiges gefunden hatte, das mir entgangen war.

»Anscheinend hat sie noch weitere Symptome entwickelt. Würden Sie so gut sein und sie noch einmal untersuchen?«

»Selbstverständlich.«

Ich hatte erwartet, daß mir meine Arbeit am Salpêtrière neue Einsichten vermitteln würde, aber ich sehe mich jetzt bitter getäuscht. Ich hege nicht den Wunsch, ein Steinmetz der Wissenschaft zu sein, der einen Stein – also eine Tatsache – auf den anderen legt, Tag für Tag, langsam ein Bauwerk schaffend, dessen Fertigstellung er vielleicht niemals miterleben wird. Als ich Budapest verließ, schwebte mir eher die Rolle eines Architekten vor. Nun, das war ziemlich naiv, wenn nicht sogar eitel.

Die Frau, die selbst im hohen Alter die Haltung einer Dame bewahrte, sah mir erwartungsvoll entgegen. Das Leben war nicht gerade freundlich mit ihr umgegangen, und doch hatte sie sich einen blassen Rest ihrer früheren Schönheit bewahrt. Ich glaubte ein paar

Flecken Rouge auf ihren Wangen zu erkennen, und als ich mich über sie beugte, nahm ich deutlich den Duft eines Parfüms wahr. Das kam mir seltsam vor, obwohl ich mich wohl kaum beklagen würde, da jede Abwechslung von dem üblichen uringefärbten Miasma, das an diesen Frauen hing, eine willkommene Erleichterung darstellte.

»Dr. Ducasse hat mich davon unterrichtet, daß Sie ihm von einem neuen Symptom erzählt haben«, begann ich.

»Das habe ich«, erwiderte sie, und ich entdeckte in ihren Augen ein Glitzern unterdrückter Erregung. Sie sah die Schwester, die mich begleitet hatte, von der Seite an. »Es handelt sich um etwas sehr Persönliches. Wenn Sie verstehen, was ich meine«, sagte sie mit einfältigem Lächeln.

Ich bedeutete der Schwester, die Faltwände zu bringen, die wenigstens eine kärgliche Privatsphäre in der barackenartigen Station herstellten.

»Also dann«, sagte ich, als die Trennwände rund um ihr Bett aufgestellt waren.

»Es ist etwas mit dem Herzen«, murmelte sie leise. »Ich fühle ein Flattern meines Herzens.«

Die Schwester half ihr, das Leibchen ihres Kleides zu öffnen, während ich mich umdrehte, um mein Notizbuch zu Rate zu ziehen und mein Gedächtnis in bezug auf die früheren Befunde in diesem Fall aufzufrischen. Mit der einen Hand hielt die Frau den Stoff ihres Kleides hoch, um ihre alten Brüste zu bedecken, die andere streckte sie mir entgegen, damit ich ihren Pulsschlag fühlen konnte, während ich mein Ohr an ihren Rücken legte, um sie mit dem Stethoskop abzuhören. Zuerst konnte ich wegen ihrer rasselnden Atemzüge keine Herzgeräusche ausmachen, aber als ich mich dann auf den Puls an meinen Fingerspitzen konzentrierte, entdeckte ich ein schwaches Pochen und wunderte mich wieder einmal über dieses menschliche Organ, dessen blinde, fragile Ausdauer das Leben dieser ausgedörrten alten Frau aufrechterhielt.

»Ich kann nichts Auffälliges hören«, sagte ich, als ich merkte, daß sie das Handgelenk, an dem ich den Puls gezählt hatte, zurückzog und meine Hand in ihre nahm. Aber zwischen unseren beiden Handballen lag etwas. Spontan wies ich die Schwester an, ihr den Becher mit Wasser zu reichen, der auf dem Tischchen neben dem

Bett stand, und während die Schwester den Kopf abwandte, wechselte der Gegenstand von ihrer Hand in meine.

»Gut. Sie können sich jetzt anziehen«, sagte ich. Mit meinem Notizbuch unter dem Arm und den Händen auf dem Rücken bewegte ich mich rückwärts zwischen den Trennwänden hindurch in den Saal.

Nachdem ich mich wieder frei bewegen konnte, merkte ich, daß der Gegenstand ein zusammengefaltetes Stück Papier war. Schnell ging ich zwischen den Bettenreihen durch den Gang, auf der Suche nach einem ruhigen Ort in der Bibliothek, um die geheimnisvolle Botschaft zu lesen, als Ducasse nach mir rief.

»Kommen Sie einmal her, und sagen Sie mir, was Sie hiervon halten.«

Er hatte Roland und die anderen Assistenten um eine Patientin versammelt, die in ihrem Bett saß. Ich zögerte, wußte nicht recht, was ich mit dem Gegenstand in meiner Faust tun sollte. Ich wollte nicht, daß Ducasse mit seinen scharfen Augen sah, wie ich etwas so Interessantes wie einen Notizzettel, den ich von einer seiner Patientinnen erhalten hatte, in meine Jackentasche stopfte, aber ich konnte den Zettel auch nicht verstohlen in einer meiner Hosentaschen verschwinden lassen. Um die Wahrheit zu sagen, ist meine Hose uralt, und die beiden Taschen haben so große Löcher, daß ich mich nicht einmal trauen würde, ein Taschentuch hineinzustecken.

»Kommen Sie, und werfen Sie einen Blick auf den Hals dieser Frau«, forderte er mich auf. Nun, seine schroffe Art mag vielleicht bei Medizinstudenten angebracht sein, bei Kollegen jedoch wirkt sie außerordentlich irritierend. Mit den Händen auf dem Rücken sah ich mir den dürren Hals der Frau an.

»Nun?« fragte er ungeduldig. Wie ich von den blasierten Gesichtern ablesen konnte, waren die Kollegen bereits über das Geheimnis informiert. Es würde etwas Obskures, aber vermutlich Offensichtliches sein, wenn man erst einmal erkannt hatte, was es war. Zu meinem Pech konnte ich nichts Abnormales erkennen und wollte es Ducasse gerade sagen.

»Jetzt machen Sie schon, Mann, Sie können doch keine Diagnose stellen, wenn Sie die Hände auf dem Rücken haben. Untersuchen Sie die Patientin!«

Ich trat hinter die Frau, um ihren Hals abzutasten. Jetzt stand ich auf der anderen Seite der Patientin, Ducasse und den anderen gegenüber, so daß ich glaubte, es riskieren zu können, den zusammengelegten Zettel einfach fallen zu lassen, um ihn später wieder aufzuheben. Ich gab Roland meinen Notizblock, damit er ihn hielt, und scharrte mit den Füßen, um das Geräusch des herunterfallenden Papiers auf dem Fußboden zu vertuschen.

Der Hals der Patientin war so dünn, so ohne jedes Fett unter der Haut, daß die wesentlichen anatomischen Merkmale so scharf unter meinen suchenden Fingern hervortraten, als wäre sie seziert. Ich machte den Muskelstrang ausfindig und bewegte die Finger weiter zu den pulsierenden Strängen der Halsschlagadern. Ich forderte die Schwester auf, ihr Wasser zu trinken zu geben, damit ich die Schilddrüse fühlen konnte, während sie schluckte. Wieder fand ich nichts, das nicht hätte da sein sollen, aber alles, was da sein sollte. Ducasse strich sich über den Bart, als er mein Gesicht beobachtete und auf ein Zeichen der Entdeckung oder der allmählichen Verwirrung über die fruchtlose Suche wartete. Aber er lauerte vergebens. Ich ließ meine Augen herumwandern, wie man es tut, wenn man sich auf seine Fingerspitzen konzentriert, aber keiner der anderen war bereit, mir einen Hinweis zu geben. Meine Hände fielen auf die Schultern der Frau, und meine Daumen fühlten die Vertiefung zwischen dem Schlüsselbein und dem Rand des Kapuzenmuskels. Schließlich strich mein Daumen an der linken Seite auf der halben Länge des Knochens über einen Knoten, hart wie eine Murmel. Ich erstarrte, als ich mit dieser ertasteten Manifestation des Todes in Berührung kam.

Ducasse sah, daß ich ihn gefunden hatte, den kleinen Samen, so unschuldig hinter dem Schlüsselbein verborgen, abgetrennt von der bösartigen Blume, die tief in ihrem Körper erblüht war.

»Ich dachte mir, es würde Sie interessieren, ein Zeichen zu sehen, dessen Bedeutung einer Ihrer Landsleute entdeckt hat«, sagte er.

»Professor Virchow ist Deutscher«, korrigierte ich ihn. »Ich bin Ungar.«

Der Unterschied interessierte Ducasse nicht weiter. Er zuckte nur die Achseln und fragte beharrlich weiter: »Sie wissen, mit welchem anderen Zustand Virchows Lymphknoten in Verbindung stehen?« fragte er.

Die Frau blickte von einem zum anderen, zweifellos ehrfürchtig, aber auch entsetzt über das große Interesse, das diese Herren plötzlich an ihr zeigten. Sie erinnerte mich an einen kleinen, ins Zimmer geflogenen Vogel, der den Weg nicht mehr nach draußen findet und in Panik immer wieder gegen das Glas der Fensterscheiben fliegt.

»Ich zögere, es auszusprechen.«

»Wissen Sie es?«

»Ja, ich weiß es.«

»Dann sagen Sie es, wenn Sie es wissen. Sonst lassen Sie jemand anders die Frage beantworten.«

»Magenkrebs.« Ich flüsterte fast, aber sie hörte es trotzdem, und ihre Hände fuhren entsetzt an ihren Mund. Die Schwester machte einen Schritt nach vorn, um sie zu trösten, und diese einfache freundliche Geste besänftigte sie so, daß sie zu schluchzen begann.

Nachdem Dr. Ducasse den Schaden erst einmal angerichtet hatte, klopfte er der armen Frau vergeblich auf die Schulter. Ich riskierte einen schnellen Blick auf den Boden zu meinen Füßen, aber ich konnte den Zettel nirgends entdecken. Die anderen machten sich direkt von dem Schauplatz davon, während die Schreie der armen Frau immer lauter wurden.

»Beruhigen Sie sich. Das ist doch kein Todesurteil«, log Ducasse ohne große Überzeugung und bewirkte bei der Patientin damit nur neue Klageschreie.

Die Krankenschwestern stellten Sichtschirme auf, und bei der dabei entstehenden Unruhe konnte ich mich endlich auch von der Stelle bewegen und mich ganz offen nach dem Zettel umsehen. Aber ich fand ihn nicht.

Dr. Ducasse forderte mich auf, mit ihm mitzukommen. »Überlassen wir das den Schwestern«, sagte er.

Auf eine Weise, die, wie ich fürchtete, gefährlich leicht als gespielt zu erkennen sein würde, ließ ich aus meinem Notizbuch ein Blatt Papier auf den Boden fallen und bückte mich, um es aufzuheben. In dieser Stellung konnte ich mehrere Meter weit in alle Richtungen über den Boden sehen, aber es bestand gar kein Zweifel: Der Zettel mit der Nachricht war verschwunden. Nervös folgte ich Ducasse hinter die Sichtschirme, die die Schwestern aufgestellt hatten.

»Haben Sie ihn gesehen?« fragte er mich.

»Nein«, erwiderte ich konsterniert und überlegte, wie er von seinem Platz auf der anderen Seite des Bettes hatte sehen können, was ich tat.

Er sah mich verschlagen an. »Seien Sie ehrlich«, drängte er. »Jemand hat Ihnen einen Tip gegeben, nicht wahr?«

Es dauerte eine Weile, bis mir klar wurde, daß er von dem Lymphknoten sprach, nicht von dem Zettel. Ich konnte die emotionale Erleichterung, die mich durchflutete, kaum verbergen, und einem so scharfen Beobachter wie Ducasse konnte dies nicht entgangen sein. Ich hoffte nur, daß er es als Verlegenheit oder Bescheidenheit deutete. »Nein, ich bin nur ganz zufällig darauf gestoßen«, sagte ich. »Es war mehr oder weniger Glückssache.«

»Vielleicht.« Dr. Ducasse drehte sich um und wollte schon gehen, dann sagte er mürrisch: »Aber außer Ihnen hat es niemand gefunden.«

Warum hatte ich die Nachricht auf dem Zettel vor Ducasse versteckt, und warum war ich jetzt durch ihr Verschwinden so in Aufruhr versetzt, wenn ich nicht schon jetzt, was ihren Inhalt betraf, eine leise Ahnung, ein schuldhaftes Gefühl verspüren würde? Warum fürchtete ich, daß sie mich belasten würde, wenn jemand anderer sie fand? Warum jammerte ich so über ihren Verlust? Die Antwort ist, kurz gesagt, daß ich wußte – mir wünschte –, daß die Nachricht von Stacia war.

Jemand hatte sie aufgehoben. Wie Ärzte nun einmal sind – mit ihrem Glauben an ihr gottgegebenes Recht, ihre Nase in anderer Leute Angelegenheiten zu stecken –, hatte die betreffende Person den Zettel gelesen. Ich konnte nur hoffen, daß ich unerkannt blieb.

Ich fand Roland in der Bibliothek, und nach längerem Hin und Her entschloß ich mich schließlich, ihn ganz ruhig zu fragen, ob er einen Zettel gesehen hätte, der mir heruntergefallen war, als ich die Patientin untersuchte.

»Sie haben mir Ihr Notizbuch gegeben«, sagte er mit abwesender Miene, ohne von der Monographie aufzublicken, in die er vertieft war. Ich zögerte, ob ich ihn bitten sollte, noch einmal darüber nachzudenken, denn dann würde ich der kleinen Ungelegenheit, als die ich es hinstellen wollte, zu viel Bedeutung beimessen. Aber vor allem wollte ich es vermeiden, seine Neugier zu wecken. Ich muß einen Augenblick zu lange über ihn gebeugt stehengeblieben sein, denn er blickte auf. »Tut mir leid«, sagte er. »War es wichtig?«

»Nein«, versicherte ich etwas zu hastig. »Ein paar Notizen, die ich mir gemacht habe, als ich eine Patientin untersucht habe. Flüchtige Notizen. Es ist nur, weil ich keine Lust habe, die Untersuchung noch mal zu wiederholen.«

»Wirklich in Ihrem Notizbuch?«

»Bestimmt taucht der Zettel früher oder später wieder auf. Wahrscheinlich habe ich ihn in Gedanken irgendwo hingelegt.«

»Sie hatten wirklich Glück, daß Sie auf den Knoten gestoßen sind. Ich hätte nie geglaubt, daß Sie ihn finden.«

»Ja, das war Glück.«

»Kein Grund, darauf stolz zu sein, wissen Sie.« Er hörte sich etwas verstimmt an. »Einen supraklavikularen Lymphknoten zu finden mag vielleicht in Budapest eine große Sache sein, aber in Paris ist das eine Selbstverständlichkeit.«

»Jeder hätte ihn finden können. Zufällig war ich derjenige, das ist alles.«

»Genau das wollte ich Ihnen ja sagen. Sie sollten nun nicht glauben, daß Sie, nur weil Charcot Sie rein zufällig bei einer Demonstration herausgepickt hat, jetzt etwas Besonderes wären.« Er kicherte, aber es klang etwas gezwungen, als wollte er mir zeigen, daß ihm die ganze Sache völlig egal war. »Alle haben ihn gefunden, wissen Sie«, sagte er, schon wieder in sein Buch vertieft. Sein Neid kränkte mich, denn ich hatte geglaubt, daß wir trotz unserer unterschiedlichen Herkunft schon so etwas wie Freunde geworden waren.

Im Salpêtrière herrscht ein unerbittlicher Konkurrenzkampf; es werden nur ganz wenig feste Stellen frei, und die Assistenten bekommen nur eine geringe Entlohnung. Man will, daß ein Arzt seine Arbeit hier nur vorübergehend ausübt, um seine Kenntnisse auf dem Gebiet der Neurologie zu vertiefen, und dann dorthin zurückgeht, woher er gekommen ist. Allerdings bemüht sich jeder, der bis in dieses medizinische Mekka vorgedrungen ist, nun auch hierzubleiben, was zur Folge hat, daß erwachsene Männer auf untergeordneten Posten arbeiten und darum wetteifern, sich bei ihren Vorgesetzten hervorzutun. Beförderung hängt von Anerkennung ab, aber wie soll man es anstellen, anerkannt zu sein? Ich nehme an, der Lymphknoten war eine solche Gelegenheit.

Ich kann es nicht mit Sicherheit sagen, da wir uns nie so nahegekommen sind, um über diese Dinge reden zu können, aber ich vermute, daß Roland sogar über noch weniger Mittel verfügt als ich und daß seine Familie nicht in der Lage ist, ihn zu unterstützen. Vielleicht hat er aber auch gemerkt, daß mir diese Gelegenheit, mich auszuzeichnen, die für ihn selbst so wichtig war, nichts bedeutet hat. Dieses Geschenk, eine Chance zu bekommen, war bei mir, diesem aristokratischen Dilettanten, vergeudet. Zweifellos schürt dieser Vorfall seine republikanischen Gefühle, aber mir wäre der Zettel lieber.

Am Nachmittag ereignete sich etwas, das Rolands Vorurteile mir gegenüber nur noch mehr angestachelt haben muß. Der Lakai der Berthiers erschien auf meiner Station, begleitet von mehreren kriecherischen Speichelleckern, die ihm angeblich bei der Suche nach mir halfen, in Wirklichkeit aber nur ihre Neugier befriedigen wollten. Im Hôpital gibt es eine ganze Menge alte Männer und Frauen, die anscheinend nichts anderes zu tun haben, als Dinge auszuspionieren und weiterzugeben und, wie ich annehme, für verschiedene kleine Gefälligkeiten Bestechungsgelder zu kassieren.

Ich hörte die plötzliche Unruhe hinter den Trennwänden, die um das Bett der Patientin aufgestellt waren, die ich gerade untersuchte, achtete aber nicht weiter darauf, bis ich meinen Namen hörte. Ich ging hinaus und fand dort den jungen Mann, dessen früheres Benehmen mir gegenüber fast unverschämt zu nennen gewesen war. Jetzt sah ich mit Genugtuung, wie außerordentlich unbehaglich er sich fühlte, nachdem er eine Stunde oder mehr herumgeirrt war, verloren in einer Irrenanstalt, orientierungslos und schwitzend und zweifellos ängstlich vermeidend, irgendwelche Patienten nach dem Weg zu fragen, um sie ja nicht zu reizen. Gleichwohl war ihm seine Erleichterung jetzt anzusehen, als er sich bemühte, mir den Respekt zu erweisen, an dem er es zu früheren Gelegenheiten hatte mangeln lassen, denn er muß gespürt haben, daß seine Rückkehr in die normale Welt von meinem Wohlwollen abhängen könnte.

Wie wunderbar von Nicole, ihn in dieses Abenteuer zu schicken! Denn die Karte, die er mir überreichte, stammte von ihr, mit tausend Entschuldigungen für die unangemessene Art der Einladung, aber mit dem Hinweis, daß ich, der selbst ein Dichter war, Nachsicht üben würde. Die Berthiers gaben an diesem Abend einen Empfang für einen Dichter (ein Name, den ich nicht kannte), der eingewilligt hatte, aus seinen letzten Werken vorzulesen.

»Ich wäre entzückt!« kritzelte ich auf die Rückseite der Karte und reichte sie dem Mann zurück. Inzwischen waren wir von Zuhörern umringt. Die Patientinnen starrten uns offen an, die Schwestern unterbrachen ihre Arbeit, und sogar ein paar der anderen Ärzte machten sich in unserer Nähe zu schaffen. Ich beauftragte einen Aufseher, dem Lakai den Weg zum Haupttor zu zeigen. Als ich wieder zu der Patientin hinter den Trennwänden ging, hörte ich Getuschel. Später am Nachmittag, als ich die Station vorzeitig verließ, sahen sie mir verstohlen nach und stießen sich gegenseitig an. Die Menschen um mich herum beobachteten mein Kommen und Gehen, und ich bin wohl drauf und dran, mir einen Ruf als ein Mann mit Geheimnissen zu erwerben, als ein Mann mit Freunden an hoher Stelle.

Ich mußte früher weg, um noch rechtzeitig in dem Schneiderladen zu sein. Eigentlich hatte ich meine letzte Anprobe hinausschieben wollen, weil ich mir im Moment den Anzug unmöglich leisten konnte. Lothars forsche Reden über das Recht eines Gentleman, Kredit aufzunehmen, mochte für einen Mann mit seinen Mitteln schön und gut sein, und in seiner Gesellschaft hatte ich irgendwie seine Art zu denken angenommen, was nach meiner sehr strengen Erziehung eine wahre Befreiung gewesen war. Im nachhinein glaube ich, daß er mich verzaubert haben muß. Aber dieses Gefühl der Unbekümmertheit war bereits am nächsten Tag verflogen, und seither habe ich mich schon vor dem Tag der Abrechnung gefürchtet, an dem der Geschäftsführer mit einer Meute Geldeintreiber vor meiner Tür steht.

Aber jetzt brauchte ich den Anzug einfach doch. Ich wollte nicht wieder in meinem Erbstück, wie Lothar es ausgedrückt hatte, als der arme Verwandte im Hause Berthiers auftauchen. Wer weiß, was die Leute hinter meinem Rücken tuscheln würden? Aber am wichtigsten ist mir, daß Nicole sich meiner nicht schämen muß. Ich ertrage es nicht, daß sie mich als ihren Cousin vom Lande, als einen Hinterwäldler aus Transsylvanien betrachtet. Vielmehr wünsche ich mir, daß sie in mir einen hoffnungsvollen jungen Wissenschaftler und Arzt sieht, einen Mann mit strahlender Zukunft, der sich mit *tout le monde* verbindet.

Ich habe den Anzug schon einmal anprobiert. Heute morgen, als ich auf dem Weg zum Hôpital hätte sein sollen, war ich schnell dort, und der Geschäftsführer hat mir versichert, daß er am Abend fertig sein würde. Schon bei dieser ersten Anprobe war der Anzug ein Wunder an Eleganz, und ich sehnte mich danach, ihn zu besitzen. Ich träumte davon, daß sich alle bewundernd zu mir umdrehten, wenn ich Madame Berthiers Salon betrat, und daß die Frauen sich gegenseitig flüsternd fragten: Wer ist dieser Mann?

An diesem Nachmittag zupfte der Geschäftsführer nervös an mir herum. Ich glaube, er war erleichtert, weil ich tatsächlich gekommen war, um den Anzug in Besitz zu nehmen. Der Sitz ist einfach perfekt. Die Hose hebt meine Figur auf vorteilhafte Weise hervor, ohne die Bewegungsfreiheit einzuschränken, und die Jacke hat die richtige Mischung aus modischem Chic und schlichter Eleganz.

Ich drehte mich vor den drei Spiegeln um mich selbst, um das prächtige Ding von allen Seiten in Augenschein zu nehmen. Wie seltsam, seinen eigenen Hinterkopf einzufangen oder sich von der Seite zu betrachten! Sich selbst zu studieren! Wenn man den Blickwinkel verändert, sieht alles anders aus. Es war ein merkwürdiges Gefühl, mir selbst fremd zu sein.

»Ich werde ihn gleich anbehalten«, verkündete ich.

»Und der da?« fragte der Geschäftsführer. Er deutete unentschlossen auf den Anzug, den ich abgelegt hatte.

»Ich bin sicher, Sie haben dafür eine passende Verwendung«, erwiderte ich mit großer Geste. Irgendwie hatte ich das Gefühl, daß das von mir erwartet wurde.

Und dann inszenierte ich meinen Abgang. Ich war huldvoll, nobel, liebenswürdig und schnell. Der Geschäftsführer legte einen ziemlichen Eifer an den Tag, um mit mir Schritt zu halten, so daß ich ihn auf dem Weg durch den Laden nicht abzuhängen vermochte. Ich war mir nicht ganz sicher, ob er nur bemüht war, an meiner Seite zu schreiten, oder ob er mich zu überholen versuchte, bevor ich die Tür erreicht hatte. Um jeden Eindruck von Ungehörigkeit zu vermeiden, blieb ich vor ein paar Hüten stehen.

Er räusperte sich mehrmals, schien aber unfähig, die richtige Form zu finden, um bei einem Grafen das Geld einzutreiben. Seit die Franzosen ihre gesamte Aristokratie auf die Guillotine geschickt haben, sind sie die größten Snobs in Europa. Eine angemessene Strafe.

Ich tat so, als hätte ich einen Entschluß gefaßt. »Vielleicht ein anderes Mal«, sagte ich, auf die Hüte zeigend, und ging wieder Richtung Tür.

»Da wäre noch die Rechnung, Graf«, begann der Geschäftsführer mit einem schwachen Lächeln.

»Aber ja«, erwiderte ich. Ich hatte angefangen, mir Lothar vorzustellen, und dieser Trick führte dazu, daß ich eine gewisse Sorglosigkeit an den Tag legte, die ich mir gar nicht zugetraut hätte. »Schreiben Sie alles auf meine Rechnung, wenn Sie so gut sein wollen.«

»Natürlich«, sagte er mit unglücklicher Miene. »Aber ich frage mich …«

»Ja?«

»Ob es Ihnen vielleicht etwas ausmachen würde …«

»Meine Redlichkeit unter Beweis zu stellen? Selbstverständlich.«

»Nein!« Er war über seine eigene Unbesonnenheit entsetzt.

»Aber natürlich.«

»Nein, bitte, Graf!«

»Aber ich bin doch für Sie ein völlig Fremder, und ich kann gut verstehen …«

»Bitte, Graf, glauben Sie mir, daß ich das niemals in Frage stellen würde – niemals!«

Ich beobachtete seine Qualen und fühlte ein neues Potential in mir wachsen. Ich seufzte wohlwollend. Er spürte Vergebung. »Was immer Sie für richtig halten«, sagte ich zu ihm, während er mich durch die Tür nach draußen schob.

Jahrelang hatte ich mich an Regeln gehalten, an das, was Onkel Kálmán und die Jesuiten im St. Sebastian und die Schulmeister an der Universität mir befahlen. Ich habe mich brav an die Regeln gehalten, und ich bin nicht davon abgewichen. Jetzt beginne ich zu überlegen: Gibt es wirklich irgend jemand, der die Regel »Betreten des Rasens verboten«, die überall an den Wegen auf Schildern steht, durchsetzt? Und wenn es ihn gibt, kümmert er sich überhaupt um mich? Ich hatte kein Geld, und trotzdem hatte mir der Schneider einen wunderbaren neuen Anzug gemacht.

Ich ging die kurze Strecke bis zur Rue de Rivoli im nachmittäglichen Sonnenschein und blieb am Bordstein stehen, bevor ich auf die andere Seite zu den Gärten der Tuilerien hinüberwechselte. Ich wollte den Augenblick genießen. Die Straße war zu dieser Stunde sehr belegt; manche Menschen gingen eilig ihren Geschäften nach, andere schlenderten müßig dahin. Unter ihnen fühlte ich mich wie ein Schmetterling, der sich aus seinem Kokon befreit; ich streckte meine Glieder, um den Sitz der prächtigen neuen Hülle zu fühlen, und spürte, wie ich anschwoll und Besitz von dieser neuen Verkörperung ergriff.

Der Gedanke, Nicole wiederzusehen, erfüllte mich mit Erregung. Die Einladung war von ganz besonderer Art; sie hatte sich die Zeit genommen, selbst eine Nachricht an mich zu schreiben, und ich bezweifelte, daß sie diese Gunst vielen anderen Menschen zuteil werden ließ. Und sie hatte auch auf das Gedicht angespielt, das ich für sie geschrieben hatte. Sie konnte nicht wissen, wie erniedrigend es für mich gewesen war, mich ihr auf eine derart entwürdigende Weise offenbart zu haben. Jede Poesie kam mir damals kraftlos vor, denn Zärtlichkeit bedeutete Schwäche. Nach dem Vorfall mit dem Dornenzweig hatte ich mein Werk vernichtet, hatte das Blatt Papier in winzige Stücke zerrissen und diese vom Schloßturm verstreut, hatte zugesehen, wie sie nach unten schwebten, sich in der Luft drehten und wendeten und im Schloßgraben landeten, wo sie von den Abwässern davongetrieben wurden. Fast wäre ich ihnen gefolgt.

Mein Besuch beim Schneider hatte länger gedauert als erwartet, so daß ich zu spät im Haus der Berthiers eintraf. Als ich die Empfangsräume betrat, war ich überrascht, daß trotz der so kurzfristigen Benachrichtigung sich so viele Gäste eingefunden hatten. Anscheinend ist der Dichter Stanislowski ein Anhänger Baudelaires und gilt als vielversprechend. Der Mann war höchst sonderbar ausstaffiert, halb *Montmartre apache,* halb Zigeunerprinz, hatte langes schwarzes Haar, das aus seiner blassen Stirn zurückgekämmt war, längliche Gesichtszüge und traurige Augen. Er sah ziemlich jämmerlich und ungesund aus, was natürlich zu seiner Aura modischer Spiritualität beitrug. Er unterstrich das Ganze noch mit einer übertrieben pathetischen Haltung, die auf tiefes Leid schließen ließ, das mit Worten nicht zu beschreiben war. Die Bürde der Kreativität lastete schwer auf seinen schmalen Schultern.

Ich sah in ihm wenig mehr als einen Zirkusclown, obwohl man mir sagte, daß es für Tante Sophie ein großer Coup gewesen war, ihn in ihren Salon zu locken, da er sonst nur selten einwilligt, außerhalb des Zirkels seiner Bewunderer, die sich im Hinterzimmer eines obskuren Cafés um ihn versammeln, Lesungen durchzuführen. Viele Leute drängten sich um ihn, weil sie hofften, von Madame Berthier der Berühmtheit vorgestellt zu werden. Die meiste Zeit hörte er den Leuten einfach nur zu, und ich nehme an, daß der Hauptgrund für diesen einleitenden Teil der Veranstaltung darin bestand, sich den Künstler aus der Nähe ansehen zu können, genauso wie man sich vielleicht ein Tier im Zoo ansieht: Dieser Subversive, dieser Dekadente, dieser Apostel des Bösen konnte in einem komfortablen Salon besichtigt werden, nicht viel anders, als wenn man ungestraft durch die Gitterstäbe eines Käfigs dem Tiger in die Augen starrt. Wie aufregend für die versammelte Gesellschaft, diesen Mann in ihrer Mitte zu haben, dessen Ruf von seiner Aufforderung herrührt, gerade die Werte und Einrichtungen niederzureißen, auf denen ihr Komfort aufgebaut ist! Stanislowski war ein Zauberer, der dafür bezahlt wird, auf einer mondänen Gesellschaft aufzutreten: Seine Aufgabe ist es, zu erschrecken und zu schockieren, aber nur bis zu einem genau festgelegten Grad.

Aristide Berthier begrüßte mich sehr herzlich, und ich habe den Eindruck, daß er sich bei diesen Empfängen wie ein Außenseiter vorkommt. Die treibende Kraft, die hinter den sozialen Ambitionen der Familie steht, sind Tante Sophie und Nicole, und Aristide hält sich am Rande des Geschehens, nickt mit abwesender Miene Leuten zu, die er begrüßen sollte, während er in seinem Kopf neue Finanzschemata ausbrütet. Aus irgendeinem Grund hat er an mir Gefallen gefunden. Ich glaube, das kommt von der Zuneigung, die er meiner Mutter entgegengebracht hat.

»Da ist er endlich!« rief er, als er mich sah.

Ich war überrascht und blickte verstohlen um mich, um festzustellen, wen er sonst noch hätte meinen können, aber er kam geradewegs auf mich zu, ergriff meine Hand und legte seine andere Hand mit einer väterlichen Geste auf meine Schulter.

»Mein Junge, heute abend werden wir Ihre Dienste ganz besonders benötigen.«

Wie so oft merkte ich gar nicht, daß die Bemerkung nicht ernst gemeint war, und erwartete schon irgendeinen Tumult, eine Dame etwa, die in Ohnmacht gefallen war, weil ihre übereifrige Zofe ihr Korsett zu fest geschnürt hatte.

»Haben Sie schon mal eine solche Hysterie erlebt?« fragte Aristide vergnügt und deutete auf die hektischen Aktivitäten rund um den Dichter.

»Der Bursche ist ein Poseur, würde ich sagen.«

»Aber er gefällt den Damen«, seufzte Aristide.

»Und das allein zählt«, warf Lothar ein, der plötzlich neben mir auftauchte. »Guten Abend«, sagte er und schüttelte meinem Onkel die Hand, sehr respektvoll, was, wie ich wußte, gar nicht seiner Natur entsprach. »Ich habe noch nie einen solchen Aufmarsch erlebt, um Gedichte anzuhören.«

»Er ist die Sensation der Saison, heißt es. Alle sind hier, um sehen und gesehen zu werden.«

Lothar drehte sich um, als wollte er die Menschenmenge näher mustern, beugte sich aber dicht zu Aristide. »Übrigens vielen Dank für Ihren Rat in bezug auf die abendländischen Handelsgesellschaften«, murmelte er.

Aristide strahlte. »Haben Sie einen guten Ritt gemacht?«

»Einen verdammt guten Galopp!«

Beide lachten.

»Sehr gut«, sagte Aristide. »Leicht aufzusitzen. Leicht zu reiten. Der Trick ist, zu wissen, wann man absteigen muß. Aber das müssen Sie allein tun«, sagte er, während er weiterging.

»Sie haben auch für eine Sensation gesorgt«, sagte Lothar gedehnt und auf die gleiche konspirative Art, mit der er Aristide gedankt hatte.

»Ich würde es vorziehen, die ganze Sache zu vergessen.«

»Man vergißt niemals das erste Mal.«

»Es ist nichts, worauf ich besonders stolz wäre.«

»Das sollten Sie aber, alter Knabe. Sie haben bei den Damen ganz schön für Aufregung gesorgt, das kann ich Ihnen verraten. Ein erstaunliches Debüt.«

»Ich bitte Sie, ich muß an meinen Ruf denken.«

»Ihr Ruf ist gemacht.«

»Ich wünschte, Sie würden schweigen.«

»Das nächste Mal geht es auf Ihre Rechnung. Dazu können Sie Ihre unrechtmäßig erworbenen Gewinne von den abendländischen Handelsgesellschaften verwenden, die uns Onkel Aristide freundlicherweise in den Schoß gelegt hat.«

»Was Sie mit Ihrem Geld machen, geht mich nichts an. Ich weiß nur, daß ich diesen verdorbenen Ort niemals wieder betreten werde.«

»Finden Sie das fair? Ist denn der Ort selbst verdorben? Ganz bestimmt nicht. Sind es die Damen? Sie versuchen doch nur, gefällig zu sein. Oder sind es die Gäste? Was meinen Sie?«

»Ich glaube, ich widme mich jetzt lieber der Poesie.« Damit ließ ich ihn stehen.

»Die Jacke sitzt perfekt«, hörte ich ihn noch sagen.

Ich ging direkt zu Nicole. Ihr Lächeln öffnete mir einen Weg durch die Menschenmenge. Ich nahm ihre Hand und glaubte zur Begrüßung einen Druck in ihren Fingerspitzen zu fühlen, ein leichtes Zögern, eine Andeutung von Verwirrung und Schüchternheit in meiner Gegenwart.

»Mama«, sagte sie und drehte sich zu meiner Tante um. »Glauben Sie nicht, daß wir mit dem Programm beginnen sollten? Es sind schon alle hier.«

»Sehr gut, meine Liebe.« Sie sah sich nach ihrem Mann um und winkte ihm mit ihrem Fächer. »Aristide, sollen wir vorangehen?«

Nicole drehte sich zu mir, und ich nahm dieses Angebot sofort an. »Darf ich Sie begleiten?« fragte ich.

»Natürlich«, erwiderte sie und nahm meinen Arm.

Ich hatte das Gefühl, daß sie mir durch den Ton ihrer Stimme zu verstehen geben wollte, daß sie längst beschlossen hatte, daß ich sie begleiten sollte, noch bevor ich überhaupt gefragt hatte.

»Und dichten Sie noch immer?« fragte sie unschuldig, als wir zu den Sitzreihen gingen, die die Diener vor dem Klavier aufgestellt hatten.

»Sie haben meine letzte Arbeit gelesen«, erwiderte ich und verspürte eine unerwartete Traurigkeit.

»Und war es Ihre beste Arbeit?«

Ich zögerte, mich noch einmal vor ihr verwundbar zu zeigen, da ich spürte, daß das, was für mich eine köstliche schmerzliche Erinnerung war, für Nicole nur die Einleitung zu einem Spiel bedeutete. Trotzdem sagte ich: »Es war das Beste, was ich je geschrieben habe.«

»Es war irgendwie verträumt«, sagte sie und seufzte sehnsüchtig. »Ich habe es noch, wissen Sie, in einer meiner Schatztruhen, irgendwo. Ich nehme es oft zur Hand und denke an jene Zeit.« Sie drehte sich plötzlich zu mir und sah mich ernst an. »Finden Sie mich hoffnungslos sentimental?«

»Nein«, erwiderte ich hilflos.

»Aber das bin ich. Ich bin eine Sklavin meiner Gefühle.«

»Darauf wäre ich nie gekommen.«

»Nein?« Sie klang überrascht.

»Ehrlich. Ich finde, Sie haben soviel Selbstbeherrschung.«

»Sie denken manchmal an mich?«

»In jedem Augenblick, den ich wach bin«, entfuhr es mir. Auch wenn das nicht ganz stimmte, gab es für uns so selten eine Gelegenheit, privat miteinander zu reden, so daß ich die Übertreibung für gerechtfertigt hielt.

»Jetzt werden Sie aber sentimental«, sagte sie mit tiefer und geheimnisvoller Stimme, während ich mich über sie beugte, um ihren Stuhl zurechtzurücken.

Links von Nicole saß ihr Vater. Lothar hatte es irgendwic geschafft, sich auf den Sitz zu meiner Rechten zu schmuggeln, indem er Nicoles Freundin Amie begleitet hatte. Während wir darauf warteten, daß Stanislowski seinen Platz neben dem Klavier einnahm, lehnte sich Lothar ständig über mich, um Nicole irgendeine unwichtige Bemerkung zuzuflüstern. Die beiden schienen sich prächtig zu amüsieren. Lothar wieherte, und Nicole mimte mit gespitzten Lippen Mißbilligung, während ihr Gesicht nachsichtig Komplizenschaft ausstrahlte. Amie wurde mit schnell auf die Seite gesprochenen Worten von Lothar in die Unterhaltung miteinbezogen und reagierte, indem sie ein Kichern unterdrückte, das wie ein Schluckauf klang. Ich saß in der Mitte dieses Gedankenaustauschs und fühlte mich doch fremd, spürte Untertöne, war überzeugt, daß Lothar in Wahrheit nur auf eine heimliche Vertrautheit mit Nicole anspielen wollte. Dann, wie um zu zeigen, daß er mich in ihren fröhlichen Kreis miteinschloß, legte er mir seine Hand auf eine Weise aufs Knie, die mir entschiedenes Unbehagen bereitete.

Schließlich kam Stanislowski angeschlurft. Das Geplauder versiegte, und im Raum machte sich Stille breit. Er stand da, mit der einen Hand auf dem Klavier und in der anderen ein paar Blätter Papier, die er auf dem Rücken hielt; den Kopf hatte er nach unten gebeugt. Zuerst glaubte ich, er spräche mit sich selbst, würde undeutlich etwas vor sich hin murmeln, ohne Anzeichen dafür, daß es an seine Zuhörer gerichtet war, aber anscheinend machte das einen Teil des Reizes aus, den sein Vortrag ausübte. Allmählich gewann seine Stimme an Volumen, obwohl es mir noch immer schwerfiel, den abgehackten Sätzen, die er in unsere Richtung schleuderte, einen Sinn zu entnehmen. Aber Nicole drückte aufgeregt meinen Arm, und als ich mich zu ihr umwandte, entdeckte ich eine unglaubliche Intensität in ihrem Gesicht; ihre Lippen waren leicht geöffnet und feucht, ihre Wangen von einer hektischen Röte überzogen, alles an ihr war auf den Sinn gerichtet, der sich hinter dem Klang seiner Wörter verbarg. Ich will nicht leugnen, daß er Talent hatte, dieser verlassen wirkende Mann. Als ich mich zurücklehnte und seine Worte auf mich einwirken ließ, zogen sie mich in einen melancholischen luxuriösen Bann, und in einem dieser eindringlichen Augenblicke wagte ich es, Nicoles Hand zu ergreifen, und ich fühlte, wie sie den Druck meiner Finger schnell erwiderte.

Ich hatte die magische Kraft der Wörter vergessen. Es war nur eine Illusion, mehr nicht, und doch war die Verzauberung, die Nicole und mich in einem gemeinsamen Bewußtsein verband, ganz real. Ich kann mich nicht entziehen. Ich werde es nicht zurückweisen. Der Dichter sprach von Verfall, der mitten im Leben vorhanden ist, von dem Wurm im Keim, von der Sinnlichkeit einer erblühten Rose, offen und weich und so reif, daß sie zerfällt, wenn man sie berührt, von den zu Boden fallenden Blütenblättern, dem nackten Stengel und den künftigen Samen. Ich weiß nicht, wie er es schaffte, daß wir seine dekadente perverse Kunstfertigkeit ertrugen. Wir waren seine Objekte, genauso wie Professor Charcot die Gefühle seiner hysterischen Patientinnen manipuliert. Ich spürte ein Zittern, das durch meinen Körper lief, als ich mich dem Strom der Eindrücke überließ, die der Dichter weckte, und ich sah Tränen der Sehnsucht in Nicoles Augen, die sie nicht vor mir verbarg. Ich würde diese Liebe erfüllen, wenn ich konnte. Wenn ich sie überzeugen konnte, daß ich ihrer würdig war.

5

31. MAI 1866

War ich mit Nicole zusammen, vergaß ich Stacia. Anscheinend ist im Herzen eines Mannes nicht gleichzeitig Platz für das Heilige und das Weltliche. Und ich erbärmlicher Schuft habe es zugelassen, daß sie so schnell aus meinen Gedanken verschwand. Mir ist klar, daß sie sich in einer mißlichen Lage befindet. Als ich heute morgen im Salpêtrière auf die Station kam, fiel mir die Stille auf. Das gewohnte muntere Geplapper der speziellen Patientinnen von Charcot auf der Treppe war verstummt. Es waren nur wenige da, und die paar, die beim Treppengeländer herumhingen, wirkten bedrückt.

Aber das fiel mir erst später auf, weil ich die ganze Zeit nur an Nicole denken konnte. Oben in der Station war es ungewöhnlich still. Vor einem Bett in der Ecke waren Trennwände aufgestellt, eine auffällige Abweichung von der Routine, die gewöhnlich darauf hinwies, daß eine der alten Frauen im Sterben lag. Noch auffälliger war, daß Madame Verdun, die sonst wenig mit der oberen Station zu tun hatte, geschäftig hinter dem abgeschirmten Teil hervorkam und an mir vorbeiging, als wäre ich gar nicht vorhanden. Allerdings schenkte sie uns jungen Ärzten auch sonst kaum Beachtung, so daß ich ihr Benehmen nicht persönlich nahm. Wie es hieß, hatte sie einmal ein Arzt, der sie zuerst mit vagen Heiratsversprechungen hingehalten hatte, später sitzengelassen.

Man vergißt die schönen Dinge des normalen Lebens, wenn man eine Weile in einem Armenhospital verbracht hat. Es scheint, als würde man Würde, Individualität und sein Eigenleben, zusammen mit den weltlichen Gütern, aufgeben, sobald man durch das Haupttor hineingeht. Ihr Verlust gehört zur Armut. Und so zögerte ich keine Sekunde, hinter die Trennwände zu gehen. Ich wäre nie auf den Gedanken gekommen, daß ich einen angemessenen Grund oder gar eine Erlaubnis benötigen würde, um dort einzudringen.

Stacia, so bleich wie die grauen Laken, auf denen sie lag, drehte den Kopf weg. Ich ging einen Schritt auf sie zu und sah die Bandagen, die um ihre Handgelenke gewickelt waren.

»Gehen Sie weg!« zischte sie. Sie sah mich nicht an. Im Zorn? Vor Scham? Nur ihr wilder Trotz war deutlich zu erkennen.

Madame Verdun, die so leise näher gekommen war, daß ich sie erst bemerkte, als sie sich an mir vorbei in den abgeschirmten Bereich schob, drehte sich am Fußende des Bettes zu mir um.

»Doktor?« fragte sie mit eisiger Stimme.

»Ich dachte... eine meiner Patientinnen«, murmelte ich.

»Offensichtlich nicht.«

Ich harrte noch einen Augenblick unter ihrem kühlen starrenden Blick aus. Ich wollte nicht gehen, ohne etwas zu Stacia gesagt zu haben, aber in Anwesenheit von Madame Verdun war das nicht möglich. Ich zitterte bei dem Gedanken, daß die Wahrheit herauskam. »Verzeihung«, murmelte ich und zog mich zurück.

Als ich wieder hinter der Abschirmung hervorgekommen war, gewann ich meine Fassung zurück und machte mich auf die Suche nach jemandem, der mir erzählen konnte, was passiert war. Stacia war im Salpêtrière eine Berühmtheit, zum Teil wegen ihrer äußeren Erscheinung, zum Teil wegen ihrer virtuosen Begabung als Hypnoseobjekt. Bei Charcots Freitagsdemonstrationen war sie ein Star; innerhalb der kleinen Welt des Hôpitals zollte man ihr genauso Bewunderung und Beifall, wie draußen in der Welt einer berühmten Schauspielerin. Jeder, der an diesem Morgen mehr als eine Stunde im Salpêtrière verbracht hatte, würde die Geschichte kennen. Anstatt einen meiner Kollegen zu fragen, ging ich zu einer Schwester, die in der Teeküche Laken faltete.

»Was ist denn mit Stacia los?« fragte ich mit verschwörerischer Flüsterstimme.

Sie fühlte sich geschmeichelt, mit einem Doktor Klatschgeschichten auszutauschen, und machte nur eine kurze Pause, um nach rechts und links zu sehen und sich zu vergewissern, daß Madame Verdun sie nicht dabei ertappen würde, wie sie mit einem Arzt herumstand. »Dr. Ducasse hatte sie selber zusammengenäht«, sagte sie bedeutungsvoll. Eindeutiges Zeichen dafür, welch hohen Status Stacia innerhalb der Institution einnahm. »Sie hat sich die ganze Arme zerschnitten. Mit einem Skalpell«, fügte sie in melodramatischem Ton hinzu.

Ich machte unwillkürlich die Augen zu und zitterte.

»Vierundfünfzig Stiche!«

Ich gab mir Mühe, nicht an die klaffenden Wunden zu denken.

»Sie hätte verbluten können«, fuhr das Mädchen eifrig fort, entzückt über die Wirkung, die ihr Bericht bei mir erzielte.

Ich versuchte sie von den Details abzulenken, die an meinen Nerven zerrten. »Und hat sie es hier im Hôpital getan?« fragte ich einfältig.

Sie sah mich verständnislos an. »Ja, natürlich«, antwortete sie. »Wo denn sonst? Wo hätte sie es sonst tun sollen?«

»Das ist aber schlimm. Wirklich schlimm«, polterte ich los. »Hat man denn eine Idee, warum sie so etwas Schreckliches getan haben könnte?«

Das Mädchen war zurückhaltend. »Was sind denn schon die Gründe dafür, daß sich eine junge Frau das Leben nehmen will?«

Ich ließ meine Blicke umherschweifen und schwieg. Vielleicht Schwangerschaft?

»Was könnte es schon anderes sein als eine Romanze?« flüsterte sie und legte kokett den Kopf auf die Seite.

Ich zuckte erschrocken zurück. Jetzt war ich derjenige, der zurückhaltend sein mußte. »Aber hier?« bohrte ich weiter. »Wie kann es hier im Hospital zu so etwas kommen?«

Ihre Antwort war ein weiterer wissender Blick.

ABEND

Den ganzen langen Tag habe ich darauf gewartet, daß mir jemand auf die Schulter klopft, mir leise ins Ohr flüstert, daß der Zettel gefunden worden war. Jeden Augenblick erwartete ich, in Schande nach Budapest zurückgeschickt zu werden. Aber ich kann nicht einmal mit Sicherheit sagen, ob die Nachricht überhaupt etwas mit mir zu tun hat. Vielleicht ist es nur mein schlechtes Gewissen, das sich regt, und ich habe in Wahrheit gar nichts zu befürchten.

An diesem Abend brachte die Dienerin eine Schüssel mit einem Gericht auf mein Zimmer, das sie Ragout nennen, aber ich habe keinen Appetit. Madame Thébauld, die Concierge, die mit dem Gespür eines Geiers für das Unglück abwartend um mich herumflatterte, kam die Treppe heraufgestiegen, um mich zu fragen, ob ich krank wäre. Ich hörte ihre Schritte im Gang näher kommen, dann mehrere Minuten vor meiner Tür anhalten, lauschend, wie ich annehme, darauf wartend, daß ich mit mir selbst rede, phantasiere, laut schreie oder in Halluzinationen große Reden schwinge. Sie weiß, daß ich keinen Besuch habe, dessen Gespräche mit mir sie belauschen könnte. Am Ende wurde sie ungeduldig und klopfte an die Tür.

»Geht es Ihnen nicht gut, Doktor?« fragte sie und warf einen Blick durch mein Zimmer.

»Madame, ich weiß gar nicht, wie Sie auf diese Idee kommen können.«

»Aber Sie haben gar nichts zu Abend gegessen! Wie wollen Sie da bei Kräften bleiben?«

Ich wußte nicht, welche der verschiedenen Lügen ich ihr erzählen sollte, die mir durch den Kopf gingen. »Eine kleine Verdauungsstörung. Bitte, machen Sie sich keine Sorgen.«

»Ganz bestimmt?«

»Aber sicher. Aber danke für Ihre Nachfrage.« Es zahlt sich nicht aus, es sich mit dieser Frau zu verderben.

»Na gut«, sagte sie schließlich voller Zweifel.

Bevor sie wieder ging, schien sie sich an etwas zu erinnern, kramte in ihren Taschen und überreichte mir schließlich einen Umschlag. Darin war die Schneiderrechnung, eine horrende Summe, die ich unmöglich bezahlen kann. Ich weiß, daß ich Georg nicht um Geld bitten kann. Ich weiß nicht, an wen ich mich wenden soll. Ich habe noch nie Schulden gehabt. Was werden sie tun, wenn ich sie nicht bezahlen kann? Ich stelle mir vor, wie man mich mitten in der Nacht ins Gefängnis wirft, aber ich glaube, das kommt mehr von meinen Schuldgefühlen wegen Stacia und was mit ihr passiert ist.

Ich habe mein Gesicht im Spiegel betrachtet, um zu sehen, ob ich eine Veränderung darin entdecken kann. Es ist blaß und ausgezehrt, und die Augen glänzen wie im Fieber. Ich muß an Stacias

Blässe und an die tiefen Schnitte an ihren Armen denken. Was muß geschehen, daß man sich so etwas antut? Ist es die Verzweiflung? Oder ein perverser Mut? Oder ist es irgendeine wilde Selbstaufgabe (was immer das Gegenteil von Selbstbewußtsein sein mag, das wir modernen Menschen so schätzen), die allein es einem erlaubt, seine ganze Wut herauszulassen, zu zerschneiden und aufzuschlitzen und zuzustoßen bis aufs Blut? Ich zucke zurück vor diesem Gedanken. Es gelingt mir nicht, meine Finger in Gedanken dazu zu bringen, das Rasiermesser zu ergreifen, meinen Arm zu entblößen. Und doch hat sie es getan. Stacia hat ihre weiche weiße Haut offengelegt und zugesehen, wie das heiße Blut aufgewallt und aus der Wunde geströmt ist. Ich habe einen salzigen Geschmack im Mund, als könnte ich, mit einem Kuß, die offenen Ränder der Wunde versiegeln. Ich darf mich nicht mit diesen Gedanken quälen.

Ich habe mich oft gefragt, inwieweit meine Entscheidung zum Arztberuf damit zusammenhing, Georg zu beweisen, daß ich nicht vor Blut zurückschrecken würde. Seit Georg bei den Husaren war, hatte er immer alle möglichen schrecklichen Geschichten von klaffenden Säbelwunden parat, von Gliedmaßen, die den Männern von Kanonenkugeln vom Körper gerissen worden waren, oder, und das faszinierte den Philosophen in mir, vom völligen Verschwinden einer gesamten Infanteriekompanie, die im selben Augenblick einen Angriff startete, in dem eine Ladung Kartätschen auf sie abgefeuert wurde. Diese Geschichten waren nicht anders als die Geschichten von Jagdunfällen, mit denen er mich, als wir noch klein waren, erschreckt hatte.

Am Ende habe ich ihn eines Besseren belehrt, aber da war es nicht mehr wichtig. Blut beunruhigte mich zwar, aber aus ganz anderen Gründen als den ursprünglich befürchteten. Ich erinnere mich noch an die erste Operation, der ich beigewohnt habe. Ein Kind – ich glaube, es war ein Junge – wurde festgehalten und auf den Tisch gedrückt, um einen Eiterbeutel in seiner rechten Lunge zu entleeren. Wir Studenten versammelten uns in einem Kreis rund um den Tisch, als der Professor, der die entsetzten Schreie des Kindes gar nicht zu hören schien, sich daranmachte, die Hohlnadel in die Brust einzuführen. Er blickte auf, um sich zu vergewissern, daß wir gesehen hatten, wie er den genauen Punkt des Einstichs festlegte. Wir alle wollten eigentlich nicht hinsehen, hielten den Blick möglichst abgewandt, wußten aber, daß wir den Anschein erwecken mußten, alles aufmerksam zu verfolgen. Ich zuckte nicht davor zurück. Vielmehr stand ich da wie gelähmt, die Augen auf den hilflosen Jungen geheftet, mit heftig klopfendem Herzen.

Ich nehme an, ein Neurologe würde mein Mitleid mit dem leidenden Patienten als Faszination bezeichnen. Ich spürte eine starke Mischung aus Grauen und heimlicher, prickelnder Erregung. Frauen bei ihrer Niederkunft waren die Fälle, die mich am meisten beeindruckten. Und natürlich erlebten wir in dem Ausbildungshospital am häufigsten irgendwelche Katastrophen. Ich erinnere mich vor allem noch an eine junge Frau. Sie hatte am Tag davor ein Kind geboren, hatte aber einen Blutsturz von der zurückgehaltenen Nachgeburt. Sie schien eine überirdische Schönheit zu besitzen. Vielleicht kam es von dem vielen Blut, das sie verlor, denn sie war so blaß wie ein Engel. Ihr Gesicht war mit Schweiß bedeckt, der glitzerte, wenn sie ihren Kopf hin und her rollte; sie befand sich in jenem ruhelosen Zustand, der Patienten mit hohem Blutverlust erfaßt, als würde der Körper die Todesnähe erahnen. Aber das Laken, das ihren Körper einhüllte, war von einem reinen Weiß.

Dann kam die Hebamme, um sie zu säubern, schlug das Laken zurück, und ich sah, daß ihre Schenkel mit Blut beschmiert waren und Blut zwischen ihren Beinen hervorquoll. Ich hatte davor noch nie das Geschlecht einer Frau gesehen, außer an einer Leiche. Ich stand da und zitterte am ganzen Körper. In diesem Augenblick muß die Hebamme, die zwischen ihren Beinen saß, meine Gegenwart gespürt haben; sie warf mir einen Blick über die Schulter zu und sagte in scharfem Ton, daß sie mich rufen würde, wenn sie mit der Patientin fertig sein würde. Nur schwer konnte ich meinen Blick von ihr losreißen. Das war kein lüsternes Interesse von mir, vielmehr war ich in der spirituellen Dimension der Szene gefangen – durch die Vereinigung der engelhaften Schönheit des Mädchens mit der Körperlichkeit ihres blutüberströmten Leibes. Den Rest jener Nacht erlebte ich eine tiefe Melancholie, die fast an Freude grenzte. In dieses Gefühl mischte sich, oder war vielmehr ein wesentlicher Teil davon, das vage Gefühl von Schuld, wie ein wohltuender, vertrauter Duft, dessen wahre Identität aber dem Bewußtsein verschlossen bleibt.

Ich habe diese Szene in Gedanken immer wieder von neuem

erlebt. Viele Male. Ich habe sie mir einverleibt. Ich habe das Grauen in meine Gedanken eindringen lassen, habe es darin eingeschlossen, wie eine Auster einen Kieselstein umschließt. In meiner Phantasie tupfte ich mit einem tropfenden Handtuch aus der Schüssel mit warmem Wasser vorsichtig das getrocknete Blut aus ihrem goldenen Schamhaar.

Ich habe mich ständig bemüht, mir in Erinnerung zu rufen, daß Blut mit Leiden, Verletzungen und Tod verbunden ist, aber es blieb für mich immer ein faszinierender Stoff. Ich sah es, wenn ich die Bindehaut herunterzog, um Patienten auf Anämie zu untersuchen, oder wenn es auf die Schürzen und Unterarme der Chirurgen spritzte. Ich studierte die großen glänzenden Lachen, die sich auf dem abgeschabten Holz der Operationstische bildeten, und wie sie sich als rote Farbe mit dem klaren Wasser vermischten, mit dem es über die Kacheln zum Abfluß am Boden gespült wurde. Aber das war totes Blut. Es hatte seinen lebendigen Zauber verloren, seine sinnliche Kraft, sobald es aus dem Körper geflossen war.

Es war Wahnsinn, es zu schmecken. Es war ein dummer Einfall. Ich nehme an, ich wollte mich selbst prüfen, um Georg, den ich noch immer an meiner Seite fühlte, zu beweisen, daß ich stark geworden war. Bei einer Gelegenheit habe ich mich vom Bett der Patientin, deren Blutungen ich gestillt hatte, abgewandt, als würde ich über etwas nachdenken, und den geröteten Finger an meine Lippen geführt, um heimlich den starken Geschmack des gestohlenen Tropfens zu kosten. Das Risiko der Ansteckung schreckte mich nicht ab. Im Gegenteil: die Möglichkeit einer Infektion war Teil des Tests. Und wenn ich nicht krank wurde, durfte ich annehmen, daß mir das Geschenk des Lebens sicher war, daß ich gefeit war.

Ich schreibe dies, so wie ich mein Gesicht im Spiegel betrachten würde: um es zu objektivieren und beobachtbar zu machen. Ich neige dazu, über mich zu lachen, und doch kann ich das irrationale Interesse an Blut nicht völlig abschütteln. Es ist ein dummer Einfall, und ich darf ihn nicht ernst nehmen, denn sonst bin ich nicht besser als die auf unserem Besitz arbeitenden Bauern, die Knoblauch tragen, um Vampire zu verjagen. Und doch teile ich ihre Herkunft, und die Wurzel des Aberglaubens ist tief in mein Wesen eingepflanzt.

Ich hatte gehofft, diesen Gedankengang weiterzuführen, aber ich bin müde und kann mich bei dem infernalischen Krach, der von nebenan kommt, nicht konzentrieren. Anscheinend ist Roland völlig betrunken nach Hause gekommen. Er schreit eine ganze Schimpftirade heraus, verflucht die menschliche Rasse, aber ich kann nicht verstehen, worauf er so zornig ist, da seine Wörter zum Glück durch die Wand nur gedämpft zu mir durchdringen. Von Zeit zu Zeit werden seine Reden unterbrochen, wenn er über Möbel fällt und Flüche ausstößt und, wenn ich mich nicht täusche, in Schluchzen ausbricht. Ich glaube kaum, daß ich Schlaf finden werde, wenn ich ihm nicht helfe, sich zu beruhigen.

NACHT

Ich bin zum Tode verurteilt. Schlimmer. Mein dummes Nachsinnen über Blut – und dabei war ich die ganze Zeit infiziert. Verzaubert! Ich dachte, ich wäre verzaubert!

Ich hatte mein Zimmer verlassen, um Roland in sein Bett zu helfen. Seine Tür stand offen; ich klopfte, aber er torkelte betrunken in seinem Zimmer herum und merkte es gar nicht, deshalb trat ich ein und machte die Tür hinter mir zu, damit er nicht das ganze Haus aufweckte. Als er mich endlich sah, machte er eine alberne Verbeugung vor mir und verlor dabei prompt das Gleichgewicht und fiel nach hinten in einen Sessel.

»O Graf!« Er schüttelte in zusammenhanglosem Kummer den Kopf.

»Warum nennen Sie mich so?« fragte ich.

»Nennen Sie sich nicht selbst so?« Er lachte verbittert. »Ich meine nicht im Hospital. Da kämen Sie mit diesem Humbug keine fünf Meter weit. Ich meine nur, wenn Sie die leicht Verletzbaren ausnützen. Die Leichtgläubigen. Die leicht zu beeindrucken sind.«

»Ich weiß nicht, wovon Sie reden«, sagte ich beklommen.

»Was haben Sie getan... sie hypnotisiert?« Er wühlte in einer Tasche, dann in einer anderen, und fischte schließlich ein zerknittertes Stück Papier heraus. »Hier, nehmen Sie es!« rief er böse und warf mir den Zettel vor die Füße.

Es war derselbe Zettel, den mir die alte Frau vor zwei Tagen in die Hand gedrückt hatte, obwohl er schon oft gelesen und wieder neu zusammengefaltet worden war. Ich strich ihn glatt.

Graf – ich schwebe in Lebensgefahr. Ich weiß nicht, an wen ich mich wenden soll. Nur Sie, der beide Seiten meines Lebens kennt, können mich retten. Ich bin verzweifelt! Sonst hätte ich mir nicht erlaubt, Sie um Barmherzigkeit zu bitten. Darf ich Ihrer Zuneigung, Ihrer edlen Bemühungen gewiß sein, eine Ungerechtigkeit wiedergutzumachen? Ich darf! Ich muß glauben, daß ich es darf! Ich flehe Sie an. Kommen Sie, wenn Sie auch nur das Geringste für mich übrig haben, heute abend zu meiner oben angegebenen Adresse. Ich lege mein Schicksal in Ihre Hände. Ich liefere mich Ihnen wieder hilflos aus.

Unterschrieben war es einfach nur mit »S«.

Die Straße, die sie angegeben hatte, liegt nicht weit von meiner Wohnung entfernt im Quartier Latin. Sie hatte mich zu sich gerufen (aus welchem dringenden Grund?), aber ich hatte Gedichten gelauscht.

Als ich aufblickte, sah Roland mir forschend ins Gesicht. Vielleicht war er gar nicht so betrunken, wie es den Anschein hatte.

»Sie brauchen sich keine Sorgen zu machen«, sagte er höhnisch. »Ich werde Sie nicht verraten. Sie haben schon genug Ärger.«

»Wie kommen Sie darauf, daß das irgend etwas mit mir zu tun haben könnte?«

Das war ein schwacher Versuch, ihm auszuweichen. Lothar hätte sich bestimmt viel geschickter verhalten.

»Sie haben ihn fallen lassen, als Ducasse Sie gerufen hat, damit Sie die Patientin untersuchen. Ich habe es gesehen.«

»Wenn Sie gewußt haben, daß die Nachricht an mich gerichtet war, warum haben Sie sie mir dann nicht zurückgegeben?«

»Weil ich wußte, daß sie von ihr war.«

»Und was hat das mit Ihnen zu tun?«

Er lachte freudlos. »Ich wünschte, ich wüßte es. Aber ich habe es mir zur Aufgabe gemacht. Und Stacia hat sonst niemanden, auf den sie sich verlassen kann.«

Er starrte mich an, wie um zu sehen, ob ich die tiefere Bedeutung seiner Worte verstand.

»Kennen Sie sie denn überhaupt?« fragte er. »Haben Sie überhaupt eine Ahnung, wer sie ist?« Obwohl ich noch gar nicht zu sprechen begonnen hatte, hob er die Hand. »Oh, ich weiß darüber

Bescheid. Ich habe sie dazu gebracht, es mir zu erzählen. Es hat nichts zu bedeuten. Die körperliche Vereinigung ist vielleicht nichts anderes als ein thermodynamischer Vorgang. Er bedeutet ihr nichts. Das sollten Sie wissen. Mir bedeutet er auch nichts.«

Jetzt kam ich der Sache allmählich auf den Grund. Er muß es gesehen haben. Und ich hatte geglaubt, er wäre eifersüchtig, weil ich den Lymphknoten gefunden hatte! Der arme, enttäuschte Narr war in sie verliebt!

»Liebe ist ihre Schwäche. Sie sehnt sich nach Zuneigung wie ein Apoplektiker nach Sauerstoff!« Er verteidigte sie mit immer größerer Inbrunst und wirkte jetzt gar nicht mehr betrunken.

»Ich habe nicht die Absicht, etwas aufzufrischen, das nicht mehr als eine flüchtige Bekanntschaft war, das kann ich Ihnen versichern«, sagte ich nun, aber er achtete gar nicht auf meine Worte.

»Ich sage Ihnen, sie ist sexuell völlig ungebunden! Hoffnungslos!« fügte er mit wildem Ausdruck hinzu, obwohl ich gar nicht erst den Versuch gemacht hatte, ihm zu widersprechen. Er stand auf und begann im Zimmer herumzugehen. »Verstehen Sie denn nicht, daß in Stacias Fall Promiskuität eine Krankheit ist? Sind Sie als Arzt so unerfahren, daß Sie das nicht verstehen? So naiv, daß Sie den Knoten finden, aber nicht die Ursache erkennen?«

Ich verübelte ihm seinen Angriff, vor allem weil ich ihm ja angeboten hatte, aus Rücksicht auf seine tiefen Gefühle für die Frau die Liaison zu beenden. Ich habe mich großzügig gezeigt, dachte ich, muß ich jetzt auch noch seine Grobheiten ertragen?

Was für einen Unterschied eine Stunde ausmacht! Was für ein selbstzufriedener Narr der Verfasser dieses Gedankens doch war! Wie verständnisvoll, wie gütig Roland in Wirklichkeit doch war!

»Ich bin für sie wie ein Bruder«, fuhr er fort.

Einem Betrunkenen widerspricht man besser nicht, und so verbarg ich meine Skepsis.

»Sehen Sie denn nicht, daß sie nicht fähig ist, sich selbst zu helfen? Ich versuche sie vor sich selbst zu retten, andere vor ihr zu retten, aber sie gibt sich jedem hin, der ihr die geringste Aufmerksamkeit schenkt. Und hinterher ist sie voller Gewissensbisse, voller Abscheu vor sich selbst – das Ergebnis haben Sie ja heute selbst gesehen.«

Ich konnte diese Beschreibung unmöglich mit der höchst erfahrenen Schäferin in Einklang bringen, die mich in dem besagten Etablissement so vergnüglich unterhalten hatte. Das Bild, das Roland von Stacia als willfährigem Opfer und mir als gefühllosem Verführer malte, war eine groteske Umkehrung der Tatsachen.

»Sie schien mir sehr erfahren, aber vielleicht habe ich mich getäuscht.«

Roland wischte diesen Einwand mit einer Handbewegung weg. »Sie denkt nicht an sich selbst. Sie will Ihnen nichts Böses antun. In Wirklichkeit macht sie sich Ihretwegen Sorgen.«

»Aber in ihrem Schreiben steht, daß sie in Gefahr ist.«

»Um Ihre Aufmerksamkeit auf sich zu ziehen. Sie wollte, daß Sie zu ihr kommen. Sie würde alles tun, damit Sie ihr Aufmerksamkeit schenken; sie würde alles tun, um zu bekommen, was sie Liebe nennt.«

Jetzt schwieg er zum erstenmal und sah mich fragend an, als könnte ich den Rest selber erraten. Das schwache Zeichen einer bevorstehenden Katastrophe, ein kleiner Luftzug nur, der über meinen Nacken strich, der mir aber erst jetzt bewußt wurde, jagte mir kalte Schauer über den Rücken.

»Wissen Sie, warum sich der Bursche, der in Ihrem Zimmer gewohnt hat, umgebracht hat?« fragte er unumwunden.

»Um ehrlich zu sein, habe ich nie danach gefragt«, sagte ich mit gespielter Tapferkeit.

»Er hieß Guy Desmoulins. Er hat Stacia bewundert, genau wie Sie.«

»Hören Sie, ich habe Ihnen doch schon gesagt, daß es vorbei ist.«

»Er war ein glühender Bewunderer von ihr«, fuhr Roland beharrlich fort, wobei er die Betonung auf »glühend« legte.

»Ich glaube wirklich, daß ich selbst auf mich aufpassen kann.« Irgend etwas war mir entgangen, aber ich wußte nicht, was es war.

»Guy hat sich umgebracht, als er merkte, daß er Syphilis hatte. Er hat die Diagnose selbst gestellt.«

Am Himmel ist schon das Glühen des anbrechenden Tages zu erkennen. Die Silhouette der Stadt, zuerst nur ein blasser Schatten in der Dunkelheit, ist schon deutlicher umrissen und wird mit jedem Augenblick kräftiger und greifbarer. Durch das Fenster höre ich die Geräusche der Menschen, die sich daranmachen, ihren Geschäften nachzugehen. Eine Köchin klappert mit den Töpfen, die sie in einem nahegelegenen Hof in einem Trog abwäscht. Auf der Straße bellt ein Hund einen Vorübergehenden an. Nichts bringt mir die Kürze des Lebens so stark ins Bewußtsein wie das Heraufdämmern eines neuen Tages. Die ganz normalen Dinge des Alltags.

Die Zeit verfliegt. Jede Sekunde ist von unermeßlichem Wert. Meine Sinne fühlen und sehen mit ungewohnter Schärfe. Ich sehne mich nach Empfindungen. Ich will jeden Augenblick in mir aufnehmen. Ich will den Prozeß in meinem Körper verlangsamen, den verhaßten Parasiten, der in meinem Blut schwimmt, aufhalten. Ich existiere jetzt für ihn. Ich bin sein Wirt. Allmählich wird er von mir Besitz ergreifen. In zehn Jahren – höchstens fünfzehn – werde ich tot oder wahnsinnig sein. Und bis dahin kann ich jedes der hundert Symptome erwarten, die mit dieser vielgestaltigen Krankheit einhergehen, jedes einzelne davon demütigend, erniedrigend, entmündigend.

Ich habe mich, gleich nachdem ich Roland verlassen hatte, untersucht, habe meine intimen Teile nach dem schmerzlosen Schanker erforscht, konnte aber nichts finden. Ich habe mich fast wundgerieben bei dem Versuch, an meiner Leiste die Lymphknoten abzutasten. An der linken Seite ist einer leicht vergrößert, aber so geringfügig, daß ich mir nicht sicher bin, ob das nicht normal ist. Es ist noch zu früh für den Parasiten, sich zu erkennen zu geben. Man muß ihm Zeit lassen. Ich werde warten, aber ich kann es mir nicht leisten, mich wohltuenden Hoffnungen zu überlassen. Für Syphilis gibt es keine Heilung, und ich werde mir in diesem Punkt nichts vormachen, genausowenig aber werde ich mich Quacksalbern ausliefern oder von einem Kurpfuscher zum anderen gehen, bis sie mir mein ganzes Geld und meine Würde genommen haben.

Wenn die Zeit gekommen ist, werde ich mich umbringen. Nicht jetzt. Bis zu diesem Zeitpunkt – ob ich ihn erkenne? – werde ich ein neuer Mensch sein. Jeder Tag ist ein Geschenk. Solange ich nichts von meinen Fähigkeiten verliere, werde ich jeden Augenblick auskosten, jedes Gefühl in seiner ganzen Intensität erleben, jedem qualvollen Impuls nachgeben, der in meiner Natur liegt. Ich fürchte, ich werde zu lange am Leben festhalten und es zu spät aufgeben.

6

1. JUNI 1866, NACHMITTAGS

Der Tag verging wie im Traum. Ich war in der Arbeit, als wäre nichts geschehen, als wäre ich noch der gleiche, der ich gestern war. Die ganze Zeit ist mir bewußt, daß ich mich verändert habe. So viele Erwägungen kommen mir jetzt unwichtig vor. Zeit – die Gegenwart – ist der elementare Bestandteil meines Daseins. Der Mangel an Schlaf macht mir nichts aus. Er paßt zu meiner irdischen Stimmung. Ich bin fast unerträglich müde, und doch fühle ich mich merkwürdig wach und gefaßt. Es herrscht eine neue Ausgeglichenheit in mir.

Ich hatte vergessen, daß heute der Freitag war, an dem ich versprochen hatte, Lothar zu Professor Charcots Demonstration mitzunehmen. Ich stand zufällig am Fenster, in eine halb bewußte Träumerei verloren, während ich nach unten auf die Rosen im Blumenbeet starrte, als ich auf der Straße zum Hôpital seine schwarze Kutsche heranrollen sah.

Ich ging durch die Hintertür aus dem Gebäude, nahm eine Abkürzung durch die Wäscherei und kam gerade in dem Augenblick am Eingang zum *amphithéâtre* an, als Lothar Nicole aus dem Wagen half.

»Ich dachte mir, daß Sie dagegen sein werden, wenn ich Sie frage«, sagte sie. »Also komme ich unangekündigt.«

»Ich habe versucht, sie davon abzubringen«, sagte Lothar. »Aber je mehr ich ihr von den abscheulichen klinischen Details erzählt habe, die sie zu hören bekommen würde, um so gieriger war sie darauf, mitzukommen.«

»Wird es zu... zu animalisch sein?« fragte sie voller Eifer.

Sie sah prächtig aus in ihrem strengen schwarzen Seidenkleid und dem winzigen Hut, der auf ihrem Haar thronte. Ihre Augen glitzerten, und sie glühte vor Erregung. Aufmerksam blickte sie mich an.

»Sie sehen blaß und mitgenommen aus, László. Ich glaube, Sie sorgen nicht ordentlich für sich.«

Sie streckte die Hand aus und strich mit der Rückseite ihrer Finger über meine Wange. Es war eine zarte Geste der Fürsorge, aber ich zuckte davor zurück, als hätten sich ihre Fingerspitzen in eine offene Wunde gebohrt.

»Ich schätze, ich arbeite zuviel«, sagte ich schnell und zwang mich zu einem starren Lächeln. »Wie Sie sehen, bin ich ein bißchen überreizt.« Aber meine Entschuldigung konnte die Verletztheit, die ich auf ihrem Gesicht sah, nicht zum Verschwinden bringen. Beschämt gestehe ich das Verspüren von Genugtuung ein, Genugtuung über meine Macht, ihr Schmerzen zuzufügen.

Gemeinsam stiegen wir die Treppe zu dem Gebäude hinauf. Lothar hielt mich boshaft grinsend für einen Augenblick am Arm zurück.

»Sie werden sich mit Ihren amourösen Bemühungen übernehmen, Sie Unhold«, murmelte er, seinen Mund hinter dem Handrükken verbergend. Dann sagte er, als er Nicole mit einem großen Satz wieder eingeholt hatte: »Um Gottes willen, heben Sie ein bißchen von sich für die Nachwelt auf.«

»Werden Sie berühmt sein, László?« fragte Nicole. Sie schien zu glauben, daß Berühmtheit etwas war, wofür man sich einfach entschied, so wie man sich zum Beispiel zur Heirat entschied.

Andere, Kollegen und Konkurrenten, waren um uns herum, als wir das *amphithéâtre* betraten, und ich wußte nicht, wie ich meine Antwort für Nicole formulieren sollte, nämlich, daß ich eines Tages vielleicht wirklich ihre Bewunderung wert sein könnte, ohne mich vor meinen Rivalen zu brüsten. Nur meine Arbeit als Arzt bietet jetzt noch Hoffnung, daß das mir verbleibende Leben von Wert sein kann.

»Natürlich wird er das«, warf Lothar ein. »Die Frage ist nur, wofür.«

»Aber haben Sie vor, etwas aus sich zu machen, László? Streben Sie danach, von der Gesellschaft hoch geschätzt zu sein?«

Ich dachte, Nicole würde mich nur necken, und hatte nicht erwartet, daß ihre Fragen ernst gemeint sein könnten. Wie mir erst jetzt klar wird, hat sie mich nach meinen Aussichten im Leben gefragt und ob ich danach trachtete, den gleichen Status zu erringen, den sie selbst innehatte.

»Mein Beruf ist für mich sehr wichtig«, sagte ich. »Und ich gedenke, meine ganze Kraft hineinzulegen.« Lothar tat so, als würde er hinter Nicoles Rücken ironisch in die Hände klatschen, aber ich ignorierte ihn. »Jetzt ist die Zeit, in der unsere Entdeckungen ein enormes Potential darstellen, das zum Positiven führt. Wenn wir heute die Hysterie verstehen lernen, können wir morgen den Wahnsinn entschlüsseln. Dann werden wir dem Kranken seinen Seelenfrieden zurückgeben, vielleicht sogar seine geistige Gesundheit. Ich hoffe, daß ich das noch miterleben werde.«

»Bravo!« sagte Lothar.

»Ich finde das ein sehr nobles Anliegen«, sagte Nicole tadelnd zu ihm.

»Nicht nur nobel, sondern auch selbstaufopfernd«, erwiderte Lothar. »Eine Karriere, bei der sich das Einkommen auf eine Klientel von Wahnsinnigen stützt – das nenne ich geradezu heilig.«

Zum Glück brauchte ich ihm nicht zu antworten, da wir gerade unsere Plätze einnahmen. Ich hielt Lothars Antwort für plump, ohne die übliche Note, die so geschickt war, daß es wie Gleichgültigkeit aussah, und ich dachte mir, daß er vielleicht eifersüchtig war. Wie es aussieht, erfreut sich Lothar bei Beziehungen *à trois* an der ausgleichenden Kraft – ich glaube, die Stabilität von Freundschaft oder Liebe langweilt ihn –, solange er den Ablauf kontrolliert. Aber das wachsende Einvernehmen zwischen Nicole und mir nimmt ihm die Initiative aus den Händen, so daß er kaum Gelegenheit für seine Possen hat.

Das Auditorium war heute ganz besonders voll, aber wir hatten uns gute Plätze weit vorne sichern können. Ich drehte mich um, um zu sehen, wer sonst noch alles da war, genauso wie es Nicole und Lothar und alle anderen taten, denn wie es scheint, werden die Demonstrationen des Meisters zu einer Art gesellschaftlichem Ereignis, die man besucht, um zu sehen und gesehen zu werden. Nicole, als eine der wenigen anwesenden Frauen und als einzige von strahlender Schönheit, löste viele geflüsterte Kommentare aus, die sie vorgab nicht zu hören. Ich entdeckte Roland, der nur zwei Reihen direkt hinter uns saß und mich bissig anstarrte. Wir haben seit seiner Enthüllung nicht mehr miteinander gesprochen, und ich wich seinem Blick aus.

Professor Charcot war groß in Form. Er sprach zuerst über das Gedächtnis und die Amnesie. Als nächstes behandelte er Zwischenstadien des Bewußtseins, vor allem die Umwölkung des Bewußtseins oder die Stadien des Dämmerzustands. Wie immer war er redegewandt und sarkastisch, obwohl ich mir nicht sicher bin, wie Nicole und Lothar es aufnahmen. Wann immer ich wagte, ihr einen Blick zuzuwerfen, war ich überrascht, wie aufmerksam Nicole dem Vortrag folgte, da mich ihr Benehmen im Kreise ihrer Clique dazu verleitet hatte, sie für oberflächlich zu halten. Jetzt glaube ich, daß Lothar, als er sie mir so beschrieb, absichtlich versuchte, mich in die Irre zu führen.

Als es für die Demonstration des Meisters Zeit wurde, war ich nicht darauf vorbereitet, Stacia hinter der gefühllosen Madame Verdun durch die Tür hereinkommen zu sehen. Stacia war eine völlig andere Frau als jene selbstbewußte Person, mit der ich eine schicksalshafte Nacht verbracht hatte. Beide hatten wir dafür bezahlt. Sie trug ein einfaches weißes Baumwollkleid ohne jede Verzierung, das wie eine schlaffe Hülse an ihr herunterhing. Ihre Augen waren glanzlos, schienen nichts wahrzunehmen, während Madame Verdun sie an der Hand zu dem Stuhl führte, der so entsetzlich einsam vor uns stand. Ihr goldenes Haar hing wie bei einem jungen Mädchen lose über ihre Schultern. Alles Leben schien aus ihr herausgeflossen. Sie saß nach vorn zusammengesunken da, mit auf den Knien gefalteten Händen und gebeugtem Kopf, und bot ein Bild der Hoffnungslosigkeit.

Mir blutete das Herz, und ich haßte mich, weil sie meinetwegen so tief gesunken war. Ich brauchte mich gar nicht umzudrehen, ich wußte auch so, daß Rolands Augen von hinten auf meinen Kopf gerichtet waren, ich konnte es fühlen. In einem Anfall von Wahnsinn wollte ich vor dem versammelten Auditorium meine wollüstigen Handlungen beichten, aber statt dessen tröstete ich mich mit dem Gedanken (wie die moralische Ordnung dieses neuen Mannes auf den Kopf gestellt ist!), daß sich mein gerechter Henker schon in diesem Augenblick im Gewebe meines Körpers einnistete.

Neben mir saß Nicole, die von dem sich ihr bietenden Bild völlig gefangengenommen war. Ihr Mund war leicht geöffnet, ihre

Atmung beschleunigt. Ich war überrascht, daß sie für die junge Frau, deren Leben so völlig anders war als ihr eigenes, eine so starke Sympathie empfinden konnte. Ich fragte mich, ob es für sie nur ein Schauspiel, eine wundervolle neue dramatische Form war, oder ob Nicole wirklich begriff, was es bedeutete, Stacia zu sein. Aber wie sollte sie fähig sein, die ganze schmutzige Realität dieser Situation zu erkennen? Mir lief es eiskalt den Rücken hinunter bei dem Gedanken, daß sie auch nur einen Hauch der Wahrheit erahnen könnte.

Lothar konnte jetzt an der Identität der Frau vor uns keinen Zweifel mehr hegen. Aus dem Augenwinkel sah ich, wie er sich nach vorn beugte, um meine Aufmerksamkeit auf sich zu lenken. Ich ignorierte ihn. Wenn ich seinen Blick erwiderte, würde das heißen, daß ich mich durch meine Bereitschaft, Stacias wahre Identität in dem Haus geheimzuhalten, zu seinem Komplizen machte. Wenn ich das tat, wer weiß, welche anderen Verdächtigungen – Ausgeburten von Lothars perverser Phantasie – ich dadurch ebenfalls bestätigen würde? Aber er starrte immer weiter in meine Richtung, und am Ende gab ich erschöpft nach und sah ihn ebenfalls an. Er grinste bedeutsam, als wollte er sagen: »Du schlauer Teufel, László.« Anscheinend billigte er mein Verhalten völlig, aber ich fürchte, daß er die Situation viel zu interessant findet, um es dabei bewenden zu lassen.

Ich drehte mich demonstrativ weg. Professor Charcot war hinter dem Vortragspult hervorgekommen und stand nun dicht hinter seinem Medium. »Stacia«, sagte er leise.

Langsam, als würde sie diese Bewegung große Mühe kosten, hob Stacia den Kopf. Als ihre Augen zu sehen waren, fürchtete ich – hoffte ich –, daß sie auf mich gerichtet sein würden und daß ich durch ihren stummen, anschuldigenden Blick ausgewählt würde. Aber wir existierten gar nicht für sie.

»Ja«, seufzte sie und sammelte mit dem Ton Konzentration.

»Würden Sie mir sagen, womit Sie sich in den vergangenen drei Tagen beschäftigt haben?«

»Ich verbringe meine Zeit mit Nähen und Stricken. Ich gehe im Garten spazieren. Ich beantworte die Fragen der Ärzte.«

»Und das ist alles... nichts Ungewöhnliches, keine ungewöhnlichen Ereignisse, von denen Sie uns erzählen könnten?«

»Ich lag wegen meiner Arme im Bett.«

»Und was ist mit Ihren Armen passiert?«

»Ich weiß nicht.« Sie war teilnahmslos, als wäre ihr ihre Existenz völlig gleichgültig. Sie war von dem Blutverlust noch immer so blaß, daß sie aus dem Grab hätte auferstanden sein können.

»Nichts... Gewalttätiges?« fragte Charcot, das Wort herausschleudernd.

»Gewalttätig?« wiederholte sie. Wenigstens besaß er jetzt ihre Aufmerksamkeit. Er wartete, bis sie über diese Möglichkeit nachgedacht hatte. »Nein«, sagte sie und schüttelte traurig den Kopf.

»Aber Sie haben Wunden an Ihren Armen.«

»Wenn Sie es sagen.«

»Wissen Sie, wie sie da hingekommen sind?«

»Nein.«

»An Ihren Armen sind tiefe Fleischwunden, aber Sie wissen nicht, wie sie da hingekommen sind?«

Sie starrte düster auf ihre Arme, die von den langen Ärmeln ihres Kleides bedeckt waren. »Nein«, sagte sie schließlich.

»Sind Sie nicht wenigstens neugierig?«

»Es muß passiert sein, als ich geschlafen habe.«

»Haben Sie die Wunden nicht gesehen?«

»Ich habe sie gesehen, als sie verbunden wurden.«

»Sind es Verletzungen, bei denen ein Mensch weitergeschlafen haben könnte?«

Aber Stacia schien mit ihren Gedanken sehr weit weg zu sein und reagierte nicht. »Na schön«, sagte Charcot. Er nickte Madame Verdun zu, die nach vorn kam und vorsichtig zuerst den einen und dann den anderen Ärmel von Stacias Kleid hochrollte.

Es war kein schöner Anblick, und ich fühlte, wie Nicole zusammenzuckte. Ich selbst war über das Ausmaß der Verletzungen, die Stacia sich zugefügt hatte, erschrocken. Sie mußte in wilder Raserei mit dem Skalpell auf ihre Unterarme eingestochen haben, denn diese waren mit einem halben Dutzend langer, diagonal verlaufender Schnitte übersät. Wir saßen weit genug vorn, um die sauberen schwarzen Seidennähte entlang der Wunden erkennen zu können; Ducasse mußte Stunden gebraucht haben, um sie zu nähen. Charcot hatte recht: Es war die Gewalttätigkeit des Aktes, die ins Auge stach, sogar noch drei Tage später.

Ich war so tief in diese Gedanken versunken, daß ich es zuerst gar nicht bemerkte, als sich Nicoles Hand unter dem Tisch heimlich zu mir stahl und sich um meine legte. Ich hätte nicht gedacht, daß sie die Kraft haben würde, so fest zuzudrücken. Ihr Blick war unverwandt auf Stacias nackte Arme gerichtet. Die Wunden zeugten von einer wahnsinnigen wilden Wut, die nicht die geringste Rücksicht auf das Fleisch nahm, auf den Körper als einer Behausung der Seele. War ich schuld an diesem Akt? Nicoles Hand hielt meine mit einer solchen Heftigkeit umklammert, daß ich mich nicht in mich zurückziehen konnte.

»Vor wieviel Tagen ist das passiert, Stacia?« fragte Charcot.

»Ich zähle nichts für einen Grafen.«

Ich bin sicher, daß sie das gesagt hat. »Ich zähle nichts für einen Grafen.« Ich erwartete schon fast, daß Lothar boshaft in meine Richtung grinste. Hinter mir hörte ich Roland aufstehen, aber niemand schien etwas daran zu finden.

»Es war vor drei Tagen«, sagte der Professor zu ihr. Stacia zuckte die Achseln. »Aber das scheint Sie nicht zu interessieren.«

»Das kommt, weil ich nichts zähle.«

»Das glaube ich Ihnen nicht.« Charcot schien die Richtung, in die die Unterhaltung lief, nicht zu gefallen, und in seine Stimme schlich sich ein etwas gereizter Ton. Er war bemüht, wieder auf die Erinnerung zurückzukommen, weg von dem Ausdruck der Gefühle, die ihm nicht ins Konzept zu passen schienen. »Wenn ich Ihnen sagen würde, daß Sie sich diese Wunden selbst zugefügt haben, könnten Sie sich dann einen Grund denken, warum Sie es getan haben?«

Stacia hob das Gesicht zur Decke. Sie hielt die Augen geschlossen, aber auf ihrem Gesicht erschien ein drohendes Lächeln, das mir einen Schauder über den Rücken jagte. »Weil ich nicht auf den Grafen zählen kann«, sagte sie.

Für die meisten Anwesenden war das Ganze das Gestammel einer Irren. Der Meister selbst war sich nicht schlüssig, ob seine Vorführpatientin ihn hereinlegen wollte oder am Ende völlig aus dem Gleichgewicht geraten war.

In dem Augenblick, als er noch zögerte, stand Stacia auf und streckte uns die nackten Unterarme entgegen.

»Warum helfen Sie mir nicht?« flehte sie die stumme Menschenmenge an. Sie sah niemanden direkt an, aber ihre einfache Bitte richtete sich an die Herzen aller. Ich ließ vor Scham den Kopf sinken.

Nicole hatte Tränen in den Augen, aber sie konnte ihren Blick nicht von Stacia lösen, deren pathetischer Aufruf den Raum verzaubert hatte. Die Stille zu brechen erschien wie ein Akt der Gewalt. Der Meister war es nicht gewöhnt, daß seine Versuchsobjekte, deren Rolle es war, die einzelnen Punkte seiner Theorien zu illustrieren, ihn dramatisch in den Schatten stellten, aber selbst er schien nicht geneigt zu sprechen. Mitfühlend nickte er langsam mit dem Kopf.

»Wir werden sehen, was wir tun können«, sagte er ruhig.

Seine Worte entließen die Zuhörer aus Stacias Zauberbann. Menschen, die noch vor einer Minute keinen Muskel gerührt hatten, rutschten jetzt erleichtert auf ihren Plätzen hin und her. Der Raum war wieder von dem leisen Raunen geflüsterter Unterhaltungen erfüllt. Wir akzeptierten, daß hinter den Worten des Professors irgendeine Handlung steckte, die Stacia wieder in ihren frühen Zustand versetzen würde, genauso wie man akzeptiert, daß der staatliche Goldschatz das dünne Stück Papier, das eine Banknote über tausend Francs darstellt, stützen wird.

Charcot gab sein Bestes, Stacia mit einer Anzahl weltlicher Erinnerungen zu dem Tag ihrer Selbstverstümmelung hinzuführen, um das uneinheitliche Wissen, das ihr in Erinnerung geblieben war, aufzuzeigen. »Insel der Erinnerung in einem Meer des Unterbewußtseins«, wie er es nannte. Schließlich beendete er die Demonstration mit weiteren Beweisen für ihre amnestischen Fähigkeiten. Dann wurde Stacia, deren opheliahafte Präsenz die ständige Ablenkung der Zuhörer zur Folge hatte, aus dem Saal geführt, und Charcot gab zum Schluß eine wunderbare Zusammenfassung.

Danach ließ ich mich auf der Station entschuldigen, da ich mit Nicole und Lothar zusammen essen gehen wollte. Anscheinend hatte er geplant, den Besuch im Salpêtrière zu einem gesellschaftlichen Ereignis zu machen, denn er hatte für uns in einer abgeschiedenen Ecke im Bois ein Picknick vorbereitet. Als wir dort ankamen, hatten die Diener bereits Teppiche und Kissen ausgelegt, damit wir uns auf römische Art zurücklehnen konnten, und als wir im Schatten einer großen Eiche unsere Plätze einnahmen, brachten die Diener zur Erfrischung gekühlten Wein. Danach gab es kaltes Hühnchen, Wildbret, Zunge in Aspik und eine vollendete Pastete, deren Kruste ein Architekt kreiert haben mußte; all das stellten die Diener vor uns hin, um sich dann ein Stück zurückzuziehen, so daß wir es uns ohne alle Förmlichkeiten bequem machen und ungestört miteinander reden konnten.

Nicole war während der Fahrt vom Hôpital bis hierher ungewöhnlich still gewesen. Es war klar, daß die Demonstration sie sehr beeindruckt hatte. Das Essen schob sie nur auf dem Teller hin und her.

»Die arme Frau!« brach es schließlich aus ihr hervor, und wieder traten Tränen in ihre Augen.

Lothar sah mich an und wartete darauf, daß ich etwas unternahm. Er lag, den Kopf in die Hand gestützt, auf einem türkischen Teppich und zog träge an einer Zigarre, während er meine mißliche Lage sichtlich genoß.

»Was für ein bedauernswertes Wesen«, fuhr Nicole fort und drehte sich zu mir um, um sich zu vergewissern, daß ihr Mitgefühl nicht fehl am Platz war. »Ich glaube, daß sie alles sehr genau fühlt, auch wenn sie wenig sagt. Ihr Gesicht ist so traurig. Alles an ihr vermittelt den Eindruck, daß sie das Opfer einer unglücklichen Liebesaffäre ist. Stimmt das? Wir kennen diese Dinge. Wir Frauen haben ein Gespür für diese Dinge.«

Ich fragte mich, ob sie aus Erfahrung sprach. Hatte man ihr das Herz gebrochen? Wann? Wer? Und wenn ja, hatte sie die Fähigkeit zu lieben wiedererlangt? Dumme Fragen von einem Mann, dessen Herz das Wissen in seinem Kopf ignoriert.

Sie deutete meine Unfähigkeit, eine geeignete ausweichende Antwort zu finden, als professionelles Taktgefühl. »Aber vielleicht können Sie es nicht sagen?« sagte sie, mir entgegenkommend. »Das verstehe ich völlig. Aber ich darf doch raten, nicht wahr? Gestützt auf meine weibliche Intuition? Das werden Sie mir doch nicht verwehren?«

»Nein, natürlich nicht.«

»Sie ist nicht verrückt«, begann Nicole und sah mich durchdringend an, um festzustellen, ob ihr mein Gesichtsausdruck irgendeinen Hinweis darauf lieferte, daß sie auf der richtigen Spur war. »Obwohl es Leute gibt, Ärzte eingeschlossen, die glauben, daß sie es ist.« Mit einem leichten Schulterzucken gab ich zu verstehen, daß es so sein könnte. »Aber sie ist ein Mensch mit starken Gefühlen – übermächtigen Gefühlen. Sie ist eine Frau, deren Verstand von Gefühlen beherrscht wird.« Nicole griff tief in irgendeinen intuitiven Schlupfwinkel ihres Geistes. Sie wußte viel mehr über die menschliche Natur, als ich ihr zugetraut hätte. »Und weil sie sich über sich selbst nicht im klaren ist – sie ist wie ein Chamäleon, paßt sich an ihre Umgebung an –, kann sie sich leicht selbst verlieren. Und dann wirkt sie leer, so wie heute morgen. Aber sie ist gar nicht leer. Sie hat starke Gefühle, aber sie liebt zu schnell und zu intensiv.«

Spontan ergriff sie meine Hand. Ihre Augen funkelten. »O László!« rief sie. »Ich finde es so nobel von Ihnen, für diese Menschen dazusein.«

»Ich glaube nicht, daß wir auch nur die Hälfte aller guten Taten kennen, die László begeht«, sagte Lothar lakonisch.

Sie beachtete ihn nicht. Nicole schien schon seit einiger Zeit Lothars Zynismus überdrüssig zu sein.

»Ich glaube«, fuhr sie fort, »daß sie eine Frau ist, die zu viel geliebt hat. Sie ist nicht naiv. Ich nehme an, daß sie wußte, was sie tat, als sie ihre Tugendhaftigkeit aufgab. Aber sie hat nicht erwartet, daß sie sich in ihren Beschützer verlieben würde. Jetzt hat er sie fallengelassen, und sie stellt fest, daß sie ohne ihn nicht leben kann.«

»Was meinen Sie, László?« fragte Lothar. »Sie müssen uns einen Hinweis geben, ob Nicole dicht an der Wahrheit ist.«

Ich war über Nicole erstaunt. Warum verbrachte diese kluge junge Frau ihre Zeit mit kichernden Mädchen und schmeichlerischen Tagedieben?

»Ich weiß nicht, ob sie tatsächlich verliebt ist«, begann ich vorsichtig. »Ich glaube vielmehr, daß sie es sich nur einbildet, aber sie fühlt sich von dem Drama, der Erregung, dem Abenteuer angezogen. Sie schlüpft in eine Rolle.«

Nicole hörte mir mit einem verzückten, bewundernden Ausdruck zu, ließ meine gestammelten Worte in sich einsinken. »Aber wenn sie eine Rolle spielt, dann tut sie es mit Leib und Seele. Sie gibt ihr Ganzes!«

Kein Zweifel – Nicole war von Stacia fasziniert. Schweifte das Gespräch zu anderen Themen ab, beteiligte sich Nicole nicht daran, sondern saß stumm da, in ihre eigenen Gedanken vertieft. Versuchten wir, sie in unsere Unterhaltung miteinzubeziehen, beantwortete sie unsere Fragen mit abwesender Miene, und schließlich überließen wir sie sich selbst. Ich war erfreut, daß Nicole soviel Begeisterung für meine Arbeit zeigte, aber ihr Interesse an Stacia fand ich unheimlich.

Der Nachmittag war mild, und als wir in die Stadt zurückfuhren, herrschte wenig Verkehr. Die schnelle Fahrt war ein angenehmer Ausgleich für die trägen Stunden, die wir verbracht hatten, und wir genossen sie stumm. Ich ließ mich einlullen von der rhythmischen Bewegung des Wagens und dem gleichmäßigen Klacken der Pferdehufe und vergaß meine Sorgen.

»Ich weiß, was ich tun werde!« sagte Nicole plötzlich.

»Natürlich!« stimmte Lothar ihr zu. Er ist wie ein Jagdhund, bereit, jeder Begeisterung hinterherzujagen.

»Ich möchte Stacia helfen.«

»Wir tun alles, was wir können«, sagte ich vorsichtig.

»Nein, ich würde gern etwas tun, um ihr zu helfen.«

»Aber Nicole, sie ist eine Patientin... Sie braucht die Fürsorge all jener Menschen, die gelernt haben, mit ihren Stimmungen umzugehen – mehr als Sie möglicherweise für sie tun können.«

»Aber sie ist nicht verrückt, das stimmt doch?«

»Nun, ›verrückt‹ ist eigentlich kein Begriff, den wir verwenden...«

»Lassen Sie uns nicht um Worte streiten. Sie ist doch nicht gefährlich?«

»Nicht bei anderen. Aber wie Sie ja gesehen haben... offensichtlich bei sich selbst.«

Sie dachte eine Viertelstunde lang darüber nach, aber ich ahnte schon, daß sie die Sache nicht auf sich beruhen lassen würde.

»Mama hat gesagt, daß ich noch eine Zofe haben könnte.«

»Sie werden doch nicht etwa in Erwägung ziehen, sie bei sich aufzunehmen?« sagte ich und fühlte mich wie gelähmt.

»Wenn sie sich erholt hat«, erwiderte Nicole fröhlich.

»Ich finde das eine wunderbare Geste«, sagte Lothar. Bis dahin hatte er geschwiegen, und ich hatte schon fast geglaubt, daß er so klug sein würde, sich nicht einzumischen, aber jetzt mußte ich feststellen, daß er einfach nur auf einen günstigen Augenblick gewartet hatte. Ich warf ihm einen bösen Blick zu, aber er ließ sich nicht beirren. »Ein schönes Heim. Unter ordentlicher Aufsicht, das wäre eine zweite Chance.«

»Ich habe so selten Gelegenheit, etwas Gutes zu tun – irgend etwas, mit dem ich wirklich etwas bewirken kann. Und jetzt ergibt sich diese Möglichkeit, die mir der Zufall gebracht hat. Ich habe das Gefühl, daß ich das nicht ignorieren darf.«

Nur mühsam konnte ich mein Entsetzen verbergen und stellte mir vor, wie mein Onkel und meine Tante reagieren würden, wenn sie entdeckten, daß ich eine Hure mit Syphilis in ihr Haus gebracht hatte, daß ich dieses vom Schanker befallene Wesen als Zofe ihres einzigen Kindes empfohlen hatte. Aber wäre das denn etwas anderes, als wenn ich selbst dort anwesend bin? Was würden sie sagen, wenn sie wüßten, daß ihre Tochter am Nachmittag einen Vorwand nach dem anderen gefunden hatte, um die Hand dieses infizierten Abschaums zu drücken?

»Nicht jetzt sofort«, gurrte sie. Sie ermutigte mich, schmeichelte mir, zog mich auf eine verführerische Art auf ihre Seite, und am Ende wollte ich gar nicht, daß sie aufhörte. »Wenn Sie mir sagen, daß es ihr wieder bessergeht.« Sie legte ihre Hand auf meine Hand, um das Versprechen zu besiegeln.

Als wir am Haus ihrer Eltern ankamen, begleitete ich sie die Vordertreppe hinauf, und als der Lakai die Tür öffnete, schob ich mich hinter ihr hinein. Im stillschweigenden Einvernehmen warteten wir so lange, bis sich das Klappern seiner Absätze auf dem Marmorboden im Flur entfernte, und zum erstenmal an diesem Tag waren wir allein. Ich hatte Nicole noch nie scheu gesehen. Wenn sie gewollt hätte, hätte sie mir schon längst Lebewohl sagen und diese gefährliche Begegnung beenden können. Aber sie blieb.

»Ich bin froh, daß ich bei der Demonstration dabei war«, sagte sie. Es war eine lahme Erklärung, aber die Spannung des Augenblicks und ihre Verlegenheit verrieten mir, daß sie mir damit etwas sagen wollte, ohne allzuviel vom wahren Zustand ihrer Gefühle preiszugeben. Bis dahin war mir gar nicht klargewesen, wie schüchtern sie eigentlich ist. In Lothars Gegenwart legt sie eine Keckheit an den Tag, die, wie ich jetzt erkannte, gar nicht ihrer wahren Natur entspricht.

»Jetzt wissen Sie, womit ich meine Zeit vergeude.«

»Ich finde nicht, daß Sie Ihre Zeit vergeuden«, sagte sie. Ihre Worte waren ein geheimer Code, der eine Zärtlichkeit vermittelte, die sie noch nicht eingestehen konnte. Wir standen zusammen in der Eingangshalle, ohne uns anzusehen, und je länger die Stille anhielt, um so stärker wurde die Intimität unausgesprochener Gedanken, bis sie kaum noch zu ertragen war.

»Ich hoffe, wir werden Sie am Donnerstag auf unserem Empfang sehen«, sagte Nicole schließlich. Der Klang ihrer Stimme war köstlich. Die unausgesprochene Botschaft ihrer Zuneigung erfüllte meinen ganzen Körper mit einer physischen Erregung. In diesem Augenblick hätte ich eines ihrer abgenützten Wörter gegen alle Zärtlichkeiten Stacias eingetauscht.

»Ich werde an nichts anderes denken, bis ich Sie wiedersehe«, sagte ich zu ihr und ging.

Lothar sah mich forschend an, als ich zum Landauer zurückkam. »Sie haben sich Zeit gelassen«, sagte er spitz, erhielt aber von mir keine Erklärungen.

Einige Minuten lang fuhren wir schweigend dahin. Der Verkehr war inzwischen sehr dicht, und wir kamen nur langsam voran. Lothar war tief in Gedanken versunken, hatte das Kinn in die Hände gestützt, mit denen er sich wiederum auf seinen Spazierstock stützte. Er schwankte leicht, wenn das Fahrzeug anhielt oder wieder losfuhr, schien diese geistige Abwesenheit aber mit irgendeinem inneren Rhythmus zu verbinden. Als er wieder in die Gegenwart zurückkehrte, richtete er seine Augen auf mich, was mir Unbehagen bereitete.

»Stacia«, sagte er, das Gesprächsthema ankündigend, »Sie sollten zu ihr gehen.«

Ich war über den gebieterischen Ton, in dem er diese Aufforderung aussprach, genauso verärgert wie über seine Einmischung in meine Privatangelegenheiten. »Machen Sie sich nicht lächerlich!« protestierte ich.

»Um Himmels willen, Mann, das arme Mädchen hat sich fast umgebracht!«

»Und was hat das mit mir zu tun?«

»Weil Sie der Graf sind.«

Ich wollte nicht, daß er mein wütendes Schweigen als ein Zeichen meiner Zustimmung bewertete. »Das ist eine unerträgliche Einmischung«, fuhr ich ihn an, aber er hatte den Finger genau auf die wunde Stelle meines Gewissens gelegt, die ich vor mir selbst hatte verbergen wollen.

»Man braucht kein Nervenarzt zu sein, um zu entschlüsseln, was sie gesagt hat«, fuhr er beharrlich fort.

»Sie muß Hunderte von Männern gehabt haben.«

»Offenbar nicht.«

»Was wissen Sie von ihr?«

»Daß sie neu war in dem Haus. Keine Reguläre. Keine Hure.«

Diese Worte trafen mich wie ein Schlag. Zwar war ich nach wie vor überzeugt, daß Stacia vor unserer gemeinsam verbrachten Nacht nicht unschuldig gewesen war, aber hatte ich eine ehrliche Frau für meine Ausschweifungen benutzt, eine Frau, die sich zum erstenmal für Geld hergegeben hatte? Ich erkannte jetzt mit schmerzhafter Deutlichkeit, was ich getan hatte. Aber wenn es so war, wie war sie dann zu ihrer Infektion gekommen? »Ich sage Ihnen, ich habe nichts damit zu tun«, wiederholte ich dickköpfig.

»Es ist das einzige Anständige, das Sie jetzt tun können.«

»Ich hätte nicht erwartet, von jemand wie Ihnen eine Lektion in Moral erteilt zu bekommen.«

»Trotzdem wissen Sie, daß es wahr ist.«

»Ich weiß überhaupt nichts!«

»Jeder Mann von Welt wird Ihnen das gleiche sagen.«

»Ich bin kein Mann von Welt, wie ich behaupten darf.«

»Sie besitzen nicht einmal so viel Erfahrung, um zu wissen, daß Sie das Durcheinander, das Sie verursacht haben, wieder aus der Welt schaffen müssen«, fuhr er mich an. Dann schüttelte er seinen Zorn ab und sprach in einem freundlicheren Ton weiter, so als würde er laut nachdenken. »Ich könnte helfen, wissen Sie. Das macht mir nichts aus. Ich bin sicher, daß sie nicht die ganze Zeit im Hôpital verbringt, nicht wahr? Vielleicht eine eigene Wohnung, ein Zuschuß zur Miete, vielleicht würde ihr das die Sache ein bißchen erleichtern.« Er legte eine Pause ein, um zu sehen, ob ich ihm Informationen liefern würde, aber ich mißtraute seinen Motiven und sagte nichts. »Aber vielleicht hat sie ja schon ein *pied-à-terre*«, überlegte er. »Wissen Sie das zufällig?«

»Ich gebe Ihnen einen guten Rat: Lassen Sie die Finger von ihr.

Wenn Sie noch einmal in dieses Bordell gehen, suchen Sie sich eine andere aus.«

»Zu meiner Enttäuschung ist sie nie mehr dortgewesen!«

»Lassen Sie die Finger von ihr!«

»Sie wollen sie ganz für sich allein haben?«

»Darum geht es nicht.«

»Es bringt nichts, bei einer Hure schwach zu werden.«

»Ich habe meine Gründe.«

»Natürlich. Jeder hat seine Gründe.«

»Es sind gute Gründe. Glauben Sie mir.«

»Ihnen glauben? Warum? Großer Gott, László, wissen Sie denn nicht, daß Aufrichtigkeit der älteste Trick im Buch ist? Sie können sich nicht mit mir messen, wissen Sie. Nicht, daß ich Ihnen die Schuld dafür gebe. Sie ist entzückend. Wie aus einem pikanten Gedicht. Sie haben sie an jenem Abend in dem Haus erkannt, aber Sie haben kein Wort gesagt. Sie haben die ganze Zeit gewußt, wer sie ist, aber Sie haben es für sich behalten. Sie ordinärer Kerl!«

Er stieß mich spielerisch mit der Spitze seines Spazierstocks, aber mir war nicht nach Späßen zumute.

»Sie ist doch nicht verrückt, oder?« fragte Lothar ganz sachlich.

»Natürlich nicht!«

»Das gäbe der Sache einen besonderen Pfiff. Nicht, daß es wichtig wäre. Aber wie Sie ja wissen, habe ich eine Vorliebe für das etwas andere.«

»Sie haben sie ja selbst gesehen.«

»Aber völlig normal ist sie nicht, oder? Ein bißchen wie ein wildes Tier. Ein Einhorn. Jemand mit ungewöhnlichen Fähigkeiten. Veranlagungen.«

Er ließ seinen Spazierstock zwischen Finger und Daumen hin und her pendeln, paßte auf, daß er sich genau in einem Bogen über seiner Schuhspitze bewegte. Ich starrte wie hypnotisiert darauf. Ich verstehe nicht, wieso dieses triviale Gehabe mir den unheimlichen Eindruck finsterer Obszönität vermittelte, aber ich weiß, daß es nur an Lothar gelegen haben kann.

Allein in meinem Zimmer, warf ich mich auf mein Bett. Ich verspürte sofort den Wunsch, mich in Morpheus' Arme zu begeben, aber dann sprang ich doch auf und ging auf dem zerschlissenen Stück Teppich in der Mitte des kleinen Raums auf und ab. Ich fühlte mich wie im Fieber, beinahe verwirrt, wohl aus Mangel an Schlaf und ob der aufregenden Ereignisse, die mich während des ganzen Tages erschüttert hatten. In nicht einmal zwanzig Stunden war ich mit dem Anblick von Wahnsinn und Tod konfrontiert gewesen; Stacia, die ich mit dem Geld eines anderen Mannes grausam verführt habe, hat versucht, sich umzubringen, und mich in einer öffentlichen Versammlung um Hilfe gebeten. Und Nicole, das Ziel meiner romantischen Sehnsucht, hat mir unmißverständliche Zeichen der Ermutigung gegeben.

Ich wühlte in den auf dem Tisch liegenden Papieren nach dem Zettel, auf dem Stacias Adresse steht. Hier auf diesen Platz werfe ich alles Geschäftliche, mit dem ich mich nicht zu beschäftigen gedenke, einschließlich der frevelhaften Rechnung des Schneiders. (Wie hoch die Dinge, die früher bedrohlich schienen, jetzt zu Bedeutungslosigkeit verblassen!) Als ich an diesem Abend nach Hause kam, teilte mir Madame Thébauld unterwürfig mit, daß ein Mann dagewesen wäre, der mich sehen wollte. Zweifellos war dieser Mann vom Schneider geschickt worden und wird seinem Meister nun berichten, daß der neue Kunde in einer Umgebung lebt, die nichts Gutes ahnen läßt. Im gleichen Papierstoß entdeckte ich einen Brief von Elisabeth, der gestern kam und den ich noch nicht einmal geöffnet hatte. Georg war zu den Fahnen gerufen worden, und man befürchtet dort, daß es bald Krieg geben wird. Das scheint alles so weit entfernt, in einer anderen Welt.

Ich muß Stacias Nachricht zu einem Ball zusammengeknüllt und mit aller Kraft von mir geschleudert haben, denn er war in die hinterste Ecke des Zimmers gerollt. Dort entdeckte ich auch, daß die Spuren des früheren Zimmermieters nur unvollständig entfernt worden waren. Unten, in Kniehöhe, waren Flecken an der Wand, die nur getrocknetes Blut sein konnten, und noch tiefer fand ich ein verschrumpftes gelbes Etwas, das ich für einen Knochensplitter des Gehirns mit dem angrenzenden Gewebe hielt. Aus der Richtung des

Schusses zu schließen, hatte der Mann auf diesem Stuhl an seinem Schreibtisch gesessen, genau wo ich jetzt sitze, hatte im letzten Augenblick seines Lebens aus diesem Fenster gesehen. Vielleicht habe ich Madame Thébaulds Neugier doch falsch eingeschätzt. Jetzt frage ich mich, ob sie nicht eher von beschützender Art ist, aus Sorge, daß sich das traurige Schicksal ihres früheren Mieters in diesem Zimmer nicht wiederholt. Aber ich beabsichtige aus dem Leben, das mir noch bleibt, das Beste zu machen. Sind wir letzten Endes nicht alle zum Tode verurteilt?

Ich möchte schlafen, der Müdigkeit nachgeben, so daß ich meiner Pflicht nicht nachkommen kann. Wenn ich mich hinlege, wenn ich auch nur die Augen zumache, werde ich bis morgen schlafen, und dann wird es für mich zu spät sein, Stacia zu besuchen. Denn das habe ich zu tun beschlossen. Ich muß es wiedergutmachen. Sie hat mir unrecht getan, indem sie mich mit dieser fauligen Krankheit angesteckt hat. (Bis jetzt habe ich noch keinen Schanker gefunden, aber man muß ihm Zeit lassen. Ich bin wachsam, um jeden Funken Hoffnung auszulöschen, der in mir aufkeimt, denn sonst täusche ich mich am Ende selbst und lebe in einem Narrenparadies.) Stacia hätte mich warnen können. Sie hätte nicht an diesen Ort gehen dürfen, denn sie wußte, daß sie dort die Krankheit unweigerlich weitergeben würde. Aber sie muß von einem Dämon besessen gewesen sein, daß sie sich in jener Nacht verkauft hat. Obwohl ich es nur ungern zugebe, hatte Lothar in diesem Punkt recht: Ich muß zu ihr gehen. Wie der Meister selbst sagte: »Wir werden sehen, was wir tun können.«

2. JUNI 1866, FRÜH AM MORGEN

Ich habe die letzte Seite gelesen, die ich geschrieben habe, bevor ich zu Stacia gegangen bin. Welch edle Gedanken! Wer war der Mann, der diese Worte geschrieben hat? Ich erkenne ihn nicht wieder. Wer war dieser Narr, der für die Ideale des Muts, der Standhaftigkeit und der Selbstverleugnung eingetreten ist; der sich aufgemacht hat, um Stacia aus ihrer Verzweiflung zu erretten, vor dem Dämon, von dem sie besessen war – dieser Mann, der nicht erkannte, daß der Dämon in ihm selbst lauerte?

Zu dieser Gelegenheit zog ich meinen prächtigen neuen Anzug an. Sicherlich hätte eine solche Eitelkeit etwas von der wahren Natur meiner Mission in meinem Bewußtsein zum Klingen bringen müssen? Nicht im geringsten. Anstatt zuzugeben, daß ich sie blenden wollte, daß ich den Grafen spielen wollte!, redete ich mir ein, daß es besser wäre, wenn ich mich ihr nicht in meiner ärztlichen Aufmachung präsentierte, sondern als Privatmann zu ihr kam. Ich wartete bis neun Uhr – das war die Zeit, die sie mir in ihrer Nachricht genannt hatte –, denn ich nahm an, daß sie mit dem Nachtwächter im Hôpital eine Abmachung getroffen hatte und erst ziemlich spät dort weg konnte. Ich wanderte, getrieben von hehren Absichten, erfüllt von der Wärme einer köstlichen altruistischen Glut, durch die Straßen. Heuchler!

Die Adresse, die sie mir gegeben hatte, lag nicht weit von meiner Wohnung entfernt, aber welch ein Unterschied selbst zu meiner bescheidenen Umgebung! Verwahrloste, zerlumpte Kinder durchwühlten Abfallhaufen und bettelten mich beim Anblick meiner Kleidung mit einer solchen Heftigkeit um Münzen an, die geradezu impertinent war. Überall lagen Kothaufen, und in abgestandenen Tümpeln verrottete Müll. Mehrmals mußte ich von dem schmalen Gehsteig herunter auf die Straße treten, um Betrunkene vorbeizulassen, die an mir vorbeitaumelten. Prostituierte der schlimmsten Sorte zischten mir aus dunklen Torwegen Obszönitäten zu.

Zum Glück fand ich den Ort, ohne einen Passanten nach dem Weg fragen zu müssen. Es war ein großes, verfallenes Gebäude ohne eine Concierge. Ich suchte mir den Weg über den Hof und stieg die Treppe hinauf, vorbei an den allzu intimen Geräuschen von Paaren und Familien. Hinter mir öffneten sich knarrend die Türen, an denen ich vorbeigekommen war, und ich spürte in meinem Rücken taxierende Blicke. Ich stieg bis ganz nach oben, zu der einzigen Tür im Dachgeschoß, vor der die Treppe, die sich zu wenig mehr als einer Leiter verengt hatte, endete.

Unter der Tür fiel kein Lichtschein in den Flur. Ich klopfte, hatte aber das Gefühl, daß mein Weg umsonst gewesen war. Ich wollte schon wieder gehen und überlegte, wer wohl schon auf der Lauer lag, um mich auf meinem Rückweg auf der Treppe auszurauben, als ich hörte, wie ein Riegel zurückgeschoben wurde, dann noch einer, und dann wurde die Tür einen kleinen Spalt geöffnet.

»Ich bin's«, sagte ich einfältig, weil ich nicht wußte, wie ich mich ihr zu erkennen geben sollte.

»Graf!« rief sie. Ich zuckte bei dieser Anrede zusammen. Stacia stieß die Tür auf. »Ich wußte, daß Sie kommen würden! Ich wußte es!«

Ich hatte nicht erwartet, daß sie über mein Erscheinen so glücklich sein würde. Ihre Freude war überschäumend, als hätte ich ihr durch meinen Besuch den Glauben an die Menschheit wiedergegeben, und ich fühlte, daß meine Entscheidung richtig gewesen war.

Sie ließ mich herein und machte die Tür hinter mir zu. Ich war in das Zimmer getreten, hatte erwartet, daß sie zu mir kommen würde, aber sie blieb an der Tür stehen, und als ich mich nach ihr umdrehte, merkte ich, daß sie mich wie gebannt anstarrte.

Dann schien sie aus einem Traum zu erwachen. Sie kam mit der Grazie einer Tänzerin auf mich zu und deutete mit einer langsamen Handbewegung auf das kleine Zimmer. Sie trug ein einfaches weißes Musselinkleid mit langen Ärmeln, und ihr Haar war hinten lose zusammengebunden, so daß ihr die goldenen Locken über die Schultern fielen. Sie sah sehr anmutig aus. Wo war die geisterhafte, gequälte Seele geblieben, die mich heute morgen bei der Demonstration gerufen hatte?

»Ich nenne das hier meine Lagerstätte«, sagte Stacia völlig unbefangen. »Ich hoffe, Sie können mein Geheimnis mit mir teilen?« Sie sah mich an und wartete auf eine Antwort.

»Ja, natürlich«, sagte ich etwas verwirrt. »Ich werde niemandem etwas verraten.«

»Im Hôpital würde man es nicht verstehen. Aber ich wußte, daß Sie es verstehen würden.«

»Ich sehe keinen Grund, warum Sie nicht eine eigene Wohnung haben sollten.«

»Es gibt Vorschriften.«

»Aber Vorschriften müssen so gemacht sein, daß sie den jeweiligen Fällen angepaßt werden können.«

»Ohne einen eigenen Ort, zu dem ich immer zurückkommen kann, könnte ich nicht leben.«

Ich sah mich im Zimmer um. Auf dem Tisch stand neben einem Buch, in dem sie gelesen hatte, eine einzelne Wachskerze. Im Gegensatz zu der verwahrlosten Nachbarschaft war das Zimmer sauber und ordentlich hergerichtet – Vorhänge vor dem kleinen Fenster, ein paar Gänseblümchen in einer Vase auf dem Tisch, ein Regal mit Büchern –, was darauf schließen ließ, daß die Person, die hier wohnte, schon einmal bessere Tage gesehen hatte. Die Möbel in dem kleinen Raum waren einfach, nur ein Tisch mit zwei Stühlen, eine Kommode, ein Bücherregal und ein Schemel neben dem Herd. Das Bett war das stattlichste Möbelstück im Zimmer.

»Aber wo bleiben denn meine Manieren?« rief Stacia. »Wollen Sie sich nicht setzen?«

Wir saßen uns in einer irgendwie peinlichen Intimität gegenüber, jeder an einer Seite des kleinen Tisches. Die Kerze warf einen weichen Schein auf ihr Gesicht, was ihr einen spirituellen Zauber verlieh. Es schien natürlich, daß wir uns nach vorn beugten, aufeinander zu, um im Schein der Kerzenflamme zu sein, und so flüsterten wir nur. Es gab noch so viel zu sagen.

»Ich hoffe, Sie beurteilen mich nicht nach meinen gegenwärtigen Umständen«, begann sie. »Ich komme aus einer guten Familie.«

»Das habe ich mir gedacht.«

»Tatsächlich?«

»Ich könnte auch wetten, daß Sie Unterricht im Tanzen und in anderen Künsten genossen haben«, sagte ich und war sehr zufrieden mit mir, weil mir der freudige Ausdruck in ihrem Gesicht zeigte, daß meine Vermutungen richtig gewesen waren.

»Vor meiner Krankheit war ich Gouvernante.«

»Es hat mir so leid getan, als ich erfuhr, was... passiert ist«, murmelte ich, halb entschuldigend, halb bedauernd und viel zu feige, es beim Namen zu nennen. »Ich habe mich Ihretwegen so schrecklich gefühlt!« Die Gelegenheit, ärztliche Distanz zu wahren, war vorbei. Ich hatte aus meinem Mitgefühl heraus ihre Hand ergriffen, jedenfalls erinnere ich mich, daß ihre Hand in meiner lag, aber nicht daran, wie sie da hingekommen war. Sofort legte sie die andere Hand auf meine, und dann umklammerte sie meine Hand, stand auf, kam um den Tisch herum, warf sich vor mir auf die Knie und legte ihren Kopf auf meinen Schoß und wollte nicht aufhören, hemmungslos zu schluchzen.

»Ich habe Ihnen Unrecht zugefügt!« rief sie und brach in noch herzzerreißenderes Weinen aus.

Ich hatte Angst, daß sie ihre Würde verlieren würde, hielt sie an den Schultern und versuchte sie dazu zu bewegen, aufzustehen, aber sie klammerte sich in ihrer wilden Verzweiflung noch fester an mich, und meine Bemühungen endeten in einer Art Umarmung. Ihre demütige Haltung rührte mich sehr.

»Wie können Sie mir verzeihen?« seufzte sie in meinen Armen.

Ich war selbst den Tränen nahe. »Nein, ich habe Ihnen Unrecht zugefügt«, erwiderte ich.

Wenn ich bei Verstand gewesen wäre, hätte ich sie gefragt, was sie damit meinte, aber das Ganze war schon zu weit fortgeschritten. Wie soll man einen klaren Kopf bewahren, wenn einem eine inbrünstige Frau mit der Absicht, Abbitte zu tun, den Kopf in den Schoß legt? Ich rückte auf meinem Platz hin und her, um besseren Halt zu finden, aber im selben Augenblick rutschte sie zwischen meine Beine und mußte den Arm um meine Hüfte schlingen, um sich daran festzuhalten. Ihr anderer Arm wand sich um meinen Schenkel. Ich hielt ihr tränenüberströmtes Gesicht in den Händen und küßte es, um ihr zu zeigen, daß ich ihr verziehen hatte, aber sie wollte es nicht akzeptieren, und so mußte ich es ihr immer wieder und wieder von neuem beweisen. Sie wollte sich einfach nicht zufriedengeben.

Ich will nun nicht so tun, als wäre ich eine Autorität auf diesem Gebiet, aber ich habe an mir selbst bemerkt, daß es beim Orgasmus, gleich nach dem Höhepunkt, einen Augenblick eisiger Klarheit gibt. Während dieses Augenblicks, während dieser plötzlichen Auflösung der Leidenschaft, wurde mir klar, was ich getan hatte. Falls ich vorher durch eine unverdiente göttliche Fügung einer Infektion entgangen sein sollte, so habe ich die Krankheit nun ohne jeden klinischen Zweifel in meinen Körper gepflanzt. Falls ich mir einmal gewünscht hatte, mich auf ehrenhafte Weise von Stacia zu trennen, so habe ich mich jetzt an sie gebunden. Wenn ich versucht habe, unsere Beziehung auf eine berufliche Ebene zu erheben, wodurch ich ihr am besten hätte helfen können, habe ich nun unwiderruflich mein Leben aufs Spiel gesetzt, ohne jede Hoffnung darauf, mich je wieder davon freimachen zu können.

Ich bin der Liebhaber einer Patientin aus einer Irrenanstalt. Wenn ich sie enttäusche, schneidet sie sich mit einem Skalpell die Handgelenke auf. Sie hat mich absichtlich verführt, daran habe ich keinen Zweifel, aber ich habe meinen Weg zu ihr gefunden. Ich bin von selbst zu ihr gegangen. Und die ganze Zeit über habe ich nicht wahrhaben wollen, wohin ich ging, welches meine wahre Bestimmung war. Wie ein Blinder, der sich seinen Weg durch die Straßen ertastet, ihn mit seinem weißen Stock erfühlt, bin ich meinem pochenden Glied gefolgt. Doch meine Schuld ist schlimmer als Selbsttäuschung oder Dummheit oder gar die Todsünde Syphilis: Meine Schuld ist, daß ich gar nicht bedaure, was ich getan habe. Ein Teil von mir bejubelt meinen Untergang.

7

5. JUNI 1866

Heute habe ich einen Brief von Gregor bekommen. Sein Leben findet zu einem großen Teil in seinem Innern statt, so daß es nicht viel Neues gibt. Tatsächlich ist er so tief in seine spirituelle Suche versunken, daß es ihm schwerfällt, einem auch nur die Umrisse seines Lebens zu vermitteln. Die materielle Welt, sagt er, sei zu einem blassen Schatten geworden. Ich vermute, daß einige dieser Empfindungen durch ausgedehntes Fasten hervorgerufen werden. Am liebsten wäre es ihm, wenn sein Körper insgesamt verschwinden würde. Als er in das Seminar kam, gab man ihm ein langes Leinenhemd, das ihm bis über die Knie reichte. »Zum Baden«, beschied man ihm. Anscheinend sind die Autoritäten besorgt, daß bei einem Novizen schon durch den Anblick des eigenen Körpers eine unerwünschte Erektion heraufbeschworen werden könnte. Heute kann er darüber Witze reißen, als wäre diese Versuchung etwas, gegen das er nicht mehr anzukämpfen braucht. Aber ich kann nicht wirklich glauben, daß der sexuelle Drang verkümmert und völlig versiegt, sosehr er auch unterdrückt wird.

Während ich die Worte lese, die er an mich geschrieben hat, werde ich von der Angst ergriffen, daß ich ihn vielleicht niemals wiedersehen werde. Der Mensch, der einmal sein Freund war, existiert nicht mehr. Ich fühle, wie ich einen moralischen Abhang hinunterrolle, mit immer größerer Geschwindigkeit. Warum fühlt sich Sünde so natürlich an, so angeboren, so instinktiv?

Wenn ich Stacia im Hôpital begegne, ist sie ein Bild der Tugend. Entweder ignoriert sie mich, oder sie nimmt mich, wenn eine Begegnung unvermeidbar ist (und ich gestehe, daß ich das mehr als einmal arrangiert habe), mit dem geringsten Anzeichen von Höflichkeit zur Kenntnis. Wenn wir uns von Angesicht zu Angesicht gegenüberstehen, sehe ich einen harten Zug um ihre Lippen, als würde sie mir das Eindringen der einen ihrer Welten in die andern verübeln.

Dann, um neun Uhr, in ihrem Zimmer oben über der Treppe des verwahrlosten Wohnhauses, ist sie eine andere Frau: liederlich und wollüstig. Es gibt nichts, das sie sich nicht herausnehmen würde. Nicht einmal in meiner Phantasie hätte ich etwas Derartiges für möglich gehalten. Noch nie habe ich ein derart verzehrendes Entzücken erlebt. Ich kann es kaum erwarten, bis ich zu ihr gehen kann. In letzter Zeit habe ich meine Wohnung immer schon frühzeitig verlassen, so daß ich gezwungen bin, ziellos durch die Straßen zu wandern. Ich bin süchtig nach ihrem Körper. Ich denke an nichts anderes als an ihr Geschlecht, ihre Brüste, ihren Mund. Wenn ich von ihr getrennt bin, lebe ich nur für unsere nächste Zusammenkunft.

Ich bin ein Schwein, das auf der Suche nach dem quälenden Bissen, der mir gerade entgeht, immer tiefer im Schmutz wühlt. Ich bin ein Enthusiast der Erniedrigung. Ich habe eine Nase dafür, genauso wie ein Connaisseur eine Nase für einen guten Wein hat. Ich bin ein Sklave meines Appetits. Ich sinke tiefer und schneller ein. Ich trinke. Die letzten beiden Male betrat ich, um die Zeit totzuschlagen, einen Weinladen in der Nähe von Stacias Haus und trank mit den Arbeitern und kleinen Dieben, die dort herumlungerten, Absinth. Der bittere, strenge Geschmack dieses Getränks hat etwas Tödliches, das gut zu meiner Stimmung paßt.

Stacia mag es nicht, wenn ich trinke. Sie wich, ärgerlich und verwirrt, vor mir zurück, als ich sie dicht an mich drückte und zu ihr sagte: »Wir sind verdammt.« Ich fürchte, sie hat Pläne mit mir. Es war nicht ihre Absicht, mich auf ihre Stufe hinunterzuziehen, sondern sich selbst auf meine zu erheben (eine Stufe, deren potentielle Pracht sie völlig falsch einschätzt). Innerhalb der vier Wände dieses Zimmers, umgeben vom tiefsten Elend von Paris, bemüht sich Stacia, eine Art groteske Karikatur bourgeoiser Häuslichkeit herzustellen. Zuerst, ganz vorsichtig, entwickelt sie ein System wahrhaft schrecklicher Kosenamen (»Hündchen«) und hüllt sich in verletztes Schweigen, wenn ich mich nicht auf gleiche Art revanchiere (»Lämmerchen«). Als sie es bei mir das erste Mal probierte, glaubte ich, nicht richtig gehört zu haben, und dann brach ich in schallendes

Gelächter aus. Jetzt nehme ich diese Kosenamen als einen weiteren Beweis meiner Entwürdigung hin. Wie trefflich, daß der Satyr nach der Durchdringung seines Opfers bis zum Kern, während seine heidnische Verzückung verebbt und versiegt, hört, wie seine gesättigte Nymphe mit heiserer Stimme seinen Namen flüstert: »O Böckchen!«

Gregors Zölibat scheint um so wundersamer, je mehr ich meinen eigenen Fortschritt betrachte. Ich muß an einen Streich denken, den wir in St. Sebastian gespielt haben, als wir vierzehn oder fünfzehn waren. An den richtigen Namen des Mannes kann ich mich nicht mehr erinnern; wir nannten ihn Bruder Lubricius, was ziemlich gut zu ihm gepaßt haben muß. Er war allen Jungen an der Schule, nur sich selbst nicht, als Päderast bekannt. Nicht, daß wir irgendeinen moralischen Widerwillen verspürt hätten oder ihm gar sein Interesse an uns mißgönnt hätten – Jungen in diesem Alter sind außerordentlich tolerant in bezug auf exzentrische freundliche Erwachsene. Und außerdem war er mehr ein Gucker als ein Grapscher. Ich sehe ihn noch vor mir: frische, rote, engelhafte Wangen, Augen, die funkelnd über winzige Brillengläser hinwegspähen, was alle – die noch nie mit seinen stürmischen, streichelnden Händen Bekanntschaft gemacht hatten – fälschlicherweise als gute Laune auslegen konnten. »Was haben wir denn hier?« wiehert Bruder Lubricius triumphierend, behält die Stellung bei – die Arme um Gregor geschlungen –, lacht über sein kindisches Bemühen, darüber, daß er in eine solche Keilerei verwickelt ist. Nur seine Finger bewegen sich unaufhörlich, rastlos, wie geistesabwesend. Bruder Lubricius sieht sich nach den anderen um, sieht prüfend in unsere Gesichter, um darin zu erkennen, ob er vielleicht vom rechten Weg abgekommen ist. Wir wechseln spöttische Blicke, die er nicht übersehen kann, obwohl er sie übersieht.

Gregor war es auch, der die Idee mit der Salami hatte. Das Stück, das ich aus der Küche stahl, war leicht gebogen und von einem bescheidenen Maß, was Würste betrifft, aber als Penis äußerst ungewöhnlich. Da alle Jungen Soutanen trugen, war es nicht schwer, eine Schnur um Gregors Hüfte zu schlingen und die Salami daran anzubinden, so daß sie auf angemessene Weise herunterbaumelte. Bruder Lubricius, angezogen von dem Geräusch raufender Jungen, beteiligte sich schon bald an dem Spiel, das wir arrangiert hatten, und da der Ball häufig zu Gregor kam, seinem besonderen Liebling, war es unvermeidbar, daß die wandernde Hand des Bruders früher oder später mit diesem Glied eines Hengstes in Berührung kommen würde. Es gab keinen besonderen Augenblick des Verstehens, den wir bemerkt hätten, aber nach wenigen Minuten zog sich Bruder Lubricius still aus unserem Spiel zurück. Danach war er nie mehr so wie früher. Er hat nie mehr Witze oder Späße getrieben, und da wurde uns klar, daß in unserem Leben etwas fehlte, ein Geist, den wir als etwas Selbstverständliches hingenommen hatten und der nun verschwunden war.

Heute frage ich mich, womit Bruder Lubricius' Finger wohl in Berührung gekommen waren. Ich glaube nicht, daß ihm bewußt war, daß wir über ihn Bescheid wußten. Es war für ihn keine Entlarvung. Vielmehr war es, glaube ich, die Berührung mit dem schändlichen Inbegriff seines Verlangens – groß, hart und absolut zerstörerisch in seiner Vollstreckung.

Da ist etwas ganz in der Nähe. Ich kann es fühlen. Ich bin mir einer atemberaubenden Erfüllung bewußt, die sich noch im Schatten verbirgt. Wenn ich will, kann ich mich zurückziehen, aber dann werde ich nie erfahren, wer ich bin. Und all jene, die nicht die dunklen Winkel ihrer Seelen erforschen, werden absterben, so wie Bruder Lubricius. Ich muß noch weiter in mich vordringen, bis hinter die Muster von Bräuchen und Konventionen. Die Seele ist der dunkle Kontinent unserer Zeit. Ich begebe mich auf eine Entdekkungsreise und habe nichts zu verlieren.

11. JUNI 1866

Meine finanzielle Lage wird immer desolater. Der Schneider hat eine Kampagne systematischer Belästigungen in die Wege geleitet. Sein Mann lungert ständig im Hof herum oder lehnt am Geländer auf der anderen Straßenseite. Er wartet auf mich, und ich bin schon ganz geschickt darin, ihm auszuweichen, Tricks anzuwenden, wie etwa mich durch den Dienstboteneingang wegzuschleichen und gelegentlich sogar über Mauern zu klettern, was sehr erniedrigend ist. Einmal, als ich ziellos und etwas betrunken durch die Gassen in der Nähe von Stacias Wohnung wanderte, hatte ich das Gefühl, daß mir jemand folgte. Auf den Pflastersteinen hinter mir hallten Schritte und blieben stehen, wenn ich stehenblieb. Ich habe nie erfahren, wer es war.

Als der Mann des Schneiders schließlich im Hôpital auftauchte und den Pförtner am Haupttor nach mir ausfragte, reichte es mir. Und so zog ich letzte Woche meinen schönen Anzug an und legte mit dem hochmütigsten edelsten Benehmen, dessen ich fähig war, einen beträchtlichen Teil der geschuldeten Summe auf den polierten Mahagonitresen des Schneiders. Er schien freundlich und dankbar, als hätte es nie irgendwelche Schwierigkeiten zwischen uns gegeben, und die impertinenten Auftritte seines Mannes wurden mit keiner Silbe erwähnt. Ich hoffe, er war wenigstens beeindruckt, denn nun habe ich nichts mehr, womit ich die Miete für diesen Monat bezahlen kann. Und ich befinde mich nur wegen eines Lasters, so trivial wie Eitelkeit, in dieser Klemme!

Als ich heute nach Hause kam, fand ich Lothar mit Madame Thébauld unten an der Treppe in ein Gespräch vertieft. Sie hörten sofort auf zu sprechen, als sie mich sahen, und Madame Thébauld bemühte sich, zu versichern, Herr von Pick sei gerade eben erst gekommen und habe gefragt, wann ich zurückerwartet würde. Lothars Anblick erinnerte mich daran, daß ich so von Stacia besessen gewesen war, daß ich völlig vergessen hatte, zum wöchentlichen Empfang der Berthiers zu gehen.

Madame Thébauld hielt ein Couvert in der Hand, das sie mir zögernd aushändigte, so, als könnte ich mich wundern, warum sie es mit sich herumtrug, was ich auch tat, vor allem, weil es so aussah, als hätte sich schon jemand daran zu schaffen gemacht. Es enthielt eine Erklärung über meinen Kontostand beim Schneider, zusammen mit einer kurzen Notiz, in der er mich respektvoll um die Ehre bat, meine Aufmerksamkeit baldmöglichst der noch verbliebenen Summe zu widmen.

»Ein schrecklicher Mensch«, schnaubte Madame Thébauld. »Hat eine Menge Fragen nach Ihnen gestellt, Graf. Ausdauernd. Natürlich ist es nicht an mir, Fragen zu beantworten, und das habe ich auch nicht getan. Nicht eine einzige.« Sie warf Lothar einen Blick zu, was ich als Zeichen ihres schlechten Gewissens wertete: anscheinend hatte sie ihm jede einzelne Frage beantwortet, die er ihr gestellt hatte.

»Völlig richtig«, erklärte Lothar. Er drehte sich zu mir um und murmelte: »Da wäre etwas, das ich mit Ihnen besprechen muß.«

Ich wartete darauf, daß Madame Thébauld sich verabschieden würde, damit wir unter uns sein konnten, aber sie machte sich mit irgendeiner Arbeit in unserer Nähe zu schaffen, so daß mir gar nichts anderes übrigblieb, als Lothar nach oben in meine bescheidenen Räume zu bitten.

»Ich hatte einen ganz netten Plausch, bevor Sie kamen«, sagte er, während wir die Treppe hinaufstiegen.

»Das habe ich gesehen. Ich wußte gar nicht, daß Madame Thébauld eine so gute Gesprächspartnerin ist, aber ich schätze, das hängt ganz vom Thema ab.«

»Und was könnte interessanter sein, als über Freunde zu reden? Übrigens, wir haben Sie vermißt.«

»Wir?« fragte ich unvorsichtigerweise.

»Nicole war ziemlich enttäuscht, weil Sie sich nicht bei ihr haben blicken lassen. Sie hat es mich spüren lassen, was ich wirklich nicht gerecht fand. Sie scheint zu glauben, daß ich Einfluß auf Sie habe, deshalb macht sie mich dafür verantwortlich, daß Sie nicht gekommen sind. Ich bin in Ungnade gefallen. Ich wünschte, Sie würden ein gutes Wort für mich einlegen.«

»Liegt Ihnen wirklich etwas daran, was sie von Ihnen denkt?«

»Mir liegt fast genausoviel an Nicole wie an Ihnen. Oder vielmehr – soviel wie Ihnen an Nicole lag.«

»Ich hatte zu tun.«

Ich machte die Tür auf und ließ ihn eintreten, und er blinzelte verschwörerisch, als er an mir vorbeiging.

»Das hat Madame Thébauld auch gesagt. Sie ist in bezug auf nächtliches Treiben genauso neugierig wie ich.«

»Ich habe immer bis spät im Hôpital zu tun.«

»Muß eine interessante Arbeit sein!«

»Ich finde schon.«

»Aber bestimmt machen Sie es doch nicht... Sie wissen schon, im Hôpital?«

»Ich wünschte, ich könnte Ihnen eine Erfrischung anbieten. Wenn Sie wollen, kann ich Wein holen lassen.«

»Warum weichen Sie mir aus?« fragte er lachend. »Um Himmels willen, das ist doch nur eine Unterhaltung. Außer, Sie haben sich in sie verliebt.« Er betrachtete prüfend mein Gesicht, und ich sah schnell weg, als könnte ich so seinem scharfen Blick entgehen und verhindern, daß er mir meine Geheimnisse entlockte. Lothar tat schockiert. »O mein Gott! Sagen Sie bloß nicht, daß es ernst ist?«

»Nein, natürlich nicht«, sagte ich wütend und verlegen, so daß ihm mein Benehmen alles verriet, was er wissen wollte.

»Ich beneide Sie«, sagte er ohne Ironie in der Stimme. Ich drehte mich überrascht zu ihm um. Ich glaubte, daß er vielleicht sogar die Wahrheit sagte, soweit man Lothar überhaupt zutrauen konnte, aufrichtig zu sein. Ich hatte ihn bis dahin noch nie so verwundbar gesehen. Dieser Eindruck war aber schnell verflogen, und er nahm wieder seine übliche zynische Haltung ein. Aber einen Augenblick lang hatte ich Augen gesehen, die mit einer unbeschreiblichen Sehnsucht erfüllt gewesen waren, der Sehnsucht eines Mannes nach etwas, für das er kein Gefühl hat. Wenn ich jetzt darüber nachdenke, frage ich mich, ob Lothars Gefühle vielleicht denen eines Taubstummen ähneln, der die Tränen eines Menschen sieht, der in die erhabene Gewalt einer Beethoven-Sonate versunken ist. Was kann er von diesen Tränen wissen? Was kann Lothar von einer Leidenschaft wissen, die die Existenz eines Mannes zerstört?

»Ich glaube nicht, daß das stimmt«, sagte ich. »Sie haben alles, was Sie brauchen, und noch mehr. Ich muß mich abplagen« – ich deutete in mein Zimmer –, »wie Sie ja selbst sehen können.«

»Ich werde Ihnen etwas von dem geben, was ich habe, wenn Sie mit mir teilen.« In seinen Augen trat ein teuflisches Glitzern. Mir ist aufgefallen, daß Lothar immer dann am lasterhaftesten ist, wenn er sich seiner emotionalen Defizite gewahr wird. »Aristides Tip mit den abendländischen Handelsgesellschaften hat sich prächtig ausgezahlt, und ich habe alles verkauft. Die Einlage hat sich verfünffacht! Können Sie sich das vorstellen? Und heute ist sie abgestürzt! Sie ist praktisch wertlos.«

»Ich sehe keinen Unterschied zwischen diesen Aktienmanipulationen und Unterschlagungen. Beides sind verschiedene Arten des Diebstahls.«

»Das war keine Manipulation. Oder jedenfalls die Hälfte davon war es nicht. Onkel Aristide und seine Freunde haben die Occidental-Aktien vielleicht ein bißchen in die Höhe getrieben, aber Bismarck war ihr Niedergang. Die Preußen ziehen gegen uns in den

Krieg. Lesen Sie denn keine Zeitungen mehr? In allen Hauptstädten Europas sind die Börsen zusammengebrochen. Wir haben Glück. Wir sind rechtzeitig ausgestiegen. Und natürlich ist der Krieg für die Geschäfte mit den Uniformen eine wunderbare Sache.«

»Sie tun so, als würde Ihnen überhaupt nichts nahegehen.«

»Aber tu ich nur so? Das ist ja das Dilemma, das die Leute fasziniert. Sie scheinen sich nicht entscheiden zu können. Ist er wirklich ein solches Ungeheuer, fragen sie sich? Auf jeden Fall kümmere ich mich um Sie – genug, um ein paar Occidental-Aktien für Sie zu kaufen und meinen Teil des Handels einzuhalten.«

»Wirklich, Sie schulden mir nichts.«

»Na, na, Sie werden dadurch eine hübsche Summe in die Finger kriegen, die Sie, wenn Ihnen danach ist, für diese Mätresse ausgeben können, die Sie irgendwo versteckt halten. Und Sie können, wenn Sie wollen, Ihre Schneiderrechnung bezahlen, was übrigens niemand wirklich von Ihnen erwartet.«

»Woher wissen Sie, wieviel ich dem Schneider schulde?«

»Weil ich mir seine pompöse Rechnung angesehen habe, Sie Narr.«

»Sie erlauben sich wohl, in jeden Winkel meines Lebens Ihre Nase zu stecken. Haben Sie keinen Respekt vor dem Privatleben anderer Leute?«

»Allzusehr scheint es Sie ja nicht zu stören. Und außerdem ist es doch gut zu wissen, daß Sie unseren schmutzigen Gewinn zu schätzen wissen werden.«

»Ich will nichts davon haben.«

»Ihnen ist wohl diese Sache mit dem ›Grafen‹ zu Kopf gestiegen? Nur Kaufleute und Franzosen nehmen so etwas ernst, wissen Sie. Natürlich versteht es sich von selbst, daß ich nichts dagegen habe, wenn Sie den noblen Herrn spielen wollen.«

»Ihr Angebot, mir Geld zu geben, ist zutiefst beleidigend«, sagte ich kühl und wandte mich ab.

»Natürlich ist es das, und deshalb werde ich Ihnen auch keins geben.« Ich sah mich erstaunt zu ihm um und verfluchte mich sofort, weil ich auf ihn hereingefallen war; er hatte mir den Köder ohne Erfolg minutenlang vor die Nase gehalten, hatte mich aber dennoch dazu gebracht, zusammenzuzucken, als er mir drohte, ihn wieder wegzunehmen. »Ich kann verstehen, daß es sich für Sie nicht gehört, ein Geldgeschenk anzunehmen.« Er hob die Hand, um weitere Proteste abzuwehren. »Aber ich schlage Ihnen ein Geschäft vor, ein reines Geschäft. Das müssen Sie sich vor Augen halten, wenn Sie hören, was ich Ihnen zu sagen habe.«

»Ich höre«, sagte ich vorsichtig.

Lothar lächelte fast schüchtern, ein sicheres Zeichen von Tricks und Täuschungsmanövern! »Ich möchte Ihnen Stacia abkaufen«, erklärte er.

»Warum?« fragte ich, noch ehe ich das Ungeheuerliche seines Vorschlags richtig begriffen hatte.

»Eine Laune. So könnte man es nennen.«

»Eine Laune? Zu etwas anderem sind Sie nicht fähig?«

»Eine Idee. Eine kleine Sünde. Nennen Sie es exzentrisch, wenn Sie wollen.«

»Sind Sie verrückt?« schrie ich, in dem Bemühen, durch einen Wutausbruch meiner moralischen Entrüstung Luft zu machen. Aber irgendwie hatte ich das Gefühl, keinen festen Boden mehr unter den Füßen zu haben, so, als hätte ich das kostbarste Prinzip versehentlich schon aufgegeben. »Sie können doch keine Menschen kaufen«, fuhr ich ihn an. »Wir sind hier doch nicht in Amerika!«

»Natürlich kann man. Wenn man genügend Geld hat, kann man alles kaufen, was man haben will.«

»Sie haben recht. Wenn Sie einen Körper haben wollen, können Sie fast jeden haben.« Wahrscheinlich konnte er Stacia ohne große Umstände kaufen, dachte ich. Erwartete ich etwa von ihr, mir treu zu sein? Ich hegte schon den Verdacht, daß sie noch andere Liebhaber hatte. Dieser Gedanke war mir schon mehrmals durch den Kopf gegangen, ohne mich groß zu stören. Trotzdem verspürte ich ihr gegenüber ein Pflichtgefühl. Ich wollte ihr wahrer Beschützer sein.

»Und was habe ich damit zu tun?« fragte ich kühl.

»Es amüsiert mich.«

»Weil Sie mich mit hineinziehen wollen, deshalb tun Sie es – um Unheil zu stiften.«

»Es gibt schlimmere Gründe.«

Ich wußte nicht, was ich sagen sollte. Mir fiel nichts ein, was ich zur Verteidigung elementarer Werte hätte sagen können. Statt dessen richteten sich meine Gedanken – ungewollt, wie von selbst, wie in einem perfiden Wachtraum – auf die Möglichkeit einer Leihgebühr. In diesem Augenblick des Schweigens wurde mir mein vollständiger moralischer Bankrott bewußt.

Mein Zögern war für Lothar wie für einen Wolf die entblößte Kehle. »Bedenken Sie, daß ich sie nicht erst haben will, wenn Sie von ihr gelangweilt und mit ihr fertig sind«, sagte er.

»Sie sprechen von dieser Frau, als wäre sie ein Aktienpaket, das an der Börse gehandelt wird.«

»Kommt daher, weil ich schamlos bin.« Es sollte trocken und humorvoll klingen, wie es seine Art war, aber ich hatte das Gefühl, daß ich wieder einmal Gelegenheit hatte, Lothar in einem seltenen Augenblick der Transparenz zu beobachten. »Das macht mich frei«, sagte er.

»Ich kann mir nicht vorstellen, daß Sie das ernst meinen.« Aber ich konnte es mir sehr wohl vorstellen.

»Ich will sie frisch haben, jetzt, solange sie begehrt wird.« In seinen Augen blitzte Begierde auf. Das war es also.

Er hatte ein Lederetui aus seiner Manteltasche gezogen. Wenn ich gründlicher nachgedacht hätte, hätte ich gewußt, was er vorhatte, aber das tat ich nicht, und so war ich nicht darauf vorbereitet, als er zwei große Banknoten auf den Tisch legte.

»Eine Anzahlung«, sagte er mit ruhiger Stimme. Er starrte mich einen kurzen Augenblick an, und ich stellte mir vor, daß er ganz professionell meinen Gesichtsausdruck einschätzte, genauso wie ich im Zirkus die Dompteure ihre Tiere habe taxieren sehen, um festzustellen, ob sie störrisch sind.

Weil ich nicht darauf vorbereitet war, reagierte ich zu langsam. Ich ging um den Tisch herum und nahm das Geld.

»Nein!« protestierte ich mit einem Pathos, der wenig überzeugend war.

Aber Lothar war schon an der Tür und drehte sich um, während er seinen Hut auf dem Kopf zurechtrückte. »Bis morgen?« fragte er ganz nüchtern und ging die Treppe hinunter.

Ich hätte hinter ihm herlaufen und weitere Argumente vorbringen können. Aber was gab es denn noch zu diskutieren? Ich hätte hinter ihm herlaufen und ihn von hinten festhalten und ihm seine Geldscheine in den Hals stopfen können, bis er daran erstickte. Aber bevor ich es tat, warf ich noch einen Blick auf sie, um mich von der Höhe ihres Nennwerts zu überzeugen.

Stacia hat mir gesagt, daß sie heute abend nicht aus dem Hôpital kann, und ich habe sie nicht nach dem Grund gefragt, denn sie gerät schon aus dem kleinsten Anlaß in ungeheure Wut – besonders wenn ich durchblicken lasse, daß ich davon ausgehe, über ihre Zeit verfügen zu können, besonders, wenn ich ihr nicht zur Verfügung stehe, wann sie es will. Das gehört zu ihrem leidenschaftlichen Wesen und ist ja gerade der Grund, warum ich sie so aufregend finde.

Nachdem Lothar weg war, wanderte ich ruhelos durch die Stadt. Anscheinend zieht mich Elend geradezu instinktiv an, denn ich gerate immer in die heruntergekommensten Spelunken. Natürlich fand ich mich, kurz vor neun, in der Nähe von Stacias Haus wieder und konnte nicht widerstehen, in die vertraute Straße einzubiegen. Ich glaube, in ihrem Zimmer brannte Licht, obwohl ich mir nicht ganz sicher bin. Früher hat mich der Gedanke nie gestört, daß sie andere Männer bei sich haben könnte. Tatsächlich hat sie selbst gelegentlich von Verehrern gesprochen, und wenn ich dann nicht eifersüchtig wurde, schmollte sie und wollte mir einreden, daß sie einen reichen Mann an der Hand hat, der nach einem Beweis ihrer Gunst geradezu lechzt. Ihre List war bei mir die reinste Verschwendung, trotzdem mache ich mir jetzt Sorgen wegen des Lichts in ihrem Fenster. Was hat Lothar getan? Ich fühle, wie ich von feinen Tentakeln eingeschnürt werde, die mich enger an sie binden als je zuvor.

21. JUNI 1866

Mein Leben ist ein Labyrinth, und ich tappe im dunkeln. Einmal, vor langer Zeit, wie es scheint, habe ich geglaubt, mich auf das Licht zuzubewegen. Ich wußte, daß ich nur langsam vorankam, einige Rückschläge erlitt und manchmal die falsche Richtung einschlug, aber ich habe stets zu Wahrheit, Wissen, Anstand und Familie geneigt. Heute nachmittag habe ich erfahren, daß mir dieser Weg von nun an für immer verschlossen ist. Statt dessen folge ich einer instinkthaften Bestimmung, die einem dünnen, kaum wahrnehmbaren Faden gleicht, der sich durch ein Labyrinth zieht. Ich weiß nicht, wohin er führt oder was mich an seinem Ende erwartet, ob die Glut der Hölle, der aufbrüllende Minotaurus oder, schlimmer als alles, Stille, Überdruß, das Nichts.

Heute nachmittag war ich bei den Berthiers. Meine Tante Sophie begrüßte mich mit einer etwas gezwungenen Fröhlichkeit, und zuerst glaubte ich schon, daß sie damit ihre Gekränktheit verbergen wollte, weil ich in der letzten Woche ihren *jour fixe* versäumt hatte. Als ich mich über sie beugte um ihr einen Kuß auf die Wange zu geben, war ich mir plötzlich überdeutlich meiner verdammenswürdigen Infektion bewußt, und ich war so von Scham erfüllt, daß ich die üblichen Höflichkeitsfloskeln kaum zustande brachte.

Ich fand Aristide, der sich mit Lothar unterhielt, und wollte mich gerade wieder abwenden, um auf eine bessere Gelegenheit zu warten, mit meinem Onkel zu sprechen, als er den Kopf hob und mich entdeckte, und so blieb mir nichts anderes übrig, als zu ihnen zu gehen und mich an ihrem Gespräch zu beteiligen. Lothar war sogar noch mehr von sich eingenommen als sonst.

»Für Österreich-Ungarn«, sagte er gerade zu Aristide, »geht es nicht sosehr darum, einen Krieg zu gewinnen oder zu verlieren, sondern darum, ihn zu führen. Wir können nicht zulassen, daß Bismarck die Verträge mit unseren Verbündeten einfach mit Füßen tritt. Sieg oder Niederlage, das ist egal, auf jeden Fall müssen wir den Burschen in seine Schranken verweisen.«

»Ich nehme doch an, daß Sie nicht selbst in die Schlacht ziehen werden?« erkundigte sich Aristide. Er wirkte müde und sah sich mit abwesender Miene im Zimmer um, als wären seine Gedanken mit ganz anderen Dingen beschäftigt.

»Mein Land ist der Überzeugung, daß ich dem Kaiserreich in meiner gegenwärtigen Position nützlicher sein kann«, sagte Lothar glatt.

»Die Worte eines echten Diplomaten«, sagte ich spöttisch, aber Lothar nahm das wie ein Kompliment auf.

»Ich finde, ihr seid beide besser hier aufgehoben«, entschied Aristide. »Die Mauser-Gewehre, die die Preußen haben, geben tödliche Feuersalven ab. Da zählt nicht mehr der Mut, sondern die Gewehrkugeln pro Minute. Der Krieg wird so zu einer reinen Wissenschaft.«

»Und die Börse bekommt es als erstes zu spüren«, sagte Lothar. »Vor allem die abendländischen Handelsgesellschaften – was für ein Blutbad!«

Ich glaubte, den Ausdruck von Schmerz auf Aristides Gesicht zu sehen, aber es konnte auch Müdigkeit sein. »Die abendländischen Handelsgesellschaften«, stöhnte er, wie es Menschen tun, wenn ein Wort irgendeine tiefe private Bedeutung für sie hat. »Ich hoffe, Sie beide stecken nicht allzutief in diesem Geschäft. Ich habe Sie gewarnt, nicht wahr?«

Er suchte ängstlich in unseren Gesichtern nach Zeichen des Unglücks.

»Ja, das haben Sie getan«, sagte ich und nickte heftig mit dem Kopf, um ihn zu beruhigen.

»Wenn es Ihnen ein Trost ist, ich bin selbst von dem Zusammenbruch betroffen. Ich habe es kommen sehen. Dachte aber, die Aktie würde es durchstehen... den Rest kennen Sie ja. Habe dabei mehr verloren, als ich gern zugebe.« Er kicherte, wollte so tun, als wären die abendländischen Handelsgesellschaften und der Verlust von Geld Dinge, die einem Mann seiner Ressourcen und seiner Erfahrung nichts anhaben könnten, aber seine Stimme klang gepreßt und niedergeschlagen.

Lothar, der vollkommene Diplomat, wechselte das Thema, und ich fand eine Entschuldigung, um mich auf die Suche nach Nicole zu begeben.

Sie war von ihren schmeichlerischen Freunden umringt und sah mich nicht kommen. Ich glaube, ich habe sie erschreckt, als ich plötzlich in ihrem Gesichtsfeld auftauchte, denn sie unterbrach sich mitten im Satz und sah verwirrt aus, bevor sie sich wieder faßte. Irgendwie gaben mir die frischen hübschen Gesichter der Mädchen in ihren weißen Kleidern und die anständigen, unbescholtenen Gesichter der Männer in ihrem Gefolge das Gefühl, fehl am Platz zu sein. Ich kam mir neben ihnen alt und korrupt vor. Ich gehörte eher zu Lothar.

Aber Nicole versuchte mich in das Gespräch miteinzubeziehen. Sie war das Licht, und ich starrte sie von meinem dunklen Platz aus an, als würden wir uns zum letztenmal sehen. Während sie sprach, lauschte ich nicht ihren Worten, sondern der Musik ihrer Stimme und versuchte sie mir einzuprägen, aber es war kein Platz für sie in meinen Erinnerungen. Ich beteiligte mich nicht an den schlagfertigen Antworten, die sie austauschten, hörte mir die neuesten Geschichten an und den Klatsch darüber, wer mit wem im Theater gesehen worden war. Von Zeit zu Zeit warf mir Nicole einen Blick zu, um zu sehen, ob ich schon die Geduld verlor bei all diesen Albernheiten. Und die ganze Zeit breitete sich wie eine Krankheit Traurigkeit in mir aus. Ich verabschiedete mich, ich ging auf eine lange Reise. Nein, ich war schon fort. Ein Teil von mir hatte sich schon verhärtet gegen diese zarten Gefühle, so wie der Frost die grünen Triebe absterben läßt. Ich trauerte um das Leben, das ich aufgab, und um die Gefühle, die schon bald keine Bedeutung mehr für mich haben würden.

Ich hätte mich gerne verabschiedet, aber es war noch zu früh und hätte unhöflich gewirkt, und so ging ich hinaus in den Wintergarten, um allein zu sein. Dies war ein Ort, den die Männer aufsuchten, um eine Zigarre zu rauchen und über geschäftliche Dinge zu reden, ohne die Damen zu verärgern, aber heute war der kleine Dschungel leer. Ich stand neben einer Pflanze mit großen ledrigen Blättern, die mir so fremd vorkamen, als stammten sie von einem anderen Planeten, und ich stellte mir ein Leben des Dienens und der Selbstaufopferung als medizinischer Missionar in den Tropen vor. Ich konnte den Gedanken nicht ertragen, nach Ungarn zurückzukehren und dort in Untätigkeit darauf zu warten, daß die Krankheit ihren Verlauf nahm.

In diese trüben Gedanken versunken, hörte ich zuerst gar nicht, daß die Tür aufging und dann leise wieder geschlossen wurde. Ich weiß nicht, wie ich mir ihrer Gegenwart dann doch bewußt wurde, auf jeden Fall folgte ich einem inneren Impuls, drehte mich um und sah Nicole.

»Ich wollte Sie nicht stören«, sagte sie leise.

»Aber Sie stören mich doch nicht«, erwiderte ich, während sie auf mich zukam.

»Es sah aus, als wären Sie tief in Gedanken versunken.«

»Ich glaube, das war ich auch.«

»Sie sind ein so tiefgründiger Mensch, László. Ich habe oft nicht die blasseste Ahnung, was Sie denken.«

»Ich habe über das Leben nachgedacht. Wie es dazu kommt, daß man an einen Punkt gelangt, an dem man eine Entscheidung treffen muß, an dem man den einen oder den anderen Weg einschlagen kann.«

»Ich weiß.«

Ich sah sie erstaunt an. Ich war davon ausgegangen, daß Nicoles Leben unbeschwert und ohne Risiken verlief und damit auch ohne die Notwendigkeit, irgendwelche Entscheidungen zu treffen, die schwieriger waren als die Auswahl des Stoffes für ein neues Kleid.

»Früher oder später ändert sich alles«, fuhr sie fort. »Alle guten Dinge haben ein Ende.«

»Ich glaube, das stimmt«, sagte ich, obwohl ich mir überhaupt nicht darüber im klaren war, worauf sie anspielte.

»Wie die Kindheit. Das ist etwas, was zu Ende geht. Wissen Sie noch?«

»Das Ende der Kindheit? Ich bin mir nicht sicher, daß es einen ganz bestimmten Augenblick gegeben hat, an dem es mir bewußt geworden ist.«

»Wann wird man sich denn der Dinge bewußt? Wann weiß man über sich selbst Bescheid und merkt, daß man kein Kind mehr ist?« Ihre Augen schweiften in die Ferne.

»Wenn man nicht mehr unschuldig ist?« schlug ich vor. »Wenn man weiß, was man weiß?«

»Ja, dann auch.« Sie senkte den Blick, als überlegte sie, ob es gefährlich war, etwas in Worte zu fassen. »Ich mußte an die Zeit denken, als Mama und ich Sie in Ihrem Schloß besucht haben«, sagte sie, ohne den Kopf zu heben. »Das Gedicht... die Vernarrtheit.«

»Ich habe Sie geliebt«, sagte ich. Aber jetzt zählte nichts mehr. Vorbei, vorbei.

Plötzlich blickte sie auf, und in ihren Augen standen Tränen. »Ich weiß«, sagte sie. »Ich weiß, daß Sie das getan haben. Sie waren so heftig, so ernst, so entschlossen.«

»Und Sie?« fragte ich.

»Ich schäme mich so.«

»Das brauchen Sie nicht«, sagte ich. »Es ist schon alles lange, lange her. Eine andere Welt. Diese Dinge haben heute keine Bedeutung mehr für uns.«

Sie sah bedrückt aus. »Sagen Sie das nicht!« Ich glaubte schon, sie würde die Hand heben, um sie auf meine Lippen zu legen. »Ich war grausam zu Ihnen, aber Sie dürfen jene Zeit damals nicht einfach abtun. Ich habe Sie geneckt – das wissen Sie. Ich habe Sie gelockt, ich habe Sie zurückgestoßen, ich habe Ihre Hoffnungen geweckt und sie dann mit meiner Kälte zerschlagen. Sie sollten glauben, daß es die Launen eines jungen Mädchens waren, das gar nicht wußte, was es tat. Aber es war alles Berechnung und Absicht. In Wirklichkeit war ich gar nicht so unschuldig, wie ich getan habe.«

»Warum erzählen Sie mir das?« fragte ich. Ich hatte kein Bedürfnis nach weiteren Verletzungen.

»Mich hatte noch nie jemand geliebt«, sagte sie mit einem verzweifelten Ausdruck im Gesicht. »Ich hatte es noch nie erlebt. Ich wußte nicht, wie ich damit umgehen sollte.«

»Sie haben Ihre Gefühle gut verborgen.«

»Das mußte ich. Ich hatte Angst. Mama und ich hatten großen Respekt vor Ihrer Familie. Damals haben wir das alles hier noch nicht besessen.« Sie deutete mit einer Handbewegung auf unsere Umgebung, aber dann hielt sie inne, und ich glaube, ihr wurde zum erstenmal bewußt, wie luxuriös ihr Zuhause war. »Damals haben wir ganz bescheiden gelebt.« Sie seufzte. »Alles ist so vergänglich.«

»Aber wir wohnten in einer alten, eingefallenen Ruine«, sagte ich.

»Ich habe ein ehrwürdiges altes Bauwerk gesehen, das schon viele Jahrhunderte im Besitz Ihrer Familie war. Sie wissen gar nicht, wie romantisch mir alles vorgekommen ist – schon der Gedanke daran. Wochen, bevor wir losgefahren sind, hat Mama mir beigebracht, wie ich mich in den Kreisen der Aristokratie zu benehmen habe, aus welchen Gläsern ich Wein trinken muß, welche Gabel ich für die verschiedenen Fische benutzen sollte. Bis wir ankamen, hatten wir uns schon in einen ziemlichen Zustand hineingesteigert. Aber lange bevor wir losgefahren sind, hatte ich mir in den Kopf gesetzt, Sie zu erobern. Sie sollten mein Prinz sein, genauso wie im Märchen. Mama wollte, daß Sie sich in mich verlieben, auch wenn ich gar nicht wußte, was das war. Sie waren der Sohn des Grafen. Sehen Sie, man hat mich schon vorher bange gemacht.«

Während sie sprach, hatte ich an das zugige alte Schloß denken müssen mit seinen brackigen Burggräben und seinen verfallenen Dächern. Wenn man seine Phantasie anstrengte, konnte man vielleicht sagen, daß es an einem heiteren sonnigen Tag einen gewissen mittelalterlichen Charme besaß, aber daß ein Besucher es als imposant oder auf irgendeine Weise vornehm ansah, fand ich erstaunlich.

»Wie fremd wir uns waren«, sagte ich mit einem bitteren Lachen. »Und ich dachte, Sie würden mein altersschwaches Zuhause und unsere provinzielle Lebensart verachten!«

»Ich dachte, wenn ich Sie verführen könnte, würden Sie gar nicht merken, wie gewöhnlich ich war.«

»Sie waren niemals gewöhnlich, Nicole.«

»Ich habe mich bemüht, Sie zu verführen.«

»Das ist mir nie aufgefallen.«

»Sie sollten es auch nicht merken, Sie sollten nur die Anziehung fühlen.«

»Woher wußten Sie, was Sie tun mußten?«

»Das habe ich mir gedacht. Ich habe versucht, mich an Dinge zu erinnern, die Mama immer zu ihren Freunden gesagt hat, wenn sie nicht wußte, daß ich zugehört habe. Und dann kam alles wie von selbst, ohne es zu planen –«

»Zu planen?« Das Wort traf mich hart.

»Es tut mir leid«, sagte sie, und ich sah den Schmerz in ihrem Gesicht, der nicht geringer gewesen sein kann als mein Schmerz. »Ich möchte Ihnen sagen: So hat alles angefangen. Aber das war noch nicht alles und auch nicht der wichtigste Teil von allem.«

»Ich komme mir wie ein Narr vor.«

»Nein!« Sie streckte die Hand aus und ergriff meinen Arm. »Bitte!« Ich war von der Stärke ihrer Finger überrascht, von der Eindringlichkeit ihrer Gefühle. »So war es nicht wirklich.«

»Wie war es dann?« fragte ich, wie ein waidwundes Tier voranstürmend, verrückt vor Schmerzen.

»Ich habe Sie geliebt.«

»O nein!« Ich wandte mich unwillkürlich von ihr ab.

Nicole trat dicht hinter mich. Ich konnte ihre schnellen Atemzüge hören und sog den Duft ihres Parfüms ein, der von dem Moschusgeruch ihrer Haut durchdrungen war. Erst zögernd, dann, als ich sie nicht abschüttelte, immer fester, drückte sie ihre Hand an meinen Rücken, und ich spürte ihre Wärme, die sich mit einer herrlichen schmerzenden Präsenz in meinem Körper ausbreitete und durch ihn hindurchströmte. Ihr Kopf lag an meiner Schulter, ruhte fast auf ihr aus, und sie flüsterte in mein Ohr: »Ich hatte Angst. Ich hatte Angst, Sie zu lieben. Ich konnte Ihnen nicht sagen, was ich gefühlt habe. Ich konnte es Ihnen gegenüber nicht einmal andeuten. Ich hatte

Angst, es mir selbst einzugestehen. Ich habe mit Ihnen geflirtet. Ich habe Sie mit dem Spiegel geneckt.« Vielleicht spürte sie, wie ich erstarrte, denn sie sagte noch: »Verzeihen Sie mir!«

Ich hatte Angst, sie zu fragen, was sie damit meinte. In meinem Kopf drehte sich alles bei dem Gedanken daran, was das für mich bedeutete. Wie hatte Nicole die Sache mit dem Teleskop herausgefunden? Hatte sie schon während ihres Besuchs im Schloß davon gewußt? Wenn ja, dann hatte sie gewußt, daß ich ihr zusah, wenn sie nackt vor dem Spiegel herumging. Aber das bedeutete auch, daß sie sich mit Absicht vor mir entkleidet hatte. Das brachte ein sinnliches Element ins Spiel, von dem ich keine Ahnung gehabt hatte. Aber wenn es so war, wer war dann diese komplizierte, geheimnisvolle Frau? Und wer war die Person, die ich geliebt hatte?

»Ich hoffe, Sie werden mir verzeihen, so wie ich Ihnen verzeihe«, flüsterte sie.

»Wofür?« fragte ich, obwohl ich überzeugt war, daß sie es wußte.

»Daß ich mich so schamlos gezeigt habe.« Ich glaube, sie muß gespürt haben, daß ich mich nicht überwinden würde, meine Taten zuzugeben. Sie sagte: »Ich habe gemerkt, daß der Spiegel immer in einem merkwürdigen Winkel aufgestellt war. Auch nachdem ich ihn gerichtet hatte, hatte er beim nächstenmal wieder dieselbe Position, obwohl er in dieser Stellung niemals hätte von Nutzen sein können. Eines Tages saß ich auf dem Rand der Badewanne und sah zu ihm hin, um festzustellen, was er spiegelte, und da habe ich die Sonne auf dem Teleskop glitzern sehen. Ich wußte, daß Sie dort waren.«

Es war etwas Zielbewußtes an ihr, eine wilde Entschlossenheit, die Wahrheit herauszufinden. War ich blind gewesen, daß ich diesen Menschen nicht gesehen hatte?

»Aber warum…?« begann ich.

»Weil ich wollte, daß Sie mich sehen.« Ich kam mir wie ein Beichtvater vor, während sie sprach, eine hastige, unsichtbare Stimme dicht hinter mir in meinem Ohr. »Am Anfang wollte ich nur, daß Sie mich begehren«, sagte sie. »Ich war ein Mädchen, das seine Macht über einen Mann ausprobiert. Würden Sie mich haben wollen? Es war ein geheimes Band, das keiner von uns eingestehen konnte. Keiner sagte etwas. Wir versteckten uns voreinander. Ich benahm mich wie ein Flittchen und konnte beim Tee doch so tun, als wäre ich eine Dame. Sie haben mich wie ein Liebhaber behandelt, und ich habe mich wie ein Mädchen benommen. Ich habe mich geschämt. Sie sollten sehen, daß ich eine Frau bin.«

»Ich habe Sie nicht verdient«, sagte ich, nur mit Mühe das Zittern in meiner Stimme unter Kontrolle bringend. Ich war froh, daß sie mein Gesicht nicht sehen konnte. Ich hatte mich von meinem Schock erholt und wurde von tiefer Traurigkeit erfaßt, daß wir durch nichts anderes getrennt gewesen waren als durch unsere Einbildungskraft.

»Nein«, sagte Nicole. »Ich habe Sie nicht verdient.« Ich glaube, daß sie in diesem Augenblick ihren Kopf an meine Schulter legte, aber ich kann es nicht genau sagen, denn sie berührte mich nur ganz leicht. Ich drehte mich nicht zu ihr um, weil ich spürte, daß sie noch weitersprechen wollte. »Und jetzt...«, begann sie. Ich wollte etwas sagen, aber sie schnitt mir das Wort ab, und mir wurde klar, daß sie nicht unterbrochen werden wollte. »Und jetzt sind Sie wieder in mein Leben zurückgekehrt, ein Mann mit soviel Feingefühl und vornehmer Gesinnung, wie ich es mir nie zu hoffen gewagt hätte.«

»Sie kennen mich nicht«, erwiderte ich voller Verzweiflung.

»Doch, ich kenne Sie!« rief sie, und ich spürte, wie sie sich an mich drückte.

»Auf jeden Fall ist es jetzt zu spät.« Ich sagte es in einem so schroffen Ton, daß sie erstarrte und vor mir zurückwich.

»Sie lieben eine andere.«

»Nein«, sagte ich müde, fast lebensmüde. »Ich habe Sie damals geliebt, und ich liebe Sie noch immer. Niemand wird jemals Ihren Platz in meinem Herzen einnehmen. Ich gehöre Ihnen.«

Sie glaubte mir nicht, obwohl ich die reine Wahrheit sprach. Und warum sollte sie mir auch glauben, wenn ich sie nicht mit einem leidenschaftlichen Kuß an mich drücken konnte? Mit dem Kuß eines Aussätzigen!

»Ich selbst war mein schlimmster Feind«, sagte sie wie zu sich selbst. »Ich habe mit Ihnen gespielt. Sie haben mir soviel bedeutet, daß ich es nicht ertragen konnte. Ich habe mit Lothar geflirtet, um Sie eifersüchtig zu machen, und jetzt will er mich heiraten.«

Wie ein Blitz, der sich im Zickzack einen Weg durch mein Gewebe bahnte, fuhr ein Kältestrahl durch meinen Körper. Irgend etwas in meinem Herzen zerbrach, aber ich nahm meine ganze Kraft zusammen und fragte mit gespielter Nonchalance, jede Silbe eine linguistische Glanzleistung: »Und werden Sie ihn heiraten?«

»Nur wenn Sie mich nicht haben wollen«, sagte sie.

Ich war von ihrem Mut zutiefst gerührt und hätte fast laut zu schluchzen begonnen, wenn ich es nicht noch rechtzeitig hätte unterdrücken können.

»Ich habe nichts, das ich Ihnen bieten könnte«, sagte ich mit eisiger Stimme.

»Und ich habe nichts, das ich Ihnen bieten könnte«, erwiderte sie. »Nur meine Liebe. Ich besitze keine Aussteuer, die der Rede wert wäre – ja, ich weiß«, sagte sie, als könnte ich bezweifeln, was sie gerade gesagt hatte. »Man würde es nicht glauben, wenn man sieht, wie wir leben, aber die äußeren Umstände haben sich geändert. Wie gewonnen, so zerronnen. Eine plötzliche unglückliche Wendung der Ereignisse.«

»Lothar ist ein wohlhabender Mann. Er ist in der Lage, Ihnen ein Leben in dem von Ihnen gewohnten Stil zu bieten.«

»Ja, Lothar ist reich. Er hat meinem Vater schon gesagt, daß er keinen Wert auf eine Mitgift legt. Aber ich liebe ihn nicht.«

Gibt es etwas, das sich mit dem Augenblick vergleichen ließe, in dem man, die blanke Klinge in der Hand erhoben, zustößt und das eigene Fleisch trifft? »Ich kann Sie nicht lieben«, sagte ich. Und es war vollbracht.

Ich hörte sie die Luft anhalten. Aus meinen Augen flossen Tränen. Ich konnte mich nicht zu ihr umdrehen.

»Ich habe das einzige, das mir je etwas bedeutet hat, zerstört!« stieß sie unter Schluchzen hervor.

Ich hörte das Rascheln ihrer Röcke und das harte Klopfen ihrer Absätze auf den Bodenfliesen, als sie schnell von mir fortlief. Aus der anderen Richtung hörte ich Männerstimmen näher kommen, und ich zog mich schnell tiefer in den Wintergarten zurück, um mir einen Platz zwischen den Palmen zu suchen, an dem mein Herz für sich allein war, wenn es starb.

Aber das Leben geht weiter. Ich bin nicht tot. Im Gegenteil, ich bin ein Mann, der nichts zu verlieren hat. Das ist eine völlig neue Erfahrung. Ich beabsichtige nicht, mich in Spekulationen darüber zu verlieren, was hätte sein können. Jetzt gilt es, das Richtige zu tun, die restlichen Funken Zärtlichkeit auszutreten und die Sache systematisch anzugehen. Für den Augenblick möchte ich in Vergessenheit versinken, mich betrinken, oder, was das gleiche ist, mich in Stacia verlieren. Warum kann ich sie heute abend nicht sehen oder morgen abend oder am Abend danach?

30. JUNI 1866, FRÜH AM MORGEN

Als ich dieses Tagebuch begonnen habe – lieber Gott, mit so guten Absichten und leichten Herzens, daß ich den Verfasser kaum wiedererkenne! –, hatte ich nicht die leiseste Ahnung, daß ich meine eigene Fallstudie niederschreiben würde. Fallstudie oder Beichte? Krank oder verdorben? Sollen die maßgeblichen Autoritäten sich selbst ein Urteil bilden. Ich bin erstarrt. Ich bin verwirrt. Ich nehme an, daß ich, falls ich meine Gefühle beschreiben sollte, diese als »unheimliche Heiterkeit« bezeichnen würde. Aber genug der Selbstprüfung. Es wird alles bald vorbei sein.

Die Dämmerung bricht über den Dächern an. Es kommt mir vor, als wäre es vor einem Jahr geschehen, dabei war es erst gestern abend, als ich zu Stacias Haus ging. Ich bin natürlich nicht direkt dorthin gegangen, da sie mich schon hatte wissen lassen, daß sie mich nicht würde empfangen können. Sie gibt nie einen Grund an, aber ihr Ton macht deutlich, daß ich nicht das Recht habe, zu fragen. Das ärgert mich, und das ist zweifellos von ihr beabsichtigt. Sie will mir bedeuten, daß ich keinen Anspruch auf sie habe. Sie macht Anspielungen auf weitere Liebhaber, aber irgendwie fühle ich, daß ich ihr einziger auserwählter Gefährte bin und die anderen zahlende Kunden. In diesem Zustand mürrischer, wilder Trunkenheit wartete ich unter ihrem erleuchteten Fenster. Fügen wir der Mischung ein wenig Selbstmitleid hinzu. Wie diese Zutat zur Würze der anderen Gefühle beiträgt! Aber »Selbstmitleid« ist vielleicht eine Untertreibung des hohen moralischen Pathos, mit dem der Abend begann, als ich von dem Empfang bei den Berthiers in meine Wohnung zurückkehrte. Ich glaube, ich kann sagen, daß ich zu diesem Zeitpunkt von einer tiefen Verzweiflung gepackt wurde.

Zuerst vervollständigte der Mann, für den ich jetzt kein Mitleid mehr empfinde, die Eintragung in dieses Tagebuch. Dann, als es dunkel wurde, machte ich mich auf den Weg in jenen elenden Winkel des Quartier Latin, in dem Stacia ihr geheimes Zimmer hat. Es war noch zu früh, um zu erwarten, daß sie schon aus dem Hôpital kam, und ich war mir nicht schlüssig, ob ich mich irgendwo verbergen sollte, um mich ihr in den Weg zu stellen und sie anzusprechen, oder ob ich mir die Zeit mit Trinken vertreiben sollte, bis sie allein war. Ich entschied mich für den Absinth. Ist es der bittere Geschmack von Wermut, der diese ölige Flüssigkeit nach Tod schmecken läßt? Oder ist es der Rausch, der mir einen Vorgeschmack auf die tödliche Demenz gibt, die Absinth bei denen auslöst, die ihm verfallen sind?

Spät, ohne zu wissen, wie spät es wirklich war, torkelte ich aus einem Weinladen. Ehrliche Bürger waren auf den Straßen nicht mehr zu sehen. Ich konzentrierte mich auf meinen Gang, versuchte nicht zu sehr zu schwanken, was mich voll und ganz in Anspruch nahm. Ich sah einen trüben Lichtschein hinter Stacias Fensterscheiben und versteckte mich im Schatten unter einer Treppe, von dem aus ich den Eingang des Hauses beobachten konnte. Von diesem Platz aus hatte ich schon früher spioniert, aber ohne Erfolg. Ich hielt es nicht lange aus, gebückt dazustehen, und so setzte ich mich in diesem dunklen Winkel auf den Boden. Ich mußte eingeschlafen sein, wie einer dieser ganz gewöhnlichen Trunkenbolde. Ich weiß nicht mehr, was mich geweckt hat. Zuerst wußte ich nicht gleich, wo ich mich befand, obwohl ich nicht mehr ganz so betrunken war wie vorher, vielmehr mich in jenem schmerzhaften Zustand befand, in dem die Trunkenheit noch nicht vorüber ist, der Kater aber bereits begonnen hat.

Von meinem Platz aus sah ich, daß in Stacias Fenster noch immer Licht brannte, aber ich konnte nicht die Haustür des Gebäudes sehen. Mit ziemlicher Mühe bewegte ich meine steifen Beine, um mich zuerst hinzuhocken und dann vorsichtig eine gebückte Haltung anzunehmen, so daß ich über die Stufen spähen konnte, hinter denen ich mich versteckte. Da entdeckte ich Lothar. Er stand vor der geschlossenen Tür und lugte vorsichtig nach links und rechts. Hielt er nach Straßenräubern Ausschau, oder erwartete er, daß ihn Aristides Agenten beschatteten, um die Aktivitäten des künftigen Schwiegersohns zu überprüfen? Anscheinend war er zufrieden, den

Weg frei zu sehen, und ging, elegant den Spazierstock schwingend, die Straße hinunter.

An diesem Punkt hätte ich nach Hause gehen sollen. Gibt es eine menschliche Eigenschaft, die einfältiger ist als zu späte Einsichten? Statt dessen stieg ich – betrunken, rührselig, gequält, einsam und mit dumpfer Wut, die ich nicht zur Kenntnis nahm – die vertrauten Stufen zu Stacias Zimmer hinauf, tastete mich in der Dunkelheit an den bekannten Markierungen vorbei bis hinauf zum obersten Treppenabsatz.

Ich klopfte an. Von drinnen war ein Freudenschrei zu hören und das Geräusch eiliger Schritte. Die Tür flog auf.

»Ich wußte, daß Sie...«, begann Stacia in neckendem Ton, aber die Fröhlichkeit verschwand bei meinem Anblick sofort aus ihrem Gesicht. »Oh«, sagte sie, als wäre es eine Begrüßung. Sie gab sich keine Mühe, den Ausdruck des Erstaunens und Mißfallens zu verbergen, als sie nach kurzem Zögern auf die Seite trat, um mich ins Zimmer zu lassen. Die Luft war feucht vom intimen Geruch zweier Menschen, die einige Stunden zusammen eingeschlossen gewesen waren.

Sie trug ein neues Kleid, das ich nicht kannte, ein modisches Abendkleid aus schwarzem Satin, und sein eleganter Schnitt bildete einen merkwürdigen Gegensatz zu der Schäbigkeit des Zimmers. Anscheinend hatte sie gerade angefangen, sich auszuziehen, denn am Rücken waren schon einige Verschlüsse geöffnet, und an den Schultern, wo das Kleid so geschnitten war, daß es fest ansaß, hing es schlaff herunter, als würde es eine vorsichtige Hand einladen, sich unter dem losen Stoff auf das warme, sinnliche Ziel zuzubewegen. Oder eine Faust, die den prächtigen Stoff ergriff und ihn ihr vom Körper riß. Aus den Augenwinkeln heraus sah ich, wie Stacia begann, als würde ihr dies einen Vorteil über mich verschaffen.

Sie stand mit dem Rücken an die geschlossene Tür gelehnt und seufzte. »Ich dachte, ich hätte mich klar ausgedrückt...«

»Völlig klar«, sagte ich. »Du hast es völlig klargemacht.«

»Ich dachte, wir hätten eine Abmachung.«

»Hängt davon ab, wie du die Abmachung verstehst«, sagte ich, eine lächerliche Erklärung, die ihr augenblicklich zeigte, wie betrunken ich war, falls sie es nicht schon gerochen hatte.

Als ich rastlos im Zimmer herumging, kam ich mir wie ein Polizist vor, der nach Einzelheiten suchte, aus denen er rekonstruieren konnte, was hier in den letzten Stunden vorgefallen war. Auf dem Tisch, zwischen den Resten einer Mahlzeit, hatte Stacia einen Strauß gelber Orchideen abgelegt, die schon welkten. Ein Messer mit Knochengriff steckte in der vollkommenen Spirale aus einer grünen Apfelschale, die so präzise wie zu einer Geometriedemonstration geschnitten war. Wie typisch für Lothars gewandten Umgang mit der Oberfläche von Dingen! Ich stellte mir vor, wie er sie mit den saftigen Scheiben des Apfels fütterte, wie er auf seine perverse Art darauf bestand, ihr jedes Stück zwischen die Lippen zu schieben.

»Ich bin ein freier Mensch«, sagte Stacia. »Ich komme und gehe, wann es mir paßt. Hier bin ich nicht Ihre Patientin.«

»Du bist überhaupt nicht meine Patientin«, korrigierte ich sie eilig.

»Das hier ist mein Zimmer. Ich kann empfangen, wen ich will.«

»Er wird bald heiraten – hast du das gewußt?«

»Wer?«

»Herr von Pick. Der Mann, der noch vor wenigen Minuten hier war. Du hast ihn doch bestimmt nicht schon vergessen?«

Stacia seufzte ungeduldig. »Was er mit seiner Zeit anstellt, wenn er nicht bei mir ist, geht mich nichts an.« Ich glaube, ich sah einen berechnenden Ausdruck in ihrem Gesicht, eine eilige Bewertung jeder kleinsten Information, die sie erhielt. »Und Sie geht es doch auch nichts an.«

»Ehrlich gesagt, glaube ich schon, daß es mich etwas angeht.«

»Und wieso?«

»Weil ich zufällig die junge Dame kenne, um die es geht«, sagte ich. »Ich mag sie nämlich sehr gern.«

»Ah! Der Ritter in der glänzenden Rüstung!«

Das fand sie sehr komisch. Es erfüllte sie immer mehr, bis sie den Kopf zurückwarf, um ihrem Gelächter freien Lauf zu lassen; sie stemmte die Hände in die Seiten, und ihre Schultern zuckten vor Belustigung. Bis dahin hatte ich an ihr noch nie einen besonders ausgeprägten Sinn für Humor entdeckt. Dazu kam, daß ich auch nicht den Grund ihrer Belustigung kannte, obwohl mir klar war, daß sie sich auf meine Kosten amüsierte. Sie fand mich lächerlich. Sie fand den ganzen Gedanken von der heiligen Ehe absurd. Sie lachte immer weiter und hörte gar nicht wieder auf, und ich fragte mich schon fast, ob sie die Beherrschung verloren hatte. Ihr Gelächter entsprang ganz eindeutig einer kathartischen Ader, die aus sich selbst heraus und aus meiner Ernsthaftigkeit ihre Kraft bezog.

Ich starrte mit einem sonderbaren Gefühl des Losgelöstseins auf ihre nackte Kehle. Ich glaube, damit fing alles an.

»Hast du kein schlechtes Gewissen?« fragte ich.

»Nein. Sollte ich?« fragte sie leichthin.

»Daß du auf diese Weise eine unschuldige Frau verletzt?«

»Es macht mir nichts aus zu teilen, warum sollte es dann ihr etwas ausmachen? Der betreffende Herr hat mehr als genug für beide von uns«, stachelte sie. »Außerdem wird er eine ehrliche Frau aus mir machen und mir bei einer Dame die Stellung einer Zofe besorgen.«

»Um Himmels willen, hast du denn gar keine Angst, sie anzustekken?«

Ihr engelhaftes Gesicht verwandelte sich in eine äußerst häßliche Fratze. »Was!?« schrie sie.

»Du weißt genau, was ich meine.«

»Sie haben mit Roland gesprochen.« Ihr Zorn verschwand, nachdem sie den Grund für die Anschuldigung gefunden hatte.

»Er hat mir erzählt, daß sich ein Mann deinetwegen umgebracht hat.«

Entdeckte ich einen heimlichen Ausdruck von Zufriedenheit, gar von Selbstgefälligkeit auf Stacias Gesicht, bevor sie sich von mir abwandte?

»Roland ist wahnsinnig eifersüchtig«, sagte sie. »Er sagt alle möglichen Dinge.«

Ihr Gleichmut war wiederhergestellt, ihre gute Laune zurückgekehrt. Sie stand vor ihrem Spiegel, eine Melodie vor sich hin summend, während sie sich nach allen Seiten drehte, um ihr neues Kleid zu bewundern. Plötzlich sah sie auf, als hätte sie sich zufällig wieder daran erinnert, daß ich noch im Zimmer war.

»O László!« rief sie mit milder Wärme, in der schon ein Anflug von Nostalgie für vergangene Zeiten enthalten war. »Sie nehmen immer alles so ernst, so streng! Lassen Sie sich von mir einen Rat geben!«

Sie spielte sich als Herrin über mich auf, rieb mir meine Demütigung, die Teil ihres Triumphes war, noch fester unter die Nase. »Nichts ist wirklich wichtig. Es ist alles nur ein Spiel. Wie im Hôpital bei den Demonstrationen des Professors: Alle sind so ernst, warten darauf zu sehen, ob ich mich erinnern werde, ob ich vergessen werde. Es ist doch alles nur Theater.«

Ich muß sie ziemlich einfältig angestarrt haben. »Haben Sie etwa geglaubt, daß das alles wahr ist?« fragte sie mich mitleidig. Wieder brach sie in Lachen aus. Es war das Lachen, das man auf der Bühne in Opern hört, Lachen, das zu Musik paßt. »Ihr Männer glaubt, daß ihr so klug seid!« Sie drehte sich entzückt vor dem Spiegel. »Der Professor sagt mir mit seinen Fragen, was ich tun soll, und dann glaubt er, eine große Entdeckung gemacht zu haben, wenn ich es ihm vorspiele! Haben Sie etwa geglaubt, ich hätte Sie in dem Haus in der Rue de Londres nicht erkannt? Glauben Sie etwa, ich hätte den Mann in der zweiten Reihe, der eine Frage gestellt hatte, nicht wiedererkannt?«

Sie fing an, ein verwirrtes hypnotisches Medium nachzumachen, das wie ein Automat auf den Tisch zuging und gegen seinen eigenen Willen das Weinglas an die Lippen führte und trank. Ich ging zu ihr, aber sie drehte sich um sich selbst, weg von mir.

»Und jetzt sagen Sie mir«, fuhr sie fort und beugte sich nach vorn, um mich zu verspotten, »wer ist der Schauspieler und wer ist der Regisseur bei diesem Schauspiel?«

Ich wollte, daß sie aufhörte, und meine Hand umschloß den Griff des Messers zwischen den Apfelschalen.

»Genug!« schrie ich.

Ich schüttelte das Messer wie einen ausgestreckten Zeigefinger, aber ich konnte sie nicht dazu bringen, auf mich zu hören. Sie hatte wieder zu lachen angefangen, trillerte die ganze Skala herauf und herunter, um mir zu zeigen, daß sie selbst im Spott eine Künstlerin war. Jetzt drehte sie sich auf den Zehenspitzen im Kreis, und während sie sich auf mich zudrehte, schien es ganz natürlich, daß ich ihre Drehung mit einem mechanischen Stoß meines Arms auffing, was aber überhaupt nichts damit zu tun zu haben schien, was ich in diesem Augenblick dachte. Das Messer bohrte sich in ihre Kehle. Ich fühlte, wie es feststeckte, aber dann überwand die Klinge durch Stacias Schwung den Widerstand, und Stacia fiel um, weg von mir.

Betäubt beobachtete ich, wie ihr Herz noch einige Sekunden lang

Blut durch die Wunde pumpte, und erst als der Strom schließlich versiegte, wurde mir klar, was ich getan hatte. Ihre Augen waren geöffnet, als ich neben ihr niederkniete, ihre Hand war warm. Nach einer Weile merkte ich, daß ich die hypnotisierende Realität einer Haarsträhne betrachtet hatte.

Jetzt, da ich ihr so nah war, dachte ich von Stacia nicht wie von einer Toten, sondern wie von jemandem, der sich in einem anderen Zustand als dem des Lebens befand, in dem sie Macht über mich gewonnen hatte. Ich scheute mich, ihr Gesicht anzusehen. Ich wich ihren starrenden Augen aus, als könnten sie Besitz von mir ergreifen. Ich bückte mich, um sie auf die Lippen zu küssen, dehnte die Bewegung aber aus. Zärtlich drückte ich meine Lippen auf die weichen, nachgiebigen Ränder der Wunde und schmeckte das frische, herausquellende Blut.

Ich glaube, niemand hat mich gesehen, außer Madame Thébauld, die vom Quietschen des Tores aufwachte. Der Vorhang an ihrem Fenster wurde auf die Seite gezogen, als ich den Hof betrat. Ob es Zeugen gibt oder nicht, macht keinen Unterschied, da ich vorhatte, mich selbst den Behörden zu stellen, wenn ich erst etwas geschlafen habe. Dieses Tagebuch ist mein Geständnis. Mir fällt nichts zu meiner Verteidigung ein, was meine Tat mildern würde, und ich habe nicht vor, um Gnade zu bitten. Seltsam, die Täuschung des Geistes! Manchmal frage ich mich, ob Stacia zu meinem Prozeß kommen wird, wie sie sich verhalten wird, ob sie Mitleid mit mir haben wird, wenn ich verurteilt werde, ob sie mir vergeben wird, wenn sie erfährt, daß ich mein Leben verwirkt habe.

1. JULI 1866

Wir haben gerade die französische Grenze überquert. Ich befinde mich in Sicherheit vor dem Zugriff des Gesetzes, wenn auch nicht vor dem der Gerechtigkeit.

Heute morgen wurde ich durch lautes Hämmern an meiner Tür geweckt, und ich dachte schon, es wäre die Polizei, die gekommen war, um mich festzunehmen. Draußen stand Onkel Kálmán mit der aufgeregten und stets neugierigen Madame Thébauld, die hinter ihm lauerte. Georg war in der ersten Schlacht gegen die Preußen gefallen. Wir müssen zu seiner Beerdigung nach Ungarn zurückfahren, und danach soll ich das Amt des neuen Grafen bekleiden.

Onkel Kálmán sitzt mir gegenüber, seine stocksteife Haltung hält dem Schwanken des Zuges stand. Ab und zu rollen mir gedankenverlorene Tränen über die Wangen, während ich in die Landschaft starre, die hinter dem Fenster unseres Abteils vorbeifliegt. Aber dann werde ich wieder von der Absurdität der Rettung überwältigt, die das Schicksal ersonnen hat, und ich breche in ein wahnsinniges, unkontrollierbares Gelächter aus. Der rauhe alte Soldat ist von dieser Zurschaustellung von Gefühlen peinlich berührt und zieht sich mit lautem Räuspern und viel Blätterrascheln hinter seine Zeitung zurück. Er glaubt, ich wäre über den Tod meines Bruders bekümmert.

8

17. MAI 1887

Zwanzig Jahre sind vergangen, seit ich diese letzten Worte geschrieben habe. Seit jener Zeit blieb das Tagebuch an seinem geheimen Platz in der Bibliothek zwischen der Sammlung theologischer Abhandlungen, die meinem Großvater gehört haben, verborgen auf einem Bücherregal und ungeöffnet. Es hat Augenblicke gegeben, in denen ich die Versuchung gespürt habe, meine Finger in die Vertiefung zwischen den Fächern zu stecken und wieder das weiche Leder zu fühlen und das leise Knistern der festen, weißen Seiten zu hören, die nur für die ungeheuerlichsten Gedanken dazusein scheinen. Ich bin sogar so weit gegangen, die Leiter auf der Messingschiene bis zu der Stelle zu ziehen, hinter der das Tagebuch lag, eine oder zwei Stufen hinaufzusteigen und – unschlüssig in der Schwebe verharrend – anzuhalten, bevor ich wieder auf den sicheren Boden zurückkehrte.

Das Tagebuch ist wie eine Sucht. Ich habe mir überlegt, daß das Verlangen mit der Zeit von allein vergehen wird, wenn ich es ignoriere und das Buch nicht lese. Wenn ich aber daran kratze, wenn ich meinen nostalgischen Bedürfnissen nachgebe, werde ich mich nur auf Kosten eines weiteren und noch größeren Bedürfnisses, zu kratzen, zufriedenstellen können; nicht lange, und das Jucken wird immer stärker werden und das quälende, nagende Verlangen nach Berührung hervorbringen, das zur Obsession wird und schließlich zur flüchtigen, aber wollüstigen Erfüllung führt. Am Ende wird Sehnsucht zurückbleiben.

Heute gab ich Brod nach dem Mittagessen die Anweisung, dafür zu sorgen, daß ich nicht gestört werde, und setzte mich hin, um zum erstenmal wieder darin zu lesen. Insgeheim hatte ich gehofft festzustellen, daß der junge Mann, der das Tagebuch begonnen hatte, tot wäre, aber das ist er nicht. Sicher, der junge László war ein Narr, Stacia und Lothar haben ihn mit lächerlicher Leichtigkeit manipuliert. Vielleicht hat Nicole das auch getan, ich weiß es nicht. Aber ich habe die Neugier oder Lebenslust des jungen László nicht verloren, auch wenn ich die vergangenen zwanzig Jahre eine Art mönchisches Dasein geführt habe, um diese Eigenschaften auszulöschen. Ich habe mehr oder weniger versucht, mich umzubringen, ohne tatsächlich zu sterben. Leider ist keiner der beiden Lászlós besonders mutig darin gewesen, »zu tun, was sich gehört«, wie Georg gesagt haben würde.

Und ganz gewiß habe ich Georgs Frau auch nicht aus Bosheit geheiratet. Ich neige dazu, diese Heirat als eine Art Buße anzusehen, auch wenn die Vereinigung von rein dynastischen Erwägungen bestimmt war. Georgs Ehe mit Elisabeth war von Onkel Kálmán jahrelang geplant und in die Wege geleitet worden. Elisabeth ist die einzige Tochter eines unserer Nachbarn und eine entfernte Verwandte von uns, und sie hat als Mitgift wesentliche Landstücke eingebracht, die an unsere angrenzen. Im Testament ihres Vaters wurde vertraglich festgelegt, daß seine gesamten Ländereien ihr am Ende folgen würden, solange unsere Familien zusammenbleiben. Als ich von Paris auf das Schloß zurückkehrte, befand ich mich in schrecklicher Verfassung, lebte ständig in der Angst, jeden Augenblick wegen Stacias Tod zur Rechenschaft gezogen zu werden, und war überzeugt, meiner neuen Stellung als Graf absolut nicht würdig zu sein. So brachte ich es nicht über mich, mich zu widersetzen, als Onkel Kálmán das Thema auf seine gewohnt schroffe Art schon bald nach Georgs Beerdigung zur Sprache brachte.

Es ist gewiß, daß ich eine so gute Frau wie Elisabeth nicht verdiene. Kein Mann tut das. Sie ist eine Heilige. Sie ist großzügig, ergeben und freundlich. Sie erkennt sofort, was an einem Mann gut sein könnte, und sei es auch nur ein einziges altruistisches Atom, und sie ist menschlichen Fehlern gegenüber sehr nachsichtig.

Es ist keine einfache Sache, fleischliche Beziehungen zu der Frau seines toten Bruders in Erwägung zu ziehen. Elisabeth ist nicht unattraktiv. Sie hat ein ovales Gesicht, das Ehrlichkeit und Optimismus ausstrahlt, obwohl ihr Teint ein wenig farblos ist. Ihr feines, helles Haar ist gelockt, was sie als Strafe empfindet. Einmal erzählte sie mir, daß sie als Kind zu Gott gebetet hat, ihre Haare glatt zu machen, und als sie es dann dem Priester beichtete, wurde sie für ihre Eitelkeit streng getadelt. Sie ist nicht plump, aber sie hat einen weichen, runden Körper, der nicht gerade nach meinem Geschmack ist, obwohl ihn andere als angenehm oder sogar als wünschenswert empfinden. Ich habe noch nicht mit ihr geschlafen. Ich hatte Angst vor dem Risiko, sie mit Syphilis anzustecken und sie mit einer ganzen Reihe Idioten und Schwachköpfen zu schwängern. Folglich haben wir keine Nachkommen. Ich habe mit ihr nicht über den Grund für mein mangelndes Interesse gesprochen, da ich ihr sehr wenig anvertraue. Aber Elisabeth hat eine stark ausgeprägte Veranlagung, was mich am Anfang unserer Ehe sehr überrascht hat, weil ich angenommen hatte, daß jemand, der so fromm ist wie sie, mit sexueller Lust nicht viel im Sinn hat. Ich lernte schnell, bei ihr die Anzeichen unerfüllter sexueller Wünsche zu erkennen – Rastlosigkeit, Seufzen, unaufhörliches nervöses Zufächeln im Sommer, glühende Blicke über den Eßtisch hinweg im Winter –, und suchte den Ausweg im sogenannten einsamen Laster, um bei mir Übersättigung bis hin zur Impotenz herbeizuführen. Und wenn ich dann doch pflichtschuldig ihr Schlafzimmer aufsuchte, lag der offensichtliche Grund für unsere Josephsehe schlaff da. Im nachhinein erscheinen mir diese Arrangements nicht nur unerquicklich, sondern unerträglich einsam. Trotzdem stellte ich mein Verhalten vor mir selbst als ritterlich hin.

Dafür habe ich mich um unseren Besitz gekümmert, der von Onkel Kálmán und von meinem Vater, dem theologischen Laien, heruntergewirtschaftet worden war. Wir waren seit Generationen einfacher Landadel, aber um die Ländereien, die wir besaßen, war es stets gut bestellt, vorausgesetzt, man hat sich beständig um sie gekümmert und sie mit fester Hand geführt. Die kleine Stadt, die unterhalb des Schlosses am Fuß unseres Hügels liegt, ist, seit es die Eisenbahn gibt, enorm gewachsen. Diese Entwicklung schreibt man im allgemeinen mir zu, obwohl sich niemand in der Stadt auch nur vorstellen kann, was für riesige Bestechungsgelder ich dem Chefingenieur der Eisenbahngesellschaft gezahlt habe, damit die Eisenbahnlinie durch unser Tal führt.

Nachdem Onkel Kálmán nun tot ist, habe ich begonnen, das Tagebuch weiterzuführen. Der Einfluß, den er im Schloß ausgeübt hat, läßt sich schwerlich übertreiben. Er war selbst eine Art Bastion, ein turmhoher, finsterer Mann mit einem riesigen Schnurrbart, der ihm bis fast zu den Ohrläppchen reichte. Er meinte es gut, aber er war daran gewöhnt, mit widerborstigen Soldaten umzugehen, und seine militärischen Allüren versetzten Georg und mich in Angst und Schrecken. Georg brachte es schnell fertig, sein Wohlwollen zu gewinnen, aber mir gelang es erst, nachdem ich das Internat besuchte.

Erst durch Gregor errang ich ein gewisses Maß an Achtung vor meinem Onkel. Ich hatte meinen neuen Freund in den Ferien mit nach Hause gebracht, weil Gregor, ein Waisenjunge wie ich selbst, auch ein Stipendium bekam und sonst Weihnachten bei den Patres in St. Sebastian hätte verbringen müssen. Onkel Kálmán fragte Gregor, ob er Georg und ihn auf die Jagd begleiten wollte. Ich glaube, daß er Gregor mehr aus Höflichkeit einlud, und nicht, weil er wirklich erwartete, daß er mitkommen würde; da schließlich Gregor mein Freund war, und ich machte aus meiner Abneigung gegenüber diesem grausamen Sport keinen Hehl. Aber Gregor nahm das Angebot sofort an. Mit dem leisen Gefühl, verraten worden zu sein, bot ich meine Gesellschaft nun ebenfalls an. Seit jenem Tag hat mich die Heiterkeit des Jagens nie wieder losgelassen. Ich entwikkelte geradezu eine Leidenschaft dafür, auf die Pirsch zu gehen und mich den Tieren zu nähern, wie es selbst mein Onkel nicht fertigbrachte. Fortan gingen Onkel Kálmán und ich zusammen in die Wälder, und dies war die einzige Tätigkeit, bei der wir eine Art harmonische Verständigung erzielten.

In allen anderen Dingen waren wir völlig verschiedener Meinung. Ich glaube, daß er mich in seinem Herzen nie als den richtigen Grafen akzeptiert hat. Ich war der Repräsentant einer modernen Welt, mit der er nichts zu tun haben wollte, einer Welt, die Maschinen und Veränderungen in die angestammte Ordnung des Tals gebracht hatte. Die Eisenbahn war ein schlagender Beweis für diesen Prozeß, und er gab mir die Schuld an der Vergewaltigung der Landschaft, wie er es sah, am Wegzug der jungen Leute in die Städte, am Zusammenbruch der Disziplin. Ich war zwar der Graf, aber er konnte sich der Loyalität vieler Familien sicher sein, denn er war der Vorgesetzte der Männer gewesen, als sie ihren zweijährigen Militärdienst in der Armee absolviert hatten.

Er starb vor vier Tagen, und Gregor führte gestern die Beerdigung durch. Onkel Kálmán hatte immer ein weiches Herz für Gregor gehabt. Als er noch ein Kind war, hatte ihn unser Onkel immer mit kleinen Gesten der Zärtlichkeit bedacht – seine Hand, die sich kurz auf seine Schulter legte, die ungewöhnliche Sorgfalt beim Aussuchen des Stück Fleischs, das er am Eßtisch für ihn abschnitt –, die Georg und ich niemals kennengelernt hatten. Merkwürdigerweise neideten wir ihm diese besondere Behandlung nicht; ohne ein Wort darüber zu verlieren, fanden wir beide, daß Gregor so wenig besaß, daß ihm eine Art Ausgleich zustand. Nach Gregors Ordination änderte sich Onkel Kálmáns Beziehung zu ihm; er begegnete Gregor mit seltener Achtung und Ehrerbietung, die er, glaube ich, nicht einmal seinem befehlenden General entgegengebracht hat. Umgekehrt verehrte auch Gregor ihn, aber auf eine stille Art, anders als Georg, und Onkel Kálmán schien seine Liebe um so mehr zu schätzen, weil sie ihm nicht leicht entgegengebracht wurde. Von mir kam natürlich überhaupt keine. Ich war der Sohn meiner Mutter und hatte keine Verwendung für einen stellvertretenden Vater. Immerhin besaß Onkel Kálmán soviel Verstand, mir nicht seine Vorstellung von väterlichen Pflichten aufzudrängen, außer wenn es um Disziplin ging, und außerdem neigte er dazu, mich dem Lesen und meinen Tagträumen in der Bibliothek zu überlassen, einen Raum, den er selten betrat, weil er sich dort unbehaglich fühlte.

In Gregors Obhut war die Beerdigungsmesse eine merkwürdig spirituelle Angelegenheit. Alle alten Familien hatten einen Vertreter geschickt, um meinen Onkel zu ehren, und in der Kirche blieb so wenig Platz übrig, daß die Bürger der Stadt und die auf dem Anwesen beschäftigten Arbeiter stehen mußten. Sie füllten die Gänge und drängten sich bis nach draußen, und als die Zeit zum Beten gekommen war, knieten sie auf den alten Steinplatten, auf denen die Namen unserer Vorfahren eingemeißelt sind. Über unseren Köpfen wurden die Fahnen aufgezogen, die unsere Männer seit den Kreuzzügen in die Schlacht geführt hatten. Es war ein großer dynastischer Aufmarsch, und die vereinten vierhundert Stimmen waren eine dröhnende Demonstration reaktionärer Ideen im noblen Kreis der Privilegierten, für die mein Onkel eingetreten war. Wie sehr er es genossen hätte!

Gregor – vielmehr Pater Gregor, nicht unser Freund beim Teetrinken, der uns immer mit Klatsch ergötzt – erwies ihm große Ehre. Nicht, daß Gregor Onkel Kálmán in den Himmel gehoben oder in seiner Rede irgend etwas gesagt hätte, das nicht der Wahrheit entsprach. Der Mann, den er seinem Schöpfer empfahl, war so, wie er ihn erlebt hatte, aber trotzdem beschrieb er Onkel Kálmán als einen Mann, den ich kaum wiedererkannte.

Darüber dachte ich auf dem Weg von der Kirche nach, als ich von einem plötzlichen Schlag zu meinen Füßen aufgeschreckt wurde. Jemand hatte, während ich vorbeiging, ein Gebetsbuch fallen lassen, und es fiel mit einem klatschenden Geräusch zu Boden. Ich bückte mich, um es aufzuheben. Es gehörte der Tochter des Bürgermeisters, und sie machte einen Knicks, als ich es ihr zurückgab, aber anstatt schüchtern auf ihre Zehen zu gucken, wie ich es bei den Mädchen aus der Stadt und von den Bauernhöfen gewohnt war, fixierte sie mich mit einem direkten und durchdringenden Blick, wie ich es bis heute selten erlebt habe. Ich bin der Graf: Meine Leute sehen mich an, um sich eine Meinung über meine Stimmung oder meine Vorlieben zu bilden, so wie ein Bauer die Wolken abschätzt, um zu sehen, ob es auf sein Heu regnen wird, aber sie sehen mir nicht direkt ins Gesicht. Selbst wenn ich mich rasiere und in den Spiegel sehe, nehme ich mich kaum zur Kenntnis. In gewisser Weise habe ich in meinem eigenen Bewußtsein aufgehört zu existieren. Das ist wie eine um sich greifende Taubheit der Seele passiert, so allmählich, daß ich es kaum bemerkt habe.

Allerdings war ich wachsam, um an mir die Taubheit, die *tabes dorsalis,* der Syphilis zu entdecken. Mehrere Jahre lang habe ich, immer am ersten Tag eines jeden Monats, mit einer Nadel in jeden meiner Finger und jede meiner Zehen gestochen. Jeden Monat frage ich mich, ob sich der Stich genauso anfühlt wie noch vor einem Monat. Ich habe weder Hautausschläge noch Syphilisgeschwüre entwickelt. Meine kognitiven Fähigkeiten sind genauso, wie man es von einem Mann erwarten kann, der seit zwanzig Jahren in dieser rückständigen ländlichen Öde begraben ist. Soweit ich das beurteilen kann, bin ich nicht verrückt – ganz im Gegenteil. Ich bin in einem Grad nüchtern und geschäftig, daß ich gar nicht mehr merke, wie sehr ich von meinem Dasein gelangweilt bin. Mit anderen Worten, ich habe schon so lange ohne das geringste Anzeichen einer Infektion gelebt, daß ich ohne einen Schatten des Zweifels sagen kann, daß ich die Krankheit nicht habe, daß ich die Krankheit niemals gehabt habe.

Wenn das Schloß mein Gefängnis war, und Onkel Kálmán mein Gefängniswärter, und Syphilis meine Strafe, dann war das Aufklatschen des Gebetsbuchs genau der Augenblick, in dem ich freigesprochen wurde.

19. MAI 1887

Die Schlange mit Trauergästen bei Onkel Kálmáns Begräbnis war endlos gewesen, und ich hatte mehrere Stunden damit verbracht, die Prozession ungarischer Edelmänner im Nationalkostüm zu begrüßen, jeder einzelne wie eine Karikatur seiner selbst – verschrumpelte Reiter mit hohen Stiefeln, Breeches und furchterregenden Schnauzbärten; aalglatte Höflinge aus Budapest mit Streifen an den Uniformröcken und Quasten, die von allen Ecken und Enden ihrer Kleidung herunterbaumelten; große Magnate, mit Pelzen behängt wie Barbaren. Sie verschwammen vor meinen Augen, als sie an mir vorbeizogen, jeder für einen Augenblick mit einer erstaunlichen Individualität, die sofort vom nächsten in der Reihe wieder ausgelöscht wurde. Ich hatte sie lange Zeit als farbenprächtige, aber ziemlich komische Anachronismen betrachtet, wenn sie meinen Onkel besuchen kamen. Sie gehören zu dem alten Ungarn, das jetzt keine Bedeutung mehr hat, denn Ungarns Zukunft liegt in den Städten, in den Eisenbahnen und in der Industrie und bei den Geschäftsleuten, nicht bei den Landbesitzern.

Ich erinnerte mich, daß sich mir ein Mann vorgestellt hatte, der Georgs Oberst gewesen war. Er sprach voller Herzlichkeit von meinem Bruder, wie so viele andere bei dieser Gelegenheit. Georgs Begräbnis war von unserer Niederlage durch die Preußen überschattet gewesen, und die Trauerfeier war ohne all den Pomp und den Stolz gewesen, die für Kálmáns Abschied so kennzeichnend waren. Aber im Lauf der Jahre hatte Georgs Berühmtheit in einem Maß zugenommen, daß er schon den Status eines Märtyrers hatte. Die Männer, die mir ihr Beileid aussprachen, reihten Georg in eine Familientradition ein, die in einer fernen, grauen und völlig unbewiesenen Vergangenheit begonnen hatte und mit meinem Vater ihren Höhepunkt erreichte, einem wahren Helden im Kampf um den ungarischen Nationalismus. Ich bin mir nicht sicher, ob Georg in dieses Schema gepaßt hat, denn er war gestorben, als er für die Habsburger gegen die Preußen gekämpft hatte, aber ich spürte bei diesen ungarischen Edelmännern das Bedürfnis, Helden zu schaffen, als wären sie der politische Treibstoff, der ihre Sache voranbrachte.

Onkel Kálmán hatte diese Fackel getragen. Als ich erst für kurze Zeit das Amt des Grafen bekleidete, hatte er mit mir, unter viel Räuspern und falschen Anläufen, ein Gespräch begonnen, in dem er sich bemüht hatte, mich für etwas zu interessieren, das »Ungarische Liga« hieß. Seine Versuche, meine Unterstützung zu gewinnen, wurden durch die Tatsache erschwert, daß die Liga eine Art Geheimbund zu sein schien, dessen Wesen er mir nicht enthüllen durfte, bevor ich nicht zuerst versprochen hatte, ihm beizutreten. Das erinnerte mich an seine früheren, erstaunlich ungenauen Versuche, Georg und mir die Tatsachen des Lebens zu erklären. Kurz und gut, ich nahm diese Liga nicht sehr ernst, aber vielleicht hätte ich das getan, wenn ich Oberst Rado gekannt hätte.

Warum ich mich nicht an Oberst Rado erinnerte, als er kondolieren kam, liegt wohl daran, daß er so gar nicht dem Stereotyp eines ungarischen Adligen entspricht. Er ist ein kleiner Mann von schätzungsweise fünfundfünfzig Jahren, aber so lebhaft und flink in seinen Bewegungen, daß man ihn für jünger hält. Sein Haar ist noch schwarz, aus der Stirn nach hinten gekämmt, mit grauen Strähnen an den Schläfen. Sein Gesichtsausdruck wechselt ständig, so daß man sich nicht darauf verlassen kann, zu wissen, wie es in seinem Innern aussieht. Der Oberst trägt den obligatorischen Kavallerieschnurrbart, ist aber sonst frei von dem prahlerischen und affektierten Benehmen, das heutzutage anscheinend zu einem Armeeoffizier gehört wie seine Uniform. Er ist ein aufmerksamer Zuhörer, und seine Augen sind ständig in Bewegung, springen von einem Punkt zum anderen, als könnte man gar nicht schnell genug reden, um seinen Geist voll in Anspruch zu nehmen.

Oberst Rado hat mich heute besucht. In der Bibliothek sprachen wir bei einer Flasche Tokaier von der Jagd und kamen schließlich auf Onkel Kálmán zu sprechen.

»Ihr Onkel war ein großer Mann«, sagte der Oberst, während er die bernsteinfarbene Flüssigkeit gegen das Licht hielt.

»Er war einzigartig, der Letzte seiner Art. Wir werden ihn alle sehr vermissen«, erwiderte ich. Inzwischen hat sich jede auch noch so geringe Menge an Zuneigung, aus der ich früher den Ausdruck des Bedauerns abgeleitet hatte, durch die vielen Wiederholungen abgenutzt.

»Er war auf eine Art und Weise großartig, die Sie vielleicht gar nicht an ihm kennen. Ein großer Teil seiner Arbeit kann gar nicht öffentlich anerkannt werden.«

»Aber seine Taten werden allen in Erinnerung bleiben, denen er in aller Stille geholfen hat.«

»Ja, in der Tat. Allerdings dachte ich eher an seine politische Arbeit.«

»Er hat immer an ein unabhängiges Ungarn geglaubt«, begann ich, »aber soviel ich weiß, ist er nicht darüber hinausgegangen.« Aus irgendeinem Grund wollte ich nicht der erste sein, der bei diesem Katz- und Mausspiel die Liga erwähnte.

»Tatsache ist, daß er sehr aktiv war«, sagte der Oberst.

»Davon habe ich gar nichts gewußt.«

»Nein? Hat er nie die Ungarische Liga erwähnt?«

»Nur ganz beiläufig«, sagte ich. Allmählich wurde mir klar, daß sein Besuch dem Versuch galt, mich zur Mitarbeit zu ermuntern, und ich war ziemlich verärgert.

Er lachte aus vollem Hals. »Aber ich weiß mit Sicherheit, daß er viele Male versucht hat, Sie zum Beitritt zu bewegen!«

Ich überlegte, ob ich ihm kühl und sachlich sagen sollte, daß das ein Irrtum war, aber seine gute Laune war ansteckend; außerdem zeigte mir das Glitzern in seinen Augen, daß er nicht mit sich spaßen lassen würde. Ich weiß nicht, was genau mich umgestimmt hat.

»Wir treffen uns einmal im Monat in Budapest. Wenn Sie das nächstemal dort sind, möchte ich gern, daß Sie mich besuchen. Dann werde ich Sie ein paar Leuten vorstellen.«

Das war alles. Es war weniger eine Einladung als eine Erwartung. Danach wurde die Liga nicht mehr erwähnt, und das Gespräch ging zu anderen Themen über. Er ist ein eifriger Leser und nahm sich viel Zeit, um sich die Bücher in der Bibliothek anzusehen. Vielleicht war es nur Einbildung, aber es kam mir so vor, als würde sein durchdringender Blick bei den theologischen Titeln kurz anhalten, auf diesem Buch hoch oben auf dem Regal verweilen. Bis jetzt war es noch nie jemandem aufgefallen. Später, als ich selbst noch einmal nachsah, stellte ich fest, daß man trotz all meiner Versuche, es zu verstecken, von einer ganz bestimmten Stelle am Boden aus im Schein der Nachmittagssonne erkennen kann, daß sich der Einband von den anderen Büchern, zwischen denen es steht, unterscheidet. Mir hat mein Geständnis dort oben deutlich sichtbar in seinem Versteck immer gut gefallen, aber jetzt ahne ich, daß ich etwas zu verlieren habe, und muß einen neuen Platz finden.

23. MAI 1887

Ich befinde mich in einem Dilemma: Da wir noch um Onkel Kálmán trauern, können wir für Elisabeth keine Geburtstagsfeier ausrichten. Aber sie erlaubt uns auch so schon selten genug, sie gebührend zu würdigen. Das ist genau eine der Situationen, die Onkel Kálmán, die unbestrittene Autorität für Recht und Ordnung, noch vor wenigen Tagen für das Haus entschieden hätte. Ich befürchte, daß es, wenn die Dienerschaft einbezogen wird, einen ziemlichen Rummel gibt, was ich ja gerade vermeiden möchte, da sich die Kálmánschen Reaktionäre auf dem Anwesen die Mäuler zerreißen würden, nachdem sie sich schon beleidigt fühlen, wenn wir auch nur ein Lächeln wagen, während ihr Held frisch in seinem Grab liegt.

Schließlich beschloß ich, daß wir eine völlig private Feier haben sollten – nur Elisabeth, ich selbst und Gregor, der eigentlich zur Familie gehört (wir sind so erschütternd wenige). Aber wir können keine Geburtstagsfeier ohne eine Geburtstagstorte begehen. Sicher, die Köchin könnte eines ihrer schrecklichen Gebilde anfertigen, mit Schichten aus Marzipan, schwer genug, um ein Panzerschiff zu versenken, und einer Zuckerglasur, hart wie arktisches Eis, aber ich möchte die häusliche Einrichtung umgehen, ich möchte etwas Hübsches für Elisabeth, aber vor allem möchte ich eine Überraschung für sie.

Aus diesem Grund dachte ich mir eine Ausrede aus, um mit der Kutsche in die Stadt fahren zu können. Die Sonne schien hell, als ich auf der Straße, die sich durch Obstgärten den Hügel hinunterwindet, in die Stadt fuhr. Die Bäume standen in voller Blüte, die Vögel zwitscherten, und ich gab dem Pferd die Peitsche, so daß es flott vorantrabte und mir die frische Frühlingsluft über das Gesicht strich. Ich hatte das Gefühl, als wäre ich aus einem tiefen Schlaf erwacht. Das Leben selbst war ein Gefühl, dessen ich mir plötzlich bewußt war, und bot mir unzählige Möglichkeiten.

In den Tagen meiner Kindheit wurde unsere Familie bei den seltenen Anlässen, wenn wir in die Stadt fuhren, mit tiefem und uneingeschränktem Respekt behandelt. Die Männer nahmen ihre Hüte ab, wenn wir vorbeifuhren, und die Frauen machten einen Knicks. Heute ist das völlig anders. In der Stadt gibt es Zugezogene, die keine Verbindung zu uns haben und die nicht wissen können, was wir alles für sie erreicht haben. Es gibt Sozialisten, die uns dafür hassen, was wir besitzen, während uns andere nur als eine Quelle des Profits ansehen. Aber im großen und ganzen legen die Leute aus der Stadt mir gegenüber Anzeichen von herzlichen Gefühlen an den Tag, da die meisten von ihnen wissen, daß ich mich für ihr Wohlergehen eingesetzt habe.

Der Bäcker Theissen ist gleichzeitig Bürgermeister. Tatsächlich ist er nicht nur ein einfacher Bäcker, sondern hat seine Finger in einer ganzen Reihe anderer Pasteten stecken, aber die meiste Zeit verbringt er damit, seinen Laden in der Hauptstraße, direkt am Marktplatz, zu führen. Kürzlich hat er vorn an seinem Laden Fenster mit großen Scheiben angebracht, so daß Passanten die in Reihen angeordneten Pasteten und Torten bewundern können. Das hat mich auch auf die Idee gebracht, für Elisabeth eine Geburtstagstorte zu bestellen.

Ich gehe selten in einen Laden. Wenn ich etwas brauche, schreibe ich eine Liste, und Brod, unser Diener, besorgt die Sachen. Um ehrlich zu sein, fühle ich mich an solchen Orten unbehaglich, und außerdem weiß ich auch nicht recht, wie ich mich dort benehmen soll. Ein Laden ist im wesentlichen eine demokratische Einrichtung, aber wenn man mich erkennt, kommt der Geschäftsführer nach vorn gehastet, um mich, vor all den anderen Wartenden, sofort zu bedienen. Andererseits lege ich bei diesen seltenen Anlässen, wenn ich nicht erkannt werde, schon Wert darauf, daß man meine Familie nicht absichtlich mit Geringschätzung behandelt. Ohne mich wie Onkel Kálmán anhören zu wollen, muß ich doch sagen, daß die Würde unseres Namens über allem steht und vor der allmählichen, nivellierenden Zersetzung bewahrt werden muß, die ein wesentlicher Bestandteil der modernen Welt zu sein scheint.

Auf der oberen Türkante war eine Glocke befestigt, die zu klingeln begann, als ich den Bäckerladen betrat. Der Bürgermeister ist ein untersetzter Mann mit einer Glatze, einem leutseligen, offenen Gesicht und berechnenden Augen, die abschätzend meine Stiefel, meine Hose, meinen Mantel und meine Krawatte betrachten, während sein Mund unentwegt einen endlosen Strom unterwürfiger nichtssagender Reden entläßt. Ich hatte schon zu verschiedenen Gelegenheiten mit ihm zu tun, wenn er wegen offizieller Geschäfte der Stadt aufs Schloß gekommen war. Petitionen vom Stadtrat, Delegationen, um die Verbreitung von Straßen zu besprechen, die über unseren Besitz führen, und so weiter. Jetzt fühlte er sich verletzt, weil ich ihn mit seiner Schürze sah, in seiner eher niederen Gestalt, und legte sie eilig ab.

»Eine Ehre, Herr Graf, eine große Ehre«, sagte er näher kommend und sich gleichzeitig mit einiger Schwierigkeit verbeugend. Seine kleinen Augen schnellten hierhin und dahin, als hätte er ein schlechtes Gewissen, als suchte er in seinem Laden nach etwas, das nicht an seinem Platz stand.

»Sie haben ein bemerkenswertes Geschäft, Theissen«, sagte ich und sah mich um. Da gab es köstliche Torten, mit Zuckerguß überzogen, und üppige Obsttorten und Bisquitplätzchen, alles wunderschön auf Papierdecken ausgelegt und so sorgfältig arrangiert, wie die alten holländischen Meister ihre Stilleben arrangiert haben müssen.

»Ich möchte meinen, daß wir es im Umkreis von hundert Meilen mit jeder Bäckerei aufnehmen können«, erklärte er stolz. »Aber Eure Exzellenz beehren mich mit Ihrer Gegenwart in meinem bescheidenen Laden.«

Ich sah, daß Theissen außerordentlich neugierig war, den Grund für meinen Besuch zu erfahren, und sein verbindliches Lächeln zeigte Anzeichen von Anstrengung.

»Das Vergnügen ist ganz meinerseits«, sagte ich. Wenn wir derartige Wunderdinge vor unserer Haustür hatten, dachte ich, warum bestanden wir dann im Schloß darauf, uns mit Eingemachtem aus dem finsteren Mittelalter abzumühen? »Wirklich erstklassig«, sagte ich.

Während wir miteinander gesprochen hatten, war von der anderen Seite des Vorhangs, der den Laden von dem hinteren Teil des Geschäfts trennte, Rascheln und Flüstern zu hören. Jetzt tauchte von dort Theissens Frau auf, die auf vornehmes Benehmen Wert legte und in der Kirche immer darauf bedacht war, mir zuzunicken, wann immer es ihr gelang, meinen Blick einzufangen. Hinter ihr kam ihre Tochter, die mir als Estelle vorgestellt wurde. In Gegenwart ihrer Eltern gab sich Estelle ziemlich schüchtern, obwohl ich glaube, daß ihre artige Zurückhaltung nur vorgetäuscht war, denn ich wußte, daß sie eine gute Schauspielerin war.

»Ich glaube, wir sind uns schon einmal begegnet«, sagte ich mit freundlicher Stimme.

Bei diesen Worten blickte sie auf. »Sie waren letzte Woche so freundlich, mir mein Gebetbuch aufzuheben«, sagte sie.

Ich bin mir fast sicher, daß sie es mit Absicht vor meinen Füßen hatte fallen lassen, das kleine Biest, und sie bedachte mich mit einem leisen Lächeln, als wäre ihr klar, daß ich es wußte, aber als machte es ihr nichts aus.

»Ich habe eher an Ihren Bühnenauftritt in *Salomé* im vergangenen Winter gedacht«, sagte ich.

Anstelle einer Persönlichkeit von distinguiertem künstlerischem Rang hatte man mich auserwählt, bei Aufführungen des städtischen Laientheaters hinterher Blumenbouquets an die Schauspielertruppe zu verteilen, wohl deshalb, weil ich einmal in Paris gewesen war. Estelle war ein Lichtblick an dem sonst öden und langweiligen Abend gewesen, sowohl wegen ihrer schauspielerischen Talente wie auch wegen ihrer äußeren Erscheinung.

»O Herr Graf«, schwärmte die Mutter, entzückt darüber, daß ich mich an den Auftritt ihrer Tochter erinnerte. »War sie nicht himmlisch?«

Estelle schien diese offensichtliche Aufforderung ihrer Mutter, sie zu loben, eher peinlich, was sie aber hinter dem Ausdruck von Langeweile verbarg. Um sie zu necken, sagte ich: »Eine Leistung, die der göttlichen Sarah gerecht wird.«

»Haben Sie Fräulein Bernhardt gesehen, als Sie in Paris waren, Herr Graf?« fragte Estelle.

Ich bedauerte jetzt, dieses Thema zur Sprache gebracht zu haben, da ich für gewöhnlich meinen Aufenthalt in Frankreich in geheimnisvolles Dunkel hülle und es lieber der Phantasie der Leute überlasse, sich auszumalen, wie ich meine Zeit dort verbracht habe.

»Leider nicht«, erwiderte ich. »Ich war zu sehr mit meinen medizinischen Studien beschäftigt und hatte wenig Zeit, ins Theater zu gehen.«

»Aber wir wollen Sie nicht aufhalten, Herr Graf«, sagte Theissen, dessen Neugier in bezug auf den Grund meines Besuchs noch immer nicht befriedigt war.

»Ich benötige eine Geburtstagstorte«, erklärte ich.

Ich hätte dieser Familie keine größere Freude bereiten können. »Ich habe nicht den geringsten Zweifel daran, daß wir Ihren höchsten Ansprüchen genügen können«, verkündete Theissen stolz und unterwürfig zugleich.

»Ich möchte etwas ganz Besonderes.«

»Ja.«

»Etwas sehr... Künstlerisches.«

»Ja!«

»Etwas Hübsches, Dekoriertes, das meiner Frau gefallen wird«, stammelte ich.

Frau Theissen rang in freudiger Erwartung die Hände. Der Bäkker machte bei jeder neuen Forderung Augen, die sich vor Konzentration zusammenzogen. Er war wie ein Bildhauer, darauf erpicht, die mystischen Anspielungen seines päpstlichen Patrons in Marmor zu hauen. Estelle schlenderte zu meiner Enttäuschung davon und verschwand hinter dem Vorhang.

»Ich werde für Sie ein Meisterstück anfertigen«, sagte Theissen. Er sprach mit einer solchen Inbrunst, daß ich schon fürchtete, er könnte mich an den Schultern packen und mich schütteln.

»Estelle!« rief Frau Theissen. Und nach einer kleinen Pause erklärte die gute Frau stolz: »Sie ist eine Künstlerin!« Aber ich glaube, dies sagte sie auch als Rechtfertigung für das Benehmen ihrer Tochter.

Estelle kam wieder zu uns zurück, und ich sah, daß sie ein Skizzenbuch geholt hatte, das sie jetzt auf den Tresen legte mit der Aufforderung, es mir anzusehen. Sie hatte wirklich außerordentlich großes Talent, sowohl im Hinblick auf ihre zeichnerische Perfektion als auch auf das Sujet. Wie Dichter vielleicht Welten beschreiben würden, die niemals existiert haben und auch niemals existiert haben können, und wie Künstler erhabene Landschaften gemalt haben würden, die in ihrer Phantasie entstanden sind, so hatte Estelle Torten gemalt. Es waren ungewöhnliche Torten, aus einem anderen Zeitalter oder aus einem anderen Reich. Manches waren kunstfertige Phantasiegebilde im romantischen Rokokostil; andere waren architektonische Ausschweifungen in gotischer Ausführung mit ausgeklügelten Details, die den technischen Möglichkeiten von Teig, Zuckerguß oder Mandelbrei zu trotzen schienen.

Ich war sprachlos. »Ich hatte ja keine Ahnung«, war alles, was ich schließlich herausbrachte.

Ihre Eltern tauschten stolze Blicke aus. »Jetzt wissen Sie, was ich gemeint habe, als ich sagte, sie wäre eine Künstlerin«, sagte Frau Theissen.

»Aber können diese wunderbaren Torten auch wirklich hergestellt werden?« wagte ich vorsichtig zu fragen.

Der Bäcker lachte. »Sie ist die Architektin, und ich bin der Erbauer«, sagte er. »Es gefällt ihr, mich auf die Probe zu stellen, aber sie muß mich erst noch ausstechen.«

»Wenn Sie erlauben, könnte ich für Sie etwas Besonderes entwerfen«, bot Estelle an.

»Für meine Frau«, korrigierte ich sie.

»Dazu müßte ich zuerst wissen, was Sie sich vorstellen und was Ihnen gefällt.«

»So, als würden Sie für ein Porträt Modell sitzen, Herr Graf«, warf ihre Mutter ein.

»Also, das wäre wunderbar, aber haben wir dazu noch genügend Zeit? Ihr Geburtstag ist in einer Woche.«

»Wenn Sie die Zeit aufbringen können, mir Anweisungen zu geben, während ich den Entwurf mache, werden wir bestimmt fertig werden.«

Ihre Einladung klang irgendwie zweideutig. Vielleicht war es ihre etwas rauhe Stimme, die mich dazu brachte, mir vorzustellen, wie ich mich über sie beugte, während sie die Skizze machte, wie ich mich über ihre Schulter lehnte, um sie auf dem Papier auf ein Detail hinzuweisen, wie mir der Duft ihrer Haare in die Nase stieg, die weiche Haut so dicht vor mir, daß sie glänzte, während das Sonnenlicht die winzigen blonden Haare an ihrem Nacken hervorhob. War es der Zauber, der von ihr ausging und auf mich wirkte? Oder war es das Nahen des Frühlings, der die Säfte aufsteigen läßt? Oder ist es die Wiederaufnahme meines Lebens, die mit dem Öffnen dieses Buches begonnen hat?

»Ich werde Zeit haben«, versprach ich.

24. MAI 1887

Wir haben abgemacht, daß ich heute zurückkommen werde, um Estelle Anweisungen für die Torte zu erteilen. In meinem Bauch breitete sich das prickelnde Gefühl erregter Erwartung aus, das ich den ganzen Morgen vor mir selbst zu verbergen versuchte. Trotzdem, die Anzeichen sind vorhanden, und ich kann nur hoffen, daß sie sonst niemand bemerkt. Ich habe mir von Brod die Haare schneiden lassen, da sie schon lang waren und ungepflegt wirkten, und habe mich mit einer scharfen Schere über meinen Schnurrbart hergemacht, so daß sein Rand über meiner Oberlippe gerade und frisch gestutzt ist. Ich war noch damit beschäftigt, als ich im Spiegel ganz zufällig meine Augen sah. Es war eine jener Gelegenheiten, bei denen man in ein bekanntes Gesicht sieht und an seiner Stelle jemand Fremden wahrnimmt.

Ich entdeckte in den Augen dieses fremden Mannes ein schurkisches Zwinkern, aber sein Mund bewegte sich nicht, um das liebenswürdige Grinsen hervorzubringen, das (wie man mir sagt) ein so charmantes Merkmal des jungen Mannes gewesen ist, der den ersten Teil dieses Tagebuchs geschrieben hat. Der Mund ist erstarrt. Die Lippen sind hart. Die hohen slawischen Backenknochen stehen weiter vor als früher, und von den hohlen Wangen bis zum Kinn verläuft eine tiefe Hautfalte, fast wie ein Schnitt, wodurch das Gesicht ein ernstes Aussehen bekommt, das Aussehen eines Mannes, der sich selbst verleugnet und das gleiche von anderen erwartet. Nur das Glitzern in den Augen zeigt, daß da noch etwas anderes ist.

Das Kribbeln in meinem Bauch ist wie das Auftauen im Frühling. Ich kehre ins Leben zurück. Ich habe in den ersten Seiten dieses Buchs geschmökert. Ich bin weiser als der junge Narr, der aus Paris geflohen ist. Heute könnte mich Stacia nicht mehr hereinlegen, und ich würde mich auch nicht mehr von Lothar beeinflussen lassen. Ich habe nur Angst, vielleicht zu lange gewartet zu haben.

Estelle wartete vor dem Laden auf mich, und ich sah die Farbe auf ihren Wangen. Stacia hätte sich ein paar Minuten lang im hinteren Teil des Ladens unsichtbar gemacht, wäre nicht verfügbar gewesen, und hätte dann so getan, als wäre sie im ersten Augenblick überrascht, mich zu sehen, als hätte sie unsere Verabredung völlig vergessen. Estelle ist viel offener. Tatsächlich war sie von meinem Besuch so begeistert, daß ich schon Angst bekam, ihre Eltern könnten Verdacht schöpfen und merken, daß irgend etwas nicht stimmt. Sie standen erwartungsvoll da, verbeugten sich und lächelten vor Stolz über die Aufmerksamkeit, die ihrer Tochter zuteil wurde.

Sie war in ein entzückendes Kleid aus blaßblauem Musselin gekleidet, das die weiche goldene Farbe ihres Haars betonte. Sie war ständig in Bewegung, nahm Skizzen in die Hand oder eilte hinüber zu der Glasvitrine, um mir eine Torte zu zeigen, die mit derselben Art Zuckerguß verziert war, den sie mir beschrieben hatte. Ich war bezaubert.

»Ich hatte ja keine Ahnung, daß das Ausschmücken einer Torte soviel Begeisterung auslösen könnte«, sagte ich, und Theissen und seine Frau strahlten vor Freude. Estelle merkte, daß ich sie necken wollte, und warf mir heimlich einen vorwurfsvollen Blick zu. Mir gefiel, wie schnell sie begriff.

Estelle blätterte für mich die Seiten ihres Skizzenblocks um, und allmählich wurde es schwierig, das Ganze als reine Tortenbestellung hinzustellen. Ich beugte mich über sie, um auf ein Detail in einer ihrer Skizzen hinzuweisen, und atmete den Geruch ihres jungen Körpers ein, den schwachen würzigen Duft des Parfüms, der in ihrer Kleidung hing. Sie kann nicht älter als zwanzig sein.

»Du lieber Gott!« rief ich, um den Zauber, den sie auf mich ausübte, zu brechen. »Das ist ja sogar noch vollendeter als das Mausoleum meines Großvaters!«

Die Eltern lachten nervös, wollten mir zeigen, daß ihnen mein Witz gefiel, hatten aber Angst, daß sie mit ihrem ungehemmten Gelächter meine Vorfahren beleidigen könnten. Ich wünschte, sie würden verschwinden, damit ich Estelle für mich allein haben konnte.

Den Vorgang hinauszögernd, bis ich nicht länger unschlüssig bleiben konnte, legte ich mich auf eine von Estelles Schöpfungen fest, die an ein gotisches Bauwerk erinnerte. Wir einigten uns auf die Substanz oder vielmehr das Fundament, das die Torte haben sollte, um den Aufbau darüber tragen zu können. Ich wählte die Farbe des Zuckergusses aus, wir besprachen die Füllung mit Erdbeermarmelade und trafen eine präzise Abmachung wegen der Lieferung dieses Meisterwerks auf das Schloß. Schließlich gab es für mich keinen vernünftigen Grund mehr, noch länger zu bleiben, und so war ich gezwungen, mich zu verabschieden.

25. MAI 1887

Elisabeth spürt an mir eine Veränderung. »Du bist so unruhig, László, kannst dich nicht länger als fünf Minuten auf die Zeitung konzentrieren.«

Es gelang mir, einfältig zu lächeln, während sie von ihrer Stickerei aufblickte. Sie ist eine genaue Beobachterin, und ihr bleibt nichts verborgen. Sie merkt, daß ich etwas vorhabe. Ich habe sorgfältig kleine Hinweise ausgestreut, die bei ihr den Verdacht wecken sollen, daß ich eine Überraschung vorbereite. Ich möchte gern, daß sie glaubt, meine unterdrückte Erregung habe etwas mit ihrem Geburtstag zu tun, dann wird sie nicht weiter nach den Ursachen meiner Zerstreutheit forschen, weil sie sich den Spaß an der Überraschung nicht selbst verderben möchte – das heißt, meine Freude daran, mit einer Überraschung aufzuwarten, nicht ihre Freude, sie entgegenzunehmen, denn es sind immer die Gefühle der anderen, denen Elisabeth große Bedeutung beimißt.

»Vielleicht solltest du zu einem Besuch nach Budapest fahren«, schlug sie vor. »Die Veränderung würde dir guttun. Es bekommt dir nicht, Jahr für Jahr in diesem alten Gemäuer eingesperrt zu sein. Du brauchst Anregung, Gesellschaft.«

»Vielleicht hast du recht«, seufzte ich in einem Ton, der ausdrückte, daß ich mich nicht streiten wollte, aber nicht die geringste Lust hatte, ihrem Rat zu folgen. So sieht die glatte Oberfläche unserer Ehe aus. Elisabeth hat es nicht verdient, für meine Kasteiung bestraft zu werden. Ich darf sie nicht verletzen. Ich darf bei dem, was ich tue, nicht ihre Würde verletzen. Ich werde sie nicht zu mir herunterziehen.

Aber Elisabeth hatte meine Gedanken auf einen Weg geschickt, den zu erforschen ich mir noch nicht gestattet hatte. Budapest ist zwar nicht Paris, aber verglichen mit meiner gegenwärtigen Situation ein verheißungsvoller Ort. Hier ist mein Leben eintönig, denn ich habe mich von all den Interessen losgemacht, die ich vor zwanzig Jahren mit so leidenschaftlicher Intensität pflegte. Die Journale der medizinischen Gesellschaften liegen noch immer in ihrer Originalverpackung in einem Schrank. Ich bin zum Stillstand gekommen. Selbst die Jagd verliert ihren Reiz. Aber Budapest... ich merke, wie ich anfange, die Möglichkeit in Betracht zu ziehen, Estelle dort in einer Wohnung einzuquartieren. Das ließe sich machen. Zum erstenmal seit hundert Jahren wirft der Besitz laufend Gewinne ab. Ich habe die Schulden bezahlt und einen beträchtlichen Betrag auf dem Bankkonto. Schon bald würde ich die Mittel besitzen, mir eine Mätresse zu halten. Das Ganze war nur noch eine Frage der Zeit und der Gelegenheit, meine Beute auszumachen und einzukreisen.

»Vielleicht sollte ich das tun«, erklärte ich ein paar Minuten später.

Elisabeth blickte erstaunt von ihrer Nadelarbeit auf. Sie hatte ihren eigenen Gedanken nachgehangen und wußte im ersten Augenblick nicht, wovon ich redete.

»Ja, das solltest du«, sagte sie ermutigend, nachdem sie sich wieder gefangen hatte. »Ich weiß gar nicht, warum du es nicht schon früher getan hast.«

»Ich könnte ein paar Versammlungen der medizinischen Gesellschaft besuchen«, begann ich tastend, aber sie antwortete nicht. Das ist das Äußerste, was Elisabeth an Widerspruch aufbringt. »Oder vielleicht sogar einige Vorlesungen an der Universität«, sagte ich, mehr zu mir selbst, so, als würde ich laut über etwas nachdenken.

Als ich aus Paris zurückgekommen war und wir geheiratet hatten, hätte ich mich gerne in die medizinische Praxis gestürzt, hätte mich gerne abgelenkt. Aber der Beruf des Arztes mag eine angemessene Beschäftigung für einen Zweitgeborenen sein, für einen Edelmann schickt sich diese Betätigung jedoch nicht; zu diesem Thema hat sich Onkel Kálmán ganz deutlich geäußert.

»Ich glaube, das wissenschaftliche Interesse ist eine feine Sache«, sagte Elisabeth nach einigen Minuten des Schweigens und wollte mit ihrer mäßigen Begeisterung andeuten, daß der dilettantische Umgang mit Wissenschaften als ein teures exzentrisches Hobby durchgehen könnte, daß eine ärztliche Praxis aber nicht in Betracht käme.

»Ich schätze, ich könnte mit Oberst Rado sprechen«, sagte ich.

Das Zimmer, in dem wir saßen, ist das einzige, in das jemals in ausreichendem Maß die Frühlingssonne fällt, aber als wir auf Georg zu sprechen kamen, befiel uns beide wie immer ein leichtes Frösteln. Er steht als uneingestandener Geist zwischen uns, über den wir uns aber nicht zu sprechen trauen, außer in sehr vagen und mystischen Begriffen, wodurch es zu einigen seltsamen Sprachverrenkungen kommt.

»Dem kommandierenden Offizier von Georg?« fragte Elisabeth vorsichtig. Sie sah mich nicht an, obwohl sie neugierig gewesen sein muß, welcher Art meine Verbindung zu diesem großen Krieger war.

»Wir haben uns auf Onkels Beerdigung unterhalten. Er möchte, daß ich in irgendeinen ungarischen Club eintrete.«

»Ich wußte gar nicht, daß du dich für Politik interessierst.«

»Na ja, das tue ich auch gar nicht, nicht wirklich. Aber ich finde, daß ich es tun sollte.«

Elisabeth gab keine Antwort, sie schien mit einem besonders komplizierten Stück Stickerei beschäftigt zu sein.

»Findest du nicht?« fragte ich. »Wir können uns doch nicht ewig von den Österreichern herumschubsen lassen.«

Sie hob den Kopf und sah mit trüben Augen aus dem Fenster, und mir war, als blicke sie in die Vergangenheit. »Ja, natürlich«, sagte sie schließlich in einem Ton, den sie oft verwendete, um anzudeuten, daß sie sich genausogut mit Anmut in etwas fügen könnte, das sie sowieso nicht zu bestimmen hatte. Darauf folgte ein leises Lächeln, das ihr völliges Einverständnis mit dem Status quo anzeigte. Ich nehme an, sie hält diese Selbstunterdrückung für »Treue«, aber das werde ich nie erfahren. Wir sind verschiedene Behälter, deren Inhalte sich niemals miteinander vermischen. Wovon träumst du, Elisabeth, während deine Finger mit Nadel und Faden beschäftigt sind und deine Gedanken frei herumwandern? Manchmal sehe ich ein inniges Lächeln auf deinen Lippen, während du nach unten auf das Stück Stoff blickst, das du in den Händen wiegst wie eine Mutter ihr geliebtes Kind.

Gregor kam, um Elisabeths Geburtstag mit uns zu feiern. Die Torte war prächtig – so prächtig, daß sie zuerst keiner von uns anschneiden wollte. Statt dessen gingen wir um das eßbare Bauwerk herum, blieben von Zeit zu Zeit stehen, um uns die Verzierungen oder irgendwelche architektonischen Feinheiten anzusehen und Vermutungen über ihren wahren Zweck anzustellen.

»Ein Altar für das neue Heidentum«, schlug Gregor vor.

»Ein Denkmal für einen verstorbenen Prinzen«, sagte Elisabeth leise.

»Das Behältnis für eine Plakette, die an die Entdeckung eines neuen Landes erinnert«, sagte ich.

Elisabeth war entzückt von der Torte und auch gerührt, daß ich mir ihretwegen soviel Mühe gemacht hatte. Sie sah mich mit einer solchen tiefen Zuneigung an, was mich daran erinnerte, daß ich wieder einmal einen Versuch unternehmen sollte, meinen ehelichen Pflichten nachzukommen. Am Ende blieb es mir überlassen, das Messer in das makellose Weiß der Torte zu stoßen. Innen war sie weich und dunkel, voll von saftigen Korinthen, Nußstückchen und Scheiben aus kandierten Schalen, die auf der Zunge den Geschmack des Sommers auslösten.

»Elisabeth hat mir erzählt, daß du anfängst, dich für Politik zu interessieren«, sagte Gregor. Er hat die Angewohnheit, beim Teetrinken im Salon mit der Tasse und der Untertasse in der Hand herumzugehen oder, wie in diesem Fall, mit einem Kuchenteller, den er dicht an sein Kinn hält, um sich ohne große Umstände die Stücke mit der Gabel in den Mund schieben zu können.

»Ich glaube, es wird Zeit, daß ich mich mehr darum kümmere, wie sich die Dinge entwickeln.« Ich fragte mich, wann sie Gelegenheit gehabt hatten, über unser gestriges Gespräch zu sprechen. Wieviel mochte Elisabeth Gregor im Beichtstuhl über mich anvertraut haben?

Er sah mich mit einem skeptischen Lächeln an. »Zusammen mit der alten ungarischen Garde?«

»Warum nicht?«

»Irgendwie kann ich mir dich nicht als Verbündeten dieser alten Fossilien vorstellen.«

Das ist die Schwierigkeit, wenn man versucht, jemanden an der Nase herumzuführen, mit dem man dreißig Jahre lang befreundet gewesen ist: Er kennt einen viel zu gut, um darauf hereinzufallen, auch wenn er nicht genau weiß, welcher Teil der Geschichte stimmt und welcher nicht.

»Ich finde, wir Ungarn müssen uns gegen die Habsburger erheben«, sagte ich.

»Aber das ist doch die alte Geschichte«, vertrat Gregor beharrlich seinen Standpunkt, während er ein Stück Zuckerguß durch die Luft schwenkte. »Wir müssen über den Nationalismus hinaus denken.«

»An Sozialismus?«

»Nein, das habe ich nicht gesagt.«

»Aber wenn man kein Nationalist ist, was gibt es dann anderes als den Sozialismus?«

»Ich glaube, daß man sich um das Wohlergehen seiner Mitmenschen kümmern kann, ohne ein Sozialist zu sein.«

»In materieller Hinsicht ist es meinen Leuten noch nie bessergegangen.«

»Das ist nicht, was ich höre«, sagte Gregor.

»Du hörst in deinem Beichtstuhl eine Menge Dinge.« Ich hatte den Eindruck, als würde Elisabeth meinem Blick ausweichen, aber ich war mir nicht ganz sicher. »Aber du hast nicht die geringste Ahnung, ob sie auch stimmen.«

Gregor warf den Kopf zurück und lachte gutgelaunt. Wenn wir uns streiten, ist immer er derjenige, der voraussieht, daß wir in einer Sackgasse stecken, oder der erkennt, daß unser Gedankenaustausch in Bahnen gerät, die unser spielerisches verbales Gefecht in eine ernste Schlägerei verwandeln wird.

»Na schön, ich weiß nicht, ob mir die Leute die Wahrheit sagen. Ich habe noch nie den Versuch unternommen, den Unterschied herauszufinden. Wenn mich die Leute anlügen, dann tun sie es eben. Ich glaube nicht, daß das am Ende etwas ändert.«

»Denn am Ende wird die Wahrheit siegen«, sagte Elisabeth. In ihren Augen schimmerte ein seltsames Licht.

Gregor und ich führten diese Streitgespräche schon seit so langer Zeit, daß wir genau wußten, wie der andere fortfahren würde. Als Kinder im St. Sebastian haben wir manchmal mitten in der Argumentation angehalten und die Seiten gewechselt, so daß dann jeder von uns den gegenteiligen Standpunkt wie vorher vertrat. Wir waren beide fasziniert von Ideen und Gedankengebäuden, und ich glaube, das war einer der Gründe, warum wir uns voneinander angezogen fühlten. Es war in der Religionsstunde von Pater Ignatius, wo wir diese Affinität entdeckten. Der Pater war ein Mann, der darauf vertraute, daß sich seine Doktrin – er bezog sich darauf als »die Wahrheit« und auf alles andere als »Hypothese« – behaupten würde, und so ließ er ruhig zu, daß auch alle anderen Standpunkte zur Sprache kamen, außer direkte Abtrünnigkeit. Als ich die Grenzen seiner Toleranz prüfen wollte, forderte mich Pater Ignatius auf, eine Irrlehre zu erfinden, an die bis dahin noch niemand gedacht hatte, und als ich dann mit irgendeiner umständlichen ideologischen Perversität herausrückte, bereitete es ihm großes Vergnügen, mir den Namen des Abtrünnigen zu nennen, der schon vor mir dagewesen war, und das Jahr, in dem Rom seinen Glauben mit dem Kirchenbann belegt hatte.

»Wie du zweifellos selbst entdecken wirst, hat es alle Abscheulichkeiten unter der Sonne schon einmal gegeben«, hatte Pater Ignatius fröhlich gesagt.

Gregor und ich sahen uns gern als des Teufels Advokaten an, und ich glaube, dem Pater gefielen unsere geistreichen Einfälle. Vielleicht erkannte er, daß wir dem orthodoxen Denken näherstanden, als uns bewußt war: Sich zu streiten setzt voraus, daß man von den gleichen Annahmen ausgeht. Wenn jemand erst eine Voraussetzung geschluckt hat, folgt bald auch die logische Konsequenz daraus. Pater Ignatius war ein feinsinniger, geduldiger Mann. Wenigstens Gregor hat seine Erwartungen erfüllt.

27. MAI 1887

Nachdem wir uns gestern abend zurückgezogen hatten und es still war im Schloß, ließ ich eine angemessene Zeitspanne vergehen, bevor ich leise durch den kalten Steinflur zu Elisabeths Schlafzimmer tappte, um unser gräßliches Ritual zu vollziehen. An ihrer Tür zögerte ich. Es kam mir unfreundlich vor, sie im Schlaf zu stören, nur um die Illusion aufrechtzuerhalten, daß unsere Ehe doch etwas anderes war als eine dynastische Bequemlichkeit. Gibt ihr dieses aussichtslose Unterfangen von mir tatsächlich das Gefühl, daß ich etwas für sie empfinde? Ich bezweifle es. Es ist Teil meiner Buße. Ich muß diese Illusion aufrechterhalten, genauso wie der Gefangene von Zeit zu Zeit seine Zellenwände tünchen muß.

Gerade als ich an die Tür klopfen wollte, ging sie auf, und vor mir stand Elisabeth in einem langen Baumwollgewand und mit einer Kerze in der Hand. Das Licht fiel aus einem Winkel auf sie, so daß es ihre schweren Brüste und den dunklen, schattigen Spalt dazwischen betonte. Wortlos trat sie zur Seite, damit ich hereinkommen konnte. Ich schloß die Tür und drehte mich um, weil ich erwartete, daß sie schon wieder in ihr Bett gestiegen war, aber sie hatte die Kerze in einen Halter gesteckt und wartete darauf, daß ich zu ihr kam. In dem trüben Licht der flackernden Kerzenflamme kam sie mir mit ihren langen Haaren, die ihr über die Schultern fielen, fremd vor.

Ich küßte sie auf die Lippen. Wir hielten uns viel länger damit auf, als ich vorgehabt hatte, lange genug für mich, um mich von den runden Formen ihres Körpers unter dem dünnen Stoff ihres Nachtgewandes angezogen zu fühlen. Sie blies die Kerze aus, und dann hörte ich im Dunkeln ein Rascheln, als sie unter die Laken schlüpfte. Sie hatte das Fenster offengelassen, und ich zitterte in dem kühlen Zimmer, als ich meinen Morgenmantel ablegte und mich zu ihrem Bett tastete.

Anscheinend hatte die Geburtstagstorte bei ihr eine heimliche Reserve an Zuneigung für mich ausgelöst, denn sobald ich im Bett war, klammerte sich Elisabeth an mich und preßte ihren Körper mit einer solchen Gier und Heftigkeit an mich, wie ich es noch nie bei ihr erlebt hatte. Aber vielleicht war es im nachhinein betrachtet nur Verzweiflung, als wäre es ihre letzte Chance, bei mir Erfüllung zu finden. Irgendwie (ich weiß nicht, durch wessen Hand) hatten sich unsere Nachthemden über der Hüfte miteinander verwickelt, und bevor ich wußte, wie mir geschah, war ich auch schon in ihr und stieß im Rhythmus ihrer atemlosen Liebkosungen zu. Meine müßigen Phantasien, in denen ich Estelle auf hundertfache Art verführte, hatten mich völlig enthemmt.

Ich wachte mit einem seltsamen Gefühl auf und wußte eine Weile gar nicht, ob ich wirklich aufgewacht war oder ob ich träumte. Ich war mit dem Gefühl eines sexuellen Höhepunkts aus dem Schlaf gerissen worden. Es erscheint einem vielleicht als etwas Köstliches, auf diese Art den Tag zu beginnen, aber in Wirklichkeit war es sehr störend, genau in diesem Zustand der Selbstlosigkeit aus tiefem Schlaf zu erwachen und an die Oberfläche zu gelangen.

Ich muß einen Schrei ausgestoßen haben, denn Elisabeth, die rittlings auf mir saß und sich anscheinend selbst in ihren letzten Agonien befand, legte ihre Hand auf meinen Mund, um den Ton zu ersticken. Wie zu einem Tableau erstarrt lagen wir da, mit immer klarerem Blick, während ich die Situation zu begreifen begann und Elisabeths Entsetzen stetig wuchs, als sie mich wach werden und auf meinem Gesicht Verstehen heraufdämmern sah. Schließlich nahm sie die Hand von meinem Mund und rückte mit soviel Geschick, wie sie es vermochte, von mir herunter. Sie war verletzt vor Scham, weinte aber nicht. Ich nehme an, ich hatte sie *in flagranti* ertappt; Gregor hat mir gesagt – und ich nehme an, sie hält sich an seine Doktrin –, daß Wollust auch im Ehebett Unzucht bedeutet.

Sie hatte sich umgedreht und saß mit dem Rücken zu mir auf der anderen Seite des Bettes.

»Du mußt jetzt gehen«, sagte sie. »Bald werden die Diener aufstehen und überall sein.« Wie sittsam sie ist, daß sie sich Sorgen macht, die Diener könnten herausfinden, daß ihr Herr und ihre Herrin die Nacht zusammen verbracht hatten!

»Ja, natürlich«, erwiderte ich mit sachlicher Stimme. Wie immer waren wir sprachlos.

Ich richtete mich im Bett auf und stieg schon hinaus, als sich Elisabeth leise umdrehte, und flink wie eine Katze (eine weitere erstaunliche Fähigkeit von ihr, von der ich nichts gewußt hatte) ergriff sie mit einer impulsiven, zärtlichen Bewegung mein Handgelenk, als wollte sie mich vom Gehen abhalten. Dann zog sie ihre Hand schnell wieder zurück, aber bevor sie sich abwenden konnte, sah ich auf ihrem Gesicht den Ausdruck von so großer und schutzloser Glückseligkeit, daß ich zugeben muß, sie trotz all meiner vorbeugenden Maßnahmen und strikter Gefühlshygiene mit dem unangenehmsten und dem am meisten verletzenden Bazillus infiziert zu haben: der Liebe.

9

28. MAI 1887

Ich bin völlig durcheinander. Ich bin fünfzehn Jahre alt. Ich bin ein Hengst, der in der Brunst den wahnsinnserregenden Geruch einer Stute riecht, die zwei Meilen entfernt auf einer Weide grast. Nichts entstellt die Intelligenz eines Mannes so sehr wie die Liebe, der gleich die sinnliche Begierde folgt. Ich kann kaum denken, ohne zu fühlen, wie diese absurde Schwellung in meinen Breeches ihren monströsen Kopf erhebt. Ich habe nichts aus meinem Leben gelernt, denn ich bin noch immer der Sklave meiner Leidenschaft.

Ich denke Tag und Nacht an Estelle. Meine Phantasie ist wie eine Linse, die die Sonnenstrahlen zu einem feurigen Punkt bündelt, gerichtet auf einen winzigen Leberfleck an ihrem Hals, direkt unter dem linken Ohr. Warum sich meine Gedanken an diesem erotischen Talisman festhalten, weiß ich nicht. Er ist ein Zielpunkt des Verlangens.

Aber ich weiß bis jetzt noch immer nicht, wie ich mich ihr erklären soll. Vielmehr habe ich mir schon tausend Pläne ausgedacht, wie ich mich an sie heranmachen kann, die ich aber alle als riskant, unverschämt, anmaßend und dreist wieder verworfen habe. Nicht, daß sie mir irgendein deutliches Zeichen des Interesses hätte zukommen lassen. Aber warum sollte ich erst darauf warten? Ich sollte den Augenblick nutzen und zugreifen. Was soll denn das für ein Liebhaber sein, der sich so leicht entmutigen läßt? Sicher, als ich ihr am Ende der Theatervorführung das Bouquet überreichte, war sie außerordentlich überschwenglich, aber vielleicht war das nur die Nachglut von dem Applaus. Sicher, das Herunterfallen ihres Gebetbuches genau im selben Augenblick, als ich vorbeikam, sollte dazu dienen, sich bei mir wieder in Erinnerung zu bringen. Und habe ich es mir etwa nur eingebildet, daß sie mir mit den Fingerspitzen über den Handrücken gestrichen hat, als ich es ihr zurückgab?

In den seltenen Augenblicken von Objektivität muten diese Fragen absolut kindisch an. Können das wirklich Gedanken sein, mit denen sich ein vierundvierzig Jahre alter Mann beschäftigt? Die Geburtstagstorte verschafft mir einige Befriedigung. Das war erfinderisch. Aber das ganze Manöver war derart abwegig, daß meine wahren Gedanken von absolut scheinheiligen Gefühlen getrübt waren. Die meiste Zeit habe ich sogar tatsächlich geglaubt, ich hätte die Torte nur in Auftrag gegeben, um Elisabeth damit eine Freude zu machen! Obwohl ich ganz genau wußte, daß es ihr viel lieber wäre, wenn ihr Geburtstag unbemerkt vorüberginge.

Seit der vorletzten Nacht folgt sie mir wie ein verliebtes Schulmädchen von einem Zimmer ins andere, mit scheuen Blicken und unter allen möglichen Vorwänden meine Gesellschaft suchend. Ihre sanfte, bewundernde Liebe sollte mich wegen des Ehebruchs, den ich begehen will, beschämen. Es ist wahr, daß ich mich schuldig fühle, aber diesmal ist diese Schuld ein armseliges Gefühl, keine Seelenqual. Ich frage mich, ob ich in den langen Jahren meiner Gefangenschaft, in denen ich keinen Anlaß hatte, diese Eigenschaft zu trainieren, auf irgendwie subtile Art einen moralischen Schaden davongetragen habe.

Der Plan, für den ich mich entschieden habe, ist sehr einfach und hat die besten Chancen auf Erfolg. Ich werde ganz einfach den Laden betreten, um mich bei Estelle für die von ihr kreierte Torte zu bedanken. Sollte ich sie allein antreffen, schön und gut. Ich werde sie in ein Gespräch verwickeln, und nach und nach, ganz unauffällig, wird sich das Gespräch den Dingen zuwenden – welchen Dingen? Ich werde improvisieren müssen. Sollte aber andererseits ihre Mutter auch dort sein, habe ich einen völlig unverfänglichen Grund für mein Kommen, und sie werden sich zweifellos freuen, daß sich der Graf die Mühe gemacht hat, ihnen seinen Dank persönlich auszusprechen. Ich habe dafür den Dienstag ausgesucht. Dann hat der Stadtrat seine Sitzung, so daß Bürgermeister Theissen schon einmal nicht in seinem Laden sein kann.

Gott hat sich eingemischt. Oder jedenfalls Gregor, sein Instrument.

Gregor hat sich mit Leib und Seele der Kirche verschrieben. Er wird immer unnachsichtiger, auch wenn diese Strenge sich hauptsächlich gegen ihn selbst richtet anstatt gegen die moralische Verworfenheit anderer Menschen. Sein Haar ist jetzt stahlgrau, und er trägt es kurz – gestutzt, könnte man sagen, denn er macht sich nicht die Mühe, seine äußere Erscheinung zu verschönern. Er besitzt zwei schwarze Soutanen, die beide abgetragen und an einigen Stellen sogar fadenscheinig sind. Ich habe ihm gesagt, daß er besser auf seine Kleidung achten muß, um nicht die Achtung seiner Herde zu verlieren, und gelegentlich habe ich ihm auch schon vorsichtig angeboten, die Kosten für eine neue Ausstattung zu übernehmen, aber davon will er nichts wissen. Er hat keine Verwendung für materielle Dinge. Mit seiner Energie und seinen Fähigkeiten und mit Onkel Kálmáns Einfluß hätte er längst Bischof sein können, und die Tatsache, daß er noch immer als Priester in einer abgelegenen Kirchengemeinde lebt, ist ein Beweis seines Fanatismus. Und doch hat er trotz allem nicht den menschlichen Kontakt verloren, obwohl ich fürchte, daß dies eines Tages geschehen wird, denn manchmal habe ich das Gefühl, daß er nur die ewige Seele vor Augen hat und durch den sterblichen Mann oder die sterbliche Frau glatt hindurchsieht.

Aus diesem Grund war ich schon auf das Schlimmste gefaßt – Höllenfeuer und Verdammnis –, als er auf Estelle zu sprechen kam. Wir saßen beim Tee, unserem nachmittäglichen Ritual im englischen Stil.

»Ich wollte dich etwas über die Tochter des Bürgermeisters fragen«, begann Gregor mit ungewohnter Zurückhaltung, und mir sank das Herz vor irrationaler Angst. Sollte das eine Warnung sein, die er mir gegenüber aussprach? überlegte ich. Ahnte er meine Absichten und beeilte sich nun, mich von diesem sündigen Weg abzubringen? Hatte er aus all den einzelnen Teilen, die in seinen Beichtstuhl getragen wurden, ein intelligentes Puzzle zusammengesetzt? Das waren die verrückten Gedanken eines Mannes, der zu lange innerhalb der Grenzen einer tödlichen Moral zugebracht hat und jetzt zu neuem Leben erwacht.

»Unsere Tortenkünstlerin?« fragte Elisabeth.

»Estelle«, sagte ich wegen der Freude, die es mir machte, ihren Namen laut auszusprechen.

»Wie wir wissen, ist sie ein außerordentlich begabtes Mädchen«, fuhr Gregor fort. »Ihr Vater glaubt, daß sie zu ihrem Weiterkommen mehr braucht, als unsere kleine Stadt ihr bieten kann. Etwas mit einer erweiterten Sicht, etwas Höheres.«

»Sie meinen eine Schulung? Eine Art Weiterbildung?« fragte Elisabeth.

»Ich weiß auch nicht genau, was sich ihre Eltern vorstellen.«

»Haben sie denn keine Angst, daß sie in Budapest verdorben werden wird? Ich nehme an, daß sie daran denken, sie dorthinzuschikken«, fügte ich schnell hinzu, damit sie gar nicht erst auf die Idee kamen, daß ich vorhaben könnte, Estelle in Budapest eine gemütliche Wohnung einzurichten.

»Genau deswegen machen sie sich Sorgen. Sie möchten, daß ihre Tochter mit der Kultur und der besseren Gesellschaft in Berührung kommt, aber sie möchten, daß sie beschützt wird. Verständlich.«

»Hat sie nicht zu Weihnachten in dem Theaterstück mitgespielt, das der Drama-Club aufgeführt hat? Goldenes Haar, ein außergewöhnliches Gesicht – ich erinnere mich an sie. Sie ist wunderschön«, sagte Elisabeth großherzig. Ich habe schon oft bewundert, was für eine objektive Beobachterin sie ist, sogar von anderen Frauen. »Natürlich machen sich ihre Eltern Sorgen, daß sie in falsche Gesellschaft gerät.«

»Und hier soll ich ins Spiel kommen?« fragte ich, um ihm ein wenig nachzuhelfen.

»Ich hatte gehofft, daß du vielleicht helfen könntest. Wenn du eine gute Familie kennen würdest, die eine Gouvernante plus Kindermädchen braucht, etwas in der Art. Dann hätte sie Arbeit und würde dabei gleichzeitig ein bißchen Schliff bekommen. Sie ist eine ziemlich gebildete junge Dame, glaube ich. Sie braucht jemanden, der sie unter ihre Fittiche nimmt.«

»Wir haben so wenig Kontakte«, sagte Elisabeth an mich gewandt.

»Na ja«, hörte ich mich sagen, »ich dachte mir, daß ich nächste Woche einmal für ein paar Tage in die Stadt fahre. Werde Oberst Rados Einladung annehmen.«

»Ich finde, das ist eine wunderbare Idee«, sagte Elisabeth, und ich fürchtete schon, sie werde vorschlagen, mich zu begleiten. »Es gibt bestimmt Hunderte von Leuten, mit denen du keine Verbindung mehr hast und die sich fragen, was aus dir geworden ist.«

»Tatsächlich hatte ich vor, ein paar alte Freunde aufzusuchen.«

»Obwohl ich bezweifle, daß sie Kinder in dem fraglichen Alter haben.« Ihre Kinderlosigkeit ist Elisabeths wunder Punkt, von dem sie nicht loskommt, und ihre Freude über mein Auftauchen aus der selbstgewählten gesellschaftlichen Isolation wurde von einem Ausdruck der Traurigkeit verdunkelt.

»Jedenfalls werde ich mich umhören«, fügte ich beiläufig hinzu.

»Ich möchte dir keine Arbeit aufbürden«, sagte Gregor.

Wieder sah ich ihm einen verrückten Augenblick lang in die Augen, um festzustellen, ob es eine Falle war. Aber ich hatte keinen Grund zur Sorge. Warum sollte es das Glück nicht gut mit mir meinen?

»Das tu ich doch gern«, sagte ich.

»Ich werde mit Theissen reden«, bot er an. Ich wollte schon protestieren, aber er schnitt mir das Wort ab. »Nein, mach dir keine Sorgen, ich werde nichts versprechen. Ich werde ihm sagen, daß du dir die Sache überlegst. Er wird schon froh sein, daß seine Bitte überhaupt so weit vorgedrungen ist. Und Frau Theissen wird überglücklich sein. Sie stellt gewisse aristokratische Ansprüche, und ich glaube fast, sie träumt insgeheim davon, daß Estelle in den Adel einheiratet.«

»Wir wollen doch nicht gleich über das Ziel hinausschießen«, meinte Elisabeth.

Ich gab mich pflichtbewußt und verantwortungsvoll, was ich, hoffentlich, nicht übertrieb. »Ich glaube, das sollte ich lieber selbst in die Hand nehmen«, sagte ich. »Wie soll ich schließlich wissen, was das Mädchen will, wenn ich nicht selbst mit ihm rede?«

Und dabei blieb es dann auch. Gregor wird mit den Theissens sprechen, die am Montagmorgen um elf Uhr auf das Schloß kommen sollen.

Elisabeth hat mir sehnsüchtige Blicke zugeworfen. Nachdem Gregor heute nachmittag gegangen war, hat sie, als sie hinter dem Sessel vorbeiging, in dem ich saß und las, beiläufig über meine Schulter gestrichen. Doch ich tat so, als wäre ich in einen Zeitungsartikel vertieft.

»Jetzt wollen die Österreicher auch noch, daß wir ihre Armee bezahlen!« rief ich, mit dem Handrücken auf die Zeitung schlagend und ungläubig den Kopf schüttelnd.

Ich war seit der Nacht, in der wir den Koitus hatten, nicht mehr bei ihr gewesen. Angesichts des bevorstehenden Treffens mit Estelle kann ich mich einfach nicht darauf verlassen, daß ich impotent bleibe, auch wenn ich mir noch so oft in Erinnerung rufe, daß sie ja Georgs Frau ist und mir meinen Bruder in genau der gleichen Position vorstelle oder – ein Szenarium, das ich mir nur für den entsetzlichsten aller Notfälle aufhebe – Onkel Kálmán mit gezogenem Säbel an der Schlafzimmertür. Aus unerklärlichen Gründen habe ich diese List vor zwei Nächten nicht angewandt, und dieses Versäumnis war schuld an der Erektion, die, wie Regen in der Wüste, Elisabeth aus ihrem Zustand frommer Entsagung gerissen hat.

30. MAI 1887

Theissen war nervös. Er schwitzte, und sein Hemdkragen sah sehr unbequem aus. Frau Theissen war auf ihre Weise nervös, überschwenglich und albern. Estelle war kühl, gefaßt, zuversichtlich und himmlisch schön.

Ich war müde und nervös, nachdem ich in der letzten Nacht wenig geschlafen hatte. Elisabeth hatte es auf sich genommen, mich in meinem Schlafzimmer zu besuchen, und ich mußte dreimal Onkel Kálmáns Geist heraufbeschwören, bevor sie aufgab und mich wieder schlafen ließ. Aber meine unterdrückte Nervosität verlieh dem Gespräch eine gute Note, denn es drängte die Theissens in die Verteidigung und gab ihnen einen Vorgeschmack darauf, was es hieß, als Bittsteller zu mir zu kommen und auf meine noble Großzügigkeit angewiesen zu sein.

Ich empfing sie in der Bibliothek. Sie saßen in einem Halbkreis vor mir, kerzengerade und stocksteif auf den Stühlen mit den hohen Rückenlehnen, während ich es mir in dem alten Clubsessel des Grafen gemütlich machte.

»Ich will nicht, daß sie als Hausmädchen arbeitet, wissen Sie«, sagte Frau Theissen. »Nicht als Zofe bei einer Dame oder so etwas. Dafür ist Estelle zu schade.«

»Aber wir wären Ihnen wirklich dankbar, Herr Graf«, warf ihr Ehemann schnell ein, damit ich mich nicht beleidigt fühlte, »wenn Sie sich imstande sähen, uns zu helfen.«

Ich betrachtete Estelle ganz unverhohlen, als würde ich prüfen, ob sie für irgendeine Möglichkeit, die mir durch den Kopf ging (was tatsächlich der Fall war), genügend moralische Stärke besaß. Jedesmal, wenn ich sie sehe, bin ich von ihrer Selbstsicherheit und ihrer gefaßten Haltung beeindruckt. Sie erwiderte meinen Blick ganz ruhig, aber mit dem gleichen Interesse, mit dem ich sie taxierte.

»Vielleicht wissen Sie das gar nicht, Herr Graf«, begann Frau Theissen mit einem affektierten Lächeln, »aber Estelle ist mit den Esterházys verwandt.«

»Tatsächlich? Davon habe ich nichts gewußt«, erwiderte ich und drehte mich wieder zu Estelle um, als hätte diese neue Information einen zweiten Blick nötig gemacht.

»Seitens meiner Mutter«, fügte Frau Theissen stolz hinzu, und ich hatte den Eindruck, als wäre dies ein gesteigerter Höhepunkt, auf den sie schon gierig gewartet hatte.

»Natürlich ist es nur eine sehr entfernte Verwandtschaft«, sagte Theissen und warf seiner Frau einen bedeutungsvollen Blick zu, der eine Spur Mißgunst zu enthalten schien. »Nicht etwa, daß wir behaupten würden, irgendwie blaues Blut in den Adern zu haben.«

»Diese Verbindung bestand schon vor langer Zeit und ist niemals offiziell gemacht worden«, sagte Frau Theissen geziert.

»Das ist alles schon lange her und für das, was jetzt ist, ohne jede Bedeutung«, brummte Theissen.

»Herr Graf, ich erwähne es auch nur, weil ich glaube, daß Estelle für etwas Höheres bestimmt ist, und das hat zum Teil mit ihrer Herkunft zu tun.«

Sie schienen drauf und dran, eine alte Familienfehde vor mir auszutragen, mit zunehmender Erregung und ohne eine Lösung in Sicht. Estelle schien es gar nicht zu hören. Sie hatte nur Augen für mich und schien aufzublühen, wann immer ich in ihre Richtung sah.

»Trotzdem, Blut ist Blut«, sagte ich, so wie ein Richter vielleicht einen Urteilsspruch verkündet.

Sie warteten hoffnungsvoll darauf, daß ich ihnen ihr Problem löste, aber das war unmöglich. Sie wollten ihre Tochter bei einer guten Familie verdingen, aber auch, daß sie von der Familie wie eine der Ihren behandelt wurde. Dachten sie etwa, die gesellschaftliche Kluft, die den Herrn vom Diener trennt, würde in der exotischen Gesellschaft Budapests verschwinden? Sie wollten, daß sie sich Kultur und Wissen der großen Welt aneignete, aber sicher und beschützt war. Sie sollte *savoir vivre* bekommen, aber ihre Tugendhaftigkeit behalten. Was sie im Grunde für Estelle in Budapest wollten war ein Ehemann, der ein paar Sprossen höher auf der sozialen Leiter stand als sie selbst.

Schließlich sagte ich: »Könnte ich wohl einmal mit Estelle sprechen?«

Sie stimmten bereitwillig zu, rührten sich aber nicht von der Stelle. Ein paar unbehagliche Augenblicke lang lächelte ich höflich in ihre Richtung, während sie mich verwirrt ansahen. Schließlich begriff Frau Theissen, daß ich mit ihrer Tochter allein sprechen wollte, und ging mit ihrem Mann ergeben und so vorsichtig aus dem Zimmer, als könnten ihre Schuhe das Parkett zerkratzen.

Ihr Vertrauen ist rührend und beruht auf dem aristokratischen Prinzip: Ich bin von Adel, daher bin ich moralisch höherstehend, daher können sie ihre Tochter ohne Bedenken und ohne Aufsicht mit mir allein lassen. Ich bin ein übler Kerl. In Georgs Regiment erwartete man von Männern, die das Ansehen ihrer Familie verunglimpften, indem sie das einfache Volk ausnutzten, sich das Hirn auszublasen. Ich weiß um diesen Ehrenkodex, heiße ihn auch gut, und doch lasse ich mich nicht von meinem Kurs abbringen. Ich habe Mitgefühl mit den Theissens, mit ihren plumpen Körpern und ihren aufgeblasenen Ansprüchen und ihren stolzen Hoffnungen auf ihr Kind und mit all den anderen menschlichen, herzerweichenden Eigenschaften, die aus ihnen eine so leichte Beute machen: Und doch werde ich ihre Tochter zugrunde richten.

Ich machte die schwere Tür hinter ihnen zu und drehte mich zu Estelle um. Wie sie so dastand, mit der einen Hand auf der Lehne meines Sessels, in dem ich zuvor gesessen hatte, drückten mir ihre Haltung, ihr schneller Atem, ihre glänzenden Augen und die Art, wie sie die Lippen leicht geöffnet hatte, ihre Bereitschaft aus, ohne daß wir auch nur ein Wort gewechselt hatten.

»Ich würde alles tun, um aus dieser Stadt rauszukommen«, sagte sie. »Alles.«

Sie hatte es mehr gehaucht als gesprochen. Ich hätte nie geglaubt, daß ein einziger Satz so berauschend sein kann.

»Würdest du gern nach Budapest gehen?« fragte ich sie.

»Ja. Und dann nach Paris.«

Ich lachte. Meine Brust hatte sich zusammengezogen, so daß ich kaum Luft bekam. »Das sind kühne Pläne.«

»Ja. Ich habe alle möglichen Pläne. Ohne Ehrgeiz lohnt sich das Leben nicht.« Sie sah prüfend in mein Gesicht, um festzustellen, ob ich mich über sie lustig machen würde. Ich dachte, wie jung sie ist, und wie stark. In ihrer Gegenwart fühlte ich mich lebendig.

»Vielleicht solltest du zuerst einmal mit Budapest beginnen.«

»Wenn Sie mir helfen könnten, in Budapest eine Stelle zu finden, wäre ich Ihnen ewig dankbar.« Wieder war ihre Stimme so leise, fast ein Flüstern, mit einem wundervollen rauhen, sinnlichen Ton darin, der an Ergebung grenzte. Ich fühlte mich schwach vor Verlangen.

»Würdest du gerne eine Gouvernante sein?« Ich hatte einen Schritt auf sie zu gemacht, und sie bog den Kopf nach hinten und sah mir in die Augen.

»Nein«, sagte sie.

»Was möchtest du dann?«

Sie starrte auf meine Lippen, und sie seufzte im letzten Moment, als sich mein Mund über ihrem schloß.

7. JUNI 1887

Es ist eine lange Bahnfahrt bis Budapest, die keine große Annehmlichkeiten bietet. Als ich einstieg, bestand der Stationsvorsteher darauf, daß ich ein eigenes Abteil bekam, obwohl ich keines reserviert hatte. Ich nehme an, daß er das Gefühl hatte, seinen Posten mir zu verdanken, und daß er mir seine Dankbarkeit beweisen wollte, aber als Folge davon mußte ich diese langweilige Reise nun in prächtiger Abgeschlossenheit ertragen. Ich war ungeduldig, nervös und nicht fähig, ruhig mit einem Buch dazusitzen, wie ich es noch vor einem Monat konnte.

Bei den seltenen Anlässen, zu denen ich seit meiner Rückkehr von Paris in Budapest war, scheine ich meinen Geschäften wie ein Schlafwandler nachgegangen zu sein, ohne die Veränderungen zu bemerken, die stattgefunden haben. Jetzt bin ich wieder wach und sehe, daß in der Stadt eine andere Atmosphäre herrscht. Sicher, die gepflasterten Straßen von Buda, die sich von der Donau bis hinauf zu dem hoch aufragenden Schloß winden, haben ihren alten Charme beibehalten, und die Gebäude erzählen von ihrer feudalen Vergangenheit, aber sonst ist überall in der Stadt ein geschäftiges Treiben und Gehetze, eine taumelnde, moderne Stimmung, die mich an das Paris vor zwanzig Jahren erinnert.

Als ich durch die Stadt schlenderte, kam ich am Büro eines Immobilienmaklers vorbei und wäre schon fast hineingegangen, um mich nach einer Wohnung zu erkundigen, die ich mieten wollte, aber dann kam es mir doch etwas verfrüht vor. Estelle hatte mir in jeder Hinsicht zu verstehen gegeben, daß sie gern meine Mätresse wäre, aber ich möchte sie nicht zu formellen Arrangements drängen, sonst wird sie am Ende nervös und macht einen Rückzieher. Auf dieser Reise muß ich die Vorarbeit leisten, Kontakt mit der Ungarischen Liga aufnehmen, die mir als Alibi dienen soll und künftig mein Vorwand für die häufigen Besuche in Budapest sein wird.

Mein Treffen mit Oberst Roda fand am frühen Abend statt. Ein stummer und reservierter Diener führte mich ins Arbeitszimmer, wo Rado bereits auf mich wartete und mich höflich, aber mit wachsender Zurückhaltung begrüßte. Der Diener bediente uns und verließ das Zimmer.

Ich trank kleine Schlucke von dem kühlen weißen Wein, der nach meinem Spaziergang am Nachmittag ungeheuer erfrischend war. Als ich aufsah, bemerkte ich, daß der Oberst mich beobachtete.

»Wie finden Sie ihn?« fragte Rado.

»Ausgezeichnet.«

»Er ist vom letzten Jahr, von meinem Gut. Ich finde, er reicht an einige unserer besten Jahrgänge heran.«

»Außergewöhnlich gut.«

»Sie kommen mit hohen Empfehlungen.«

»Ich bin froh, das zu hören«, sagte ich ein wenig verwirrt, da ich zu vielen meiner früheren Freunde keinen Kontakt mehr habe und mir nicht vorstellen konnte, bei wem er sich nach mir erkundigt hatte. »Darf ich Sie nach der Identität unserer gemeinsamen Freunde fragen?«

»Ihre Vorfahren«, erwiderte er lachend. »Und unser Pater Gregor«, fügte er dann hinzu.

Ich hätte nicht überraschter sein können. »Sie kennen Gregor?«

»Ja, natürlich.«

»Und ist er auch ein Mitglied der Liga?« fragte ich.

»Ja, das ist er tatsächlich.«

Gregor hatte mir niemals erzählt, daß er mit Rado befreundet war, auch nicht, als ich auf Elisabeths Geburtstagsfeier erwähnte, daß ich ihn aufsuchen würde, und ich fühlte mich ziemlich verletzt, weil er mich nicht ins Vertrauen gezogen hatte.

»Unsere Familien haben seit Generationen nebeneinander gekämpft«, sagte Rado. »Ich habe natürlich unter Ihrem Onkel gedient, und ich habe Ihren Vater gekannt. Damals, als er den Heldentod gestorben ist, war ich gerade Leutnant. Ein großer Patriot. Und Georg auch. Sie stammen aus einer Familie großer ungarischer Patrioten.«

»Dessen bin ich mir bewußt. Manchmal lastet diese Verantwortung schwer auf mir.«

»Und jetzt ist die Zeit gekommen, um etwas für Ihr Land zu tun. Deshalb sind Sie hier, richtig?«

»Ja, deshalb bin ich hier. Nachdem wir miteinander gesprochen hatten, wollte ich erst einmal alles überdenken, was Sie gesagt haben. Ich habe nicht sofort mit Ihnen Verbindung aufgenommen, weil ...«

Rado hob die Hand, um mich zu unterbrechen. »Sie haben darüber nachgedacht. Sie haben Zeit gebraucht. Das ist gut. Wir wollen keine Hitzköpfe oder Märtyrer. Allerdings gibt es, wie bei jedem lohnenswerten Unternehmen, natürlich auch Gefahren.«

»Ich bin mir nicht ganz im klaren, was Sie eigentlich tun«, begann ich zögernd.

»Als erstes sollten Sie wissen, daß die Ungarische Liga gar nicht existiert. Nichts von dem, worüber wir heute abend sprechen, darf aus diesem Zimmer getragen werden. Ist das klar? Wenn Sie irgendwann behaupten sollten, ich hätte mit Ihnen über die Liga gesprochen, werde ich Sie der Lüge bezichtigen.« Er hatte sich zu meinem Erstaunen in eine ziemliche Wut hineingesteigert und zwang sich im letzten Augenblick zu einem Lächeln, um mir zu zeigen, daß er es nicht persönlich meinte. »Entschuldigen Sie. Ich rege mich immer so auf, wenn es um Geheimhaltung geht. Wir sind ein Geheimbund, und die Behörden würden uns unterdrücken, wenn sie von unserer Existenz wüßten und auch nur die leiseste Ahnung von unseren Zielen hätten, auch wenn wir unter unseren Mitgliedern eine ganze Reihe prominenter ungarischer Staatsmänner haben. Die Österreicher – oder, schlimmer noch, die mit Österreich sympathisierenden Ungarn – versuchen ständig, sich bei uns einzuschleichen, und in letzter Zeit haben sie dabei einige Erfolge erzielt.«

»Ich verstehe«, sagte ich in einem Ton, der besänftigend klingen sollte, aber Rado sah mich scharf an – er kochte noch immer vor Entrüstung darüber, daß es unter seinen Landsleuten welche gab, die mit den Österreichern sympathisierten. Ich beschloß, im Umgang mit diesem mißtrauischen Mann vorsichtig zu sein; er war ein Fanatiker.

»Aber das ist eigentlich unerheblich.«

Ich wollte schon zustimmen, konnte mich aber gerade noch rechtzeitig zurückhalten: Je weniger ich sagte, desto besser.

Rado versuchte sich zu beruhigen, was ihm mit einiger Mühe schließlich gelang. »Sie sind kein Soldat, nicht wahr?« fragte er mit gönnerhafter Höflichkeit.

»Leider nein.«

»Wie gelang Ihnen das?« Er betrachtete mich eingehend, während ich das Gefühl hatte, daß er meinen Fall längst gründlich recherchiert hatte und die Antworten auf seine Fragen bereits kannte.

»Ich war Arzt in Reserve«, erwiderte ich vorsichtig. »Ich schätze, das bin ich noch immer.«

»Ein Doktor... Ja, ich glaube, das habe ich gewußt. Nun, wenigstens ist Ihnen der Anblick von Blut nicht fremd. Aber wenn ich mich recht erinnere, waren Sie nicht mit Georg in der Schlacht gegen die Preußen dabei, nicht wahr?«

»Ich war zum Studium in Paris.«

»Aha.«

Das klang wie ein Tadel, als hätte ich mich um meine Pflicht gedrückt, damals wie mein Bruder bei dieser schnellen und schändlichen Niederlage mein Leben zu lassen. »Der Krieg war vorbei.

bevor ich Gelegenheit hatte, mich an ihm zu beteiligen«, erwiderte ich knapp.

Falls er meine Verstimmung bemerkte, tat er sie mit einem Schulterzucken ab. »Nun, was kann man schon von österreichischen Generälen erwarten? Das nächste Mal, wenn wir gegen die Preußen kämpfen, werden wir von unseren eigenen angeführt werden. Natürlich wissen Sie, wie man mit einer Waffe umgeht?«

»Ich gehe viel auf die Jagd.«

»Ist allerdings nicht ganz dasselbe, nicht wahr? Ein Tier zu töten – einen Menschen zu töten.«

»Ist das eine Fähigkeit, die ich in der Ungarischen Liga brauchen werde?«

»Wenn die Zeit gekommen ist, ja. Die Österreicher werden uns nicht unsere Unabhängigkeit schenken, wir werden sie uns von ihnen nehmen müssen. Stört es Sie, Blut zu vergießen?«

»Für den richtigen Zweck, nein.«

»Ist das sicher – ich hatte gerade den Eindruck, als wären Sie ein klein wenig verstimmt?«

»Nein, überhaupt nicht.«

»Sie sollten darüber nachdenken. Dies ist kein Club für kleine Jungen. Und im übrigen akzeptieren wir keinen Austritt. Wenn Sie erst einmal dabei sind, gibt es kein Zurück.«

Als ich ihn verließ, schien er zufrieden und verabschiedete sich von mir mit einem festen Händedruck.

»Sie haben sich gut gehalten, und wir wären froh, Sie bei uns zu haben. Aber lassen Sie sich die Sache erst einmal durch den Kopf gehen.«

Während ich diese Zeilen schreibe, sitze ich wieder im Zug nach Transsylvanien und bin mir noch immer nicht ganz sicher, wieviel von Rados Verschwörungsgeschichte realistisch ist und wieviel davon nur das Wunschdenken eines Soldaten, den es nach Taten und Intrigen gelüstet, damit sein Leben einen Sinn bekommt. Rado ist irgendwie furchtbar, aber steht er wirklich einer Organisation von Verschwörern vor, oder hat er die Bedeutung einer Gruppe dummer alter Kerle aufgebauscht, die über ihrem Brandy sitzen und antiösterreichische Sprüche klopfen? Wie es auch sei, ich habe jedenfalls vor, mich zurückzuhalten und mich nicht in die Machenschaften der Liga hineinziehen zu lassen.

Heute habe ich der Bäckerei einen unvorbereiteten Besuch abgestattet.

»Wir sind so dankbar, daß Sie versuchen wollen, etwas für Estelle zu finden«, sagte Theissen und schüttelte meine Hand wie eine Pumpe.

»Ich werde alles tun, was ich kann«, erwiderte ich und war mir nicht bewußt, etwas getan zu haben, was eine solche Überschwenglichkeit gerechtfertigt hätte. Hinten im Laden lächelte mich Estelle ungewöhnlich schüchtern an.

»Es ist doch richtig, daß die Familie im diplomatischen Dienst steht und viel auf Reisen ist?« fragte Frau Theissen.

Ich wußte nicht, was ich antworten sollte. Estelle kam mir zu Hilfe. »Ich habe meinen Eltern von der Familie Barry erzählt«, sagte sie.

Frau Theissen flatterte aufgeregt um mich herum. »Sie schienen absolut entzückt zu sein, Herr Graf. Ich bin sicher, daß sie sehr gebildet sind. Monsieur bis vor kurzem Botschafter in Siam und Madame die letzte einer Adelslinie, die in der Revolution völlig ausgelöscht wurde. Wie kultiviert das klingt! Und die Kinder... lieb, absolut lieb, da bin ich sicher!«

Ich muß einen erstaunten Eindruck gemacht haben. Estelle kam mit einem verlegenen, schuldbewußten Lächeln näher. »Ich weiß, Sie wollten nicht, daß ich etwas sage, bevor die Einzelheiten geklärt sind. Aber als Sie gestern in den Laden kamen und es mir erzählt haben, konnte ich es einfach nicht für mich behalten. Es war alles viel zu aufregend. Und gleich nachdem Sie wieder weg waren, kam Mama von ihren Besuchen zurück, und da bin ich schwach geworden und habe es ihr erzählt.«

»Ja, es sind ganz ausgezeichnete Menschen«, improvisierte ich lahm.

»Und alte, alte Freunde Ihrer Familie«, brach es überschwenglich aus Frau Theissen heraus.

»Na, ich weiß nicht, ob ich so weit gehen würde«, sagte ich aus dem Gefühl heraus, daß ich diese wild wuchernde Erfindung unter meine Kontrolle bringen sollte, bevor sie allzu phantastisch wurde. »Wegen Monsieurs Reisen für seine Regierung habe ich ihn und seine Familie in letzter Zeit nicht mehr so viel gesehen, wie ich es mir gewünscht hätte.«

»Verzeihen Sie mir, Herr Graf, wenn ich Fragen stelle, die mir sonst nicht zustehen würden, aber wenn wir ihnen unsere einzige Tochter anvertrauen...«

»Das verstehe ich völlig«, sagte ich schnell und hoffte, daß Estelle mir genügend Spielraum gelassen hatte, etwas zu erfinden, das dem, was sie ihren Eltern bereits erzählt hatte, entsprach.

»Wenn ich das richtig verstanden habe, dann haben Sie und Monsieur – oder vielmehr Monsieur le Duc, um ihn bei seinem richtigen Namen und Adelstitel zu nennen – zusammen in Paris studiert?«

»Monsieur le Duc?« fragte ich und drehte mich, auf eine Erklärung oder inspirierendere Erfindung hoffend, zu Estelle um. Aber sie schien in einem Hustenanfall gefangen, unfähig, die heikle Lage, in die sie mich versetzt hatte, zu erkennen.

»Na, der Herzog von Barry!« rief Frau Theissen.

Wie jemand, der hoch oben auf einem Seil balanciert, spürte ich plötzlich, wie ich auf halber Strecke die Nerven verlor und von dem überwältigenden Wunsch erfaßt wurde, wieder auf den sicheren Boden der Wahrheit zurückzukehren. »Ich fürchte, das ist ein Mißverständnis«, sagte ich.

Frau Theissen sah niedergeschlagen aus. »Man hat mir zu verstehen gegeben« – dabei warf sie Estelle einen anschuldigenden Blick zu –, »daß die Familie dem höchsten französischen Adel angehört.«

Darauf herrschte peinliche Stille, und ich verspürte den starken Drang, sie auszufüllen. Ich drehte mich zu Estelle um und sah, daß sie nichts unternehmen würde, um mir meinen Abgang zu erleichtern. Im Gegenteil, sie hatte einen herausfordernden Ausdruck im Gesicht: Wenn ich sie haben wollte, mußte ich sie gewinnen.

»Aufgrund der delikaten Mission von Monsieur«, begann ich, ohne auch nur die geringste Ahnung zu haben, wie der Satz enden sollte, »und aufgrund der ständig wechselnden politischen Struktur Frankreichs gibt es in Monsieurs Vergangenheit viele Aspekte, die mit größter Diskretion behandelt werden müssen.«

Ich hätte ihnen keine größere Freude bereiten können. Theissen schwoll vor Stolz die Brust wie einem alten Soldaten. Frau Theissen sperrte in Erwartung der Geheimnisse, die von einer weitaus monumentaleren Größenordnung waren als der Klatsch, der bei ihren Besuchen ausgetauscht wurde, den Mund auf.

»Sie werden verstehen, daß ich Ihnen nur wenig Informationen geben kann. Vielleicht genügt es, wenn ich Ihnen sage, daß Monsieur le Duc« – ich nickte Frau Theissen zustimmend zu – »inkognito bleiben muß. Die Situation erfordert es, daß er nicht mit seinem wahren Titel genannt werden kann. Von nun an werden wir uns einfach auf Monsieur du Barry einigen. Es tut mir leid, aber ich muß darauf bestehen. Einfach ›du Barry‹.«

Ich sah, daß sie noch mehr hören wollten, aber mein Instinkt sagte mir, daß jedes weitere Detail das Risiko vergrößern würde, daß sie den Zauberbann der Verschwörung, der sie zu ihrer Leichtgläubigkeit verleitete, brachen. »So! Jetzt habe ich Sie ins Vertrauen gezogen«, fuhr ich rasch fort. »Ich muß Sie bitten, nicht nur diese Information für sich zu behalten, sondern auch zu entschuldigen, daß ich Ihre Fragen nur mit größter Vorsicht beantworte.«

»Natürlich. Natürlich.« Theissen winkte alle noch verbliebenen Vorbehalte auf die Seite.

Frau Theissen war in selbstgefälliges Schweigen gefallen, zweifellos, um zu überlegen, welche Informationsschnipsel sie unauffällig fallenlassen konnte, um ihre Bekannten neugierig zu machen, während sie zusammen Tee tranken. Plötzlich kam ihr ein Gedanke. »Aber es besteht doch wirklich keine Gefahr?« fragte sie mit einem besorgten Blick zu ihrer Tochter, aber auch mit einem Anflug von Neid, wie ich fand.

»Absolut nicht«, sagte ich streng. Dann fügte ich, als eine Art Nachgedanke, hinzu: »Vorausgesetzt natürlich, daß alle Betroffenen Diskretion wahren und ihre Neugier in Schach halten.«

»Ich kann es kaum erwarten!« rief Estelle aufgeregt. »Herr Graf, jeden Abend, wenn ich am Fluß spazierengehe, denke ich über den gerade vergangenen Tag nach und träume von der Zukunft. Aber ich hätte nie geglaubt, daß ich einmal eine solche Gelegenheit geboten bekäme!« Sie streckte die Hände aus, und ich mußte mich zusammenreißen, um sie nicht zu umarmen und fest an mich zu drücken.

»Dann wollen wir hoffen, daß wir heute bekommen, was wir uns wünschen«, erwiderte ich. Wir sahen uns in verzückter Liebe an, bis mir der Anstand gebot, mich von ihr loszureißen.

Ich konnte mich beim Essen kaum zügeln, sah ständig aus dem Fenster, aus Angst, bis nach Sonnenuntergang dort festgehalten zu werden, und erregte damit Elisabeths Neugier.

»Erwartest du jemanden, László?« fragte sie.

»Ich frage mich nur, ob es regnen wird, das ist alles.«

»Du willst doch bestimmt nicht schon wieder hinausgehen?«

»Ich dachte nur, ich nehme das Gewehr mit und gehe ein bißchen nach draußen.«

»Du wirkst so unruhig, seit du aus Budapest zurück bist.«

Elisabeth hat eine sehr gute Erziehung genossen, so daß sie es als unhöflich ansieht, nach Dingen zu fragen, die ihr jemand nicht von sich aus erzählt. Ich habe ihr ein bißchen von meinem Gespräch mit Rado erzählt, habe aber das Gefühl, daß sie gern noch mehr über meinen Besuch bei ihm gewußt hätte.

»Ich fühle mich wegen des Clubs, in den mich Oberst Rado aufnehmen will, ein bißchen unbehaglich«, sagte ich stirnrunzelnd.

»Und wieso?«

»Es klingt alles etwas strenger, als ich erwartet hatte. Ich bin mir nicht sicher, ob ich wirklich etwas damit zu tun haben will.«

»Es muß doch auch noch andere geben.«

»Aber das ist nicht dasselbe«, sagte ich.

»Du kannst es doch versuchen, und wenn es dir nicht gefällt, kannst du ja wieder austreten.«

Elisabeth interessiert sich nicht für Politik. Ich kann sehen, daß sie mich in ein tieferes Gespräch über uns beide verwickeln möchte, daß sie aber zum Glück nicht weiß, wie sie es anstellen soll. Ihre Erziehung erlaubt ihr einen solchen Gedankenaustausch nicht, er gehört nicht zum Repertoire eleganter Bildung. Die abwartenden, sehnsüchtigen Blicke, mit denen sie an mir hing, sind vergangen. Sie sieht jetzt müde aus und geht mit zusammengekniffenen Lippen und starrem Gesicht ihren Beschäftigungen nach. Manchmal, wenn sie sich nicht bewußt ist, daß sie jemand beobachtet, verbirgt sie ihr Leid nicht. Einmal habe ich in einem Spiegel einen Blick von ihr aufgefangen: traurig, liebend, tadelnd – aber vor allem verständnislos. Mir wäre es lieber, sie wäre wütend geworden, dann hätte sie mich hassen können. Das wäre eine Beziehung, die ich ausgehalten hätte.

Aber wer ist schon fähig, die heilige Elisabeth zu hassen? Ich nicht. Sie behält alles für sich, leidet stumm. Ich glaube, ihre Religion ist ihr ein Trost. Ich kann ihr nichts anderes geben als das, was ich ihr schon immer gegeben habe: Höflichkeit und Freundlichkeit. Das ist ein karger Ersatz für ihr Herz, das so starker Gefühle mächtig ist und sich nach Liebe sehnt.

Ich hatte Jakob, meinen Stallburschen und Jagdgehilfen, angewiesen, den schwarzen Wallach zu satteln und bereitzuhalten, und sobald ich mit dem Essen fertig war, machte ich mich auf den Weg in Richtung Stadt und Fluß. Auf der halben Strecke den Hügel hinunter merkte ich, daß ich mein Gewehr vergessen hatte. Ich konnte nur hoffen, daß Elisabeth mich nicht gesehen hatte, als ich losritt.

Die Eisenbahnschienen folgen dem Lauf des Tals neben dem Fluß und trennen sich dann vor unserer Stadt wieder von ihm, so daß der Bahnhof am nördlichen Stadtrand liegt und der Fluß, dichter beim Schloß, durch ihre Vororte im Süden verläuft. In früheren Zeiten erstreckten sich die Ländereien meiner Familie bis zum Fluß, und einer meiner Vorfahren hatte entlang dem Flußufer, in dem früheren Park des Schlosses, eine mit Kastanienbäumen gesäumte Straße angelegt. Jetzt ist es öffentliches Land – ein Vermächtnis desselben Grafen, der die Bäume gepflanzt hatte, an die Bürger der Stadt. Es ist ein ruhiger und schöner Ort zum Herumwandern, obwohl ich, seit ich als Kind dort gespielt habe, nicht mehr hierhergekommen bin.

Die Allee wird auf der einen Seite vom Fluß und auf der anderen von einem schmalen Streifen Wiese begrenzt und trennt das öffentliche Land von einem dichten Waldstück. Ich ritt mit Sabbat, meinem Pferd, ein Stückchen zwischen die Bäume und band ihn dort fest. Er war nicht glücklich an diesem zugewachsenen Ort, und ich prägte mir ein, den Förstern aufzutragen, sich um das Waldstück zu kümmern; es gehörte dringend ausgedünnt, denn die Bäume waren spindeldürr, und das Licht drang nur an wenigen Stellen bis auf den Boden vor. Aber für meine Zwecke war es ideal; von hier aus wollte ich nach Estelle Ausschau halten – und nach anderen Spaziergängern, denn es würde sich für den Grafen nicht geziemen, hier allein mit ihr gesehen zu werden.

Ich hockte mich neben eine junge Eiche und wartete. Ich befürchtete, zu spät vom Schloß losgeritten zu sein, so daß Estelle ihren Spaziergang schon beendet hatte und wieder nach Hause gegangen war, denn es wurde bereits dunkel, und die Kühe auf der Weide ließen sich zur Nachtruhe im Gras nieder. Doch sie hatte mir an diesem Morgen eine versteckte, aber unmißverständliche Einladung zukommen lassen, sie hier zu treffen, und ich wußte inzwischen, daß sie eine entschlossene und einfallsreiche junge Frau war.

Als ich von unten die Allee entlangsah, war mir die Sicht zur Brücke zum größten Teil durch die Kastanienbäume versperrt, so daß ich zuerst nicht genau erkennen konnte, ob die weiße Gestalt, die ich eine quälende Sekunde lang erspäht hatte, Estelle war. Dann sah ich sie noch einmal und wußte, daß sie es war. Das Herz schlug mir bis zum Hals. Sie kam zwischen den Bäumen herangeschlendert, einen Schirm hinter sich herziehend und sich von Zeit zu Zeit wie mitten im Tanz um sich selbst drehend, um nach hinten zu sehen. Sie gab ein wunderbares Bild einer Maid ab, die sich mit leerem Kopf Seufzern und poetischem Geplauder hingab. Außer ihr sah ich niemanden.

Ich wunderte mich darüber, daß sie allein spazierengehen durfte. War sie so geschickt mit Vorwänden, mit Alibis und Geschichten, hinter denen sie ihr wirkliches Tun verbarg? Hatte sie Erfahrungen? Von diesem Moment an stellte ich Spekulationen an, ob es schon andere Liebhaber gegeben hatte. Ich weiß selbst nicht, welche Antwort mir lieber ist. Wenn ich nicht der erste bin, brauche ich mir auch keine Gedanken darüber zu machen, daß ich sie vom rechten Weg abbringe. Aber ein Teil von mir möchte gern, daß sie noch unschuldig ist.

Ich hätte sie rufen können, als sie mit mir auf gleicher Höhe war, aber ich war so davon gefangen, daß sie sich meiner nicht bewußt war, von den ungeduldigen Stößen ihres Schirms, von der Bewegung ihres Kopfes, von der sanften Kurve ihres Halses und von ihren halbgeöffneten, sinnlichen Lippen.

Als Estelle vorbeigegangen war, kletterte ich schnell über den Zaun und lief über die Weide, um mich hinter einer Kastanie zu verstecken. Die Kühe sahen mir gelangweilt zu. Ich blickte den Weg zurück, auf dem sie gekommen war, und als ich niemanden sah, huschte ich schnell zum nächsten Baum und dann wieder zum nächsten und zu noch einem, bis ich sie eingeholt hatte. Sie hörte mich nicht. Sie summte vor sich hin – eine Tanzmelodie, glaube ich –, und der Klang ihrer Stimme vermischte sich mit dem Rauschen des Flusses hinter ihr. Ich hörte sie in einer Mischung aus Ungeduld und wachsender Enttäuschung Seufzer ausstoßen. Es war ein wunderbares Gefühl, in ihrem Herzen zu sein, aber gleichzeitig unsichtbar. Es verlieh mir das Gefühl von Macht.

Estelle drehte sich um, und während sie darauf wartete, daß ich am anderen Ende der Allee auftauchte, lief ich heimlich hinter sie, so daß ich, als sie weiterging, plötzlich vor ihr stand, dort, wo die Allee gerade eben noch leer gewesen war. Einen Augenblick lang sahen wir einander verwundert an, dann kam sie zu mir gelaufen, und ich nahm sie in die Arme und hob sie hoch und hielt sie fest und vergaß die Welt um uns herum.

Ich weiß nicht, wie lange wir so dagestanden sind. Langsam stellte ich sie wieder auf die Füße. Sie machte die Augen auf, die aber verträumt waren und nichts wahrnahmen, während sich mein Mund auf ihren Mund legte und meine Lippen den sanften Druck ihrer Lippen spürten. Das Rauschen des Wassers erfüllte mein Bewußtsein. Ich fühlte, wie sie sich mir hingab. Ihr Mund entspannte sich, und ich spürte die feuchte Innenseite ihrer Lippen, als wir uns im selben Rhythmus aneinanderpreßten und eine unbekannte Botschaft zwischen unseren Körpern austauschten. Ihre Hände an meinem Nacken wurden zu Fingern, die mich erforschten und streichelten. Sie ließ zu, daß ich ihren Körper an mich zog und wir ineinander verschmolzen. Ich war verloren.

Sie war es, die sich atemlos von mir löste, mit abgewandtem Blick, damit ich nicht sehen sollte, was mir jeder andere Teil von ihr schon verraten hatte. Es war Estelle, die die Allee hinauf- und hinuntersah, um sich zu vergewissern, daß uns niemand beobachtete.

»Wir sollten weitergehen«, sagte sie.

Es schien ungefährlich zu sein. Wir gingen weiter von der Brücke weg, bis zum Ende der Allee, von wo aus ein Pfad, den vor allem die Fischer benutzten, am Flußufer entlangführte. Wenn jemand in die Allee kam, würden wir zu weit entfernt sein, um erkannt zu werden, und konnten uns ohne Schwierigkeiten verbergen. Ich ergriff ihre Hand; sie warf mir einen scheuen Blick zu, zog sie aber nicht zurück. Es war ein kostbares Ding, das ich hielt, ein wundersames Objekt, wovon man liest, das man aber nie zu sehen oder zu berühren erwartet. Ich erinnere mich, dasselbe Gefühl von Fremdheit und Verehrung gespürt zu haben, als ich zum erstenmal im Schatten eines geöffneten Thorax ein menschliches Herz sah.

Der Fluß war dunkel und vom letzten Regen angeschwollen. Seine mächtige Strömung bewegte sich schnell mit uns mit, und wir hörten das Schmatzen der Strudel und das Getöse an den Stellen, an denen er um die großen Felsblöcke herumwirbelte, die auf seinem Weg lagen. Der Fluß war eine lebende Erscheinung, die sich neben uns voranbewegte, unerbittlich, geheimnisvoll und gefühllos.

»Ich komme oft hierher«, sagte Estelle, nachdem wir eine lange Zeit schweigend nebeneinander gegangen waren. Ich für meinen Teil war so berauscht von ihrer Gegenwart, daß ich keine Worte brauchte.

Sie ist kleiner und zarter, als ich geglaubt hatte, bis ich neben ihr ging. Weil ihre Knochen schmal sind und sich ihre Gliedmaßen zu winzigen Händen und Füßen verjüngen, erinnert sie mich an eine Schäferin aus Meißener Porzellan. Als ich sie anstarrte, wurde sie verlegen und neigte in einer entzückenden Geste bescheiden den Kopf. Ich wollte ihr versichern, daß ich sie nur in Bewunderung betrachtete, denn ich hatte Angst, daß sie die Gier in meinen Augen sah und sich vor mir fürchtete. Verstohlen, fast schuldbewußt warf ich einen Blick auf den winzigen Leberfleck an ihrem Hals. Ich war hingerissen von ihrer weichen Haut, von ihrem wundersamen, lebendigen Ausdruck. Es war ein Augenblick, in dem Postulate in sich zusammenfallen und man in einen Zustand des Ursprünglichen versetzt wird, ähnlich dem Wahnsinn: Ich war verwirrt, daß ein solcher Körper auch eine Seele haben sollte, daß ihr Geist auch von einer solchen fleischlichen Form beherrscht werden konnte. Daß sie existierte!

»Wenn ich gewußt hätte, daß du immer hierherkommst, hätte ich dich schon früher gefunden«, sagte ich zu ihr.

»Wirklich?« fragte sie, während sie stehenblieb und sich zu mir drehte, als wäre dies die wichtigste Frage der Welt.

»Ja«, sagte ich. Ich fühlte die Aufrichtigkeit wie einen Schmerz in meiner Brust. Ich hätte sie wieder geküßt, aber sie drehte sich weg von mir und drängte mich zum Weitergehen. Sie hielt den Kopf auf eine nachdenkliche Art gesenkt.

»Ich muß immer an dich denken«, flüsterte ich und hätte alles getan, damit sie den Kopf hob, damit ihre Augen wieder zu mir aufblickten. Ich sah ein kleines freudiges Lächeln auf ihren Lippen.

»Wirklich?« fragte sie und drehte den Kopf ein wenig mehr zu mir hin, dann aber, wie ein Vogel, schnell wieder weg.

»Ich stelle mir vor, daß ich, so wie jetzt, mit dir allein spreche, mit dir spazierengehe, dich anfasse.«

»Ich habe an Sie gedacht, wenn ich hier spazierengegangen bin«, sagte sie schüchtern. Unter ihren Augen waren dunkle Schatten, und ich fragte mich, ob sie keinen Schlaf fand, weil sie sich mit der Frage quälte, ob sie mit mir nach Budapest fahren sollte. Aber jetzt, in meiner Gegenwart, schien sie sich wieder sicher zu sein.

»Du mußt wissen, ob du es auch wirklich willst«, sagte ich zu ihr. Ich wollte rücksichtsvoll sein, aber es war dumm, so etwas zu sagen, und das wußte ich auch, sobald ich ihr Gesicht sah.

»Und Sie? Wissen Sie es denn nicht?« fragte sie. Ihre Augen funkelten herausfordernd.

»Doch, doch, absolut. In meinem ganzen Leben habe ich mir noch nie etwas mehr gewünscht«, log ich, aber so überzeugend, daß ich es in diesem Augenblick selbst glaubte.

»Dann ist ja alles in Ordnung.«

»Ich habe mir Sorgen gemacht, daß du...« Wußte sie denn, wohin es führte, wenn sie ihre Familie verließ, wenn sie in die Stadt zog, wenn sie sich von einem Mann als seine Mätresse aushalten ließ?

»Mir macht das alles viel weniger aus als Ihnen«, sagte sie und warf den Kopf zurück.

Schweigend gingen wir weiter. Ich fürchtete, daß meine Tolpatschigkeit den Zauber gebrochen hatte.

Sie berührte meinen Arm, als wollte sie mich aufwecken, und lachte fröhlich. »Haben Sie geglaubt, ich wäre naiv?« fragte sie.

»Wie sollte ich das wissen?« erwiderte ich.

»Nun, das bin ich nicht.«

»Darüber bin ich froh.«

»Glauben Sie mir?«

»Ja, natürlich.«

Zum Beweis stellte sie sich auf die Zehenspitzen, um mir einen Kuß zu geben. Sie öffnete sofort den Mund, um meine Zunge zu sich einzuladen. Ich spürte ihre Angst, als ich mich ganz langsam vorwärts tastete. Ihre Zunge war weich und zögernd, und wenn ich sie berührte, hielt sie, aus Leidenschaft oder in Panik, die Luft an. Ich drückte sie fest an mich, um sie zu beruhigen, um ihr meinen Willen aufzuzwingen, und dann fühlte ich, wie sie meinen Druck unerschrocken und mit steigender Erregung, die mich unbesonnen werden ließ, erwiderte.

Dann machte sie sich ganz plötzlich wieder los und drückte ihr Gesicht an meine Schulter. »Ich habe Angst, daß jemand kommt«, sagte sie.

Wir waren an der Stelle angekommen, an der die Allee zu Ende war und ein schmaler Pfad durch dichtes Unterholz führte, das neben dem Fluß wuchs. Wir drehten uns um, obwohl ich sie gern noch tiefer in diesen feuchten grünen Tunnel geführt hätte. Wir gingen in die entgegengesetzte Richtung, unter den geräumigen Bogengängen hindurch, die die emporstrebenden Kastanien bildeten, bis zu der Stelle, von der aus wir in der Ferne die weißen Steine der Brücke im letzten Tageslicht schimmern sahen.

»Die Sache mit den du Barrys«, begann ich.

Sie kicherte schadenfroh. »Hat Ihnen das gefallen?«

»Ja. Sehr originell.«

»Ich habe ihnen erzählt, daß Sie gesagt hätten, die du Barrys hätten eine Stelle für mich, und daß ich in zwei Wochen bei ihnen anfangen würde.«

»In zwei Wochen.«

»Ich weiß. Ich kann es selbst kaum erwarten. Aber es muß glaubhaft klingen. Wir könnten es aber auch in einer Woche machen, wenn Sie absolut nicht warten können.«

»Nein, zwei sind besser. Aber dann bleibt uns nicht gerade viel Zeit... um Vorkehrungen zu treffen.«

Sie machte die Augen zu und lächelte selig. »Ich schwärme für Vorhänge, im Salon in kirschroter Farbe, aber sonst in einem sehr, sehr kräftigen Rosa.« Sie machte die Augen wieder auf. »Glauben Sie nicht, daß das hübsch aussehen würde?«

»Jedes Zimmer, in dem du bist, wäre wunderschön.«

»Das sagen Sie nur so!«

»Willst du nicht László zu mir sagen? So heiße ich, weißt du.«

Sie schien sehr gerührt. »László«, sagte sie schüchtern. Ich glaube, wir hatten beide das Gefühl, daß eine Grenze überschritten war. »László«, sagte sie noch einmal und berührte mit den Fingerspitzen meine Lippen, als wäre sie eine Blinde, die gerade die Bedeutung eines neuen Wortes gelernt hat. »Jetzt muß ich aber gehen.« Ich wollte sie noch einmal an mich drücken, bevor wir uns trennten, aber sie sah in das kleine mit Perlen besetzte Täschchen, das sie bei sich hatte. »Es ist schon spät. Ich muß mich beeilen. Hier ist ein Brief, den ich im Namen von Madame du Barry geschrieben habe. Aber er muß von Budapest abgeschickt werden.«

Ich betrachtete den Umschlag und sah, daß er an ihre Eltern adressiert war. Als ich wieder aufblickte, lief Estelle schon zur Brücke. Sie hatte das Kleid hochgehoben, um beim Laufen ihre Beine frei zu haben, und sah, selbst in diesem etwas plumpen Zustand, mit den weißen Knickerbockern, deren unterer Rand unter dem Kleid hervorragte, elegant und anmutig aus.

10

18. JUNI 1887

Genau zum richtigen Zeitpunkt hat mir Oberst Rado ein Telegramm geschickt, um mich über ein Treffen der Ungarischen Liga zu informieren, an dem ich teilnehmen soll. Nicht: »Würde mich freuen, das Vergnügen zu haben, Ihre reizende Gesellschaft zu genießen« oder »Kommen Sie auf jeden Fall, wenn Sie können, mein Freund«; nein, es ist ein Befehl. Diese Sache ist mir zu militärisch, und ich fürchte, Rado und seine Freunde nehmen sich selbst ein bißchen zu ernst, aber was für ein glänzender Vorwand die Liga andererseits für häufige Besuche in Budapest abgibt! Anscheinend hat er meinetwegen ein besonderes Treffen einberufen, bei dem noch dazu irgendeine Einführungszeremonie stattfinden soll, das Ablegen eines Eides und Gott weiß, was sonst noch für ein Hokuspokus. Meine größte Sorge ist, daß es mir nicht gelingt, während der Vorgänge ein ernstes Gesicht zu bewahren.

Ich habe die traditionelle ungarische Uniform angelegt, und nicht Gehrock und Zylinder, meine übliche Kleidung, wenn ich nach Budapest fahre. Ich hasse die Aufmachung und trage sie nur selten, außer zu feierlichen Anlässen. Im Sommer sind die Pelze verdammt ungemütlich, und die Farben der Seidenbesätze erinnern mich an nichts anderes als an ein Narrenkleid. Allerdings rufe ich mir ins Gedächtnis, daß es ja nur ein Mittel zum Zweck ist, und außerdem muß ich zugeben, daß meine Kleidung bei den sonst so mürrischen Eisenbahnangestellten und auch bei den Hoteldienern einen gewissen Eifer weckt, mich zufriedenzustellen.

Rados Zeremonie findet morgen statt. Inzwischen mache ich mich auf die Suche nach einem geeigneten Ort für ein Liebesnest. Aus der Reaktion des Immobilienmaklers, den ich zu Rate gezogen habe, würde ich schließen, daß meine Lage nicht so ungewöhnlich ist.

»Ich suche nach einem *pied-à-terre* in der Stadt«, erklärte ich ihm. »Nicht allzu ausgefallen.«

»Soll es für Sie selbst sein?«

»Ja«, sagte ich und überlegte, ob ich ihm sagen sollte, daß es für meine Nichte wäre.

»Eine Junggesellenwohnung?« fragte er geradeheraus. Sein Name ist Wlassics. Er ist schmierig und verschlagen und kann mir nicht in die Augen sehen.

»Etwas in der Art«, erwiderte ich. »Vielleicht wird auch meine Frau gelegentlich dort wohnen.«

»Und werden Sie Bedienstete haben, Herr Graf?« Das war etwas, woran ich nicht gedacht hatte. »Oder vielleicht ein Hausmädchen, das Sie von Fall zu Fall engagieren, wenn Sie in der Stadt sind?« schlug er vor, als er mein Zögern sah.

»Das würde durchaus genügen.«

»Wir haben in allen guten Lagen Objekte zu vermieten. Gibt es irgendein spezielles Viertel in der Stadt, an das Sie gedacht hatten?«

»Ich dachte an eine ruhige Gegend. Irgend etwas dicht bei einem Park oder an einem Platz, wo es Bäume gibt, wäre schön.«

»Ich glaube, ich verstehe, was Sie meinen, Herr Graf. Genau so etwas haben wir in der Maria-Theresia-Straße. Das Gebäude ist ziemlich abgeschieden und absolut diskret.«

Wenn man es mit einem Kuppler zu tun hat, ist man dankbar, in allgemeinen Wendungen sprechen zu können und nicht exakt ausdrücken zu müssen, was man will, aber es ist eine unangenehme Situation, es mit einem Fremden zu tun zu haben, der aus den intimen Angelegenheiten anderer für sich einen Vorteil schlagen will. Ich mache mir wegen eventueller Erpressungen Sorgen. Aber ist das denn überhaupt ein Grund zur Sorge? Alle tun es! Jedenfalls in Paris.

Die Wohnung liegt im zweiten Stock, und man sieht von ihr in die Kronen der Lindenbäume, die den Platz umsäumen. Sie ist ruhig und diskret, wie Wlassics versprochen hatte, und hat Morgensonne. Ich habe sie für ein ganzes Jahr genommen. Kann die Affäre so lange dauern? Ich habe sie noch nicht einmal angefangen, und schon denke ich an ihr Ende. Das kommt, weil ich mir wegen möglicher Verwicklungen Sorgen mache. Wenn es mit uns nicht klappt, kann ich sie dann einfach zu ihren Eltern zurückschicken? Ich bin zwar von ihr hingerissen, aber ich weiß, daß früher oder später einer von uns den anderen langweilen wird. Ich fürchte mich genausosehr vor ihrer Macht über mich wie auch davor, daß sie von mir abhängig wird.

NACHT

Wie beim letztenmal führte mich der Diener in Rados Arbeitszimmer. Der Oberst trug die volle Regimentsuniform mit scharlachrotem Waffenrock und Goldlitzen, über der Schulter einen pelzgesäumten gelben Umhang. Er begrüßte mich mit der rechten Hand am Säbelgriff.

»Ich bin froh, daß Sie sich entschlossen haben zu kommen«, sagte er.

»Ich habe keine Sekunde gezögert.«

»Vielleicht sollten Sie das jetzt tun.«

»Ich verstehe nicht...«

»Ich meine, daß Sie jetzt zum letztenmal die Gelegenheit haben, einen Rückzieher zu machen.«

»Davon kann keine Rede sein. Ich will mitmachen.«

»Sie wissen, daß Sie unsere Organisation nicht wieder verlassen können, wenn Sie erst einmal aufgenommen sind und die Identität der anderen Mitglieder der Liga kennen?«

»Ja, das habe ich verstanden.«

Während wir sprachen, hörte ich Stiefelgetrampel von vielleicht zwei Dutzend Leuten, die an der Tür vorbeigingen. Danach wurde es draußen vor dem Zimmer wieder still. Das schien der Augenblick zu sein, auf den Radon gewartet hatte.

»Dann sollten wir jetzt anfangen, nicht wahr?« schlug er vor.

»Ja«, nickte ich, bemüht, einen begeisterten Ton anzuschlagen, aber ich muß zugeben, daß die Sache anfing, mir Sorgen zu machen.

Draußen war es noch ein bißchen hell, aber das Zimmer, in das mich Oberst Rado jetzt führte, war dunkel. Sobald ich eingetreten war, schloß der Butler die Tür, ich hatte jedoch das Gefühl, daß er sich nicht zurückzog, sondern hinter mir ins Zimmer trat. In dem

Raum herrschte Stille, aber ich spürte, daß um mich herum andere Menschen waren. Ich hatte das Bedürfnis, mich zu räuspern oder mit den Füßen zu scharren – zu zeigen, daß ich da war, daß ich existierte, daß ich nicht von großer Ehrfurcht erfüllt war –, aber in Wahrheit war ich eingeschüchtert. Die Stille dauerte mehrere Minuten lang – vielleicht auch länger, vielleicht auch weniger lang. Dann glaubte ich weit entfernt leises Gemurmel zu hören, als würden zwei alte Männer miteinander reden. Dann herrschte wieder Stille. War das eine Prüfung? Und wenn ja, was wollte man damit beweisen? Ich war schon drauf und dran, lauthals loszulachen, als plötzlich ein Streichholz aufflammte und ich zu Tode erschrocken zusammenfuhr. Die Flamme beleuchtete Rados Gesicht von unten und verlieh seinen Zügen etwas Diabolisches. Als er das Streichholz an den Docht einer Kerze hielt, richteten sich meine Augen instinktiv auf die Flamme.

»Die in diesem Raum Anwesenden sind bereit, ihr Leben für ein großes und unabhängiges Ungarn einzusetzen«, begann Oberst Rado mit schnarrender Stimme. »Sie wollen die Nation von der Einmischung Österreichs befreien. Sie wollen den Einfluß von Eindringlingen wie Walachen, Sachsen und Ruthenen auf das nationale Leben ersticken, um Ungarn den Magyaren zurückzugeben. Und sie wollen auf den Thron des Sankt Stephan einen Mann setzen, der es wert ist, König zu sein. Sind Sie bereit, László Dracula, für diese große Sache mitzukämpfen?«

»Ich bin es.«

»Schwören Sie es?«

»Ich schwöre es.«

»Schwören Sie, niemals die Identität irgendeines Mitglieds der Ungarischen Liga preiszugeben?«

»Ja, das schwöre ich.«

»Bei Ihrem Leben?«

»Ja«, erwiderte ich, obwohl mir dies ziemlich melodramatisch vorkam.

»Sind Sie bereit, für unsere Sache Blut zu vergießen?« fragte er.

»Wenn nötig«, erwiderte ich nach kurzem Überlegen.

»Gut.«

In dem schummrigen Licht um mich herum wurde applaudiert, als Rado aufstand, um mir die Hand zu schütteln.

»Willkommen«, sagte er schlicht. Als er sich über den Tisch, auf dem die Kerze stand, zu mir herüberbeugte, lag sein Gesicht fast völlig im Dunkeln, das Licht erfaßte nur sein Kinn, die Nase und die untere Hälfte seiner Augenhöhlen und ließ ihn unwirklich aussehen. Dieser Eindruck verging im selben Augenblick, in dem der Diener die Gaslampen anzündete.

Ich sah, daß ich mich in einer Kammer befand, die früher einmal die Privatkapelle der Familie gewesen sein mußte.

Anstelle des Altars stand ein schwerer Eichentisch mit einem thronartigen Sessel dahinter, in dem Oberst Rado saß. Auf jeder Seite des Mittelgangs, in dem ich vor ihm gestanden war, standen Bänke, und jetzt sah ich, daß auf ihnen Adlige in der traditionellen Magyarentracht saßen, sowie Männer in Militäruniform und Priester in schwarzen Kutten. Alle drängten sie nun nach vorn, um mir die Hand zu schütteln und mir zu gratulieren. Es kam mir alles wie in einem Traum vor, als die Männer, die ich schon seit vielen Jahren kannte, aus der bedrohlichen Dunkelheit auftauchten, um mir auf die Schulter zu klopfen. Einer war ein Anatomieprofessor, der an der medizinischen Fakultät Vorlesungen gehalten hatte; ein anderer ein Jugendfreund meines Vaters; ein dritter der Bruder eines Freundes von mir an der Universität. Der Anblick der bekannten Gesichter führte mir deutlich vor Augen, wie sehr ich die Verbindung zu meiner Vergangenheit abgeschnitten und mich dem gesellschaftlichen Kontakt mit meinesgleichen entzogen hatte, indem ich nur mit den Verwaltern und Dienern auf unserem Anwesen verkehrt hatte.

Zuerst konnte ich gar nicht glauben, daß ich weiter hinten unter den Männern Gregors Gesicht gesehen hatte, aber schließlich entdeckte ich ihn wieder. Er strahlte übers ganze Gesicht, als er zu mir kam, um mir die Hand zu schütteln.

»Jetzt wirst du verstehen, warum ich nichts sagen konnte«, meinte er entschuldigend.

»Dann wollen wir nie wieder Geheimnisse voreinander haben«, sagte ich, obwohl ich eigentlich meinte, daß er nie wieder etwas vor mir verheimlichen sollte.

Seit ich wieder hier bin, kann ich die Ruhe des Schlosses nicht mehr ertragen. Außerhalb unseres Tals ist die Welt in Bewegung; hier steht alles still. Ich kann es kaum erwarten, nach Budapest zurückzukehren, denn dort werden wir zusammensein.

Zu meinem großen Ärger hielt der Zug mitten im Nirgendwo; später erzählte mir der Zugführer, ein Signal habe versagt. Daher kam ich zu spät auf dem Bahnhof an, um mich noch mit Estelle am Fluß zu treffen. Ich war sehr enttäuscht, weil ich mich schon so sehr darauf gefreut hatte, sie zu sehen. Das ist der alleinige Grund für meine Entgleisung letzte Nacht, als ich Elisabeth besuchte und mit ihr einen Koitus hatte. Für mich hat dieser Akt keine größere Bedeutung als das Herauslassen des angestauten Dampfes aus einer Lokomotive, aber auf Elisabeth übte er eine fatale Wirkung aus.

»Wenn du willst, kannst du mich ruhig öfter besuchen kommen«, flüsterte sie schüchtern, als wir verausgabt dalagen.

Ich hatte an dem Punkt, von dem es keine Rückkehr gab, den halbherzigen und naturgemäß vergeblichen Versuch unternommen, meine Lust zu zügeln. Elisabeth ist aus dem Alter, in dem sie Kinder bekommen kann, heraus, und so kann dieser Akt in ihrer Religion keine andere Bedeutung haben als die der puren und reinen Lust. Ich spürte, daß sie verwirrt ist. Sie scheint zu zögern, aber ich ahne, daß in ihr eine Hoffnung aufkeimt, die Hoffnung auf Liebe. Ich wünschte, sie würde sich dieser Hoffnung nicht hingeben, aber ich bin nicht gerade geeignet, ihr Ratschläge zu erteilen.

NACHMITTAG

Anstatt am Fluß spazierenzugehen und Estelle von der herrlichen Wohnung zu erzählen, die ich für uns gefunden hatte, mußte ich mich damit begnügen, heute morgen den Bäckerladen aufzusuchen. Anscheinend hatte mich Frau Theissen kommen sehen oder mich aus irgendeinem Grund schon erwartet, was mir peinlich war. Wenn ich zu einem so voraussagbaren Besucher werde, könnten vielleicht auch andere auf mein besonderes Interesse an der Familie Theissen aufmerksam werden. So entstehen Gerüchte.

»Oh, Herr Graf! Wir sind so begeistert! Wie können wir Ihnen jemals genug danken?«

Ich lächelte gütig, darauf vertrauend, daß sie mein Unbehagen ob Estelles neuesten Erfindungen für Bescheidenheit hielten.

»Wir haben einen Brief bekommen«, rief Frau Theissen mit nekkischer Singsangstimme, während sie mir auf eine Weise mit dem Finger drohte, die zu anderen Gegebenheiten als übertrieben familiär angesehen werden müßte. Aber jetzt wurde ich von der strahlenden Erscheinung Estelles abgelenkt, die hinter dem Vorhang hervorgekommen war. Erst in diesem Augenblick fiel mir ein, daß es vielleicht ratsam gewesen wäre, den Brief, den sie für die Familie der du Barrys geschrieben hatte, zuerst zu lesen, bevor ich ihn in Budapest der Post anvertraute. Doch dafür war es jetzt zu spät.

»Von Madame du Barry?« fragte ich.

»Sie haben es erraten!« sagte Frau Theissen. Was immer Estelle geschrieben hatte, es hatte ihre Mutter in helles Entzücken versetzt.

»Ich muß gestehen, daß ich erst gestern mit Madame gesprochen habe, und sie sagte mir, daß sie Ihnen geschrieben hat. Ich nehme sogar an, daß der Brief im selben Zug von Budapest hierhergekommen ist wie ich.«

»Madame möchte, daß ich sofort anfange, sobald sie ihr neues Heim in Ordnung gebracht haben«, sagte Estelle.

»Wirklich?« fragte ich und lächelte. »Nun, ich hatte den Eindruck, sie hofft auf Ihre Anreise in etwa einer Woche.«

»Sind Sie sicher?« Estelle hüpfte vor Aufregung auf und ab. »Sind Sie wirklich ganz sicher?«

In diesem bedeutsamen Augenblick trafen sich unsere Blicke, als würden wir uns auf telepathischem Weg verständigen, ohne daß die anderen Menschen im Zimmer merkten, was zwischen uns vor sich ging.

»Ja«, sagte ich. »Sie sind bereit und freuen sich schon sehr auf Ihr Kommen. Ich habe ihnen viel von Ihnen erzählt.«

»Ich hoffe, Madame wird die Vereinbarungen bestätigen«, sagte Frau Theissen ängstlich. »Es geht alles so schnell, daß mir ganz schwindlig wird.«

Estelle entschuldigte sich hastig und verschwand hinter dem Vorhang, und ich ließ mich von Frau Theissen dazu überreden, ein Stück Mandelkuchen zu probieren. Er war köstlich, und als Estelle zurückkam, bestand sie darauf, daß ich ein paar Stücke davon zum Tee mit aufs Schloß nahm. Sie selbst wickelte ihn ein.

26. JUNI 1887

Unter dem Vorwand eines fiktiven Treffens der Liga bin ich wieder in Budapest, um den Brief auf die Post zu geben, den Estelle umsichtig in das Päckchen mit dem Mandelkuchen gesteckt hatte. Ich nahm die Gelegenheit wahr, um Möbel für die Wohnung zu bestellen, einschließlich eines großen mit Putten und Weintraubendolden geschmückten Bettes. Ich gebe zu, daß ich mich ziemlich extravagant fand.

Ich hatte mich mit Wlassics in der Wohnung verabredet, und als ich eintraf, wartete er bereits, um mir ein paar Dinge bezüglich des Hauses zu erklären. Ich hörte gar nicht richtig hin, außer daß mir auffiel, wie er immer weiter sprach, Einzelheiten beschrieb, mit denen ich mich nie befaßt hätte, und mir kam der Gedanke, daß er mir vielleicht etwas mitteilen wollte. Ziemlich ungeduldig schob ich ihn zur Tür. Er zögerte, als er den Schlüssel in meine ausgestreckte Hand legte.

»Ich hoffe, Sie werden sich hier wohl fühlen, Herr Graf«, sagte er.

»Daran habe ich keinen Zweifel«, erwiderte ich und machte die Tür auf, damit er endlich ging.

»Sie können sich voll und ganz auf meine Diskretion verlassen«, sagte er mit einem bedeutungsvollen Blick, den ich ignorierte.

»Natürlich.«

»Und wenn ich Ihnen einmal auf irgendeine Weise helfen kann, werden Sie hoffentlich nicht zögern, es mich wissen zu lassen.«

»Sie waren mir eine große Hilfe, Herr Wlassics. Ich werde jetzt Ihre kostbare Zeit nicht länger in Anspruch nehmen.«

Er ging ohne einen weiteren Kommentar, aber ich hatte ein ungutes Gefühl bei der Sache. War dieser Bursche auf ein Trinkgeld aus gewesen? Bestimmt nicht, da er vom Hauseigentümer eine Kommission bekommen hatte. Oder hätte ich seine Absichten der Anspielung auf »Diskretion« entnehmen sollen? Wollte er mich erpressen?

Irgend etwas tut sich um mich herum, jedenfalls kommt es mir so vor. Heute morgen schien die Sonne strahlend vom blauen Himmel, so daß ich beschloß, vom Bahnhof zu meiner Verabredung mit Wlassics in der Wohnung zu Fuß zu gehen. Ich sagte dem Gepäckträger, daß er meine Reisetaschen in ein Taxi stellen und dem Fahrer Anweisungen geben sollte, sie im Hotel abzuliefern. Ich hatte gerade die Straße überquert, als ich mich an das Jagdmesser im Gepäck erinnerte, dessen Griff abgebrochen war und das ich zur Reparatur in einen Laden hatte bringen wollen, der auf dem Weg zur Wohnung lag. Aber als ich mich umdrehte, sah ich einen Mann in ein Gespräch mit dem Taxifahrer vertieft. Bevor das Taxi mit meinem Gepäck, das unangetastet auf dem Rücksitz lag, davonfuhr, gab der Mann dem Taxifahrer eine Münze. Es geschah alles so schnell, daß ich gar nicht dazu kam, über die Straße zu gehen. Der Kerl drehte sich schnell um, als er sah, daß ich ihn beobachtete, so daß ich sein Gesicht nicht sehen konnte, und ging eilig davon. In dem Gewühl vor dem Bahnhof hatte ich ihn bald aus den Augen verloren.

Wenigstens glaubte ich, daß es so gewesen war. Ich weiß nicht, ob das Gespräch der beiden wirklich etwas mit mir zu tun gehabt hatte. Allerdings sah ich später, als ich an der Tür stand und mich bemühte, Wlassics zum Gehen zu bewegen, einen Mann an dem Eisengeländer lehnen, das rund um den Platz verläuft. Er las eine Zeitung – eigentlich keine besonders verdächtige Beschäftigung, aber warum tat er es genau an dieser Stelle, wo es doch auf einer der Bänke viel bequemer gewesen wäre? Nachdem Wlassics weg war, ging ich nach oben, um mir den Mann von dort aus besser ansehen zu können, aber er hatte seine Zeitung schon zusammengefaltet und schlenderte in der gleichen Richtung davon, in die auch Wlassics gegangen war. Was hat das zu bedeuten?

Wahrscheinlich bilde ich mir das alles nur ein. Meine Nerven sind gereizt, die Folge sexueller Anspannung und übertriebener Phantasievorstellungen. Ich komme nicht zur Ruhe, bis ich Estelle nicht wirklich und wahrhaftig in den Armen halte.

Ich schreibe dies, während ich neben dem offenen Fenster sitze, das auf den kleinen Park vor dem Haus hinausgeht. Am Himmel ist der Mond aufgegangen, und die ganze Stadt schläft. Ab und zu kommt eine leichte Brise auf, die die Lindenblätter auf eine wunderbare Weise zum Rascheln bringt.

Ich habe, was ich mir wünsche. Nebenan, im Schlafzimmer in dem großen Bett, in Tücher gehüllt wie ein Tiepolo-Engel, wirft sich Estelle unruhig im Schlaf hin und her. Ich beobachte das regelmäßige Heben und Senken ihrer Brust, höre ihre seufzenden Atemzüge. Ich beuge mich über sie, hin und her gerissen zwischen liebevoller väterlicher Sorge um dieses zerbrechliche junge Mädchen und dem animalischen Impuls, sie mir einzuverleiben. Sie bewegt sich. Ich trete zurück in den Schatten. Sie weiß nicht, daß es das Mondlicht ist, das sie stört.

An diesem Morgen hatte ich vorgehabt, Estelle am Bahnhof zu treffen. Ich verbrachte die Nacht allein in der Wohnung, wachte um vier auf und ging ziellos, wie ein gefangenes Tier, durch die Zimmer, während ich darauf wartete, daß die Sonne aufging. Immer wieder ging ich zur Uhr zurück, um nachzusehen, ob die Zeiger schon dichter zu dem Zeitpunkt gekrochen waren, an dem ich mich vernünftigerweise auf den Weg machen sollte.

Am Bahnhof versicherte man mir, daß der Zug pünktlich ankommen würde. Ich war eine Stunde zu früh dort und trank viel zuviel Kaffee, während ich mich bemühte, die Zeitung zu lesen. Schließlich fuhr die Lokomotive unendlich langsam, in große Dampfwolken gehüllt, in die Bahnhofshalle ein. Ich wartete mit quälender Ungeduld, daß der Zug zum Stehen kam und die Wagentüren entlang der Abteile des Zuges aufflogen.

Nicht weit von dem Platz, an dem ich neben einem Berg aus Koffern stand, stieg Estelle aus einem Wagen. Sie trug blaßblaue Kleidung, die ich noch nicht an ihr gesehen hatte. Schnell blickte sie sich um, sah mich aber nicht, und ich, der ich mich über ihren Anblick in der Menschenmenge freute, gab ihr auch kein Zeichen. Dann drehte sie sich zum Wagen um, aus dem sie gestiegen war, und zu meiner Überraschung kletterte hinter ihr ein junger Mann heraus und blieb neben ihr stehen. Er redete mit ihr, als würden sie sich kennen, als würden sie sich sogar ziemlich gut kennen. Als er etwas sagte, nickte sie und lächelte, sah sich noch einmal um und entdeckte mich. Ich verspürte den Drang, nach vorne zu gehen und sie diesem jungen Schnösel zu entreißen, aber ich war durch ihre Entscheidung, mich nicht zur Kenntnis zu nehmen, gewarnt. In dem Zug könnten ja Passagiere aus unserer Stadt sein, die mich vielleicht kannten. Schnell drehte ich den Kopf zur Seite und tat, als studierte ich den Fahrplan in einem Glaskasten. Mit wachsendem Zorn beobachtete ich ihre Spiegelbilder, als er einen Träger für ihr Gepäck herbeirief, und verfolgte ihre geisterhaften Schemen, als sie hinter mir vorbeigingen. Sie legten keine ungehörige Vertrautheit an den Tag. Wenn er sie angefaßt hätte, hätte ich ihn wohl auf der Stelle umgebracht. Ich folgte ihnen in kurzem Abstand über den Bahnsteig, schwenkte lässig meinen Spazierstock und bemühte mich, mir aus den Gesprächsfetzen, die ich auffing, einen Reim auf die Geschichte zu machen.

Ich muß zugeben, daß er ein gutaussehender junger Bursche war, wenn auch mit etwas einfältigem, übereifrigem Benehmen. Ich hielt ihn für einen Buchhalter oder bestenfalls einen Jurastudenten. Ich war erfreut zu sehen, daß Estelle ihn nicht ermutigte, aber er schien tausend Gründe zu haben, sich in ihre Richtung zu lehnen oder mit der Hand dicht an ihrem Körper zu gestikulieren. Sie gaben ihre Fahrkarten ab, gingen durch die Sperre und blieben zu einer verlegenen Verabschiedung stehen, die ich nicht belauschen konnte. Ich war gezwungen, dort abzuwarten, wo ich war und wo es nichts weiter zu beobachten gab als die lächerliche Beharrlichkeit eines Täuberichs, der die Aufmerksamkeit eines krumenpickenden Weibchens zu erringen versuchte. Als ich von dieser deprimierenden Metapher aufblickte, war er verschwunden, und Estelle stand strahlend vor mir. Ihre Augen waren feucht vor Glück, und ich gab einem Impuls nach und nahm sie an Ort und Stelle in die Arme – zum Teufel mit der Vorsicht!

»Endlich«, stöhnte ich, kaum fähig zu atmen.

Sie war blaß, und ich fürchtete, daß sie ohnmächtig werden würde.

»Komm«, sagte ich, den Arm um sie legend und sie mit mir ziehend. Ich winkte dem Gepäckträger, uns zu folgen, und dann saßen wir auch schon auf dem Rücksitz eines Taxis, das uns zu unserem

Liebesnest brachte. Ihre Hand war kalt trotz der Wärme des Tages; ich zog sie an meine Lippen und fühlte ihre Finger unter meinem Einfluß warm werden. Als wir ankamen, hatte sie sich schon beträchtlich erholt (obwohl ich es noch immer nicht für angebracht hielt, sie nach dem jungen Mann zu fragen, mit dem sie zusammen gereist war), und als sie die Wohnung sah und von einem Zimmer ins andere lief, lebte sie vor Begeisterung gleich wieder auf.

»Es gibt noch eine Menge zu tun«, sagte ich bescheiden.

»Oh, aber es ist wunderbar! Oh, László!«

Sie zögert noch, bevor sie meinen Namen aussprechen kann, und ich finde es irgendwie entzückend und sanft, als würden die Silben aus ihrem Mund eine neue und vollere Bedeutung erhalten. Wenn sie meinen Namen auf diese schüchterne Art ausspricht, habe ich das Gefühl, zu neuem Dasein zu gelangen.

»Ich habe noch mehr Möbel bestellt, aber sie werden erst nächste Woche geliefert werden«, sagte ich zu ihr. Ich beobachtete ihr Gesicht, während ich jedes neue Detail enthüllte; als würde ich Kieselsteine in einen Teich werfen, breitete ihr Lächeln sich immer mehr aus, wie die gekräuselten Wellenringe an der Wasseroberfläche.

»Noch mehr?«

Ich glaubte, sie würde wie ein Schulmädchen vor Freude in die Hände klatschen. »Nun, wir brauchen einen Tisch und ein paar Stühle für das Eßzimmer.«

»Ja?«

»Und ein Sofa und Sessel für den Salon.«

»Welche Farbe werden sie haben?«

»Das ist der Grund, warum sie noch nicht fertig sind. Du mußt erst noch den Stoff aussuchen, damit er zu deinen kirschroten Vorhängen paßt.«

»Ach, das ist wunderbar, so wunderbar!«

Ich wußte gar nicht, daß es so leicht ist, jemanden glücklich zu machen. Estelle plapperte weiter, aber ich lauschte wohl nur dem Klang ihrer Stimme, so wie man einem Musikstück lauscht, denn ich kann mich an kein einziges Wort erinnern, das sie gesagt hat. Ich folgte ihr, erfreut von ihrer Freude, nachsichtig lächelnd, vielleicht ein wenig verwirrt von den Auswirkungen meiner Güte. Und die ganze Zeit lauerte ein anderer im Schatten meines Selbst, spähte hinaus zu Estelle durch meine Augen. Wie ein Jäger im tarnenden Dickicht erwartete er seinen Augenblick.

Sie kam auf mich zugelaufen. Es war ein spontaner Ausbruch von Zuneigung, der sie mit plötzlichem Trippeln der Füße zu mir zog, mit ausgestreckten Armen, geöffneten Lippen, um geküßt zu werden. Im letzten Augenblick zögerte sie, wegen der gesellschaftlichen Kluft, die sie zwischen uns sieht. Aber ich hob sie hoch und drückte sie an mich, um ihr zu zeigen, daß nichts zwischen uns lag, und sie gab sich mir mit einem kleinen zitternden Seufzer der Ergebung und des Verlangens hin.

»Meine Liebe«, flüsterte ich ihr zu, als sich unsere Lippen schließlich trennten, um Luft zu holen.

»O ja!« erwiderte sie mit einer Eindringlichkeit, die ihre Stimme heiser klingen ließ.

Sie hielt mich fest am Hals umklammert, und es war mir ein leichtes, sie aufzuheben und zu dem riesigen Bett zu tragen. Ich legte sie sanft hin und trat zurück, obwohl es mich drängte, an den Knöpfen und Schleifen ihres Leibchens zu zerren und mich mit der Gier eines hungrigen Raubtiers unter die Spitzenfülle ihrer Unterröcke zu wühlen.

Statt dessen benahm ich mich wie ein Gentleman, denn es gibt keine schickliche Art, auf die man mit einer völlig angezogenen Dame schlafen kann, es sei denn, die betreffende Dame ist – wie damals Stacia – erfahren und kommt völlig entblößt unter ihrer Krinoline zu dem Stelldichein. Und so küßte ich Estelles Hand und löste sanft ihren anderen Arm von meinem Hals. Sie atmete schwer und war offensichtlich außer Fassung, mit einem fiebrigen Glanz in den Augen.

»Ruf mich nur, wenn du bereit bist, und ich werde kommen«, erklärte ich.

»Nein!« stieß sie aus, als ich zur Tür ging, und ich fürchtete schon, daß sie nicht verstanden hatte, was ich meinte.

Ich hätte mir keine Sorgen zu machen brauchen. Ich entkleidete mich schnell und zog einen seidenen Hausmantel über, den ich für die Gelegenheit strategisch plaziert hatte. Schließlich hörte ich ihre Stimme.

»László, ich warte auf dich.«

Ich hatte erwartet, daß sie ihre Baumwollschlüpfer anbehalten würde oder irgendein Untergewand, um ihre Sittsamkeit zu wahren, aber als ich die Decke zurückschlug, fand ich sie nackt vor. Sie zuckte nicht mit der Wimper unter meinem bewundernden, verschlingenden Blick. Ihr Körper ist geschmeidig und schlank, und die Dunkelheit ihrer Brustwarzen hebt sich fast schockierend von ihrer hellen Haut ab. Als ich mein Gewand abstreifte, sah sie schnell weg, eine mädchenhafte Geste. Ich schlüpfte ins Bett und begrub meinen Kopf an ihrem Hals, zwischen ihren Brüsten, an der zarten Innenfläche ihres Arms, atmete den betäubenden Sommerduft ihrer Haut ein und fing einen schwachen Hinweis auf jenes herbere Parfüm von weiter unten auf. Sie erbebte, als ich das weiche, flaumige Haar dort berührte, und ich fühlte, wie sie gelöster wurde und sich entspannte und seufzte.

Als ich mich auf sie herunterließ, klammerte sie sich mit einer Wildheit an mich, die ich für Verlangen hielt, aber ich weiß jetzt, daß es aus Angst geschah. Ich war auf einen Widerstand nicht vorbereitet; er kam plötzlich, als ich tiefer in sie eindrang. Sie stieß einen Schmerzensschrei aus. Ich hielt inne, aber sie umklammerte mich noch fester, um zu verhindern, daß ich mich zurückzog.

»Nein!« flehte sie.

Ich machte weiter, drückte mich halbherzig an sie, ängstlich mitfühlend, befangen von dem Schmerz, den ich ihr verursachte. Ich fügte meiner Geliebten mit jedem Vortasten meiner Liebe Schmerzen zu. Ich spürte ihre Tränen an der Stelle, an der sich unsere Wangen berührten. Aber ich machte trotzdem weiter. Von meiner Brust rannen Schauer den Rücken hinunter bis zu meinen Hüften. Ein reißendes Tier hatte von mir Besitz ergriffen. Da war ein Fremder in mir, der nur das eine im Sinn hatte, das er zielstrebig verfolgte bis zu seinem wilden Entzücken. Ich erhob mich über ihr auf die Arme. Ich bäumte mich auf wie ein Zentaur und warf den Kopf zurück, und wenn ich im Wald gewesen wäre, hätte ich mit dem Auslösen der gedankenlosen wilden Glückseligkeit aufgebrüllt.

Es verebbte mit endlosen Stufen des Entzückens, und allmählich wurde ich wieder zu dem Mann, der ich zuvor gewesen war. Unter mir sah Estelle mit einem halb erleichterten, unsicheren Blick in den Augen zu mir hoch. Ich beruhigte sie mit einem sanften Kuß – unsere Lippen können auf so viele verschiedene Arten lügen –, hielt sie, streichelte sie, tröstete sie. Ich glitt weiter nach unten, um mit meiner Zunge die dunkle Aureole zu umkreisen, auf der Suche nach einem letzten Echo des ekstatischen Augenblicks. Ihre Finger strichen zaghaft, bedächtig durch mein Haar, aber ich war noch nicht zu einer zärtlichen Stimmung zurückgekehrt. Ich war eine monströse Pythonschlange, die sich weiter hinabwand, die sich um ihre Taille und Schenkel legte, um tiefer in die verborgene Spalte vorzudringen, um zu lecken und zu saugen und den heißen, berauschenden Saft des Lebens selbst zu schmecken.

Am nächsten Morgen – heute morgen – kam ich in dem fremden Bett langsam wieder zu mir. Das Licht war anders als in meinem trüben Schloß; anstatt Schatten und Feuchtigkeit strömte Sonnenlicht durch die riesigen Fenster. Wie ein Trunkener versuchte ich mir die Ereignisse des vergangenen Tages ins Gedächtnis zu rufen, und die dämmerten mir allmählich wieder auf, fremde Handlungen, von einem Fremden verübt. Die Erinnerung daran ließ mich zusammenzucken. Ich hatte Estelle geschändet. Ich drehte mich um und stellte fest, daß sie nicht im Bett war. Ich lag still da und lauschte auf das Geräusch ihrer Schritte irgendwo sonst in der Wohnung, hörte aber nichts. Und auch ihre Kleider waren nicht im Zimmer, als ich mich aufsetzte und mich umsah.

Ich war sicher, daß sie gegangen war. Ich hatte sie mit Abscheu erfüllt, sie verletzt, erniedrigt. Ich glaube, ich verspürte Gewissensbisse, einen plötzlichen Stich, so wie man ihn erlebt, wenn eine ungewohnte Bewegung einen krampfhaften Schmerz auslöst, eine alte Verwundbarkeit aufdeckt, die man vergessen hat. Vor allem geriet ich in Panik, daß ich dieses kostbare Wesen verloren hatte, das allein fähig war, mich nach meinem zwanzigjährigen Schlaf wieder ins Leben zurückzurufen.

Ich sprang aus dem Bett, griff nach meinem Hausmantel und ging durch die spärlich eingerichteten Zimmer. Ich hatte Angst, ihren Namen zu rufen, falls ich keine Antwort bekam. Was konnte einsamer sein, als meine eigene Stimme zu hören, die all den Zauber dieses Klangs heraufbeschwor ohne die Realität ihrer Gegenwart?

Endlich fand ich sie in dem kleinen Zimmer, das ich als Arbeitszimmer gewählt habe, obwohl im Augenblick darin nur ein Stuhl und ein Tisch steht. Es ist das Zimmer, in dem ich letzte Nacht saß, um die letzte Eintragung in dieses Tagebuch zu schreiben, während ich im Schein des Mondes hinaus auf den Platz sah.

»Ah, hier bist du!« sagte ich.

»Was dachtest du denn, wo ich bin?« fragte sie kokett.

Ich nehme an, ich war sichtlich erleichtert, und sie war nicht abgeneigt, aus der Situation Vorteile zu ziehen. Wir kennen kaum die Konturen unserer beider Charaktere und noch viel weniger das Herz des anderen. Meine unbedacht offenbarte Angst, sie zu verlieren, entsprach der Wahrheit, und wer könnte es ihr verübeln, daß sie Zuneigungsbeweise erheischt, wie frisch Verliebte es eben tun?

Ich ging zu ihr und legte die Arme um sie. Ihre Arme legten sich über meine, um sie festzuhalten, und sie schmiegte sich an mich. Und so blieben wir, Wange an Wange, im gleichen Rhythmus atmend. Ein so schlichtes, stilles Vergnügen, so dicht an Glückseligkeit! Und doch fragte ich mich, ob es jemals Nicole hätte sein können, die ich auf diese Weise in meinen Armen hielt, wenn das Leben eine andere Wendung genommen hätte.

Wie Charcot es niemals müde wurde, uns zu demonstrieren (wie ich höre, steht er jetzt in Mißkredit), ist der Geist ein paradoxes Instrument. Durch welchen Impuls haben sich meine Augen von der müßigen Betrachtung des Sonnenlichts auf dem Stamm der Linde draußen zu dem Tisch direkt vor uns bewegt? Wie kam es, daß mein Bewußtsein sich von entspannter Beschaulichkeit zu plötzlicher konzentrierter Betrachtung verengt hat? Mit Schrecken wurde mir auf einmal klar, daß mein Tagebuch offen auf dem Tisch vor uns lag. Wie lange hatte Estelle dort allein gesessen? Das wußte nur Gott allein! Lange genug, um es durchzublättern und zu meinem Geständnis von Stacias Mord zu kommen? Meine veränderte Stimmung mußte sich Estelle mitgeteilt haben, denn ich spürte, wie sie sich versteifte. (Warum so feinfühlig? Ein schlimmes Zeichen.) Ich rieb liebevoll meine Nase an ihr und spürte, wie sie wieder in meine Umarmung zurücksank. (Ein gutes Zeichen; sie war also nicht auf der Hut.)

Unaufmerksam und abgelenkt hatte ich gestern nicht daran gedacht, ein Versteck für dieses Buch zu suchen. Aber die Tatsache, daß das Tagebuch für Estelle offen dagelegen hatte, mußte nicht von vornherein bedeuten, daß sie es auch tatsächlich gelesen hatte. Wie entscheidend es auch immer für mich war, für jeden anderen wäre es eher bedeutungslos, solange er nicht darin blätterte. Und so beruhigte ich mich; ich versuchte, die Panik aus meinem Kopf zu vertreiben und Estelle vorsichtig auszufragen, ohne mich zu verraten.

»Ich habe dich vermißt«, sagte ich zu ihr. Sie schnurrte wie eine Katze, die gestreichelt werden wollte. »Bist du schon lange wach?«

»Nein, nicht lange.«

»Um wieviel Uhr bist du aufgestanden?« fragte ich.

»Wer weiß? Du hast ja keine Uhren hier!«

»Es steht eine auf dem Kaminsims im Salon. Du hattest ja noch keine Zeit, herauszufinden, wo alles steht. Ich möchte aber, daß du diesen Ort als unsere gemeinsame Wohnung betrachtest.«

Ich fühlte, wie der Griff ihrer Hände an meinem Arm vor Freude fester wurde. »Meinst du das wirklich?«

Ich gab ihr einen Kuß. »Ja, natürlich, Liebling.«

Sie seufzte. »So hast du mich noch nie genannt.«

»Jetzt sind wir zusammen, ich kann sagen, was ich fühle.«

Es war ein gutes Zeichen, daß es mir gelungen war, das Gefühl von Intimität wiederherzustellen. Wenn sie glaubte, sie befände sich in Gegenwart eines Mörders, so zeigte sie jedenfalls keinerlei Anspannung oder Furcht. Und doch erinnerte ich mich daran, daß Estelle eine gute Schauspielerin war.

»Ich mußte mich ganz schön anstrengen, dich zu finden«, neckte ich sie und wiegte sie in meinen Armen.

»Vielleicht wollte ich nicht, daß du mich zu leicht findest«, sagte sie geziert im gleichen Ton.

»Und warum nicht?«

»Darum.«

»Warum?« Als sie nicht antwortete, mußte ich noch einmal fragen. »Also, warum denn nun?«

Sie wand sich verlegen in meinen Armen. »Frag nicht«, sagte sie. Wenn das gespielt war, dann war es eine meisterliche Darbietung.

»Na schön«, sagte ich zärtlich. »Du brauchst es mir nicht zu sagen, wenn du nicht willst.«

Ich fuhr fort, sie langsam an den Ohren und im Nacken zu küssen, nach einem intuitiven, erotischen Plan der Anatomie, den ich vom Verstand her nicht begreife.

»Also gut, ich sag es dir«, sagte Estelle. »Wenn du willst.«

»Nein, ich will nicht, daß du es mir sagst.«

»Warum nicht?« Sie drehte sich erstaunt halb herum, aber ich hielt sie fest. Ich zog es vor, Wange an Wange zuzuhören, mich auf den reinen Ton zu konzentrieren. Wie Gregor von seiner Erfahrung als Beichtvater zu berichten weiß, können Gesichter aufgesetzt sein, aber die Stimme läßt sich nicht so leicht verstellen.

»Weil ich nicht will, daß du das Gefühl hast, ich befehle über dich.«

Eine Weile war sie still, dachte darüber nach. »Deshalb wollte ich, daß du kommst, um mich zu suchen, damit du mich nicht für selbstverständlich hinnimmst.«

»Das werde ich nie tun«, sagte ich und drückte sie beruhigend an mich. Und damit schien die Sache für Estelle erledigt. Außer sie spielte ein sehr hinterlistiges Katz- und Mausspiel mit mir.

»Du hast dich also hier drin versteckt«, sagte ich beiläufig.

»Nicht wirklich.«

»Du hattest die Tür zugemacht.«

»Ich habe nachgedacht.«

»Du mußt die Tür zumachen, um nachdenken zu können?«

Sie lachte mit einer solch spontanen Heiterkeit, daß es schwer zu glauben war, sie sei nicht ganz einfach nur glücklich. »Nein, natürlich nicht!« sagte sie. »Aber ab und zu braucht jeder ein bißchen Ruhe, um nachdenken zu können.«

»Ach ja?«

»Deshalb ging ich auch immer am Fluß spazieren.« Ich überlegte, ob sie Heimweh hatte, aber wenn dem tatsächlich so war, so schien sie es schnell abschütteln zu können. »Außerdem«, sagte sie, ihre frühere Leichtigkeit zurückgewinnend, »gibt es hier nichts zu essen!«

»Nichts zu essen?« Mein erster Impuls war, den in Frage kommenden Diener zu rufen und mit ihm ein Wörtchen zu reden. Aber wir hatten keine Diener.

»Du hattest Hunger!« rief ich aus. Aus irgendeinem Grund fand ich das ein großes Versäumnis meinerseits. »Du hättest mich früher wecken sollen.«

»Ich wollte dich nicht stören. Du hast so friedlich geschlafen, mit deinem Arm um das Kissen.«

Ihre Finger strichen über meinen Handrücken. Ich horchte auf irgendein Zögern, irgendeine Veränderung ihres Tonfalls, aber ich entdeckte keinerlei Anzeichen für eine Täuschung. Nein, sie sprach mit einer Zärtlichkeit, die ich absolut überzeugend fand. Unwillkürlich fühlte ich mich von ihrem Vertrauen gerührt. »Als ich dich im Schlaf angesehen habe«, sagte sie, »habe ich mir vorgestellt, du wärst ein schiffbrüchiger Seemann, der an den Strand einer verlassenen Insel gespült worden ist.«

Ich wäre nicht beunruhigt, wenn die Folgen, falls ich mich doch irren sollte, nicht so schwerwiegend wären. Es ist schwer zu glauben, daß Estelle auf eine so leichtherzige und liebevolle Art auf mich reagiert hätte, wenn sie meine Geschichte gelesen hätte. Und doch...

Ich habe die Szene im Arbeitszimmer, als ich die Tür öffnete, in Gedanken so exakt wie möglich zu rekonstruieren versucht. Estelle hatte sich schnell umgedreht, als ich ins Zimmer kam. (Warum hätte sie bei meinem Eintreten erschrecken sollen – sicherlich hatte sie mich gehört, als ich auf der Suche nach ihr durch die Wohnung ging – außer, sie war in das, was sie las, vertieft?) Ihre Hand lag auf meinem Tagebuch. Ihre linke Hand. Kann ich mir dessen sicher sein? Einen Augenblick später beugte ich mich über sie und erinnere mich genau daran, daß sie die Hand hob, um meine Arme festzuhalten. War sie erschrocken, weil ich das Zimmer betrat, oder war sie aufgeregt, weil sie mich sah? Das ist schwer zu entscheiden. Mir ist unbehaglich, weil ihre Hand auf dem Tagebuch lag.

Gut, ich nehme an, sie verstellt sich nicht. Sie weiß nichts. Außerdem, welche Frau würde das Tagebuch eines Mannes lesen? Estelle hat sich im Umgang mit mir bisher immer offen und ehrlich gezeigt. (Aber hat sie nicht ihre eigenen Eltern hinters Licht geführt?) Sie liebt mich. Ich bin jetzt ihre einzige Stütze auf der Welt. Ich weiß, daß sie das sehr deutlich spürt. Ich bin sicher, daß mir nichts passieren kann, solange ich mir Estelles Ergebenheit sicher sein kann. (Ich wünschte allerdings, sie hätte sich in der Lage gesehen, mir Informationen über die Identität des jungen Mannes zu geben, der sie im Zug begleitet hat. Hatte sie etwas zu verbergen, oder liegt es einfach daran, daß die Sache nicht der Rede wert ist?)

Selbst wenn wir etwas zu essen hätten, so haben wir doch keine Diener, die es zubereiten könnten, und wir können nicht von Estelles Schöpfungen leben. Ich erwähnte es ihr gegenüber als einen Scherz, aber der verfehlte seine Wirkung. Sie scheint ihre Arbeit in dem Bäckerladen als etwas zu betrachten, das sie hinter sich gelassen hat, als etwas, das jetzt unter ihrer Würde ist. Tatsache ist, daß weder Estelle noch ich eine Ahnung haben, wie man in dieser Stadt die Dienste eines Hausmädchens anheuern kann. Ich hatte angenommen, daß sie auf diesem Gebiet, auf dem ich nicht besonders geschickt bin, bewanderter wäre.

Wlassics hat die ganze Zeit mit solchen Situationen zu tun, mit Leuten, die neu sind in der Stadt und Hilfe brauchen. Estelle war von diesem Vorschlag zur Lösung unserer mißlichen Lage sehr angetan, aber ich ging nur zögernd zu seinem Büro. Wlassics hat etwas an sich, das einem das Gefühl gibt, es wäre klüger, ihn so wenig wie möglich in private Angelegenheiten einzuweihen. Er hat die unangenehme Angewohnheit, schnell zu blinzeln, wenn er sich auf vertrauliche Mitteilungen gefaßt macht; zugleich lächelt er dann mit einem nachsichtigen, abwesenden Blick, als hörte er gar nicht richtig zu. Daß er seine Nase in anderer Leute Belange steckt, finde ich dabei noch weniger abstoßend als sein offensichtliches Vergnügen daran

»Und wie viele werden dem Haushalt angehören, Herr Graf?« fragte er und fügte schnell hinzu: »Ich frage nur, damit ich weiß, wieviel Hilfe Sie benötigen.«

»Ich bin sicher, ein Dienstmädchen wird meinen Bedürfnissen schon gerecht werden«, sagte ich kühl.

»Ja, natürlich. Aber werden Sie sie den ganzen Tag über brauchen? Oder nur morgens? Oder sollte sie am Nachmittag kommen?«

Ich hatte keine Ahnung. Um diese Einzelheiten des täglichen Lebens hatte sich immer Elisabeth gekümmert. Zu Beginn unserer Ehe hatte sie versucht, mit mir einige häusliche Dinge zu besprechen, aber als sie sah, wie ungeduldig ich darauf reagierte, hatte sie mich nie wieder damit belästigt.

»Darf ich einen Vorschlag machen, Herr Graf?«

»Natürlich«, stimmte ich widerwillig zu.

»Eine Person, die im Haus wohnt, wäre in Ihrem Fall wohl das Richtige. Denn Sie können ja nie genau im voraus wissen, wann Sie deren Dienste benötigen, nicht wahr?«

»Mag sein«, räumte ich ein. »Kennen Sie jemanden, der verläßlich ist? Es ist so ermüdend, Referenzen durchzugehen. Wenn sich das vermeiden ließe...«

»Ich glaube, da kann ich Ihnen behilflich sein. Lassen Sie mich mal nachdenken.« Mit dem gleichen nachsichtigen Lächeln starrte Wlassics in die andere Ecke seines Büros, ein Dichter, der sich mit seiner Muse berät. »Ich hab' genau das Richtige für Sie!« verkündete er plötzlich. »Sie heißt Luzi und ist die Diskretion in Person – darauf können Sie sich verlassen.«

Natürlich möchte man nicht, daß die Haushaltshilfe Klatsch verbreitet, selbst wenn man ein Etablissement von äußerster Schicklichkeit unterhält, daher sehe ich nicht ein, warum der Mann so auf dem Thema herumreiten mußte.

Wir hatten in einem Café gefrühstückt, und ich hatte versprochen, Estelle zum Mittagessen auf die Sankt-Marguerite-Insel in der Donau auszuführen. Dort gibt es eine Quelle, deren übelschmekkendes Schwefelwasser noch ein wenig von der Wärme seiner vulkanischen Herkunft beibehält. Da irgendeine entfernte Behörde einmal beschieden hat, daß sie heilende Eigenschaften besitzt, versammeln sich dort Invaliden und Neurastheniker, um das trübe Gebräu zu schlucken und über ihre Symptome zu fachsimpeln. Zum Glück erlaubt es ihnen ihr zimperlicher Magen nicht, das Restaurant zu besuchen, das ein weitaus vergnüglicherer Ort ist.

Wir kamen gerade rechtzeitig an, um auf das Fährschiff zu gehen, das die Passagiere zur Insel bringt. Es heißt der »Schwan« und ist ein schmucker weißer Dampfer, wie sein Name schon andeutet, bis auf den großen schwarzen Schornstein. Estelle war sehr aufgeregt, sie kicherte und klammerte sich bei jedem kleinen Schwanken der Laufplanke an mich. Heute war der erste heiße Tag in diesem Sommer, mit kaum einer Wolke am klaren blauen Himmel, und wir waren froh über den schwachen Luftzug, der uns umfächelte, während das Boot in die Mitte des Flusses steuerte und flußabwärts fuhr. Ich drängte Estelle, nach vorn zum Bug zu kommen, damit nichts von dem Ruß, den der Schornstein ausspieh, auf sie fiel. Sie sah reizend aus in ihrem Kleid aus weißem Musselin mit Rüschen an den Schultern. Als ich ihre elegante Aufmachung lobte, erzählte sie mir, daß sie das Kleid selbst genäht hatte. Solche Bemerkungen machen mir klar, wie wenig ich von ihr weiß. (Ich muß ihr helfen, ihren Schrank zu füllen, aber ich scheue mich, ihr Geld zu geben, weil die Geste zu kraß erscheinen könnte. Doch früher oder später muß ich ihr ein bißchen Bargeld aushändigen, denn sonst wird sie verhungern, wenn ich nicht hier bin. Dabei muß ich darauf achten, daß es nicht wie eine Bezahlung aussieht. Ich kaufe sie nicht.)

Als ich mit ein paar Flaschen Selterswasser zurückkam, lehnte Estelle an der Reling, während der Berg von Buda mit seiner Festung und dem königlichen Palast vorbeiglitt. Es war etwas Liebliches und Mädchenhaftes an ihrer Erscheinung, das meine Verdächtigungen des vergangenen Tages gemein und kleinlich aussehen ließ. Mit einem glücklichen Lächeln drehte sie sich zu mir um.

»Ich danke dir«, sagte sie, und ihre Augen sahen mich mit all der Liebe an, die ich mir erhofft habe. Sie ist ganz hingerissen von allem und erstaunlich gebildet, doch ihr Wissen stammt fast nur aus Büchern und Zeitschriften. Später gestand sie mir, daß sie noch nie zuvor in ihrem Leben auf einem Schiff gewesen war.

Die Insel liegt mitten in der Donau, und das Fährschiff fuhr in einem Bogen darum herum, bevor es an einem hölzernen Steg anlegte. Früher hatte der Erzherzog Joseph die Insel privat genutzt, aber vor kurzem war sie in einen Park umgewandelt worden, der gegen Eintrittsgeld für die Öffentlichkeit zugänglich war. Wir schlenderten müßig durch die Alleen, dankbar für den Schatten der Bäume und Laubbogen, über die sich die ersten Rosen rankten. Für meinen Geschmack war der Ort zu sehr herausgeputzt, mit geometrischen Wegen und rechteckigen Blumenbeeten, aber Estelle war entzückt und nannte es den Garten Eden.

Im Restaurant waren Tische ins Freie gestellt, unter Schirmen, um die Gäste vor der Sonne zu schützen. Ich bestellte für uns einen Riesling und vergewisserte mich, daß der Kellner auch verstand, daß er ihn gut gekühlt servieren sollte. Alles Ungarische war von der Speisekarte verbannt. Anscheinend ist unsere bodenständige Küche für so ein modisches Ausflugslokal nicht fein genug. Der deutsche Einfluß schlägt überall durch. Folglich aßen wir Wiener Schnitzel, die zäh waren. Aber der Wein war spritzig.

»Schau, er hat die gleiche Farbe wie dein Haar«, sagte ich zu ihr.

Wir lehnten uns in unseren Sesseln zurück und hielten die Gläser gegen das Licht, kosteten das reife, fruchtige Aroma des Weins und überließen uns den zufälligen Begegnungen zwischen Fingern und Handrücken, auf die Liebende sich an öffentlichen Orten beschränken müssen. Ehe ich mich versah, kippte ich uns schon den letzten Rest Wein in die Gläser.

»Ich hatte immer befürchtet, ich würde all dies niemals zu sehen bekommen«, sagte Estelle.

»Oh, es gibt noch viel mehr als das hier«, sagte ich und schwenkte mein Glas. »Das ist nur der Anfang.«

»Was noch?« fragte sie eifrig.

»Nun, zum Beispiel könnten wir heute im Wilensky dinieren.«

»O ja!«

»Aber zuerst müssen wir ein Kleid für dich finden, das der Gelegenheit angemessen ist.«

Sie langte über den Tisch, um meine Hand zu drücken. »Du bist zu gut zu mir.« In ihren Augen standen Tränen.

»Unsinn, meine Liebe. Für dich ist nichts zu gut.«

Sie war völlig verzaubert. Alles schien möglich, jeder Wunsch erfüllbar.

Aber kurz darauf wurde sie nachdenklich. Sie biß sich auf die Unterlippe. Dann sah sie mich direkt an, und ich merkte, daß sie den Augenblick für gekommen hielt, mich etwas zu fragen, was ihr schon länger durch den Kopf ging.

Sie beugte sich vor. »Erzähl mir von Paris, László.«

Es war, als hätte eine dunkle Wolke mein Glück überschattet. Was konnte sie bewogen haben, dieses Thema jetzt zur Sprache zu bringen?

»Tja, Paris…« Ich seufzte, als wäre der Klang dieser zwei Silben etwas, das man sich auf der Zunge zergehen lassen konnte.

»Es muß ja so romantisch sein«, wagte sie sich vor.

»Damals war ich Arzt. Und so habe ich die Kehrseite des Lebens kennengelernt. Es war alles andere als eine Vergnügungsreise.«

»Natürlich. Das weiß ich.«

»Aber wie man so sagt, Reisen erweitert den Horizont.«

»Das glaube ich gern.« Sie lächelte höflich, ihre Enttäuschung verbergend.

»Das mußt du doch selbst auf deiner Reise hierher nach Budapest festgestellt haben.«

»Ich möchte überallhin reisen.«

»Aber denk doch nur mal an eine einfache Bahnfahrt – was man da alles für Leute trifft.«

»Ja, sicher.«

Ich ließ den Gedanken in der Luft hängen und blickte scheinbar versonnen in mein Glas, aber meine verdeckte Anspielung schien ihre Zunge nicht zu lockern.

»Ich frage mich, warum du mich dem jungen Mann am Bahnhof nicht vorgestellt hast«, sagte ich schließlich geradeheraus. »Ist es ein Verwandter von dir?«

Sie lachte. »Und wenn er es wäre, würde ich ganz gewiß nicht wollen, daß er dir begegnet, nicht wahr?«

»Nun, das mag wohl sein.«

»Nachdem wir uns solche Mühe gegeben haben, alles so diskret zu arrangieren?« Sie legte die Hand vor den Mund, kicherte und sah sich verstohlen um, als könnten wir belauscht werden.

»Ich glaube kaum, daß es irgend jemanden hier interessiert, was wir tun. Du wirst feststellen, daß Budapest sehr kosmopolitisch ist. Fortschrittlicher.«

»Glaubst du, daß es in unserem Haus noch andere Leute wie mich gibt?«

»Es würde mich nicht wundern.«

»Dann werde ich vielleicht Freundinnen finden.«

»Aber gewiß, warum nicht«, stimmte ich halbherzig zu.

»Würdest du es vorziehen, wenn ich es nicht täte?«

»Nein, ganz und gar nicht. Aber du solltest vorsichtig in der Wahl deiner Bekanntschaften sein.«

Die Gesellschaft an einem nahegelegenen Tisch war aufgestanden und verließ gerade das Restaurant. »Ja, ja«, nickte Estelle zerstreut, ganz davon in Anspruch genommen, die Aufmachung der modisch gekleideten Damen genauestens zu mustern.

»Übrigens, wer war das denn?« fragte ich. Mein beiläufiger Ton bekam allmählich etwas Gezwungenes.

»Am Bahnhof? Ach, niemand.«

»Soll das heißen, daß du mit einem völlig Fremden sprechen würdest, den du zufällig im Zug triffst?«

»Er ist kein völlig Fremder«, erwiderte sie etwas aufgebracht. »Wenn ich niemand sage, dann meine ich, daß er niemand ist, über den du dich aufzuregen brauchst.«

»Ich war nur neugierig, das ist alles.«

»Er war jemand, mit dem ich zusammen in die Schule gegangen bin. War es nicht ein merkwürdiger Zufall, ihm ausgerechnet in dem Zug zu begegnen? Ich habe ihn noch nicht mal erkannt.«

»Aber er hat dich natürlich erkannt.«

»Er hat sich vorgestellt, und der Name klang schon irgendwie vertraut, und dann mußte ich andauernd zu ihm hinschauen, bis mir plötzlich wieder einfiel, wer er war.«

»Hat er dich in der Schule immer an den Haaren gezogen?« fragte ich, bemüht, meinen falschen Schritt von vorhin wiedergutzumachen, indem ich der Unterhaltung eine scherzhafte Wendung gab.

»Nein, das hat er niemals getan.«

»Warum nicht? Haben die Jungen in deiner Schule keinen Unsinn gemacht?«

»Weil Paul in mich verliebt war.«

Warum mußte sie ihm einen Namen geben? Jetzt sitzt er mir wie ein Widerhaken unter der Haut. Von Beruf ist er Buchhalter oder etwas in der Art – Estelle drückte sich da unklar aus – und arbeitet im Finanzministerium.

Heute gab es ein weiteres merkwürdiges Zusammentreffen. Da wir noch niemand haben, der uns den Haushalt besorgt, gingen Estelle und ich zu einem billigen Restaurant in der Nähe der Wohnung, um zu Abend zu essen. Kaum hatten wir uns gesetzt, kam ein Mann herein, sah sich um, als erwartete er, dort Freunde vorzufinden, und als er niemanden sah, den er kannte, verließ er den Speisesaal wieder. Nur, das Komische daran ist, daß er ein Passagier auf dem Fährschiff war, das uns an diesem Morgen auf die Insel gebracht hatte.

II

2. AUGUST 1887

Das Schloß ist ein gigantischer Kerker. Ich kann das schleppende Vergehen der Zeit nicht ertragen. Wenn ich an die Tage denke, die ich noch absitzen muß, bis ich aus einem halbwegs plausiblen Grund nach Budapest zurückkehren darf – zu Estelle –, könnte ich verrückt werden. Alles scheint mich hier an das langsame Tröpfeln der Stunden zu erinnern. In der Stille der Nacht unterstreichen die Schläge der Standuhr am Fuß der Treppe meine Schlaflosigkeit. Das quietschende Räderwerk des uralten Chronometers auf dem Sims im Wohnzimmer geht mir auf die Nerven, während ich die Zeitung zu lesen versuche, und ich kann es nicht abstellen. Unwillkürlich zähle ich die Tage, dann errechne ich die Stunden und schließlich die Minuten, bis ich wieder bei ihr sein werde, und meine Kopfhaut prickelt so heftig, daß ich mich frage, ob mein Gehirn in Flammen steht.

Aber ich merke auch, daß ich rastlos bin, wenn ich mich bei ihr befinde. Ich langweile mich nicht mit ihr – ganz im Gegenteil. Jede Bewegung ihres Körpers fasziniert mich. Was immer sie sagt, versetzt mich in Entzücken. Ich habe das größte Vergnügen an jedweder Kleinigkeit, die ihr gefällt. Ihre wunderlichsten Launen sind mir Befehl. Sie ist sich gar nicht bewußt, welche Macht sie über mich hat. Wenn wir angekleidet sind, verberge ich meine Verliebtheit hinter einer weltmännischen Gelassenheit: Sie sieht zu mir auf als ihrem Lehrmeister, der ihr die feine Lebensart und die Kultiviertheit eines ihr unbekannten Europa nahebringt. Zu anderen Gelegenheiten bin ich für sie der erfahrene Lebemann, ein Connaisseur der Sinnlichkeit, und auch hier ist sie eine gelehrige Schülerin. Sie strahlt eine vitale Lüsternheit aus, die sie gleichwohl zu unterdrükken sucht. Anscheinend hält sie es nicht für damenhaft, diese Seit ihres Wesens zum Ausdruck zu bringen. Und doch fordert di Natur ihr Recht.

Ich spüre, daß sie stolz ist auf ihre Liebreize und sie gern vorführt doch eine solche Zurschaustellung würde den strikten Regeln de Sittsamkeit widersprechen, nach denen sie erzogen wurde, so daß sie stets einen Vorwand braucht, um sich mir nackt zu zeigen. A dem Tag meiner Abreise kehrte sie nach ihrem Bad in das Schlaf zimmer zurück, wo ich noch im Bett lag; angeblich hatte sie ei Kleidungsstück auf dem Boden liegenlassen, und während sie sich vor mir bückte, ließ sie zu, daß sich das Handtuch löste und vo ihrem Körper glitt. Sie richtete sich wie erschrocken auf, bedeckt mit Händen und Armen notdürftig ihre Blößen und warf mir ei scheues, scheinbar hilfesuchendes Lächeln zu, als erwarte sie vo mir, ihrem Lehrer in Benimmfragen, eine Anleitung in dieser mora lisch verzwickten Lage; denn um das Handtuch aufzuheben, müßt sie eine ihrer Hände von dem Körperteil wegnehmen, den si keusch verbarg.

»Nein!« befahl ich und hob die Hand, um ihr zu bedeuten, daß sie sich nicht von der Stelle rühren sollte. Estelle erstarrte in ihre Pose wie das Modell eines Malers. »Ich werde es für dich aufheben Das ist das mindeste, was ein Gentleman tun kann.«

Ich hatte sie noch nie zuvor völlig nackt dastehen sehen. Sie wa schlank und rank, doch mit vollen fraulichen Kurven, denen di Wärme ihres Bades einen rosigen Schimmer verliehen hatte. Ihr Brüste wölbten sich über den Unterarm, den sie an den Körpe gepreßt hielt. Ich stieg in aller Ruhe aus dem Bett. Meine Absich war wohl ziemlich offenkundig. Estelle kicherte erwartungsvoll.

Ich ließ mich auf ein Knie nieder, um das Handtuch aufzuheben und sog den feuchten Duft des französischen Badeöls ein, das ich am Tag zuvor für sie gekauft hatte. Es glitzerte auf der Haut ihre Schenkel und hob jede feine Pore und jedes winzige goldene Haa hervor. Ich ließ das Handtuch fallen, umfaßte ihre Hüften und ver senkte meine Lippen in der weichen Spalte, wo sich Schenkel un Gesäß vereinen. Ich schloß die Augen und überließ mich der Vereh rung des lebendigen Fleisches. Ich atmete den Duft des Parfüms ein ihren eigenen herben Geruch. Meine Arme umfingen sie, meine Lip pen glitten über ihre Satinhaut. Es war eine Art Anbetung, ein

Apotheose der Sinne, eine Ekstase, tiefer und düsterer als bloße Begierde.

Vielleicht spürte Estelle das. Ich fühlte, wie sich ihr Körper in meinen Armen umwandte, so daß sie über die Schulter zu mir hinabsehen konnte, und ich erwachte aus meiner Trance. Ich wollte nicht, daß sie den Ausdruck auf meinem Gesicht sah. Als ich sie wieder küßte, erschauerte sie und stieß ein Keuchen aus, das sie mit einem schnellen Auflachen überspielte.

»Du kitzelst mich mit deinem Schnurrbart«, protestierte sie ohne Überzeugung. In ihrer Stimme schwang ein Anflug von Unbehagen mit über die ungewohnte Position eines Mannes, der zu ihren Füßen kniete. Wir waren über jede Etikette oder Schicklichkeit hinaus, jenseits aller Gesellschaftsschranken. Es gab keine Vorschriften mehr, keine schützenden Anstandsregeln.

Aber sie verwehrte es mir nicht, als ich mit Lippen, die vom französischen Badeöl geschmeidig waren, ihren Kurven und Höhlungen folgte. Meine Augen waren geschlossen. Ich war ein Kartograph, der bei Nacht auf dem Ozean ihres Körpers dahintrieb und sich ihre rosigen, parfümierten Konturen für alle Zeit einprägte.

Der Orgasmus bedeutet Erlösung, wird aber immer weniger zum Selbstzweck. Ich verliere mich nicht mehr im Lustempfinden, statt dessen fühle ich mich auf merkwürdig objektive Art konzentriert, aufs äußerste gesammelt. Estelle hingegen gibt sich geräuschvoll und theatralisch der Leidenschaft hin und erinnert sich hinterher so wenig an ihren Höhepunkt, daß sie mich in allen Einzelheiten nach ihrem Verhalten ausfragt, wenn wir dann, vorübergehend gesättigt, nebeneinanderliegen und zur Stuckdecke hinaufstarren. Sie ist zunehmend von Orgasmen besessen und verlangt sie nun schon mehrmals täglich. Gegenwärtig glaubt sie, es gäbe nur einen Schlüssel, der in ihr Schloß paßt, und daß ich derjenige sei, der ihn besitzt. Folglich wollte sie mich nicht gehen lassen, bis ich sie noch ein weiteres Mal befriedigt hatte, was darauf hinauslief, daß ich dem Taxifahrer ein reichliches Trinkgeld versprechen mußte, damit er mich in aller Eile zum Bahnhof fuhr. Selbst dann gelang es mir nur mit Mühe, meinen Zug zu erreichen. Sie hält mich für sagenhaft beschlagen und weltgewandt, und ich frage mich manchmal, ob diese Übertreibung nicht das Risiko der Ernüchterung in sich birgt.

Gerade so, wie man andere Geräusche im Wald erst vernimmt,

wenn der Wind nachläßt, bin ich mir jetzt meiner Ratlosigkeit bewußt geworden, da mich Estelles stimulierende Gegenwart nicht mehr in Anspruch nimmt.

Heute habe ich mich mit Gregor zur Jagd verabredet, in der Hoffnung, dadurch rechtschaffen müde zu werden oder wenigstens ein bißchen Ablenkung von meinen obsessiven Gedanken zu finden. Nach dem Mittagessen wollte ich sogleich aufbrechen, aber Gregor nahm Elisabeths Einladung zum Kaffee im Salon an. Er hätte eine Überraschung für uns, sagte er. Wir nippten an den irritierend winzigen Tassen, auf die Elisabeth immer besteht, und plauderten über Belanglosigkeiten, während wir darauf warteten, daß Gregor den Zeitpunkt für gekommen hielt, mit seiner Überraschung herauszurücken. Mein einstmals leichtherziger Freund zeigt heute so selten Neigung zur Verspieltheit, daß wir ihm bei diesen Gelegenheiten gern seinen Willen lassen. Er rückte unbehaglich in seinem Sessel herum, und seine Hand verschwand in einer jener zahllosen Taschen, die Priester so geschickt in ihren Kutten verbergen, um schließlich mit einem weißen Couvert wieder aufzutauchen.

»Meine Saat hat Früchte getragen«, sagte er, als er den Umschlag wie ein Zauberer zum Vorschein brachte.

»Sie haben einen neuen Spender aufgetan!« rief Elisabeth.

»Wozu sollte ich einen neuen Spender brauchen, wenn ich schon so großzügige Stiftungspatrone habe?« entgegnete er lächelnd.

Das war so etwas wie ein wunder Punkt, da ich schon lange der Ansicht bin, daß es in der Stadt noch andere begüterte Familien gibt, die es sich sehr wohl leisten könnten, einen größeren Anteil zur Unterstützung unserer Kirche beizutragen. Aber ich schwieg, denn ich weiß, daß Elisabeth sehr stolz auf die Tatsache ist, daß wir im wesentlichen für alle Unkosten aufkommen. Sie besteht darauf, daß die Mittel dazu aus ihrer Mitgift bestritten werden, und wenn sie von »unserer« Kirche spricht, verwendet sie das Possessivum durchaus nicht unabsichtlich. Es besteht hier so etwas wie eine heimliche Symmetrie: *ihre* Kirche, *mein* Liebesnest. Es mag kleinlich sein, so zu denken, aber mir scheint, daß das Geld, das sie für eine neue Altarwand oder für prächtige Meßgewänder verschwendet, in gewisser Weise die Ausgaben für kirschrote Vorhänge rechtfertigt.

»Hast du nicht eine Idee, was es sein könnte, László?«

»Nein, eigentlich nicht«, erwiderte ich. Mir war, als hätte ich das Trappeln der Pferde gehört, die Jakob für uns satteln sollte, und ich hatte das Spielchen satt. Zumal ich, der ich selbst genug Geheimnisse habe, kein Freund von Überraschungen bin.

»O ja! Lassen Sie ihn raten, Gregor. László ist in letzter Zeit so düster. Er braucht ein bißchen Aufmunterung.«

»Der Bischof hat sich endlich bereit gefunden, dir einen weiteren Assistenten zu geben«, riet ich.

Gregor schüttelte den Kopf. »Eigentlich ist László der Anlaß für diesen Brief. Er kommt aus Budapest, von unserer Tortenkünstlerin.«

Ich hatte gerade einen Schluck Kaffee genommen und verschluckte mich fast vor Überraschung.

»Von der kleinen Theissen?« fragte ich.

»Estelle«, sagte Elisabeth. »So ein hübscher Name. So ein hübsches Mädchen.«

Ich nickte vage mit dem Kopf, während ich versuchte, meiner Unruhe Herr zu werden.

»Sie hat ihre Stellung bei der französischen Familie, die du ihr empfohlen hast, angetreten, und sie hat an ihre Eltern geschrieben, die mir den Brief zum Vorlesen mitgegeben haben, mit gebührender Betonung ihrer ergebensten Dankbarkeit.« Bei den letzten Worten sank Gregors Stimme in germanischen Baß, als er Theissen imitierte.

Elisabeth lächelte mich liebevoll an, wie sie es immer tut, wenn sie meint, daß ich ein gutes Werk getan habe, das mich der ewigen Seligkeit näher bringt. Sie ist immer aus den falschen Gründen um meine Seele besorgt. »Lassen Sie hören!« sagte sie.

»Also, sie schreibt: ›Liebste Mama und Papa‹ – zuerst kommen da noch ein paar Fragen nach Verwandten und dem Hund der Familie und so weiter – ›Madame du Barry hat mich sehr gütig aufgenommen, und ich fühle mich in ihrem Haus sehr wohl. Sie ist außerordentlich elegant und aristokratisch, aber etwas einsam, da sie in dieser Stadt genauso eine Fremde ist wie ich. Daher nimmt sie häufig die Gelegenheit wahr, mich in ein Gespräch zu verwickeln. Sie verbessert mein Französisch, und ich bringe ihr Ungarisch bei, was für eine Französin sehr schwer zu lernen ist. Ich habe das Gefühl, sie möchte, daß wir Freundinnen werden. Monsieur ist sehr vornehm und redet nur selten, aber er ist auch äußerst rücksichtsvoll. Die meiste Zeit ist er in Regierungsgeschäften unterwegs. Sie haben eine Wohnung im Leopoldstadt-Viertel von Pest, nicht weit von dem neuen Opernhaus. Madame hat mir versprochen, mich bald einmal dorthin zu einer Aufführung mitzunehmen, da sie großen Wert darauf legt, daß ihre Kinder von früh an mit Kultur in Berührung kommen.

Die Mädchen sind absolut entzückend; sie haben gute Manieren und sind überhaupt nicht verzogen, wie es bei französischen Kindern so oft vorkommen soll. Anna ist sechs Jahre alt, obwohl man das kaum glauben möchte, wenn man die Fragen hört, die sie stellt, und all die aufgeweckten Dinge, die sie vorbringt! Sara, die Vierjährige, stellt immer irgendwelchen Unsinn an, so daß die beiden mich ganz schön in Atem halten, wie ihr Euch wohl vorstellen könnt! Gestern haben wir uns eine Ausstellung mit Bildern von Mihály Munkácsy angesehen, von dem viele Leute sagen, daß er der größte Künstler dieses Jahrhunderts sei. Madame versteht viel von Kunst, und ich kann eine Menge von ihr lernen, so daß ich mir Mühe gab, ihr zuzuhören, während ich Anna und Sara durch die Säle scheuchte (natürlich haben sie sich schrecklich gelangweilt). Ich muß schon sagen, so wie sie es erklärte, ist er tatsächlich ein sehr großer Maler, mit einem wunderbaren Sinn für Kontraste. Ein Bild mit dem Titel ‚Der sterbende Mozart‘ erfüllt einen mit nachhaltiger Melancholie. Wie passend, daß der größte Musiker seiner Zeit von dem größten Maler seiner Zeit dargestellt wird. Wir haben auch schon den Zoo besucht, und vergangene Woche sind wir mit der Kutsche über die Brücke nach Buda gefahren, zu einem der hübschesten Gartenrestaurants dort, das ‚Die Marmorbraut‘ heißt. Was für ein merkwürdiger Name! Aber so schön, mit der Zigeunerkapelle, die dort gespielt hat. Die Mädchen schliefen auf dem Heimweg im Wagen ein, und Georg, der Kutscher, mußte sie die Treppe hinauf ins Bett tragen, weil Madame sagte, daß sie viel zu hübsch aussähen, um geweckt zu werden.

Ich muß jetzt schließen. Manchmal habe ich ein bißchen Heimweh. Das ist ja auch normal, nicht wahr? Aber ich fühle mich hier fast wie zu Hause, und ich werde wie ein Familienmitglied behandelt. Wenn ich erst mal ein paar Monate hier bin, gibt Madame mir vielleicht ein paar Tage frei, damit ich Euch besuchen kommen kann.‹ Na bitte!« sagte Gregor und blickte mit zufriedener Miene zu uns auf. »Es hätte nicht besser kommen können.«

Sie sahen mich beide an, als erwarteten sie eine zustimmende Äußerung. »Nun, natürlich freue ich mich, daß es so gut funktioniert hat«, sagte ich, obwohl ich den Brief in Wirklichkeit als zutiefst verstörend empfand.

Es war nicht die verblüffende Glaubwürdigkeit ihres Lügengespinstes, die mir Sorgen bereitete, sondern das fremde Gedankengut, das ich in ihren Worten entdeckte. Als ich sie vor einer Woche verließ, hätte ich schwören können, daß Estelle noch nie etwas von Munkácsy gehört hatte. »Wunderbarer Sinn für Kontraste... erfüllt einen mit nachhaltiger Melancholie.« Wessen Sätze waren das? Und wie hatte sie ein Restaurant auf der anderen Seite der Donau finden können, dieses Mädchen, das noch vor wenigen Tagen niemals auch nur einen Fuß auf eine Fähre gesetzt hatte? Ich zermarterte mir bereits den Kopf nach einer Ausrede, um wieder nach Budapest zurückzueilen.

»Ich bin sicher, daß du weit mehr zu diesem Erfolg beigetragen hast, als du zugeben willst«, sagte Elisabeth ohne eine Spur von Ironie.

»Ja, ja, er ist ein ganz Verschwiegener, unser László«, nickte Gregor.

»Ich habe eine wunderbare Idee!« rief Elisabeth. »Wir reden doch immer davon, wie langweilig es hier ist.«

»Ich beklage mich nicht«, warf ich ein, in dem Versuch, abzubiegen, was sich da anbahnte. »Ich hab's gern so, wie es ist.«

»Irgend etwas gibt es immer zu verbessern«, bemerkte Gregor.

»Wollen wir die du Barrys nicht einfach mal zu uns einladen?« schlug Elisabeth vor und schaute erwartungsvoll von einem zum anderen. Ohne auf mein mürrisches Gesicht zu achten, fuhr sie fort: »Sie hören sich doch sehr kultiviert an, die kleinen Mädchen sind allerliebst, und Estelle könnte dann ihre Eltern besuchen.«

»Es sind aber wirklich furchtbar affektierte Leute«, sagte ich zweifelnd. »Giselle ist völlig neurotisch, und Hubert ist ein schrecklicher Snob. Ich habe ihn einmal erlebt, wie er eine ganze Gesellschaft eingeschläfert hat, der er seinen Stammbaum beschrieb. Giselle dagegen neigt eher zum Dramatischen; sie hat Ohnmachtsanfälle. Als ich in Paris mit ihnen verkehrte, war ich ja noch Arzt, und Giselle bestand darauf, daß ich der einzige wäre, der sie wieder zu sich bringen konnte, wenn sie einen Anfall hatte. Das wurde auf die Dauer ziemlich lästig.«

Ich begann Estelles Improvisationskünste zu begreifen. Nur der Anfang war schwer; es galt, sich über eine zeitlebens gewohnte Ehrlichkeit hinwegzusetzen. Wenn man erst einmal damit angefangen hatte, ging es bald wie von selbst.

»Aber so hast du sie den Theissens nicht geschildert«, sagte Elisabeth. Sie hatte ein pikiertes Glitzern in den Augen, das aber gleich wieder verlosch. Ich habe selten erlebt, daß sie mir so direkt widersprach, und ganz gewiß niemals vor Dritten. Erschrocken fand ich mich zum Kompromiß geneigt.

»Ich habe gar nichts gegen Besuch«, sagte ich.

»Wir sehen nie jemanden hier.«

»Ich dachte, du wärst zufrieden, so wie es ist.«

»Das bin ich auch.«

»Von mir aus können wir ruhig Gäste haben. Platz ist ja genug da. Mit der Jagd ist es allerdings nicht weit her, bis die Rotwildsaison beginnt.«

»Einige der Bäder müßten hergerichtet werden.«

»Ich werde Brod entsprechende Anweisungen geben.«

»Würdest du das wirklich tun?« Sie schien hoch erfreut.

»Natürlich. Es ist ohnehin fällig. In Budapest komme ich mit allen möglichen Leuten zusammen, durch diesen politischen Zirkel dort, weißt du. Eine viel unterhaltsamere Gesellschaft als diese du Barrys.«

Es ist nicht weiter schwer zu improvisieren. Im Grunde ist es sogar zu leicht und geht sehr schnell mit einem durch.

Jakob wartete geduldig im Hof, die Pferde an den Zügeln. Ich prüfte die Gewehre in ihren Lederhüllen, die an den Sätteln befestigt waren. Die Sonne stand noch hoch; es war zwar etwas bewölkt, aber das Licht reichte aus. Ich sah hinauf, um anhand der Wolkenbewegung zu ermessen, wie der Wind in höheren Lagen wehen würde.

»Aus Südosten«, sagte Jakob, der meinen Gedankengang erriet.

Unser Ziel war heute ein Teil des Waldes, in dem Jakob unlängst Bärenspuren gesichtet hatte. Gregor und ich ritten beschwingt los, als wären wir wieder sechzehn, galoppierten durch das Schloßtor und fegten um die Kurve der Auffahrt. In gestrecktem Galopp ging es die Straße entlang, die sich durch Obstgärten um den Hügel windet, und am Flußufer dann weiter stadtauswärts, auf dem Saumpfad, der in die Berge hinaufführt. Als der Weg steil und steinig wurde, ließen wir die Pferde in Schritt fallen.

»Oberst Rado ist ein ziemlich kauziger Typ, nicht wahr?« sagte ich. Wir waren schon eine Weile schweigend nebeneinanderher geritten, und ich hielt es für eine gute Gelegenheit, ein bißchen mehr über die Ungarische Liga zu erfahren.

»Rado? Tja, ich weiß auch nicht«, erwiderte Gregor.

Ich war überrascht. »Ich dachte, du bist schon eine ganze Weile bei der Liga? Das hat Rado jedenfalls angedeutet, als er mich zum Beitritt überreden wollte.«

»Nein, eigentlich nicht besonders lange. Ich bin nur wegen deines Onkels beigetreten. Er wollte es unbedingt, und da dachte ich, warum soll ich dem alten Mann die Freude nicht machen.«

»Du hast nie etwas davon gesagt.«

»Es schien mir nicht weiter wichtig.«

»Aber wenn es nicht wichtig war, dann hättest du es mir doch ruhig erzählen können.« Ich wunderte mich selbst, wie verletzt ich mich fühlte, daß er mich aus diesem Bereich seines Lebens herausgehalten hatte, daß ich von einer anderen Loyalität verdrängt worden war.

Gregor warf mir einen prüfenden Blick zu. »Ich mußte schwören, daß ich niemandem was sage. Du kennst das doch. Du hast es selbst mitgemacht.«

»Aber du hättest mich doch trotzdem einweihen können?«

»Du vergißt, daß Geheimhaltung zu meinem Beruf gehört.«

»Aber wenn du schon die ganze Zeit bei der Liga bist, wie kommt es dann, daß du nie zu den Treffen nach Budapest gefahren bist?«

»Das ist alles ganz unverbindlich. Sie erwarten nicht, daß man an allen Zusammenkünften teilnimmt, und schon gar nicht, wenn man weiter weg wohnt. Es gibt nur einen kleinen Kern von aktiven Mitgliedern.«

»Das ist aber nicht der Eindruck, den mir Rado vermittelt hat. Er hat durchblicken lassen, daß er regelmäßige Beteiligung von mir erwartet, sobald ich der Liga beigetreten bin.«

»Aber du bist auch etwas Besonderes.«

»Wieso?«

»Dich wollten sie unbedingt rekrutieren. Rado war sehr dara gelegen, dich zum Beitritt zu bewegen.«

»Und du hast ihnen geholfen?«

»Ich dachte, es wäre keine schlechte Idee. Mir schien, es würd dir guttun, Teil einer Gemeinschaft zu sein, das würde dich von di selbst ablenken. Und ich hatte recht, nicht wahr?«

»Ich schätze, ja. Aber warum gerade ich?«

»Sie wollen Leute rekrutieren, die eine Stimme im Oberhau haben.«

»Komisch. Mir gegenüber hat Rado das Parlament mit keine Wort erwähnt.«

»Das wird er noch. Er angelt nach dir wie nach einer Forelle Zuerst will er sichergehen, daß er dich am Haken hat, dann wird e versuchen, dich an Land zu ziehen.«

»Das klingt ja nicht sehr vertrauenerweckend.«

»Er ist wirklich ein sehr netter Mann und völlig harmlos. Tu ih ruhig den Gefallen… Wer weiß, vielleicht hat die nationale Politik dir ja etwas zu bieten. Warum auch nicht?«

Wir stiegen ab, ließen die Pferde am Waldrand und legten uns in hohe Gras der Wegböschung, um auf Jakob zu warten. Doch selbs an diesem friedlichen Ort fand ich keine Ruhe. Ich stand wieder au und erklomm eine kleine Anhöhe, von der aus ich durch das Ta zurück zur Stadt blicken konnte. Ich hatte Angst, daß Estelle mi allmählich entglitt, als wäre sie etwas, das mir gehört und mir dahe auch gestohlen werden könnte. Des fruchtlosen Grübelns müde kehrte ich zu unserem Rastplatz zurück, wo ich Gregor in seine Katechismus vertieft fand.

Als Gregor letzte Woche mit Jakob hier gewesen war, hatten si in einer tiefen Senke jenseits des Hügelkamms Bärenkot entdeckt und wir machten uns im Gänsemarsch auf, um das Gebiet noc weiter zu erkunden. Es war ein milder Tag, und obwohl der Win beim Anstieg aufgefrischt hatte, regte sich im Dickicht des Fichten-waldes kaum ein Lüftchen. Jakob ging voran, und aus alte Gewohnheit folgten wir ihm schweigend in einem stetigen Tempo das uns allen gleichermaßen angenehm war.

Der Weg wurde immer steiler, und die Bäume lichter, als Jako uns abseits des Pfades gegen Norden führte, immer den Hügelkamm entlang. Nach etwa vier Meilen gab er uns durch Handzeichen zu verstehen, daß die gesuchte Stelle nun genau auf der Rückseite unseres Hügels lag. Langsam und vorsichtig stiegen wir bis fast zum Gipfel. Teilweise war der Hang so steil, daß wir die Hände zum Klettern benutzen mußten, und an manchen Stellen trat das nackte Felsgestein hervor. Endlich hievten wir uns auf den Kamm und spähten hinunter in die Schlucht auf der anderen Seite.

Unser Hügel war nur der Ausläufer eines größeren Berges, und dessen Gratlinie wiederum bildete die Grenze zwischen meinem Land und den Ländereien meines illustren Nachbarn, des Grafen Aponyi. Zwischen dem Hügel und dem Berg lag eine kaum hundert Meter breite Schlucht mit steilen Hängen und einem flachen, sumpfigen Boden, durch den sich ein kleiner Bach schlängelte. Es war ein ungewöhnliches Terrain für diese karstige Gegend, und das Sumpfgras bot üppigen Weidegrund. Die Schlucht wurde von einem Wasserfall gespeist, der von hoch oben zu unserer Rechten über die Felsen stürzte. Es war zu feucht für Nadelbäume, so daß es wenig Schutz vor der Sonne gab, nur Gras und Büsche in Hülle und Fülle.

Es war ein verlockender, aber gefährlicher Ort für Rehe. Manche Büsche waren mannshoch, doch ansonsten gab es wenig Deckung. Vor allem aber war die Senke auf beiden Seiten von den schroffen Hängen der Schlucht eingeschlossen und an einem Ende von dem schmalen Wasserfall.

Mit einem Wink schickte ich meine Begleiter ans andere Ende der Senke und hangelte mich dann behutsam um die Felsnase des Hügels herum zu der Stelle, wo der Bergbach in die Schlucht stürzt. Dieser Teil war dicht bewaldet, und ich konnte nicht hinunterschauen, um festzustellen, ob sich dort Tiere befanden. Ich überquerte eine Felsleiste, die mich weiter von dem unübersichtlichen Bachbett wegführte, und stieg dann langsam hinab, wobei ich mich an Baumstämmen und Wurzeln klammerte und immer wieder anhielt, um zu horchen und das Unterholz abzusuchen. Das Wasserrauschen verschluckte jedes Geräusch, das ich machte.

In der Talsohle blieb ich mehrere Minuten lang reglos stehen und wartete hinter einem Busch, der mich von dem flachen Gelände zu beiden Seiten des Baches abschirmte. Hier unten wehte kaum ein Lufthauch, aber genug, um meinen Geruch allmählich die Senke entlangzutragen und etwa vorhandenes Wild zu Gregor und Jakob zu treiben. Die Luft war von dem feuchten Erdgeruch des Mooses erfüllt, das in der Gischt des Wasserfalls gedieh. Das Wasser plätscherte unregelmäßig, und ich lauschte in kurzen Augenblicken der Stille angespannt auf irgendein noch so verhaltenes Rascheln, das die Nähe von Tieren angezeigt hätte.

Ich hatte mich gerade bis zum Rand des schützenden Gebüschs vorgepirscht, als dahinter plötzlich ein Reh auftauchte. Es war eine ausgewachsene Ricke, und sie hörte auf zu grasen und drehte den Kopf ruckartig in Richtung des Schluchtausgangs. Vielleicht hatte sie ein schwaches Geräusch von Gregor und Jakob gehört, die eine Meile entfernt ihre Stellung bezogen. Die Ricke spitzte die Ohren und zuckte nervös mit dem Schwanz. Aber es folgte wohl kein weiteres Geräusch mehr, und bald senkte sie den Kopf wieder zu Boden, um friedlich weiterzugrasen.

Ich wunderte mich, daß sie mich nicht witterte. Einmal glaubte ich, eine Spur ihres strengen Geruchs eingefangen zu haben, aber ich muß es mir eingebildet haben. Mit fast unerträglicher Spannung lauschte ich auf das Knacken der Halme, wenn sie an dem Gras zog, und beobachtete durch die Blätter meines Verstecks, wie sie noch einmal prüfend in die Richtung sah, von der aus die verdächtigen Geräusche vorher gekommen waren. Vielleicht lenkte sie das von ihrer eigentlichen Gefahr ab – denn ich hatte vor, sie zu erlegen, Jagdzeit hin oder her, wo sich nun gerade eine so herrliche Gelegenheit bot.

Aber irgend etwas hatte sie unruhig gemacht. Immer öfter hob sie den Kopf und peilte nach allen Seiten. Unendlich langsam glitt meine Hand hinunter zu dem Jagdmesser an meiner Hüfte und zog es aus der Scheide. Die sechs Meter, die zwischen uns lagen, hätten genausogut der Pazifische Ozean sein können. Aber durch irgendeine unheimliche Kraft angezogen, kam sie mehrere Schritte auf das Gebüsch zu, in dem ich mich versteckt hielt, wie in der Absicht, es abzuweiden. Und dann hielt sie mitten in der Bewegung inne. Ihre Nüstern blähten sich, und sie hob den vorderen Lauf vom Boden, ließ ihn wieder unsicher sinken und hob ihn erneut. Sie schien direkt in mein Gesicht zu starren, ein trauriger, vorwurfsvoller Blick.

Dann machte sie einen plötzlichen Satz. Der Wind hatte sich nicht gedreht, nichts war geschehen, was sie auf mich hätte aufmerksam machen können. Ich stand aufrecht da und wurde mir nun meines heftigen Herzklopfens bewußt, zugleich mit dem Gefühl, daß mir das Hemd unbehaglich am Körper klebte. Ich atmete schwer. Meine Hand zitterte, als ich das Messer in die Scheide zurückschob. Zu meiner Linken hörte ich erneutes Geraschel im Unterholz, als ein weiteres Reh, vielleicht der Bock, in panischer Flucht davonpreschte. Dann herrschte Stille in dem flirrenden Sonnenlicht, bis auf das geschäftige Summen einer Biene. Ich spürte, wie eine unerklärliche Angst allmählich von mir wich, als sei es mein eigenes Leben, das in Gefahr gewesen war.

30. AUGUST 1887

Ich hatte mir schon Sorgen gemacht, daß Gregor die Absicht äußern könnte, mich zum Treffen der Ungarischen Liga zu begleiten, doch bisher hat er noch kein Interesse daran gezeigt, und Oberst Rado hat ihn auch nicht mehr erwähnt. Mein Zug nach Budapest hatte wieder Verspätung, und zu meinem Verdruß blieb mir nichts anderes übrig, als ein ödes Treffen der Ungarischen Liga zu ertragen, bevor ich mich bei Estelle in unserer Wohnung in der Maria-Theresia-Straße einfinden konnte.

Es war spät am Abend, und ich war darauf gefaßt, Estelle in fiebriger Ungeduld anzutreffen. Ich hatte sie noch nie warten lassen, und ich fürchtete, daß sie mich schmollend oder aufgebracht empfangen würde oder mit eisigem Schweigen. Als Vorsichtsmaßnahme hatte ich das Taxi einen Umweg über den Opernplatz nehmen lassen, wo ich einen riesigen Strauß dunkelroter Rosen von einer alten Bauersfrau kaufte.

Ich schloß die Wohnung selbst auf, um das Dienstmädchen nicht unnötig zu stören, und rief leise nach Estelle. Es kam keine Antwort. Die Lichter im Salon waren an, aber der Raum war leer. Ich dachte mir, sie sei vielleicht eingenickt, während sie auf mich gewartet hatte, und mit der Absicht, sie zu überraschen, öffnete ich leise die Schlafzimmertür. Die Nachttischlampe brannte, und das gedämpfte Licht warf lange, verzerrte Schatten über die Wände und das Bett, auf dem Estelle lag. Ich erschrak zutiefst, denn sie schien nicht zu schlafen, sondern lag in einer verkrampften, unbequemen

Haltung da, als wäre sie eines qualvollen Todes gestorben. Ich stürzte an die Bettkante und wäre fast auf die Scherben eines zerbrochenen Weinglases getreten, das ihr aus der Hand gefallen sein mußte. Ihr Gesicht war aschfahl, ihre Lippen blutleer. Kein Atemzug hob ihre Brust. Ich tastete eilig nach einem Lebenszeichen an ihrem ausgestreckten Handgelenk; das Pochen meines eigenen Herzens übertönte fast den schnellen flachen Puls, den ich dort fühlte.

»Gott sei Dank!« ächzte ich, und gleichzeitig schien es mir, als hätte sie sich ein klein wenig bewegt.

Das gab mir Hoffnung. Ich packte sie bei den Schultern und schüttelte sie, rief immer wieder ihren Namen, versuchte sie aus dem Schlaf zu reißen. Sie ließ keine Anzeichen von Belebung erkennen. Als ich mein Ohr an ihren Mund hielt, konnte ich den schwachen, beruhigenden Hauch ihres Atems spüren, aber ich nahm auch einen chemischen Geruch wahr, den ich nicht kannte. Entsetzt fuhr ich zurück. Mit verzweifelter Hast sah ich mich in dem Zimmer nach einer Flasche oder Phiole um, die meinen Verdacht bestätigen würde, und da entdeckte ich das Blatt Papier, säuberlich zusammengefaltet und an mich adressiert, das sie mit der anderen Hand umklammert hielt.

> *Mein liebster, liebster László, ich kann nicht länger warten. Eine Stunde ohne Dich ist eine Ewigkeit. Eine Ewigkeit ohne Deine Liebe ist der Tod. Wenn Dir etwas an mir läge, wüßtest Du das. Ohne Dich hat mein Leben keinen Sinn, deshalb gebe ich es ohne Bedauern auf. Ich glaube und hoffe, daß sich unsere Seelen auf einer anderen, vollkommeneren Ebene des Seins wiederbegegnen werden. Lebe wohl. Estelle.*

Ich fiel neben ihrem Bett auf die Knie. »O Estelle, nein!« stöhnte ich laut, das Gesicht in den Strauß roter Rosen gepreßt, den ich für sie mitgebracht hatte.

Aber es war nicht der Augenblick, sich dem Kummer hinzugeben; ich riß mich zusammen und besann mich auf meine ärztlichen Kenntnisse. Abhilfe ließ sich hier nur durch ein Brechmittel schaffen. Ich ging das Dienstmädchen suchen, aber ich konnte es nirgends finden. Wahrscheinlich hatte Estelle Luzi vorsorglich weggeschickt, damit sie ihren Plan nicht vereitelte. In der Spülküche verrührte ich eilig etwas Salz in einem Glas mit warmem Wasser und suchte eine Schale, in die Estelle sich übergeben könnte.

Als ich ins Schlafzimmer zurückkam, traute ich meinen Augen nicht. Estelle lag säuberlich ausgestreckt und die Hände gefaltet wie ein aufgebahrter Leichnam auf dem Bett, splitternackt bis auf den Rosenstrauß, der ihren Leib bedeckte. Ich trat zurück, um einen objektiven Blickwinkel zu bekommen. Irgend etwas an ihrem Aussehen stimmte nicht. Ihre fahle Gesichtsfarbe wirkte künstlich und paßte nicht zu der weitaus gesünderen Tönung ihres restlichen Körpers. Ihre Atmung war jetzt tief und schnell, und ihre Zehen und Fingerspitzen waren warm und gut durchblutet. Aus einem Impuls heraus, noch immer völlig ungewiß, ob es sich hier um eine Katastrophe oder eine Posse handelte, streichelte ich ihre Brüste und stellte fest, daß die Brustwarzen dieses lieblichen Leichnams sich alsbald aufrichteten.

Ich zog mich schnell und so leise wie möglich aus, während ich die ganze Zeit mit einer Hand über ihren Körper strich, damit sie glaubte, ich sei gänzlich mit ihr beschäftigt. Mit wohlbedachter Langsamkeit ließ ich meine Handfläche über ihren Bauch gleiten: die sanfte Neigung des Rippenbogens hinab, über die Magenfläche entlang der leichten Vertiefung zwischen den Muskelsträngen, zu ihrem Bauchnabel und dann über die sanfte Wölbung bis hin zu dem seidigen Flaum und dem Abtauchen in die Feuchtigkeit, wie süßer Moder, zwischen ihren Schenkeln. Die Todesstarre war einer neuen Biegsamkeit gewichen. Ich umfing den Leichnam mit einer kraftvollen Umarmung, die die gefalteten Hände mit einschloß und die Rosen samt ihren Dornen zwischen unseren Körpern zerdrückte. Als ich mich zwischen ihre Beine schob, gab sie mit der Gleichgültigkeit lebloser Materie nach. Ich drang in die Tote ein. Ich hielt sie an mich gepreßt und wand mich auf ihr und zerrieb die Rosen zwischen ihrer und meiner Brust und schwelgte in dem würzigen Geruch zerfetzter Blätter, dem Duft von zerdrückten Blüten und dem aufpeitschenden Stechen der Dornen, die unter die Haut getrieben wurden. So brachte ich sie schließlich mit einem gellenden Aufschrei wieder zum Leben.

Behutsam löste ich mich von ihr. Eine Rose stak noch mit einem Dorn in meiner Brust, und ich zupfte ihn heraus. Ich sah, daß Estelle Schmerzen litt. Ich begann die zerknickten Rosen eine nach der anderen von ihrem Körper zu klauben, wie Verbandstreifen von einer Wunde.

»Wie konntest du das tun?« fragte sie mit klagender Stimme. Sie sah mich nicht an, und sie schien blaß und verschreckt.

»Das gehört mit zu dem Spiel«, sagte ich. »Ich wollte dir den Spaß nicht verderben.«

»So war es aber nicht gemeint.« Aus ihrem Tonfall ließ sich nicht schließen, ob sie in Tränen ausbrechen oder sich schmollend zurückziehen würde.

»Aber es war doch sehr gelungen«, versicherte ich ihr. »Wirklich, es war großartig. Du warst einfach wunderbar. Zuerst habe ich gar nichts begriffen – du hast mich richtig zum Narren gehalten. Ich dachte, du wärst tot!«

»Und jetzt tut es weh!«

»Das beweist wenigstens, daß du am Leben bist.«

»Bitte tu etwas!« flehte sie.

Ich schob die plattgedrückten Blätter auseinander und stellte fest, daß sich ein Dorn durch die weiche weiße Haut der einen Brust gebohrt hatte.

»Sei tapfer«, sagte ich und zog mit unendlicher Vorsicht den Dorn heraus. Er war krumm wie ein türkischer Dolch. Ich hörte, wie sie die Luft durch die Zähne zog, und dann machte sie sich steif, zuckte nur zusammen, als die Spitze hervorkam. Ein Tropfen dunklen Blutes quoll heraus und sammelte sich, doch kurz bevor er in die Kuhle zwischen ihren Brüsten floß, beugte ich mich über sie und küßte die Stelle, saugte den Tropfen auf.

»Schau nur, wie ich zugerichtet bin!« schimpfte Estelle ziemlich aufgebracht. Tatsächlich sah man allerlei Kratzer und Flecken, wo die Blumen so grob gegen ihre Brust gedrückt worden waren. Aber mein Mund war mit ihrer salzigen, metallischen Essenz gefüllt, und als ich sie herunterschluckte, schwanden mir fast die Sinne.

»Was werden bloß die Leute sagen?« jammerte Estelle.

»Aber wer kriegt es denn schon zu sehen?«

»Luzi, zum Beispiel.«

»Wieso?«

»Na, wenn sie mir morgens das Bad richtet.«

»Und... gibt es noch andere?«

»Natürlich nicht. Wen sollte es denn sonst noch geben?«

»Nun, für Luzi wird dir schon eine Ausrede einfallen. In dieser Hinsicht bist du doch recht erfinderisch.«

»Wie meinst du das?« Sie hatte sich mir zugewandt, lächelte jetzt fast schon in Erwartung eines Lobs. Sie ist sehr stolz auf die Fähigkeit, ihre zusammenfabulierten Geschichten aus dem Stegreif jedweder Situation anzupassen und betrachtete ihr Improvisationstalent als notwendige Komponente ihres schauspielerischen Repertoires, ist sich jedoch auch bewußt, daß ihre spezielle Begabung sich nur unwesentlich von dem landläufigeren und weit weniger lobenswerten Hang zum Lügen unterscheidet.

»Du hast da eine echte Gabe«, sagte ich zu ihr, erleichtert, daß sie mir nicht schmollte. »Am besten hat mir in deinem Brief die Passage gefallen, die von den beiden Mädchen handelt.«

»Wieso hast du davon gehört?«

»Deine dankbaren Eltern haben Pater Gregor den Brief gegeben, damit er ihn mir vorlesen konnte.«

Estelle legte den Kopf schief und überlegte einen Moment. Alles in allem schien sie ganz angetan davon, daß ich Gelegenheit gehabt hatte, ihre literarischen Bemühungen zu würdigen.

»Hat er dir den Brief vorgelesen, in dem Anna und Sara Windpocken bekommen und ich sie pflege?«

»Nein«, sagte ich, bereits mit einer unguten Vorahnung.

»Sie waren richtig krank. Sogar Dr. Bernhardt von der Botschaft machte sich Sorgen. Ich habe eine ganze Nacht bei ihnen durchwacht und sie immer wieder kalt abgerieben, um das Fieber zu senken, aber ich hab's gern getan, es sind ja so liebe kleine Mädchen, so rührend anhänglich. Das Traurige war nur, daß sie zu krank waren, um in die Oper zu dürfen, da blieb Madame eisern, obwohl es ihnen schon wieder viel besser ging und sie sich schon seit Wochen drauf gefreut hatten.«

»Estelle«, versuchte ich sanft ihren Redefluß zu unterbrechen.

»Aber Madame meinte großzügigerweise, ich sollte wegen der Krankheit ihrer Kinder nicht darauf verzichten müssen, und trug Luzi auf, an dem Abend bei ihnen zu bleiben, damit ich mitgehen konnte.«

»Manchmal kommt es mir vor, als ob du diese Geschichten selber glaubst.«

»Aber sie sind zum Teil auch wahr. Das ist doch der Trick. Darin liegt ja gerade die Kunst der Schauspielerei: Man geht von irgend etwas aus, das wahr ist – sei es nun irgendein Gefühl oder etwas, das man gelesen hat –, und dann entwickelt man die Geschichte von da an weiter.«

»Aber gerätst du dabei nicht manchmal ein wenig durcheinander?«

»Durcheinander? Wieso?«

»Ich meine, fällt es dir nicht manchmal schwer, Wahrheit und Phantasie auseinanderzuhalten?«

Estelle setzte eine feierliche Miene auf. »Und wer bestimmt, bitte schön, wo das eine aufhört und das andere anfängt?«

Das war eine jener Fragen, die für Zwanzigjährige mit tiefgründigem philosophischem Nachhall behaftet sind; mir für meinen Teil diente sie nur, wie fernes Wetterleuchten, zur Erhellung der Kluft über zwei Jahrzehnte, die uns trennt. Dennoch hatte ich mich einstmals mit begeistertem Eifer in die Geheimnisse der menschlichen Psyche versenkt, um das Phänomen der Magie zu ergründen. Und was ist Magie anderes als jener Zustand des Erlebens, bei dem die Phantasie zur Realität wird? Die Skepsis ist eine Art Schwindsucht, die Körper und Geist intakt läßt, während sie heimtückisch die Seele aushöhlt. Vielleicht ist es für mich schon zu spät, vielleicht bin ich schon vom Gift des Zweifels zerfressen.

Ich gab keine Antwort, und sie hielt mein Schweigen wohl für den Beweis, daß sie mich dazu gebracht hatte, meine Vorurteile zu überdenken.

»Bist du dir so sicher, daß du es weißt?« fragte sie, in der Annahme, ihre rhetorische Überlegenheit damit hervorzustreichen.

»Ich glaube, ja«, erwiderte ich.

»Aber das ist doch genau der Punkt: Wenn du nur glaubst, daß du sicher bist, dann kannst du nicht völlig sicher sein – und das läßt Raum für einen klitzekleinen Spalt, durch den der Zweifel eindringen kann.«

»Sind das deine eigenen Gedanken?«

»Aber natürlich!« Sie lachte melodisch, liebevoll, als wäre ich ein Tölpel, der der tröstlichen Versicherung bedurfte, daß die Welt ganz einfach und übersichtlich sei. »Es müssen ja wohl meine eigenen Gedanken sein, sonst könnte ich sie dir doch jetzt nicht mitteilen! Manchmal bist du wirklich zu albern, László! Ich weiß, du möchtest mich glauben machen, daß du so was mit Absicht sagst, aber...«

»Mit wem redest du sonst noch?«

»Meistens mit Luzi.«

»Luzi?«

»Warum nicht? Sie kann gut zuhören. Und sie ist nicht dumm.«

»Aber du kannst doch nicht mit dem Dienstmädchen reden.«

»Warum denn nicht?«

»Herrgott, eben weil sie ein Dienstmädchen ist, deshalb!«

»Aber mit irgend jemandem muß ich doch reden, sonst werde ich noch verrückt!«

»Es muß doch...« Ich suchte hilflos nach irgendeiner Lösung. »Es muß doch wohl noch andere in deiner Lage geben«, schloß ich lahm.

Estelle sagte nichts.

»Ich komme ja auch nur drauf, weil du in deinem Brief... ich meine, diese Ausstellung von Munkácsy, die du da beschreibst... es hörte sich an, als hättest du jemanden gefunden, der dich herumführt.«

»Und wer sollte das sein?« fragte sie schelmisch.

»Keine Ahnung. Wer weiß? Ein alter Freund vielleicht, den du zufällig getroffen hast, oder sonst jemand.«

»Nun, ich bin hier einsam, und wenn du den nächsten Brief liest, wirst du erfahren, daß Madame mir eine Woche freigegeben hat, damit ich meine Familie besuchen fahren kann.«

»Meinst du nicht, daß du das zuerst mit mir hättest besprechen sollen?«

»Ach ja? Und wieso? Ich finde, das ist eine Sache, die ausschließlich mich und Madame betrifft.«

Wahrscheinlich will Estelle mich bloß necken. Sie hat so etwas Verspieltes, das ich sehr anziehend finde. Trotzdem habe ich das unbehagliche Gefühl, daß die ganze Geschichte mir allmählich außer Kontrolle gerät – falls ich sie überhaupt je unter Kontrolle gehabt habe. Ich werde den Verdacht nicht los, daß ich ausgenutzt werde. Aber ich habe keine Lust, mich zum Narren halten zu lassen.

Heute soll Estelle nach Hause kommen. Sie hat mich in irritierender Ungewißheit darüber belassen, wann wir uns werden treffen können, aber wahrscheinlich zeigt sie in dieser Hinsicht mehr Verstand als ich. Wir sind durch die relative Anonymität von Budapest verwöhnt, wo wir uns jederzeit die Freiheit nehmen konnten, durch die Vaci-Straße zu bummeln und uns die Schaufenster anzusehen, gemütlich in Kaffeehäusern herumzusitzen oder bei Wampetics im Stadtpark zu Mittag zu speisen und von der Terrasse aus das Defilee der Moden zu beobachten.

Solche Freiheit ist in unserer Stadt undenkbar, wo man jede meiner Bewegungen verfolgt und wo auch Estelle allgemein bekannt ist, ja geradezu berühmt wegen ihrer Erfolge als Laiendarstellerin. Sicher haben die jungen Männer ihr eifrig den Hof gemacht, aber ich sehe keine Anzeichen dafür, daß sie irgendeinem von ihnen ihre Gunst erwiesen hat. Sie sagt, sie würde lieber sterben, als für den Rest ihres Lebens in einem Provinznest die biedere Ehefrau zu spielen, und sie läßt durchblicken, daß sie sich für etwas Glanzvolleres aufgespart hat, als unser heimisches Feld-Wald-und-Wiesen-Gewächs ihr zu bieten vermag.

Aber ich kann ihr nicht fernbleiben, so unvernünftig es auch sein mag, uns an den gleichen Orten sehen zu lassen. Die Leute sind nicht dumm und werden früher oder später zwei und zwei zusammenzählen, hat sie mich gewarnt. Doch ich bin wie besessen und getrieben von der Gier, sie auf möglichst perverse Art zu besitzen. Ich denke an Lothar, und mich schaudert bei der Vorstellung, daß Nicole ein Leben lang die Übergriffe dieses verderbten Burschen ertragen muß. Ich kenne seine widerwärtigen Phantasien, denn auch ich werde allmählich zu einem solchen Subjekt. Meine Gedanken kehren immer wieder zu Estelles gestelltem »Tod« zurück und zu der brünstigen Raserei, mit der ich sie unter dornigen Rosen begrub. Auch an Stacia denke ich immer wieder, falls man es denken nennen kann. Es sind eher Erinnerungsbilder, so klar und plastisch, als wären sie gegenwärtig, die unvermittelt aus dem Bewußtsein aufsteigen. Es sind Eruptionen niedrigster Triebe, der üble Auswurf aus dem Bodensatz der Psyche. Öfter noch sind es Träume, Nachtmahre, die man im Erwachen vergißt, bis auf eine unbestimmte, nachhaltige Beklemmung, so fremd und verwirrend, als sei es das – gleichsam ausgeliehene – Erlebnis eines anderen, das einem nachhängt. Ich habe zunehmend das Gefühl, daß etwas Fremdes in mir lauert. Wenn ich es der Syphilis zuschreiben könnte, die sich in den Kammern meines Hirns eingenistet hat, wäre ich schon erleichtert. Ja, wenn es nur ein Parasit wäre, der sich von Zeit zu Zeit in mir regt – aber ich weiß, daß ich es bin, der da über seiner Schlangenbrut wacht.

Oberst Rado kommt mit dem gleichen Zug an wie Estelle. Als Zeichen meiner Hochachtung werde ich persönlich am Bahnhof sein, um den Oberst zu empfangen; er mißt solchen Gesten große Bedeutung bei. Ich habe beschlossen, Estelle nichts davon zu sagen, um sie zu überraschen: Sie schätzt unerwartete Begegnungen, weil sie ihr die Gelegenheit geben, ihre schauspielerischen Fähigkeiten im wirklichen Leben einzusetzen.

Rado hatte sich mehr oder weniger selbst für ein paar Tage zum Jagen eingeladen, als die Rotwildsaison begann. Das scheint mir irgendeine Art Vorwand zu sein, da er auf seinen eigenen ausgedehnten Ländereien, die von Budapest aus viel bequemer zu erreichen sind, ausgezeichnete Jagdbedingungen hat. Er macht großes Aufhebens um unsere Freundschaft, obwohl er mir nicht wie ein Mann vorkommt, der viel Wert auf private Bindungen legt. Für gewöhnlich läßt er es bei einer oberflächlichen militärischen Kameradschaft bewenden, die er vermutlich lieber als »Loyalität« bezeichnet, ein Wort, für das er oft Verwendung findet. Ich hätte es bequemer gefunden, ihn einfach auf ein Glas Wein in der Stadt zu treffen, wenn er irgendeine Angelegenheit mit mir zu besprechen hatte. Aber nein, der Oberst bestand mit fast unhöflichem Nachdruck darauf, mich in meiner heimatlichen Umgebung aufzusuchen. Er ist unverheiratet, worüber Elisabeth enttäuscht ist, da sie sich nach Gesellschaft sehnt.

NACHMITTAG

Das Treffen am Bahnhof war ein Fiasko. Aber Gott sei Dank ging ich hin. Wenigstens weiß ich jetzt, woran ich bin.

Im Unterschied zu den ständig verspäteten Zügen in Richtung

Stadt ist der Zug aus Budapest fast immer pünktlich. Also war ich genau zur planmäßigen Ankunftszeit am Bahnhof, um nicht unnötig auf dem Bahnsteig herumzustehen und mühsam mit den Theissens Konversation machen zu müssen. Alles hat seine Grenzen, auch der Aufwand an Schauspielerei, den man aus diplomatischen Gründen zu leisten gewillt ist; und wer konnte ahnen, was Estelle ihren Eltern schon wieder an neuen Verwicklungen aufgetischt hatte, über die ich hätte Bescheid wissen sollen?

Oberst Rado würde im Erster-Klasse-Abteil vorn im Zug reisen, und ich hatte Estelle eine Fahrkarte zweiter Klasse besorgt, daher bezog ich etwa in der Mitte des Bahnsteigs Posten, nachdem ich Frau Theissen im Vorbeigehen mit einem kurzen Tippen an die Hutkrempe zugenickt hatte. Und schon kam der Zug um die Kurve gedampft und hielt mit dem Erster-Klasse-Abteil zu meiner Rechten und den Wagen der zweiten Klasse zu meiner Linken. Fast noch bevor der Zug zum Stillstand kam, schwang die Tür auf, und Oberst Rado sprang herunter. Er ist ein agiler kleiner Mann, stets auf dem Quivive, und er spähte nach beiden Seiten den Bahnsteig entlang, auch wenn er mich sofort, als der Wagen vorfuhr, entdeckt hatte.

»Höchst anständig von Ihnen, sich selbst herzubemühen«, sagte er barsch und schüttelte mir mit eisernem Griff die Hand.

»Aber nicht doch. Ich bin froh, daß Sie den weiten Weg auf sich genommen haben.« Ich winkte Jakob, in den Wagen zu steigen, um das Gepäck zu holen, doch der Oberst hob abwehrend die Hand.

»Habe meinen eigenen Kofferträger dabei«, erklärte er. »Hoffe, das ist Ihnen recht? Ich glaube, Ihr Bursche wird prächtig mit ihm auskommen. Natürlich kennt er sich nicht im Revier aus, aber er hat eine ausgezeichnete Spürnase.«

»Gewiß«, stimmte ich etwas zerstreut zu, da ich über Rados Schulter hinweg die ganze Zeit nach Estelle Ausschau hielt.

»Er ist hinten in der Dritten.«

»Gut. Dann gehen wir doch mal hin, damit Jakob ihm tragen helfen kann.«

»Prächtig. Er hat die neue Mauser im Gepäck. Dachte mir, die würde Sie vielleicht interessieren.«

»Das Repetiergewehr?« fragte ich zweifelnd und sah, daß Jakob angewidert den Kopf abwandte.

Wir schlenderten an den beiden Zweiter-Klasse-Wagen entlang. Die meisten Reisenden waren schon ausgestiegen, und die Gepäckträger machten die Türen wieder zu. Estelle war nirgends zu sehen. Die Theissens standen vor uns und verrenkten sich die Hälse, um über die Menschenmenge hinwegzusehen, die sich vor den Dritter-Klasse-Wagen staute.

»Ich hoffe, Sie haben nichts dagegen?« fragte Rado. Er fixierte mich mit seinem befehlenden Blick, zwang mich, ihm meine Aufmerksamkeit zuzuwenden.

»Nein, im Prinzip nicht.«

»Gut«, nickte er, als hätte ich eben eine Prüfung bestanden. »Manche Hinterwäldler finden Repetiergewehre unsportlich.«

»Hauptsache, der Hügel wird gestürmt«, sagte ich. Das war eine Redewendung, die ich mal von Georg gehört hatte.

»Recht so!« Rado klopfte mir auf die Schulter, so daß ich Mühe hatte, mich nach Estelle umzusehen. Seine Jovialität wirkte ein wenig aufgesetzt, da er sich sonst eher reserviert und zugeknöpft gibt. »Wir werden aus Ihnen noch einen richtigen Kavalleristen machen!« erklärte er.

Jetzt sah ich Estelle aus dem Wagen steigen, direkt in die Arme ihrer Mutter. Warum war sie dritter Klasse gefahren, nachdem ich ihr eigens eine Fahrkarte zweiter Klasse gekauft hatte?

Arpad, der Gepäckträger des Oberst, ein kräftiger, ziemlich dunkelhäutiger Bursche mit einem phantastischen Schnurrbart, stand abseits vom Gewühl auf dem Bahnsteig. Er sah unbehaglich aus in Zivil und ließ verlegen die Schultern hängen. Wahrscheinlich ist er Feldwebel in Rados Regiment. Als wir auf ihn zukamen, schien es mir, als schüttelte Arpad auf eine unausgesprochene Frage von Rado hin den Kopf, aber es ist gut möglich, daß ich mich getäuscht habe, weil die Bewegung kaum zu erkennen war, und im übrigen war ich durch andere Dinge abgelenkt.

Zum Glück machte sich Rado sofort mit dem Gepäck zu schaffen, indem er den Dienern penible Anweisungen gab, wie jedes Teil aufzuladen sei; so konnte ich mich ein paar Schritte davonstehlen, um Estelle besser zu sehen. Sie stand noch mit ihren Eltern an der Wagentür und blickte hinauf ins Coupé. Ihre Augen strahlten, und ihre Wangen waren vor freudiger Erregung gerötet. Meine Meißener Schäferin! Ich weiß selbst nicht recht, warum diese Augenblicke, in denen ich sie beobachte, ohne daß sie etwas von meiner Gegenwart ahnt, für mich so kostbar sind. Doch meine Rührung währte nicht lange. Eine Hand reichte ihre Reisetasche durch die Tür, und Theissen trat vor und hob sie herunter. Ich dachte, sie wartete noch auf weiteres Gepäck, aber statt dessen stieg ein junger Mann aus. Es war derselbe Bursche, mit dem Estelle zusammen gereist war, als sie das erste Mal in Budapest ankam. Erst jetzt hatte ich Gelegenheit, ihn richtig in Augenschein zu nehmen, als er sich umdrehte, um Theissens Hand zu schütteln. Er war ein gutaussehender Kerl mit sehr selbstbewußtem Auftreten. Da ich ihn das letzte Mal nur von hinten gesehen hatte, und auch das nur flüchtig, hatte ich ihn für irgendeinen gewöhnlichen Büroangestellten gehalten. Jetzt schien er mir doch mehr Format zu haben – irgendein aufstrebender junger Rechtsanwalt oder dergleichen.

Estelle stellte ihn ihren Eltern vor, und ihren Gesten war zu entnehmen, daß die Theissens ihn schon von früher her kennen mußten. Ich sah, wie Theissen auf den Mann zeigte, als sagte er gerade: »Jetzt erinnere ich mich: Sie sind derjenige, der…« Der Junge, der mit Estelle zusammen in die Schule gegangen war, was für ein Zufall, daß sie sich ausgerechnet auf der Zugfahrt nach Hause wiedergetroffen hatten! In der Tat.

Rado, der seine neue Mauser in der Lederhülle wie ein Baby im Arm hielt, während er Jakob und Arpad herumkommandierte, wandte sich suchend nach mir um. Ihm entgeht nichts. Aber was gab es da schon zu sehen: die Eltern und die Schwester eines jungen Mannes vielleicht, die ihn vom Zug abholen gekommen waren. Nichts, was sein Interesse hätte wecken können. Sie gingen bereits den Bahnsteig hinab, weg von uns, und Frau Theissen hatte Estelle untergehakt. Sicher plauderten sie unbeschwert über die neuesten Budapester Moden oder über die jüngsten Entwicklungen im Familienleben dieser faszinierenden du Barrys. Ich war versucht, Rados Repetiergewehr auf der Stelle auszuprobieren.

Ich kann mich kaum noch rühren. Mein ganzer Körper schmerzt von den tagelangen Gewaltmärschen durch die Berge, die ich mit Rado unternehmen mußte. Er hat mich die gesamte Zeit seines Besuchs in Atem gehalten, so daß ich keine Gelegenheit fand, im Laden der Theissens vorbeizuschauen oder Estelle auf einem ihrer Abendspaziergänge am Fluß abzufangen. Anstatt mit ihr zu sprechen, habe ich mir endlos im stillen unsere Gespräche vorgestellt, während ich hügelauf, hügelab über schmale Jägersteige stapfte. Das ist der kontemplative Aspekt des Schweigens auf der Pirsch.

Diese ausgedachten Zwiegespräche kreisen immer um den gleichen Punkt: Estelle mimt mit aller Überzeugungskraft ihres schauspielerischen Talents die gekränkte Unschuld und leugnet unter Tränen, eine Affäre mit dem jungen Mann aus dem Zug zu haben. Sie kniet flehend vor mir, in einer Haltung demütiger Aufrichtigkeit. Oder sie kniet flehend vor mir, doch während sie mit ihren Gesten meine Vergebung erbittet, fährt sie standhaft fort zu leugnen, daß sie mich betrogen hat. Es gibt endlose Variationen dieser Szenen, und zusammen ergeben sie ein schillerndes Spektrum, von dem klaren Karmesinrot der Wahrheit bis hin zu dem morbiden Magenta der finstersten sizilianischen Doppelzüngigkeit.

Wahrheit? Lügen? Ich werde es nie erfahren, ohne ein Netz von Spionen einzusetzen. Während ich im Geiste ihren Beteuerungen lauschte, wurde mir bewußt, daß meine anfängliche Entrüstung, all dieses Aufbrausen beleidigter Männlichkeit, letztlich eine überraschende Gleichgültigkeit in sich birgt, als ginge es mir im Grunde gar nicht darum, als läge der Kern der Sache ganz woanders. Mir ist jetzt klar, daß Estelles Treue oder Untreue nicht wirklich von Belang ist – lediglich ein flüchtiger Streitpunkt, bei dem es sich schlicht um verletzte Eitelkeit dreht. Doch solche untergeordneten menschlichen Regungen sind null und nichtig gegenüber dem verzehrenden Drang, jemanden zu besitzen, sich das Objekt der Begierde vollkommen zu eigen zu machen.

Dies waren meine Gedanken während der langen Geländetouren der vergangenen zwei Tage. Ich wollte schon schreiben, daß wir die ganze Region durchkämmten, aber jetzt fällt mir auf, daß unsere Wanderungen, so weitschweifend und richtungslos sie auch scheinen mochten, sich doch wie zufällig auf das Ostufer des Flusses beschränkten. Das hatte Rado so eingefädelt. Von Zeit zu Zeit blieb er stehen, um sich kurz mit Arpad über die Route zu besprechen. Ich wurde nicht in ihre Beratung einbezogen. Jakob, der sein Bestes tat, um Rotwild für uns aufzuspüren, wurde immer verdrossener und trottete schließlich nur noch mit gesenktem Kopf hinterdrein, ohne sich weiter die Mühe zu machen, im Unterholz nach Spuren zu suchen.

Nicht, daß es an Wild gemangelt hätte. Am Morgen des ersten Tages trafen wir auf einen schönen Bock, aber unerklärlicherweise hatte Arpad vergessen, das Gewehr zu laden, das er dem Oberst reichte, und das Geräusch des einschnappenden Bolzens scheuchte das Tier davon. Beim nächstenmal schoß Rado daneben. Das kann selbst erfahrenen Jägern passieren, aber trotzdem war es merkwürdig, da er sich bei zwei anderen Gelegenheiten als Meisterschütze erwiesen hatte. Zuerst in der Schlucht, in der ich zu Beginn des Monats so dicht an eine Damhirschkuh herangekommen war. An diesem Areal schienen sie besonders interessiert – sie wirkten geradezu aufgekratzt. Rado erörterte mit Arpad die Topographie, als handelte es sich darum, ein Schlachtfeld auszukundschaften. Sie fachsimpelten gerade über Schußlinien, als Rado plötzlich nach der Mauser verlangte, zu unserer Verblüffung fünf Schuß mit erstaunlicher Geschwindigkeit abfeuerte und dabei mehrere junge Schößlinge auf der Talsohle mit Stumpf und Stiel umlegte. Unnötig zu sagen, daß die Demonstration unserem Vorhaben, das Wild behutsam auf die Talöffnung zuzutreiben, nicht gerade dienlich war.

»Sagten Sie nicht, Graf Aponyis Ländereien liegen dort drüben?« fragte er mich und deutete auf den Berggipfel über uns.

Ich stimmte zu, obwohl ich mich nicht erinnern konnte, ihm irgend etwas Derartiges gesagt zu haben, und mich wunderte, wie er wohl zu dieser Information kam. Möglicherweise hatte er in Budapest schon ausführliche Karten von dem Gebiet studiert.

Er wollte in der Richtung jagen, die uns dicht an die Grenze zu Aponyis Besitz geführt hatte. Ich erklärte ihm, daß der Graf und ich wegen der Eisenbahn nicht gerade in nachbarlichem Einvernehmen stünden und es daher tunlichst vermieden, auf das Land des anderen vorzudringen.

»Wohin führt denn dieser Pfad?« fragte Rado Jakob.

»Er führt um den Berg, Herr Oberst«, sagte Jakob.

»Rund herum?«

»Bis zu Graf Aponyis Tal.«

»Glaubst du, daß wir in der Richtung auf Wild stoßen werden?« wandte Rado sich an Arpad, der nur grinsend mit dem Kopf nickte, als verstünde sich das von selbst.

Der zweite Zwischenfall ereignete sich gegen Ende des Tages, auf dem Rückweg, als Oberst Rado plötzlich aus beträchtlicher Entfernung ein Reh erlegte. Keiner von uns hatte das Tier auch nur gesehen, und ich gratulierte ihm. Die meisten Jäger wären über den Blattschuß erfreut gewesen, da auf solche Distanz schon mehr Glück als Geschicklichkeit im Spiel war, aber Rado tat so gleichgültig, als sei es nur eine belanglose Ablenkung von dem Hauptgeschäft des Tages.

Dies war heute sein letzter Abend; morgen früh reist er wieder ab. Ich ließ Brod den Cognac und die Zigarren ins Billardzimmer bringen. Es ist ein bißchen verlottert, aber ich dachte mir, Rado würde an den Jagdtrophäen und der Sammlung alter Waffen an den Wänden seine Freude haben. Es war ein wahrhaft barbarisches Gestachel von Lanzen, Speeren und Piken, die nebeneinander aufgereiht standen oder zierlich über Kreuz mit alten Helmen in der Mitte; an der einen Wand waren Schwerter und Dolche wie Sonnenstrahlen um eine Maske angeordnet. Es war eine jener Situationen, in denen einem zum erstenmal etwas auffällt, das man von jeher kennt, aber noch nie richtig beachtet hat, bis man einen Fremden in das Zimmer einlädt. Oberst Rado zeigte an jedem Stück ein gewissenhaftes Interesse.

»Das kommt mir aber nicht wie eine Maske vor, alter Knabe«, sagte er und beugte sich noch dichter über das verhutzelte Antlitz, an dem alle Schwertspitzen zusammenliefen. »Wissen Sie was? Ich glaube, das Gesicht hier hat wirklich mal irgendeinem Burschen gehört!«

Ich trat näher heran, um über seine Schulter zu blicken. »Also, da hol mich doch der Teufel«, murmelte ich.

»Sieht aus wie ein Mitbringsel aus Borneo. Eine kleine Reiseerinnerung von einem Ihrer Vorfahren.«

»Das glaube ich kaum. Meine Verwandten sind nie viel gereist. Eine Art Familientradition.«

»Dann muß es eine Kriegstrophäe sein. Genau besehen hat der Knabe auch eher etwas Orientalisches an sich. Finden Sie nicht?«

»Doch, ja, kann sein.«

»Wahrscheinlich ein Muselmann, den Ihr Urgroßvater erledigt hat.« Er wandte sich der Schwertersammlung zu. »Darf ich?« fragte er und nahm eins herunter. Liebevoll drehte er es in den Händen, wie ein chinesischer Mandarin vielleicht eine Jadevase begutachten würde. »Dieser Bursche hat unter Napoleon gegen die Habsburger gekämpft. Die Klinge wurde in Regensburg geschmiedet.« Er wog es prüfend in der Hand. »Wunderbares Stück Arbeit.«

»Sie sehen aus, als würden Sie es gern einmal ausprobieren.«

»Fechten Sie?« fragte Rado.

»Nein«, sagte ich schnell.

Widerstrebend hängte er das Schwert an seinen Platz zurück und nippte an seinem Cognac, während er seine Aufmerksamkeit den übrigen Mordinstrumenten zuwandte, die an der Wand hingen. Er schien ein enzyklopädisches Wissen über Waffen zu besitzen und begrüßte jede einzelne wie einen alten Freund.

Rado untersuchte gerade ein Musketenpaar mit verschnörkelten Elfenbeineinlagen an den Schäften, als mir plötzlich ein türkischer Dolch auffiel, den ich noch nie zuvor bemerkt hatte. Er hing in einer düsteren Ecke und war nicht sonderlich eindrucksvoll, da er in einer trüben Lederscheide ohne Prägung oder Ausschmückung steckte. Ich packte ihn am Griff und stellte fest, daß er genau in meine Hand paßte; das Messer glitt leicht und kunstgerecht aus der Scheide. Die Klinge hatte die Form eines riesigen gebogenen Dorns, zehn Zentimeter breit an der Basis und gut zwanzig Zentimeter lang. Wenn je ein Ding als solches schon Grausamkeit ausstrahlte, dann dieser Dolch. Ich fühlte eine Welle der Erregung in mir aufsteigen, die mich einen Augenblick lang schwindlig machte. Das Messer kam mir merkwürdig vertraut vor, als wäre es mir zuvor bereits in einem Traum begegnet und fände sich nun auf magische Weise vergegenwärtigt.

Ich war so sehr von meiner Entdeckung fasziniert, daß ich meinen Gast darüber ganz vergaß und in meiner Geistesabwesenheit wohl eine Frage überhörte, die der Oberst mir gestellt hatte, denn auf einmal wurde mir bewußt, daß er mich neugierig ansah.

»Das ist ein bösartiges Stück Wertarbeit«, sagte er anerkennend.

»Aber im Anwendungsbereich ziemlich begrenzt.«

»Ich möchte meinen, daß es sich in den meisten Fällen recht gut bewährt.«

»Sehen Sie, die Klinge ist zu breit, als daß man riskieren könnte, sie einem in die Brust zu stoßen, denn dann würde sie wahrscheinlich an den Rippen abprallen, und sie ist wiederum nicht lang genug, um von unterhalb der Rippen zuverlässig das Herz zu treffen.«

»Wie lautet also Ihre Prognose, Doktor?«

»Es ist die passende Waffe für einen Meuchelmörder. Jemand, der sich von hinten an sein Opfer anschleicht, um ihm die Kehle zu durchschneiden.«

»László, Sie sind ein Teufelskerl!« sagte er und versetzte mir einen herzhaften Schlag auf den Rücken. Ich nehme an, das war seine Art, höchstes Wohlwollen auszudrücken. Seine Augen blitzten vergnügt, aber ich wußte, daß sein alerter Verstand immer im Einsatz war, daß seine Wachsamkeit niemals nachließ. »Was meinen Sie, könnten Sie das Ding anwenden?« Er stellte die Frage scheinbar beiläufig. »Könnten Sie sich hinterrücks an ein ahnungsloses menschliches Wesen heranmachen, eine Person, die ihr ganzes Leben noch vor sich hat, die von ihrer Familie geliebt wird... und ihr die Kehle durchschneiden?«

Ich sah auf den Dolch, der in meiner Hand lag, und wußte die Antwort sehr wohl. »Ich weiß nicht«, log ich.

»Gut.« Er schien zufrieden. »Das ist die einzige Antwort, die ein anständiger Mann geben kann. Mörderische Narren ohne Ideale oder Zielvorstellungen antworten darauf mit ja – nicht, daß ich Sie auch nur einen Augenblick zu dieser Kategorie gezählt hätte.«

»Ich denke, Ihre Frage dürfte wohl eher darauf abzielen, ob ich das Leben als zu heilig ansehe, um es aus irgendeinem Prinzip heraus zu opfern.«

»Um ehrlich zu sein, ich finde Sie erfrischend unsentimental.« Er sah mich abwägend an, als prüfte er meine Eignung für irgendeine spezielle Aufgabe, die er mir zudachte. »Ich bin der Meinung, daß man nie weiß, wozu man fähig wäre, bis der Augenblick gekommen ist«, sagte er, und mir war klar, daß er ebenfalls log.

Ein trüber Herbsttag. Die Wolken hängen bis ins Tal, und es hat bis weit in den Nachmittag unablässig genieselt.

Nach dem Frühstück brachte ich Rado zur Bahn. Während Arpad mit dem Regenschirm in Habtachtstellung stand, schüttelten wir uns die Hände, und im letzten Moment vor der Abfahrt beugte sich Rado zu mir vor und sagte: »Ungarn wird seinen König bekommen«, als wäre es eine der umständlichen Grußformeln, die das Landvolk austauscht.

Ich wartete ungeduldig auf den Pfiff des Stationsvorstehers und trat vom Wagen zurück, um uns die Verlegenheit gezwungener Abschiedsfloskeln zu ersparen. Rado ist von seinem ganzen Wesen her nicht zu banalem Geplauder fähig, was seine Gesellschaft oft anstrengend macht. Endlich ertönte das Signal, die Lokomotive stieß eine mächtige Dampfwolke aus und schnaufte langsam aus dem Bahnhof. Als der Zug in der Ferne verschwand, seufzte ich erleichtert auf. Rados Besuch war eine harte Prüfung gewesen. Unter seinem bohrenden Blick schien es nicht geraten, sich zu einem Treffen mit Estelle davonzustehlen.

Das Wetter ließ mich bezweifeln, daß sie später noch zu ihrem gewohnten Spaziergang am Fluß aufbrechen würde. Ich kam ernstlich in Versuchung, im Laden ihrer Eltern vorbeizuschauen, obwohl ich wußte, daß ein solcher Fehler unweigerlich dazu führte, deren Augenmerk auf unsere Verbindung zu lenken. Aber hatte ich mir das Recht zu einer kleinen Unbesonnenheit nicht sauer genug verdient, nachdem ich drei Tage geopfert hatte, um für Oberst Rado den pflichtschuldigen Gastgeber zu spielen? Also entließ ich Jakob am Bahnhof mit dem Vorwand, daß ich Bewegung brauchte und zu Fuß nach Hause gehen würde. Er starrte skeptisch in den feinen Nieselregen, der auf die glänzenden Schienen zwischen den Bahnsteigen fiel, und nickte ergeben – was wohl besagen sollte, daß er gewillt sei, mir meine Laune durchgehen zu lassen, auch wenn er darin nur ein weiteres Beispiel meiner zunehmenden Schrulligkeit sah.

Mit jedem Schritt in Richtung Stadt wurde mir klarer, wie törich meine Entscheidung gewesen war. Was anfangs nicht unangeneh mer ausgesehen hatte als ein feuchter Nebel, stellte sich als scheuß lich aufweichender Regen heraus, der mich schon bald bis auf die Knochen durchnäßt hatte, so daß meine Kleider auf höchst unelegante Weise an mir klebten. Außerdem war die Straße schlammig, und da ich die Fahrt zum Bahnhof in der Kutsche angetreten hatte, war ich für solche rauhen Bedingungen nicht ausgerüstet. Anstatt mich umzustimmen, machten mich diese Widrigkeiten aber nur noch starrsinniger, und ich zog meinen Hut tief ins Gesicht, stemmte mich gegen den Wind und stapfte weiter. Als ich bei dem Laden der Theissens ankam, sah ich wie eine triefende Vogelscheuche aus. Ohne Zögern trat ich ein.

Als hätte die Glocke, die über der Tür bimmelte, ihn unversehens mit einem Bann belegt, saß der junge Mann, den ich mit Estelle am Bahnhof gesehen hatte, wie erstarrt da, mit offenem Mund und einer Gabel voll Strudel auf halbem Weg zu den Lippen. Ich war genauso verblüfft wie er, aber zum Glück besaß ich wenigstens die Geistesgegenwart, ihn zu ignorieren. Ich drehte ihm den Rücken zu, um in das Hinterzimmer zu spähen, aber es war niemand zu sehen, und es rührte sich auch niemand auf das Klingelzeichen. Hinter mir hörte ich hastiges Schmatzen und Mampfen.

Ich wandte mich wieder zu dem Mann um und musterte ihn in aller Ruhe. Seine Backen waren prall vollgestopft, und er schien sich alles andere als wohl in seiner Haut zu fühlen.

»Ist denn niemand hier?« fragte ich ihn streng.

Er versuchte zu antworten, war aber völlig hilflos, da es ihm offenbar nicht gelingen wollte, den Strudel hinunterzuwürgen. Ich gestattete mir den Luxus, mit aristokratischer Gelassenheit abzuwarten, bis er den demütigenden Prozeß der Nahrungsaufnahme mit zugeschnürter Kehle überstanden hatte. Allmählich entspannte sich seine Miene, und die bedenkliche, schlagflußartige Rötung verging. Er war nicht ohne ein gewisses Ebenmaß der Züge, und er hatte das glatte Blondhaar und die etwas fade Hübschheit des typischen Sachsen.

»Ich fürchte nein«, sagte er und fügte noch schnell »Graf« hinzu, in dem überflüssigen Versuch, das Geständnis zu widerrufen, das ich ihm schon an den Augen abgelesen hatte – daß er mich nämlich nicht nur als den hiesigen Schloßherrn, sondern auch als Estelles Beschützer erkannt hatte.

Hatte Estelle ihn damals am Budapester Bahnhof auf mich aufmerksam gemacht? Kann es sein, daß ihr Verrat schon gleich am Anfang unserer Beziehung begann? Solche Fragen drängten sich mir auf, während ich mir den Burschen ansah. Jedoch empfand ich dabei nichts als gänzlich leidenschaftslose, objektive Neugier, ähn- lich der Geistesverfassung, in der ich früher bei schwerkranken Patienten verschiedene Diagnosen zu erwägen pflegte: mit Anteil- nahme zwar, aber auch mit innerer Distanz, da es ja um jemanden ging, der mir nicht nahestand.

Ganz in meine Gedanken vertieft, hatte ich den jungen Mann so lange schweigend angestarrt, daß er aus schierer Genervtheit drau und dran schien, mit einer unbeholfenen Beichte herauszuplatzen doch ehe er sein Gewissen erleichtern konnte, machte ich auf dem Absatz kehrt und ging hinaus. Tatsächlich war ich ihm beinah dankbar für seine provozierende Anwesenheit in der Bäckerei Damit war die Lage der Dinge nun geklärt, nicht nur in bezug au das doppelte Spiel, das Estelle sich mit mir erlaubte, sondern auch hinsichtlich meiner eigenen Gefühle.

NACHT

Am späten Nachmittag begann der Himmel sich aufzuhellen, so daß ich unter plausiblem Vorwand das Schloß verlassen konnte schließlich war Jagdsaison. Ich schulterte ein kleinkalibriges Gewehr und ging quer durch die Obstgärten den Hügel hinab Rückblickend fällt mir auf, daß diese Wegrichtung für einen Jägers mann, der angeblich auf Hasen oder Tauben aus war, doch etwa eigenartig scheinen mußte, und vielleicht hätte ich nicht gerade die Route wählen sollen, die in direkter Linie zu meinem Ziel führte

Ich betrat den Wald, wo ich damals mein Pferd angebunden hatte, als ich mit Estelle am Fluß spazierenging. Sofort scheuchte ich ein paar Rebhühner auf und fragte mich, ob ich sie nicht abschießen sollte, um nicht mit leeren Händen heimzukommen und so Verdacht zu erregen, doch ich ließ es bleiben, weil der Lärm mein Überraschungstreffen mit Estelle hätte vereiteln können. Wie anders wäre alles ausgegangen, wenn ich meinem ersten Impul gefolgt wäre!

Das plötzliche Aufflattern der Vögel zeigte mir, daß ich zu unge stüm war und mich zu hastig vorpirschte. Ich zwang mich, neben dem Stamm einer alten Eiche stehenzubleiben. Ich war ungeduldig und befürchtete, daß die Dämmerung mir zuvorkommen könnte und daß Estelle sich bereits auf dem Rückweg zur Brücke befände. Als alles wieder still war, schlich ich vorsichtig weiter durch das Unterholz, wobei ich mich immer parallel zum Fluß hielt. Ab und zu blieb ich am Waldrand stehen, sah aber niemanden in der Allee. Ich war bitter enttäuscht, doch es war ja auch möglich, daß Estelle sich irgendwo an einen Baum gelehnt hatte, und so ging ich weiter.

Auf der Weide warteten die Kühe darauf, zum Melken gerufen zu werden. Das Gebimmel ihrer Glocken tönte durch den Abenddunst, der brusthoch über dem Gras hing, und hier und da tauchten verschwommen ihre dunklen Gestalten auf, während ich mich zwischen ihnen hindurchbewegte. Ich überquerte schnell den schmalen Streifen offenen Geländes, ohne das Quietschen meiner Sohlen auf dem nassen Gras vermeiden zu können, und kletterte dann über die Feldsteinmauer auf der anderen Seite. Ich duckte mich in ihren Schatten und horchte. Zuerst war alles still, bis auf das geisterhafte Bimmeln der Kuhglocken und das dumpfe, rhythmische Kiefermahlen eines wiederkäuenden Tiers in der Nähe.

Doch auf einmal vernahm ich ein leises Flüstern aus dem Dikkicht am Flußufer. Wer immer sich dort verbarg, hatte offenbar ein verdächtiges Geräusch gehört und im Gespräch innegehalten, um zu lauschen. So eine Pause erfordert Geduld. Das Opfer ist sich nie ganz sicher, ob Gefahr im Verzug ist, sonst hätte es sich gleich davongemacht, so daß man nur abzuwarten braucht, bis es sich wieder unbedroht wähnt. Nach kurzer Zeit schienen die beiden sich überzeugt zu haben, daß niemand in der Nähe war, und nahmen ihre Unterhaltung wieder auf.

Erst da erkannte ich Estelles Stimme. Die Worte selbst konnte ich nicht verstehen, doch ich entnahm ihrem nur allzu vertrauten, nekkischen Tonfall, worum es sich handeln mochte. Prompt ließ sich denn auch das dunklere Timbre einer Männerstimme vernehmen, die ihr begütigend antwortete. Ich konnte heraushören, daß Estelle sich gegen sein Drängen sträubte; ihr Tonfall wurde schärfer, ihre Sätze kürzer. Ich hätte mich gern näher herangestohlen, aber ich fürchtete zu sehr, daß sie mich entdecken könnten. Die Schande hätte ich nicht ertragen. Jetzt versuchte der Mann, sich mit lockeren

Scherzen bei ihr einzuschmeicheln, sie zum Lachen zu bringen. Ich erkannte die Taktik sofort. Genauso pflegte ich auch vorzugehen. Ich stellte mir ihr verhaltenes Lächeln vor und das Grübchen, das in ihrer Wange erschien, was ich immer als Zeichen der Ermutigung verstanden hatte. Sie spielte mit uns wie mit Zirkusrobben, belohnte uns ab und zu mit einem Lächeln oder einer Liebkosung, wie man einem abgerichteten Seehund einen Hering zuwirft! Waren wir Männer denn so leicht durchschaubar, so austauschbar? Ich wußte, daß sie nicht mehr lange in dem Gebüsch bleiben konnten, denn sobald die Dämmerung anbrach, würde Estelle heimgehen müssen. Und tatsächlich, als nächstes hörte ich, wie sie ihn fortschickte, so zögernd und zärtlich, daß es mich zornig machte. Er kam dicht an mir vorbei, rückwärts gewandt, um einen letzten Blick von ihr zu erhaschen, und verhedderte sich in einem Brombeerbusch. Ich hatte schon Angst, er könnte mich entdecken, während er sich loszumachen versuchte, doch er trollte sich alsbald. Es war der junge Bursche vom Bahnhof, ganz ohne Zweifel.

Er war weg, und endlich war ich mit Estelle allein. Wehmütig summte sie eine kleine Melodie vor sich hin. Ich kroch näher heran, so daß ich sie durch die Blätter erspähen konnte. Sie stand an einen Ast gelehnt und neigte den Kopf erst auf die eine, dann auf die andere Seite, während sie irgend etwas in ihrer Hand betrachtete, eine Blume vielleicht, die er ihr mitgebracht hatte. Überlegte sie gerade, für wen sie sich entscheiden sollte, ob für den einen oder den anderen oder gar beide?

Estelle verweilte noch ein wenig auf der kleinen Lichtung. Sie wollte dem jungen Mann wohl einen Vorsprung lassen, damit sie nicht zusammen gesehen wurden, wenn sie über die Brücke kamen. Ich wartete, mit dem Vorsatz, sie an dem Brombeerbusch abzufangen, doch als sie sich weiter Zeit ließ, packte mich der Drang, meine Geschicklichkeit als Jäger zu erproben, indem ich mich so dicht wie möglich an sie anschlich.

Estelle stand an der anderen Seite der Lichtung, die kaum mehr als ein vom Buschwerk umgebener Flecken Sumpfgras war, wo der Weg eine Biegung machte. Sie trug ein blaues Cape mit zurückgeschlagener Kapuze, und ich entsinne mich noch, daß mir dieses Himmelblau irgendwie anmaßend vorkam, da es der gleiche Farbton war, den die florentinischen Meister der Renaissance für den

Mantel der Unbefleckten Jungfrau verwendeten. In der Hand hielt sie eine bunte Papierblume, wie die Zigeuner sie auf Jahrmärkten feilbieten. Die gesummte Melodie verebbte in einem Seufzer, und plötzlich hob Estelle aufhorchend den Kopf. Obwohl ich kein Geräusch verursacht hatte, mußte sie instinktiv die Nähe eines menschlichen Wesens gespürt haben, denn sie blickte sich unsicher nach allen Seiten um. Vielleicht hatte ein Vogel weiter hinten im Dickicht der Flußböschung geraschelt; ich hatte jedenfalls nichts gehört. Meine Aufmerksamkeit war allein auf Estelle gerichtet.

Sie schien sich zu fürchten. Während sie sich bückte, um durch die Büsche zu spähen, tauchte ich lautlos hinter ihr auf. Ich hätte ihr auf die Schulter tippen können, aber ich zog es vor, in genüßlicher Vorfreude darauf zu warten, daß sie sich umdrehte und mich dort fand, wo gerade eben noch niemand gewesen war. Sie richtete sich langsam auf, wandte sich halb um und wäre mit mir zusammengeprallt, wenn ich nicht einen Schritt zurückgewichen wäre.

»Du!« rief sie bestürzt.

Sie schien drauf und dran, vor Schreck in Ohnmacht zu fallen, und ich ergriff sie bei der Taille, als die Knie unter ihr nachgaben. Sie sackte in meine Arme, und ich hielt sie an mich gedrückt. So blieben wir einen langen Augenblick stehen, ihr Kopf an meiner Brust, gemeinsam atmend, in seltsam trügerischer Eintracht. Schließlich fing sie sich wieder, legte den Kopf in den Nacken und sah zu mir hoch. Wie mußte es in diesem Kopf geschwirrt haben, während sie eilig nach Ausreden suchte, mit denen sie mich abzuspeisen gedachte.

»Mir schien...«, begann sie und deutete mit einer matten Geste zur Flußböschung hinüber.

»Was denn, mein Liebes?« murmelte ich.

»Mir schien, da wäre jemand. Ich dachte, jemand könnte uns hier belauschen.«

»Jemand, der dir nachspioniert? Wo?«

Ich ließ zu, daß sie sich in meinen Armen umdrehte. Sie lehnte sich ganz von selbst an mich, aus freien Stücken, mit dem Rücken an meiner Brust, so daß ich über ihre Schulter sehen konnte. Ich atmete den würzigen Duft ihrer Haare ein. Zusammen starrten wir in jene dunklen, nebelverhangenen Schatten. Mit der linken Hand strich ich ihr wie liebkosend über die zarte Kehle.

»Nein«, hauchte sie, obwohl sie doch nicht ahnen konnte, was ich vorhatte.

Ich preßte mich mit den Hüften an sie, hielt sie am Kinn fest und drehte ihr den Kopf zur Seite, während ich sie sachte zu mir zurückbog. Im allerletzten Moment bäumte sie sich auf, als wollte sie mich abschütteln, aber der grausame Dorn des türkischen Dolches durchbohrte bereits ihre Kehle. Ich stieß zu und zog ihr die Klinge durch die Gurgel, und das Blut schoß wie eine Fontäne hervor. Ich empfand ein unbeschreibliches Triumphgefühl, eine namenlose Verzückung, die sich nur mit dem Ausdruck auf den Gesichtern von Heiligen im Moment ihres Martyriums vergleichen läßt.

Dann, ganz plötzlich, war sie nur noch ein lebloses Gewicht und wäre in den Schlamm gestürzt, wenn ich sie nicht aufgefangen und behutsam auf den Boden gebettet hätte, wo das Gras trocken war. Ich beugte mich nieder, um Estelle einen Abschiedskuß zu geben, ohne Gefühl auf den Lippen. Ich war leer und betäubt. Der Rausch war zu schnell vorübergegangen. Ich fühlte mich betrogen. Schon begann das Blut zu schimmernden Klümpchen zu gerinnen, und rings um mich her ging das Leben weiter wie gewohnt: Krähen krächzten am Waldrand, Kuhglocken bimmelten gedämpft, der Fluß plätscherte vor sich hin, die Farben der Umgebung lösten sich im Grau der Dämmerung auf, unsichtbares Kleingetier raschelte im Gebüsch. Der Moment war zu kurz gewesen. Es war, als ob man einen Felsblock in den Fluß schleuderte: ein heftiges Aufklatschen, dann schließt sich das Wasser darüber. Das Leben fließt weiter.

Sie hatte eine Brosche getragen, die ich ihr in Budapest gekauft hatte, und ich nestelte sie ihr von der Bluse, um sie zur Erinnerung zu behalten. Ich habe sie jetzt vor mir liegen, ein Emailleschmetterling in japanischem Stil. Seltsam, irgendwie vermisse ich sie sogar, auf eine etwas verschwommene, halbherzige Weise. Ich bin noch ganz benommen von dem, was da geschehen ist. Mein Verstand weigert sich zu begreifen, was ich getan habe.

12

22. SEPTEMBER 1887, MORGEN

Was habe ich getan! Es ist unnatürlich, daß alles so weiterläuft wie zuvor. Brod hat mich wie gewöhnlich geweckt, indem er die Vorhänge in meinem Schlafzimmer zurückzog. Ich blieb wie erstarrt auf der Bettkante sitzen und betete, das Ganze möge nur ein Traum gewesen sein. Er hielt mir meinen Morgenrock hin, und ich schlüpfte mechanisch in die Ärmel. Dennoch ging alles seinen gewohnten Gang. Mein Rasierwasser dampfte in der eisigen Luft, das Handtuch war angenehm warm. Brod seifte mein Kinn schweigend ein und rasierte mich routiniert mit seiner flinken, tanzenden Klinge, die zu fürchten ich mir längst abgewöhnt habe.

Beim Rasieren befleißigte sich der gute Brod einer geradezu mörderischen Gewissenhaftigkeit. Während er über mich gebeugt stand, sah ich ihn forschend von der Seite an, solange ich diesen unbequemen Blickwinkel ertragen konnte, doch ich entdeckte keinerlei Veränderung in seiner unbewegten Miene, nicht den Hauch einer Ahnung, daß der Mann, der da so gefügig unter der scharfen Messerklinge saß, sich über Nacht verändert hatte. Zuletzt schloß ich die Augen und wurde prompt von fürchterlichen Gewissensbissen geplagt. Alleingelassen mit meiner Seele wurde mir erst der ganze Schrecken meiner Tat bewußt. Ich hatte Estelle getötet! Wenn Brod mich in diesem Augenblick ins Jenseits befördert hätte, wäre es mir nur gerecht erschienen.

Zum Frühstück brachte mir Trudi meine üblichen Spiegeleier und Brötchen. Wie üblich äugte sie kurz zu mir hoch, während sie ihren Knicks machte, ein scheuer Blick wie von einem Vogel, der einen Brotkrumen stiehlt. Ich beobachtete sie aus den Augenwinkeln, doch ihr Blick war nicht länger oder verstohlener als sonst.

Ich hatte keinen Appetit und konnte nichts essen. Elisabeth nahm ihr Frühstück in ihrem Zimmer ein, und ich war ihr dankbar dafür, weil ich ihre Güte jetzt nicht ertragen könnte, nicht einmal den Gedanken, daß sie mich ansieht.

Ich bin abscheulich. Meine Scham ist bodenlos. Ich wünschte, ich käme endlich auf Grund, aber ich falle, falle immer noch. Wenn es irgendeine Sühne für meine Tat gibt, will ich sie auf mich nehmen. Innerlich ducke ich mich angstvoll, in Erwartung eines göttlichen Vergeltungsakts; vielleicht in Gestalt eines Meteors, der bereits durch die Tiefen des Weltalls herbeirast, um zu festgesetzter Stunde durch das Schloßdach zu krachen und mich zu zermalmen. Er sei mir willkommen. Ich verdiene nichts anderes. Aber Gottes Wege sind unerforschlich. Meine Zeit wird kommen.

Und Estelle, meine süße Estelle, so voller Lebensfreude, hingemeuchelt. Durch meine Hand.

VORMITTAG

Offenbar soll ich mich demnächst am Tatort blicken lassen. Und schon erscheint mir die Idee der göttlichen Vergeltung doch recht fragwürdig. Zu meiner Schande muß ich zugeben, daß ich der Verhaftung unbedingt entgehen möchte. Ich empfinde es als Erniedrigung, wie ein gewöhnlicher Verbrecher nur noch eins im Sinn zu haben: Wie stelle ich es an, mich dem Urteilsspruch zu entziehen.

Eine Abordnung der Honoratioren unserer Stadt, ehrerbietig, aber beharrlich, hat mich um eine Audienz ersucht. Wahrscheinlich ist meine Anwesenheit am Schauplatz des Verbrechens erforderlich, um der Verschiedenen angemessenen Respekt zu zollen, aber vor allem, um die Fassade von Recht, Ordnung und Beständigkeit zu wahren angesichts dieser Erschütterung des Sozialgefüges. Früher haben sie mich nie gebraucht, wenn ein Zigeuner von seinesgleichen niedergestochen worden war, doch mit Estelles Ermordung hat es eine andere Bewandtnis. Ich hatte mir nicht klargemacht, wie beliebt sie in der Bevölkerung war und für wie viele Mitbürger sie die unbestimmte Sehnsucht verkörperte, unserer provinziellen Enge zu entfliehen.

Ich habe die braven Abgesandten wissen lassen, daß ich mich

unverzüglich an den Tatort begeben würde. Während Jakob mir mein Pferd sattelt, frage ich mich ernsthaft, weshalb ich den Ausweg des Selbstmords eigentlich nicht näher in Erwägung ziehe. Wäre es nicht das Beste, diesem wertlosen Dasein gleich ein Ende zu setzen?

Dem Vernehmen nach ist ein gewisser Inspektor Kraus mit der Untersuchung des Mordfalls betraut. Auch er möchte mich sprechen. Offenbar meint er, ich könnte ihm bei seinen Nachforschungen behilflich sein. Oder ist es etwa eine Falle? Doch ich bin mir sicher, daß es keine Zeugen gegeben hat. Die ganze Sache fand im dichten Unterholz statt, von zufälligen Blicken abgeschirmt, und verlief praktisch geräuschlos. Ja, ich war sogar so vorausschauend, auf dem Rückweg einen Hasen zu erlegen, damit das Blut an meiner Kleidung keinen Verdacht erregte. Ich erkenne mich selbst in diesem Menschen nicht wieder.

NACHMITTAG

Inspektor Kraus ist ein kleiner Mann, wie ein Frettchen oder ein Wiesel oder irgendeines dieser Tiere, die so lange herumschnüffeln, bis sie eine Fährte finden, und dann hartnäckig ihre Beute verfolgen, hinunter ins tiefste Kaninchenloch. Er strotzte förmlich vor Jagdeifer, reckte ständig die Spürnase in den Wind, um Witterung aufzunehmen. Besagte Spürnase springt scharfkantig zwischen dunklen, eng zusammenstehenden Augen hervor, die blinzelnd an ihr entlangspähen. Eine solche Nase ist wie geschaffen dafür, sie in anderer Leute Angelegenheiten zu stecken. Seine geringe Körpergröße scheint ihm Kummer zu machen. Vielleicht wird ihm ihretwegen nicht genügend Respekt zuteil. Kraus stellt sich immer auf die Zehenspitzen, um auf gleicher Höhe mit einem zu reden, wobei er in seiner Eindringlichkeit dichter an einen heranrückt, als einem lieb sein kann.

Ursache dieses ungewöhnlichen Benehmens ist seine fröhliche Mißachtung sozialer Rangstufen; er legt Wert auf Gleichgestelltheit, auf das offene Gespräch von Mann zu Mann, ohne Rücksicht auf störende Etikettefragen. Irgendwie gelingt es ihm trotzdem, nicht unverschämt zu wirken. Tatsächlich empfinde ich sein Auftreten als erfrischende Abwechslung von der kriecherischen Schmeichelei, die ich von seiten der Beamtenschaft sonst gewohnt bin. Aber er ist schon ein seltsamer Kauz. Ich glaube, seine Ungeschliffenheit ist ihm gar nicht bewußt, und da sie keiner kalkulierten Absicht entspringt, erregt sie auch keinen Anstoß, vielmehr fällt sie auf ihn zurück, denn in seiner Humorlosigkeit wirkt er unfreiwillig komisch. Kraus ist einer jener Menschen, die nicht wissen, daß sie nackt durchs Leben gehen, bar der gesellschaftlichen Hülle, die wir anderen benutzen, um unsere wahre Natur zu verbergen.

Ich ritt den Hügel hinunter und band mein Pferd an der üblichen Stelle am Waldrand fest. Der Regen hatte während der Nacht aufgehört, aber die tiefhängenden Wolken kündigten weitere Güsse an. Während ich über die Weide ging, sah ich einen Polizisten, der vor dem ominösen Dickicht auf und ab patrouillierte, und er geleitete mich so, daß ich mich dem Schauplatz des Verbrechens von der Allee her näherte.

Im Schatten der Lichtung traf ich erstmals auf Inspektor Kraus. Er tappte rastlos auf und ab, wie ein eingesperrtes Tier. Der Leichnam war weggeschafft worden, aber die Stelle, an der er gelegen hatte, war mit Kalklinien markiert. Er sah aus wie die Überbleibsel eines Kinderspiels.

»Graf!« rief er, kaum daß er mich sah, und eilte auf mich zu, als wolle er ein Gespräch wiederaufnehmen, das wir beim Frühstück abgebrochen hatte. Ich bot ihm meine Hand, die er mit abwesender Miene schüttelte. »Eine böse Sache ist das«, fuhr er fort. »Wir müssen ihr so schnell wie möglich auf den Grund kommen.«

»Ganz meiner Meinung. Sie war ein prachtvolles Mädchen, der Stolz seiner Eltern. Und der ganzen Stadt.«

»Haben Sie sie gekannt?«

»Gewissermaßen.«

»Wie das?«

Das überfallartige Tempo seiner Fragen begann mich zu irritieren, und ich versuchte, ihn zu bremsen. »Nun, ich hatte mich bemüht, der Familie in einer häuslichen Angelegenheit zu helfen. Auf Wunsch ihrer Eltern hatte ich ihr eine Stellung als Gouvernante verschafft.«

»Wo?«

»In Budapest.«

»Ja, ja, das kann ich mir denken«, versetzte er ungeduldig. »Aber wo in Budapest, Graf?«

»Bei einer französischen Diplomatenfamilie. Monsieur wurde unerwartet nach Paris zurückberufen, und die Familie ist mit ihm zusammen abgereist.«

»Aber das Mädchen hat ihren Eltern erzählt, es sei nur zu Besuch heimgekommen.«

»Ah«, sagte ich mit soviel Zweideutigkeit, wie man in eine einzige Silbe legen kann. »Nur zu Besuch?«

Seine Nasenflügel zuckten vor Erregung. »Ein zweites Indiz!« erklärte er. Offensichtlich unterzog er den neuen Hinweis sogleich einer genauesten Prüfung, doch nach der Art und Weise zu schließen, wie er den Kopf in den Nacken legte, die Nase in die Luft streckte und die Äuglein hurtig hin und her wandern ließ, hätte er auch ebensogut im Wind nach einer frischen Fährte schnuppern können. »Sehr eigenartig. Sehr eigenartig«, murmelte er vor sich hin. »Sehen Sie, Graf, ihre Mutter hat auf der Kommode des Mädchens nämlich eine Rückfahrkarte dritter Klasse nach Budapest gefunden.«

»Was darauf hindeutet, daß sie vorhatte zurückzufahren, obwohl es gar keine Stellung mehr gab.«

»Eben!«

»Und was folgern Sie daraus?«

»Ich bitte Sie, Graf, das versteht sich doch von selbst!«

»Ich fürchte, da komme ich nicht mit.«

»Das besagt natürlich, daß sie *jemanden* in Budapest hatte, zu dem sie zurückwollte.«

»Sie meinen...«

»Wir sind doch Männer von Welt, nicht wahr?«

»Ja, aber...«

»In meiner Branche trifft man die ganze Zeit auf solche Dinge. Bedauerlich, aber nicht zu ändern. Man muß die Dinge nehmen, wie sie sind.«

»Sie wollen andeuten, daß sie in irgendeine Affäre verwickelt war?«

»Daß sie einen Liebhaber hatte? Ja.«

»Aber sie wurde hier ermordet. Wie kann die Situation in Budapest da von Belang sein?«

»Ist sie ja nicht.«

»Da scheinen Sie sich aber ziemlich sicher zu sein.«

»Wenn man so viele von diesen Fällen erlebt hat wie ich, dann erkennt man allmählich, welche Prinzipien einem Mord zugrunde liegen. Letzten Endes ist das Morden eine Krankheit wie jede andere. Sie waren doch einmal Arzt, glaube ich?«

»In der Tat.«

»Dann werden Sie es unschwer verstehen. Mord ist sozusagen eine Krankheit des Volkskörpers, ein Virus, der das Gemeinwesen befällt, mit der gleichen Symptomatik, die Ihnen von der Individualmedizin her vertraut ist. Und hier...« Er deutete auf den matschigen Boden, wo die geronnenen Blutklumpen sich mit der schwarzen Erde vermischten. »Indiz Nummer eins«, sagte er mit sichtlicher Befriedigung.

»Ich glaube, ich begreife, worauf Sie hinauswollen«, begann ich. »Man könnte also die Theorie aufstellen...«

»Was heißt hier Theorie! Beweise! Dies hier sind klare Tatsachen, die uns genausoviel über das Verbrechen sagen wie beispielsweise ein fleckiger Ausschlag über Masern.«

»Nun gut, dann lassen Sie es mich so formulieren«, fuhr ich mit wahrer Engelsgeduld fort, denn immerhin verlief das Gespräch bisher äußerst günstig für mich. »Nach diesen Blutspuren zu schließen, dürfte der Mord irgendwann zwischen vier und sieben Uhr gestern abend verübt worden sein.«

Ich dachte, ich hätte ihn mit meinem Scharfsinn verblüfft, aber Inspektor Kraus starrte mit ungläubiger Miene zu Boden.

»Sagen wir, etwa eine Stunde vor bis eine Stunde nach Sonnenuntergang«, schlug ich vor. Ich fürchtete schon, ich hätte zu hoch gepokert, doch die Gelegenheit, mich dem braven Inspektor als eine Art Hilfsdetektiv anzudienen, mochte ich mir nicht entgehen lassen. »Leider sehe ich mich nicht in der Lage, die Tatzeit noch genauer einzugrenzen«, setzte ich bescheiden hinzu.

»Ich meinte eigentlich die Fußabdrücke«, sagte Kraus.

Mit einem flauen Gefühl in der Magengrube sah ich noch einmal hin. Es waren tatsächlich zwei verwischte Abdrücke zu erkennen, doch sie konnten unmöglich von mir stammen. Sie waren klein und schmal – offensichtlich die einer Frau oder möglicherweise eines sehr schmächtigen Mannes.

»Höchstwahrscheinlich von dem Opfer selbst, glauben Sie nicht?« schlug ich vor.

»Unmöglich.«

Ich fühlte mich zunehmend von seiner doktrinären, schulmeisterlichen Art gereizt. »Nun, als Wissenschaftler täten wir gut daran, zu bedenken...«

»Ich habe mir erlaubt, die Fußabdrücke der Toten mit den Abdrücken hier zu vergleichen.« Er deutete kurz in eine Ecke der Lichtung, wo einer von Estelles Winterstiefeln geknickt auf der Seite lag. Der triste Anblick jener weichen Lederhülle, die einstmals Estelles hübschen Fuß umschlossen hatte, zog mir das Herz zusammen, und ich mußte mich abwenden, damit er nicht die Tränen sah, die mir in die Augen traten.

»Sehen Sie, Graf, dies ist eine Wissenschaft für sich. Wußten Sie, daß es Detektive gibt, die ganze Bücher über Fußabdrücke verfaßt haben?«

»Das ist mir neu.« Besorgt sah ich mich nach weiteren Fußspuren um, die den Verdacht womöglich auf mich lenken könnten. »Sollten wir nicht noch nach anderen Abdrücken Ausschau halten?« fragte ich, in der Hoffnung, daß er mir die Gelegenheit geben würde, alle restlichen Indizien zu tilgen.

Er nickte, und ich sah ihn zum erstenmal lächeln, ein verschämtes kleines Grinsen, als sei jeglicher Ausdruck von Heiterkeit hier fehl am Platz. »Als Sie eintrafen, war ich gerade im Begriff, eine gründliche Spurensuche vorzunehmen.«

»Haben wir schon irgendeinen Hinweis darauf, aus welcher Richtung der Mörder kam?« fragte ich, während ich die Lichtung abging, bis zu dem Winkel, wo ich Estelle in jenem letzten Augenblick umfangen hatte. Unwillkürlich schrak ich bei der Erinnerung zusammen, und eine abergläubische Furcht überkam mich; ich spürte, wie sich mir das Haar im Nacken sträubte. Zugleich aber sah ich zu meiner Beruhigung, daß der Boden hier fest war und daß die Stelle, wo ich Estelle umgebracht hatte, keinerlei Abdrücke zeigte.

»Es wäre unsinnig, zu diesem Zeitpunkt schon irgendwelche Vermutungen anzustellen«, sagte Kraus.

»Sie meinen, daß Sie noch keine Hypothese darüber haben, wie der Mörder das Mädchen getötet hat?«

»Dazu ist es noch zu früh.«

»Oder wie er geflüchtet ist?«

»Er?«

»Ich nehme an, daß es ein Mann war. Das scheint mir doch offenkundig.«

»Wieso?«

Ich wollte schon auf Estelles Wunde zu sprechen kommen, hielt mich aber gerade noch rechtzeitig zurück. »Deshalb.« Ich deutete auf das Blut, das am Boden verspritzt war. »Ich gehe doch recht in der Annahme, daß das Opfer erstochen wurde?«

»Jawohl.«

»Nach den Blutspuren zu urteilen, hat man ihr wohl die Kehle durchgeschnitten?«

»Richtig. Aber warum sollte der Mörder ein Mann sein?«

»Er hätte die Kraft haben müssen, das Mädchen festzuhalten, während er ihr das Messer an die Kehle setzte.«

»Vorausgesetzt, er hat sie von hinten angefallen, was noch nicht erwiesen ist.«

»Darum glaube ich, daß die Fußabdrücke eher nebensächlich sind. Meiner Ansicht nach sollten Sie nach einem Mann fahnden. Einem kräftigen Mann.«

»Aber ist Ihnen auch aufgefallen, Graf, wie die Kante dieses Fußabdrucks hier mit der Blutspur überlappt? Da muß irgendwer unmittelbar nach der Tat entlanggegangen sein.«

Ich bückte mich, wagte kaum, meinen Augen zu trauen. Tatsächlich, der kleine Mann hatte recht. Ein Fuß war in das Blut getreten, und zwar noch ehe es eingetrocknet war. Hatte es demnach einen Zeugen gegeben? Wenn es einen gab, würden wir ihm gemeinsam nachstellen, mit Kraus in der Rolle des Spürhunds. Der Inspektor nahm mein Interesse mit Wohlwollen zur Kenntnis, als wäre ich einer seiner Musterschüler. »Sehr gut, Graf«, lobte er und rieb sich nervös die Hände. »Könnten Sie sich nun eventuell noch dazu bereit finden, einen Blick auf den Leichnam zu werfen?«

An diese Möglichkeit hatte ich nicht gedacht; ich war sprachlos vor Schreck bei dem Gedanken, Estelle noch einmal zu sehen. Ich wollte sie so in Erinnerung behalten, wie sie im letzten Augenblick ihres Lebens gewesen war. Aber wenn ich doch Abbuße leisten wollte, bot sich hier nicht die Gelegenheit, damit zu beginnen?

»Oder ist das zuviel verlangt?« fragte Kraus auf mein Zögern hin.

»Nein, nein, überhaupt nicht. Aber was ist mit Dr. Czernin? Er ist der Arzt hier in der Stadt. Er würde Ihnen sicher von größerem Nutzen sein.«

Inspektor Kraus schwieg diskret, neigte nur zweifelnd den Kopf zur Seite, woraus ich schloß, daß er bereits über Czernins Fähigkeiten im Bilde war. Wie schnell er sich mit unserer Stadt vertraut gemacht hat!

»Aber Sie sind ein Mann der modernen Wissenschaft, Graf. Sie haben in Paris studiert. Trotzdem, ich will Ihnen natürlich nicht zuviel zumuten.«

»Ich frage mich nur, ob ich überhaupt noch die nötige Fachkunde besitze. Es ist schon viele Jahre her, seit ich eine Autopsie durchgeführt habe.«

»Darum möchte ich Sie auch gar nicht bitten«, unterbrach er mich hastig. »Außerdem würden die Eltern es nicht zulassen. Ich dachte mehr an eine äußere Untersuchung der Leiche.«

»Kann das denn zweckmäßig sein?« fragte ich.

»Sicher kann es das. Es muß. Wir müssen soviel Beweismaterial sammeln, wie es nur gibt. Nur dann können wir die richtigen Folgerungen schließen, um den Fall aufzuklären.«

Kraus ist ein überspannter Fanatiker, der sein Ziel mit verbissener Hartnäckigkeit verfolgt, und ich sah, daß ich mich der Aufgabe nicht würde entziehen können, wenn ich weiter in die Spurensuche einbezogen bleiben wollte.

»Lassen Sie uns erst noch das Gelände fertig überprüfen«, schlug ich vor. »Ich könnte das Stück vom Weg bis zu dem Baum da hinten absuchen.«

»Wissen Sie denn, wonach Sie suchen sollen?«

»Natürlich, nach solchen Fußabdrücken.«

»Ich dachte, Sie hätten gesagt, die Abdrücke wären nebensächlich.«

»Ich denke, das werden Sie auch noch feststellen, aber als Wissenschaftler bin ich bereit abzuwarten, ob meine Vermutungen sich bestätigen.«

Meine Antwort schien meine Glaubwürdigkeit in seinen Augen zu festigen, was mir nur recht sein kann, denn bei all seiner Kauzigkeit sollte ich Kraus nicht unterschätzen. Er versteht sich auf sein Metier, keine Frage, aber weit bedrohlicher für mich ist sein verbissener, geradezu manischer Jagdeifer. Ich muß ihm dicht auf den Fersen bleiben, damit er nicht einmal in die Nähe der Wahrheit vordringt.

Zu meiner Erleichterung stimmte er meinem Vorschlag zu, den Erkundungsgang fortzusetzen, und die Augen starr auf den Boden gerichtet, zog er in die falsche Richtung los. Es fiel mir nicht schwer, meine Schritte von gestern abend noch einmal nachzuvollziehen. Zu meinem Entsetzen stieß ich schon bald auf deutliche Fußabdrücke, die ich hinterlassen hatte, als ich durch das Unterholz gekrochen war. Doch es war eigentlich nicht mehr nötig, sie zu verwischen; es genügte, sie mit frischen Abdrücken zu umgeben, so daß sie aussahen, als hätte ich sie eben erst gemacht.

Ich gratulierte mir gerade dazu, die Beweise meiner Gegenwart am Tatort so geschickt entfernt zu haben, als ich Kraus aufgeregt nach mir rufen hörte. Ich bog die Stämme einiger Weidenschößlinge auseinander und schlüpfte in das dunkle Unterholz dicht am Flußufer.

»Vorsichtig!« rief er gleich darauf.

»Wo sind Sie?« rief ich zurück. Ich war überrascht, daß er mich sofort gesehen hatte, ich ihn jedoch nicht entdecken konnte, selbst dann nicht, als der Klang seiner Stimme mir seinen Standort anzeigte.

»Kommen Sie auf den Uferweg!« rief Kraus wieder.

Ich kämpfte mich durch dichtes Buschwerk, um zum Fluß hin zu gelangen. Von dort aus folgte ich dem Weg, der von Zweigen überwuchert war; in Kopfhöhe begegneten sich Birke und Haselnuß, um einen grünen Tunnel zu bilden.

Ohne Rücksicht auf persönliche Bequemlichkeit oder Würde, geschweige denn auf den Zustand seiner Beinkleider, kniete Kraus in dem Matsch und untersuchte mit Hilfe einer Lupe einen weiteren Fußabdruck.

»Treten Sie bitte nur in meine Fußstapfen, Graf«, sagte er ohne aufzublicken.

Ich fügte mich also ins Warten. Nach ein oder zwei Minuten räusperte ich mich, für den Fall, daß er mich vergessen hatte.

»Ja, ja, Augenblick noch«, knurrte er ungehalten.

Schließlich richtete Kraus sich auf und starrte grüblerisch in die Ferne. Ich für meinen Teil hatte sofort bemerkt, daß der Abdruck, den er untersuchte, mit jenen am Tatort übereinstimmte. Mehr noch, als ich mich ein wenig bückte, stellte ich fest, daß man von hier aus eine ziemlich gute Sicht auf die Stelle der Lichtung hatte, wo ich Estelle zum letztenmal umfangen hielt.

»Haben Sie mit Ihrer Lupe irgend etwas Besonderes entdecken können?« fragte ich, und es gelang mir gerade noch, den sarkastischen Ton aus meiner Stimme herauszuhalten. Vielleicht hätte ich ihm mein Mikroskop anbieten sollen, das seit den letzten zwanzig Jahren ungenutzt in meiner Bibliothek verstaubt!

»Tja, wissen Sie, ich habe mal in einer kriminologischen Abhandlung gelesen, man könnte in Fußabdrücken manchmal Spuren von Stoffen entdecken – Ruß zum Beispiel, oder Erdklumpen aus einer anderen Region –, die einem vielleicht Aufschluß über deren Herkunft geben.« Er klang enttäuscht.

»Verstehe«, sagte ich milde.

»Sie hat hier gelauert«, sagte er.

»Estelle?«

»Nein, die Mörderin.«

»Sie bestehen weiter darauf, daß es eine Frau gewesen sein muß.« Ich wußte nicht, wie ich ihn von dieser Spur abbringen und auf die weitaus plausiblere Möglichkeit lenken sollte, die der kräftige Sachse darstellte, mit dem sie aus Budapest angereist war. »Ich nehme an, es hätte auch eine Komplizin sein können«, bot ich ihm als Kompromiß an.

»Oder ein Mann mit sehr kleinen Füßen, soviel will ich Ihnen zugestehen.«

Elisabeth und ich sitzen uns bei den Mahlzeiten an dem langen Eichentisch im Speisesaal gegenüber. Ich weiß nicht, wie wir zu dieser distanzierten Sitzweise gekommen sind, aber es ist schon immer so gewesen. Wahrscheinlich hat Brod es so eingerichtet, der als Diener bei so vielen verräterischen Details unseres häuslichen Arrangements seine Hand im Spiel hat. Für Brod ist mein Bruder Georg niemals völlig von uns gegangen, und er hat mein Recht auf den Grafentitel nie so ganz anerkannt, weshalb er auf seine unauffällige Art immer sein möglichstes versucht, Elisabeth und mich auseinanderzuhalten – aus alter Loyalität zu seinem Herrn, den er zutiefst bewundert hat.

Wir bekamen Wildbretpastete serviert, nicht gerade das Appetitlichste, wenn man noch eine Leichenschau vor sich hat. Das üppige Aroma des Wildbrets, das ich normalerweise genieße, ekelte mich an. Trotzdem versuchte ich, mit äußerster Selbstüberwindung den Anschein zu wahren, als sei alles so wie sonst.

Auch Elisabeth stocherte nur in ihrem Essen, hantierte lustlos mit Messer und Gabel, ohne mehr als ein paar Anstandsbissen zu sich zu nehmen.

»Ich soll nachher den Leichnam des ermordeten Mädchens untersuchen«, sagte ich.

Elisabeth schien mich nicht gehört zu haben. Im Lauf der Jahre haben wir uns angewöhnt, uns bei den Mahlzeiten anzuschweigen. Es ist nicht leicht, ein Gespräch zu führen, wenn man an entgegengesetzten Enden des Tisches sitzt; Brod bedient uns stumm, sichtlich darauf aus, jede Unterhaltung sogleich abzuwürgen, indem er sich mit einer leisen Frage zu Elisabeth vorbeugt oder geräuschvoll das Geschirr abräumt.

»Ein gewisser Inspektor Kraus bearbeitet den Fall. Komischer kleiner Bursche. Sieht aus wie ein Wiesel, scheint aber ganz helle zu sein. Hat mich gebeten, ihm ein bißchen zur Hand zu gehen. Ich sagte: ›Bin allerdings schon ein bißchen eingerostet.‹ Es ist ja schon zwanzig Jahre her, daß ich den Arztberuf aufgegeben habe. Trotzdem, ich dachte mir, ich sollte tun, was ich kann, mal sehen, was daraus wird.«

Hier ließ Elisabeth Messer und Gabel klappernd auf den Teller fallen, was sonst gar nicht ihre Art ist.

»László, ich glaube, das ist nicht ganz das passende Thema für ein Tischgespräch.« Sie warf mir ein kleines, verkrampftes Lächeln zu, um zu zeigen, daß sie es nur gut meinte.

»Oh – entschuldige!« sagte ich schnell. »Das war gedankenlos von mir.« Doch ich registrierte mit Interesse, wie empfindlich sie auf das Thema Blutvergießen reagierte.

»Das macht nichts. Ich bin sowieso fertig. Danke, Brod, Sie können jetzt abräumen.«

»Ich bin auch fertig. Den Kaffee nehmen wir dann im Salon.«

Die Tür, die aus dem Eßzimmer führt, befindet sich hinter Elisabeths Stuhl, und als sie aufstand, erhob ich mich ebenfalls und ging zu ihr hinüber. Normalerweise hätte Brod ihr den Schal, der über die Rückenlehne ihres Stuhls hing, jetzt um die Schultern drapiert. Das ist so etwas wie ein Ritual, lange vor meiner Zeit eingeführt, mit dem er wohl irgendeinen Besitzerstolz verbindet. Aber Brod hatte die Hände gerade voller Geschirr und mußte daher tatenlos von der Anrichte aus zusehen, wie ich den kostbaren Schal nahm und ihn sanft um Elisabeths Schultern legte. Jederzeit sonst in den zwanzig Jahren unserer Ehe hätte sie eine solche Geste willkommen geheißen und sie dazu genutzt, daß unsere Finger sich begegneten, während sie den Schal zurechtzog. Aber heute zuckte sie zusammen, als ich sie berührte. Unwillkürlich drehte sie sich mit erschrokkener Miene zu mir um, bevor sie hastig aus dem Zimmer eilte.

ABEND

Im Haus der Theissens wirkte Inspektor Kraus seltsam verlegen. Das hatte nichts mit dem üblichen Unbehagen zu tun, das man den Angehörigen eines Verstorbenen gegenüber verspürt, denn Kraus ist absolut taktlos und schert sich keinen Deut um anderer Leute Gefühle, wenn er auf sein Ziel lossteuert. Doch er tut sich schwer, wenn er seiner Umgebung nicht sein eigenes hektisches Tempo aufzwingen kann, und im Haus eines Toten geht eben alles mit feierlicher Gemessenheit vor sich.

Ich schüttelte Theissens Hand. Er war ungemein dankbar, daß ich gekommen war, und schien sich der Tatsache nicht bewußt, daß ich als Arzt dort war, nicht als Graf. Frau Theissen scheint hin- und hergerissen zwischen berechnender Genugtuung über das gesellschaftliche Prestige, das ihr durch das Drama erwächst, und tiefem, echtem Kummer, mit dem sie nichts anzufangen weiß.

Nach einigen flüchtigen Beileidsbekundungen verzog Kraus sich fast überstürzt in Richtung Treppe.

»Sie waren so großzügig zu unserer lieben Estelle, Herr Graf«, sagte Frau Theissen mit Tränen in den Augen.

»Ach, eigentlich habe ich doch nur wenig getan«, winkte ich resigniert ab.

Ich war ehrlich betrübt über ihren Verlust. Zweifellos hätte ich mich schämen sollen, als ich der trauernden Mutter der Frau, die ich gerade umgebracht hatte, höflich mein Beileid aussprach. Während ich Frau Theissens feuchte Hand drückte, hätte ich mir wie ein verdammter Heuchler vorkommen müssen – aber das tat ich nicht. Kraus wartete ungeduldig, einen Fuß auf der untersten Treppenstufe, die Hand am Geländer. Ich ärgerte mich über seine ungehobelten Manieren, ja, im stillen verfluchte ich ihn gar für seine Unfreundlichkeit gegenüber den Theissens!

Theissen brachte vor Erschütterung kein Wort heraus, doch seine Frau sagte tapfer: »Sie ist oben in ihrem Zimmer, Herr Graf«, und preßte schnell ihr Taschentuch an die Lippen.

»Keine Sorge, wir finden uns schon zurecht«, sagte Kraus, bereits im Hinaufsteigen.

»Es wird nicht lange dauern«, versicherte ich ihnen, mühelos in die Rolle des Arztes schlüpfend.

Eine Bauersfrau saß auf einem Stuhl in dem Zimmer. Man hatte sie wohl mit der Totenwache betraut, und sie zeigte keine Neigung, sich zurückzuziehen, als wir uns ans Werk machten. Sie saß mit bequem gekreuzten Beinen da und beobachtete uns mit offenem Interesse, während sie unentwegt weiterstrickte. Das ständige Klikken ihrer Nadeln verlieh der Szene etwas beunruhigend Alltägliches und half mir, bei Verstand zu bleiben.

Manche Leute behaupten, Leichen sähen aus wie Schlafende. Das ist Unsinn. Der Leichnam lag auf dem Rücken, bis zum Kinn mit einem Laken bedeckt, das Gesicht völlig ausdruckslos. Selbst im Schlaf hatte Estelle immer etwas Belebtes gehabt; oft habe ich sie bei Kerzenlicht beobachtet und das allmähliche Wechselspiel der Gefühlsregungen auf ihren Zügen verfolgt, während sie träumte. Und immer war da auch die Erwartung, daß sie jeden Augenblick die Augen aufschlagen könnte und jener erst noch schlaftrunkene, dann zunehmend mutwillige Blick darin aufleuchten würde. Erinnerungen an Estelle stiegen in mir hoch, und ich spürte, wie mir die Tränen in die Augen traten; ein heraufdrängender Schluchzer krampfte mir die Kehle zusammen und drohte mich zu verraten. Ich unterdrückte ihn mühsam mit einem seltsam bellenden Husten.

Was muß das für ein Mensch sein, der dieses kostbare Leben auslöschen konnte? fragte ich mich in meiner Verzweiflung. Ich glaube, das war der Augenblick, in dem ich zum erstenmal einen

Anflug von Furcht verspürte, wie eine Flamme, die sich an ihrer eigenen Hitze entzündet; ein plötzlich aufflackernder Schrecken bei dem Gedanken, daß in mir ein Fremder verborgen war, der Anspruch auf meine Seele erhob.

Ich versuchte meinen Kummer zu beherrschen, indem ich mich mit aller Macht auf die vorliegende Aufgabe konzentrierte. Instinktiv – mit der instinktiven Zärtlichkeit des Liebenden – strich ich ihr eine Locke ihres seidenen Haars aus der Stirn.

»Wonach tasten Sie da?« fragte Kraus, der mir wißbegierig über die Schulter spähte.

»Mögliche Frakturen des Schädels«, knurrte ich, um ihn davon abzuhalten, noch weitere Fragen zu stellen, bevor ich mich wieder gefangen hatte.

Zu meiner Entrüstung hatte er eine ihrer Hände ergriffen. Er hatte seine Lupe hervorgeholt und blinzelte angestrengt unter ihre Fingernägel.

»Hmm«, sagte er. »Keinerlei Anzeichen für einen Kampf.«

Es mag als Gipfel der Heuchelei erscheinen, daß ich, der Mörder des Mädchens, bereit sein sollte, jemanden nur wegen seines pietätlosen Umgangs mit ihrer Leiche an die Gurgel zu fahren, und doch war dieser Impuls vollkommen ehrlich, die Entrüstung echt und unverstellt. Der Mörder in mir war unauffindbar. Als ich mich über ihr Gesicht beugte, um die Wunde zu untersuchen, erkannte ich deutlich, daß die kurze Ekstase jener Bluttat niemals gesühnt werden konnte, daß ihr Preis niemals mehr zu rechtfertigen war. Doch nein, er wollte sich nicht zeigen, der Mörder, sosehr der beraubte Liebhaber sich auch danach sehnte, ihm gegenüberzutreten. Er war ebensowenig zu sehen, wie man den eigenen Hinterkopf im Spiegel zu sehen vermag, auch wenn man sich noch so schnell hin und her dreht. Er hatte sie aus einer spontanen Anwandlung heraus getötet, kaum zwingender als eine flüchtige Laune – ein leichtfertiger, frivoler Akt, den ich nicht länger verstand. Welch ein menschliches, wahrhaft veredelndes Gefühl die Trauer ist – und wie tragisch und nutzlos, da sie stets, unvermeidlich, zu spät kommt!

Ich wandte mich zu Kraus um und sagte: »Der Schnitt verläuft von links nach rechts, rund um den Hals. Daraus schließe ich, daß der Mörder Rechtshänder war und hinter ihr stand. Da die Wunde schräg nach oben weist, kann man davon ausgehen, daß die Person, die ihre Kehle durchgeschnitten hat, beträchtlich größer war als die Verstorbene.«

Als ich mich von Inspektor Kraus am Haus der Theissens verabschiedete, schlug er gleich den Weg zum Bahnhof ein, um nach Kolozsvar zurückzukehren. Er muß einen vorläufigen Bericht abfassen, aber es gelang mir nicht, viel über dessen Inhalt zu erfahren, und ich hielt es alles in allem für ratsam, ihm nicht den Sachsen als Verdächtigen aufzudrängen. Ich bin ganz sicher, daß er nach und nach selbst zu diesem Schluß kommen wird, und es wirkt weitaus überzeugender, wenn er ohne meine Einflußnahme zu dieser Ansicht gelangt.

Ich kehrte zum Fluß zurück. Keiner der Polizisten, die Kraus dort anfangs postiert hatte, war von der Brücke aus zu sehen; also war die Beweisaufnahme am Tatort wohl abgeschlossen.

Ich nahm die linke Gabelung weg von dem Fluß und kam zu der Stelle, wo unsere kleinfüßige Zeugin im Unterholz gehockt haben mußte. Als ich weiterging, wurde der Pfad immer überwachsener, bis er in einen anderen einmündete, der um den Rand der Weide herumführte. Ich war wieder auf meinem eigenen Land und auf bekanntem Territorium. Bald erreichte ich eine große Föhrenschonung, die mein Großvater angepflanzt hatte und die an die Straße zum Schloß angrenzte.

In der Schonung suchte ich nach Anzeichen dafür, daß dort ein Pferd angebunden gewesen war, da die Wege um die Weide und am Fluß zu schmal waren, um einen Reiter durchzulassen, und tatsächlich entdeckte ich einen Haufen frischer Pferdeäpfel. Die Reiterin hatte ihr Pferd an einen Schößling zwischen den Föhrenstämmen festgebunden, wo ein paar Grasbüschel wuchsen. Dort gab es aber auch einen Flecken Boden, der frei war von den elastischen, spurenabweisenden Föhrennadeln, und bald fand ich, wonach ich suchte: ein klarer Abdruck, wo die Reiterin vom Pferd gestiegen und mit ihrem vollen Gewicht auf einem Fuß aufgetreten war.

Es war offensichtlich, daß dieser Fußabdruck zu den früheren paßte. Jakob hat recht kleine Füße, und einen Augenblick war ich versucht, ihn als möglichen Zeugen in Betracht zu ziehen. Doch es läßt sich kaum bezweifeln, daß Elisabeth meine schmalfüßige Zeugin ist. Allein schon ihr plötzliches Zurückschaudern vor mir ist Beweis genug. Sie war mir gefolgt, als ich gestern nachmittag das

Schloß verlassen hatte, aber sie hatte schon gewußt wohin, denn sie war mir nicht zu Fuß gefolgt. Statt dessen hatte sie diesen Umweg gewählt, der sie unentdeckt zu ihrem Beobachtungsposten führen würde. All dies sprach für ein gewisses Maß an Planung, für eine genaue Kenntnis meiner privaten Unternehmungen seit mehreren Wochen. Mit diesem beunruhigenden Gedanken im Kopf kehrte ich zum Schloß zurück.

23. SEPTEMBER 1887, MORGENS

Gestern abend ließ mir Elisabeth durch Brod ausrichten, daß sie indisponiert sei und nicht mit mir zu Abend essen könne. Auch das Frühstück nahm ich allein ein, wie meistens in letzter Zeit. Doch heute lag mir viel daran, sie zu sehen. Elisabeth ist alles andere als schwer durchschaubar. Sie ist durch und durch ehrlich und hat die größten Schwierigkeiten, ihre Gefühle zu verbergen. Ich brauchte nur einen kurzen Augenblick, einen kurzen Austausch von Alltagsfloskeln, irgendeinen Vorwand, mit dem ich sie dazu bringen konnte, mir in die Augen zu sehen, und sofort würde ich ihren nächsten Schritt abschätzen können.

Ich trödelte so lange wie möglich Zeitung lesend in der Halle herum, in der Hoffnung, sie abzufangen, sobald sie herunterkam. Das Zusammentreffen sollte ganz unbeabsichtigt scheinen, aber allzulang kann man nicht an solch einem zugigen und schlecht beleuchteten Ort herumlungern, ohne daß es auffällt. Dreimal schlenderte ich zur Tür, um nach dem Wetter zu sehen. Ich zog auch in Erwägung, geradewegs in ihr Zimmer zu gehen und sie mit einem Kissen zu ersticken, aber ernsthaft kam so etwas natürlich nicht in Betracht.

Ich hatte mich gerade in den Salon zurückgezogen, als ich Elisabeths Schritte auf der Treppe hörte. Ich ging hinaus in die Halle, aber sie war zu schnell für mich, rannte fast zur Eingangstür und verschwand, ehe ich Gelegenheit hatte, mehr als »guten Morgen« zu sagen. Ich folgte ihr nach draußen und die Stufen hinunter, aber im selben Augenblick (sie mußte von oben Ausschau gehalten und ihren Abgang entsprechend geplant haben) fuhr Jakob mit der Kutsche vor. Elisabeth sprang hinein und hieß ihn sofort losfahren. Ich hätte ihm Einhalt gebieten können, aber es wäre jetzt unklug, irgend etwas zu tun, das aus dem gewohnten Rahmen fällt. Ich darf keine Aufmerksamkeit auf mich ziehen. Ich darf sie nicht zum Angriff zwingen. Jakob schwang die Peitsche, und schon waren sie fort.

Ich habe keinen Zweifel daran, daß sie losgefahren ist, um mich anzuzeigen. Ich bin drauf und dran, mich in mein Schicksal zu fügen. Die Gerechtigkeit wird siegen; die Ordnung wird erhalten bleiben. Sicher hat sie die ganze Nacht im Kampf mit ihrem Gewissen verbracht, ohne ein Auge zuzutun, und hat nun eine Entscheidung von unangreifbarer moralischer Festigkeit getroffen. Ich habe nicht den Versuch unternommen, sie umzustimmen, weil ich weiß, daß es aussichtslos wäre. Welche Argumente könnte ich denn überhaupt vorbringen? Sollte ich mich etwa aufs Betteln verlegen? Wenigstens werde ich mir meine Würde bewahren. Ich könnte auch fliehen, aber die Vorstellung widerstrebt mir. Ich habe keine Angst um mich selbst. Hauptsächlich fürchte ich die Schande, die über den Familiennamen kommen wird, wenn meine Schuld bekannt wird.

Also warte ich ergeben ab. Soll das Schicksal sich erfüllen, wie es mag. Aber ich gönne diesem Kauz von Detektiv den Triumph meiner Festnahme nicht. Wohl bin ich schuldig, aber ich werde mich nicht zum Gespött machen lassen. Ich habe einen Stallknecht losgeschickt, um mein Pferd zu satteln. Ich werde zu Kraus gehen und mich stellen. Es ist besser so.

NACHMITTAG

Ich ritt zu der Polizeistation, wo Kraus für die Dauer der Ermittlungen sein Hauptquartier eingerichtet hat. Aber ich sah nichts von der Kutsche. Drinnen sprang der diensthabende Wachtmeister sogleich von seinem Stuhl auf und stand stramm, als ich eintrat. Ich wies ihn an, mich seinem Vorgesetzten zu melden, worauf er zu der rückwärtigen Tür ging und anklopfte. Keine Stimme forderte ihn auf, einzutreten; statt dessen öffnete Kraus nach einer Pause die Tür einen Spaltbreit und spähte hinaus. Als er mich sah, trat er heraus und schloß die Tür hinter sich, aber nicht bevor ich Gelegenheit hatte, in das Zimmer zu sehen und einen kurzen Blick auf den jungen Sachsen zu werfen, der auf einem Stuhl saß. Er war nach vorn zusammengesunken, und sein Kopf hing mutlos herab.

»Ah, Graf!« rief der Inspektor mir zu.

Noch während er auf mich zukam, hatte ich meine Absicht schon verworfen.

»Ihre Beobachtungen waren sehr aufschlußreich«, sagte er. »Sie werden erfreut sein zu hören, daß wir daraufhin bereits gehandelt haben.«

»Wie denn?« fragte ich.

Kraus blickte sich verschwörerisch nach allen Seiten um. »Wir stehen kurz vor einer Arrestierung«, flüsterte er, dann musterte er mich durchtrieben, um zu sehen, wie ich diese Neuigkeit aufnahm. »Sie scheinen gar nicht überrascht?«

»Ich habe vollstes Vertrauen zu Ihnen, Inspektor.«

»Wir hatten Glück«, fügte er bescheiden hinzu. »Wir haben von den Eltern des Mädchens erfahren, daß sie mit einem jungen Mann aus Budapest zurückgekommen ist.«

»Hmm, daher die Rückfahrkarte nach Budapest?«

»Genau!«

»Und dieser Mensch ist Ihr Verdächtiger?«

»Sein Name ist Preisich. Ein früherer Schulkamerad von ihr. Anscheinend gab es da früher mal so etwas wie eine kleine Romanze. Es ist aber nie etwas daraus geworden, sehr zu Preisichs Enttäuschung.«

»Also ein eifersüchtiger Liebhaber... Könnte das das Motiv sein?«

Er sah mich aufrichtig an. »Es würde Sie überraschen, Graf, was die Leute alles aus Liebe tun. Ich meine, ganz gewöhnliche Leute, nicht irgendwelche dekadente Subjekte oder abgebrühte Verbrecher.«

»Hat ihn denn jemand am Tatort gesehen?« fragte ich hoffnungsvoll.

»Noch nicht«, sagte Kraus. »Solche Zeugenaussagen lassen immer ein wenig auf sich warten, erst muß es sich mal herumsprechen, daß er als Verdächtiger in Frage kommt.«

»Was sagt er selbst?«

»Daß er sie an jenem Morgen im Laden ihrer Eltern besucht hat.

Er behauptet, es wäre das letzte Mal gewesen, daß er sie lebend gesehen hat.«

Im stillen frohlockte ich; Preisich hatte also beschlossen, es vor Kraus zu verheimlichen, daß er noch kurz vor ihrer Ermordung mit Estelle zusammengewesen war. Diese Lüge würde sich als verhängnisvoll erweisen, falls irgend jemand ihn in der Nähe des Tatorts gesehen hatte. Warum hatte er gelogen? Hatte er ein schlechtes Gewissen? Er hätte ebensogut den Verdacht auf mich abwälzen können – eine riskante Strategie, bei meiner gesellschaftlichen Stellung, aber plausibel genug, wenn Estelle ihm von unserem Arrangement erzählt hatte. Ich muß die Wohnung in Budapest schnell dichtmachen und Luzi loswerden.

»Na, den kriegen wir schon noch weichgekocht«, sagte Kraus grimmig. »Wir werden die Unstimmigkeiten in seiner Geschichte herausfinden und ihm damit ein Bein stellen. Dann bleibt ihm gar nichts anderes mehr übrig, als die Tat zu gestehen.«

»Zweifellos«, sagte ich und nickte zustimmend. »Lassen Sie es mich wissen, wenn ich Ihnen noch in irgendeiner Weise behilflich sein kann.«

»Ich danke Ihnen, Graf. Ihr Beistand war unschätzbar.«

Er streckte mir auf seine schroffe, unelegante Weise die Hand hin, die ich mit einem Gefühl der Erleichterung schüttelte.

Wenn Elisabeth mich nicht bei der Polizei angezeigt hatte, dann hatte sie mich bei Gott angezeigt. Folglich ritt ich zur Kirche und fand dort auch prompt die Kutsche vor, mit Jakob auf dem Bock, gemütlich sein Pfeifchen schmauchend. Ich machte schnell kehrt, bevor er mich erspäht hatte.

Elisabeth würde drinnen sein, bei Gregor ihre Beichte ablegen. Es war nicht schwer, sich vorzustellen, was sie ihm erzählen würde: alles. Ich habe allerdings Schwierigkeiten, mir die Reaktion meines Freundes auszumalen. Ich entdecke zur Zeit die verschiedensten Variationen der Scham. Da ist die tiefe, niederschmetternde Scham, die man vor Gott verspürt oder vor der Öffentlichkeit. Dann ist da die private Scham vor einem Freund, der einen kennt und liebt und der zu Recht erwartet, daß man sich den Regeln der Freundschaft gemäß verhält. Diese Scham ist brennend, intensiv und schmerzhaft wie ein Bienenstich.

Ich fühle mich unwürdig, weil mich die Frage so quält, ob sie mich ausliefern werden. Wenn ich wirklich Reue verspürte, würde ich mir deswegen keine Sorgen machen. Mein moralischer Instinkt versagt, aber ich traue Gregor und Elisabeth mehr als allen anderen Menschen zu, das Richtige zu tun. Gregor geht es nur um die Ewigkeit, nicht um irgendeinen kleinlichen, weltbeschränkten Justizbegriff. Er wird meine Tat als eine Sünde ansehen, die meine Seele gefährdet. Werden sie dann wohl versuchen, mich zu retten – Gregor, den das Beichtgeheimnis daran hindert, die Sache auch nur zu erwähnen, und Elisabeth, die sich nicht von ihren Illusionen trennen kann? Ist es möglich, daß sie ihre eigene Abscheu in die spirituelle Essenz umzuwandeln vermag, die nötig ist, um einen Sünder zu erlösen? Elisabeth ist aus dem Stoff, aus dem Heilige gemacht sind. Ich kann in meiner Niedertracht nicht einmal danach streben, ihre Güte zu verdienen.

Bleibt noch Kraus. Ist er denn also meine Nemesis? Soll dieser kleine Mann mit der großen Spürnase Gottes Instrument sein? Er ist alles, was mich noch vor dem endgültigen Absturz bewahrt, denn ich fürchte, ich werde es wieder tun.

Hatte Estelle mich betrogen? Und wenn schon! Ich habe nie geglaubt, daß ich ein Recht auf sie hätte. Ich habe auch nie erwartet, daß sie einem Mann, der doppelt so alt ist wie sie, die Treue halten würde. Schließlich hatte ich selbst nicht die Absicht, ihr treu zu sein. Eifersucht, verschmähte Zuneigung, die Wut des betrogenen Liebhabers – dies sind flüchtige, oberflächliche Motive. Motive? Ausreden! Nein, was ich begehrte, war allein dieser glorreiche, grausame Augenblick, in dem ich Gott und Bestie zugleich bin, und sonst nichts.

13

26. SEPTEMBER 1887

Als ich am Ostbahnhof in Budapest ankam, wäre ich am liebsten weitergefahren. Ganz Europa lag mir offen, und ich dachte an die schier endlose Weite des Kontinents, in dem ich inkognito umherstreifen könnte, bis ich wie ein tollwütiger Hund zur Strecke gebracht würde. Vielleicht hätte ich mich dazu entschließen sollen, solange ich noch die Gelegenheit hatte. Jetzt ist meine Bewegungsfreiheit eingeengt. Ich bin gezwungen, einen Weg einzuschlagen, dessen Ende ich nicht absehen kann.

Ich suchte Wlassics auf, um ihm zu sagen, daß ich die Wohnung nicht länger bräuchte.

»Die Miete ist doch für ein Jahr im voraus bezahlt«, wandte er ein.

»Nun, da kann man nichts machen«, entgegnete ich etwas ungeduldig. »Meine Pläne haben sich geändert, und ich habe jetzt keine Verwendung mehr für das Objekt.«

»Vielleicht kann ich sie untervermieten. Manchen Interessenten ist mit einem befristeten Vertrag gedient...«

»In diesem Fall, um so besser für Sie. Was immer Sie dafür bekommen, können Sie behalten.«

»Sehr großzügig von Ihnen, Herr Graf.«

Er musterte mich nachdenklich mit seinen Fischaugen, während er den Schlüsselbund in der Hand klimpern ließ. Offensichtlich legte er mir diese unerwartete Großzügigkeit als Schwäche aus, und jetzt zerbrach er sich den Kopf, ob es da nicht noch mehr herauszuschlagen gäbe. Vielleicht erwog er gar, mich geradeheraus zu erpressen? Ich starrte ihn kalt an, bis er eingeschüchtert den Blick senkte.

28. SEPTEMBER 1887

Ich habe es eilig, die Wohnung zu räumen. Die Kosten sind unwichtig. Ich nahm das erste Angebot an, das der Möbelhändler mir machte, sehr zu seiner Überraschung, unter der Bedingung, daß er das gesamte Mobiliar bis zum übernächsten Tag entfernt haben würde. Dann wird es keine Spuren geben, und nicht einmal Inspektor Kraus wird sie noch erschnüffeln können.

Ich gestehe, mir ist ein wenig melancholisch zumute, während ich allein an diesem Ort sitze, der ganz von Estelles Geist durchdrungen ist. Hätte es nicht auch anders enden können, ohne ihren Tod? Ich fürchte mich vor der Antwort, weiß ich doch nur zu gut, daß die Wurzeln meiner Tat sich weit zurück bis zum Beginn unserer Beziehung erstrecken. Selbst in stillen Augenblicken der Zärtlichkeit klopfte mein Puls im Heraufdrängen einer Anwandlung, die nicht Gestalt annehmen durfte, und ich mußte mich schnell abwenden, um einen Sicherheitsabstand zwischen uns zu schaffen. Gab es von jeher schon ein Element in meiner Liebe, das sie sich für diese letzte Erfüllung aufsparte?

29. SEPTEMBER 1887, MORGEN

Über meinen Betrachtungen hatte ich Luzi, das Dienstmädchen, vergessen. Sie ist ein freches, selbstbewußtes kleines Ding.

»Kann ich noch irgend etwas für Sie tun, gnä' Herr?« fragte sie kokett.

Ungeniert zeigt sie ihre Bereitschaft, in die Fußstapfen ihrer Herrin zu treten. Ich bin nicht abgeneigt. Der Minotaurus, der sich so glaubhaft meiner menschlichen Maske bedient und durch meine Augen hinausstarrt, hat das eingeengte Blickfeld eines hungrigen Raubtiers, das sich nicht mit dem Fleisch allein zufriedengibt. Er will sie haben.

»Nein, nein, vielen Dank«, erwiderte ich scheinbar zerstreut, so daß sie glauben mag, ich würde ihre Kirschlippen und ihr rabenschwarzes Haar nicht bemerken. »Du kannst gehen.« Und doch folgten ihr meine Augen, und als sie bei der Tür war, fügte ich hinzu: »Ich werde dich rufen, wenn ich etwas brauche.«

Die Bemerkung ermutigte Luzi, und im Hinausgehen schwenkte sie einladend die Röcke, mit einem kecken Blick über die Schulter.

Sie erfordert nicht mehr als ein Wort oder eine Geste. Es wäre so leicht – und so dumm. Ich bin töricht genug, zuzulassen, daß sich meine Phantasie Stück für Stück entzündet, bis ich mir auf das lebhafteste ausmalen kann, wie meine Finger sich in ihr dickes schwarzes Haar wühlen, es nach hinten ziehen, bis ihr Hals sich spannt, ihre zarte Kehle bloßliegt... Genug!

Ich habe sie zurückgerufen und ihr gesagt, daß sie entlassen ist. Ich habe ihr den Lohn für sechs Monate als Ausgleich für die fristlose Kündigung gegeben, aber trotzdem schmollt sie. Offenbar hatte sie sich anderes erhofft. Ich habe auch darauf bestanden, daß sie in ihr Dorf zurückkehrt, ein abgelegener Ort nordöstlich von hier, wo man von den Ermittlungen in der Mordsache sicher nie etwas hören wird. Es ist schade, daß ich sie gehen lassen muß, aber ich muß Vernunft bewahren, sonst bin ich schon verhaftet, bevor die Woche um ist.

30. SEPTEMBER 1887

Kaum hatte ich die obige Eintragung beendet, hörte ich ein Klopfen an der Wohnungstür, und kurz darauf erschien Luzi. Mit einem etwas mürrischen Knicks reichte sie mir das Tablett, auf dem eine Visitenkarte lag. Ich war einigermaßen verblüfft, da ich immer darauf vertraut hatte, daß niemand meinen Unterschlupf kannte. Ein eisiger Schauer lief mir über den Rücken, als ich den Namen las: »Tristan Rado, Oberst, 57. Husaren.« Hastig rief ich Luzi zurück.

»Ist er hier?« fragte ich ungläubig.

»Nein, gnä' Herr. Er hat nur die Karte dagelassen.«

»Keine Nachricht?«

»Er hat kein einziges Wort gesagt.«

Ich eilte zum Fenster und sah hinunter auf den Platz, aber ich konnte die straffe Gestalt von Oberst Rado nirgends entdecken.

»Ein eher kleiner Mann, an die Fünfzig, dunkles Haar, glatt nach hinten gekämmt... Ist das der Herr, der die Karte dagelassen hat?«

»Nein, gnä' Herr, ich würde nicht sagen, daß er ein Herr war. Ein älterer Mann. Grauhaarig. Ziemlich groß.«

Das wäre Rados Faktotum, der unerschütterliche Diener, der be den Treffen der Ungarischen Liga stets im Hintergrund zugege war. Ich drehte Rados Karte um und fand eine knappe Nachricht »Bitte kommen Sie um acht Uhr abends. Es gibt etwas zu bespre chen.«

Nach langem Hin- und Herüberlegen kam ich zu dem Schluß daß ich keine andere Wahl hatte, als es durchzustehen. Obers Rado wußte von meiner Wohnung, und so wußte er aller Wahr scheinlichkeit nach auch von meinem Arrangement mit Estelle Aber ihr Tod war in den Budapester Zeitungen kaum erwähnt wor den, und allzu scharfsinniges Kombinieren traute ich dem wacke ren Husaren nicht zu.

Obwohl es ein kalter Abend war, beschloß ich, zu Fuß nach Bud zu gehen, wo der Oberst wohnte. Ich wollte Zeit haben, mein Gedanken zu sammeln, und ich wollte sehen, ob mir jemand folgte Mein ursprünglicher Verdacht, daß ich beschattet wurde, als ich di Wohnung nahm, war anscheinend richtig gewesen, aber an diesen Abend sah ich niemanden, sooft ich mich auch umdrehte oder vo Schaufenstern stehenblieb, um vorsichtig die fast leere Straße ent langzuspähen.

Ich traf pünktlich auf die Minute bei Rado ein. Der Diener nahn meinen Mantel, und als ich die Handschuhe abstreifte und sie i den Hut warf, den er hielt, sah ich in seiner Miene kein Anzeiche dafür, daß irgend etwas auch nur im geringsten außergewöhnlic war. Rado jedoch befand sich in einem Zustand größter Erregung Als ich das Arbeitszimmer betrat, stand er mitten im Raum, a habe er gerade im ruhelosen Auf- und Abgehen innegehalten.

»Mein Lieber, kommen Sie herein, kommen Sie herein!« E stürzte auf mich zu und drückte mir herzlich die Hand. Ich war vo seiner Überschwenglichkeit befremdet, wenn auch äußerst erleich tert, da er ganz offensichtlich nicht im Begriff war, mich wegen mei ner Privataffären zur Rede zu stellen. »Ich trinke etwas Glühwein um die Kälte zu verscheuchen. Nehmen Sie auch einen?« Di Getränkewahl schien mir zwar reichlich altweiberhaft für eine Kavalleristen, aber ich habe den Eindruck, daß Rado aus Prinzi ein spartanisches Leben führt und sich Bequemlichkeiten gern ver sagt. Ich akzeptierte die angebotene Erfrischung, und der Diene verließ das Zimmer, ohne weitere Anweisungen abzuwarten.

»In den Angelegenheiten, die wir letzthin besprochen haben, kommen wir gut voran«, sagte Rado geheimnisvoll, als wir allein im Zimmer waren. Der Oberst nimmt sich für gewöhnlich immer sehr zusammen, und ich hatte ihn noch nie zuvor so emotionsgeladen erlebt. Er ging jetzt wieder auf und ab und rieb sich die Hände, als würde ihm dies helfen, ein Übermaß an nervöser Energie abzulassen. »Alles, worauf ich gehofft habe, alles, das zu planen bisher noch nicht in meiner Macht lag, kommt jetzt allmählich wie von selbst zustande.«

»Das ist das wohlverdiente Ergebnis langer Bemühungen. Es muß eine große Genugtuung für Sie sein«, sagte ich in dem Glauben, einen harmlosen Kommentar abzugeben.

Rado sprang mich fast an. Er packte wild meinen Arm. »Nicht ich... wir!« flüsterte er eindringlich. In seinen Augen flackerte ein fanatisches Feuer, während er mich anstarrte, aber ich wagte nicht, seinem Blick auszuweichen.

Dann klopfte es an der Tür, und der Diener trat mit dem Wein ein. Die Ablenkung schien Rado zur Besinnung zu bringen. Er ließ meinen Arm los und klopfte mir begütigend auf die Schulter.

»Wir zählen auf Sie, alter Knabe«, sagte er in etwas entspannterem Konversationston. Die Tür schloß sich leise hinter dem hinausgehenden Diener. »Wir zählen fest auf Sie.«

Ich nippte vorsichtig an dem dampfenden Gebräu, einem faden Aufguß von Gewürznelken und Orangenschalen mit einem kaum wahrnehmbaren Beigeschmack von Wein.

»Ich stehe zu Ihren Diensten«, sagte ich, von unguten Vorahnungen beschlichen. »Sie wissen doch wohl, daß Sie sich hundertprozentig auf mich verlassen können.«

Diese höfliche Formel hatte leider nicht die erwartete Wirkung auf Rado. Er nahm sie für bare Münze. »Meinen Sie das wirklich?« fragte er tiefernst.

»Aber gewiß«, entgegnete ich leichthin.

»Sie müssen sich dessen ganz sicher sein.«

»Sie haben mein Ehrenwort.«

War es ein ironisches Lächeln, das da leise um seine Mundwinkel spielte? Vielleicht hatte er aber auch nur vor innerlicher Anspannung die Lippen zusammengekniffen.

»Aber warum gerade ich?« fragte ich.

»Weil Sie der richtige Mann am richtigen Ort zur richtigen Zeit sind.«

Ich schwieg unbehaglich, versuchte, mir über die Situation klar zuwerden. Bis jetzt waren die Aktivitäten der Ungarischen Liga mi harmlos vorgekommen, und es schien unverfänglich genug, be ihren konspirativen Spielchen mitzumachen. Aber Rado selbst wa etwas anderes; er gab sich nicht mit müßigen Spielen zufrieden, un sein schrankenloser Fanatismus war sicher alles andere als harmlos.

»Ich habe Sie auch deshalb gewählt«, fuhr Rado jetzt fort un sah mich lauernd an, »weil Sie gar nicht ablehnen können.« E lächelte drohend. »Verzeihen Sie. Ich wollte nur sagen, Sie sind ein fach so geeignet für die Aufgabe, daß Sie sich ihr nicht verweiger können.«

»Na gut«, erwiderte ich. »Könnten Sie mir jetzt wenigsten sagen, um was es eigentlich geht?«

Er formulierte seine Erklärung sorgfältig, und ich fragte mich wieviel er dabei verschwieg. »Um die Fessel zu zerschneiden, di uns an Österreich bindet, müssen wir Ungarn unseren eigene König haben. Als Anwärter auf die Magyarenkrone kommen abe nur die Habsburger selbst in Betracht. Daher haben wir beschlos sen, Prinz Rudolph die Krone anzubieten.«

»Wir?«

»Es gibt noch andere, die hinter uns stehen. Einstweilen müsse sie sich aber noch bedeckt halten. Wenn die Zeit reif ist, werden si in Erscheinung treten.«

»Was Sie da vorhaben, ist Hochverrat!«

»Aber nur aus österreichischer Sicht, nicht aus der unsrigen.«

»Und wie kommen Sie darauf, daß der Kronprinz daran interes siert sein könnte, König von Ungarn zu werden?«

»Da haben wir schon auf den Busch geklopft. Selbstverständlic müssen beide Seiten hier Vorsicht walten lassen – Sie wissen ja, wi Diplomaten sich verhalten, so zaudernd wie Stachelschweine beir Werbungsritual –, aber seitens des Prinzen besteht Interesse, dara haben wir gar keinen Zweifel.«

»Aber sein Risiko ist enorm. Ich verstehe gar nicht, welche Anreiz das Angebot für ihn haben kann. Mit der Zeit wird ihm doc ohnehin alles zufallen.«

»Aber wie lange muß er noch darauf warten? Der Kaiser könnt

noch zwanzig Jahre leben, vielleicht länger. Rudolph ist kein junger Mann mehr. Er ist ungeduldig. Er hat politische Ambitionen, die er in die Tat umsetzen will. Wir bieten ihm *jetzt* ein Königreich an.«

»Ich kann mir nicht vorstellen, welche Rolle ich in diesem famosen Unternehmen spielen soll.«

»Aber Ihre Beteiligung ist ausschlaggebend«, beharrte er und packte mich wieder am Arm, als könnte ich ihm entkommen.

»Es ehrt mich sehr, daß Sie mich so hoch einschätzen.« Ich muß ihn angesehen haben, als wäre er nicht ganz bei Trost.

»Der Prinz kann Österreich nicht fallenlassen, bevor er sich der Unterstützung der Leute nicht sicher sein kann, die hier in Budapest die Fäden in der Hand haben. Unsere Männer im Schatten aber können nicht vortreten, bevor sie nicht sicher sind, daß sich der Prinz für Ungarn entscheidet. Wir haben also eine klassische Pattsituation. Ihr Schloß liegt da sozusagen auf halbem Weg. Wenn der Prinz bereit ist, uns so weit entgegenzukommen, werden unsere Hintermänner sich offiziell erklären. Und wenn der Prinz erst einmal ihrer Unterstützung sicher ist, wird er den Zug nach Budapest besteigen.«

»Ich verstehe.«

»Was wir brauchen, ist ein sicherer Ort«, setzte er hinzu, und nun begriff ich den Sinn jener Erkundungstour auf meinen Ländereien, die er so schlau als Jagdausflug getarnt hatte.

»Und ich soll einfach nur den Gastgeber spielen?«

»Genau.«

Es schien nicht allzuviel verlangt, gemessen an dem bedrohlichen Vorgeplänkel. Ich registrierte erleichtert, daß der Beitrag, den er mir zugedacht hatte, mich keiner ernsthaften Gefahr aussetzte.

»Es wird mir eine Freude sein, meinen Teil beizusteuern«, sagte ich.

Rado schien aufzuatmen, als hätte er nunmehr sein Ziel erreicht. »Ich wußte, daß Sie das sagen würden«, strahlte er. Seine gute Laune war zurückgekehrt. »Übrigens, tut mir leid, daß ich Sie in Ihrem *pied-à-terre* kontaktieren mußte.«

»Das ist schon in Ordnung«, sagte ich so eisig, wie es sich gerade noch mit der gebotenen Höflichkeit vereinbaren ließ.

»Sehen Sie, es gab keine andere Möglichkeit, Sie zu erreichen, und ich hatte gerade heute die Nachricht erhalten, daß der Prinz

eine Einladung akzeptiert hat, die ihn im nächsten Sommer in Ihr
Gegend führen wird.«

»Ich verstehe. Lassen wir es dabei bewenden.«

»Aber Sie verstehen doch, mein Freund, daß wir Sie erst auf Her
und Nieren prüfen mußten? Denn wie hätten wir sonst sicher sei
können, daß Sie der Richtige für unser Vorhaben sind?«

Sein entschuldigender Ton klang falsch. Ich wußte sehr gut, da
nichts von dem, was er für den Erfolg seiner Mission als notwendi
erachtete, einer Rechtfertigung bedurfte. Soviel hatte er mit seine
versteckten Drohung klargemacht, und ich hatte keine ander
Wahl, als ihn ausreden zu lassen und zu beten, daß seine Spione ihn
noch nichts über Estelles Tod hinterbracht hatten.

»Ich hatte ja noch keine Gelegenheit, die junge Dame selbst kennenzulernen, aber wie ich höre, soll sie ganz entzückend sein.«

»Wir pflegen keinen Umgang mehr«, sagte ich steif, volle
gekränkter Würde.

»Ah.«

»Die junge Dame ist zu ihrer Familie zurückgekehrt.«

»Nun, das vereinfacht die Dinge natürlich, nicht wahr? Und da
ist ganz in unserem Sinne. Eine ruhige, unauffällige Lebensweis
eignet sich am besten für einen Verschwörer.«

»Freut mich zu hören«, sagte ich grimmig. Was konnte ich scho
tun? Rado hatte mich wie ein Insekt unter dem Vergrößerungsgla
festgespießt. Ich sagte mir, daß es noch viel schlimmer hätte kommen können.

»Eine Zeitlang waren wir etwas besorgt wegen dieses junge
Burschen.«

»Welcher junge Bursche?«

»Verdammt! Waren es denn mehr als einer? Uns war nur diese
Preisich aufgefallen. Sie wissen doch von ihm, nicht wahr? Zivilbeamter im Finanzministerium? Recht vielversprechend, offenbar
Ein strammer blonder Sachse – hat sich ziemlich häufig als Besucher in der Wohnung eingefunden, während Sie weg waren.«

»Was wollen Sie von mir?«

»Ich war gespannt, wie Sie sich im Fall Preisich verhalten würden. Ich meine, Sie konnten den Burschen wohl kaum fordern, nich
wahr? Ein Duell mit einem Zivilbeamten? Ausgeschlossen. Aber s
einfach hinnehmen konnte man es ja auch nicht. Ich bin seh

erleichtert, daß Sie das Mädchen vor die Tür gesetzt haben. Das war genau das richtige.«

»Ich bin froh, daß Sie so denken.«

Oberst Rado langte nach dem Klingelzug, um den Diener zu rufen. »Das einfache Leben«, murmelte er versonnen, die Nase in seinem Glühweinglas. »Ich rate Ihnen gut, widmen Sie sich dem einfachen Leben.«

Hier am Schloßberg gab es keine Droschken, und so ging ich mit forschem Schritt die gewundene Straße hinunter, immer von einem hellen Lichtkreis der Straßenlampen durch die dazwischenliegende Finsternis zum nächsten. Es waren wenig Fußgänger unterwegs, und ich hörte keine Schritte hinter mir. Um sicher zu sein, daß man mir nicht folgte, wählte ich einen Punkt auf halbem Weg zwischen zwei Lampen, wo es am düstersten war, und duckte mich in einen Hofeingang; ich durchquerte schnell einen kleinen Hinterhof und schlüpfte durch ein Tor an der anderen Seite wieder hinaus. Dann ging ich rund um die andere Seite des Hügels, weg von Pest, und fühlte mich schließlich sicher genug, um eine Droschke zu nehmen.

Ich gab dem Kutscher die Adresse der Wohnung, lehnte mich im Sitz zurück und ließ mir das Gespräch mit Rado noch mal durch den Kopf gehen. Es war kein Schaden angerichtet, überlegte ich; er wußte nicht, daß das Mädchen tot war, und jetzt, da er glaubte, mich dort zu haben, wo er mich haben wollte, würde es keinen Grund mehr für ihn geben, meine Privatangelegenheiten zu überwachen, solange mein Leben nach außen hin ruhig genug schien. Ich war sein Handlanger geworden, und als solcher hatte ich nur darauf zu achten, daß ich keine Aufmerksamkeit auf mich zog.

Aber seine Einmischung in meine privaten Dinge wurmte mich, und ich konnte die Sache nicht auf sich beruhen lassen. Je mehr ich über seine Spione und seine Versuche, mein Leben zu kontrollieren, nachdachte, desto trotziger und aufsässiger wurde ich. Als wir gerade in schlankem Trab die Brücke nach Pest überquerten, klopfte ich an das Fenster hinter dem Kutscher. Er ließ die Pferde in Schritt fallen, schob die kleine Scheibe auf und beugte sich herunter, um meine neuen Anweisungen entgegenzunehmen. Ich nannte ihm die Adresse eines gewissen Hauses im Leopold-Bezirk und begann, ihm den Weg zu beschreiben, doch er nickte abwinkend, als wüßte er schon Bescheid.

Warum befinden sich diese Orte der Gastbarkeit immer in Kellergewölben? Der Eingang zum »Blauen Engel« war bei Tageslicht kaum zu bemerken, aber bei Nacht flankierten strahlend blaue Lampen die Lücke in dem Eisenzaun, wo eine Treppe hinab ins Souterrain führte und ein dunkelhäutiger Koloß jeden Gast an der Schwelle begrüßte. Mit einer Grandezza, die in einem solchen Etablissement übertrieben wirkte, zog er den Vorhang zurück, der vor der Tür hing, und winkte mich durch. Dicker Kneipendunst schlug mir entgegen, eine Wolke von Zigarrenrauch, Schweiß und Eau de Cologne; wie die Essenz der Lasterhaftigkeit hüllte sie den Neuankömmling ein, durchdrang ihn ganz und gar, so daß sich die Fesseln einer starken Zwangsmoral alsbald lockerten und man sich willig der schwülen Aura des Engels überließ. Eine trübe rote Funzel tauchte den Keller in schummriges Halbdunkel und ließ die Gesichtszüge der Anwesenden in ungewissem Schattenspiel verschwimmen.

Ich nahm in einer Nische Platz, von der aus ich die Tür im Auge behalten konnte. Der Kellner bot Champagner an, aber ich sagte ihm, er solle mir Brandy bringen. Auf der winzigen runden Bühne sang eine Zigeunerin in ihrer Sprache, begleitet von einem hageren Fiedler. Es war eine melancholische Weise, voller Tremoli und langgezogener, klagender Töne, und die Geige schluchzte dazu. Drei Mädchen hockten trübsinnig auf einer Bank an der Wand, vier andere hatten sich um eine Flasche an einem Tisch versammelt und gaben sich Mühe, ihre Langeweile zu verbergen, während sie in meine Richtung schielten, bereit, auf den kleinsten Wink von mir in meine Nische zu kommen. Niemand tanzte. Es schien ein fader Abend zu sein.

Die Musik verursachte mir Unbehagen. Ich war gekommen, um der Wehmut und der Reue zu entfliehen, ein paar Stunden in Muße zu verbringen, und ich war froh, als die Zigeuner mit ihrer Ballade zu Ende waren. Ohne eine Pause zu machen, stimmten sie abrupt ein heiteres Lied an, das die Gäste im Takt mitklatschen ließ und sogar die Mädchen auf der Bank hochriß. Mehrere Paare kamen aus den Nischen, um zu tanzen, obwohl die Männer meist schon betrunken waren und von ihren Partnerinnen gestützt werden mußten, um nicht das Gleichgewicht zu verlieren, wenn sie allzu ehrgeizige Drehungen versuchten.

Mein neugieriger Blick mußte wohl etwas zu lange auf einem der Mädchen am Tisch geruht haben, denn sie faßte es als Einladung auf, mir Gesellschaft zu leisten. Ihr Name sei Leila, sagte sie mir, als sie sich entschlossen hinsetzte. Sie war dunkelhäutig, aber ihr Teint wirkte stumpf, und sie war auch viel älter, als sie mir aus der Ferne erschienen war. Unbeschwert plapperte sie drauflos, während sie schnell den sündteuren Champagner in sich hineinkippte, den der Kellner automatisch vor sie hingestellt hatte. Als sie fertig war, dankte ich ihr für ihre Gesellschaft. Zuerst schien sie konsterniert, weil sie wohl der Meinung war, ich hätte sie in meine Nische eingeladen, aber dann schlenderte sie achselzuckend zurück zu ihren Freundinnen, und ich sah, wie sie mit einer Kopfbewegung kurz in meine Richtung wies, als sie wieder bei ihnen war. Danach widmete sie mir keine weitere Aufmerksamkeit.

Ich bestellte noch einen Brandy und nippte ihn langsam, während eine Frau ungarische Liebeslieder sang. Die Atmosphäre begann auf mich zu wirken, ich fühlte mich entspannt und in der Stimmung, mich zu amüsieren. Sollte Rado sich doch zum Teufel scheren!

Eines der Mädchen auf der Bank hatte meinen Blick aufgefangen. Sie saß abseits von den beiden anderen, und niemand schien sich um sie zu kümmern. Vielleicht war es die Schutzlosigkeit, die mich anzog, genauso wie der jagende Wolf ein Tier anpeilt, das sich außerhalb der Herde befindet. Ich kaufte von dem Kellner ein paar Tanzkarten, und als die Musik wieder begann, ging ich zu ihr hinüber, reichte ihr eine Karte und fragte, ob sie mit mir tanzen wolle.

Es war eine Art Walzer. Sie hängte sich unsicher an mich und sah mich nicht an. Ich versuchte, sie im Takt der Musik zu führen, aber sie wartete immer ab, daß ich mich zuerst bewegte, bevor sie den nächsten Schritt tat, so daß wir dauernd aus dem Takt kamen. Selbst in dieser dampfenden Höhle fühlten sich ihre Hände kalt an. Ihre Wangen waren gerötet, aber ansonsten war sie blaß und schmal, so daß ich mich fragte, ob sie sich im frühen Stadium der Schwindsucht befand. Sie tat mir leid, und das verlieh mir ein Gefühl von Sicherheit, daß ich ihr nichts antun würde.

Zumindest konnte es ja nicht gefährlich sein, ein wenig zu plaudern. Ich war in der Stimmung, mich zu unterhalten, und manchmal eignet sich dazu ein Fremder am besten. Ich lud sie ein, sich zu mir zu setzen, und das Glas Champagner traf pflichtgemäß fast im selben Augenblick ein, als wir uns hinsetzten. Sie rührte es kaum an, obwohl es seitens der Geschäftsführung die Regel war, daß sie für jeweils drei Lieder ein Glas zu konsumieren hatte. Ihr Name war Rosa, sie kannte niemanden in Budapest, und sie kam aus einem Dorf, das dreißig Meilen von Szeged lag. Ich nehme an, daß sie vor einem brutalen Ehemann oder Vater davongelaufen war. Sie konnte nicht älter sein als zwanzig, aber sie sah aus, als hätte ihr das Leben bereits übel mitgespielt; sie legte eine fatalistische Mattigkeit an den Tag, als hätte man sie in die permanente Unterwürfigkeit geprügelt, so daß sie jetzt jedem gehorchte, der sich auch nur die geringste Autorität über sie anmaßte. Trotz alledem streifte hin und wieder eine flüchtige Schönheit über ihre abgezehrten Gesichtszüge, sobald ein wenig Leben in sie fuhr, und sie hätte ziemlich umwerfend sein können, wenn das Schicksal es besser mit ihr gemeint hätte. Sie war dankbar, daß ihr jemand Aufmerksamkeit zollte, und versuchte mir auf eine rührende, ungeschickte Art entgegenzukommen wie schon vorher beim Tanzen. Mein Herz flog ihr zu, diesem geborenen Opferlamm.

Ich hatte das Gefühl, sie unter meine Fittiche nehmen zu müssen, und so schien es mir unbedenklich, die Annäherung noch weiter voranzutreiben. Sie war übermäßig erfreut, als ich sie ein wenig zögernd fragte, wie hoch ihr Preis für die Nacht sei. Voller Stolz nannte sie irgendeine unbedeutende Summe, mit hoch erhobenem Kopf, um anzudeuten, daß sie nicht mit sich handeln ließe.

»Wohnst du hier in der Nähe?« fragte ich.

»Nicht weit von hier, Herr. Im Elisabeth-Bezirk.«

»Sollen wir gehen?«

»Aber da können wir nicht hin«, sagte sie.

»Warum denn nicht?«

»Weil ich mit jemandem das Zimmer teile und das Bett nur von Mitternacht bis Mittag habe.« Sie sah mich merkwürdig an, als hätte sie noch gar nicht bedacht, daß ich fremd in der Stadt sein könnte und daher nicht wußte, wie die Menschen hier lebten.

»Ach so, ja«, erwiderte ich etwas verwirrt. »Das geht dann natürlich nicht.«

»Das Carlton-Hotel ist gleich um die Ecke«, schlug sie hoffnungsvoll vor. »Es ist auch sauber.«

Sie hatte nur einen dünnen, abgetragenen Mantel, um die Kälte abzuhalten, ohne Kapuze. Wir hatten nicht weit zu gehen, aber der Wind kam bösartig um die Ecken gefegt, und ich legte den Arm um ihre Schulter und zog sie an mich. Mein Mitleid war wie eine Lähmung, von der ich wußte, daß sie vorübergehen würde.

Das Carlton-Hotel war eine schäbige Absteige, und ich war froh, daß der Pförtner fast bis zur Besinnungslosigkeit betrunken war. So würde er sicher nicht in der Lage sein, sich am nächsten Morgen noch an mich zu erinnern. Ich unterschrieb das polizeiliche Anmeldeformular als »Herr Schmidt« aus Wien, obwohl er es gar nicht zur Kenntnis nahm. Zum doppelten des üblichen Preises bot er an, mir eine Flasche Brandy und zwei Gläser zu verkaufen; das schien ein beliebter Teil des Carlton-Service zu sein und einer der Nebenverdienste seines Gewerbes. Wir stiegen schon die Treppe hinauf, als ich kehrtmachte und zu ihm zurückging, um sein Angebot anzunehmen.

Das Zimmer war ärmlich, aber sauber, wie Rosa versprochen hatte. Ich zündete das Gaslicht an, aber sie kam durch das Zimmer und drehte es herunter. Ohne jede Einleitung oder auch nur den Versuch, sich verschämt zu geben, begann sie sich auszuziehen. Ich hätte irgendeinen Anflug von Geheimnis vorgezogen, aber Rosa schien keinerlei Verführungskünste zu beherrschen. Ihre Unterhose war zerrissen, ihr Leibchen geflickt, und ich wandte mich dem Brandy zu, damit mich das Mitgefühl nicht überschwemmte.

»Möchtest du einen Schluck Brandy?« fragte ich über die Schulter. »Vielleicht wärmt es dich ein bißchen auf.«

»Nein«, sagte sie mit ängstlicher Stimme. Vielleicht war der Mann, vor dem sie geflohen war, ein Trinker gewesen. Ich versuchte, nicht weiter darüber nachzudenken, denn ich wollte, daß sie undeutlich für mich blieb, eine Fremde.

Als ich ein Glas holen ging, rutschte es mir durch die Finger und zerschellte in der Waschschüssel auf dem Tisch. Meine Hand zitterte.

»Tut mir leid«, sagte ich, mich zu ihr umdrehend.

Rosa stand da, als wüßte sie nicht, wohin mit sich. Unter ihren kleinen Brüsten sah ich die Rippen hervorstehen.

»Wir können das Licht abdrehen, wenn du willst«, schlug ich vor. »Wäre dir das lieber?«

»Ja.«

Sie wandte sich mir zu, und es gelang ihr ein schüchternes Lächeln, das beinah schon etwas Verlockendes hatte.

»Würdest du dein Haar für mich lösen?« fragte ich.

»Das kostet extra«, sagte sie unsicher. »Nur, weil es so lange dauert, es wieder hochzustecken.«

»Das sehe ich ein.«

Ihr Haar war dunkelbraun, mit wenig Glanz, aber als sie es ausgeschüttelt hatte, schien es mehr Dichte zu bekommen und Form anzunehmen. Es umrahmte ihr Gesicht vorteilhaft und verlieh ihr eine fast feenhafte Grazie. Sie fühlte sich unbehaglich unter meinen Blicken.

»Können wir das Licht jetzt ausmachen?« fragte sie.

Ich entkleidete mich schnell in der Dunkelheit und schlüpfte zu ihr ins Bett. Sie lag auf dem Rücken, vollkommen reglos. Das einzige Zeichen ihrer Gegenwart waren ihre Atemzüge. Ich streckte langsam die Hand aus und berührte ihre Schulter: Sie zuckte nicht vor mir zurück, aber sie erwiderte meine Liebkosungen auch nicht: sie war absolut passiv, als wäre es die natürlichste Sache für sie, sich ganz meinem Willen zu überlassen. Sie setzte zum Sprechen an – ich glaube, sie wollte mich fragen, was sie tun sollte –, aber ich legte einen Finger auf ihre Lippen und bedeutete ihr zu schweigen.

Rosa schlang die Arme um mich, und ich beugte mich hinab, um meine Lippen an den harten, klopfenden Puls ihrer Halsschlagader zu pressen. Das stetige Pochen erweckte mich gleichsam, ließ meine Leidenschaft mit einemmal aufleben. Ich brauchte keine Ausflüchte, keine Selbsttäuschung mehr. So klar wie nie zuvor war mir bewußt, was ich tat, und ich genoß die Vorfreude, zögerte die Lust hinaus, indem ich das Übermaß meiner Erregung zügelte und doch mit wachsender Spannung dem Ende entgegendrängte. Ich hatte sie umgedreht und bestiegen. Ich hielt sie an den Haaren fest, und als der Höhepunkt nahte, zerrte ich ihren Kopf zurück, bis ihre Kehle straff war – zu straff, als daß sie noch hätte aufschreien können – und kurz bevor ich mich entlud, holte ich die Glasscherbe aus meinem Mund und schlitzte ihr die Kehle auf; während der Gott sich in Ekstase emporschwang, beugte sich die Bestie nieder, um das sprudelnde Blut einzusaugen.

Heute morgen wurden die Möbel abgeholt, und ich entließ Luzi. Sie kehrt nur ungern in ihr Dorf zurück, nachdem sie die Annehmlichkeiten des Stadtlebens kennengelernt hat, aber sie wird tun, was ich ihr rate. Sie wird niemals wissen, wie nah sie daran war, in Estelles Fußstapfen zu treten.

Die paar Stunden vor Abfahrt des Zuges verbrachte ich in den Rácz-Bädern. König Matthias hat sie vor vierhundert Jahren über den heißen Quellen erbaut, und seit der Zeit der Türken haben sie sich nicht verändert. Ein dicklicher, weibischer Jüngling mit rollenden Hüften händigt Handtücher aus. Die Männer sitzen wie Mönche in dem dampfenden Raum, vertreiben sich die Zeit mit müßigem Geplauder, aber eigentlich ist es viel zu heiß, um zu reden. Es ist zutiefst reinigend, so zu schwitzen. Es ist fast zu heiß zum Denken, doch einen Gedanken fühle ich bleischwer auf mir lasten: Ich weiß jetzt, was ich bin.

Ich bin dreckig. Ich habe mich selbst immer tiefer und tiefer in diese Perversion begeben, durch scheinbar harmlose Schritte. Ich bin tollkühn am Rand des Mahlstroms einhergepaddelt, habe die Augen von dem strudelnden Sog abgewandt, bis es zu spät war. Nun bin ich hilflos meiner abstoßenden Leidenschaft ausgeliefert. Wie der Trunkenbold, der nach einer Flasche Wein greift und sich einbildet, seine Sucht zu beherrschen, wie der Päderast, der sein Interesse an jungen Burschen für reine Sympathie hält, wollte ich der Wahrheit nicht ins Auge blicken.

Ich schwitze in dem Dampf fast bis zur Bewußtlosigkeit. Der zwitterhafte Junge ölte mich ein, dann schabte er mit einem Holzspachtel den Ölfilm von meiner Haut. Nach dem Dampfbad überließ ich mich dem sehnigen Masseur, der auf der harten Holzbank mit den Fäusten meine Muskeln bearbeitete und meine Glieder streckte. Er handhabt den Körper wie irgendeinen beliebigen Gegenstand mit einer fachmännischen Konzentration, die jegliches Wahrnehmen der Person in diesem Körper ausschließt. Ich frage mich, ob ich am Ende von einem solchen Fachmann hingerichtet werde.

Heute nachmittag kam Gregor zum Tee, wie jeden Donnerstag. Keiner von uns konnte über das reden, was jeder von uns wußte. Wie unsinnig kam es mir vor, daß wir mit den hauchzarten Sèvres-Tassen in den Händen über das Wetter redeten, wo doch unter der glatten, konventionellen Oberfläche des Gesprächs eine so grausige und verdammenswerte Tat lauerte! Mitten im Geplauder fiel mir ein, daß Gregor und Elisabeth sich gegenseitig nicht einmal eingestehen konnten, was sie wußten, da Gregor hier nur als Freund auftritt, nicht als Priester.

Es war demütigend für mich, der Anlaß zu dieser Farce zu sein, und ich wußte, daß diese Täuschung ihnen weh getan haben muß. Während der schleppenden Diskussion über die voraussichtliche Strenge des kommenden Winters verspürte ich mehrmals den Drang, mit einer Beichte herauszuplatzen. Hätte ich es getan, wären wir wohl alle in Tränen ausgebrochen und auf die Knie gefallen, um Gottes Vergebung für mich zu erflehen. Nichts hätte sie mehr erfreuen können, und ich hätte ihnen nur zu gern den Gefallen getan.

»Wußtest du, daß Dr. Czernin seit einiger Zeit kränkelt?« fragte mich Gregor.

»O nein!« sagte Elisabeth schnell, bevor ich Gelegenheit hatte zu antworten. »Ich hoffe, es ist nichts Ernstes?«

»Nun, das ist es ja. Wir wissen es nicht. Es gibt niemanden, der eine Diagnose stellen könnte.«

»Sicherlich könnte doch einer der Ärzte aus Kolozsvar kommen, um ihn zu untersuchen?« schlug Elisabeth vor. »Czernin mag als Doktor nicht allzuviel taugen, aber er war immer da für die Leute.«

»Eine treue Seele«, sagte Gregor. »Er sieht wirklich recht angeschlagen aus.«

»Falls es eine Frage des Geldes ist...«, begann Elisabeth zögernd an mich gewandt, als erwarte sie meine Unterstützung. Geld von mir für ihre guten Taten zu erpressen, war das äußerste, das sie sich je an Sündhaftigkeit leistete.

»Ich bin sicher, daß es das nicht ist«, erwiderte ich. Wann immer eine Krise hereinbricht, soll ich für die Kosten aufkommen, aber dies war nicht ganz der richtige Zeitpunkt, mich darüber zu beklagen. »Falls aber doch, dann werden wir die anfallenden Rechnungen natürlich begleichen.«

»Gluck hat telegrafiert, daß er käme, aber im letzten Augenblick mußte er absagen, weil er in Kolozsvar unabkömmlich war«, sagte Gregor. »Und gestern hat Herczeg sich ebenfalls entschuldigen lassen.«

»Was ist denn los in Kolozsvar?« fragte ich.

»Keine Ahnung.«

»Eine Grippeepidemie?«

»Hoffentlich nicht«, seufzte Elisabeth.

Darauf folgte Schweigen. Ich hatte das Gefühl, daß sie irgendeinen Vorschlag von mir erwarteten.

»Und was kann man für Czernin tun?« fragte ich.

Gregor rührte nachdenklich in seinem Tee, aber Elisabeth blickte mich bei meinen Worten geradezu sehnsüchtig an. Wie konnte sie nur die Torheit aufbringen, mich immer noch zu lieben? Ich fühlte mich gedemütigt und den Tränen nahe vor Dankbarkeit.

»Jemand muß etwas tun, um dem alten Knaben zu helfen«, beharrte ich. Ich schien zu mir selbst zu sprechen.

Elisabeth, unfähig, ihre Rührung zu unterdrücken, kam an meine Seite und legte mir die Hand auf den Arm. Ich empfand den schwachen Druck ihrer Finger als segensreich, fast heilend, und ich fühlte die Wärme in meinen ganzen Körper ausstrahlen. Als wäre ich ein Aussätziger, abscheulich und deformiert, schien mir die Tatsache, daß sie mich anfaßte, in diesem Augenblick das Freundlichste, was mir je von einem Menschen widerfahren war.

»O László«, flüsterte sie, denn sie war selbst den Tränen nahe und konnte kaum sprechen. »Du hast noch soviel Gutes in dir.«

»Nein«, stöhnte ich abwehrend, aus Furcht, mich in ihren Worten widergespiegelt zu sehen.

»Ja! Es gibt so viel Gutes, das du tun kannst.«

»Ich könnte Dr. Czernin aufsuchen, aber ich bin so aus der Übung …«

»Ach, das kommt schon wieder«, sagte Gregor. Er war sehr blaß geworden. »Die Fähigkeit, sich um andere zu kümmern. Du bist nur eine Weile vom Weg abgekommen.«

»Aber du kannst ihn wiederfinden«, bekräftigte Elisabeth. »Ich weiß, daß du es schaffen kannst. Mit Gottes Hilfe.«

14

15. OKTOBER 1887

Dr. Czernin ist ein Mann mit strengem Gesicht und kurzgeschorenen Haaren. Er hat zwanzig Jahre lang in Onkel Kálmáns altem Regiment gedient, was erklärt, weshalb er in unserer Stadt praktiziert. Nicht, daß ihm jedes ärztliche Talent abginge, aber ihm fehlte die notwendige Zartheit, die kranke und verängstigte Menschen brauchen – das heißt, Zivilisten, denn ich nehme an, daß er bestens geeignet war, verletzte Kavalleriesoldaten zu behandeln. Aber jeder Handwerker muß ein Gefühl für die spezielle Belastbarkeit seines Rohmaterials haben: der Zimmermann für Holz, der Töpfer für Ton, der Doktor für Fleisch und Blut. Dr. Czernin drückt mit dicken stumpfen Fingern auf einem schmerzenden Bauch herum und erschreckt den Patienten mehr durch seine Grobheit als durch die Pein, die er ihm verursacht. Trotz alledem ist der Doktor ein zäher, gewissenhafter Mann, der viele Male zu Fuß losgestampft ist, um einen Patienten zu besuchen, wenn der Schnee für die Pferde zu tief war. In der Stadt betrachtet man ihn allgemein als »unseren Herrn Doktor«, und die Vertrautheit verzeiht so manches.

Czernins Haus liegt in einem heruntergekommenen Teil der Stadt in einer Art Niemandsland zwischen dem sächsischen und dem walachischen Bezirk. Als ich sah, wie bescheiden er wohnte, dachte ich, daß ich mich vielleicht im voraus hätte anmelden sollen, denn ich fürchtete, mein Besuch könnte ihm peinlich sein. Eine Krankheit ist immer etwas sehr Intimes und für einen stolzen Mann wie Czernin eigentlich demütigend. Seine verdutzte Haushälterin führte mich geradewegs in sein Schlafzimmer, ohne zuvor seine Erlaubnis eingeholt zu haben.

Die Vorhänge waren fest zugezogen, und im Kamin brannte ein

Feuer, so daß es in dem Zimmer heiß und stickig war. Eine einzelne Kerze brannte auf einem Nachttisch.

»Nein, Mari, nein! Nicht heute abend!« rief er, als er meinen Schattenriß in dem trüben Licht sah, und er versuchte hektisch, sich aufzusetzen.

»Die Zustände kommen und gehen, je nachdem, wie die Krankheit ihn packt«, flüsterte die Haushälterin mir von der Tür aus zu. Ich hatte das Gefühl, daß sie sich davor fürchtete, das Zimmer zu betreten.

»Wie lange ist er denn schon unwohl?« fragte ich mit leiser Stimme, aber der Doktor mischte sich ein.

»Ich sehe Sie! Ich sehe Sie dort. Kommen Sie näher, damit ich Sie im Licht sehen kann. Hören Sie auf zu flüstern. Kommen Sie her, und sagen Sie, was Sie zu sagen haben!«

»Seit drei Tagen, Herr Graf«, murmelte die Haushälterin. Sie schien es eilig zu haben, das Zimmer zu verlassen, also schickte ich sie hinaus.

»Wer, zum Teufel, sind Sie?« fragte Czernin in herrischem Ton.

»Erkennen Sie mich denn nicht, Dr. Czernin?« fragte ich. »Sicherlich wissen Sie doch, wer ich bin?«

Ich schickte mich an, mich seinem Bett zu nähern, doch er riß in panischem Schrecken den Arm hoch.

»Nein, nein, ich bitte Sie!« rief er.

»Ich will Ihnen doch nichts tun«, sagte ich beschwichtigend. »Ich bin nur gekommen, um Sie zu untersuchen.«

»Sie sind gekommen, um mich in die Hölle mitzunehmen, Sie Satan!«

»Soweit ist es noch nicht«, entgegnete ich.

Darüber brütete er einige Augenblicke lang nach, während er mich mißtrauisch musterte. Dann ließ er sich schließlich ergeben in die Kissen zurücksinken. Ich trat näher zu ihm heran, so daß er mein Gesicht im Lichtschein deutlicher sehen konnte.

»Ich kenne Sie«, sagte er mit normalerer Stimme, wenn auch ein wenig zweifelnd.

»Aber natürlich kennen Sie mich.«

Ich bot ihm meine Hand an, und er streckte die seine vorsichtig aus. Seine Hand zitterte in meiner, doch eher vom Fieber, dachte ich, als vor Furcht.

»Herr Graf«, sagte Czernin schließlich, sehr zu meiner Erleichterung. »Sie erweisen mir eine große Ehre mit Ihrem Besuch.«

»Das war das mindeste, was ich tun konnte. Es tut mir nur leid, daß Sie keinen kompetenteren Arzt haben, der sich um Sie kümmert.«

»Sie haben also wieder zu praktizieren begonnen? Nun, es sind harte Zeiten.«

»Ich glaube nicht, daß ich meinen Lebensunterhalt damit verdienen werde, da Sie mein einziger Patient sind.«

»Sie kennen die Diagnose also?«

»Noch nicht.«

Angesichts seiner offensichtlichen Bewußtseinstrübung wie auch seiner armseligen Lebensumstände schien es mir denkbar, daß er ein Trinker im Anfangsstadium des Delirium tremens sein könnte. Aber die Tatsache, daß er so schnell zu einer gewissen Klarheit zurückgefunden hatte, deutete darauf hin, daß die Ursache für seinen Zustand woanders liegen mußte.

Er winkte mich näher und dann noch näher, und ich war gezwungen, mich über ihn zu beugen und mich dem Miasma seines stinkenden Atems auszusetzen, während er die Kraft zum Sprechen sammelte.

»Typhus, Herrgott, es ist Typhus!« krächzte er heiser.

Ich sah über das Bett zur offenen Tür hinüber und überlegte, ob seine Stimme wohl so weit drang, daß die Haushälterin ihn gehört haben konnte. »Unsinn, mein lieber Freund, das ist der Fieberwahn. Sie wissen nicht, was Sie sagen.«

»Ich habe den Ausschlag. Die roten Flecken. Typhusfieber.«

Er zerrte schwach an seinem Nachthemd, bemüht, seine Brust zu entblößen.

»Erlauben Sie?« fragte ich.

Da ich ihn ja ohnehin untersuchen mußte, schien dies eine gute Gelegenheit, es mit seiner Zustimmung zu tun. Wieder sank er erschöpft in die Kissen und schien in einen Dämmerzustand zu entgleiten. Sein Nachtgewand war arg beschmutzt, genauso wie das Bett, in dem er lag. Mit einigen Schwierigkeiten brachte ich ihn dazu, sich zuerst auf die eine und dann auf die andere Seite zu legen, so daß ich ihm das durchweichte Hemd bis zu den Achseln hochziehen konnte, um seinen Bauch und seine Brust aufzudecken.

Seine Haut war brennend heiß, aber zu meiner Erleichterung stellte ich fest, daß dort kein Ausschlag zu sehen war. Er atmete rasselnd, und ich dachte schon, ich hätte es mit einem Fall von Lungenentzündung zu tun, bis er das nächste Mal tief Luft holte und ich den Rand einer vergrößerten Milz unter dem Rippenbogen ertastete.

Als ich das Krankenzimmer verlassen hatte, gab ich der Haushälterin Anweisung, eine Pflegerin zu engagieren, die ihn baden sollte. Sie würde es selbst tun, beharrte sie, sie sei es gewohnt, dem Doktor in solchen Dingen behilflich zu sein. Ich schärfte ihr ein, dafür zu sorgen, daß er genug zu trinken bekommt, denn das Fieber hatte ihn ausgelaugt. Auf einem von Czernins eigenen Rezeptblöcken verschrieb ich ihm eine Kampferinfusion zur Befreiung der Atemwege.

Ich kehrte mit einem schüchternen Anflug von Selbstzufriedenheit zum Schloß zurück. Vielleicht bin ich am Ende doch nicht völlig nutzlos auf dieser Welt. Und wenn ich von Gregor und Elisabeth in diese Helferrolle gedrängt worden bin, dann sei es so. Ich beuge mich ihren Machenschaften. Es ist eine wohlgemeinte Verschwörung. Sie haben sich meine moralische Errettung zum Ziel gesetzt, und ich muß zugeben, daß ich unfähig bin, mich selbst zu retten. Ich muß arbeiten, denn das Nichtstun verschafft meiner verderbten Phantasie nur neue Gelegenheiten. Die bescheidene Arbeit eines Landdoktors ist mein Weg zurück zur Normalität. Gregor hätte mir keine angemessenere Buße auferlegen können. Also habe ich veranlaßt, daß sich mein Beschluß herumspricht, die Verantwortung für Dr. Czernins Praxis zu übernehmen, solange er indisponiert ist.

20. OKTOBER 1887

Gestern abend kam jemand mit der Nachricht, daß es Dr. Czernin schlechter ginge.

»Ich wollte Sie nicht belästigen, Herr Graf«, sagte Mari, seine Haushälterin. Im Verlauf von zwei Tagen hat die Krankenpflege sie schon sichtlich erschöpft.

»Aber nicht doch«, winkte ich ab. »Sie haben völlig richtig gehandelt.« Als sie mich zu Czernin ins Zimmer führte, waren zwei

Mädchen dort, eine ungefähr siebzehn, die andere vielleicht neunzehn, die sie mir als ihre Töchter vorstellte. Ich bemerkte, daß Mari ganz unbefangen Czernins Hand nahm; vermutlich lebten sie schon einige Zeit als Mann und Frau zusammen. Ich fragte mich, ob das jüngere Mädchen, Helene, nicht seine Tochter sein könnte. Sie hielt sich außerhalb des Kerzenscheins, vielleicht, um ihr verweintes Gesicht vor dem Mann im Bett zu verbergen. Theresa, die ältere Tochter, machte sich im Zimmer zu schaffen, räumte auf und rückte Dinge zurecht, aber sie zeigte keine sonderliche Gefühlsregung in bezug auf den Kranken.

Sein Zustand hatte sich sehr verschlechtert. Er reagierte nicht auf meine Stimme, wälzte sich stöhnend im Bett herum und murmelte unzusammenhängende Wortfetzen. Sein Atem ging flach, aber nicht keuchend, wie es im letzten Stadium der Lungenentzündung zu erwarten wäre, und als ich wieder seinen Bauch abtastete, schien die vergrößerte Milz mir noch geschwollener. Ich begann mich mit wachsendem Schrecken zu fragen, ob ich mich vielleicht in der Diagnose geirrt haben könnte.

Mari erkannte, daß das Ende nahe war. Sie ist eine gutaussehende Frau mit stahlgrauem Haar und ausgeprägten Gesichtszügen, und zuerst war sie mir streng und reserviert vorgekommen, aber das war ein Fehler, denn im weiteren Verlauf der Nacht offenbarte sie sich als eine stille, großzügige Seele, die ihre Gefühle nur aus Bescheidenheit im Zaum hielt. Sie fragte, ob sie sich zu mir an sein Bett setzen dürfe, und ich stimmte zu, da es nichts mehr gab, was ich für den Patienten tun konnte, als Nachtwache zu halten. Sie schickte ihre Töchter zu Bett und harrte geduldig neben ihm aus, seine Hand haltend, und ich fand, daß er friedlich aussah.

So saßen wir die ganze Nacht und tauschten hin und wieder ein paar Worte, mit langen Perioden des Schweigens dazwischen, während derer wir unseren eigenen Gedanken nachhingen. Sie erzählte mir, Czernin habe sie und ihre Tochter bei sich aufgenommen, nachdem sie Witwe geworden war. Sie war mit einem Angehörigen des Regiments verheiratet gewesen; er sei die Ordonnanz des Doktors gewesen, sagte sie zur Erklärung ihrer gegenwärtigen Umstände – sie brauchte nicht hinzuzufügen, daß der Standesunterschied unüberbrückbar gewesen war. Folglich hat sie nun keinen größeren Anspruch auf seinen Besitz als jeder andere Bedienstete und wird nach seinem Tod das Haus verlassen müssen, um von einer kleinen Pension zu leben. Anscheinend gibt es in Galizien einen Neffen, der sich nie um Czernin gekümmert hat, aber dennoch das Haus mitsamt der ganzen Einrichtung erben wird. Sie erzählte mir all dies ohne Verbitterung, ohne jeden Versuch, mein Mitleid zu erregen.

»Er war ein guter Mensch«, sagte sie, und zum erstenmal stiegen Tränen in ihren Augen auf.

»Ein wahrhaft großherziger Mensch«, murmelte ich verlegen. Die Tränen schienen so schmerzhaft für sie, daß ich Angst hatte, was passieren würde, wenn sie ihnen freien Lauf ließ. Sie schüttelte den Kopf und lächelte, tapfer bemüht, sich zu beherrschen.

Gegen Morgen fing Czernin an, verständlicher zu reden. Bald wurde mir klar, daß sein abgehacktes Gestammel privater Natur war und Intimitäten seines Lebens mit Mari betraf. Ich entschuldigte mich, stand auf und ertastete mir den Weg durch den schmalen Flur, fand die Haustür und trat hinaus in die kalte Morgenluft.

Ich war übernächtigt, aber munter, und die frische Morgenluft wirkte als belebendes Elixier nach der muffigen Enge des Krankenzimmers. Ich fühlte neuen Ansporn, mich auf meine wahre Berufung zu besinnen. Ich wußte, daß ich dienen mußte. Von nun an würde die Erschöpfung mein Verbündeter sein, mein Schutz vor den Verlockungen der Phantasie. Der Schmutz und der Gestank, die das Los des Landdoktors sind, sollten meinen Willen zur Demut bekräftigen, und die Dankbarkeit des einfachen Volkes sollte meine einzige Belohnung sein. Es war ein mönchisches Dasein, dem ich mich verschwor, und wenn dabei eine gewisse Verstiegenheit im Spiel war, dann lag dies am Wesen der Bekehrung.

Als ich zu Czernins Haus zurückkam, stand Mari in dem dunklen Flur. »Es ist vorbei«, sagte sie.

Sie schluchzte und schien zu schwanken. Ich fing sie unwillkürlich auf und hielt sie, während sie ungehemmt an meiner Schulter weinte. Vielleicht war es der fehlende Schlaf, oder vielleicht hatte die gemeinsame Nachtwache auch eine gewisse Verbundenheit zwischen uns aufkommen lassen – jedenfalls erschien es mir ganz natürlich, sie festzuhalten, bis sich ihr Schluchzen legte.

»Entschuldigen Sie«, sagte sie schließlich und trat einen Schritt zurück. Ihr Gesicht war rot gefleckt. Für manche Leute ist ein Tränenausbruch fast zu herzzerreißend, um ihn ertragen zu können.

»Ich wünschte, ich könnte Ihnen mehr Trost spenden«, stammelte ich.

»Nein. Sie waren schon zu gut zu mir.«

Sie hatte sich in sich selbst zurückgezogen, mit einer grimmigen Entschiedenheit, die es mir nicht gerade leichter machte, die richtigen Worte zu finden. »In solchen Momenten ist es schwer, sich um praktische Dinge zu kümmern«, begann ich. »Ich hoffe, Sie fühlen sich nicht beleidigt...«

»Wir können für uns selbst sorgen.«

»Ich weiß, daß Sie das können. Es soll keine Wohltätigkeit sein – das kann ich Ihnen versichern. Ich weiß, daß Sie eine stolze Frau sind.«

»Ich nehme keine Almosen«, sagte sie heftig.

»Aber wenn im Schloß eine Stellung frei würde, etwas, das Ihrem Stand und Ihren Fähigkeiten entspricht?«

»Sie sind sehr gütig, Herr«, sagte sie steif, den Kopf abgewandt, während sie sich alle Mühe gab, ihre Rührung zu verbergen.

17. NOVEMBER 1887

Meine Arbeit – Czernins Praxis – läßt mich viel herumkommen. Mit meinem Einspänner holpere ich über Feldwege in die abgelegensten Weiler, und ich habe Winkel dieser Stadt besucht, von denen ich nicht einmal wußte, daß es sie gibt. Ich ahnte ja nicht, in welchem Elend manche Leute leben. Diese menschenunwürdigen Zustände machen sie zur leichten Beute für Krankheiten. Tatsächlich ist da und dort schon Typhus ausgebrochen; da die Fälle bisher aber vereinzelt auftreten, bin ich gegenwärtig wohl der einzige, der sich dessen bewußt ist. Ich habe in Czernins Notizen entdeckt, daß er noch zwei weitere Patienten mit ähnlichen Symptomen behandelt hat. Beide sind in der Woche vor seinem Tod gestorben. Unsere Gemeinde ist klein, und es wird nicht mehr lange dauern, bis die Menschen der Tatsache ins Auge sehen, daß eine tödliche Seuche sich anbahnt. Bis jetzt habe ich den Behörden noch nichts gemeldet, da wir um jeden Preis eine Panik vermeiden müssen. Die Menschen sind nach Estelles Tod schon verstört genug, zumal der Mörder sich noch immer auf freiem Fuß befindet.

Anfangs zögerten die Leute, mich zu rufen, wenn jemand in ihrer Familie krank wurde, als würde es sich für einen Grafen nicht gehören, einer so niedrigen Tätigkeit nachzugehen. Dann wurden meine Krankenbesuche so etwas wie eine reizvolle Neuartigkeit, und bald konnte ich mich kaum noch all der biederen Bürgerinnen erwehren, die glaubten, mein Erscheinen in ihrem Haus als Privatbesuch werten zu können und dadurch ihr gesellschaftliches Ansehen zu erhöhen. Selbst als Medizinstudent hatte ich mich niemals mit der Rolle des Gesellschaftsarztes anfreunden mögen, der sich um die trivialen Beschwerden gelangweilter Damen kümmert, obwohl eine solche Klientel weitaus am einträglichsten ist. Doch materielle Rücksichten brauchen mich jetzt nicht zu interessieren, und ich verweise derartige Patientinnen ziemlich barsch an den Kollegen Herczeg in Kolozsvar.

Elisabeth wird für Mari im Schloß eine Stellung finden. Inzwischen hat sich Mari in die Arbeit mit Kranken gestürzt. Zwar halte ich das in ihrem angegriffenen Zustand nicht für ratsam, aber sie besteht darauf und will nicht auf mich hören, wenn ich versuche, sie auf das Risiko hinzuweisen, dem sie sich aussetzt. Bedenklich erscheint mir vor allem, daß sie Helene, ihre jüngere Tochter, zu den Krankenbesuchen mitnimmt. Mari wirkt ziemlich resigniert und ist wohl kaum mehr in der Lage, die nötige elterliche Autorität über die Mädchen auszuüben, von denen jedes auf seine Art temperamentvoll und eigenwillig ist.

»Sie müssen ihren eigenen Weg finden«, sagte Mari gleichmütig, als ich sie wieder einmal wegen Helene ermahnte. »Sie wollte mitkommen. Ich konnte sie nicht davon abhalten.«

Und tatsächlich bringt Helene ein bißchen Sonnenschein in diese tristen Umgebungen. Der Tod ihres Vaters (ich nehme an, er war es) hat sie sehr erschüttert, und oft ist sie nahe daran, in Tränen auszubrechen. Sie kannte ihren Vater als einen guten Menschen, daher ist der Verlust ihr unverständlich. Sie ist unendlich gutwillig. Selbst knorrige alte Bauern reagieren weichherzig auf sie, und ihre Frauen drücken ihr tröstend die Hand und verziehen die runzligen Gesichter zu einem Lächeln, vielleicht zum erstenmal seit Jahrzehnten.

Ich kann die Tatsache nicht ignorieren, daß Helene hübsch ist, obwohl ich wünschte, daß es mir gleichgültig wäre. Sie hat einen warmen, strahlenden Blick und eine kleine, kecke Stupsnase. Die

Trübsal paßt eigentlich nicht zu ihrem Wesen; wie viele junge Menschen vergißt sie ihre Traurigkeit schnell, wenn sie abgelenkt wird. Manchmal habe ich sie in helles Lachen ausbrechen sehen, doch sogleich reißt sie sich erschrocken zusammen und verfällt in beschämtes Schweigen.

Mari und ihre Töchter leben weiter in Czernins Haus. Ich glaube nicht, daß es irgend jemand eilig hat, den Erben vom Tod seines Onkels zu informieren, so daß sie im Augenblick dort ungestört wohnen und von dem Geld leben können, das Mari mit ihrer Arbeit als Krankenpflegerin verdient. Es gibt eine Menge zu tun, und sie ist sehr gefragt. Es ist zu einem Teil meiner täglichen Routine geworden, morgens bei ihnen vorbeizuschauen. Mari und Helene warten dann schon auf mich, und Helene liest mir die Liste der Patienten vor, die wir aufsuchen müssen. Ich weiß nicht, was ich ohne sie tun würde. Obwohl ich wegen der Ansteckungsgefahr besorgt bin, muß ich gestehen, daß Helenes Gegenwart mir den Tag verschönt.

»Du bist ein Geschenk Gottes, Helene«, habe ich gestern zu ihr gesagt, als sie mir einen Spiegel aus Czernins Praxis brachte, den ich zur Untersuchung eines Patienten benötigte.

»Ich bitte Sie, Herr, Sie wissen nicht, was Sie sagen.«

Sie bekreuzigte sich schnell. Ich nehme an, daß mein Kompliment als milde Form der Blasphemie angesehen werden konnte. Aber war das der Grund, warum sie rot wurde?

Gestern erschien sie nicht an der Tür, als ich vor ihrem Haus anhielt. Mari stieg auf den Sitz neben mir und sagte, daß Helene sich nicht wohl fühle. »Es ist nichts Ernstes.«

»Sind Sie sicher?« Mein Herz klopfte. Für uns alle bestand ein Risiko, sich bei einer infizierten Person anzustecken. Und die Anfangssymptome konnten täuschend harmlos erscheinen.

»Morgen wird sie wieder so munter sein wie ein Fisch im Wasser«, sagte Mari ohne eine Spur von Besorgnis. »Spätestens übermorgen.«

»Aber wie können Sie sich da so sicher sein?«

»Glauben Sie mir nur.« Sie sah mich mit einem wissenden Blick an.

Ungebeten erschien vor meinem inneren Auge das Bild von einem Rinnsal Menstruationsblut, das langsam zwischen Helenes Beinen hervorsickerte.

Ich war froh, daß ich für den Rest des Tages zu sehr eingespannt war, um zum Nachdenken zu kommen. In der Nacht wurde ich zu einem Mann gerufen, der in den letzten Zügen lag, aber ich lag ohnehin wach und brauchte etwas, das mich beschäftigte. Eine Stunde vor Morgengrauen kroch ich dann zurück in mein Bett, endlich erschöpft genug, um in einen unruhigen Schlaf zu fallen.

1. DEZEMBER 1887

Ich bin mir nicht sicher, wann Theresa zum erstenmal in Erscheinung trat. Sie war da, als Dr. Czernin starb, aber obwohl sie sich so beschäftigt gab und in gewisser Hinsicht mehr auffiel, erinnere ich mich eher an ihre Schwester Helene, wenn ich an jenen Tag zurückdenke. Theresa hingegen blieb so etwas wie ein verschwommener Fleck in dem trüben Licht jenes Krankenzimmers.

Helene sagte mir, daß ihre Schwester für das Kloster bestimmt ist. Schon jetzt hat sie eine religiöse Blässe, die ihre tiefen, dunklen Augen und ihr schwarzes Haar hervorhebt. Theresa ist viel dunkler als ihre jüngere Schwester; sie ist klein und fast stämmig, während Helene schlank und hochgewachsen ist. Wahrscheinlich nahm ich deshalb auch gleich an, daß sie nur Halbschwestern sind, obwohl niemand je ein Wort darüber verliert. Sie sind auch in ihren Temperamenten verschieden: Helene ist optimistisch und nach außen gekehrt, während Theresa mehr zu scheuer Zurückhaltung neigt. Beim Sprechen hat Theresa die merkwürdige Angewohnheit, mit flatternden Augenlidern schräg nach oben zu schauen, und in solchen Momenten werde ich an die Ekstase ihrer namensverwandten Heiligen erinnert. Das erste Mal, daß ich sie tatsächlich bemerkte, befand ich mich im Krankenzimmer eines ihrer Nachbarn, der als nächster die unheilverkündenden Typhussymptome aufwies. Sie kam mir vage bekannt vor, aber in meinem müden Zustand mußte ich sie erst eine Weile anstarren, bevor ich wußte, woher ich sie kannte. Als sie das Zimmer verließ, lächelte sie mich mit einem schüchternen Augenaufschlag an. Später, auf meinem Rückweg zum Schloß, holte ich sie ein, und nur mit Mühe konnte ich sie überreden, zu mir in den Einspänner zu steigen, und auch dann ließ sie sich nur bis zum Marktplatz fahren, da sie auf keinen Fall akzeptieren wollte, daß ich ihretwegen einen Umweg machte. Sie ist ein sonderbares, weltentrücktes Mädchen, verschlossen und genügsam. Ihr nonnenhaftes Gehabe hat etwas Irritierendes, aber viel davon kann man ihr wegen ihrer Jugend nachsehen. Sie ist unschuldig und ein bißchen verrückt.

14. DEZEMBER 1887

Heute morgen kletterten Mari und Helene beide auf den schmalen Sitz des Einspänners neben mich. Es ist ziemlich kalt, und so rückten wir automatisch dicht zusammen. Wir drei haben uns gut aneinander gewöhnt und fühlen uns in der Gesellschaft der anderen wohl. Inmitten einer Epidemie, bei der viele Menschen wahrscheinlich ihr Leben verlieren, habe ich Gewissensbisse, wenn ich so fröhlich bin. Ich muß mich immer daran erinnern, daß mir die Abrechnung nur gestundet ist; mein Leben gehört mir nicht mehr wirklich, und so empfinde ich jeden glücklichen Augenblick als ein unverdientes Geschenk.

Diese Krankheit schert sich nicht um Rang und Namen. Ich wurde in das Haus der wohlhabenden sächsischen Familie Hermann gerufen, die eine einflußreiche Position in unserer Stadt innehat. Der jüngere Sohn war eines der ersten Seuchenopfer gewesen. Jetzt ist der Vater an der Reihe, und eine Schwester ist ebenfalls erkrankt.

Die Dame des Hauses begrüßte mich etwas befangen, als wüßte sie nicht recht, wie sie mir in meiner gegenwärtigen Arztrolle zu begegnen habe, doch als ich das Krankenzimmer betrat, wurde mir der eigentliche Grund für ihre Verlegenheit klar. Rings umher an den Wänden waren alle Familienmitglieder und Dienstboten aufgereiht, und die drei Schwestern des alten Hermann saßen würdevoll auf einem kleinen Sofa in Pose. Das Zimmer war merkwürdig still, als erwartete der kleine Hofstaat mit angehaltenem Atem, was der König anzuordnen beliebte. Hermann ist ein streitlustiger, ewig auftrumpfender Patriarch, der nicht mit den Zeiten Schritt gehalten hat – nicht, daß das jetzt noch etwas ausmachte. Er sah todkrank aus und hatte Mühe, die Augen offenzuhalten.

Von dem grauen Tageslicht fiel nur wenig durch die schmalen

Fenster in den dunkel getäfelten Raum, weshalb ich mehrere Augenblicke brauchte, um zu erkennen, daß es nicht Hermann war, dem die allgemeine Aufmerksamkeit galt, sondern Gregor, der gerade dabei war, einen Gottesdienst abzuhalten. Er hatte bei unserem Eintreten eine Pause gemacht und fuhr jetzt mit dem Gebet fort. Helene und Mari knieten sich spontan zu den anderen, und ich bemerkte, daß Gregors Blick auf Helene ruhte und dann, fragend, zu meinem Gesicht glitt. Mit so vielen Augen auf mir, kniete auch ich mich hin, obwohl ich wußte, daß ich ein Heuchler war.

»Wir müssen den Doktor seine Arbeit tun lassen«, sagte Gregor schließlich, versammelte seine Schäflein um sich und drängte sie hinaus. Mehrere Leute blieben stehen, um mit mir zu reden, so daß ich keine Gelegenheit hatte, mit Gregor zu sprechen. Als ich mich nach ihm umschaute, sah ich, daß er Mari zur Seite genommen hatte. Er hatte die Hand beschützend auf Helenes Schulter gelegt und sprach ernst mit ihrer Mutter. Zufällig sah er in meine Richtung, und ich verspürte einen schmerzhaften Stich, als hätte mein Freund meine Beweggründe grausam falsch verstanden. Natürlich wußte ich, daß er Mari gegenüber kein Wort über mich verlieren würde; er würde irgendeine andere Gefahr finden, um bei ihr Angst um die Tochter zu wecken, oder irgendeinen Vorwand, um Helene aus meiner Gesellschaft zu entfernen.

Als Gregor im Vorbeigehen meinen Arm drückte und sagte: »Ich werde im Garten sein, wenn du mit ihm fertig bist«, empfand ich ihn wider besseres Wissen als Verräter.

Hermann war nicht mehr ansprechbar und kaum noch bei Bewußtsein, und ich tat, was ich für ihn tun konnte, was nicht gerade sehr viel war. Der beste Dienst, den ich ihm noch erweisen konnte, bestand in einer kurzen Unterredung mit seiner Frau und seinem ältesten Sohn, um ihnen den Ernst der Lage klarzumachen und die Notwendigkeit, legale und finanzielle Vorkehrungen zu treffen, bevor der Tod eintrat.

»Es besteht wenig Hoffnung, fürchte ich«, sagte ich abschließend. Doch es ist schwer, in solchen Zeiten praktisch zu denken. Sie hatten bereits das Schlimmste erkannt und waren in ihrer Verzweiflung kaum in der Lage, meine Ratschläge aufzunehmen. Ich ließ sie schweigend und benommen zurück und ging durch die Hintertür in den ummauerten Garten.

Dort sah ich Gregor neben einem alten Birnbaum warten. Tiefhängende Wolken kündigten weiteren Schneefall an. Da er nicht aufsah, selbst als ich schon dicht bei ihm war, nahm ich an, er sei ins Gebet vertieft.

Während ich mich also in Geduld faßte, fiel mir ein, daß dies das erste Mal war, daß wir seit Estelles Tod allein zusammen waren. Unwillkürlich haben wir einander gemieden.

»Ich hatte nicht erwartet, dich hier zu treffen«, sagte ich nach einem Räuspern.

»Und ich bin froh, dich hier zu treffen.«

»Haben sie den Priester nicht ein wenig zu früh gerufen?« fragte ich ihn mit einem Lächeln. »Das zeugt nicht gerade von großem Vertrauen in meine Fähigkeiten.«

Ich war froh, als er lachte. Wir hatten den beiläufigen, zwanglosen Tonfall jener Leute angenommen, die von Berufs wegen mit dem Tod auf du und du sind.

»Sie versuchen sich beizeiten abzusichern«, schmunzelte er. »Unsere Klienten würden es vorziehen, am Leben zu bleiben, aber im Zweifelsfall ist ihnen auch jede Einmischung recht, die ihnen den Weg ins Jenseits ebnet.«

»Und so haben wir jetzt beide gerade Hochsaison.«

»Ich glaube, du und ich sind die einzigen Menschen, die wissen, daß wir es mit einer Epidemie zu tun haben.«

»Ich bin mir da noch nicht sicher.«

»Ich schon. Ich sehe die Ergebnisse. Genauso wie die Totengräber. Die plappern es als erste aus.«

»Ich will keine Panik aufkommen lassen.«

»Wir müssen es den Leuten aber sagen, damit sie sich darauf einstellen können. Es gehen schon alle möglichen Gerüchte um. Am vergangenen Sonntag war die Kirche fast voll.«

»Weihnachten naht. Da will doch jeder mit seiner Seele ins reine kommen, um die Feiertage mit ruhigem Gewissen zu begehen.«

Gregor ließ mich für einen Augenblick meinen eigenen Gedanken nachhängen. »Du solltest auch kommen, László«, sagte er schließlich. Er war auf einmal sehr ernst. »Wir alle benötigen die Kraft, die uns nur Gott geben kann.«

Ich zögerte verlegen. »Ich würde gern kommen«, sagte ich. Ich wollte es wirklich.

»Keine Sünde ist zu groß, als daß Gott sie nicht vergeben könnte.«

»Ich werde darüber nachdenken.«

»Denk nicht darüber nach. Du grübelst schon zu viel. Das hilft dir nicht weiter. Du mußt Vertrauen haben.«

»Dafür ist es zu spät.«

»Nein, da sei Gott vor!« Ungestüm ergriff er mich bei den Schultern, als wollte er meine Seele packen und sie festhalten, damit sie mir nicht entrissen würde. Ich fühlte seine Arme fest um mich, als ränge er mit dem Teufel persönlich.

»Beichte! Das ist der Weg zurück! Der einzige Weg.«

»Nein, ich bin zu weit gegangen! Es ist meine Bürde. Ich muß einen Weg finden, sie zu tragen.«

»Teile sie mit mir.«

»Nein, das würde ich niemals tun.«

»Du mußt.«

»Ich kann nicht.«

»Gott wird dich hören. Gott wird dir vergeben.«

»Es geht mir nicht um Gott«, sagte ich. »Es geht mir um dich.«

»Ich zähle nicht.« Er war wütend. »Ich bin nichts!«

»Kannst du mir vergeben?«

»Wenn du beichtest, ja. Wenn du wirklich bereust, natürlich.«

»Ich meine dich, nicht den Priester; Gregor, mein liebster Freund, kannst *du* mir vergeben?«

Aber da schreckte er zurück. Seine Augen, so viel wankelmütiger als das Herz, das sie vermeintlich widerspiegeln, wichen meinem Blick aus. Es war kaum mehr als ein Blinzeln, aber es genügte, um deutlich zu machen, was jeder von uns schon halb gewußt hatte. Allein Gott kann mir das, was ich getan habe, wirklich vergeben.

19. DEZEMBER 1887

Bevor ich an diesem Morgen mit meiner Runde begann, hielt ich bei der Polizeistation an, um Inspektor Kraus aufzusuchen. Er hat jetzt seinen Wohnsitz in die Stadt verlegt, so daß er mehr Zeit für den Fall aufwenden kann, aber ich höre von keinen neuen Entwicklungen. Ich fand ihn in dem kleinen Zimmer neben dem Flur, das er zu seinem Büro erkoren hat. Er saß an einem mit Papieren überhäuften Tisch, den Kopf in die Hand gestützt, während er sich mit einem Bericht abmühte. Er schien ziemlich entmutigt.

»Ja?« fragte er mit müder Stimme.

»Ich kam gerade vorbei...«

»Graf!«

»Und da dachte ich mir, ich schau mal bei Ihnen herein, um zu erfahren, wie die Ermittlungen vorangehen.«

»Bitte tausendmal um Entschuldigung!«

»Keine Ursache.«

»Ich schreibe gerade meinen wöchentlichen Bericht für den Polizeichef.«

»Schon irgendwelche Fortschritte in Sicht?«

Er setzte zum Sprechen an, überlegte es sich dann aber anders und ließ sich in seinem Stuhl zurückfallen. Verdrießlich schüttelte er den Kopf: »Nein.«

Das war rätselhaft. »Aber ich dachte, Sie hätten den Hauptverdächtigen schon gefaßt?«

»Diesen Preisich? Er ist aus dem Rennen.«

»Ein Alibi, nehme ich an.«

»Nein. Besser als das. Er ist Linkshänder.«

»Aber sicherlich...«

»Ihr eigener Rückschluß, Graf. Die Wunde verlief von links nach rechts. Die Kehle wurde von hinten durchgeschnitten. Es kann keine andere Folgerung geben.«

»Aber vielleicht hat er, weil sie nebeneinanderstanden, notgedrungen die rechte Hand benutzt. Man kann ja nie wissen, in der Hitze des Augenblicks...«

»Nein, es ist unwiderlegbar«, sagte Kraus mürrisch. Vergangen war seine kecke Selbstsicherheit; seine eigene Methode schien sich gegen ihn zu richten.

»Mörder benutzen immer ihre beste Hand«, beharrte er dickköpfig. »Das ist eine kriminologische Tatsache.«

»Tut mir leid«, sagte ich. »Gibt es denn gar keine anderen Hinweise?«

»Das fragt der Polizeichef auch immer. Vergangene Woche habe ich ihm gesagt, daß ich keine habe. Jetzt fordert er, daß ich welche finde.«

»Das kommt mir aber reichlich unfair vor.«

»Ich habe mich sogar bereit erklärt, nach Budapest zu fahren, um zu sehen, ob ich etwas über ihr Leben dort herausfinden kann.«

»Vielleicht war der Mörder Teil ihres Lebens in Budapest«, schlug ich gefährlicherweise vor, doch die Flucht nach vorn schien mir immer noch die beste Methode, um die Zügel in der Hand zu behalten und den Gang der Ermittlungen bei Bedarf in die Irre zu lenken.

»Das habe ich dem Polizeichef auch gesagt.«

»Aber dann müßte man sich fragen, warum er ihr Hunderte von Meilen bis hierher gefolgt ist, in eine fremde Stadt, wo er doch viel eher bemerkt wird, anstatt sie lieber gleich dort in Budapest umzubringen.«

»Das hat der Polizeichef auch gesagt.«

»Nun, da ist wohl auch was Wahres dran. Aber andererseits kann man nicht erwarten, jeden Fall zu lösen, der einem unterkommt. Es kann doch mal vorkommen, daß sich einfach kein Schuldiger finden läßt und der Fall unerledigt bleibt.«

»Nein!«

Ich war von der Vehemenz seiner Reaktion überrascht; eben noch hatte es ausgesehen, als würde er sich schon geschlagen geben.

»Ich werde nicht aufgeben! Ich werde den Fall niemals abschließen, bis dieser verfluchte Feigling dingfest gemacht ist.«

Die Beleidigung traf mich wie ein Schlag ins Gesicht, und ich brauchte einen Augenblick, bis ich mich wieder unter Kontrolle hatte. »Sie haben recht. Es war eine feige Handlung, eine wehrlose Frau von hinten anzugreifen«, gelang es mir mühsam, ihm zuzustimmen. »Wir müssen alles tun, was wir nur können, um den Schuldigen vor Gericht zu bringen«, murmelte ich und versuchte sogar, es aufrichtig zu meinen, obwohl ich schwer gekränkt war von seinen Worten, die den Stachel der Wahrheit in sich trugen.

23. DEZEMBER 1887

Um die Mittagszeit auf dem Rückweg zum Schloß paßte mich Jakob am Fuß des Hügels mit einer Botschaft von Mari ab: Es gab zwei neue Krankheitsfälle, beides Mitglieder derselben Familie

Gestern hatte es vier neue Fälle gegeben. Die Ausbreitung der Seuche ist unbestreitbar, und es war sinnlos, noch weiter abzuwarten. Auf direktem Weg fuhr ich zu Bürgermeister Theissen.

Der Laden war nicht geöffnet, aber ich hämmerte an die Tür, wohl wissend, daß er um diese Zeit immer das Backen beaufsichtigte und daß es ein günstiger Moment war, mit ihm allein zu reden. Er kam selbst zur Tür und spähte ärgerlich durch die Scheibe, bevor er mich erkannte und mich mit großer Geste hereinwinkte. Ich war erschrocken, als ich sah, wie abgemagert er war. Von seinem gesunden, lebensprallen Selbst schien nicht mehr viel übrig zu sein.

Er drängte mir eine Tasse Kaffee auf. »Würden Sie mir die Ehre erweisen, meine Rosinenwecken zu kosten, Herr Graf?« fragte er mit einem matten Anflug seiner alten Verschwörermiene und stellte einen Teller mit ofenwarmen Wecken vor mich hin, deren Zimtaroma mir verlockend in die Nase stieg.

Ich kam tatsächlich in Versuchung, denn ich hatte seit dem Frühstück nichts mehr zu mir genommen. Wir setzten uns an einen der kleinen Tische, und er sah mit professioneller Befriedigung zu, wie ich in das butterweiche, köstliche Gebäck biß.

»Ich wollte Sie auf eine Krankheit aufmerksam machen, die zur Zeit hier in der Stadt grassiert.«

»Es gehen schon entsprechende Gerüchte um.«

»Das habe ich befürchtet. Aber bei der Anzahl der Krankheitsfälle ist das wohl unvermeidlich.«

»Wie viele Menschen sind denn davon betroffen, Herr Graf?« Seine Klatschbereitschaft war einem leisen Schrecken gewichen.

»Bis jetzt zwanzig.«

»Bis jetzt?«

»Es werden bestimmt noch mehr. Leider besteht kein Zweifel mehr, daß wir es mit einer Seuche zu tun haben.«

»Aber wenn Menschen krank werden, dann müssen sie ja nicht unbedingt gleich...«

»Sterben? Das tun sie aber. Tatsächlich sogar sehr häufig. In den letzten beiden Wochen hatten wir fünf Todesfälle. Sechs, wenn man ein Kind dazuzählt, das vielleicht an Blinddarmentzündung gestorben ist.«

Theissen schien erschüttert. »Sechs Todesfälle?«

»Es sind keine Masern, wissen Sie«, sagte ich schroffer, als ich beabsichtigt hatte. Wenn man tagelang in einer gefährlichen Situation lebt, wird man abgestumpft in seinen Gefühlen.

»Aber was ist es dann?« fragte er.

»Typhus.«

»Typhus!«

»Dr. Czernin war eines der ersten Opfer. Wußten Sie das nicht?

Theissen war blaß geworden und warf unwillkürlich einen Blic auf die Tasse, die ich gerade an die Lippen führte, und auf das Messer und den Teller auf dem Tisch. »Typhus ist sehr ansteckenc nicht wahr?« Ich sah, daß er im stillen bereits überlegte, wie er dies verseuchten Gegenstände säubern sollte.

»Sie müssen den Leuten sagen, daß sie ihr Wasser abkochen müssen.«

»Und wenn wir das tun, werden wir dann vor dem Virus siche sein?« fragte er hoffnungsvoll, vertrauensvoll wie ein Kind.

»Nicht völlig. Die Leute leben sehr eng aufeinander, und da Abwasser ist in die Brunnen gesickert. Wenn sie nur abgekochte Wasser trinken, ist das schon ein gewisser Schutz vor der Infektior aber die Krankheit kann auch durch Nahrung verbreitet werde oder durch unsauberes Kochgeschirr.«

»Und durch Berührung?«

»Ganz sicher durch intimen Kontakt.«

»Aber durch etwas Beiläufiges – ein Händeschütteln zum Beispiel?«

»Das können wir nicht ausschließen.«

»Auf jeden Fall müssen wir eine Panik verhindern...«

»Aber die Leute müssen so schnell wie möglich über die Gefahre aufgeklärt werden. Das ist Ihr Verantwortungsbereich. Sie müsse tun, was Sie für richtig halten.«

Als ich ging, waren wir übereingekommen, daß er am nächste Mittag im Rathaus eine Versammlung einberufen würde, an de alle Bürger teilnehmen konnten und auf der ich eine kurze Erklärung zu den präventiven Maßnahmen abgeben werde. Allerding würde ich keine Fragen aus dem Publikum beantworten, denn ein solche Prozedur weckt mehr Ängste, als man je austreiben kanr und würde die schwelende Katastrophenstimmung erst recht entfachen.

Als wir beim Mittagessen saßen, kam ein Zigeunerjunge auf einem ungesattelten schwarzen Pferd in den Hof getrabt. Er verlangte, daß man mich holte, und Brod, der in bezug auf diese Leute abergläubisch ist, kam etwas verlegen in das Eßzimmer und räusperte sich mit ungewöhnlichem Nachdruck.

Ich sah mich irritiert um, was Brod als eine Erlaubnis zum Sprechen auffaßte. »Ein junger Mann möchte Sie sprechen, Herr Graf«, meldete er.

»Na schön«, erwiderte ich und wandte mich wieder meinem Teller zu.

»Bitte richten Sie ihm aus, er soll warten«, sagte Elisabeth.

Aber Brod machte keine Anstalten zu gehen. Zweifellos fürchtete er sich vor dem bösen Blick, wenn er ohne mich in die Küche zurückkam.

»Er sagt, es sei sehr dringend, Herr Graf«, murmelte er entschuldigend.

»Also wirklich!« sagte Elisabeth und warf ihre Serviette auf den Tisch, eine ungewöhnliche Geste der Verärgerung, die mich nicht wenig verblüffte. »Das ist ja nicht zu glauben! Der Graf war die halbe Nacht auf den Beinen, um diese Leute zu versorgen... Soll er denn nicht mal mehr beim Essen seine Ruhe haben?«

Ich war ebenso von ihrer Besorgnis gerührt wie von diesem seltenen Temperamentsausbruch um meinetwillen. Wenn Elisabeths puritanische Auffassung es noch zuließ, mein Wohlergehen zu verteidigen, dann mußte sie mir wohl die Möglichkeit einer Rehabilitation zubilligen, so abwegig dies auch scheinen mochte.

»Wer weiß?« seufzte ich. »Es könnte um Leben und Tod gehen. Ich mache mich mal lieber auf den Weg. Mein Mittagessen ist da vielleicht nicht so wichtig.«

Elisabeth bedachte mich mit einem verklärten Blick, aber im inneren Nachhall meiner Worte hörte ich deutlich die Scheinheiligkeit heraus und verzweifelte an mir selbst.

Der Zigeunerjunge ritt wie ein Teufel, während wir den Hügel zur Stadt hinunterhetzten. Er war so tollkühn, wie es nur ein Zwölfjähriger sein kann. Ich wagte kaum, mit ihm Schritt zu halten, obwohl Sabbat mehr als bereit war, Hals über Kopf den steilen

Hang hinunterzurasen. Der Junge leitete mich in gestreckter Galopp mitten durch die Stadt, und das Klappern der Pferdehuf auf den Pflastersteinen hallte die schmalen Gassen hinunter, als ein Warnung an alle, den Weg freizugeben. Staunende, erschrocken Gesichter folgten verschwommen unserem Ritt, und dann ware wir plötzlich im Freien, auf dem Marktplatz, wo die Leute panisc auseinanderstoben und Kutscher auf ihre Gespanne einhieben, u ihre Wagen in Sicherheit zu bringen.

Ich rief dem Jungen zu, um Himmels willen langsamer zu reiter denn der Anblick des Grafen in fliegendem Ritt durch die Stad konnte sich nur nachteilig auf die ohnehin verschreckte Bevölkerung auswirken. Frauen begannen schon ihre Kinder um sich z scharen, andere eilten nach Hause.

Als ich die Unruhe sah, die wir schufen, zügelte ich mein Pferd aber der Schaden war nicht mehr gutzumachen. Der Junge dreht sich um, wendete sein Pferd und drängte mich wütend vorwärts hätte gar auf Sabbats Kruppe geschlagen, wenn ich ihm nich schnell ausgewichen wäre. In gemäßigterem Galopp – inzwische waren die Pferde auch zu kaum mehr fähig – erreichten wir di Außenbezirke und bogen in einen Sandweg, der entlang den Eisenbahngleisen zu einer Hütte führte, wo der Junge anhielt. Er stieg ab indem er geschmeidig an der Flanke des Rappen herunterglitt, un lief schnurstracks ins Innere, um meine Ankunft zu melden.

In der Hütte war es so dunkel, daß ich zunächst kaum etwas sah aber allmählich gewöhnten sich meine Augen an das trübe Lich Eine Frau, die Mutter, glaube ich, führte mich ins Schlafzimmer, i dem das kranke Kind lag. Derweil blieben die Männer reglos un schweigend in der Wohnküche hocken und folgten mir mit mißtrauischen Blicken. Das Kind, ein Junge von vielleicht acht Jahren lag in einem grob aus alten Holzlatten zusammengezimmerten Bet und ich sah sofort, daß er dem Tod nahe war. Es war noch ein andere Person im Raum, aber in dem Halbdunkel konnte ich nich erkennen, wer sie war, bis sie zu sprechen begann.

»Gott sei Dank, daß Sie gekommen sind, Herr Graf«, sagte si und ich erkannte die ruhige, gemessene Stimme von Theresa.

»Was tust du denn hier?« fragte ich verdutzt.

»Ich verrichte Gottes Arbeit«, erwiderte sie.

»Aber hier, und ganz allein?«

Ich warf einen Blick durch die Tür auf einen Mann, der mit einem Messer, das für einen so einfachen Zeitvertreib unangemessen groß schien, an einem Stock herumschnitzte. Theresa lächelte mild.

Ich lehnte mich vor, um ihr etwas zuzuflüstern, das die anderen nicht hören sollten. »Aber das sind ja praktisch Wilde!«

Sie schien entzückt. »Aber sind das nicht gerade die, die unsere Hilfe brauchen?« entgegnete sie voller Inbrunst.

»Weiß deine Mutter, wo du bist?« fragte ich und kam mir dabei ein wenig töricht vor.

»Ich bin ihr keine Rechenschaft mehr schuldig«, sagte sie knapp.

Ich war überrascht zu sehen, daß sie sich unter diesen unzivilisierten Leuten völlig natürlich bewegte, Wasser aus einer Tonne in der Küche holte, wo die mürrisch dasitzenden Männer sie gar nicht weiter beachteten. Selbst das Scheusal mit dem Messer hielt für einen Augenblick im Schnitzen inne, als sie vorbeiging, damit die Späne nicht auf ihr Kleid fielen. Aber als Theresa den Jungen aufzudecken versuchte, legte die Mutter die Hand auf das Laken und ließ nicht zu, daß sie es herunterzog.

»Euer Kind ist sehr krank«, erklärte ich ihr. »Ich muß es untersuchen.« Sie sah durch die offene Tür zu ihrem Mann, der sein Messer zusammenklappte und aufstand; als er das winzige Zimmer betrat, mußte er sich bücken. Kommentarlos zog er das Laken herunter. Der Junge lag in blutigem Durchfall. Um seine mageren Hüfte war eine rote Schnur gewunden mit einem kleinen Lederbeutel, der seinen Nabel bedeckte.

»Was habt ihr ihm gegeben?« fragte ich die Eltern.

»Kräuter, die unser Volk verwendet«, sagte der Mann schließlich. Er stand grimmig da, sah aus, als würde er bei der geringsten Herausforderung losschlagen.

»Ich werde euch etwas anderes geben.«

»Er wird sowieso sterben«, brummte der Vater.

Ich sah schnell zu der Mutter hin, aber sie wirkte resigniert. Im Hintergrund, vom anderen Zimmer aus, spürte ich den dunklen, bohrenden Blick des Jungen, der mich auf jenem halsbrecherischen Ritt hierhergeführt hatte.

»Er meint, sie haben das Schicksal des Jungen schon vorhergesehen«, sagte Theresa zu mir. »Seine Zukunft stand in den Karten.«

»Aber wir können uns doch nicht vom Aberglauben beherrschen

lassen!« Ich streckte die Hand nach dem Kind aus, um seinen Bauch abzutasten, aber der Mann packte mich beim Handgelenk.

»Nein!« erklärte er wild.

»Er glaubt, daß Sie den Zauberbann brechen werden«, sagte Theresa.

»Ich werde das Amulett nicht berühren«, sagte ich zu ihm. Sein Griff begann mir weh zu tun. »Wirklich, ich habe keinerlei Interesse an dem Beutel.«

Er ließ argwöhnisch meinen Arm los, blieb aber dicht an meiner Schulter, als ich die flache Hand auf den Bauch des Kindes legte. Der Kleine stöhnte schwach, wann immer ich etwas fester drückte. Kein Zweifel, seine Milz war vergrößert, und mit einem flauen Gefühl gestand ich mir selbst ein, daß die Tarotkarten die Wahrheit vorausgesagt hatten.

Ohne weiteres Aufhebens begann Theresa den Jungen zu säubern und nach frischem Bettzeug zu rufen. Ich wühlte in Czernins Tasche und fand eine Flasche mit einem schmerzstillenden Mittel.

»Das wird den Durchfall stoppen«, sagte ich zu ihnen. Der Vater ignorierte mich, aber seine Frau nahm die kleine braune Flasche und betrachtete sie mit der gleichen neugierigen Skepsis, mit der ich den Lederbeutel betrachtet hatte.

»Gib ihm viermal am Tag einen Löffel voll«, sagte ich zu ihr, und sie nickte ergeben. Später würde sie zusammen mit den anderen entscheiden, ob sie meinen Trank verwenden sollte oder nicht.

»Werden Sie ihn zur Ader lassen?« fragte Theresa. »Das erwarten die Leute hier.«

»Nein. Er hat ohnehin schon viel zu wenig Blut in sich.«

»Dr. Czernin hat so gut wie jeden Patienten zur Ader gelassen. Diese Leute glauben nicht, daß Sie wirklich etwas getan haben, wenn sie nicht gutes rotes Blut fließen sehen.«

»Ich glaube nicht daran«, sagte ich ruhig.

Die Frau hatte die beschmutzten Bettücher aufgelesen.

»Die mußt du verbrennen«, sagte ich zu ihr, und sie warf mir einen entgeisterten Blick zu, als wäre ich verrückt. Für diese armen Leute waren die zerschlissenen Laken Wertgegenstände. »Ich weiß«, sagte ich auf ihren stummen Vorwurf hin. »Aber sie sind infiziert.«

Das war eine neue Maßnahme, auf der ich bisher noch nicht

bestanden hatte, aber wenn man überleben will, darf man keine falschen Rücksichten nehmen.

»Womit sind sie infiziert?« wollte Theresa wissen.

»Wenn sie nicht verbrannt werden können, dann wascht sie in Karbolsäure«, sagte ich ausweichend und kramte wieder in Dr. Czernins geräumiger Tasche, um weitere Fragen zu vermeiden.

24. DEZEMBER 1887

In der Nacht war mir wieder wenig Schlaf vergönnt. Als ich im Einspänner den Hügel hinunterfuhr, um Mari und Helene abzuholen, muß ich wohl ein paar Minuten eingedöst sein, und wenn die Pferde mit den steilen Kehren in der Straße nicht so vertraut wären, hätte es böse ausgehen können.

Ich wartete länger als sonst vor Czernins Haus, bevor Mari schließlich auftauchte. Sie sah schlecht aus, aber irgend etwas an ihr sagte mir, daß ich sie besser nicht darauf ansprechen sollte. Wie üblich streckte ich die Hand aus, um ihr heraufzuhelfen. Eigentlich ist es mehr eine Geste der Höflichkeit, da Mari eine kräftige Frau ist, aber heute stützte sie sich schwer auf mich, und ich mußte sie regelrecht auf den Sitz hinaufhieven.

»Kommt Helene heute nicht mit?« erkundigte ich mich. Die Anstrengung, die es mich kostete, die Frage in beiläufigem Ton zu stellen, beunruhigte mich. Solche scheinbar belanglosen Wellenschläge lassen uns den gefahrvollen Sog in unserem Leben spüren.

Ich war im Begriff, die Pferde mit einem Zügelschnalzen anziehen zu lassen, aber Mari antwortete nicht, und ich drehte mich besorgt zu ihr um. Sie schien am Rande der Erschöpfung zu sein.

»Vielleicht sollten Sie sich heute lieber ausruhen?« schlug ich vor. »Schließlich ist heute Heiligabend.«

»Mit mir ist alles in Ordnung«, sagte sie. »Helene kommt nicht mit. Sie wollte gern, aber ich habe ihr gesagt, daß es zu gefährlich ist.«

»Ja, da haben Sie sicher recht.«

»Wir sollten jetzt losfahren.«

»Ich habe für Sie beide Weihnachtsgeschenke mitgebracht. Und auch für Theresa.«

»Das sollten Sie nicht tun. Sie sind zu freundlich.«

»Unsinn. Sie bekommen viel zu wenig für all das, was Sie leisten.«

Elisabeth hatte für die drei Damen Schildpattkämme gekauft und sie in buntes Papier gewickelt, aber den für Helene hatte ich durch die Brosche ersetzt, die ich für Estelle gekauft hatte. Sie hatte ja keinen großen Wert, überlegte ich, und so brauchte ich Elisabeth auch nichts von dem Tausch zu erzählen. So fängt es immer an, mit diesen kleinen, zögernden Schritten auf vermeintlich festem Grund.

»Sie haben richtig entschieden«, sagte ich zu Mari. »Es ist viel zu gefährlich für Helene. Sie gehört nach Hause.«

Und so machten wir uns auf den Weg zu unserer morgendlichen Runde. Das Wetter war so grau wie meine Stimmung. Als ich mit der sterbenden Frau neben mir (denn was kann es sein, das Mari so schlecht aussehen läßt, wenn nicht der Typhus?) durch die Stadt fuhr, wandten sich die Passanten von uns ab. Frauen bekreuzigten sich und eilten weiter, drehten sich in sicherer Entfernung wieder um und folgten uns mit den Blicken, um zu sehen, wer wohl als nächster von diesen Todesengeln aufgesucht wurde.

Am Nachmittag begann es zu schneien. Wir werden am Ende doch eine weiße Weihnacht haben. Die Welt braucht eine saubere weiße Decke, einen Schleier über die Düsterkeit und das Elend dieser Zeiten. Aber nichts kann den scharfen Gestank des Typhus auslöschen. Er quält mich wie ein Alpdruck. Ich kann ihm nicht entfliehen, auch nicht, wenn ich allein in der Schloßbibliothek sitze.

Mari hat sich im Schlafzimmer eines Patienten, zu dem ich gerufen worden war, übergeben. Die Familie war entsetzt, daß wir die Krankheit in ihr Haus gebracht hatten, und konnte uns nicht schnell genug wieder loswerden. Wenn ich nicht dabeigewesen wäre, ich glaube, sie hätten sich auf sie gestürzt. Es liegt Hysterie in der Luft. Die Menschen sind mißtrauisch, die Angst vor Ansteckung nimmt gespenstische Formen an. Ich habe bemerkt, daß viele Leute zusammen mit dem üblichen Weihnachtsschmuck auch Kreuze an ihren Türen befestigt haben, und einmal habe ich sogar einen Bund Knoblauch, das alte Hausmittel gegen böse Geister, zwischen den vergoldeten Tannenzapfen über der Türschwelle hängen sehen.

Obwohl es noch mehr Besuche abzustatten gab, brachte ich Mari nach Hause. Sie protestierte den ganzen Heimweg über, obwohl klar war, daß sie sich kaum noch auf den Beinen halten konnte. Als ich ihr von dem Einspänner helfen wollte, sackte sie mir schwer in die Arme, und so trug ich sie ins Haus. Helene brachte sie zu Bett.

Ich erlaubte mir, noch so lange zu bleiben, bis ich gesehen hatte, wie Helene mein Geschenk aufmachte.

»Aber es ist noch nicht Weihnachten«, sagte sie mit einem schelmischen Lächeln. Sie ist noch immer ein halbes Kind, ein Aspekt, den ich zauberhaft nennen würde, wenn er mich nur nicht so quälte.

»Aber darf man Geschenke nicht auch schon am Heiligabend aufmachen?«

»Ich weiß nicht«, sagte sie zweifelnd.

Sie warf einen Blick in das Zimmer, wo Mari schon in tiefem Schlaf lag. Theresa war abwesend – wohl auf einem ihrer mildtätigen Rundgänge, um den Leidenden geistlichen Beistand zu spenden.

»Mach es auf«, drängte ich sie. »Nur du und ich werden es wissen.«

Eine Weile starrte sie sprachlos auf die Brosche in ihrer Hand, dann lachte sie hell auf vor Freude. Impulsiv wollte sie mir um den Hals fallen, um ihren Dank auszudrücken, aber dann überlegte sie es sich anders und errötete verlegen.

»Du mußt sie anprobieren«, sagte ich.

Die Brosche hatte die Form von Schmetterlingsflügeln, in feiner Emaillearbeit ausgelegt. Ich wollte gerade vortreten, um ihr zu helfen, sie an ihr Kleid zu stecken, doch als sie den Verschluß aufmachte und ich die scharfe Nadelspitze sah, wußte ich, daß ich schon allzu dicht an der Flamme war.

Ich bin von innerem Getöse erfüllt, als wären meine Gefühle zwei Musikstücke, die aufeinanderprallen. Ich habe echtes Mitleid mit dem Mädchen, das so bald nach dem Tod des Vaters nun vielleicht auch die Mutter verlieren wird, und doch peitscht mich das Verlangen, ihren Körper auszuplündern. Ein wilder, rhythmischer Singsang zerhackt die exquisiten Harmonien des Streichquartetts, und das Ergebnis ist eine schrille Kakophonie, die ich nur mit Arbeit und immer mehr Arbeit ersticken kann, bis ich vor Müdigkeit umfalle.

Die Kirche war an diesem Weihnachtstag bis auf den letzten Plat gefüllt. Viele in der versammelten Gemeinde hielten sich Taschen tücher vor den Mund, als könnte die Ansteckung speziell auf die sem Weg eintreten. Gregor hielt eine gute Predigt, in der er un sagte, daß wir als eine Gemeinde zusammenhalten und einande helfen müßten, daß wir gemeinsam stärker seien als jeder einzeln für sich allein. Aber wie ich bemerkte, blieben die Taschentücher a den Mündern, und nach dem Gottesdienst gingen die Mensche mit niedergeschlagenen Augen fort, damit sie ihren Nachbarn nich grüßen und seine Hand schütteln mußten.

Theissen paßte mich ab, als ich Elisabeth in die Kutsche half. Au der Art, wie er nervös von einem Fuß auf den anderen trat un ängstliche Blicke in Elisabeths Richtung warf, war zu ersehen, da sein Anliegen vertraulicher Natur war. Ich ging mit ihm ein Stück chen auf die Seite.

»Ja?« fragte ich ungeduldig. Ich hatte es eilig, meine Arbeit wie deraufzunehmen, aber er bestand darauf, erst abzuwarten, bis all Personen außer Hörweite waren.

»Es gibt da eine Schwierigkeit mit den Beerdigungen, Her Graf.«

»Ich fürchte, ich habe es längst aufgegeben, auf Beerdigungen z gehen. Ich würde den Toten gern die letzte Ehre erweisen, aber e sind einfach zu viele.«

»Das Problem ist, daß wir nicht genügend Grabstätten haben Die Totengräber bereiten immer eine bestimmte Anzahl vor, bevo der Boden gefriert, und wir haben sie schon alle aufgebraucht.«

»Alle?«

»Bis auf eine oder zwei. Es geht schon das Gerücht um, daß ma in dieser Stadt kein christliches Begräbnis mehr bekommen kann.«

Ich seufzte vor Erbitterung. »Soll ich mich vielleicht um jedes Pro blem der Lebenden und der Toten kümmern?« herrschte ich ihn an.

Der Bürgermeister schien ziemlich niedergedrückt, und ich rie mir beschämt ins Gedächtnis, daß er vor kurzem sein einziges Kin verloren hatte.

»Sehen Sie«, sagte ich in sanfterem Ton. »Dies sind ungewöhnli che Zeiten. Wir können wirklich nicht mehr tun.«

»Es wird halt geredet«, sagte er ausweichend.

»Worüber denn?«

Er schien sich zu genieren, mir den Klatsch und Tratsch zu wiederholen. »Die Leute sind abergläubisch. Viele machen sich darüber Sorgen, was mit ihren unsterblichen Seelen geschieht, wenn ihre Körper nicht beerdigt werden.«

»Ach, um Himmels willen!«

»Herr Graf, Sie und ich wissen, daß das nichts als Aberglauben ist. Aber für andere Menschen ist es real. Ihre Seelen schweben in Gefahr. Mit dem Gedanken an die Krankheit werden sie noch fertig, aber mehr als den Tod selbst fürchten sie, zu lebenden Toten zu werden.«

»Passen Sie auf«, sagte ich zu ihm, nachdem ich die Alternativen durchdacht hatte. »Wir werden ab sofort die Leichen wie gewöhnlich in die Gräber versenken, aber wenn die Familie den Friedhof verlassen hat, holen wir die Särge wieder heraus. Sie müssen mit Pater Gregor übereinkommen, sie bis zur Frühlingsschmelze in der Krypta aufzubewahren.«

Mir ist nicht recht wohl bei diesem Täuschungsmanöver. Wenn die Sache auffliegt, bevor die Epidemie sich ausgebrannt hat und die Gemüter abgekühlt sind, droht uns eine noch weitaus heftigere Reaktion der Bevölkerung als die, die wir jetzt zu vermeiden suchen.

27. DEZEMBER 1887

Heute war Mari nicht mehr fähig aufzustehen. Sie bemüht sich zwar, bei Bewußtsein zu bleiben, und fällt hin und wieder in unruhigen, fiebrigen Schlaf, aber er spendet ihr keine Kraft. Helene und Theresa sorgen für sie, und ich habe etwas Opiumtinktur dagelassen, um ihr Erleichterung zu verschaffen.

Helene begleitet mich zur Tür. »Ich kann mit Ihnen mitkommen«, sagte sie.

»Auf meinen Runden?« fragte ich überrascht.

»Warum nicht? Ich habe es früher auch getan.«

»Deine Mutter braucht dich jetzt«, sagte ich zu ihr.

»Theresa wird sich um sie kümmern, während ich weg bin.

Außerdem muß ich hin und wieder rauskommen, weil ich hier sons ersticke!«

»Ich möchte dich keiner Gefahr aussetzen.«

»Ich bin ihr genauso ausgesetzt, wenn ich hierbleibe. Stimmt da etwa nicht?«

Ich brachte es nicht über mich, sie anzulügen, und nickt zögernd.

»Wo ist dann also der Unterschied?« fragte sie in herausfordern dem Ton, versuchte gar, mich festzuhalten, während ich in den Ein spänner kletterte. Aber ich gab dem Pferd schon die Peitsche, un nur schnell fortzukommen.

29. DEZEMBER 1887

Heute morgen, bei Tagesanbruch, klopfte es an meine Schlafzim mertür. Es war Jakob mit einer Nachricht. Inzwischen bin ich so a diese Art Unterbrechung meines Schlafs gewöhnt, daß ich wie ei Automat aufstehe, in die Kleider fahre, Czernins Tasche nehme un kaum weiß, was ich tue, bis ich in eine Decke eingewickelt in de Einspänner sitze. Aber diesmal weckte Jakob mich nicht wege eines weiteren Krankheitsfalls. Ich stand nicht wie ein Automat auf da ich seit mehreren Stunden wach dagelegen war. Und ich wußte daß die Nachricht von Inspektor Kraus sein würde, der mich z einem weiteren Mordschauplatz rief.

Ich wartete geduldig, während der Polizist mir lang und breit de Weg zu dem Ort beschrieb, an dem, wie ich wußte, Kraus auf mic wartete. Jakob machte Miene, mir zu dem Einspänner zu folgen, d er mich gewöhnlich zu diesen frühen Besuchen fuhr, aber ic winkte ab. Der Schnee war noch frisch von gestern, und das Pfer folgte den Wagenspuren mit vorsichtigen Schritten den Hügel hin unter. Ich hatte keine Angst. Ich fühlte mich von tiefer Ruhe durch drungen, als hätte sich über Nacht ein Sturm ausgetobt und mich i friedvoller Erschöpfung zurückgelassen.

Und doch spürte ich ein leichtes Prickeln in der Magengrube, al ich in die Nähe des Ortes kam, ein Gebiet in einiger Entfernung vo Stadtzentrum, wo die Häuser nicht mehr so dicht standen. Ein Poli zist war aufgestellt, um Neugierige fernzuhalten, obwohl nieman da war. Das Verbrechen war in einem brachliegenden Grundstück verübt worden, das an drei Seiten von Häusern und Gemüsegärten begrenzt war und an der vierten von der Eisenbahnlinie; dort spielen Kinder zwischen den wenigen Bäumen und Büschen, und es ist kreuz und quer von Trampelpfaden durchzogen, die von Leuten als Abkürzung benutzt werden, um die Eisenbahnschienen auf dem Weg in die Stadt zu überqueren. Inspektor Kraus würde im Schnee viele Fußabdrücke zu studieren haben.

Ich folgte einem der Wege, der sich zwischen Gruppen von Erlen und wucherndem Brombeergebüsch dahinschlängelte. Ich fand Kraus allein mit der Leiche. Als ich ihm zum erstenmal an dem Mordschauplatz am Fluß begegnet war, war er wie ein gefangenes Frettchen vor und zurück gelaufen in seiner Ungeduld, die Verfolgung des Schuldigen aufzunehmen. Jetzt stand er mit gebeugtem Kopf da, so still wie ein Mönch im Gebet. Es hatte wieder zu schneien begonnen, und leichte weiche Flocken schwebten herunter und setzten sich auf seinen schwarzen Hut. Er hörte mich nicht, oder aber er beachtete mich nicht. Die Natur war unter der wattigen Schneedecke verstummt, und die Zeit schien stillzustehen.

»Schweinehund!« brach es schließlich aus ihm hervor. Es klang wie ein Schmerzensschrei.

Ich wußte nichts zu sagen. Er kam auf mich zugestolpert. Wenn er mich hätte schlagen wollen, hätte ich es zugelassen, aber es war der Trost eines menschlichen Kontakts, den er benötigte. Er ergriff mich an den Schultern und schüttelte mich, als wollte er mich zu seinem Zustand der Qual und des Entsetzens erwecken.

»Sehen Sie es?« fragte er. Sein Atem roch nach Erbrochenem.

Ich sah über seine Schulter hinweg in die Ferne. »Ja«, log ich.

»Wie konnte jemand nur so etwas tun?«

»Ich weiß es nicht.«

»Wie nur, wie denn nur?« beharrte er flehentlich, den Tränen nahe. »Noch nie habe ich so etwas Ungeheuerliches gesehen.«

»Sicher…«

»Niemals! Niemals in zwanzig Jahren!«

Er begann, sich wieder zu fassen, als der Schmerz in Zorn und Abscheu umschlug.

»Sehen Sie sich das an, Graf«, drängte er mich, als fürchtete er, alles sei nur eine schaurige Ausgeburt seiner Phantasie.

Ich tat, wie mir geheißen, während er mein Gesicht beobachtete, um zu sehen, ob ich seine Vision bestätigen würde. Ich sah das Blut im Schnee leuchten wie ein scharlachrotes Juwel, die zusammengekrampften Finger, die Augen, die genau wie die einer Heiligen gen Himmel verdreht waren.

»Ich habe ihre Kleider geordnet, bevor Sie gekommen sind. Aus Gründen des Anstands.« Ein hysterisches Auflachen entfuhr ihm wie ein plötzlicher Husten. »Nicht gerade sehr professionell von mir, das gebe ich zu, aber ich konnte sie einfach nicht so liegenlassen.« Er wies mit einer matten Geste in die weite Schneelandschaft. »Es war offensichtlich, daß er mit ihr verkehrt hat – vorher, nachher, was weiß ich? –, aber das ist nicht das Entscheidende. Das ist es nicht, was mich so beunruhigt. Es ist die Wunde. Er hat es mit seinen Zähnen getan. Können Sie sich das vorstellen? Er hat sie wie ein Tier gerissen. Unglaublich! Wie lange braucht ein Mann, um einer Frau die Gurgel herauszureißen?«

Ich vergegenwärtigte mir, auf seine Anregung hin, noch mal die Pirsch in der Dämmerung, den Moment, da die Beute wie von einem Löwen angefallen zu Boden ging. Es hatte überhaupt nicht lange gedauert. Tatsächlich war es viel zu schnell gegangen.

»Und Sie meinen, daß ein Mann es getan hat?« fragte ich.

»Eher ein Satan! Sie sollte im nächsten Jahr ins Kloster eintreten.«

»Ja, ich weiß, ich habe sie gekannt«, sagte ich. »Sie heißt Theresa. Sie hat mir manchmal bei den Kranken geholfen.«

1. JANUAR 1888

Es geht die Rede von Vampiren. Selbst gebildete Leute diskutieren diese Möglichkeit ganz offen. Das einfache Volk ist überzeugt, daß die Seuche geschickt wurde, um die Gemeinde dafür zu bestrafen, daß sie dieses Ungeheuer in ihrer Mitte beherbergt. Nur wenn wir ihn aufspüren, heißt es, und ihn auf altbewährte Weise zur Strecke bringen, werden wir von dieser Krankheit erlöst werden.

Mari ist gestorben, ohne noch mitzubekommen, was ihrer Tochter widerfahren ist. Helene ist von den Theissens aufgenommen worden, aber es wurde mir klargemacht, daß ich Inspektor Kraus ausgeliefert werde, falls ich mich ihr nähern sollte. Man hat mir nicht erlaubt, an den Beerdigungen teilzunehmen, damit ich keine Gelegenheit zu einem Kontakt mit ihr habe.

Elisabeth und Gregor haben völlige Kontrolle über mein Leben. Sie haben Jakob aufgetragen, mich Tag und Nacht zu bewachen. Er schleppt eine riesige Kavalleriepistole mit sich herum, die einst meinem Bruder gehörte, und hat den strikten Befehl, niemals von meiner Seite zu weichen. Er glaubt, es sei seine Aufgabe, mich vor dem Vampir zu beschützen, und vertraute mir in einem unbeobachteten Augenblick an, daß er die Order hat, mich eher zu erschießen als zuzulassen, daß ich dem Monster in die Klauen falle und in die Reihen der Untoten gelange. So ist er zum Wächter über meine Seele geworden. Gewiß hat Gregor das so eingefädelt.

In der Nacht werde ich im Turm eingesperrt. Sie geben vor, diese Maßnahme zu meinem eigenen Schutz zu treffen, aber ich glaube, daß es weise von ihnen ist, mich von anderen Menschen getrennt zu halten, damit ich die ansteckende Krankheit nicht verbreite. Ich bin der einzige, der die Kranken besucht. Es ist niemand mehr übrig, um sie zu pflegen, und so fällt mir nun auch diese Aufgabe zu. Ich versinke förmlich im Dreck. Am Ende des Tages bemerke ich, daß Kot unter meinen Fingernägeln haftengeblieben ist, aber ich breche das Brot in Stücke und tauche es in die Suppe, die sie mir bringen, so gleichgültig wie ein Bauer.

Mein Schicksal ist klar vorgezeichnet. Ich bin mehr oder weniger eingesperrt. Ich muß den Kranken Tag und Nacht zu Diensten sein, bis auch ich der Seuche erliege. Ich unterwerfe mich froh dem Gottesurteil. Wenn Gott mich zu sich rufen will, dann habe ich meinen Teil getan, um seiner Bestimmung zu folgen.

15

1. MÄRZ 1888

Anscheinend soll ich doch am Leben bleiben. Gregor weiß nicht, was er mit mir tun soll. Es ist ein wenig spät, mich jetzt noch den Behörden zu übergeben – man würde zu viele peinliche Fragen stellen. Wenn ich früher eingesperrt worden wäre, dann würde Theresa doch sicherlich noch am Leben sein? Aber wenn ich eingesperrt worden wäre, wären dann diejenigen, die ich vor der Seuche habe retten können, noch am Leben? Dies sind die schrecklichen Fragen, in die man sich sofort verstrickt, wenn man versucht, die Hand Gottes zu erkennen. Gregor quält sich unablässig mit solchen Überlegungen herum, vor allem, möchte ich wetten, mit der Frage seiner Mitschuld an Theresas Tod. Er dauert mich zutiefst, weil ich weiß, wie sehr er für meine Sünden leidet.

Doch abgesehen davon ist mir alles einerlei. Vielleicht ist es die Müdigkeit oder die ständige Nähe des Todes, die mich dermaßen abgestumpft hat. Ich halte mich kaum noch sauber. Mit struppigem Bart und schulterlang fallendem Haar, die einstmals vornehme Kleidung fleckig und fast zerlumpt, so streiche ich leeren Blicks durch die Stadt, wie einer jener halbverrückten russischen Wandermönche, die unbehaust umherirren und den Pöbel aufrufen, sich auf das Jenseits vorzubereiten.

Gestern kam eine Bauersfrau auf mich zugestürzt. Ich dachte schon, Jakob, mein Leibwächter und Seelenwart, würde sie erschießen. Er mühte sich ab, die Kavalleriepistole aus der Jägertasche an seiner Seite zu holen, aber noch bevor er sie halb hervorgezogen hatte, wurde klar, daß die Frau nicht die Absicht hatte, mir etwas anzutun. Vielmehr fiel sie auf die Knie, ergriff meine Hand und dankte dem Himmel für die Befreiung von der Plage, von dem Vampir.

»Gott schütze Sie, gnädiger Herr«, sagte sie, und bevor ich meine Hand zurückziehen konnte, hatte sie einen ehrerbietigen Kuß auf meine schmutzigen Finger gedrückt. »Ich bitte Sie, schließen Sie mich in Ihre Gebete ein.«

»Sag mir deinen Namen«, entgegnete ich und beugte mich zu ihr nieder.

Sie wandte das Gesicht ab, wie geblendet vom Lichtstrahl meiner Augen. Wenn meine Berührung schon genügt, das Böse abzuwehren, wieviel gefährlicher ist dann erst mein Blick! »Anna«, flüsterte sie mit gebeugtem Kopf.

»Ich werde daran denken«, sagte ich und ging weiter.

Ein Mann, der den Zwischenfall beobachtet hatte, kniete nieder und bekreuzigte sich, als ich vorbeikam. Andere, obwohl in einiger Entfernung, nahmen ihre Hüte ab. Ein Kind berührte zaghaft den Rand meines Umhangs, sah mit staunenden Augen zu mir auf. Ich zog es vor, sie nicht weiter zu beachten, aber wie es schien, erhöhte meine mangelnde Aufmerksamkeit sie nur in ihrer Bereitschaft, in mir einen Heiligen zu sehen, dem sie ihre Erlösung verdanken.

Es ist wahr, daß es seit einer Woche keine Todesfälle mehr gegeben hat. Es hat keine weiteren Handlungen von dem Vampir gegeben, obwohl etliche Leute behaupten, ihn gesehen zu haben, was natürlich absurd ist, die erhitzte Phantasie des Volkes aber nur noch mehr anregt. Schon bald wird es für mich nur noch wenig zu tun geben, da in zwei Wochen ein neuer Doktor eintreffen wird. Wieviel leichter ist es, die Dienste dieser Burschen zugesagt zu bekommen, wenn sie nicht gebraucht werden!

7. MÄRZ 1888

Die Frühlingsschmelze kommt spät in diesem Jahr. Der Boden ist noch immer gefroren. Und doch nutzte Jakob den strahlenden Sonnenschein heute morgen als Vorwand, um trübsinnig im Gemüsegarten vor den Fenstern der Bibliothek zu stochern, während er mich verstohlen im Auge behielt. Die Natur erwacht allmählich. Der Frühling kann nicht mehr weit sein, und es war erst letztes Jahr im Frühling, daß ich dieses Tagebuch wiederaufnahm.

Ich befand mich in einem leicht benommenen Zustand geistiger

Abwesenheit, zu dem ich dieser Tage neige; stundenlang kann ich so dasitzen und irgendein Detail anstarren – einen Fehler in der Glasscheibe oder einen Astknoten im Holz der Tischplatte zum Beispiel. Es ist nicht unangenehm; tatsächlich finde ich es ganz entspannend.

Elisabeth hatte angeklopft, obwohl die Tür zur Bibliothek offenstand, aber ich drehte mich nicht um. Die Neugier ist mir längst vergangen.

»Herein«, sagte ich, und ihre Schritte hielten am anderen Ende der langen Refektoriumstafel, an der ich saß. Ich war wie in einem Traum gefangen, und erst als ich sie meinen Namen aussprechen hörte, wandte ich den Kopf um. Wir haben uns beide verändert. Ich bin zu einer liederlichen Erscheinung geworden, die den äußeren Anreizen der Welt nicht mehr viel abzugewinnen vermag. Aber Elisabeth ist voller Lebensmut. Ihr Optimismus ist ungebrochen. Ihre Augen funkeln vor Entschlossenheit. Meine Seele soll offenbar um jeden Preis gerettet werden.

Ich besann mich meiner Manieren, machte Miene, mich zu erheben. »Ich hole dir einen Stuhl«, bot ich an.

»Laß nur«, winkte sie ab, und ich sah, daß sie ein paar Papiere in der Hand hielt. Sie warf einen Blick nach draußen, um sich zu vergewissern, daß Jakob auf seinem Posten war.

»Er könnte wenigstens etwas Nützliches tun«, sagte ich. »Diese Rosen gehören geschnitten.«

»Während der vergangenen paar Monate...«

Es fällt Elisabeth so schwer zu lügen. Selbst wenn sie nur versucht, etwas zu beschönigen, kommt es mir vor, als streichelte sie eine Katze gegen den Strich.

»Werden wir je aus diesem Alptraum erwachen?« fragte ich sie.

»Ich bin gekommen, um ein paar ganz spezielle Punkte zu klären.«

»Na schön«, seufzte ich.

»Während du von deinen ärztlichen Pflichten in Anspruch genommen warst, habe ich mich, so gut es ging, um die Verwaltung unseres Besitzes gekümmert. Ich werde dir die Abrechnung gleich vorlegen. Wir haben einen ganz passablen Überschuß erwirtschaftet.«

»Das hast du gut gemacht.«

»Ich bin gut beraten worden.«

»Du könntest gut ohne mich auskommen«, sagte ich schlicht, als reine Feststellung der Tatsachen.

»Es gibt da einige Briefe, die ich nicht beantworten konnte und die auf deine Genesung gewartet haben. Hier sind sie.«

Sie legte mehrere Briefe auf den Tisch, und mich befiel die irrationale Angst, es könnte sich um Schuldzuweisungen aus Gefilden jenseits des Grabes handeln, von Stacia, Estelle, Rosa oder Theresa.

»Auf den Rat von Pater Gregor hin habe ich mir erlaubt, sie zu öffnen«, sagte sie entschuldigend. »Für den Fall, daß es sich um Dinge handelt, die keinen Aufschub dulden.«

»Das war auch ganz richtig.«

»Also, hier sind sie«, sagte sie.

Ich dachte, sie würde mich allein lassen, um sie zu lesen, wie ich es in glücklicheren Zeiten in diesem Zimmer zu tun pflegte, aber Elisabeth wartete darauf, daß ich den kleinen Stapel Briefe durchsah. Mit geringem Interesse las ich einen Bericht eines alten Freundes von der medizinischen Fakultät über sein Leben in der Armee. Zögernd überflog ich die liebedienerische Epistel eines entfernten Cousins; ich hatte den Fehler begangen, ihn darüber zu informieren, daß er, da ich keine leiblichen Nachkommen besaß, als nächster in der Erbfolge kam, obwohl der Grafentitel mit mir erlöschen wird. Seither hat er mich immer wieder mit versteckten Andeutungen belästigt, daß er mir einen Besuch abstatten wolle. Ganz unten in dem Stoß lag ein Umschlag in modischem Blau, in einer Handschrift adressiert, die ich nicht erkannte. Doch ich merkte gleich, daß es dieser Brief war, der sie veranlaßt hatte, neben mir stehenzubleiben und mit Spannung meine Reaktion abzuwarten.

Zuerst weckten die Namen keinerlei Erinnerung. Das Französisch, das ich doch von Kind auf beherrsche, kam mir wie eine fremde Sprache vor. Ich las.

Mein lieber László, so viele Jahre sind vergangen, seit wir im Bois de Boulogne zusammen gepicknickt haben! Lothar und ich haben oft von Ihnen gesprochen und uns überlegt, was wohl aus Ihnen geworden ist und wie es Ihnen in der großen Lotterie des Lebens ergangen sein mag. Ich bedaure, daß ich keine Gelegenheit hatte, Ihnen Lebewohl zu sagen, als Sie so plötzlich infolge des heroischen Opfers Ihres Bruders nach Hause gerufen wurden. Meine Mutter und mein Vater (die jetzt beide bei Gott sind, wie Sie vielleicht wissen, und von uns hienieden schmerzhaft vermißt werden) haben viele Male nach Ihnen gefragt, aber leider gab es ja keine Neuigkeiten von Ihnen.

Wir sind über die Jahre durch alle Höhen und Tiefen des Lebens gegangen wie Sie gewiß auch. Wir sind mit Stephanie, unserer wunderbaren Tochter, gesegnet worden. Sie ist siebzehn Jahre alt (großer Gott, kann es wirklich sein, daß so viele Jahre vergangen sind, seit wir uns auf den Soirees meiner Eltern über Poesie und Musik unterhalten haben?) und bereits eine richtige junge Dame! Lothar wurde vom Finanzministerium nach Budapest berufen, und wir haben uns jetzt in der Andrassy-Straße niedergelassen, in der Nähe des Opernhauses. Budapest ist nicht Paris, auch wenn man seine Phantasie noch so sehr anstrengt, aber es besitzt eine Wärme und einen Charme, die einen für den Mangel an Weltläufigkeit reichlich entschädigt. Ich kann Ihnen gar nicht sagen, was für eine angenehme Abwechslung es ist nach all der steifen Förmlichkeit in Wien, die wir so verstaubt gefunden haben. Und die Verleumdungen und der Klatsch! Lassen Sie mich einfach sagen, daß Budapest mir dagegen, selbst in seiner Ungeschliffenheit, geradezu heilsam und erfrischend erscheint.

Ich bin sicher, daß Sie und Ihre Frau (verzeihen Sie die Mutmaßung) von Zeit zu Zeit in die Stadt kommen müssen. Falls Sie uns besuchen wollen, wären wir absolut entzückt, Sie zu sehen. Wir sind an den Dienstagnachmittagen immer zu Hause, aber in Budapest scheint sich niemand für diese Art Dinge zu interessieren, und vielleicht ist es das beste, Sie lassen uns einfach wissen, welche Zeit Ihnen am genehmsten wäre.

Mit wärmsten Empfehlungen
Ihre Cousine
Nicole

»Würdest du mir das bitte erklären?« fragte Elisabeth. Nach der Affäre mit Estelle hat sie jedes Recht, auch wegen scheinbar harmloser Briefe mißtrauisch zu sein.

»Es steht doch alles drin, und mehr steckt nicht dahinter«, erwiderte ich.

Zwischen uns besteht ein stillschweigendes Übereinkommen, daß mein heimliches Doppelleben niemals, nicht einmal andeutungsweise, zur Kenntnis genommen wird. Diese Verfügung spielt in Elisabeths moralischer Ökonomie eine gewisse Rolle, die ich nicht ergründen kann, aber ich bin verpflichtet, sie zu respektieren. Sosehr ich in meinen Gefühlen auch verhärtet sein mag, reagiere ich doch außerordentlich sensibel auf den geringsten Kummer, den ich ihr verursachen könnte. Heißt das nicht, daß ich Elisabeth zumindest schätze, wenn auch nicht liebe? Ich wünschte, ich hätte Elisabeth lieben können. Aber selbst während ich diese Worte schreibe, weiß ich, daß sie eine Lüge sind. Ich bin, was ich bin.

»Nicole ist eine Cousine von seiten meiner Mutter«, erklärte ich. »Als ich in Paris studiert habe, bin ich oft in das Haus ihrer Eltern gegangen. Sie hat Lothar geheiratet. Er ist Österreicher, hatte irgendeinen Posten bei der Botschaft in Paris. Stinkreich. Seine Familie hat Uniformen für die Armee hergestellt.«

»Es wundert mich nur, weil du noch nie von ihnen gesprochen hast.«

»Aber bestimmt habe ich sie schon mal erwähnt.«

»Nicht, als wären es gute Freunde.«

»Das ist alles so lange her.«

»Und jetzt plötzlich, aus heiterem Himmel...«

»Du hast den Brief doch gelesen. Lothar wurde nach Budapest versetzt. Wahrscheinlich kennen sie da niemanden. Das hat sie dazu bewogen, Kontakt aufzunehmen.«

»Findest du das denn nicht etwas merkwürdig, nach so langer Zeit? Es ist doch nicht so, als lebten wir am Ende der Welt. Wir sind doch nicht außer Reichweite. Wenn sie hätten herausfinden wollen, wie es dir geht, dann hätten sie doch jederzeit schreiben können.«

»Na schön, es ist ein bißchen merkwürdig. Aber mehr auch nicht.«

»Trotzdem sollten wir ihnen antworten«, schlug sie vor. Es war eine Bestimmtheit an ihr, die ich bisher nur bemerkt hatte, wenn es um religiöse Dinge ging.

»Auf jeden Fall.« Ich griff automatisch nach der Schreibfeder und stellte fest, daß ich auf weitere Instruktionen wartete. Mir war gar nicht bewußt gewesen, in welchem Ausmaß Elisabeth jetzt unseren Haushalt führt.

»Glaubst du nicht, daß es eine gute Idee wäre, nach Budapest zu fahren?« fragte sie.

»Ja, schon.« Ich zuckte die Achseln, erstaunt über die Richtung, die sie einzuschlagen schien. »Aber wozu?«

»Weil wir beide eine Abwechslung brauchen. Eine völlige Veränderung.«

Ich überlegte, ob dies Teil irgendeines Komplotts sein konnte, den sie und Gregor ausgeheckt hatten. Wollte man mich kurzerhand in die Anonymität der Stadt abschieben? Hatten sie vor, mich an Bord eines Schiffes zu verfrachten, das am Donaukai angelegt hatte, mir einen Paß und eine Geldkatze in die Hand zu drücken und mir einzuschärfen, niemals mehr nach Ungarn zurückzukehren? Ich an ihrer Stelle hätte eine dieser Möglichkeiten gewählt. Aber in Elisabeths Augen war ein flehender Ausdruck getreten. Es scheint wirklich, als könnte keine Greueltat, die ich begehe, diese Frau je dazu veranlassen, mich aufzugeben.

»Wir können sicherlich nicht so weitermachen wie bisher«, sagte ich. Ich meinte es eher im Hinblick auf meinen Hausarrest, aber sie sah darin die Bestätigung, daß ich ernsthaft nach moralischer Erneuerung strebte.

Und so habe ich eine vorsichtige Antwort an Nicole abgefaßt: Wir würden in einer Woche nach Budapest kommen; wäre Mittwoch um zwei Uhr eine gute Zeit, um vorbeizuschauen, oder wenn nicht, dann Donnerstag?

Wir werden im Bristol am Donaukorso wohnen, eine Extravaganz, die auf Elisabeths Konto geht.

13. MÄRZ 1888

Der neue Doktor nimmt seine Arbeit morgen auf, just dann, wenn wir nach Budapest fahren. Bis dahin kümmere ich mich weiter um die Kranken, fühle mich aber in zunehmendem Maß gehemmt, wenn ich meine Visiten bei Leuten abstatte, die mir von früher her als vernünftige Zeitgenossen bekannt waren, nun aber darauf bestehen, mich zu berühren oder meine Hand zu küssen. Geradeso wie sie das Böse, das die Stadt befallen hat, in Form des Vampirs personifiziert haben, versteifen sie sich jetzt darauf, der ausgleichenden Kraft des Guten in meiner Person Gestalt zu verleihen. Die Hysterie des Aberglaubens erreicht ihre Höhen genau zu der Zeit, da die wirkliche Gefahr schwindet. Niemand fühlt sich sicher, bevor er sich nicht dem Ritual unterzogen hat, diese heilige Person zu berühren. Der Anblick eines ehrenwerten Bürgers, der vor mir auf die Knie fällt, macht Gregor wütend. Ich empfinde es nur als eine Albernheit. Die Seuche wird sich von selbst ausbrennen; die einzige Gefahr, die jetzt noch verbleibt, ist das Risiko, sich die Infektion durch diese Küsserei meiner Finger zuzuziehen.

Ich bin auf der Polizeiwache gewesen, um zu sehen, ob Inspektor Kraus irgendwelche Fortschritte machte, aber der Wachtmeister sagte mir, daß er wegen »mangelnder Resultate« wieder nach Kolozsvar zurückversetzt worden sei. Ich war enttäuscht: Nicht, weil ich ihn persönlich vermißte, sondern weil Mord ein einsames Geschäft ist; ich spürte das Bedürfnis, Theresas Tod noch mal mit der einzigen Person durchzuhecheln, die in der Lage ist, sich auf sachkundige Art darüber zu äußern.

Ich war auf dem Rückweg über den Marktplatz, natürlich mit dem unvermeidlichen Jakob an meiner Seite, als eine Frau mich anhielt. Ich habe eine große Geduld entwickelt, was diese Zwischenfälle betrifft; ich stand stocksteif da, sah über sie hinweg und wartete, bis sie endlich von mir abließ. Da fiel mir plötzlich ein Bursche auf, der an einem der Geländer lehnte, wo die Pferde angebunden werden, und der in meine Richtung starrte. Irgendwie kam er mir merkwürdig bekannt vor. Er war von schmächtiger Statur, sorglos gekleidet, und hatte einen Zylinder auf. Ich hielt ihn für einen Hausierer, für einen Verkäufer patentierter Heilmittel.

Als er bemerkte, daß ich zu ihm hinübersah, riß er seinen Hut herunter und winkte mich auf höchst impertinente Weise zu sich heran. Es gab mir zu denken, daß jemand seines Standes sich eine solche Vertraulichkeit anmaßte, und ich fragte mich, wie tief ich schon gesunken war. Ich wandte verstimmt den Blick ab und wollte schon weitergehen, doch aus dem Augenwinkel sah ich ihn immer noch unbeirrt in meine Richtung starren, wobei er den Hut zwischen den Fingern drehte, als wollte er die Krempe zurechtziehen.

»Warte hier«, sagte ich zu Jakob. »Ich muß mit dem Burschen da drüben mal ein Wörtchen reden.« Die Entfernung betrug nicht mehr als dreißig Meter, aber es war weiter, als ich im ganzen letzten Monat je von meinem Bewacher entfernt gewesen war, und ich war erleichtert, daß Jakob mich tatsächlich gehen ließ.

Während ich näher kam, hatte der Bursche uns den Rücken zugekehrt und starrte in die Pferdetränke, so daß ich noch immer nicht wußte, ob mein erster Eindruck mich getrogen hatte, bis Oberst Rado sich umdrehte, genau in dem Augenblick, da ich ihn erreichte.

»Kleine Planänderung«, sagte er knapp. In seiner unbewegten Miene war kein Grinsen der Komplizenschaft zu erkennen, nicht die leiseste Aufforderung, seine geschickte Verkleidung zu bewundern. »Das Datum ist verlegt worden.«

»Der Besuch des Kronprinzen«, murmelte ich verdattert. Ich hatte seit Wochen nicht mehr daran gedacht.

»Was denn sonst«, fuhr er mich an. »Reißen Sie sich zusammen, Mann.« Er sah mich von oben bis unten an, als würde er einen Soldaten bei der Parade mustern und als gefiele ihm gar nicht, was er sah. Ein Ausdruck schmerzlichen Widerwillens huschte über sein Gesicht. »Was um Gottes willen ist mit Ihnen geschehen? Sie sehen aus, als hätten Sie kürzlich einen Nervenzusammenbruch gehabt.«

»Wir hatten hier eine Epidemie.«

»Machen Sie mir bloß keine Geschichten, László!« Er packte mich beim Arm. »Sonst werden wir Sie...« Jakob mußte sich bewegt haben, denn ich sah, wie Rado einen Blick über meine Schulter warf und sogleich die Beherrschung zurückgewann. »Hören Sie, wir zählen auf Sie, mein Freund. Wir verlassen uns ganz und gar auf Sie.«

»Keine Sorge, ich werde Sie nicht im Stich lassen«, sagte ich. Ein Mann ohne Zukunft kann alles versprechen.

»Die Sache ist jetzt für die zweite Woche im April angesetzt«, wisperte Rado hastig, und bevor ich noch etwas erwidern konnte, war er gegangen.

Das Bristol ist auf seine überdimensionale Art ziemlich prunkvoll Allein schon das Foyer ist so groß wie eine Bahnhofshalle. Elegante Sitzgruppen sind hier und da auf geschmackvolle Art arrangiert und Topfpalmen säumen den roten Teppich bis hin zu der grandiosen Treppe, die niemand benutzt. Natürlich nimmt jeder den Fahrstuhl, der von einem Pagen mit weißen Handschuhen bedient wird.

»Jetzt merke ich erst, wie hausbacken wir in unserer Einöde geworden sind«, sagte Elisabeth, während sie die Terrassentüren unseres Zimmers öffnete.

Ich trat mit ihr auf den Balkon. Es wehte ein kalter Wind, und wir erschauerten; Brod hatte uns die Mäntel abgenommen, als wir ankamen. Instinktiv rückten wir dichter zusammen. Elisabeth schwankte, wie unter einem Windstoß, berührte mich fast, und ich überlegte, was ihr wohl durch den Kopf ging, während sie es sich gestattete, so dicht in die Nähe eines Ehemanns zu kommen, von dem sie wußte, daß er erst kürzlich ein Mädchen getötet hatte. Mit einem schüchternen Lächeln wandte sie sich mir zu, und einem Impuls folgend legte ich meinen Arm um ihre Schultern und fühlte daß sie mehr als bereit war, ihren Körper an meinen zu schmiegen in kameradschaftlicher Geborgenheit, Seite an Seite.

Ich glaube, sie hat vor, mich durch eine Art zaghafter Verführung zu retten, wenn nötig, sogar ihr Leben für mich zu opfern, wie eine Heldin, die einen geliebten Menschen vor dem Flammentod bewahrt, indem sie sich auf ihn wirft und sich mit dem Mut der Verzweiflung an ihn klammert. Ich bin von ihrer Naivität genauso gerührt wie von ihrer Liebe.

Unter uns lagen Barken an den Kais der Donau, und der Fluß strömte braun und angeschwollen von der Schneeschmelze dahin

»Wir müssen uns fertigmachen«, sagte Elisabeth.

»Es ist noch früh«, erwiderte ich.

»Es ist schon nach ein Uhr. Dorothy muß mir die Haare richten.«

»Sie werden uns für taktlos halten, wenn wir pünktlich eintreffen!« rief ich ihr zu, als sie ins Zimmer zurückging, und ich sah sie unsicher zögern, als fühlte sie sich diesen paradoxen gesellschaftlichen Spielregeln nicht mehr so ganz gewachsen.

Ich blieb noch ein wenig auf dem Balkon, genoß die angenehme Kühle des Windes an meinem Hals, nachdem die verfilzte Mähne nun gekappt und der Bart abrasiert war. Ich bin frisch überholt worden, und die Veränderung verleiht mir ein Gefühl von Kompaktheit, als sei ich nunmehr, befreit von all dem Gestrüpp, auf mein eigentliches Wesen zurechtgestutzt. Die Lethargie hat mich verlassen. Ich fühle mich innerlich verdichtet, konzentriert.

Die weite Sicht von dem Hotelbalkon über die Donau zu dem Hügel von Buda und den Bergen dahinter erfüllt mich mit gespannter Erwartung, und doch weiß ich, daß ich nur auf die Gefahr hin, meine unvermeidliche Festnahme voranzutreiben, zum Leben erwachen kann. Noch ist es Zeit, umzukehren, bevor der Blutdurst meine klare Sicht trübt und all mein Trachten auf einen Punkt hin verengt, wo menschliches Feingefühl, Mitleid oder Anstand mich nicht mehr zurückzuhalten vermögen.

ABEND

Wir haben für eine Woche eine Droschke gemietet, und mit ihr fuhren wir die kurze Strecke die Andrassy-Straße hinauf bis zu der Adresse, die Nicole uns angegeben hatte. Brod wurde zu diesem Besuch mitgenommen, offenbar als Vorsichtsmaßnahme, falls ich beschließen sollte, mich aus dem Staub zu machen.

Die von Picks haben sich in einem neuen Wohnblock eingemietet, der tatsächlich dicht bei der Oper liegt, wie Nicole schrieb. Es ist eine vornehme Adresse, wie nicht anders zu erwarten bei jemand so wohlhabendem wie Lothar, aber als wir dort ankamen, wies uns der Pförtner zu einer der Wohnungen hoch oben in dem Gebäude, und außerdem zum Hof hin gelegen. Das Mädchen, das uns an der Tür begrüßte, war höflich, aber ganz offensichtlich nur ein Mädchen vom Lande und noch nicht an städtische Umgangsformen gewöhnt. Also hatten sie ihr Dienstpersonal wohl in Wien zurückgelassen, was mir merkwürdig vorkam. Diese Anzeichen deuteten darauf hin, daß es mit Nicole und Lothar bergab gegangen war, seit wir uns das letzte Mal gesehen hatten.

Das Hausmädchen führte uns in einen Salon, in dem eine Dame mittleren Alters und eine jüngere Dame saßen. Nicole stand sofort auf, um Elisabeth zu begrüßen. Nichts zeigt das Fortschreiten de Zeit so objektiv wie die Begegnung mit einer Frau, in die man vo zwanzig Jahren mal verliebt war. Das Leben hatte Nicole allen Saf entzogen. Zwar hatte sie ihre schlanke Figur bewahrt, aber ih Haar war ohne Glanz und an den Schläfen ergraut, das Gesicht bei nah farblos vor Blässe. Ihre Lippen waren dünn und in einem Will kommenslächeln fest zusammengekniffen, und die scharfen Falte um die Mundwinkel zeugten von der Anstrengung, die es sie in de vergangenen Jahren gekostet haben mußte, um einfache Dinge z kämpfen und in der Hoffnung auszuharren, daß die Zukunft Besse res bringen würde.

Nur ihre Augen hatten ihren früheren Reiz behalten, und als si mich dann mit einer typischen Geste ansah – den Kopf ein weni zur Seite geneigt, das Kinn auf den zierlich gekrümmten Zeigefinge gestützt –, erinnerte ich mich an jenes begehrliche Erschauern, da sie mutwillig in mir hatte wecken können, obwohl sie nicht meh die Ausstrahlung besaß, es mich fühlen zu lassen.

Nicole beendete den Austausch von Höflichkeiten mit Elisabet und wandte sich mir zu. Wir starrten einander an, unser beide Blicke suchten ängstlich das Gesicht des anderen ab, forschten nac irgendwelchen Erkennungsmerkmalen, die ein Gefühl von Ver trautheit auslösen würden. Wir waren wie Schlafende, die langsa aus dem Traum der Erinnerung erwachten, um sich schließlich mi der Realität der Gegenwart abzufinden.

»Ich muß schon sagen, Sie haben sich wirklich kaum verändert« sagte ich ritterlich. Wie dankbar sind wir um die von der Gesel schaft vorgeschriebenen Umgangsformen; an sie können wir un halten, wenn die Wahrheit sich beim besten Willen nicht in Wort fassen läßt.

»Und Sie wirken sehr distinguiert«, sagte sie. »Das Leben eine Landedelmanns scheint Ihnen zu bekommen.«

»Nun, es ist ein ruhiges Dasein. Manche würden das Leben i diesem zugigen alten Schloß wohl ein wenig langweilig finden.«

»Aber nicht doch! Ich fand das Schloß in meiner Jugend gan zauberhaft. Und wenn ihm auch einige moderne Bequemlichkeite fehlten, so hat das doch nur seinen romantischen Charme erhöht Diese Dinge sind heute groß in Mode. Manche Leute nehmen jed Mühsal auf sich, ganz zu schweigen von Unkosten, um sich Land häuser zu bauen, die wie mittelalterliche Burgen aussehen. Und Sie haben das alles in echt!«

Die junge Dame, die hinter ihrer Schulter stand, wurde allmählich ungeduldig, weil sie noch nicht vorgestellt worden war.

»Mama!« flüsterte sie.

Nicole faßte ihre Tochter um die Schulter, zog sie weiter nach vorn und zugleich schützend an sich heran.

»Und das ist unser Schatz – Stephanie.«

Stephanie benahm sich sehr geziemend. »Ich bin so froh, Ihre Bekanntschaft zu machen, Gräfin«, sagte sie zu Elisabeth, und ich glaubte, in ihrer Stimme einen Anflug von Ehrfurcht zu entdecken, als wäre sie bisher nicht viel mit der besseren Gesellschaft in Berührung gekommen und ließe sich noch durch Titel beeindrucken.

»Enchanté«, sagte ich und küßte ihr scherzhaft die Hand. Ich wurde für meine Neckerei mit einem leisen Erröten belohnt, was ihr sehr gut steht, und ihre momentane Befangenheit verlieh mir die Illusion, in ihren Gedanken lesen zu können wie in einem Buch.

Sie ist von so schüchterner Anmut, wie es nur eine Siebzehnjährige sein kann, und trägt ihren hübschen Kopf auf einem zarten Schwanenhals. Sie erinnerte mich an eine der Rokokojungfrauen, deren Gemälde im Louvre hängen, vielleicht die »Junge Dame mit Mandoline« von Wateau. Die Ähnlichkeit mit Nicole in diesem Alter ist geradezu unheimlich. Ich fühlte mich sofort in jenen Sommer meiner Jugend zurückversetzt, als Nicole bei uns auf dem Schloß zu Besuch gewesen war.

Elisabeth plauderte mit den Damen über die gegenwärtige Vorliebe für Plaidstoffe – karierte Schals, karierte Bänder im Haar, karierte Kleider, Tam-o'Shanter-Hüte –, ein Stil, der von Königin Victorias Liebe zu dem schottischen Hochland herrührt. Stephanie trug ein scharlachrot kariertes Mieder zu ihrem Kleid, das Elisabeth sehr bewunderte. Ich habe sie noch nie so gesprächig erlebt.

»In Budapest ist der Stoff leider nicht zu bekommen«, sagte Nicole bedauernd.

Sie redeten von Tuchmachern in Wien und hiesigen Schneidern, auf die man sich verlassen konnte, um den Kleidern einen gewissen Schick zu verleihen.

»Wir müssen Sie unbedingt mit Leuten bekannt machen«, sagte Elisabeth zu Stephanie. Ich fragte mich, wen sie in der Budapester

Gesellschaft denn noch kannte, aber zu meiner Überraschung nannte sie die Namen mehrerer prominenter Familien. »Vor meiner Heirat bin ich immer zu Bällen und Soireen hierhergekommen«, sagte sie. Ich hatte ganz vergessen, welch gute Beziehungen Elisabeth früher gehabt hatte.

»Oh, würden Sie das für uns tun?« fragte Nicole aufgeregt.

»Natürlich.«

»Ich wäre Ihnen um Stephanies willen ja so dankbar. Wenn wir ihr nur einen guten Start ermöglichen könnten, indem wir sie den richtigen Leuten vorstellen.«

»Wir werden gleich morgen ein paar Besuche machen. Einverstanden?« fragte Elisabeth Stephanie und tätschelte ihren Arm.

Nicole sah ungeheuer erleichtert aus, als hätte sich unser Besuch schon jetzt gelohnt. »Nachdem wir die letzten Jahre in Wien verbracht haben«, sagte sie, »sind Lothar und ich nur mit Mitgliedern der ungarischen Gesellschaft bekannt, die in der Politik tätig sind. Aber die kehren bloß nach Ungarn zurück, um auf ihren Gütern zu jagen, und halten sich daher kaum in Budapest auf. Und dann verbringt man Jahre damit, Freundschaften zu pflegen, nur damit die Politik einen wieder auseinanderbringt. Ich habe liebe Freunde, mit denen ich nicht mehr reden kann, weil sie die falsche politische Meinung haben.«

»Wir kümmern uns nicht viel um Politik«, sagte ich hoffnungsvoll, in dem Bemühen, mich an dem Gespräch zu beteiligen.

»Aber wer kann sich ihr heutzutage ganz entziehen?« entgegnete Nicole.

Das Hausmädchen kam mit dem Teetablett, und mir schien, ich hätte eine männliche Stimme im Flur etwas fragen hören, bevor sie eintrat. Nicole kümmerte sich nicht darum, sondern machte sich mit dem Einschenken der Tassen zu schaffen, aber Stephanies Benehmen schien sich ein wenig zu ändern, wurde förmlicher, wachsamer.

Wie sehr es Lothar ähnelte, einen Moment auf der Türschwelle zu warten, um die Anwesenden zu beobachten, bevor er eintrat.

»Mein lieber alter Junge!« rief er aus, als ich ihn erblickte. Bevor ich Gelegenheit fand, ihn Elisabeth vorzustellen, hatte er meine Schulter ergriffen und schüttelte mir die Hand. Dann begrüßte er Elisabeth, war sehr galant zu ihr, schaute ihr tief in die Augen, ganz der unverbesserliche alte Verführer. Er hatte nichts von seinem Charme eingebüßt.

Lothar hat zugenommen, was ihm ein gemütlicheres und runderes Aussehen verleiht, auch wenn er keineswegs stämmig ist. Sein Haar ist dünn geworden, und er trägt es geölt und flach nach hinten gekämmt, so daß er im Profil wie ein Delphin aussieht: unbezähmbar fröhlich und gewandt.

»Und was möchten Sie trinken?« fragte er.

»Tee«, sagte ich.

»Unsinn!« sagte er und verzog das Gesicht. »Wie wär's mit einem Whisky?«

»Ein bißchen früh für mich!« rief ich ihm nach, als er durch einen Türbogen zu einer Anrichte im Eßzimmer ging. Er hat noch das gleiche großspurige Auftreten wie früher.

»Ach, kommen Sie, seien Sie kein Spielverderber«, sagte er und schwenkte ein Glas mit bernsteinfarbener Flüssigkeit in meine Richtung. »Das ist das einzige von dieser schottischen Mode, das ich ertragen kann. Elisabeth, sagen Sie ihm, daß er mir ein Gläschen nicht verwehren kann, um diese Wiedervereinigung alter Freunde zu feiern.«

Zu meinem Erstaunen lachte Elisabeth laut auf, als wären sie schon alte Freunde, und ich bewunderte wieder einmal Lothars ungeheure Fähigkeit, auf Anhieb zu durchschauen, wie die Dinge zwischen den Menschen standen.

»Ich wäre die letzte, die Ihnen da im Weg stehen würde«, sagte sie fröhlich.

Vielleicht um zu zeigen, daß sie in ihrem Haushalt die Hosen anhatte, ließ Nicole sich nun mit einem Anflug von Strenge vernehmen: »Lothar, ich finde, wenn ihr uns nicht beim Tee Gesellschaft leisten wollt, solltet ihr euren Whisky in der Bibliothek trinken. Außerdem haben wir Frauen noch einiges unter uns zu bereden.«

Elisabeth lächelte zustimmend und gab mir einen kleinen Wink. Sie führt meinen Zustand auf eine ungesunde Beschäftigung mit mir selbst zurück und findet, ich müsse abgelenkt werden und mich mehr in Gesellschaft begeben. Hat sie die Absicht, Lothar zu einem Teil dieses Rehabilitierungsprogramms zu machen? Man kann sich kaum jemanden vorstellen, der für diese Rolle weniger geeignet wäre – es sei denn, er hätte sich in der Zwischenzeit bekehrt, was seinem Aussehen nach sehr zu bezweifeln ist. Sollten wir eine Tou durch die Unterwelt unternehmen oder durch die Vorhöfe de Hölle, wäre Lothar ein großartiger Kumpan, da er sich hier scho bestens auskennt.

»Seit wir uns das letzte Mal gesehen haben, ist es mit mir gan schön bergab gegangen«, vertraute er mir sofort an.

»Tut mir leid, das zu hören«, sagte ich und warf einen Blick au sein Glas.

»Nein, nicht der Schnaps«, korrigierte er mich. »Die Sünden de Fleisches. Pferdefleisch, um genau zu sein.«

Ich sah wohl etwas verdutzt drein, denn ich hatte selbstreden angenommen, daß eventuelle Schwierigkeiten in seinem Leben mi seiner Schwäche für eine gewisse Sorte von Frauen zu tun hatte.

»Das auch«, sagte er. »Aber es waren die Rennwetten, die mic zu Fall gebracht haben.«

»Abgesehen vielleicht vom Börsenmarkt, habe ich Sie nie fü einen großen Hasardeur gehalten.«

»Damit hat es angefangen – erinnern Sie sich? –, mit diesem Ti damals von Nicoles Vater. Er hat sich grandios verspekuliert, un ich habe eine ganze Menge Geld gemacht. Und dabei habe ich e nicht einmal gebraucht«, seufzte er nostalgisch.

»Sie waren sehr großzügig mit Ihren Gewinnen, wie ich mic erinnere.«

»Und Sie haben es alles für Stacia ausgegeben!«

Ich warf einen unbehaglichen Blick zur Tür, schluckte und ta mein Bestes, ein verlegenes Grinsen zustande zu bringen.

Lothar legte den Finger an die Lippen. »Ihr Geheimnis ist bei mi gut aufgehoben«, sagte er augenzwinkernd, mit der unzuverlässig sten Gaunermiene, die man sich nur vorstellen konnte. Er legte mi vertraulich die Hand aufs Knie. »Aber Sie wissen, daß ich einfac nicht anders kann, als Sie ein bißchen zu foppen, alter Junge. Si sind so verdammt ernsthaft, einfach eine unwiderstehliche Zie scheibe!«

»Ich bin froh, daß ich Sie amüsiere«, sagte ich süß-säuerlich.

»O Gott! Sie haben sich kein bißchen verändert!«

Das fand er offenbar urkomisch, und während er mit zurückge worfenem Kopf lachte, überlegte ich, wie einfach es wäre, ihm i dieser günstigen Haltung die Kehle aufzuschlitzen. Lothar mußt meine Augen auf dieser exponierten Körperpartie gefühlt haben, denn er hörte schlagartig auf zu lachen und betrachtete prüfend mein Gesicht. Wer weiß, wonach er suchte – Zeichen von Weisheit, die mir der Verlauf der Zeit gebracht haben mochte? Wenn ja, dann versuchte er gewiß abzuschätzen, inwieweit dies es ihm schwerer machen würde, mich zu manipulieren. Lothar betrachtet ein Gesicht auf die gleiche geschäftsmäßige Art wie ein Schlosser ein Schlüsselloch.

»Sie haben von meinem alten Herrn gehört?« fragte er.

»Ich fürchte nein. Ich bin in vieler Hinsicht nicht mehr so ganz auf dem laufenden.«

»Es hat einen Skandal gegeben. Alles völlig ungerecht, natürlich, aber Vater hat es ziemlich schlecht aufgenommen. Betrügereien bei den Preisen für die Uniformen, Wuchergeschäfte mit unseren wakkeren Soldaten et cetera et cetera – die üblichen Scherereien eben, die ein Regierungsvertrag so mit sich bringt. Aber einer unserer Konkurrenten hat es geschafft, den Minister darauf anzuspitzen. Dann wurde die Geschichte in einer der Wiener Zeitungen aufgebauscht. Es war eine arrangierte Sache, aber wie auch immer, eine Untersuchungskommission mußte her. Es gelang uns, mehrere Mitglieder des Ausschusses zu erreichen, und sie waren überglücklich, Geld von uns anzunehmen, aber anscheinend haben wir ihnen nicht genug gezahlt. Auf jeden Fall wurde uns der Vertrag entzogen und jemand anderem gegeben. Unser gesamtes Unternehmen war darauf eingerichtet, Militäruniformen zu liefern. Man kann so eine Fabrik nicht einfach von heute auf morgen umkrempeln und die Arbeiter dazu bringen, etwas völlig anderes herzustellen. Kurz darauf ging Vater bankrott. Der Schock hat ihn umgebracht, würde ich sagen.«

»Das tut mir schrecklich leid«, murmelte ich.

Wieder sah Lothar mich forschend an. »Ja«, nickte er dann, wie zur Bestätigung seines eigenen Eindrucks.

»Es muß absolut verheerend gewesen sein.«

»Nun, es war raffiniert eingefädelt, das gebe ich zu«, sagte er. »Natürlich hatte ich mich stets aus dem Geschäft herausgehalten – aber trotzdem bemerkte ich in den Kreisen, in denen ich mich bewegte, eine gewisse Abkühlung. Sie kennen das ja – ein Kerl stößt den anderen mit dem Ellbogen an, man wird mit verstohlenen Blikken taxiert, wenn man einen Raum betritt. Keine angenehme Situa tion. Aber ich beschloß, es einfach durchzustehen. Nicole hatte e da viel schwerer: Leute, mit denen sie gerade noch die Woche zuvo gesprochen hatte, zeigten ihr plötzlich die kalte Schulter. Abe Frauen sind ja in solchen Dingen so viel unbarmherziger als Mä ner, finden Sie nicht auch?«

»Ich bin mir nicht sicher, ob ich Ihnen da zustimmen kann.«

»Immer der Kavalier alter Schule, László! Aber ich habe die Na ben, die es beweisen. Dann war da noch die finanzielle Seite«, fuh er fort, bevor ich Gelegenheit hatte, ihn zu fragen, was er meint »Zum Glück verfügte ich ja über eigene Mittel. Und dann ist es m noch gelungen, einige Gelder aus der Firma zu ziehen, kurz bevo sie bankrott ging.«

Ich setzte zum Sprechen an, überlegte es mir dann aber ander Lothar machte es Spaß, mich naiv aussehen zu lassen.

»Ich weiß schon«, winkte er lässig ab. »Es ist nicht ganz die fein Art, Geld aus einem Geschäft zu ziehen und es dann als bankrott z erklären. Aber juristisch ist das eine Grauzone.«

»Na, Sie scheinen doch wieder auf den Füßen gelandet zu sei Nicole sagte in ihrem Brief, daß Sie jetzt beim Finanzministeriu beschäftigt sind.«

»Mehr oder weniger«, sagte er vage. »Ich mußte den diplomat schen Dienst verlassen. Die ganze Richtung der Auslandspolitik ha sich geändert. Eine komplette Kehrtwendung. Die Franzosen, di früher unsere Freunde waren, wurden nun unsere Feinde, die Deu schen dagegen wurden kaum ein paar Jahre, nachdem sie uns b Sadowa besiegt hatten, unsere Busenfreunde. Nicht gerade d besten Voraussetzungen für jemanden, der mit einer Französin ve heiratet ist. Kein Attribut, das dazu beitragen würde, die Karrie zu fördern, es sei denn, man wollte sich mit einem Posten in Sar wak begnügen. Da haben Sie's ... und dabei habe ich Sie doch selb oft genug davor gewarnt, aufs falsche Pferd zu setzen!«

Ich war über seinen Mangel an Loyalität Nicole gegenübe schockiert, aber ich hätte mich daran erinnern sollen, daß eine de artige Offenheit Teil seiner Natur war. Heuchelei war ihm einfac zu mühsam, und seine Indiskretionen schienen sich auch nic nachteilig auszuwirken; gemeinhin begreifen Leute eben nicht, da ein Mensch sowohl ehrlich als auch amoralisch sein kann.

»Aber ich rede und rede«, sagte er. »Und dabei habe ich noch kein Wort über Sie gehört. Wie ist das Leben mit Ihnen umgesprungen? Ich möchte alle Schandtaten hören, die Sie begangen haben.«

»Da gibt es wirklich nicht viel zu erzählen«, erwiderte ich.

»Na, na«, sagte er mit wissendem Blick. »Sie können doch nicht im Ernst von mir erwarten, daß ich Ihnen das glaube!«

15. MÄRZ 1888

Auf dem ganzen Weg zurück ins Hotel plapperte Elisabeth aufgeregt über ihre Pläne. Sie ist von Nicole und Stephanie sehr angetan, und am Nachmittag nahm sie die beiden gleich zu Besuchen bei Tanten, Cousinen und alten Schulfreundinnen mit, um sie mit der Budapester Gesellschaft bekannt zu machen.

Elisabeth ist von einer Zuversicht und Entschlossenheit erfüllt, die mir bewußtmacht, wie sehr sie unter der Isolierung auf dem Schloß gelitten hat. Ich erkenne jetzt, daß sie unter günstigeren Bedingungen ein völlig anderer Mensch hätte sein können.

»Sie sind absolut entzückend«, sagte Elisabeth. »Zuerst dachte ich ja, Nicole sei ein bißchen versnobt, aber jetzt sehe ich, daß sie nur darauf bedacht ist, Stephanie einen guten Start ins Leben zu geben.«

»Manche Leute finden sie vielleicht ein bißchen oberflächlich, aber sie hat ein gutes Herz«, sagte ich, obwohl es mich eigentlich wunderte, daß Elisabeth und Nicole so gut miteinander auskamen.

Wir aßen im Restaurant des Bristol zu Abend. Ich hatte befürchtet, daß es schrecklich protzig sein würde, die Art Lokal, in das Männer ihre jungen Geliebten ausführen, um sie mit dem Pomp und den Scharen serviler Kellner zu beeindrucken, aber die Atmosphäre war gedämpft und von tadelloser Schicklichkeit. Wir dinierten bei Kerzenlicht an einem Tisch, von dem aus man auf die Donau sah, und das frische Weiß des Tischtuchs mit dem schimmernden Silberbesteck bildete einen reizvollen Kontrast zu dem dunklen Band des Flusses zwischen seinen Ufern. Auf der anderen Seite glitzerten fröhlich die Lichter von Buda.

»Stephanie muß so bald wie möglich so viele Leute wie möglich kennenlernen«, sagte Elisabeth nachdrücklich. »Man muß ihr nur ein Entree ermöglichen, dann geht alles weitere von selbst.«

»Ich verstehe diese Eile nicht«, erwiderte ich. »Sie ist noch zien lich jung, Nicole wird doch bestimmt nicht schon daran denken, s zu verheiraten?«

»Das Mädchen ist fast achtzehn Jahre alt. Für eine Mutter ist nie zu früh, sich nach einem geeigneten Ehemann umzusehen.«

»Und was passiert, wenn sie sofort jemanden findet?«

»Wenn sie noch nicht heiraten können, dann werden sie ebe eine lange Verlobungszeit haben. Denk doch nur an die Kronpri zessin. Als sie und Rudolph sich verlobt haben, war sie noch kei Frau. Sie mußten die Hochzeit zweimal verschieben, bis sie übe haupt gebärfähig war. Nicht, daß das ein Problem für Stephan wäre, da bin ich mir sicher.«

Während sie über diesen oder jenen Verwandten sprach, der f Stephanie hilfreich sein könnte, überlegte ich, aufgrund welch Tricks und Strategien Elisabeth ihre Vereinigung mit meinem Br der Georg im Interesse ihrer dynastischen Ambitionen zustan gebracht hatte.

»Und Lothar und du, seid ihr noch immer Freunde wie früher fragte sie.

»Es ist unheimlich, ich habe das Gefühl, als hätte ich ihn er gestern zum letztenmal gesehen. Wir haben genau da angeknüp wo wir aufgehört haben.« Dies entsprach sosehr der Wahrheit, da mich bereits eine ungute Vorahnung beschlich.

»Wäre es dann nicht nett, sie häufiger zu sehen?«

»Ganz gewiß.«

»Es macht dir also nichts aus, daß ich sie eingeladen habe, e paar Wochen bei uns auf dem Schloß zu verbringen?«

Ein Schaudern überfiel mich bei dem Gedanken, daß Stephan mich in meiner Klause heimsuchen würde.

»Kennen wir sie dafür denn gut genug?« protestierte ich.

Wenn ich mich diesem Besuch widersetzte, meine Einwände ab von Elisabeth überstimmt wurden, konnte ich in Anspruch ne men, daß ich ernsthaft versucht hatte, das Unvermeidliche abz wenden. Es war eine Rechtfertigung, die nur ein Rechtsverdreh gelten lassen konnte.

»Nun, du kennst sie doch ziemlich gut, nicht wahr? Findest d denn nicht, daß es nette Leute sind?«

»Natürlich sind sie das.«

»Außerdem, wie sollten wir uns sonst besser kennenlernen?«

»Ich meinte ja nur, es sind Leute aus der Stadt. Ich bin mir nicht sicher, was wir die ganze Zeit mit ihnen anfangen sollen. Glaubst du nicht, daß sie sich langweilen werden?«

»Nicole scheint das jedenfalls nicht zu glauben. Sie ist ganz versessen darauf, daß Schloß wiederzusehen. Sie redet die ganze Zeit von ihrem Besuch damals, als sie noch ein Kind war.«

»Es ist demnach schon alles abgesprochen. Du hättest mich ja wenigstens fragen können.«

»Ich war in einer schwierigen Lage. Nicole deutete schon andauernd an, daß sie uns gern besuchen würden, und dann, im Wagen, hat sie mich schließlich geradeheraus gefragt. Was hätte ich tun sollen? Ich hatte das Gefühl, daß ich es kaum ablehnen konnte, ohne unhöflich zu sein.«

»Du hättest ihnen sagen sollen, daß wir eine Typhusepidemie haben. Das hätte Nicoles Begeisterung gedämpft.«

»Das Komische ist, daß ich das schon getan hatte. Sie fragte mich irgendwann, wie du so deine Zeit verbringst, und ich erzählte ihr, wie selbstlos du dich dafür eingesetzt hast, die Stadt vor der Epidemie zu retten. Sie muß es vergessen haben. Aber bis sie im April kommen, wird das alles hinter uns liegen.«

»Im April? Warum müssen sie ausgerechnet dann kommen?«

»Warum nicht? Dann ist Frühling. Es wird sehr hübsch sein im Tal.«

»Aber das ist schon so bald. Der Zeitpunkt scheint mir nicht sehr gut gewählt. Zum einen ist das Wetter so unsicher.«

»Es ist die einzige Zeit, zu der Lothar von seiner Arbeit weg kann. Ich glaube, Nicole war es eher peinlich, daß sie als Gast das Datum des Besuchs festzusetzen schien. Hattest du für die Zeit denn schon irgendwelche anderen Pläne?«

»Nein. Es ist nur...« Ich dachte an Oberst Rados Wahnsinnsunternehmen. Vielleicht war es das kalte, humorlose Glitzern in seinen Augen, das mich letzten Endes veranlaßte, es Elisabeth gegenüber zu verschweigen.

»Wir dürfen keine Geheimnisse voreinander haben, László«, sagte sie, während sie mit untypischer Impulsivität meine Hand ergriff. Mir blieb nichts anderes übrig, als ihr in die Augen zu sehen.

»Da war ein Treffen angesetzt...«, sagte ich schwach.

»Die Ungarische Liga?« fragte Elisabeth.

Ich nickte. Sie ließ meine Hand los und lehnte sich in ihrem Stuh zurück. Ihre Miene nahm einen schmerzlichen Zug an, und sofor reute es mich, die Sache zur Sprache gebracht zu haben. Grego hatte ihr bestätigt, daß die Treffen tatsächlich stattgefunden hatten aber Elisabeth konnte keinen Zweifel darüber hegen, daß ich sie al einen Vorwand für meine Verabredungen mit Estelle benutzt hatte

»Ich bin sicher, daß die von Picks es verstehen werden, wenn d wichtigere Dinge zu tun hast«, sagte sie. »Falls du nach Budapes fahren mußt, kann Brod dich begleiten.«

16. MÄRZ 1888

Brod genießt seine neue Aufgabe, läßt sich sein Behagen aber nich anmerken: Wahrscheinlich erhöht das noch den Genuß. Statt des sen befleißigt er sich einer undurchdringlichen Pokermiene, di mich an die weißbekittelten Wärter im Salpêtrière erinnert. Ic glaube nicht, daß er sich darüber im klaren ist, warum er mich nich aus den Augen lassen darf, aber aus seinem Benehmen wird deut lich, daß er nicht wie Jakob meint, er sei zu meinem Schutz abge stellt. Für Brod genügt es, daß Elisabeth ihm diese Aufgabe anver traut hat. Er ist ihr hündisch ergeben. Diese Arbeit unterscheide sich von ihren sonstigen Anweisungen, das Silber auf ein bestimmte Weise zu putzen oder ein neues Hausmädchen einzuste len: Elisabeth hat ihm den Wächterposten als persönliche Aufgab übertragen. Gelegentlich ertappe ich ihn dabei, daß er mich mi regelrechter Schadenfreude beobachtet. Du magst hier vielleich der Herr sein, scheint er zu sagen, aber ich bin der Aufseher.

Ich hatte bald herausgefunden, daß ich mich in Budapest fre bewegen kann, solange Brod mich begleitet. Seine Gegenwart ver gällt mir jegliches Vergnügen an meinen Stadtrundfahrten. Heut morgen saß er wieder einmal kerzengerade hingepflanzt neben den Kutscher, drehte sich von Zeit zu Zeit um, als wollte er nachsehen ob ich auch nicht vom Wagen gesprungen war, in Wirklichkeit abe weidete er sich nur voller Besitzerstolz am Anblick seines Schutzbe fohlenen. Ich lehne träge in meinem Sitz, starre gleichgültig auf da geschäftige Treiben, tue so, als würde ich es nicht merken.

Natürlich habe ich auch schon daran gedacht, ihm zu entwischen, nur um ihm eine Lektion zu erteilen. Aber ein solcher kleiner Triumph wäre mir kaum von Nutzen. Denn solange ich mich fügsam zeige, sammle ich in Brods Augen so etwas wie ein Vertrauenskapital an. Und dieses Guthaben will ich nicht stückweise verplempern – eine Stunde Freiheit hier und da –, sondern es lieber im propaten Moment für den großen Coup einsetzen. Zu der inneren Umkehr, die Elisabeth sich so inbrünstig erhofft, sehe ich mich nicht in der Lage, und ich habe nicht die Absicht, den Rest meines Lebens in Gefangenschaft zu verbringen. Vielleicht spürt Brod das instinktiv. Zweimal schon sah es aus, als sei er eingeschlafen, und ich ignorierte diese Fluchtgelegenheiten. Einmal, noch verlockender, schien er in den Inhalt eines Schaufensters in der Vaci-Straße vertieft zu sein. Er starrte gebannt auf die funkelnde Auslage von Rasiermessern, Scheren, Nagelclips und seltsam geformten Klingen mit spezifischem, aber unklarem Verwendungszweck. Es wäre mir ein leichtes gewesen, mich in dieser belebten Hauptverkehrsstraße unter die Menschenmenge zu mischen und zu verschwinden, aber ich witterte eine Falle. So betrachtete ich ungerührt die Seifenstapel und Rasierwasserflaschen im angrenzenden Laden und gewahrte schon bald in der Spiegelung der Fensterscheibe, wie Brod einen schnellen Blick in meine Richtung warf, um zu sehen, ob ich nach dem Köder schnappte.

Brod ist kein Mann, mit dem sich spaßen läßt. Obwohl zehn Jahre älter als ich, ist er sehnig und robust, und seine grimmige Beharrlichkeit deutet darauf hin, daß er sich wenig um sein eigenes Wohlergehen sorgt. Ich habe keine Zweifel, daß er bewaffnet ist. Die große Kavalleriepistole, die Jakob immer mit sich herumgeschleppt hat, ist zu sperrig für die Stadt. Ich denke, daß ein Schlagstock dem guten Brod mehr liegen würde, oder ein Stilett: irgend etwas Leises, mit dem er mich flink und unauffällig aus dem Verkehr ziehen könnte.

All das ging mir heute morgen durch den Sinn, während ich Brods schmalen Rücken von meinem Sitz im Wagen aus betrachtete. Wir überquerten die Brücke nach Buda und fuhren langsam die gewundene Straße zu Rados Haus hinauf. Ich sah keinen Grund, warum das Vorhaben, für das er mich eingespannt hatte, nicht von Gästen gestört werden sollte. Tatsächlich könnte sich ihre

Gegenwart zu unseren Gunsten auswirken, bot sie doch ein
gewisse Ablenkung für das Dienstpersonal und sonstige Neugierig
in der Stadt. Trotzdem gebe ich zu, daß ich mich ein wenig unbe
haglich fühlte, dem Oberst diese geringfügige Planänderung beich
ten zu müssen, und ertappte mich dabei, wie ich mir vorsorglic
meine Argumente zurechtlegte, während wir uns seinem Hau
näherten.

Brod bestand darauf, mich an die Tür zu begleiten, und langte a
mir vorbei, um eigenhändig den Messingklopfer zu betätigen. Di
Tür wurde sofort von dem Diener geöffnet, der sich noch an meine
Namen erinnerte.

»Der Oberst ist nicht zu Hause«, erklärte er.

»Nun gut. Vielleicht könnten Sie aber dafür sorgen, daß er mein
Karte erhält und versteht, daß ich mich in einer wichtigen Angele
genheit an ihn wende.«

»Tut mir leid, Herr Graf, aber das ist unmöglich.«

»Und warum?«

»Oberst Rado ist auf der Jagd in Afrika. Wir erwarten ihn nich
vor dem Sommer zurück.«

Ich war verblüfft. »Aber wann ist er denn abgereist?« fragte ich

»Vor über drei Monaten«, sagte mir der Mann.

Ich wollte gerade darauf beharren, daß ich ihn erst vor drei Tage
gesprochen hatte, überlegte es mir dann aber anders.

16

29. MÄRZ 1888

Mit dieser Einladung habe ich etwas ungeheuer Dummes angerichtet. Noch vier Tage, bis sie zu ihrem Besuch eintreffen, und stündlich werde ich mehr und mehr von Gedanken an Stephanie gepeinigt. Ich werde sie töten, das weiß ich. Ich wünsche mir mehr, als mir mein Leben lieb ist, sie auf meine perverse Art zu nehmen.

Ja, es ist Liebe, reden wir Monster uns ein. Wir lieben zu inbrünstig, zu urtümlich, zu ehrlich. Zu bestialisch. Liebe ist die letzte große Lüge. Wie soll man eine Liebe beschreiben, die so verzehrend ist, so erfüllt von dem Verlangen, eins zu werden mit der Geliebten, daß der Liebende ihre Kehle aufreißt, um den heiß hervorschießenden Lebenssaft auszuschlürfen, bis zum letzten Beben ihres sterbenden Herzens?

Und womit bleibt man zurück, wenn die Wahrheit zutage getreten ist? Das Dasein eines Monsters ist trist. Es gibt nur diese eine Besessenheit, alles andere wird ihr bedingungslos untergeordnet. Unmerklich entsickert uns alles menschliche Mitgefühl bis auf einen letzten Bodensatz, und der ist es, der uns am meisten zu schaffen macht. Die Seele entweicht nicht friedlich, während der Körper noch lebt. Der Todeskampf des menschlichen Gemüts schlägt sich in allerlei Exzessen nieder: weinerliche Gefühlsduselei, Gewissensqualen, unbezwingbare Ausbrüche ethischen Empfindens, bis hin zu dem tollkühnsten Heroismus.

Und so habe ich den Wahnsinn begangen, gestern spätabends, ein Geständnis an Inspektor Kraus zu schreiben. Wenigstens hatte ich noch die Geistesgegenwart, meine Handschrift zu verstellen. Ich malte jeden Buchstaben unbeholfen mit der linken Hand, und am Ende sah der Brief aus, als wäre er von einem Bauern geschrieben.

Heute morgen begleitete mich Jakob im Einspänner in die Stadt Er bewacht mich weit weniger aufmerksam als Brod, weil er weni ger Groll gegen mich hegt. Folglich ließ er sich leicht von einem vor übergehenden Bekannten ablenken, und ich benutzte den Augen blick, um den Brief aus meinem Mantel zu holen und zu den ande ren zu schmuggeln, die ich in den Kasten warf.

Während der vergangenen Tage habe ich oft daran denken müs sen, welcher enormen Entschlußkraft es bedarf, um sich mit eine Pistole in den Kopf zu schießen. Wie gelingt es dem Selbstmörder den Abzug zu drücken? Durch eine gewaltige Ausschaltung seine Phantasie, nehme ich an. Ich bin entsetzt über die Kühnheit, mit de ich mich selbst verraten habe. Und der Verräter in mir schämt sich daß mein Selbstmordversuch so halbherzig ausgefallen ist. Un doch fühle ich mich erleichtert. Ich habe mich überantwortet. Ic bin nicht länger Herr meines Schicksals.

31. MÄRZ 1888, MORGENS

Kraus ist aus Kolozsvar zurück und bittet um eine Unterredung. Ic hatte geglaubt, ich hätte eine etwas längere Atempause, hatte nich erwartet, daß er so schnell reagieren würde. Aber natürlich würd er zurückgeeilt kommen, wenn er glaubte, daß er den Urheber eine Verbrechens zu fassen bekäme, das ihn so sehr aufgewühlt hat. Ic habe meine Angelegenheit in Ordnung gebracht. Elisabeth ha bereits bewiesen, daß sie das Gut allein verwalten kann. Was diese Tagebuch betrifft, so kann ich mich nicht dazu überwinden, es z vernichten, obwohl das zweifellos das Vernünftigste wäre. Ich hab einen Platz in der Bibliothek gefunden, wo es noch viele Jahre unge stört überdauern wird – bis das Schloß, wie ich vermute, ohne eine Grafen zurückbleibt und alles ausgeräumt und verkauft wird.

NACHMITTAGS

Brod begleitet mich zur Polizeiwache. Der Kerl ist unerträglich vo sich eingenommen. Wie froh werde ich sein, wenn ich ihn endlic los bin, selbst wenn das bedeutet, ihn gegen einen Gefängniswärte austauschen zu müssen. Aber wenigstens wäre da kein persönliches Ressentiment mehr im Spiel.

Inspektor Kraus gab sich sehr sachlich und kurz angebunden. Eine professionelle Kühle hatte die Kollegialität ersetzt, die er mir früher entgegenbrachte. Es entging nicht meiner Aufmerksamkeit, daß er, als er die Tür hinter mir zumachte, den Polizisten anwies, auf seinem Posten vor dem Zimmer zu bleiben. Er ist ziemlich blaß und scheint abgenommen zu haben. Ich hoffe, sie haben ihn wegen seiner mangelnden Fortschritte in dieser Ermittlung nicht zurückgestuft; mit der verwitweten Schwester, für die er sorgen muß, werden seine Finanzen auch so schon genug strapaziert.

Kraus war sichtlich nervös und vermied es, mich direkt anzusehen. Er versteht sich nicht auf belangloses Geplauder, und wir quälten uns durch die üblichen Einleitungsfloskeln wie schlechte Schauspieler. Vielleicht hoffte er, daß ich, wenn er mich lange genug seiner schauderhaften Unterhaltung aussetzte, aus reiner Verzweiflung mit einem Geständnis herausplatzen würde, nur um das Thema zu wechseln.

Statt dessen betrachtete ich das Geständnis als eine Art Herausforderung. Es war wie das Jagen mit einer einschüssigen Flinte: ein Handikap, das man sich auferlegt, um die Jagd gerechter zu gestalten. Wenn ich den Vertretern der Obrigkeit jede Gelegenheit biete, mich zu stoppen, und es gelingt ihnen trotzdem nicht, habe ich dann nicht meinen Part des Gesellschaftsvertrags erfüllt? Sosehr ich mich auch drehe und wende, spenden meine Lügen mir doch herzlich wenig Erleichterung.

Während all dieses Vorgeplänkels lag der Brief deutlich sichtbar zwischen den anderen Papieren auf dem Schreibtisch, und wir beide vermieden es tunlichst, ihn anzusehen. Mehrmals krochen Kraus' Finger, die mit einem Bleistift spielten oder ein Stück roten Siegellack auf seinem Ende balancierten, unwillkürlich darauf zu und zogen sich wieder zurück. Schließlich gab er sich einen Ruck, und mit gespielter Nonchalance schob er den Brief in meine Richtung.

»Was haben Sie dazu zu sagen?« fragte er. Ich muß ihm zugestehen, daß er in der Wahl seines Tonfalls – halb dem eines Kollegen, der einen anderen um seine Meinung ersucht, halb dem eines Polizisten, der einen Verdächtigen mit leisem Druck ins Gebet nimmt – eine hübsche Zweideutigkeit zustande brachte.

»Wie ich annehme, ist dies der Grund für Ihre Rückkehr?«

»Seien Sie so freundlich, es zu lesen.«

»Gewiß. Laut?«

»Ganz wie Sie wünschen.«

Ich las:

Ich kann nicht ertragen, was ich geworden bin. Was ich tu werde. Hoffen Sie nicht auf eine Sinnesänderung. Ich werd weitermachen und unschuldige Frauen töten, bis man mic verhaftet. Ich bin ein tollwütiger Hund, der erschossen wer den muß. Das ist die einzige Lösung. Sie müssen mich aufhal ten. Warum können Sie mich nicht schnappen? Sie haben de ersten Fall verpfuscht – wenn Sie nur den Fußabdrücke gefolgt wären, hätten diese Sie zu mir geführt. Wenn Sie Ihr Arbeit getan hätten, wären die anderen beiden noch an Leben! Warum kriegen Sie mich nicht zu fassen? Stehe ic denn so hoch über Ihnen, daß Sie nicht die Augen heben kön nen, um mich zu sehen? Die Leute meinen, ich wäre ein Heili ger, aber in Wahrheit bin ich der Inbegriff des Bösen.

Es war beunruhigend, den Brief in diesem neuen Zusammenhan zu lesen. Die Wörter muteten mich fremd an. Ich hatte mich in ihre Formulierung abgemüht, während der eigentliche Gehalt dessen was ich da abgefaßt hatte, in einem einzigen Schwall aus meinem Innersten heraufgestiegen war. Es war mir als ein Schrei aus tief stem Herzen erschienen, als eindringliches Flehen, daß Kraus mic aufhalten sollte, aber nun, da ich es laut las, hörte ich auf einma den spöttischen Unterton heraus.

»Nun?« fragte er. Er sah mir jetzt geradewegs ins Gesicht, und i seinen Augen erkannte ich den brennenden Haß, den er vor mir ver borgen hatte.

»Höchst interessant«, erwiderte ich.

»Ist das alles, was Sie zu sagen haben?« sagte er angewidert.

»Keineswegs. Aber ich wollte Ihnen mit meiner Meinung nich zuvorkommen.«

»Ich bin daran interessiert, was Sie zu sagen haben.«

»Also, gut. Fangen wir mit dem Offensichtlichen an: Die Schrif ist unbeholfen, als stamme der Brief von jemandem, der praktisc ein Analphabet ist. Entweder hat der Schreiber versucht, seine Handschrift zu verstellen, oder er wollte den Adressaten in bezug auf seine Bildung in die Irre führen. Daß er das Wort ›Inbegriff‹ verwendet, verrät ihn natürlich. Der Ausdruck ist ja nicht gerade alltäglich und läßt daher vermuten, daß der Verfasser dieser Zeilen einigermaßen belesen sein dürfte.«

»Da stimme ich Ihnen zu.«

»Ich nehme an, wir sind uns auch darüber einig, daß die Handschrift die eines Mannes ist?«

»Das will ich nicht bestreiten.«

»Daraus könnte man also folgern…«

»Können wir nicht langsam zu dem Geständnis selbst kommen?« unterbrach Kraus mit einiger Gereiztheit.

»Ich glaube, Sie urteilen da etwas vorschnell, wenn Sie dies als Geständnis ansehen.«

»Ja, wie würden Sie es denn nennen?« fuhr er auf. »Ein weinerliches, selbstmitleidiges Lügengespinst? Einen verdrehten Rechtfertigungsversuch? Sollen wir jetzt etwa noch Mitleid haben mit dem unglücklichen, fehlgeleiteten Burschen, weil wir ihn nicht rechtzeitig aufgehalten haben? Sollen wir vielleicht glauben, daß er sich so wenig unter Kontrolle hat wie ein Epileptiker?« Er schob das Blatt angeekelt von sich. »Dieser Wisch hier liest sich wie die Abschiedsbotschaft einer hysterischen Selbstmörderin!«

Mir war nicht klargewesen, wie sehr Kraus mit den Nerven herunter war. Der Brief hatte ihn an seiner empfindlichsten Stelle getroffen, was ich gar nicht vorausgesehen hatte. Trotzdem ließ ich mich von seinem Wutausbruch nicht provozieren.

»Ich meine nur«, fuhr ich milde fort, als Kraus sich halbwegs beruhigt hatte, »daß wir nicht überstürzt zu dem Schluß kommen sollten, dies hier sei von dem Mörder selbst geschrieben worden. Es könnte genausogut von irgend jemandem stammen, der lediglich einen unschuldigen Menschen anschwärzen will. Andererseits könnte der Schreiber auch jemand sein, der weiß, wer die Frauen getötet hat, und…«

»Schon gut«, knurrte Kraus. Ich merkte, daß er mit den Zähnen knirschte. Meine pedantische Methode, in Wirklichkeit eine Karikatur seiner eigenen, brachte ihn sichtlich aus dem Konzept.

»Ich finde, es ist doch wichtig, nicht wahr, Inspektor, daß wir unsere wissenschaftliche Objektivität beibehalten. Vor allem jetzt da wir so dicht vor einer Verhaftung stehen. Wir dürfen keine Hypothese außer acht lassen. Alles andere wäre reine... Gefühlsverwirrung.«

»Können wir endlich zum Inhalt des Briefes kommen?«

»Natürlich. Als erstes möchte ich betonen, daß ich es für völlig ungerecht halte, Sie für den Tod der letzten Opfer verantwortlich zu machen.«

»Aber welche Opfer?« brach es klagend aus ihm heraus. »Das ist doch der Punkt! Wer ist das dritte?«

»Stimmt, wir wissen nur von zweien, Estelle und Theresa. Aber in den vergangenen drei Monaten sind so viele dahingerafft worden. Vielleicht ist es uns entgangen, wenn jemand darunter nicht an einer natürlichen Ursache verschieden ist.«

»Großer Gott«, stöhnte er.

Ich ging zu dem gefährlichsten Teil des Briefes über. »Dann wäre da noch der letzte Abschnitt«, sagte ich. »Er deutet vage auf die Identität des Täters hin, finden Sie nicht auch?«

»Allerdings.« Kraus blickte mich unverwandt an.

»Er weist darauf hin, daß es sich um eine Person von Rang handelt. Dies bestätigt unseren früheren Schluß, daß der Schreiber allem Anschein zum Trotz ein gebildeter Mann ist.«

»Falls der Schreiber denn der Mörder sein sollte«, erinnerte mich Kraus gelassen.

Er hatte wieder die Kontrolle über das Gespräch gewonnen und trieb mich nun sachgerecht in die Enge, ohne falsche Hast. Ich fühlte, wie mein Herz in diesem kritischen Augenblick zu klopfen begann, und ich rief mir in Erinnerung, daß es für das Wild immer das beste war, sich beim Anpirschen des Jägers reglos zu verhalten und auf keinen Fall seine Deckung zu verlassen. Nur jetzt nicht kopfscheu werden, sagte ich mir.

»Dann ist da noch diese Anspielung mit dem Heiligen«, setzte ich hinzu.

»Vielleicht der interessanteste Aspekt von allen.«

»›Die Leute meinen, ich wäre ein Heiliger, aber in Wahrheit bin ich der Inbegriff des Bösen‹«, zitierte er.

»Das könnte fast ich selbst sein!«

»Fast?«

»Abgesehen von dem Nachsatz ›der Inbegriff des Bösen‹.«
»Selbstverständlich«, sagte er schnell, mit übertriebenem Eifer.
Ich zuckte schmunzelnd die Achseln. »Du lieber Himmel, das klingt ja wirklich ganz nach mir!«
»Haben Sie den Brief geschrieben, Graf?«
»Nein!«
Ich warf ihm das Wort hin wie einen Fehdehandschuh. Wieviel Bedeutung kann man in den Klang einer einzigen kleinen Silbe legen? Ich zumindest hörte hier zugleich humorvolle Toleranz, unverbrüchliches Selbstvertrauen und aristokratische Überlegenheit heraus.
Es war der Wendepunkt des Gesprächs. Ich sah, wie sich die Schultern des Inspektors lockerten, und mir wurde klar, daß er mich nie als den Täter hatte sehen wollen.
»Diese… hm… heiligmäßige Aura dichtet das Volk mir an«, sagte ich, absichtlich zögernd. »Für aufgeklärte Menschen wie Sie und mich ist das natürlich lächerlich.«
»Aber ich mußte Ihnen die Frage stellen«, entgegnete er. »Sie werden sicher verstehen, daß es meine Pflicht war…«
Ich winkte großmütig ab.
»Und was Heilige betrifft«, fuhr ich mit einem abfälligen Lächeln fort, »so bin ich sicher, daß es da glaubwürdigere Exemplare gibt als mich.«
»Der Schreiber scheint einen ausgeprägten Hang zur Übertreibung zu haben.«
»Genau.«
»Es könnte sich im Prinzip um jedweden Familienvater handeln, der von seinen Angehörigen vergöttert wird.«
»Sozialer Status, Heiligkeit… all diese Dinge sind letzten Endes relativ«, gab ich zu bedenken.
Alles, was Kraus brauchte, war ein kleiner Anstoß, und er wäre gottfroh, woanders nach dem Täter suchen zu können. Offensichtlich war ihm unbehaglich zumute. Die Sache war längst noch nicht bereinigt, aber ich hatte ihn schon soweit, daß sein Mißtrauen mir gegenüber ihm langsam peinlich wurde. Er ist sehr aufrichtig. Ich überlegte, ob er sich später wohl schämen würde, mich so gröblich beleidigt zu haben. Es enttäuschte mich ein wenig, daß selbst Inspektor Kraus, der gewiefte Kriminologe, der Vernunftmensch,

sich nicht von den Tatsachen, sondern von seinen Vorurteilen hatte leiten lassen. Auf wen sonst konnte der Brief denn schließlich hinweisen, wenn nicht auf mich? Diese Einsicht würde Kraus am Ende kommen, wenn ich ihm Zeit ließ, seine Gedanken zu ordnen. Es war weitaus besser, wenn er von selbst darauf kam.

»Nun denn«, sagte ich, mich erhebend, »ich darf Ihre wertvolle Zeit nicht noch länger in Anspruch nehmen.«

»Einen Augenblick, Graf.«

Ich drehte mich um, mit der Hand an der Türklinke. »Hatten Sie den gleichen Gedanken wie ich?«

Er warf mir ein verständnisinniges Lächeln zu, duckte dann schnell den Kopf, um es zu verbergen, weil es unprofessionell gewirkt hätte. Er ist und bleibt ein Jagdhund, ewig anerkennungheischend, und kann sich ebensowenig von seinen rationalistischen Dogmen lösen wie ein Hund von seiner hündischen Natur.

»Haben Sie Feinde, Graf?«

Ich machte eine resignierende Handbewegung. »Genau das ist mir eben auch durch den Kopf gegangen.«

»Daß jemand versuchen könnte, gegen Sie zu intrigieren?«

»Ich fürchte ja.«

Seine Miene nahm einen Ausdruck äußerster Konzentration an, und seine Äuglein flitzten hin und her, während er im Geiste diese neuen Möglichkeiten durchstöberte.

»Gibt es irgend jemand Bestimmtes, der es auf Sie abgesehen haben könnte?« fragte er.

Ich dachte über die Sache nach. Die Gelegenheit, mich aus der Schlinge zu ziehen, war günstiger denn je. »Nein«, erwiderte ich nach kurzem Zögern. Kraus' Spürnase zuckte witternd. »Eigentlich nicht«, sagte ich und schüttelte den Kopf, »mir fällt niemand ein.«

2. APRIL 1888

Ich bin weit aufgewühlter, als ich erwartet hatte. Heute sind sie angekommen. Sie sind hier, in meinem Heim.

Elisabeth ließ gestern die Kalesche aus dem Wagenschuppen holen, und das Gefährt war eindeutig reparaturbedürftig.

»So geht es aber wirklich nicht!« schimpfte sie und stampfte mit dem Fuß auf. Ich glaube fast, sie befürchtet, wir könnten uns vor diesen Städtern blamieren.

»Wieso hast du den Wagen so herunterkommen lassen?« herrschte sie Jakob an.

Der Arme war völlig aus der Fassung. Auf die Standpauke hin hieß er eine ganze Schar von Dienern fieberhaft die Messingbeschläge putzen und das Holzwerk polieren, und die Kalesche sah prächtig aus, wenn auch ein wenig altmodisch, als sie heute nachmittag in der Auffahrt bereitstand, um uns zum Bahnhof zu bringen, wo wir die Piks abholen sollten.

Dieser Winter scheint sich dieses Jahr ewig hinzuziehen, trotz verlockender Frühlingsbrisen will und will der Schnee nicht schmelzen. Die Sonne schien strahlend, als wir zum Bahnhof fuhren, aber im Schatten des Bahnsteigs war es frostig, und wir gingen seine ganze Länge auf und ab, um uns warm zu halten. Der Bahnhofsvorsteher kam, um mir zu sagen, daß der Zug Verspätung habe.

»Willst du nicht lieber im Wagen warten?« schlug ich Elisabeth vor. »Dann kannst du dich in eine der Decken hüllen, und wenn sie ankommen, schicke ich dir Brod, um dir Bescheid zu sagen.«

Sie lächelte, immer dankbar, wenn ich Rücksichtnahme zeigte, und war schon im Begriff zu gehen, als uns beiden einfiel, daß ich, wenn ich Brod zu ihr schickte, allein und unbewacht sein würde. Machte das etwas aus für eine so kurze Zeitspanne? Elisabeth zögerte.

»Ich bleibe bei dir«, sagte sie. Wir fühlten uns beide durch dieses Arrangement gedemütigt.

Der Zug war nicht nur verspätet, obendrein war auch in den letzten zwei Stunden der Reise die Heizung ausgefallen. Lothar war in garstiger Laune und ließ sich vor der Dienerschaft zu einer Bemerkung über ungarische Schlamperei hinreißen. Nicole machte gute Miene zum bösen Spiel und begrüßte uns mit munterer Herzlichkeit, offenbar darin geübt, mit solchen Mißhelligkeiten umzugehen. Die Kälte hatte Farbe in ihre Wangen getrieben und ein Funkeln in ihre Augen, so daß sie jünger und nicht so abgespannt aussah. Von Anfang an bemühte sie sich sehr, ein guter Gast zu sein, brachte Elisabeth eine rührende Zuneigung entgegen, und bei der Fahrt zum Schloß zählte sie begeistert allerlei Einzelheiten auf, an die sie sich von ihrem letzten Besuch her noch erinnerte.

Stephanie blieb spröde und in sich gekehrt, die Hände tief in ihrem Pelzmuff vergraben, das Gesicht fast gänzlich unter einer großen, karierten Haube versteckt. Auf dem Bahnsteig blieb sie ein wenig hinter uns zurück, um sich umzuschauen; wahrscheinlich hielt sie solche Neugier nicht für damenhaft, denn als Elisabeth sich umdrehte, um sie auf einen bunten Hahn in einem Weidenkäfig aufmerksam zu machen, nickte sie nur abweisend. Mich selbst ignorierte sie völlig nach einem flüchtigen Händedruck. Ich schäme mich, daß es mich so bekümmert.

Nicoles nostalgische Reminiszenzen haben auch bei mir Erinnerungen geweckt. Ich höre Stephanie auf französisch nach ihrer Mutter rufen, und ihre Stimme klingt sosehr nach der jungen Nicole, die ich einst liebte, daß ich mich unversehens in die Zeit ihres damaligen Besuchs zurückversetzt fühle. Im Vordergrund steht die schmerzliche Sehnsucht dieser unglücklichen Jugendliebe, im Hintergrund die dunkle Ahnung vom nahenden Tod meiner Mutter. Sie war auch eine Gefangene in diesem Schloß, sehnte sich nach Frankreich, nach den Annehmlichkeiten der Zivilisation, die wir uns nicht leisten konnten, umgeben von abergläubischen Bauern, deren Sprache sie nie zu sprechen lernte. Deutlich habe ich noch ihren immerwährenden trockenen Husten im Ohr.

Des Nachts, wenn das ganze Schloß in tiefer Stille lag, hörte ich das gedämpfte, einsame Husten meiner geliebten Mutter, die Stück für Stück vor sich hin starb. Sie trug stets eines der Batisttaschentücher bei sich, umsäumt mit französischer Spitze, die Nicole und ihre Mutter ihr als Gastgeschenk mitgebracht hatten. Beim Abendessen drehte sie sich zur Seite, wenn sie hustete, und hielt sich das Taschentuch diskret vor den Mund. Es bestand die stillschweigende Übereinkunft, ungeachtet dessen mit dem Tischgespräch fortzufahren, als sei nichts weiter Bemerkenswertes vorgefallen. Sobald der Anfall vorüber war, legte meine Mutter Wert darauf, sich mit einer kurzen Bemerkung an der Unterhaltung zu beteiligen, doch bevor sie das Taschentuch wieder an seinen Platz im linken Ärmel stopfte, konnte sie es sich nicht verkneifen, schnell nachzuschauen, ob Blut daran war. Und ebensowenig konnten wir uns davon abhalten, ihr forschend ins Gesicht zu sehen, als wäre es ein Spiegel, der uns offenbarte, was sie unter dem Tisch in den Händen hielt. Und nun, eine Generation später, waren wir wieder hier versammelt.

Vor ihrer Ankunft hatte ich mich angeregter gefühlt denn je. Ich scherte mich nicht länger um Entschuldigungen und mildernde Umstände, wanderte zuversichtlich umher, mit der Selbstgewißheit eines Raubtiers, das von neuem seine Kraft in sich spürt. Ich war der Minotaurus, der dem Eintreffen der Jungfrau in seiner Höhle entgegenharrte und sich die Wartezeit mit wollüstigen, blutrünstigen Phantasien vertrieb. Die Vorfreude wirkte ungemein belebend.

Die Realität ihrer Gegenwart hat mir jedoch bewußt gemacht, daß ich nichts als eine entartete Bestie bin. Ich hätte innehalten sollen, noch bevor meine Umwandlung ganz vollzogen war, bevor ich das volle Maß der Bestialität erreicht hatte. Jetzt bin ich in diesem hybriden Zustand gefangen und kann nicht mehr weiter. Die Erinnerungen an meine Mutter und an die junge Nicole wirken plötzlich wie ein Hemmschuh; unversehens schleichen sich bittersüße Gefühle ein, um alarmierende Symptome des Mitleids und des Anstands hervorzubringen. Wenn ich diese Rührung nicht überwinden kann, wird sie mich vollends lähmen. Vorsichtig versuche ich meine Gemütsverfassung zu ergründen, etwa so, wie man seinen Bauch abtastet, wenn man eine Blinddarmentzündung vermutet. Ich habe Angst, noch weiter in der Vergangenheit nachzubohren, damit ich den Abszeß nicht aufbreche und von dem Gift der Mitmenschlichkeit überflutet werde.

Auch das wird vorübergehen. Während ich dies hier niederschreibe, weiß ich bereits, daß nichts mich aufhalten wird.

5. APRIL 1888

Die von Picks haben sich gut eingewöhnt und sich reibungslos unserem ländlichen Lebensstil angepaßt. Sie scheinen sich nicht zu langweilen, abgesehen vielleicht von Stephanie, doch ich glaube, sie fühlt sich verpflichtet, ein gewisses Maß an Blasiertheit zur Schau zu tragen, wie sich das für eine junge Dame aus besseren Kreisen gehört. Nach dem Mittagessen machten Stephanie und Nicole mit Elisabeth eine Spazierfahrt, und ich blieb mit Lothar allein zurück. Brod hatte Zeit gefunden, das Billardzimmer zu renovieren, und so nahmen wir dort unseren Kaffee zu uns und rauchten unsere Zigarren.

»Alle Achtung!« sagte er bewundernd, als er den Tisch sah. Er bückte sich, um das Messingschild des Herstellers an der Seite zu lesen. »Das habe ich mir gedacht: ein Braithwaite. Die Briten sind nicht zu schlagen, wenn es um Billardtische geht.«

Ich hatte mich noch nie viel darum gekümmert. »Mein Großvater hat ihn seinerseits herschaffen lassen«, sagte ich. »Es war ein ziemliches Unternehmen, vor dem Bau der Eisenbahn.«

Lothar stupste eine Kugel an, so daß sie von der gegenüberliegenden Bande abprallte, und betrachtete sie kritisch, als sie zu ihm zurückgerollt kam. »Na bitte«, erklärte er.

»Schnurgerade, ganz wie's sein soll.«

Wir hatten einmal in Paris zusammen Billard gespielt, und wie ich mich von damals her noch erinnerte, ist er ein Experte. Er strich um den Tisch, das Queue wie ein Gewehr im Anschlag, mit einer gespannten Intensität, die einen eigentümlichen Gegensatz zu der Lässigkeit bildete, mit der er den Ball jeweils anpeilte, dann unweigerlich ins Loch versenkte. Und die ganze Zeit plauderte er munter weiter, als könnte sein Redefluß ihn nicht im mindesten von der Konzentration auf das Spiel ablenken.

»Früher oder später...«, er unterbrach sich kurz, um die Kugel anzustoßen und mit der roten und der schwarzen eine elegante Karambolage hinzulegen, »müssen Sie aber mal Farbe bekennen und mich an dem Spaß teilhaben lassen, den Sie sich hier in der Gegend genehmigen.« Er schlenderte zur anderen Seite des Tisches und beugte sich über das Queue.

»Je nun, was man als Landjunker so tut. Sie wissen schon – jagen, fischen.«

Mit einer weichen, geschmeidigen Bewegung des Ellbogens schickte Lothar die Kugel quer über den Tisch und sah mit leicht geneigtem Kopf zu, wie sie gegen die rote stieß und diese direkt ins Eckloch beförderte.

»Ab und zu trifft man sich auch mit seinen Nachbarn«, fuhr ich fort, während ich die Kugel aus der Auffangtasche holte und sie für ihn zurechtlegte.

»Tatsächlich?« Er bückte sich, um die Schußlinie zu prüfen. »Graf Aponyi hat doch irgendwo hier in der Gegend ein Jagdrevier, nicht wahr?« Diesmal schien die rote Kugel unentschlossen am Rand des Lochs innezuhalten, bevor sie schließlich hineinrollte.

»Gut gemacht!« sagte ich.

»Es sah nur schwierig aus, weil ich den Ball nicht fest genug angestoßen habe.«

»Unsinn, bei Ihnen wirkt das alles immer so verdammt mühelos, daß ich mir wie ein Bär vorkomme, wenn ich mit Ihnen spiele.«

Ich glaube, er verpatzte seinen nächsten Stoß absichtlich. »Sie erinnern sich also?« fragte er.

»Natürlich. Wie kann man eine so einseitige Partie vergessen?«

»Ich hätte Ihnen gern Revanche angeboten, aber Sie mußten ja auf einmal so eilig weg.« Wie nebenbei versenkte er die Kugel, die ich verfehlt hatte. »Unter so mysteriösen Umständen.«

»Ich dachte, Sie würden den Grund kennen.«

»Wegen Ihres Bruders?« Er lehnte sich weit über den Tisch, und mit einem abrupten Stoß jagte er sämtliche Kugeln auf dem Tisch durcheinander. »O ja, davon habe ich gehört.« Die schwarze Kugel fiel wie ein Nachgedanke in ein Seitenloch.

»Ich hätte Ihnen schreiben sollen. Es tut mir leid. Aber nach Georgs Tod ging hier alles drunter und drüber. So viel ungewohnte Verantwortung auf einmal. Und dann, als ich endlich wieder festen Boden unter den Füßen hatte – na, Sie wissen ja selbst, wie das ist, nicht wahr? Irgendwie hatte ich den Vorsatz schon zu lange aufgeschoben.«

»Es gab ein paar Schwierigkeiten...«, Lothar schoß die Kugeln jetzt in schneller Folge vom Tisch, und ihr Aneinanderklicken unterstrich seine Worte wie mit Ausrufezeichen, »nachdem Sie weg waren... Vor allem wegen der Sache... mit Stacia.«

»Stacia?«

Er hielt inne und betrachtete mich eingehend. »Wußten Sie denn nichts davon?«

»Nun, ich habe natürlich gehört, daß sie gestorben ist.«

»Gestorben? Sie ist ermordet worden.«

»Ein paar Jahre nachdem ich Paris verlassen hatte, traf ich zufällig einen Kollegen vom Salpêtrière bei einer wissenschaftlichen Tagung. Er erwähnte es mir gegenüber.«

»*Erwähnte* es?«

»Er schien die Einzelheiten nicht genau zu kennen.«

»Es hat einigen Ärger gegeben, das können Sie mir glauben.«

»Aber Sie selbst hatten doch nichts persönlich damit zu tun?«

»Ich war der Hauptverdächtige«, sagte er. Ein sardonisches Lächeln spielte um seine Lippen, aber seine Augen waren hart und beobachteten mich lauernd. »Es war eine ziemlich unerfreuliche Erfahrung, kann ich Ihnen sagen. Ich habe nicht vor, so was noch mal durchzumachen.«

Mir wurde immer unbehaglicher zumute. »Aber wie in aller Welt ist man denn auf Sie verfallen?« fragte ich lahm.

»Vielleicht, weil *Sie* nicht zur Verfügung standen?« schlug er vor.

Einen schwindelerregenden Augenblick lang spürte ich, wie mir der Boden unter den Füßen schwankte. »Ich verstehe nicht, was ich damit zu tun haben soll!«

Lothar hatte unser Spiel aufgegeben und tippte mit der Queuespitze zerstreut gegen die Kugeln.

»Wir haben sie damals beide bei dieser einen Gelegenheit getroffen«, setzte ich hinzu.

»Richtig. Rue de Londres. Aber war sie nicht auch Ihre Patientin im Hôpital?«

»Ich bin ihr von Zeit zu Zeit begegnet. Genau wie viele andere auch.« Ich begann, mir lächerlich vorzukommen.

»Also, jetzt mal ehrlich, László – erinnern Sie sich denn wirklich nicht mehr? Sie hatten doch eine Affäre mit ihr!«

»So würde ich es nicht nennen.«

»Beide hatten wir eine.«

Der Stich dieser Wahrheit traf mich unerwartet, so frisch war der Schmerz noch nach all den Jahren. »Sie hätten sie in Ruhe lassen sollen«, sagte ich.

»Und wäre Stacia dann heute noch am Leben? Ist es das, was Sie mir sagen wollen?«

»Wohl kaum. Sie hatte Hunderte von Männern. Woher soll ich das wissen?«

»Die Polizei hat jedenfalls geglaubt, Sie wüßten etwas von der Sache. Erst hielt man den geheimnisvollen ungarischen Grafen, mit dem Stacia geprahlt hatte, für eine Ausgeburt ihrer Phantasie. Schließlich war sie ja eine geisteskranke Patientin. Daher konzentrierte sich das Interesse zunächst auf mich. Höchst unbequem, da ich für den Abend kein anderes Alibi hatte als Stacia selbst. Also behauptete ich, den Abend mit Ihnen verbracht zu haben. Dann kam ein sehr hilfreicher Bursche des Weges, ein Kollege von Ihnen aus dem Salpêtrière, der Sie den Behörden gegenüber identifizierte. Damals sahen die Dinge nicht besonders gut für Sie aus, vor allem, da Sie nirgends aufzufinden waren. Aber ich war dankbar, daß Sie den Verdacht von mir abgelenkt hatten, und blieb steif und fest bei meiner Aussage, Sie hätten den Abend mit mir verbracht. Trotzdem ein ziemlicher Wirrwarr. Ich mußte den Botschafter bemühen, um zu bezeugen, daß ich ein unbescholtener Ehrenmann sei.«

Er schien die Kugeln zu seiner Zufriedenheit ausgerichtet zu haben, die rote und die schwarze an dem einen Ende des Tischs dicht nebeneinander.

»Haben Sie nicht etwas vergessen?« fragte er beiläufig, während er das Queue in Stellung brachte.

Mit einem langen, kraftvollen Stoß schickte er die weiße Kugel den Tisch hinunter, so daß die rote und die schwarze krachend auseinanderschossen und in die gegenüberliegenden Löcher polterten.

»Ich dachte, Sie hätten mich vielleicht fragen wollen, ob ich Stacia getötet habe«, sagte er.

»Warum sollte ich?« Es gelang mir, belustigt aufzulachen. »Auf die Idee bin ich gar nicht gekommen.«

»Aber warum sind Sie nicht auf die Idee gekommen?« Er zwinkerte mir vielsagend zu.

»Weil Sie ein Ehrenmann sind.«

Lothar lachte laut heraus. »Sie wissen genau, daß ich kein Ehrenmann bin.«

»Weil ich weiß, daß Sie so etwas nie tun würden.«

Er zuckte die Achseln, als sei die Sache keiner weiteren Diskussion wert. »Das ist nicht der Grund«, sagte er ruhig und mit einem wissenden Lächeln. Er warf mir einen kurzen, durchdringenden Blick zu.

Und schon hatte er das Thema gewechselt. Lothar ist aalglatt. Sich jeglichem Zugriff zu entziehen, scheint ihm ein angeborener Reflex zu sein. Er wird mich nicht ausliefern, das nicht, aber für sein Schweigen wird er einen Preis nennen.

Heute morgen fand ich Elisabeth in ihrem Wohnzimmer beim Briefeschreiben. Ich habe sie dort selten gestört, und ich klopfte an, obwohl die Tür offenstand.

»Hast du einen Augenblick Zeit?« fragte ich.

Sie bat mich herein, und ich schloß die Tür hinter mir, damit wir privat reden konnten, ohne von den Dienstboten belauscht zu werden.

»Wie ich hörte, ist Inspektor Kraus mit deiner Erlaubnis auf das Schloß gekommen, um das Personal zu befragen?« fragte ich.

»Ich hoffe, das ist in Ordnung?«

»Ich denke ja.«

»Du warst mit Lothar aus, als er ankam, und ich wollte ihn nicht unnötig warten lassen. Deshalb sagte ich ihm, er solle ruhig schon anfangen.«

»Nun, vermutlich wird er ja auch keinen Schaden anrichten.«

»Wir haben nichts zu verbergen«, sagte Elisabeth mit einem Eifer, der mich nervös machte.

Meinte sie damit, daß keiner im Schloß etwas von den Fragen des Inspektors zu befürchten habe? Oder daß in meinem speziellen Fall ohnehin nichts mehr zu machen sei?

Auf jeden Fall aber wollte ich vermeiden, daß Theissen mit seinem gefährlichen Riecher für alles Abartige davon Wind bekam, und so war ich vor allem bestrebt, den Inspektor abzupassen, bevor er mit unseren Gästen zusammentraf.

Ich holte Kraus in der Bibliothek ein. Er hatte Brod in einem Sessel Platz nehmen lassen, und die Art und Weise, wie er sich über ihn beugte, schien ganz darauf ausgerichtet, den Mann unter Druck zu setzen. Brod sah bereits recht unbehaglich drein. Mir fiel auf, daß ich ihn noch niemals in sitzender Haltung gesehen hatte, und ihm muß es ziemlich unnatürlich vorgekommen sein, in meinem Lesesessel zu sitzen.

»Bitte, lassen Sie sich nicht stören«, sagte ich.

Brod wäre aufgestanden, als er mich ins Zimmer treten sah, aber Kraus hatte ihm die Hand auf die Schulter gelegt.

»Sehr freundlich von Ihnen, Graf. Aber wir waren sowieso gerade fertig, als Sie hereinkamen.«

»Haben Sie alle gesehen, die Sie befragen wollten?«

»Ich glaube schon.« Er schien ziemlich zufrieden mit sich. »Das wäre dann alles«, sagte er zu Brod, der sofort aufsprang und zur Tür ging. »Einstweilen«, fügte der Inspektor hinzu, und ich glaubte zu bemerken, daß Brod mitten im Schritt einen Augenblick zögerte, als hätte Kraus an einem unsichtbaren Faden gezogen.

»Er lügt«, verkündete Kraus, sobald Brod die Tür hinter sich geschlossen hatte.

»Wie das?« fragte ich.

»Haben Sie bemerkt, wie er Ihnen überallhin folgt? Sie ständig im Auge behält?«

»Ja, ich glaube tatsächlich, das tut er.«

»Aber er begleitet Sie nicht nur, wie man es von einem Diener erwarten würde. Von Zeit zu Zeit habe ich ihn beobachtet, wenn Sie in der Stadt herumgegangen sind: Er schleicht hinter Ihnen her, fast außer Sichtweite. Der Bursche belauert Sie regelrecht. Es schien Ihnen gar nicht aufzufallen, Graf, und das ist der Grund, warum ich es zur Sprache bringe.«

Ich war nicht wenig bestürzt zu erfahren, daß Kraus sich offenbar darauf verlegt hatte, mich zu beschatten, zog es jedoch vor, im Augenblick nichts dazu zu sagen. »Nun, und was schließen Sie daraus?« fragte ich, scheinbar unbeeindruckt.

»Das ist doch pathologisch, finden Sie nicht auch, aus ärztlicher Sicht betrachtet? Es hat etwas Krankhaftes, wie der Mann Sie ständig fixiert, dieser eindringliche Blick. Es wundert mich, daß Sie seine Augen nicht in Ihrem Rücken spüren. Ich sage Ihnen, er jagt mir Angst ein.«

»Aber Jakob folgt mir auch häufig.«

»Ja, ich habe mit Jakob gesprochen. Er ist eine schlichte Seele. Sehr traditionsgebunden. Zutiefst loyal, auf seine naive Art.« Kraus gestattete sich ein spöttisches Lächeln. »Jakob glaubt, er beschützt Sie vor dem Vampir.«

»Ich schätze Jakobs Loyalität«, sagte ich einfach.

»Aber dieser Brod, das ist ein gänzlich anderer Typus. Er ist gebildet, bis zu einem gewissen Grad.«

»Aber ich glaube nicht, daß ›Inbegriff des Bösen‹ wirklich sein Stil ist.«

»Sie würden sich wundern, was Diener so alles aufschnappen.

Man meint, sie verrichten nur stumpfsinnig ihre Arbeit, man kümmert sich nicht weiter um sie, aber die ganze Zeit horchen sie auf jedes verdammte Wort, das man sagt. Ich weiß das, ich habe Hunderte von der Sorte befragt. Sie wissen über alles Bescheid, was in einem Haus vor sich geht. Und sie können ihre Herrschaft nachahmen. Sie machen sich ja keinen Begriff davon, Graf, wie akkurat diese Burschen sich jede Einzelheit merken.«

»Was sagt Brod auf die Frage, zu welchem Zweck er mir folgt?«

»Verweigert die Antwort.«

»Das bringt uns ja nicht viel weiter.«

»Nun, anfangs hat er sich zwar verstockt gezeigt, aber ich habe ein bißchen psychologischen Druck angewandt, wie Sie wohl sehen konnten, als Sie eben hereingekommen sind.«

»Und was haben Sie von ihm erfahren?«

»Er meint, Sie wären nicht ganz zurechnungsfähig.«

»Soso.«

»Er meint auch, daß man Sie einsperren sollte.«

Ich lächelte nachsichtig. Kraus winkte seufzend ab.

»Erinnern Sie sich an den verrückten König Ludwig von Bayern?« fragte er. »Wie er zum Schluß vollkommen abhängig von seinem Leibarzt war und auf Schritt und Tritt von einem kräftigen Wärter begleitet wurde?«

»Von dem Wärter wußte ich nichts.«

»Ja, das war das Problem. Er war nicht da, als Ludwig beschloß sich in dem See zu ertränken und den Doktor mitzunehmen.«

»Aber was habe ich denn getan, daß Brod sich plötzlich einredet, ich wäre verrückt?« fragte ich.

»Aber das ist ja der Punkt, verstehen Sie nicht? Es ist Brod, der verrückt ist. Sehen Sie doch gelegentlich mal in seine Augen. Ein klassischer Fall von Paranoia, würde ich sagen. Aber ich bin natürlich kein Arzt. Andererseits ist es manchmal schwer, Dinge wahrzunehmen, die man dauernd um sich hat. Man braucht jemanden, der objektiv sein kann. Und das ist meine Aufgabe.«

»Sie glauben doch nicht etwa, Brod hätte diese Frauen umgebracht?«

»Alles der Reihe nach. Bisher wissen wir nur, daß der Brief der Schlüssel zu dem Fall ist. Zuerst müssen wir also die Person finden die den Brief geschrieben hat.«

»Brod?« wiederholte ich in einem Ton, in dem sich Ungläubigkeit und Belustigung die Waage hielten.

7. APRIL 1888

Stephanie ist keineswegs spröde. Sie hat nur den richtigen Augenblick abgewartet. Und ihr schnippisches Verhalten am Bahnhof ist nur ein Trick. Ich soll mich gefälligst mehr um sie bemühen – nichts anderes will sie damit erreichen. Zu meiner Beschämung muß ich gestehen, daß die Manöver des kleinen Frechdachses nicht völlig erfolglos geblieben sind. Es stört mich nicht im geringsten, solchermaßen manipuliert zu werden. Vielmehr bereiten mir ihre Fallen den größten Genuß, und ich stolpere in sie hinein, sehr wohl wissend, daß ich meine Nöte hätte vermeiden können, wenn ich es nur gewollt hätte.

An diesem Abend beim Essen zog Stephanie alle Register ihrer Kunst. Um ein besonderes Ereignis daraus zu machen, hatten wir Gregor und ein paar Leute aus der hiesigen Gesellschaft eingeladen, und Brod hatte den Koch überredet, keine Kosten zu scheuen und nur das Allerbeste aufzutischen. Stephanie trug ein von den übrigen Frauen sehr bewundertes Kleid aus blaßgelbem Satin mit einer Turnüre. Wie Nicole uns erklärte, ist es im Stil von Worth in Paris gehalten. Es hebt ihre zarten Gesichtszüge und ihren feinen Teint hervor. Stephanies Äußeres ist von einer engelhaften Anmut, und doch kann ich hier und da Hinweise auf eine gewisse Widerspenstigkeit sehen, die über bloße Koketterie hinausgeht.

Wir sprachen von Reisen nach Paris und unserer Sehnsucht nach dieser Stadt. Insbesondere Elisabeth geriet ins Schwärmen.

»Sie müssen es so sehr vermissen«, sagte sie an Nicole gewandt.

»O ja«, seufzte Nicole. »Aber Lothars Stellung nimmt uns zu sehr in Anspruch. Die Pflicht, ständig repräsentieren zu müssen, hält uns in Budapest fest.«

»Ich würde gern nach Paris fahren«, sagte Stephanie strahlend.

»Ich habe Cousins von der Seite meines Vaters, die dort leben«, erklärte Nicole.

»Ich könnte im Sommer bei ihnen wohnen. Es gibt keinen Grund für mich, in Budapest zu bleiben.«

»Vielleicht nächstes Jahr, wenn du etwas älter bist«, schlug Lothar vor.

»Ich bin sechs Monate älter als Mari Kemendy, und sie fähr überall hin«, sagte Stephanie. Ihre Augen blieben auf ihren Telle gerichtet, so daß wir ihr provokatives Funkeln nicht sehen konnten.

Die meisten von uns vermochten mit diesem Namen jedoc nichts anzufangen. Wir sahen einander verwirrt an.

»Und wer, bitte, ist Mari Kemendy?« fragte ich, ganz der galant Gastgeber, der die Situation rettete, obwohl ich bereits wußte, daß ich Stephanie wieder bei irgendeiner Ungezogenheit half.

»Eine frühere Schulkameradin«, erwiderte Stephanie und sal mit einem verschwörerischen Lächeln zu mir auf.

Damit waren wir freilich auch nicht schlauer als zuvor. Es blie Lothar und Nicole überlassen, uns aufzuklären.

»Eine ziemlich frühreife junge Dame«, sagte Lothar.

»Jemand, mit dem wir nichts zu tun haben«, meinte Nicole.

Das Gespräch wollte an diesem Abend nicht so recht in Gang kommen; dafür waren die Gäste zu unterschiedlich. Immer deutli cher trat uns vor Augen, wie wenig wir mit den von Picks gemei hatten. Wir wußten nichts von den Spielen, die sie erwähnten, un sie wußten nichts von der Lokalpolitik, die in der Gesellschaft au dem Land alles überragt. Selbst der sonst an so vielem interessiert Gregor, der gewöhnlich begierig auf neue Gesellschaft ist und sic trefflich auf Konversation versteht, schien gelangweilt und brac mit der Entschuldigung auf, daß er am nächsten Morgen eine früh Messe zu lesen habe. Unsere Nachbarn gingen ebenfalls frühzeitig angeblich wegen der Entfernung, die sie zurücklegen mußten.

Lothar und ich genehmigten uns unseren Cognac und unser Zigarren im Billardzimmer. Es bereitete mir jetzt Unbehagen, mi ihm allein zu sein. Gewiß wird er versuchen, mir als Preis für sei Schweigen in bezug auf Stacia einen Handel aufzuschwatzen.

»Sicher können Sie es mir jetzt erzählen«, sagte ich in einem nek kenden Ton.

»Was denn?« Lothar sah ein wenig verwundert drein.

»Wer Mari Kemendy ist.«

»Mari ist eine außerordentlich sinnliche junge Dame, die ih Herz daran gehängt hat, die Mätresse des Kronprinzen zu werden Vielleicht ist sie es bereits. Ich bin nicht auf dem laufenden.«

»Sie ist eine Freundin von Stephanie? Wie interessant!«

»Nicht für Stephanies Mama. Nicole hat die Absicht, eine gute Partie für das Mädchen zu finden, während Stephanie anscheinend ihr möglichstes tut, um ihre Heiratspläne zu hintertreiben. Nichts Ernstes, Sie verstehen. Nichts von Substanz, nur kleine Indiskretionen ohne jede Bedeutung. Aber in diesen Dingen zählt ja nur der äußere Schein. Es muß eigentlich überhaupt nichts geschehen, damit jemand seinen guten Ruf verliert. Deswegen versetzt bereits der Hauch eines Skandals die Mamas in helle Aufregung.«

Ich mußte unwillkürlich grinsen. »Jetzt sind Sie auf der anderen Seite des Zauns«, feixte ich. »Der Wächter über weibliche Unschuld.«

Ich hatte gedacht, sein Zynismus säße so tief, daß ihn nichts beleidigen könnte, aber einen Augenblick lang glaubte ich, er würde mich schlagen.

»Sie ist meine Tochter, um Himmels willen!«

»Verzeihen Sie«, sagte ich sofort. »Über so etwas macht man keine Witze.«

»Das Tückische daran ist, daß Mari noch immer ein Teil der Gesellschaft ist. Sie geht mit ihrer Mama zu den gleichen Einladungen wie wir, und natürlich kennen sie und Stephanie sich von der Schule.«

»Das könnte Schwierigkeiten mit sich bringen. Wer weiß, was für Flausen sie Stephanie in den Kopf setzt?«

»Das wirklich Gefährliche daran ist, daß Mari auch mich kennt.«

»Aha.«

»Nicht intim.«

»Wieso nicht?« Ich spürte, daß er seine Vorsicht vergaß und ich die Gelegenheit nutzen sollte. Es war eine Frage von der Art, wie er sie mir voller Entzücken gestellt hätte.

»Nicht mein Typ. Wie dem auch sei, sie war völlig verrückt nach Rudolph.«

»Sie haben zum Hofstaat gehört?« Ich war beeindruckt, daß Lothar so weit auf der gesellschaftlichen Leiter emporgekommen war, obwohl er der alten Aristokratie nicht angehört.

»Es gibt zwei Gruppen um den Prinzen. Einmal die offizielle Meute mit gesteiften Hemden, und dann den anderen Kreis, der seine Vorliebe für gutes Essen, guten Wein und schnelle Pferde teilt.«

»Und für leichte Mädchen?«

»Physisch ist er nicht gerade ein einnehmender Bursche, aber er braucht nur in die Richtung einer Frau zu nicken, und schon gehört sie ihm für die Nacht. Sie halten es für eine Ehre oder für eine patriotische Tat oder Gott weiß was. Hinterher schenkt er ihnen ein silbernes Zigarettenetui mit dem darin eingravierten königlichen Wappen.«

»Das klingt nicht gerade sehr ritterlich.«

»Dieser ganze Kreis von Hofschranzen und Schmarotzern ist ein schlimmer Haufen.«

»Aber Sie haben dazugehört.«

»Ich war der Mittelpunkt. Ich war der Oberschranze, Bewahrer des königlichen Schlafzimmers und erster Buchmacher am Hof.«

Ich fand es schwierig, dies mit dem bequemen, aber bescheidenen Leben in Einklang zu bringen, das er in Budapest führte. Mein Gesicht muß ein einziges Fragezeichen gewesen sein. Und das fiel ihm offensichtlich auf.

»Ich war der Mittelpunkt«, wiederholte er ohne jeden Groll. »Und jetzt bin ich es nicht mehr. Man gehört entweder dazu oder eben nicht. Was mich betrifft, so bin ich mehr oder weniger pleite. Ich meine, wir kommen zurecht, wir können der Dienerschaft ihren Lohn und dem Schneider seine Rechnung bezahlen, aber es ist alles eine Frage der Relation. Um in Rudolphs Kreis bleiben und mithalten zu können, muß man die nötigen finanziellen Mittel haben.«

»Aber Sie hatten Millionen, nicht wahr?« Ich erinnerte mich an die prächtige Kutsche und Equipage in Paris und fragte mich, wieviel von Lothars Aura des Reichtums Illusion gewesen war.

»O ja. Millionen. Die hatte ich tatsächlich.«

»Und Sie haben alle durchgebracht?«

»Ziemlich viel. Wenn auch nicht alles allein. Meine Freunde halfen da schon ein bißchen mit. Ich lieh ihnen Geld. Damit machte ich mich überaus beliebt. Ich war schon bald als ein Teufelskerl bekannt. Immer bereit, einem Burschen aus der Klemme zu helfen. Ich hatte einen schnellen Weg gefunden, gesellschaftlich voranzukommen. Der bestand darin, eine Wette mit dem richtigen Mann zu verlieren. Das war besser, als Geld zu leihen. Wissen Sie, wenn man jemandem Geld leiht, hat er immer den unbehaglichen Gedanken im Hinterkopf, daß man eines Tages schrecklich vulgär werden und das Geld von ihm zurückverlangen könnte. Schon bald verlor ich regelmäßig Wetten an den Kronprinzen. Ich war ein guter Verlierer. Am Ende ging mir einfach das Geld aus. Und jetzt stehe ich mit leeren Händen da. Von dem Einfluß, den ich meiner Stellung verdankte, habe ich keinen großen Gebrauch gemacht. Sie wissen, wie Verbindungen funktionieren – ein Wort in die richtige Richtung kann Berge versetzen. Als ich einen solchen Fürsprecher brauchte, war es vorbei mit meiner Macht.«

9. APRIL 1888, NACHMITTAG

Sie sind schon eine Woche hier, und wir wissen bald nicht mehr, was wir ihnen noch zeigen können. Sie sind höflich und aufmerksam. Ich kann nicht umhin, mich zu fragen, warum? Seit wann hegt Lothar ein Interesse an Fütterungen mit Wintergetreide? Von wie vielen neuen Variationen der traditionellen Kleidung unserer Bauern kann Nicole noch schwärmen, bevor sie ihre Begeisterung für diese Form der Schneiderkunst verliert? Wenigstens Stephanie ist ehrlich mit ihren Gefühlen und macht keinen Hehl aus ihrer Langeweile. Jakob hat für sie ein altes Stück Fell aufgetrieben, und sie rollt sich damit in der Ecke der Kutsche zusammen. Abwechselnd schläft und schmollt sie, und dann, wenn ich glaube, daß sie sich vollends zurückgezogen hat, stelle ich fest, daß ihre Augen auf mir ruhen. Eingehüllt in die Decke, ist sie unermüdlich wie eine Katze. Wenn unsere Blicke sich begegnen, stößt sie einen Seufzer aus und setzt mit einem frommen Augenrollen eine gelangweilte Miene auf.

Bei unserem Ausflug heute kamen wir an einem Zigeunerlager neben den Eisenbahnschienen gleich hinter dem Bahnhof vorbei. Da die Regierung alles versucht, um sie von ihrer nomadischen Lebensform abzubringen, sehen wir ihre Wagen kaum noch auf der Heide vor der Stadt. Diese Leute nun boten das gewohnte Bild: Sie sahen nicht so aus, als würden sie auf irgendeine Weise ihren Lebensunterhalt verdienen, sondern saßen auf den Stufen ihrer Wagen, schnitzten an einem Stück Holz oder arbeiteten an einem Zaumzeug für Pferde. Einige von ihnen schienen größer zu sein, als diese Leute üblicherweise waren, und stolzierten mit O-Beinen durch das Lager, wie es sonst nur Männer tun, die ihr Leben im Sattel verbracht haben.

»Ganz schön harte Burschen«, bemerkte Lothar.

Mich erstaunte, daß keine Frauen im Lager waren. Gewöhnlich sah man sie doch immer ihre Kochtöpfe über den Feuerstellen aufhängen oder Wasser pumpen, aber vielleicht waren sie in die Stadt gegangen, um an den Türen Schmuckstücke und wilde Kräuter zu verkaufen.

In diesem Moment wachte Stephanie auf und wälzte sich herum, um sich von der Felldecke zu befreien. Sie war drauf und dran, aus der Kutsche zu steigen, um den Zigeunern einen Besuch abzustatten.

»Was tust du?« fragte Nicole erschrocken.

»Ich lasse mir meine Zukunft voraussagen«, verkündete Stephanie.

»Du wirst nichts dergleichen tun«, sagte Lothar entschieden.

»Hat jemand ein Stück Silber?« fragte Stephanie gelassen.

Ich glaube, Zigeuner sind in ihren Augen freigeistige romantische Leute, die gern tanzen und fiedeln, und nicht vagabundierende Strauchdiebe, die stehlen, Kinder entführen und noch Schlimmeres tun.

»Ich fürchte auch, das ist keine sehr gute Idee«, versuchte ich zu vermitteln.

»Also, jetzt seien Sie doch nicht so ein Miesepeter«, fiel sie mir ins Wort und warf mir wieder einen schelmischen Blick zu. In meiner Verwirrung verfiel ich automatisch in meine guten Manieren. Bevor ich wußte, was ich tat, war ich zu Boden gesprungen und half ihr herunter.

Elisabeth lehnte sich über die Seite der Kutsche zu mir.

»László, findest du das klug?« fragte sie besorgt.

»Wir sind gleich wieder da«, versicherte ich ihr. »Jakob wird mit uns gehen.« Der war mehr als bereit und sprang sogleich herunter. Zu Nicole und Lothar sagte ich: »Wir betreten nur kurz das Lager. Ich werde die ganze Zeit bei ihr bleiben.«

Lothar zuckte hilflos die Achseln, aber Nicole machte ein zweifelndes Gesicht. »Du weißt doch, wie sie ist«, brummte er. »Wenn wir es verbieten, dann ist es für sie nur noch aufregender.«

»Der Geruch allein wird genügen, ihr die Illusionen zu nehmen«, agte ich, doch Stephanie lächelte mich nur verschmitzt an.

Die Zigeuner hatten unsere Kutsche zunächst gar nicht zur Kenntnis genommen, sondern waren weiter ihren Beschäftigungen achgegangen. Aber kaum waren ich und dann Stephanie ausgetiegen, kam Leben in sie, und ich merkte, daß unsere Annäherung ufmerksam beobachtet wurde. Als wir irgendeinen unsichtbaren Grenzpunkt überschritten hatten, standen ein paar von den grobchlächtigen Kerlen auf und kamen auf uns zugeschlendert. Jakobs Hand fuhr sofort in den Beutel, in dem er die schwere Kavalleriepistole hatte. Ich winkte ihm zu, diese Dummheit zu lassen.

»Ich kümmere mich darum«, beschied ich die beiden, denn wie es chien, neigten sie gleichermaßen zu überstürzten Handlungen.

Drei Männer bauten sich mit vor der Brust verschränkten Armen or uns auf, ein vierter versperrte uns den Weg von der Seite. Ich ragte mich, wo die Hunde waren, die halbwilden Köter, die knapp ußerhalb der Reichweite der Stiefel ihrer Herren herumschleichen nd ein Merkmal von Zigeunerlagern sind. Es waren keine da.

»Guten Tag«, sagte ich und stellte mich vor. Ihre Mienen verrieten keinerlei Regung. »Wir wollen euch nichts tun«, versicherte ich hnen, aber das hätte ich mir genausogut sparen können. Es waren roße Männer mit brutalen Gesichtszügen, die den Anschein völliger Gefühllosigkeit weckten.

Der Bursche in der Mitte trat auf die Seite und winkte mich urch, während die beiden anderen sich nicht von der Stelle rührten. Ich warf einen Blick zurück, aber der Mann hob abwehrend die Hand: Stephanie und Jakob mußten zurückbleiben. Er deutete in Richtung eines der Wohnwagen, wo ein Mann, den ich für ihren Anführer hielt, auf den Stufen saß und an einem Stock schnitzte.

Ich nahm die Gelegenheit wahr und sah mich um, während ich uf ihn zuging. Was den Geruch betraf, hatte ich mich getäuscht; er ranzige Gestank des Elends und der Verwahrlosung fehlte. Nirendwo waren Abfälle zu sehen. Auch waren keine Kinder da. Und ie Kochtöpfe waren nicht schwarz, sondern blankpoliert und mit ilitärischer Präzision aufgereiht.

Ich hätte besser auf die kleine Gestalt auf den Stufen achten sollen, denn erst als ich bei ihr angelangt war und sie sich zu mir mdrehte, erkannte ich, wer es war.

»Was tun Sie hier, Sie Wahnsinniger?« zischte Oberst Rad drauf und dran, die Beherrschung zu verlieren.

»Ich bin mit Freunden zusammen«, erwiderte ich lahm und de tete auf die Kutsche, die in einiger Entfernung hinter mir stan »Wir sind zufällig vorbeigekommen.«

»Mutter Gottes!« Rado hackte mit solcher Vehemenz auf d Holz in seiner Hand, daß ein großes Stück am oberen Ende sein Kunstwerks abbrach, das vielleicht ein kompliziert geschnitzt Gehstock hätte werden können. »Glauben Sie etwa, wir wären ei Touristenattraktion?«

Ich erholte mich nur langsam von meiner ersten Überraschun Mit diesem rüden Empfang hatte er mich entschieden aus der Fa sung gebracht. »Ich hatte nicht die leiseste Ahnung, daß ich Sie hi finden würde.«

»Und warum«, fuhr er mit unvermindertem Zorn fort, »laden S zu einer solchen Zeit Gäste ein?« Er sah sich nervös um. Etwai Lauscher konnte er nicht gebrauchen. »Was haben Sie sich n dabei gedacht? Kommen einfach so daher! Um eins der gewalti sten Ereignisse in der Geschichte unserer Nation zu ermögliche riskieren wir hier unser Leben!«

»Ich habe versucht, Sie darüber in Kenntnis zu setzen.«

»Tatsächlich. Ich habe davon gehört.«

»Ich finde, der Anschein einer Hausgesellschaft ist eine gute Ve kleidung.«

»Nun, das finde ich nicht.«

»Wenn Sie diese Arrangements für ungeeignet halten, schlage ic vor, daß Sie für Ihre Gäste anderswo Unterkunft suchen.«

Mit diesen Worten drehte ich mich abrupt auf dem Absatz u Sollte er doch in seinem eigenen Saft schmoren!

»Halt!« befahl Oberst Rado laut genug, so daß Stephanie u Jakob es hören mußten und ich gezwungen war, mich umzudrehe »Sie stecken bis zum Hals in dieser Sache.« Er sprach ruhig und pr zise, aber mit einem drohenden Unterton, den ich als weita gefährlicher empfand als seinen offenen Zorn. »Glauben Sie keine Augenblick, daß Sie die Wahl haben, sich aus dieser Operatio zurückzuziehen. Wenn wir scheitern, wird man Sie genauso wie u wegen Landesverrat hinrichten. Das allein sollte für Sie Gru genug sein, Ihre ohnehin bescheidene Aufgabe nicht zu verpatze

Graf. Und falls das nicht genügt, erlauben Sie mir, Sie daran zu erinnern, daß ich Sie töten werde, wenn ich nicht Ihre volle Mitarbeit bekomme.«

Er wartete höflich, bis ich das verdaut hatte. Als ich in seine kleinen glänzenden Augen sah, hatte ich nicht den geringsten Zweifel, daß er tun würde, was er sagte.

»Wir werden uns zu einer Zeit und an einem Ort unserer Wahl mit Ihnen in Verbindung setzen. Kommen Sie nicht noch einmal hierher. Versuchen Sie nicht, mit mir Kontakt aufzunehmen. Führen Sie Ihr Leben ganz normal weiter. Tun Sie, was Sie normalerweise tun würden. Ist das klar?«

»Ja«, erwiderte ich widerwillig.

Oberst Rado nahm meine Gegenwart nicht länger zur Kenntnis, sondern untersuchte das Ende seines ruinierten Stocks und schüttelte frustriert den Kopf. Mir fiel keine schlagfertige Antwort ein, mit der ich meine Würde hätte wiedergewinnen können. Innerlich kochte ich vor Wut, doch je länger ich sprachlos vor ihm stand, um so machtloser fühlte ich mich.

Ich drehte mich um und stolzierte mit hoch erhobenem Kopf davon. Wenigstens vor denjenigen, die außerhalb der Hörweite zugesehen hatten, wollte ich mein Gesicht wahren. Jakob hatte eine Hand tief in seinen Lederbeutel gesteckt, während ihn einer der Kavalleriezigeuner mit einer Hand auf der Schulter in Schach hielt. Er begann sich zu wehren, als ich näher kam, aber ich winkte ab. Stephanie stand hinter ihm. In ihren Augen funkelte eine unwiderstehliche Mischung aus Lust und Angst.

»Sie waren wunderbar«, hauchte sie.

Ich legte den Arm um ihre Schulter und geleitete sie in Sicherheit. Jakob diente als Nachhut, wobei er sich trotzig weigerte, dem Feind den Rücken zuzukehren.

»Ich fühle mich schwach«, sagte sie.

Tatsächlich sackte sie gegen mich, so daß ich sie stützen mußte. Trotzdem schien sie noch schwächer zu werden, und ich fragte mich, ob sie überhaupt in der Lage war, die kurze Strecke bis zur Kutsche zu bewältigen.

»Würden Sie mir erlauben, Sie zu tragen?« schlug ich vor.

»Wenn Sie vielleicht...«

Da sie es anscheinend wollte, verstärkte ich meinen Griff. Unter den Falten ihres Mantels spürte ich ihre Brust, und sie ließ zu, da ich sie an mich drückte.

»Ich fühle mich schon besser«, sagte sie und winkte ihren Elter in der Kutsche zu.

Während wir langsam weitergingen, stahlen sich meine Fing zwischen den Riemen ihres Korsetts hindurch. Ich spürte ihr Her klopfen.

Lothar war aus der Kutsche gestiegen, um Stephanie den Arm z reichen, aber am Ende brauchte sie unsere Hilfe gar nicht ur konnte ohne Schwierigkeit hinaufsteigen. Nicole und Elisabet machten viel Aufhebens um sie, doch sie wehrte ab.

»Es war nur der Schock«, beharrte sie. »Es ist bestimmt gleic wieder vorbei.«

»Dieser Lump hat Ihnen mit seinem Stock gedroht!« sag Lothar zu mir, als wir wieder in der Kutsche saßen.

»Und hat eine Beleidigung geschrien.« Stephanie hatte schne ihre Kraft wiedergewonnen und achtete darauf, daß keine Einze heit der Begegnung ausgelassen wurde. »Aber Sie haben sich umg dreht und ihn zur Rede gestellt. Haben Sie gesehen? Der Zigeune chef hat ein Messer gezückt, aber László hat ihm die Stirn geboten.

»›Ein Messer gezückt‹?« fragte Nicole. »Stephanie, wo hast d denn bloß diese Redewendung aufgeschnappt?«

»Wir haben es alle gesehen«, sagte Elisabeth stolz.

»Ihre Tapferkeit verdient alle Anerkennung«, erklärte Lotha Wie um seine Worte zu betonen, klopfte er mir mit seinem Ge stock aufs Knie. »Das ist eine mißliche Lage, bei der einem seir gesellschaftliche Stellung nichts hilft – ja, sich sogar gegen eine richten kann. Diese Burschen kennen keine Achtung vor höhere Rängen.«

Bald, allzu bald, war die Fahrt zu Ende. Stephanie hatte sich wi der in ihr Fell gehüllt und blieb die ganze Zeit stumm. Aber ic fühlte ihre Gegenwart wie ein warmes Glühen, und wann immer ic zufällig in ihre Richtung blickte, begegnete ich ihrem starren, ka zenartigen Blick, der auf mir ruhte.

Als wir das Schloß erreichten, ging Inspektor Kraus vor dem T auf und ab. Ich stöhnte innerlich auf. Offensichtlich hatte sich Bro für das harte Verhör in der Bibliothek vergangene Woche geräch indem er sich weigerte, Kraus Zutritt zum Schloß zu gewähren.

»Da ist wieder dieser Bursche, der hier immer herumhängt«, sagte Lothar. »Wer zum Teufel ist das eigentlich?«

»Nur jemand aus der Stadt«, erwiderte ich.

»Benimmt sich wie einer, dem man Geld schuldet«, sagte Lothar.

Nicole warf ihm einen bösen Blick zu, wohl um ihm zu zeigen, daß sie derlei Witze für geschmacklos hielt. Daraufhin breitete sich peinliches Schweigen aus. Doch wir konnten die Situation unmöglich auf sich beruhen lassen. Wir mußten ihre Neugier dämpfen, und sei es auch nur mit einer flüchtigen Erklärung.

Elisabeth und ich fingen beide gleichzeitig zu sprechen an.

»Er ist Polizist«, erklärte sie.

»Ich habe ihm medizinischen Rat erteilt«, sagte ich.

»Soll das heißen, daß Sie die letzten Augenblicke der Ermordeten aus all den blutrünstigen Einzelheiten rekonstruiert haben?« fragte Stephanie aufgeregt.

Ich holte tief Luft. »Eigentlich ja«, gestand ich.

»Aber mußten Sie... es sich nicht dafür ansehen?«

»Leider kann ich nicht über diesen Fall reden«, sagte ich mit übertriebener Bescheidenheit. »*Sub judice,* diese Art von Dingen.«

»Ich verstehe«, sagte Stephanie, als wäre die Angelegenheit damit für sie erledigt.

Als wir am Inspektor vorbei zum Tor gingen, schenkte sie ihm nicht mehr als ein knappes Nicken, aber ich kannte ihr Wesen bereits gut genug, um mir ihre unbezähmbare Neugier vorstellen zu können. Genauso war mir klar, daß diese Selbstverleugnung irgendwann ihren Preis kosten würde.

Ich wollte schon den Damen folgen, doch Lothar hielt mich zurück.

»Gibt es etwas, das ich wissen sollte?« murmelte er.

»Ich glaube nicht. Sie meinen den Polizisten? Ich helfe ihm nur. Die Leute kommen ja auf die merkwürdigsten Ideen. Nur weil ich der Graf bin, meinen sie, ich könnte ihnen bei ihren Geschäften, egal welcher Art, helfen.«

Er betrachtete mich einen Augenblick lang skeptisch. Auf einmal fing er an zu schmunzeln. »Sie führen doch etwas im Schilde, Sie Teufel.«

Elisabeth führte unsere Gäste in den Salon und bestellte Tee, während ich Kraus in die entgegengesetzte Richtung dirigierte. Er wirkte außerordentlich bitter und erschöpft. Diese Untersuchun verlangte ihm wirklich alles ab.

»Mein Personal soll Ihnen jederzeit zur Verfügung stehen«, vers cherte ich ihm, »aber irgendwo muß es eine Grenze geben. Es sin keine gebildeten Leute, wissen Sie. Sie sind an so etwas nich gewöhnt. Sie meinen, Sie verdächtigen sie. Ihre Verhöre raube ihnen den Nerv. Aber vielleicht ist das ja auch Ihre Absicht.«

»Ich bin gekommen, um mit Ihnen zu reden, Graf.«

»Sie kommen in einem denkbar ungünstigen Augenblick, Inspek tor. Wie Sie sehen können, habe ich Gäste, um die ich mich küm mern muß.«

»Ich würde Ihre Zeit nicht in Anspruch nehmen, wenn es nich wichtig wäre.«

Ich seufzte ungeduldig. »Na schön.«

»Es ist eine etwas delikate Angelegenheit.«

Mir lief es kalt den Rücken hinunter. Wußte er etwas? »Ich ve stehe«, sagte ich. Und dachte: Nicht jetzt. Noch nicht.

Als wir die Bibliothek betraten, schloß ich die Türen behutsa hinter uns und forderte ihn mit einer Geste auf, sich zu setzen.

»Ich ziehe es vor zu stehen«, sagte er mit ungewöhnlicher Förm lichkeit. Er bestand steif auf seiner Würde als Beamter und sah doc völlig verloren aus in seinem schäbigen Umhang.

Ich machte es mir in einem der thronartigen Sessel bequem, un von da an war ich die Aufmerksamkeit in Person, der hochherzig Gastgeber, der seine Gäste verlassen muß, um seine Bürgerpflich zu erfüllen. »Was bereitet Ihnen Sorgen?« fragte ich.

»Es ist nur ein Detail«, sagte er etwas verlegen und schien nich recht zu wissen, wie er fortfahren sollte.

»Man sollte niemals Einzelheiten übersehen«, sagte ich au Geratewohl. »Manchmal liefert mir irgendeine unbedeuten Sache die Diagnose. Ich stelle mir vor, daß es in der Kriminolog genauso ist.«

Als Antwort holte er einen kleinen Gegenstand aus seiner Tasch hervor und warf ihn mehr oder weniger über den Bibliothekstisc vor mich hin.

»Sagen Sie mir, was Sie davon halten«, brummte er.

Ich nahm ihn auf und untersuchte ihn. Es war eine mit Email überzogene japanische Brosche in der Form eines Schmetterlings

»Aber das ist ja die Brosche, die ich Helene zu Weihnachten geschenkt habe.«

»Sie erkennen sie?«

»Natürlich. Wo haben Sie sie her?«

»Bürgermeister Theissen hat sie mir gebracht.«

»Aber warum denn?«

»Er erklärte, daß sie früher seiner Tochter Estelle gehört hat.«

»Das glaube ich kaum.«

»Ich kann Ihnen nur sagen, was er mir erzählt hat.«

»Dann muß sich der gute Bürgermeister irren.«

»Er kam nur sehr widerstrebend zu mir. Die Achtung und die Bewunderung, die er für Sie hat, hielten ihn lange zurück. Aber die Besitzerin dieses Schmuckstücks wurde ermordet, und jetzt haben Sie es einer anderen jungen Frau geschenkt.«

»Dieser Schluß liegt auf der Hand, das gebe ich zu.«

»Der Bürgermeister ist fest davon überzeugt, daß sich eine unschuldige Erklärung finden wird.«

»Aber natürlich war es seine Pflicht, Ihnen das Beweisstück zu präsentieren. Ich zweifle nicht an Theissens Aufrichtigkeit. In keiner Weise.«

»Ich auch nicht.« Kraus wartetet zuversichtlich.

»Ich gestehe, daß mir die Sache etwas peinlich ist. Ihnen ist gewiß bekannt, daß die Brosche nicht einzigartig ist? Leider stammt sie nicht aus einem dieser vornehmen Läden in der Vaci-Straße. Ich habe sie auf einem Markt in Budapest gekauft. Am Stand des Händlers gab es Hunderte davon. Ich muß mich schuldig bekennen, Helene ein Geschenk gemacht zu haben, das teuer aussieht, es aber nicht ist.«

»Aber die Emaillierung ist exquisit.«

»Das sieht nur so aus, aber wenn Sie hier und hier genauer hinsehen, werden Sie die kleinen Fehler sehen, die bei der Fertigung entstanden sind. An die Arbeit eines wahren Künstlers kann das Stück niemals heranreichen.« Mit einer wegwerfenden Bewegung gab ich ihm die Brosche zurück und fuhr so schnell fort, daß er ganz vergaß, sie selbst in Augenschein zu nehmen. »Es wäre doch nicht völlig von der Hand zu weisen, daß Estelle ihre Brosche beim selben Händler erworben hat. Oder daß ein Verehrer sie dort für sie gekauft hat. Aber das ist reine Spekulation.«

Ich sah ihn mit einem erwartungsvollen Blick an, als wollte ich ihm die Gelegenheit geben, seine eigene Meinung zu formulieren. Zugleich ließ ich ihn jedoch meine Ungeduld spüren. Er sollte ruhig wissen, daß ich Wichtigeres im Kopf hatte. »Aber ich hätte gern etwas anderes, Greifbareres, mit Ihnen besprochen«, fuhr ich fort.

Ich konnte sehen, daß Kraus das Thema höchst ungern wechselte. Er wollte sich wie ein Hund mit einer toten Fledermaus noch ein wenig mit der Brosche beschäftigen, daran schnuppern und sie zwischen den Zähnen schütteln, bis zweifelsfrei feststand, daß alle Leben daraus verschwunden war.

»Ich hoffe, ich habe Ihre Aufmerksamkeit?« fragte ich etwas gebieterisch, weil der Inspektor damit begonnen hatte, die Brosche in seinen Händen zu drehen und nach den Fehlern zu untersuchen, die ich erwähnt hatte.

»Natürlich«, sagte er. »Entschuldigung.«

»Auf Ihren Rat hin habe ich Brod etwas beobachtet.«

»Ja?«

Ich hatte ihn tatsächlich abgelenkt. Mit einem Schlag war er bereit, in eine völlig andere Richtung loszujagen.

Jetzt hatte ich ihn im Griff, aber ich ließ mir Zeit. Ich hatte das Gefühl, daß ich ihm einen Gewissenskonflikt vorspielen mußte, so tun, als widerstrebte es mir, zu sagen, was ich ihm sagen wollte. Meine Finger trommelten nervös auf die Tischplatte.

»Und?« fragte Kraus ungeduldig.

»Sein Verhalten war so eigenartig. Ich weiß nicht, was ich davon halten soll.«

»Erzählen Sie.«

»Ich weiß nicht, ob mir die jüngste Entwicklung noch gefällt!«

»Ich kann verstehen, daß Sie Ihrem Diener die Stange halten, aber ich brauche Sie wohl kaum daran zu erinnern...«

»Bitte!«

»Verzeihung. Das war nicht angebracht.«

»Die Untersuchung nimmt uns alle sehr mit. Und dieses abergläubische Geschwätz über Vampire war der Sache auch nicht gerade förderlich. Ich stünde tief in Ihrer Schuld, wenn Sie damit aufhören könnten, auf dem Schloß Fragen zu stellen, bis unsere Gäste abgereist sind. Ist das zuviel verlangt?«

Offensichtlich war es zuviel verlangt, denn er zögerte verlegen. Vielleicht war er dichter daran, mich zu stellen, als ich geglaubt hatte. Oder dichter daran, jemand anderen zu stellen.

»Vielleicht«, fuhr ich fort, »erleichtert es Ihnen die Entscheidung über Ihr weiteres Vorgehen, wenn ich Ihnen sage, was Brod getan hat. Letzte Nacht konnte ich nicht schlafen. Ich versuchte zu lesen, konnte mich aber nicht konzentrieren, und so machte ich das Licht aus und setzte mich ans Fenster. Der Himmel war klar, und der Mond spendete Licht. Meine Gedanken wanderten umher. Vielleicht bin ich eine Weile eingeschlafen, aber ganz plötzlich merkte ich, daß unter mir eine Gestalt über den Kies ging oder vielmehr schlich. Bei jedem Schritt setzte sie einen Fuß vorsichtig vor den anderen, um so wenig Geräusche wie möglich zu machen. Es war schwierig, zu erkennen, wer es war.«

»Brod?«

»Ich bin mir nicht sicher.«

»Also, Graf, Sie können ihn nicht ewig beschützen.«

»Es war jemand, der so gebaut war wie Brod.«

»Und wie viele Leute auf dem Schloß passen zu dieser Beschreibung?«

»Ich bin ihm gefolgt. Das heißt, ich habe ihn in der Stadt eingeholt, denn als ich mich fertig angezogen hatte und auf die Straße kam, war er längst verschwunden. Aber ich nahm eine Abkürzung durch die Felder und den Fluß entlang. Natürlich kann ich mir nicht absolut sicher sein, daß es derselbe Mann war.«

»Wieviel Uhr war es da?«

»Ungefähr zwei.«

»Ich meine, wer sonst hätte um diese nächtliche Zeit unterwegs sein können?«

»Aber wenn wir wissenschaftlich vorgehen wollen, müssen wir Beobachtung und Meinung gewissenhaft voneinander trennen.«

Von derlei Spitzfindigkeiten wollte Kraus nichts wissen. Er hatte die Spur seiner Beute aufgenommen. »Sparen Sie sich Ihre Belehrungen«, knurrte er. »Jetzt ist der gesunde Menschenverstand gefragt.«

Ich fuhr mit der Scharade fort. »Auf jeden Fall ging der Bursche eilig durch die Stadt, als wüßte er genau, wohin er wollte, vorbei am Bahnhof und die Eisenbahnschienen entlang, bis er zu der Heide

kam. Dort konnte ich mich im Schutz der Büsche näher heranschlei
chen. Er ging geradewegs zum Fundort von Theresas Leiche.«

Kraus wurde so unruhig, daß ich schon fürchtete, er würde Bro
auf der Stelle verhaften wollen. Aber ich wollte ihm den Mund noc
etwas wäßriger machen.

»Als er die Stelle erreichte, ließ er sich auf Hände und Knie nie
der. Er schien etwas zu suchen. Aber ich glaube nicht, daß er e
fand, denn er fluchte ununterbrochen vor sich hin. Ich wollte dich
ter heran, aber ein Rascheln schreckte ihn auf, und er lief davon
Weil er sich die ganze Zeit über die Schulter umsah, hielt ich es fü
das klügste, die Verfolgung aufzugeben.«

»Das ist alles?« fragte Kraus ungeduldig.

»Leider ja.«

Ich muß ein bißchen gereizt ausgesehen haben. »Nein, Sie ware
außerordentlich hilfreich«, beeilte Kraus sich mir zu versichern
Seine Augen schossen hin und her – ein untrügliches Zeichen dafür
daß er im Kopf die verschiedenen Möglichkeiten durchspielte
»Wir müssen das Gebiet durchsuchen, in dem das Mädchen ermor
det wurde. Zentimeter für Zentimeter.«

»Ich dachte, das hätten Sie schon getan«, sagte ich mit unschuldi
ger Miene.

»Natürlich haben wir das!« fuhr er mich an, kaum fähig, sein
Nervosität zu verbergen. Wenn er dort eine Spur fand, könnte e
den Fall vielleicht klären, aber der Polizeichef würde wissen wollen
warum sie ihm vorher entgangen war. »Wir werden unsere Bemü
hungen verdoppeln, das ist alles. Wenn er etwas gesucht hat, dan
gibt es dort auch irgend etwas zu finden.«

»Darf ich einen Vorschlag machen?« fragte ich mit sanfte
Stimme.

Er stieß einen gequälten Seufzer aus. Er hatte keine andere Wahl
als mich bei Laune zu halten. »Ja«, sagte er.

»Warum lassen wir nicht ihn es finden?«

»Was?« Er glotzte mich entgeistert an.

»Wer immer er ist. Was immer er verloren hat. Warum lassen Si
nicht ihn es finden? Er weiß, wonach er sucht; wir nicht. Es könnt
ein Beweismittel sein, aber uns würde es vielleicht gar nicht auffal
len.«

Er setzte ein verkniffenes Lächeln auf. »Raffiniert«, sagte er ohn

Wärme, und ich wußte, daß er sich in Grund und Boden ärgerte, weil er nicht selbst darauf gekommen war. »Sie schlagen vor, daß wir uns einfach auf die Lauer legen?«

»Genau. Ich könnte mich mit Ihnen um, sagen wir, Mitternacht, an der Stelle treffen?«

»Das müßte reichen. Ich werde ein oder zwei Stunden vorher ein paar Polizisten aufstellen, nur für den Fall.«

»Noch etwas!«

»Ja?« fragte er leicht gereizt. Er hatte es eilig, der neuen Fährte nachzujagen, die ihn weiter denn je von der Wahrheit fortführte.

»Er könnte bewaffnet sein.«

»Ich glaube, ich verstehe etwas von meinem Handwerk«, erwiderte Kraus steif.

»Ich vertraue Ihnen völlig.«

»Also gut. Um Mitternacht.« Er stand schon in der Tür, als ihm plötzlich noch etwas einfiel. »Sie sind sicher, daß er nichts dabeihatte? Sie haben nichts in seinen Händen gesehen?«

»Nein, nichts in seinen Händen. Das soll aber nicht heißen, daß er keine Waffe mit sich trug. Er hatte einen ziemlich weiten Mantel an. Darunter hätte so gut wie alles Platz gehabt.«

»Ich dachte an eine Laterne. Merkwürdig, daß er für die Suche kein Licht mitnahm.«

NACHT

Ich traf die Damen beim Tee im Salon an. Stephanie fühlte sich unpäßlich und hatte sich auf ihr Zimmer zurückgezogen, und Lothar war wieder einmal ohne ein Wort der Erklärung verschwunden: Anscheinend befand weder er noch sonst jemand es für nötig, sich über sein Verhalten zu äußern, und so hatten wir uns eben daran gewöhnt, daß er sich alle paar Tage in nichts auflöste.

»Ich glaube, Stephanie ist ganz schrecklich in Sie verliebt, László«, sagte Nicole neckend, obwohl ich fand, daß ihr Lachen hohl klang.

»Unsinn«, erwiderte ich galant. Ich hatte Angst, Elisabeth anzusehen und ihre Reaktion abzuschätzen. Zu meinem Schrecken war ich rot angelaufen.

»Nun, ich glaube, Sie müssen zugeben, daß es ein bißchen meh als einfache Zuneigung ist«, fuhr Nicole beharrlich fort.

»Oh, ich würde sagen, daß das alles mit der neuen Umgebung zu tun hat, der aufregenden Reise. Sie ist romantisch und in einen Alter, in dem man für neue Eindrücke besonders empfänglich ist Hier muß ihr alles sehr exotisch vorkommen.«

»Männern fehlt dafür oft das Gespür.« Nicoles Stimme klang bitter. »Aber Frauen kennen sich da besser aus, nicht wahr, Elisa beth?« fragte sie.

Zu meinem Erstaunen fand Elisabeth die Situation amüsant und schien sich an meiner Verlegenheit zu weiden. »Ich glaube, Nicol hat recht. Stephanie hat dich auf dem ganzen Heimweg förmlich mit den Augen verschlungen. Aber du warst noch so mit der Begeg nung mit den Zigeunern beschäftigt, daß du gar nicht auf sie geach tet hast. Du mußt mehr Rücksicht auf sie nehmen, László, und si schonend behandeln, sonst verletzt du ihre Gefühle. Auf keinen Fal darfst du sie völlig ignorieren, so wie vorhin, das war wirklich nich nett.«

Was ist nur in sie gefahren? Hat sie so viel Vertrauen zu meinen Leibwächtern, daß sie glaubt, die verlockendste Beute könnte unge straft vor mir herumlaufen? Vielleicht kennt sie meinen Geschmack nicht. Oder hält mich für kuriert. Aber sie ist schon einmal grausam aus ihren Illusionen gerissen worden und muß doch daraus gelern haben.

Stephanie erschien wieder erholt, wenn auch etwas blaß zum Abendessen. Sie warf einen vorwurfsvollen Blick in meine Rich tung, als hätte ich an diesem Nachmittag tatsächlich ihre Gefühl verletzt. Ihre Erwartung, daß ich jede geheime Nuance ihrer Laun auffangen und auf gleiche Art auf sie reagieren soll, hat etwa Tyrannisches an sich. Zugleich war mir klar, daß sie schon wiede etwas im Schilde führte und nur noch den geeigneten Zeitpunk abwartete. Völlig züchtig saß sie da, die Augen untypisch nach unten geschlagen, mit einem unterdrückten Lächeln, das an den Winkeln ihrer hübschen Lippen zog.

Brod schenkte uns zum Fisch Wein ein. Einen Moment lang blieb die Hand, die die Flasche umschloß, dicht neben meinem Gesich hängen; die blasse geäderte Haut erinnerte mich an ein gerupfte Huhn. Ich überlegte mit fast abstrakter Neugier, was für ein Schick sal ihm heute nacht beschieden sein würde. Würde er seine verborgene Waffe ziehen, um sich gegen die unbekannten Angreifer, die sich ohne Warnung aus der Dunkelheit auf ihn stürzten, zu verteidigen – und sterben?

»Übrigens«, sagte Stephanie in einer Gesprächspause. »Wußten Sie, daß der Polizist, den wir heute gesehen haben, den Mörder immer noch nicht gefangen hat?«

Ich entließ Brod mit einer Handbewegung.

»Es heißt sogar, er sei ihm noch nicht einmal auf der Spur.«

»Stephanie«, unterbrach sie ihre Mutter, »du willst doch hoffentlich keine wilden Gerüchte am Eßtisch zum besten geben.«

»Es sei denn, sie sind schrecklich spannend«, warf Lothar ein und blinzelte ihr zu.

»Ich wünschte mir, sie würde sich nicht mit den Dienern unterhalten.« Nicole bemühte sich um Gelassenheit, aber ein angespanntes Lächeln verbarg ihr Mißvergnügen.

»Trotzdem wissen sie in der Regel mehr als wir«, bemerkte Lothar.

»Und es ist nicht nur eine Frau, die er umgebracht hat«, fuhr Stephanie fort. »Es waren zwei. Eine mit durchschnittener Kehle und eine so gräßlich verstümmelt, daß alle glauben, ein Vampir hätte es getan.«

»Stephanie!« rief ihre Mutter.

»Nicht alle«, sagte Elisabeth. »Nur die Bauern und ungebildeten Leute.«

»So, wie es aussieht, habt ihr hier einen Jack the Ripper«, sagte Lothar genüßlich. Er schien sich vor allem an mich zu wenden.

»Nein, das hier ist ein übernatürliches Phänomen«, beharrte Stephanie. »Jack the Ripper ist ein elender, geistesgestörter kleiner Mann in den Slums von London; das hier ist etwas völlig anderes. Diese Frauen wurden von jemandem ermordet, der übernatürliche Kräfte besitzt.« Sie sah uns alle nacheinander an, bis sie auf einmal ein Schauer überlief. Sie schien ihn zu genießen.

Brod ist der Nachtwächter und bezieht immer in einem alten Korbstuhl neben der vorderen Haustür Stellung. Ich hatte mir den ganzen Abend überlegt, wie ich nur an ihm vorbei nach draußen gelangen könnte, aber das war gar nicht meine Hauptschwierigkeit. Vielmehr mußte ich ihn zuallererst wecken, damit er die Verfolgung aufnehmen konnte, denn als ich mich die Treppe hinunterschlich, fand ich den Kerl doch tatsächlich eingehüllt in eine Decke und friedlich schnarchend vor.

Zunächst versuchte ich ihn mit allen möglichen Geräuschen zu wecken – er schlummerte weiter. Am Ende blieb mir nichts anderes übrig, als auf die sanfte Methode zu verzichten. So schritt ich beherzt über seine ausgestreckten Beine hinweg, nahm den Schlüssel und drehte ihn mit größter Sorgfalt langsam im Schloß herum. Die Tür stammt aus dem Mittelalter, und dementsprechend massiv ist das Schloß. Damit die Feder, die den Riegel betätigt, nicht gleich wieder zurücksprang, mußte ich meine ganze Kraft aufbieten. Dann endlich hatte ich es geschafft. Ich stieß die Tür auf und trat in die kalte Nachtluft hinaus. Brod schlief weiter. Die Tür quietschte, als ich sie wieder zumachte. Hastig steckte ich den Schlüssel ins Schloß und drehte ihn herum. Diesmal kam es mir auf möglichst viel Getöse an. Der Riegel sprang mit einem gewaltigen Knirschen zurück. Ich fürchtete schon, das Geräusch hätte in der Stille der Nacht die anderen Schloßbewohner geweckt. Nun, zumindest war jetzt Brod endlich aufgewacht. Hilflos rüttelte er an der versperrten Tür.

Mit freudigen Schritten lief ich die Straße hinunter. Der Halbmond schien über meine Ländereien; mein Blick schweifte über die schlafende Stadt. Einen Augenblick lang drängte es mich, sämtliche Fesseln abzuwerfen, auf jede Täuschung und Heimlichtuerei zu verzichten und nur noch meiner wilden Natur zu folgen. Aber dann hielt ich mich doch lieber an meinen Plan. Meine Zeit wird noch kommen.

Ich ging schnell, um einen möglichst großen Vorsprung vor Brod zu gewinnen. Ganz auszuschließen war es ja nicht, daß er die anderen Diener aus den Betten holte. Andererseits hätte er dann zugeben müssen, daß er geschlafen hatte, statt über mich zu wachen. Außerdem ist Brod ein Eigenbrötler, der andere nur ungern um Hilfe bittet. Nein, so wie ich ihn kannte, rannte er in diesem Moment bestimmt zur Küchentür. Um auf die Straße zu gelangen, würde er durch den Hof zurücklaufen müssen, und erst dann würde er mich erblicken. Im Mondlicht würde mein seidener weißer Opernschal, den ich elegant über die Schulter geworfen hatte, gewiß prächtig zur Geltung kommen.

Wie erwartet, hatte sich Brod allein an meine Fersen geheftet. Und er holte auf. Das Klappern seiner Absätze kam immer näher. Aber nun ging ihm langsam die Luft aus. Als ich die Bahngleise erreichte und meine Schritte noch einmal beschleunigte, fiel er schnell wieder zurück. Freilich blieb ich für meinen Verfolger gut sichtbar, solange ich den Schienen folgte. Dann jedoch bog ich in den Trampelpfad ein, der sich zwischen Gestrüpp und jungen Bäumen hindurchschlängelt. Der Wind trug Tabakgeruch zu mir, und schon bald drang das gedämpfte Gebrummel von Männerstimmen an mein Ohr.

»Sie kommen spät«, zischte Inspektor Kraus. Er schien ziemlich angespannt. Ganz offensichtlich setzte er große Hoffnungen in diese Begegnung.

»Keinen Augenblick zu früh«, keuchte ich. »Er kommt hier entlang, auf diesem Weg. Ihre Leute müssen sofort in Deckung gehen, sonst sieht er sie am Ende noch.«

Kraus gab den Polizisten hastig Zeichen, und sie verschwanden in den Schatten der Nacht. Ich kroch neben Kraus hinter einen Busch und wartete. Es dauerte eine schiere Ewigkeit, und allmählich machte ich mir Sorgen, daß Brod mich aus den Augen verloren haben könnte; dann endlich hörte ich ihn durch das Unterholz brechen. Kurz blieb er stehen, wohl um sich zu orientieren, dann lief er geradewegs auf uns zu. Ich fürchtete bereits, er würde in einen der Polizisten hineinlaufen, noch bevor er die Lichtung erreichte, aber das dichte Gestrüpp zwang ihn zu Umwegen. Unmittelbar vor uns verharrte er. Wir konnten ihn keuchen und vor sich hin fluchen hören. Er lauschte jetzt nach mir, ging ein paar Schritte in die eine Richtung, um dort nach mir zu spähen, und versuchte es dann in der entgegengesetzten Richtung. Da wir es nicht wagten, den Kopf zu heben, konnten wir nichts sehen. Wir waren ausschließlich auf die Geräusche angewiesen. Und die legten den Schluß nahe, daß jemand den Boden nach etwas absuchte, das er verloren hatte.

Am Ende fand er zu meiner Erleichterung den Weg zur Lichtung, die wir umzingelt hatten. Brod sah sich im gespenstischen Dämmerlicht des jungen Mondes um, keuchte vor Erschöpfung und schwankte fast. Und er war völlig außer sich. Ein ums andere Mal schlug er sich zornig auf den Schenkel, als wollte er sich zu größeren Anstrengungen anspornen oder sich für seine Nachlässigkeit bestrafen. Dann setzte er sich wieder in Bewegung, ging kopfschüttelnd auf und ab, murmelte irgendwelches Zeug in seinen Bart hinein. Plötzlich hustete ein Polizist. Brod blieb wie angewurzelt stehen, starrte angestrengt ins Dickicht.

Er muß geglaubt haben, mich doch noch gefunden zu haben. Tief gebückt im Schatten der Büsche und nach jedem Schritt innehaltend, umrundete er die Lichtung. Er griff in seine Tasche, und ich sah Stahl im Mondlicht glitzern. Das war es also, was er mit mir vorhatte, der treue Gefolgsmann der Familie!

Ein gellendes Pfeifen neben mir erschreckte mich fast zu Tode. Es war Kraus mit seiner Polizeipfeife. Direkt vor Brod sprang plötzlich ein Polizist auf, gleich darauf zu seiner Linken ein weiterer. Brod fuhr herum und gab so etwas wie das Fauchen eines in die Enge getriebenen Tieres von sich. Der Konstabler, der gehustet hatte, stürzte, zweifellos, um seinen Fehler wiedergutzumachen, verzweifelt nach vorn, und obwohl wir anderen den Kreis um Brod immer enger zogen, stand ihm der Polizist kurzzeitig allein gegenüber. Der Konstabler setzte zum Sprung an, doch Brod reagierte blitzschnell. Mit überraschender Beweglichkeit und einer Geschicklichkeit, die ich nie von ihm erwartet hätte, wich er aus und stieß dem Polizisten sein Messer in die Seite. Fast genauso schnell drehte er sich um und rannte los. Weil wir alle in dieser Ecke der Lichtung zusammengerückt waren, schien es, als könnte Brod durch die Lücke entkommen. Die Polizisten jagten ihm nach, aber sie hatten sich zu unvorteilhaft postiert. Sie brachen noch wüst fluchend durchs Unterholz, als Brod bereits den Weg, der zu den Gleisen führte, hinunterrannte. Ich fand eine Abkürzung und tauchte noch rechtzeitig bei den Gleisen auf, um zu erleben, wie Inspektor Kraus Brod stellte. Brod war müde, und der Inspektor holte schnell auf. Unvermittelt drehte Brod sich um und stieß mit dem Messer nach seinem

Häscher. Kraus duckte sich, und im nächsten Moment riß er Brod mit einem gewaltigen Satz zu Boden. Wütend rangen sie miteinander, bis die Polizisten herangestürmt kamen und Brod überwältigten.

Bei meinem Eintreffen lag Brod gefesselt und mit dem Gesicht nach unten zwischen den Gleisen. Kraus stand über ihm. Nur mit Mühe konnte er seine aufgebrachten Männer davon abhalten, den Gefangenen zu schlagen, hatte dieser doch einen ihrer Kameraden verwundet.

Hätte Brod nicht stoische Ruhe bewahrt, hätten sich wohl alle auf ihn gestürzt.

Ich hielt mich abseits und sprach nur mit leiser Stimme, denn daß ich derjenige war, dem er seine Verhaftung verdankte, durfte Brod nie erfahren.

Jetzt wurde der verwundete Polizist gebracht, der zu meiner Überraschung – wenn auch gestützt von einem Kameraden – gehen konnte. Damit hatte ich endlich einen Vorwand, mich von der Gruppe um Brod zurückzuziehen. Während mein Diener abtransportiert wurde, verarztete ich den Verletzten. Seine Wunde war weniger schlimm, als ich befürchtet hatte. Er war leichenblaß und zitterte wie Espenlaub, als er seinen blutgetränkten Mantel sah, doch ich versicherte ihm, daß er nur eine Fleischwunde abbekommen hatte und überhaupt keine Gefahr bestand.

Kraus klopfte mir ungeduldig auf die Schulter. Eines seiner Augen war geschwollen, und von seiner aufgerissenen Lippe tropfte Blut über sein Kinn, aber das konnte seinen Triumph nicht schmälern.

»Sie haben ein ganz schön blaues Auge«, sagte ich zu ihm.

»Ach, das ist doch nichts.« Er grinste mich stolz an. Sein Ansehen bei den Männern war enorm gestiegen, und er trug seine Wunden wie einen Kriegsorden zur Schau.

»Lassen Sie es mich trotzdem ansehen«, beharrte ich, aber er schob meine Hände weg.

»Sehen Sie sich lieber das hier an, und sagen Sie mir, was Sie davon halten.«

Ich erkannte den Gegenstand sofort, auch wenn er nun wirklich nicht hierhergehörte. Ich drehte ihn in meinen Händen herum. Der feine tschechische Stahl war all die Jahre, in denen er mit dem Rest seiner Familie in einer Holzkiste geruht hatte, rein und fleckenlos geblieben. Brod hatte also rumgeschnüffelt! Der Griff war in einem Stück mit der Klinge und wies eine Kerbe auf, in die sich meine Finger gruben, als wäre sie eigens für sie gefertigt worden.

»Natürlich gehört es mir«, sagte ich mit einem Seufzer.

»Das habe ich mir gedacht«, sagte Kraus. »Aber sicherlich dient es einem speziellen Zweck?«

»Es dient nur einem Zweck«, sagte ich. »Es ist ein Skalpell. Es dient zur Amputation von Körperteilen.«

17

10. APRIL 1888, NACHMITTAG

Am Morgen nach Brods Festnahme wußte beim Frühstück noch niemand über die nächtlichen Ereignisse Bescheid.

»Ich fürchte, ich habe ziemlich beunruhigende Neuigkeiten für Sie«, verkündete ich. Elisabeth wurde leichenblaß. »Brod, unser Haushofmeister, den Sie alle kennen, wurde gestern nacht von der Polizei festgenommen.«

»Weswegen?« Elisabeth starrte mich bestürzt an. »Wie konnte die Polizei ihn festnehmen, ohne daß wir es mitbekamen?«

»Sie haben ihn auf der Wiese bei den Eisenbahnschienen gefangengenommen.«

»Was hatte er denn dort zu suchen?« Sie schien ziemlich schokkiert, vielleicht weil sie daran dachte, daß Brod sich ja immer in meiner unmittelbaren Nähe aufhielt.

»Ich glaube, das würde die Polizei auch sehr gern wissen.«

Stephanie versuchte erst gar nicht, ihre Neugier zu zügeln. »Hat es etwas mit den Morden zu tun?« fragte sie aufgeregt.

Lothar beobachtete mich aufmerksam, während Nicole in ihre Teetasse starrte.

»Das ist nicht ganz klar«, begann ich.

Stephanie stöhnte ungeduldig auf. Sie spürte, daß ihr etwas vorenthalten wurde, und das paßte ihr ganz und gar nicht. »Er muß ein Verdächtiger sein, wenn die Polizei ihn festgenommen hat.«

»Aber wir wissen, daß Brod so etwas niemals tun würde!« Elisabeth maß mich mit einem empörten Blick. »Es muß sich um einen Irrtum handeln, László. Hast du das der Polizei gesagt?«

»Natürlich habe ich energisch dagegen protestiert«, verteidigte ich mich, doch vermochte ich sie damit nicht zu beschwichtigen.

»Ich gebe dir mein Wort, daß Brod kein Haar gekrümmt wird, wenn er unschuldig ist«, fügte ich hinzu. Jetzt endlich schien sie nachzugeben. »Leider müssen sie ihn fürs erste festhalten«, fügte ich hinzu. »Die Verhaftung lief nicht ohne Zwischenfälle ab.«

Da wurde ihr plötzlich klar, daß ich trotz meiner Aufpasser wieder zugeschlagen haben könnte. »Wurde jemand verletzt?«

»Brod war bewaffnet«, sagte ich in einem vorwurfsvollen Ton. Jetzt war es an mir, ihr herausfordernd ins Gesicht zu sehen. Hatte sie Brod das Messer gegeben? Hatte sie ihm befohlen, mich zu töten…? Ich glaube, sie zuckte zusammen und wandte den Blick ab.

Auf einmal war mir unendlich traurig zumute. Hintergangen fühlte ich mich nicht, denn auf Elisabeths Loyalität hatte ich nur wahrlich keinen Anspruch. Aber in diesem Augenblick fühlte ich mich schrecklich einsam, als hätte sich die gesamte Menschheit gegen mich gestellt.

»Unglücklicherweise hat er einen der Polizisten, die ihn festnehmen wollten, verletzt«, sagte ich.

»Womit?« fragte Lothar.

»Genaugenommen hat er den Konstabler mit einem meiner Skalpelle durchbohrt. Er ist Gott sei Dank nicht schwer verletzt. Trotzdem müssen sie Brod in Gewahrsam behalten.«

»Aber ich verstehe nicht, warum sie überhaupt geglaubt haben, Brod festnehmen zu müssen«, bohrte Elisabeth nach.

Das war der heikle Teil. »Anscheinend stand Brod schon seit einiger Zeit unter Verdacht. Er hat sich merkwürdig benommen, wie Inspektor Kraus meinte. Ich habe auch erst vergangene Nacht davon erfahren, als sie mir ihre Pläne eröffneten. Durch seinen Widerstand fühlen sie sich in ihrer Vermutung bestätigt, daß er nichts Gutes im Schilde geführt hat. Und was hatte der Mann schließlich an diesem gottverlassenen Fleck um Mitternacht mit einem Messer zu schaffen?«

Als ich mich nach dem Frühstück auf den Weg machte, kam Lothar zu mir geschlichen. »Diese Sache mit dem Vampir interessiert mich ungeheuer«, sagte er.

»Sie glauben doch hoffentlich nicht so was«, protestierte ich.

»O doch. Ich möchte mich an Ihren Nachforschungen beteiligen.«

»Es ist nichts als Aberglauben. Es gibt keinen Vampir. Hören Sie, ich muß gehen. Ich muß wegen Brod mit diesem Kraus reden. Es ist wirklich ein bißchen viel.«

»Sie sind der Vampir.«

Bei diesem Gedanken mußte ich in mich hineinlachen. So, wie er es formulierte, klang es wirklich ziemlich albern. »Nein, ich bin das Gegenmittel. Haben Sie nicht gesehen, wie man mich angefaßt hat?«

»Sie sind der Mörder.«

»Das ist ja lächerlich!«

»Nehmen Sie mich mit!«

»Also, jetzt ist es aber genug. Ein Witz ist ein Witz, aber dieser geht einfach zu weit.«

»Erinnern Sie sich an Stacia?«

»Ja, natürlich. Aber worauf wollen Sie damit hinaus?«

»Sie haben sie auch getötet. Sie haben sie alle auf die gleiche Art getötet.«

»Wirklich, Lothar. Das ist doch verrückt.«

Er pflanzte sich breit vor mir auf. »Ich werde Ihnen nicht in die Quere kommen«, flüsterte er in einem eindringlichen Ton. »Ich könnte helfen.«

»Nein.« Ich wollte mich abwenden, aber er packte meinen Arm.

»Es muß verdammt gefährlich sein. Mein Gott!« Er wirkte geradezu ehrfürchtig. »Ich könnte helfen!«

Als ich versuchte, mich loszureißen, schien er sich etwas zu beruhigen. »Also gut. Also gut. Ich werde nur zusehen. Das verspreche ich.«

Ich hörte auf, mich zu wehren. Sein Gesicht war dicht an meinem. »Haben Sie eigentlich eine Ahnung, was für ein abscheulicher Mensch Sie sind?«

»Absolut«, erwiderte er mit einem breiten Grinsen. »Das sind wir beide. Deshalb ist es ja so ein Glück, daß wir uns gefunden haben.«

Nicole kam in den Salon. Ich wurde unruhig. Hatte sie am Ende etwas von unserem Gespräch mitbekommen? Lothar ist in dieser Hinsicht völlig unbekümmert und sieht sich nicht vor. Wenigstens ließ er mich jetzt los. Mit einer Entschuldigung auf den Lippen eilte ich zur Tür.

»Nehmen Sie mich mit!« rief er mir nach. »Es ist eine Frage des Anstands, darüber wenigstens nachzudenken.«

»Wohin soll er dich mitnehmen?« hörte ich Nicole ihn fragen.

11. APRIL 1888, MORGEN

Jetzt, da Brod hinter Gittern ist, kann ich nicht mehr Tag und Nacht bewacht werden, es sei denn, ein anderer Diener wird rekrutiert. Allerdings fällt mir niemand ein, dem eine solche diffizile Aufgabe anvertraut werden könnte; Elisabeth wohl auch nicht, aber vielleicht sind ihr auch endlich die Risiken ihres Arrangements klargeworden.

Die Überwachung hat mir meine geliebten Ausflüge ins Freie völlig verleidet. Infolgedessen verlasse ich das Schloß praktisch nur noch aus geschäftlichen Gründen oder um mit Jakob, der ja eigentlich unser Wildhüter ist, auf die Jagd zu gehen. Aber heute verkündete ich nach dem Frühstück, daß ich einen Spaziergang machen würde. Ich wartete darauf, daß Elisabeth vorschlug, Jakob solle mich begleiten, aber statt dessen machte sie nur ein paar Bemerkungen über das Wetter und zog sich zurück, um ihre Post zu erledigen.

Endlich bin ich frei. Aber was kann grauenhafter sein als ein Spaziergang am Fluß? Ich bin wie ein Invalide, der nach langer Krankheit aus dem Krankenhaus entlassen wurde: Vor jeder neuen Herausforderung – und sei sie noch so banal – hat er schreckliche Angst, weil er vergessen hat, wie man in der Welt lebt. Nur habe ich nicht so sehr Angst vor dem, was die Welt mir antun könnte, sondern vor dem, was sie in mir wecken könnte, was ihr Anblick und ihre Gerüche in mir auslösen könnten. Als Gefangener habe ich zuletzt nur in meinen Träumen und Erinnerungen in meinen Lastern schwelgen können. Jetzt ist niemand da, der mich in Schach halten könnte. Mit einem Schlag ist mir klargeworden, wie beruhigend die Gegenwart meiner Wächter doch war.

Ich folgte der Kastanienallee am Flußufer bis zu der Stelle, an der der Weg sich zu einem Pfad verengt. Der Boden war noch vom morgendlichen Frost hart gefroren, und mein Atem hing in der stillen, kalten Luft. Natürlich kam mir Estelle in den Sinn. Man muß allein sein, um für den Zauber der Erinnerung empfänglich zu sein, und es hatte den Anschein, als würde jede Stelle, auf die mein Auge fiel, Erinnerungen an die Zeit mit ihr wachrufen.

Der Weg endet bei einem Dickicht. Ich zwängte mich hindurch und trat auf die Lichtung, auf der Estelle gestorben ist. Irgendwie kam mir ein Teil des festgetretenen Matsches dunkler vor als der Rest. Ich zog einen Handschuh aus, kauerte mich nieder und berührte die blutige Erde mit den Fingerspitzen. Das hätte ich nicht tun sollen, denn es löste eine Erregung in mir aus, die ich nicht unterdrücken konnte, und ich durchlebte aufs neue die Begegnung, bei der sich mir die wahre Natur meines Verlangens in einem solchen Sinnenrausch offenbart hatte, daß aus mir für immer ein anderer geworden war.

Mit geschlossenen Augen lauschte ich in mich hinein, versuchte ich diese Stimmung auszukosten, als mich plötzlich eine Männerstimme aufschreckte.

»Eine Nachricht für Sie, Graf.«

Der Ton des Mannes barg eine merkwürdige Mischung aus Höflichkeit und Befehl. Ich sah auf, konnte jedoch im grellen Licht der tiefstehenden Wintersonne nicht mehr als einen Umriß erkennen. Woher hatte der Mann gewußt, daß er mich allein an diesem geheimen Ort antreffen würde? Mich beschlich eine Vorahnung von Gefahr.

»Sagen Sie mir, wer Sie sind«, forderte ich.

»Ich bin ein Zigeuner, Graf. Ich bringe Ihnen eine Botschaft und Glück.«

Ohne weitere Anweisungen abzuwarten, bahnte er sich seinen Weg durch das Gebüsch. Als er sich dann wieder aufrichtete, sah ich, daß es einer von Rados Männern war.

»Und was ist Ihre Botschaft?«

»Alles geht voran wie geplant. Ihr Gast kommt am Abend des Dreizehnten an, wie vorgesehen. Sie treffen ihn um Mitternacht in der Schlucht, in der Sie mit dem Oberst gejagt haben, und bringen ihn zurück zum Schloß.«

»Wir haben uns so gefreut, vergangene Woche Ihre Nachbarn zun Essen getroffen zu haben«, sagte Nicole beim Tee. Natürlich wa das eine freundlich gemeinte Lüge. Sie und meine anderen Gäst hatten so gut wie nichts miteinander anfangen können, und de Abend war eine Katastrophe gewesen. »Ich hoffe, wir werden nocl einige andere Familien aus dieser Gegend kennenlernen«, fügte si unbeirrt hinzu.

Elisabeth schien jedoch ganz zufrieden und erwähnte Leute, di wir seit Jahren nicht mehr gesehen hatten, muffige alte Landaristo kraten, mit denen Nicole und Lothar sich zu Tode gelangweilt hät ten. Sie glaubt noch immer, daß Nicole nach einem passenden Ehe mann für Stephanie Ausschau hält.

»Und gibt es da nicht ein großes Landgut im Norden von uns?« fragte Nicole.

»Graf Aponyis Gut?«

»Ach ja?« Nicole tat, als hörte sie diesen Namen zum erstenmal obwohl ich mir sicher war, daß er schon in früheren Gesprächen aufgetaucht war.

»Also, das wäre ein Name, auf den Sie Ihr Augenmerk richter sollten«, sagte Elisabeth zu Stephanie.

»Er muß an die siebzig Jahre alt sein«, wandte ich ein.

»Aber haben ältere Männer nicht auch ihre Vorzüge?« fragte Ste phanie mit einem koketten Augenaufschlag, woraufhin die ganz Runde in Lachen ausbrach.

»Sicher spricht einiges dafür, einen Mann zu heiraten, der schon mit einem Fuß im Grab steht«, meinte Lothar. »Vor allem, wenn e einer der reichsten Männer im ganzen Kaiserreich ist.«

»Wirklich?« rief Elisabeth. »Er war all die Jahre praktisch unser Nachbar, und wir wußten nichts davon!«

»Ich möchte aber aus Liebe heiraten«, verkündete Stephanie Verlegenes Schweigen trat ein. Es war nicht so sehr der Gedank selbst als vielmehr die Inbrunst, mit der sie gesprochen hatte, di uns Ältere schockierte und auch beschämte. Vielleicht erinnerte un Stephanies Anspruch auf Leidenschaft daran, wie hohl unsere eige nen Ehen waren.

Schließlich meinte Nicole mit aufgesetzter Fröhlichkeit: »Wäre e nicht schön, den großen alten Mann kennenzulernen?« Sie warf Lothar einen Blick zu, wie um sich seiner Unterstützung zu vergewissern.

»Ich kenne den Grafen flüchtig«, meinte Lothar.

»Aber warum statten Sie ihm dann nicht einfach einen Besuch ab?« schlug ich vor. »Jakob kann Sie in der Kutsche hinbringen.«

»Eigentlich ist es schon eine ganze Weile her, seit wir uns das letzte Mal gesehen haben«, sagte Lothar.

»Vielleicht sollten wir alle mitkommen«, meinte Nicole. »Dann wäre es einfach nur ein Höflichkeitsbesuch unter Nachbarn. Sie stehen doch hoffentlich noch in Kontakt zueinander, László.«

»Ich fürchte, der Graf und ich sprechen nicht miteinander.«

»Aber warum denn nicht?« fragte sie mit einem nervösen Lachen.

»Er hat mir nie verziehen, daß ich dafür gesorgt habe, daß die Eisenbahnlinie durch dieses Tal fährt und nicht durch seines. Er glaubt, ich hätte ihn übervorteilt. Na ja, er ist eben ein schlechter Verlierer.«

Nicole sah mich bestürzt an, doch im nächsten Moment hatte sie sich wieder gefangen. Zumindest äußerlich ließ sie sich nichts davon anmerken. Nachdem sie sich mit einem Blick vergewissert hatte, daß keine Diener mehr anwesend waren, wandte sie sich an Lothar: »Sollen wir es ihnen sagen?«

Bei Lothar hatte ich nicht das Gefühl, daß er sein Wissen preisgeben wollte, aber schließlich gab er mit einem dünnen Lächeln nach. »Erzähl es, meine Liebe«, brummte er.

»Wir wissen aus zuverlässiger Quelle«, begann Nicole mit verschwörerischer Miene, »daß Graf Aponyi diese Woche einen ganz besonderen Gast empfangen wird.« Sie sah uns nacheinander mit bedeutungsvoller Miene an. »Kronprinz Rudolph!«

Ich glaube, wir haben sie enttäuscht. Sowohl Elisabeth als auch ich brachten bestenfalls höfliche Überraschung zustande.

»Zu so erlauchten Kreisen hatten wir bislang keinen Zugang«, meinte Elisabeth matt.

»Papa ist dem Kronprinzen schon mehrmals begegnet«, verkündete Stephanie stolz.

»Tatsächlich?« fragte Elisabeth. »Lothar, ich hatte ja keine Ahnung, daß Sie ein so prunkvolles Leben führen.«

»Das war einmal«, wehrte er bescheiden ab. Bescheidenheit be Lothar ist immer verdächtig. »Jetzt bin ich nur noch ein Beamte von vielen.«

»Nein, das bist du nicht!« brach es aus Nicole hervor.

»Vorübergehend nur ein Beamter von vielen«, räumte er ein.

»Deshalb sind Beziehungen zu Mitgliedern des Hofes so wich tig«, fuhr Nicole fort. »Ein Wort vom Kronprinzen, und scho wäre uns geholfen.«

»Wenn ich nur für einen Augenblick mit ihm sprechen könnte. E ist wirklich ein schrecklich anständiger Bursche.«

Nicole schenkte mir ihr verführerischstes Lächeln. Fast fühlte ic mich in die Zeit unserer Jugend zurückversetzt. Wie hatte sie mi doch damals den Kopf verdreht! »László, ich wünschte, Sie könn ten sich mit dem alten Grafen Aponyi aussöhnen. Wollen Sie da nicht um der alten Zeiten willen versuchen? Es ist doch albern, da irgendeine dumme Eisenbahn Lothar den Weg verbaut!«

ABEND

Es ist Dämmerung, die Zeit, in der das Licht der Vernunft getrüb ist und dunkle Regungen die Oberhand gewinnen. Ich bin meine Fesseln ledig. Ich bin unbewacht. Die ganze weite Welt liegt vo mir. Wenn ich nur für einen Augenblick den Griff lockere, wird de monströse Drang übermächtig, und ich verliere mich.

Stephanie findet immer wieder eine Gelegenheit, mit mir allein z sein. Es sind nur kurze Begegnungen, aber ich erkenne die Zeicher Sie sucht das Abenteuer. Sie will Erfahrungen sammeln, um zu de Art Frau zu werden, die sie so gern sein möchte: weltgewand erfahren, zynisch, obwohl sie noch zu jung ist, um zu wissen, wi steril, wie sterbenslangweilig gerade letzteres sein kann. Unsere Fin ger berühren sich, wenn ich ihr bei Tisch Dinge reiche, und ih Blicke sprechen Bände. Die Frauen machen sich einen Spaß darau mich wegen ihrer Vernarrtheit zu necken. Anscheinend halten sie e für ein harmloses Flirten, aus dem schon deswegen nichts Schlim mes entstehen kann, weil sie alles mitbekommen.

Ich verspüre den Drang umherzustreifen. In dieser Hinsich mache ich mir keine Illusionen. Mein Jagdinstinkt ergreift wiede von mir Besitz. Ich gebe mich grotesken Phantasiebildern hin – nur aus der Konvention heraus nenne ich sie grotesk, denn für mich persönlich sind sie präzise, passend und so zutiefst natürlich, daß ich mir zu manchen Zeiten nicht vorstellen kann, daß ich der einzige sein soll, der insgeheim solchen Gedanken nachhängt.

Beim Mittagessen plazierte Stephanie ihre Hand aufreizend nahe in meiner Reichweite. Es kostete sie einige Mühe, ihren *vol au vent* mit nur einer Hand auf die Gabel zu schaufeln, aber die andere blieb liegen, wo sie war. Sie war blaß und vielleicht ein bißchen kalt, aber auf dem weißen Damasttischtuch kam das zarte Rosa der Knöchel und Fingerspitzen prächtig zur Geltung. Die Finger waren so betörend grazil, daß mich der Drang packte, in den Daumenballen zu beißen, daran zu saugen, tiefer ins Fleisch hineinzubeißen, bis meine Zähne auf die Bänder und Sehnen stießen und nicht weiter vorankamen. Ist das grotesk? Für diejenigen vielleicht, die zu prüde sind, um ihre wahre Natur zu erkennen. Aber wenn wir mit solcher Wollust die Zähne in den ersten Pfirsich des Jahres versenken und den süßen Saft über die Lippen rinnen und vom Kinn tropfen spüren, müssen wir doch auch die Sinnenfreude ermessen können, die manche von uns beim Verzehr der Hand einer Jungfrau durchströmt? Ich kann mir nicht vorstellen, daß ich allein sein soll.

Nach dem Essen werde ich verkünden, daß ich einen Spaziergang in die Stadt machen und Gregor einen Besuch abstatten werde. Lothar wird spotten, ich wolle doch nur meine Seele versichern lassen. Nur zu gern würde ich ihn auffordern mitzukommen, aber ich kann mich nicht darauf verlassen, daß er das Angebot ablehnt. Er war in den letzten Tagen ziemlich gereizt und beobachtet mein Kommen und Gehen genau.

Elisabeth wird nervös lächeln, weil ich nun doch wieder das Schloß unbeaufsichtigt verlasse. Aber wenigstens habe ich vor Zeugen mein Ziel genannt. Und wenn sie will, daß ich langsam wieder mein früheres Leben aufnehme, muß sie mich ja irgendwann gehen lassen. Es ist nicht ungefährlich, aber was könnte heilsamer sein als ein Gespräch mit Gregor.

Ich bin mir über die Risiken im klaren. Andererseits habe ich wirklich vor, Gregor zu besuchen. Zwar habe ich mir in der Vergangenheit mehr als einmal in die eigene Tasche gelogen, aber ich bin sicher, daß ich diesem gegenwärtigen »Angriff« vorbeugen kann; ich muß meinen Trieb nur schon im Anfangsstadium auffan gen, dann passiert auch nichts. Abgesehen davon beobachten mic Lothar, Rado und sogar Kraus mit Argusaugen. Es ist reine Zweckdenken.

Hinterher, das verspreche ich mir, wenn Rado seine Geschäft erledigt hat und die von Picks nach Budapest zurückgekehrt sind werde ich mich belohnen. Aber jetzt, und nur für jetzt, muß ich mi Zurückhaltung auferlegen. Ich frage mich, ob ich mich selbst über listen kann und am Ende permanent Abstinenz übe.

12. APRIL 1888, FRÜHER MORGEN

Die Nacht war kalt, und ein heftiger Wind wehte. Ich zog meine Mantel fest um mich, während ich die gewundene Straße zur Stad hinunterging. Wolken verhüllten den Mond und gaben ihn nu immer für kurze Intervalle frei, in denen er sein fahles Licht auf di noch fahlere Landschaft warf, ehe er wieder verschwand. Ich über querte die Brücke und tauchte erleichtert in die schützenden Stra ßen ein. Nur wenige Leute waren unterwegs, und die, die ich sah gingen eilig und mit gesenkten Köpfen ihren Geschäften nach. Si wollten so schnell wie möglich in ihre warmen Häuser zurückkeh ren.

Völlig durchfroren erreichte ich das Pfarrhaus. Ich hatte ein Tasse heißen Tee dringend nötig, aber die Haushälterin macht nicht auf.

»Sie kennen mich doch, Frau Hatvany. Seien Sie so freundlic und lassen Sie mich rein.«

»Entschuldigen Sie bitte, Herr Graf«, sagte sie durch das Schlüs selloch. »Ich erkenne Ihre Stimme, aber mit dem Vampir und allen kann man nicht vorsichtig genug sein.«

»Wenn Sie meine Stimme erkennen, dann wissen Sie, glaube ich auch, daß Sie mich unbesorgt hereinlassen können.«

»Aber es heißt, daß Vampire die Stimme eines Menschen so gu nachahmen können, daß sogar seine eigene Frau glaubt, er wäre es Ich bitte tausendmal um Entschuldigung, Herr Graf, aber ich kan mir nicht sicher sein, daß Sie es sind, solange ich Sie nicht gesehe habe.«

»Aber Sie werden nicht sehen, daß ich es bin, solange Sie nicht die Tür aufmachen.«

»Ah, aber dann könnte es zu spät sein.«

Ich stieß einen ärgerlichen Seufzer aus. »Vielleicht kann Pater Gregor die Sache klären?«

»Der ist nicht hier. Er ist zur Chorprobe in der Kirche.«

Als ich mich der Kirche näherte, sah ich durch das Fenster den trüben Schein von Kerzen. Mit beiden Händen drehte ich den Stahlring am Portal, und geräuschlos öffnete sich ein Spalt. Drinnen empfing mich zunächst völlige Dunkelheit. Ich atmete die modrige, feuchte Luft der Kirche ein. Mit ausgestreckten Händen tastete ich mich weiter voran, bis meine Finger gegen den schweren Vorhang stießen, der den Vorraum vom Hauptschiff trennte. Nach weiterem blinden Suchen konnte ich ihn endlich zurückschlagen und ins Licht treten.

Auf das Chorgestühl zu beiden Seiten des Altars hatten sich an die zwei Dutzend Sänger verteilt und übten voller Inbrunst ein Kirchenlied. Gregor stand vor ihnen und lauschte mit auf die Seite geneigtem Kopf. Bei meinem Eintreten hob er unvermittelt die Hand, und das Singen brach abrupt ab. Ich rührte mich nicht von der Stelle, konnte aber davon ausgehen, daß mich niemand in diesem düsteren Licht bemerken würde.

Gregor erklärte seinen Leuten, welche Silben sie betonen mußten, und sang es ihnen übertrieben deutlich vor. Ich hatte völlig vergessen, was für einen schönen Tenor er besaß; seine Stimme füllte die gesamte Kirche bis zu dem Platz, an dem ich stand. Am Ende des Verses hielt er inne und setzte seine Erläuterungen mit normaler Sprechstimme fort, als wäre sein Gesang nichts Besonderes und diene nur der Illustration.

Ich ging leise zur hintersten Bank und kniete aus Gewohnheit nieder. Ich faltete die Hände und legte die Stirn darauf, aber ich konnte nicht beten. Gregor hatte den Chor wieder unterbrochen. Die Musik war an dieser Stelle nicht so angeschwollen, wie er es gerne gehabt hätte. Erneut demonstrierte er es ihnen, um dann gleich wieder zu verstummen. In seinen Augen diente der Mensch der Musik und nicht umgekehrt.

Er war nicht immer so demütig gewesen. In der Sankt-Sebastian-Kirche war er sehr stolz auf seine Stimme gewesen, und das zu

Recht. Nein, die Bescheidenheit war ihm wahrlich nicht in di Wiege gelegt worden, und ich fragte mich, was es ihn gekoste hatte, um an diesen Punkt zu gelangen.

Ich dachte an meine Mutter, die mich damals zum Beten in dies Kirche gebracht hatte, und an ihr einsames Exil fern von der Hei mat. Hier hatte sie Trost gesucht, aber der Priester hatte ihre i Frankreich geprägte Form der Gottesverehrung abgelehnt und si stets mit kühlem Mißtrauen behandelt. Sie hatte Frankreich z einer Art Religion erhoben, und mich hatte sie als ersten und einzi gen bekehrt. Welch große Hoffnungen sie in mich gesetzt hatte! Ic sollte ein Künstler werden, ein Schriftgelehrter, ein Wissenschaft ler.

Vielleicht betete ich nun doch. Ich weiß, daß ich Tränen vergo und in stummer Inbrunst um Vergebung bat. Ich vergaß mein Umgebung. Meine Reue, ja mein Abscheu vor mir selbst ging s weit, daß ich fast aus der Kirche gestürmt wäre und Hand an mic gelegt hätte. Damit hätte ich wohl dem natürlichen Rechtsempfin den Genüge getan, aber dann erschien mir dieser Weg als zu uneh renhaft. Mit einer solchen Tat durfte ich einfach nicht den Name meiner Familie beschmutzen.

Eine engelhafte Stimme riß mich aus meinen düsteren Gedanken Ich hob den Kopf und blinzelte in die Richtung, aus der die herrli chen Töne kamen. Gregor stand mit hinter dem Rücken ver schränkten Händen da und lauschte andächtig. Bis auf eine Perso hatten sich alle Chormitglieder gesetzt. Und jetzt erst erkannte ic sie. Es war Helene. Ich hatte sie seit der Epidemie nicht mehr gese hen.

Den Blick starr nach oben gerichtet, sang sie das »Ave Maria« Ihr seidiges Haar glänzte im Licht der Kerzen, und es sah aus, al wäre sie das einzige Lebewesen an diesem Ort. Ihr reiner, jungfräu licher Ton hielt mich in seinem Bann, meine Augen schwammen i Tränen, und dann rann das salzige Naß brennend wie Säure übe meine Wangen. Doch im Kern dieses Gefühls regte sich noch etwa anderes – mein Verlangen nach ihr.

Welch eine gräßliche Perversion meine Begierde doch ist! Si packt das Schöne, das Einzigartige, beschmutzt es, zerreißt es i Stücke, bis nichts mehr davon übrigbleibt. Was für ein Fluch laste auf mir, daß alles Schöne und Reine an den Frauen nur immer da abgrundtief Böse in mir hervorruft? Helene berührte mein Herz und weckte meine dunkelsten Instinkte. Ich mußte sie haben, mußte sie vertilgen. Wie ist es möglich, daß sich dieses erhabene Gefühl mit einem so abscheulichen Verlangen vermischen kann? Sie sind nicht getrennt; das eine geht aus dem anderen hervor. Ich bin erfüllt von Bewunderung für die Schönheit ihres Geistes, mein Herz fühlt sich zu ihr hingezogen, auf Händen möchte ich sie tragen. Ist das der Liebe nicht sehr ähnlich?

Im Kern dieser zarten Gefühle liegt eine Wildheit ohne Hast. Es ist die Zärtlichkeit, die mich verführt, die mich zu meinem Opfer leitet. Die Liebe ist das Vorspiel. Sie steigert das Verlangen und heiligt meinen blutigen Liebesbeweis. Liebe ist blind; die Grausamkeit, zu der sie mich führt, wird sie nie sehen. Der Liebesschmerz, den ich in jenem Augenblick für Helene verspürte, ist mein wahres Wesen. Und dann… ich mußte sie ganz und gar besitzen.

Ich wartete in einer dunklen Gasse in der Nähe der Kirche, bis Helene in Begleitung dreier Kameradinnen auf der Straße vorbeikam – allein traute sich keine Frau mehr aus dem Haus. Ich nahm die Verfolgung auf. Um sie nicht aufzuschrecken, hielt ich allerdings reichlich Abstand. Sie waren noch nicht weit gegangen, als zwei von ihnen sich verabschiedeten und in eine Seitenstraße einbogen.

Ich trödelte, um den Abstand zwischen mir und Helene und der anderen Frau noch größer werden zu lassen. Vor einem Haus – offenbar dem Zuhause von Helenes Freundin – blieben sie stehen und sahen sich ängstlich um, denn von nun an würde Helene allein weitergehen müssen. Sichtlich nervös beratschlagten sie, was sie tun sollten. Ich überlegte, ob meine Gegenwart sie zusätzlich ängstigte und verschwand der Vorsicht halber in einer Seitengasse.

Mit schnellen Schritten lief ich um zwei weitere Ecken und erreichte wieder die Hauptstraße. Unmittelbar vor mir ging Helene.

»Helene!« rief ich.

Sie erschrak beim Klang meiner Stimme, blieb aber stehen und drehte sich um.

»Wer sind Sie?« fragte sie.

Sie klang ziemlich verängstigt. Als ich auf sie zutrat, machte sie einen Schritt nach hinten und sah sich nervös um, ob noch andere Leute in der Nähe waren. Aber in diesem Augenblick kam der

Mond kurz hinter einer Wolke hervor und spendete etwas Lich Endlich erkannte sie mich wieder.

»Großer Gott, Herr Graf, haben Sie mich erschreckt!« Sie schie verwirrt und unsicher, wie sie sich bei diesem unerwarteten Treffe mit mir verhalten sollte. »Ich wußte nicht, daß Sie es waren!« fügt sie entschuldigend hinzu.

»Du fürchtest dich doch nicht vor dem Vampir?«

»Man kann nie wissen«, scherzte sie mit einem erleichterte Lachen.

»Ich begleite dich nach Hause«, sagte ich und machte Anstalten sie in die dunkle Gasse zu ziehen.

Sie zögerte. »Aber ich wohne jetzt bei den Theissens.«

»Ich weiß. Aber ich muß dort hinten etwas erledigen, und daz könnte ich deine Hilfe gut gebrauchen.«

Sie spähte über meine Schulter. »Da ist es ja schrecklich dunke Herr Graf. Glauben Sie nicht, daß es besser wäre, hier entlangzuge hen? Es ist nicht mehr weit.«

»Weißt du, vorhin habe ich ein merkwürdiges Geräusch aus die ser Richtung kommen hören. Als wäre jemand verletzt.« Ich sah daß sie schwankte. Sie wollte mir glauben, aber ihre Angst war stär ker. »Ich weiß ja selbst, daß es albern klingt, und es muß unter un bleiben, aber dieses ganze Gerede von Vampiren hat sogar mich ei bißchen verunsichert, und ich bin nicht unbedingt erpicht darauf, i einen stockdunklen Stall zu gehen, ohne daß jemand wenigstens a der Tür steht und im Notfall Hilfe holen kann.«

»Aber warum sind Sie zu so später Stunde noch unterwegs? wollte sie wissen, um hastig hinzuzufügen: »Ach, wahrscheinlic sind Sie hier rein zufällig vorbeigekommen. Es tut mir leid, Her Graf. Ich habe kein Recht, Sie so etwas zu fragen. Ich weiß nich warum ich es getan habe.«

Auf keinen Fall durfte sie zu denken anfangen. So trat ich kurzer hand in die Gasse, als hätte ich keine Zeit mehr zu verlieren. Un tatsächlich hörte ich gleich darauf ein Rascheln hinter mir. Ic drehte mich zu ihr um und reichte ihr meinen Arm. Sie klammert sich geradezu daran fest.

»Wir müssen sehr leise sein«, flüsterte ich ihr ins Ohr, und si nickte. Sie hatte aufgehört zu denken.

Zwischen den Rückfassaden zweier Häuserreihen huschten wi

weiter. Links und rechts von uns lagen kleine Gemüsegärten und vereinzelte Ställe und Werkstätten. Je weiter wir uns von der Hauptstraße entfernten, desto dunkler wurde es.

»Hatten Sie nicht gesagt, es wäre nicht weit?« fragte Helene.

»Wir sind gleich da«, versicherte ich ihr. Mir war bewußt, daß ich sie eigentlich nicht mit meinem Arm stützte, sondern sie hinter mir herzog. Sie zitterte am ganzen Leib.

»Hier muß es sein.« Ich zeigte ihr zwei Stalltüren. Eine davon stand einen Spaltbreit offen. »Da! Hast du es gehört?« zischelte ich.

»Ich habe nichts gehört, warum?« Sie klammerte sich noch fester an meinen Arm.

»Wahrscheinlich ist es nur ein betrunkener Stallknecht«, brummelte ich. »Aber trotzdem sollten wir lieber gemeinsam nach dem Rechten sehen.«

»Könnten wir nicht Hilfe holen? In den Häusern müßte doch noch jemand wach sein.«

»Du hast genug getan«, sagte ich unvermittelt. »Es war nicht richtig von mir, dich um Hilfe zu bitten. Geh nach Hause.«

Einen Augenblick lang fürchtete ich, sie würde mein Angebot tatsächlich annehmen. Sie zögerte und blickte sehnsüchtig zurück zur Straße, von der wir gekommen waren. Dort war es heller, dort fühlte sie sich sicherer.

»Aber wenn du bleiben willst, wäre ich dir unendlich dankbar, wenn du meinen Mantel und Hut halten könntest. Würdest du das für mich tun?« Ich nahm den Umhang von meinen Schultern, und sie streckte mechanisch die Hand danach aus. »Du glaubst doch nicht, daß ich dich mitgenommen hätte, wenn ich glauben würde, daß es gefährlich für dich werden könnte, nicht wahr?«

»Nein«, erwiderte sie gehorsam, doch voller Zweifel.

Im Stall konnte ich zunächst nichts erkennen. Geräusche von Tieren vernahm ich nicht. Ich stieß mit dem Fuß gegen etwas Weiches, einen Strohhaufen, wie sich herausstellte. Am anderen Ende des Raums entdeckte ich eine weitere Tür, die ich vorsichtig öffnete, um festzustellen, daß sie in einen Garten führte.

Draußen drückte Helene meinen Umhang an sich und trat von einem Fuß auf den anderen. Ich winkte sie zu mir.

»Es ist schlimmer, als ich dachte«, murmelte ich.

»Ich muß jetzt nach Hause gehen!« keuchte sie.

»Ich weiß. Bring mir doch bitte nur noch meinen Mantel.« Ic trat zurück in den Stall.

»Ich muß gehen«, flüsterte sie, blieb aber unentschlossen auf d Türschwelle stehen.

Ich simulierte ein Stöhnen. »Hierher! Schnell!«

Endlich setzte sie sich in Bewegung und stolperte in die Richtun aus der sie meine Stimme vernommen hatte. Ich trat geräuschlos a die Seite. Schon hörte ich sie in panischer Angst nach Luft schna pen und registrierte sogar, daß ihre Kleidung nach Orangen ur Nelken roch.

Ich packte sie von hinten, doch sie kämpfte mit dem Mute d Verzweiflung. Fast wäre sie mir sogar entkommen, als ich nur ih Haube zu fassen bekam, aber dann erwischte ich sie bei den Haare und drückte sie nieder. Ich habe noch nie eine Frau mit einem s unbändigen Lebenswillen wie Helene gesehen. Sie wehrte sic schlug wild um sich, schrie jedoch nicht. Schließlich überwältig ich sie, drückte sie zu Boden und bog sie durch wie eine Rute. Ic drang in sie ein und verbiß mich in ihrem Hals – und schmeckte d dicke, sprudelnde Blut genau in jenem ekstatischen Moment zw schen Leben und Tod.

Ich kam wieder zu mir, als ich jemanden Helenes Namen rufe hörte. Erst glaubte ich zu träumen, aber dann hörte ich es wiede Der Ruf kam näher. Es war jemand, der die Nachbarn nicht wecke wollte, jemand, der sich nicht sicher war, ob er besorgt oder erleic tert sein sollte, weil die Antwort ausblieb.

So gut ich konnte, wischte ich mir das Blut mit Helenes Unte rock aus dem Gesicht und nahm meinen Mantel und Hut. Ic konnte jetzt Schritte hören und lief schnell zur anderen Tür, d nach hinten hinaus führte. Dort verharrte ich plötzlich. Der ande hielt genau vor der Stalltür an, und jetzt erkannte ich Grego Stimme. Unentwegt rief er Helenes Namen.

Als er dann die halb angelehnte Tür öffnete, schlüpfte ich auf de anderen Seite eilig hinaus. Von der Gasse muß genügend Licht he eingefallen sein, denn ich hörte einen erschrockenen Aufschre Gleich darauf raschelte das Stroh. Er mußte sie umgedreht habe Ich hörte ihn schluchzen, doch dann gewann er schnell die Fassun zurück und murmelte in einem leiernden Singsang die letzten Sakr mente.

Meine Leidenschaft ist keine Krankheit, sondern eine Lebensart. ie ist kein Tumor, der meinen Charakter zerstört hat, sondern das igentliche Wesen meines Seins. Ich bin kein Monstrum, sondern er Inbegriff des Menschlichen und des Bösen. Ich bin, der ich bin.

12. APRIL 1888, MORGEN

Ieute morgen wurde Elisabeth vom Frühstückstisch gerufen. uerst winkte sie dem Dienstmädchen ab.

»Später«, sagte sie, doch als das Mädchen ihr etwas ins Ohr flüterte, stand sie abrupt auf.

Als gute Gäste taten die von Picks so, als wäre nichts Ungewöhnches geschehen, und begannen ein lebhaftes Gespräch über die ufregendsten Bälle der Wiener Karnevalssaison.

Bald darauf kam Elisabeth in Tränen aufgelöst zurück. »Du hast ein Wort gebrochen!« schrie sie. »Du hast mir doch versprochen, aß niemals ein unschuldiger Mann für diese Morde bestraft vird!«

»Was ist passiert?« fragte ich gleichgültig.

»Schon wieder ist ein Mädchen ermordet worden!«

»Verstehe.«

»Du verstehst überhaupt nichts! Pater Gregor ist verhaftet woren. Die ganze Stadt weiß es schon. Die Leute sagen, daß er der 'ampir ist.«

»Das ist ja schrecklich!«

»Du mußt etwas tun! Sie haben Gregor wie einen gewöhnlichen 'erbrecher ins Gefängnis gesperrt. Er sitzt hinter Gittern, hörst u?«

»Die Vorwürfe werden sich nicht halten lassen«, erklärte ich. Ich gehe sofort zu Kraus. Ich werde alles tun, was in meiner Macht teht, das verspreche ich dir.«

Nicole schüttelte ihre Serviette aus, faltete sie zusammen und trich sie glatt. Stephanie starrte mich gebannt an. Und Lothar hnte sich genüßlich in seinem Stuhl zurück. Auf seinen Lippen pielte ein süffisantes Lächeln. Er hatte verstanden.

Jakob fuhr mich in die Stadt. Unterwegs redete er in einem fo obwohl ich mich hundeelend fühlte und nur immer mit eine Grunzen antwortete. Es sei wärmer geworden, meinte er, ba würde der Boden auftauen und der Frühling anfangen.

Vor der Polizeiwache drängte sich eine wahre Traube von Me schen, und Jakob mußte einen Weg für mich bahnen.

Drinnen marschierte ich geradewegs in Kraus' Büro. Er kam m Leichenbittermiene auf mich zu, als wolle er mich über den T eines nahen Verwandten trösten.

»Machen Sie sich keine Vorwürfe, Graf. Wir alle haben uns zu Narren halten lassen.«

»Das kann nicht sein!«

»Ich weiß, ich weiß. Hätten wir ihn nur früher geschnappt! W viele Leben hätten wir retten können! Aber wer verdächtigt sch einen Priester? Vor allem einen, der von der ganzen Gemeinde ve ehrt und geliebt wird. Er war über jeden Zweifel erhaben.«

»Er ist nicht der Mörder.«

»Ich kann verstehen, daß das ein schwerer Schlag für Sie ist. war Ihr Freund, wie ich gehört habe? Nun, bei denen, die uns nah stehen, sehen wir oft vor lauter Bäumen den Wald nicht. Wir übe Nachsicht und finden sogar für die absurdesten Dinge Erkläru gen.«

»Hören Sie, für Pater Gregor lege ich meine Hand ins Feuer. hat diese Frau nicht getötet.«

»Seien Sie vernünftig, Graf. Wir sind ihm vom Tatort zur Kirc gefolgt. Ich habe ihn dort persönlich verhaftet. Er kniete auf de nackten Fliesen und flehte Gott um Verzeihung an. Wir packten ih und stellten ihn auf die Füße. Er schien es gar nicht zu bemerken. hat wohl vorübergehend den Verstand verloren. Das gibt es manc mal. Das sollten Sie doch wissen: Die meiste Zeit wirken solc Menschen völlig normal, aber wenn man sie nur genügend unt Druck setzt, tritt ihr Wahnsinn offen zutage. Das war vielleicht e Anblick! Er sah aus wie ein Besessener. Seine Hände waren voll Blut, das Gesicht war blutverschmiert, und sogar die Soutane w ganz verklebt von dem Zeug. So leid es mir tut, Graf, er war e Daran gibt es keinen Zweifel mehr.«

»Ich habe sie umgebracht.«

»Nein, Graf, wir haben unseren Mann.«

»Wenn ich Ihnen doch sage, daß ich sie getötet habe! Und zwar alle, und noch eine in Budapest, von der Sie noch nie gehört haben. ch bin Helene nach der Chorprobe gefolgt. Ich habe sie in den Stall gelockt. Ich habe sie vergewaltigt und ihr mit den Zähnen die Kehle aufgerissen.«

»So ähnlich haben wir den Tathergang auch rekonstruiert. Nur hat Sie keiner bei der Chorprobe gesehen. Oder glauben Sie allen Ernstes, jemand wie Sie würde nicht auffallen? Nein, wenn Sie dort gewesen wären, wüßten wir längst Bescheid.«

»Und was ist mit dem Brief? Ich habe ihn geschrieben. Damals hatten Sie doch mich in Verdacht, nicht wahr?«

»Ich mußte alle Möglichkeiten in Betracht ziehen. Es war reine Spekulation, mehr nicht.«

»Sie hatten recht. In dem Brief ging es um den Wunsch, gut zu ein, ein Heiliger zu werden.«

»Das würde doch sicher darauf hindeuten, daß der Schreiber ein Priester ist.«

»Aber Gregor ist unschuldig! Ich gehöre hinter Gitter, nicht er!«

Kraus legte seine Hand auf meine Schulter und sah mir ernst in die Augen. »Graf, es war mir eine Ehre, zusammen mit Ihnen an diesem Fall zu arbeiten. Es wäre vermessen von mir, zu behaupten, daß unsere Beziehung persönlicher Natur gewesen wäre, aber ich bin stolz darauf, Sie meinen ›Mitarbeiter‹ nennen zu dürfen. Wir hatten unsere Höhen und Tiefen – das will ich nicht leugnen –, aber nichts konnte meine Hochachtung vor Ihrem Intellekt und Ihrer Integrität erschüttern. Ich hätte von Ihnen kein anderes Verhalten rwartet, als Sie heute gezeigt haben, denn was könnte einen noblen Geist mehr auszeichnen als die Bereitschaft, sich für einen Freund u opfern?«

Mir verschlug es die Sprache. Auf dem Weg in die Stadt hatte ich mich schon darauf eingestellt, alles zu gestehen, und nun weigerte ich dieser Narr nicht nur, sich mein Geständnis anzuhören, sondern hielt Reden auf meine edle Gesinnung!

Mir war bewußt, daß die Tür offenstand. Je länger unsere Unterredung dauerte, desto mehr Polizisten versammelten sich im Nebenzimmer. Sie versuchten erst gar nicht, ihre Neugierde zu ver-

bergen, und einige nickten sogar ergriffen mit, so sehr beeindruck
sie die Rede ihres Inspektors.

»Kann ich den Pater wenigstens sehen?« fragte ich am Ende.

Es wurde mir gestattet, und so stieg ich hinter dem Sergeante der die Zellenschlüssel an einem eisernen Ring in der Hand ba meln ließ, die Steinstufen zum Gefängnis hinunter. Ein schier une träglicher Gestank nach Schweiß, abgestandenem Urin un frischem Kot stieg uns in die Nase. Es ist mir ein Rätsel, wie ma einen solchen Gestank mehrere Stunden, geschweige denn Tag aushalten kann.

Am Fuß der Treppe saß der Gefängniswärter, ein untersetzte kräftiger Mann, an einem schäbigen Tisch. Zum Schutz gegen di naßkalte Luft hatte er sich in seinen Umhang gehüllt. Als er mic sah, nahm er mürrisch Haltung an.

Der Sergeant reichte ihm die Schlüssel. »Besuch für den Priester« verkündete er und drehte sich mit angewiderter Miene um.

Der Gefängniswärter musterte mich von oben bis unten. Schließ lich erhob er sich. »Hier entlang. Wenn Sie mir bitte folgen wollen.

Wir kamen an einer leeren Zelle vorbei. Durch die offene Tür sa ich einen weiß getünchten Raum, der so eng war, daß man sic kaum umdrehen konnte. Am anderen Ende war mit zwei Ketten ei Bett an der Wand befestigt – die Pritsche. Ein kleines vergitterte Fenster befand sich unmittelbar unter der Decke – zu hoch obe um dem unglücklichen Gefangenen einen Blick auf die Welt drau ßen zu gewähren.

In der nächsten Zelle saß Brod. Das Rasseln der Schlüssel hatt ihn alarmiert. Er sprang auf und drückte das Gesicht ans Gitte »Sind Sie gekommen, um mich hier rauszuholen, Herr Graf?«

Sein hämischer Ton ließ mich das Schlimmste für die Zeit nac seiner Entlassung befürchten.

»Zurück mit dir!« knurrte ihn der Wärter an. »Der Herr ist nich deinetwegen gekommen.«

Tatsächlich wich Brod zurück. Doch selbst in diesem schwache Dämmerlicht entging mir sein anklagender, ja haßerfüllter Blic nicht.

»Der Polizist, den er fast erstochen hätte, ist noch nicht auf der Damm«, erklärte mir der Wärter im vorübergehen. »Es wird noc eine ganze Weile dauern, bis er wieder arbeiten kann.«

»Mach dir keine Sorgen, Brod!« rief ich. »Du kannst dich ruhig auf mich verlassen. Bald bist du wieder frei.«

Vergeblich wartete ich auf eine Antwort. Statt dessen glaubte ich ein säuerliches Lächeln auf seinem Gesicht zu bemerken.

Mit viel Geklappere sperrte der Wärter Gregors Zelle auf. Der Gefangene saß mit gefalteten Händen und hängendem Kopf auf der Pritsche. Der Lärm, den der Gefängniswärter veranstaltete, hätte Tote geweckt, doch Gregor nahm unsere Gegenwart nicht zur Kenntnis. Er sah nicht einmal auf.

»Besuch für den Vampir«, verkündete der Wärter mit der Feierlichkeit eines englischen Butlers.

»Zeigen Sie gefälligst etwas Respekt!« fuhr ich ihn an.

Noch immer rührte sich Gregor nicht. Nur seine Augen waren geöffnet. Er fixierte irgendeinen Punkt auf dem Boden.

»Gehen Sie weiter«, sagte der Wärter, aber ich blieb wie angewurzelt auf der Türschwelle stehen. Lag es an der Angst davor, den Ort zu betreten, den das Schicksal für mich bestimmt hätte, wenn es gerecht gewesen wäre.

»Ich bin's«, murmelte ich schließlich. »László.«

Beim Klang meines Namens hob er langsam den Kopf und drehte sich zu mir um. Ich erschrak, als ich sah, daß Helenes Blut noch immer an seinen Wangen klebte.

»Ja«, sagte er, und auf seinen Lippen spielte ein abwesendes Lächeln. Ich fragte mich, ob er mich wirklich erkannt hatte.

»Sie haben ihn sich ja nicht einmal waschen lassen!« schrie ich den Wärter an. »Holen Sie etwas Wasser! Und ein Handtuch, ein sauberes Handtuch!«

Als er gegangen war, um meinen Anweisungen Folge zu leisten, drehte ich mich wieder zu Gregor um. »Ich kann dir gar nicht sagen, wie leid es mir tut, daß sie dich hier eingesperrt haben.« Ohne es zu merken, war ich nun doch in die Zelle getreten. »Wir wissen beide...«, ich wählte meine Worte mit Bedacht, weil Brod nebenan alles hörte, »wir wissen beide, daß du unschuldig bist. Aber mach dir keine unnötigen Sorgen. Hier liegt eindeutig ein Irrtum vor.«

Ich wartete vergeblich auf eine Reaktion. Ja, er schien mich gar nicht zu hören. »Sieh mich doch bitte an«, murmelte ich. »Ich werde dafür sorgen, daß der Fall geklärt wird. Das habe ich Elisabeth versprochen. Sie macht sich schreckliche Sorgen um dich.«

Hinter mir hörte ich das Gepolter von schweren Stiefeln. De Wärter brachte eine weiße Emailleschüssel, aus der dünne Damp schwaden in die kalte Luft aufstiegen. Über seinem Arm hing ei abgewetztes graues Handtuch. Ich trat beiseite, damit er die Schüs sel auf der Pritsche abstellen konnte.

Mit einem tiefen, dankbaren Seufzer tauchte Gregor beid Hände ins Wasser. Fasziniert sah ich zu, wie das Wasser sich lang sam rot färbte.

»Würdest du mich bitte entschuldigen?« bat mich Gregor hö lich. Erst jetzt merkte ich, daß sein Blick schon die ganze Zeit au mir geruht hatte.

»Aber natürlich«, stammelte ich verwirrt. Freilich verletzte e mich, daß er sich vor mir, seinem Freund, nicht das Gesicht und di Hände waschen wollte. Waren wir uns in der kurzen Zeit so frem geworden?

»Wir haben hier so wenig Privatsphäre«, erklärte er.

In diesem Loch gab es keine zweite Sitzgelegenheit. Also zog ic mich zum Tisch des Wärters zurück und wartete dort. Nach eine Weile kam ich mir schon selbst eingesperrt vor und fing an, nervö zwischen dem Tisch und Gregors Zelle hin und her zu laufen. Abe dann fühlte ich mich wieder Brods finsterem Blick ausgesetzt, s daß ich schnell zum Wärter zurückkehrte.

Ich wartete eine Viertelstunde, ohne daß Gregor wieder nach mi rief. Schließlich trat ich unaufgefordert zu ihm in die Zelle. Er sa genauso da wie vorhin, nur sah er diesmal sofort zu mir auf.

»So fühle ich mich schon viel besser«, meinte er lächelnd.

Irgendwie konnte ich mich des Eindrucks nicht erwehren, daß e mit einem anderen sprach. Seine Miene wirkte so abwesend, un unsere frühere Vertrautheit war wie weggeblasen.

»Sie halten mich für einen Vampir, weißt du?«

»Vollkommener Unsinn!«

»Aber die Wahrheit ist viel schlimmer. Sie kennen sie nur noc nicht.«

»Sie werden sie schon noch erfahren, das schwöre ich dir.«

»Werden sie dir glauben?«

Darauf fiel mir keine Antwort mehr ein. Gregor sah zu dem win zigen Fenster hinauf, und mir kam es so vor, als lächelte er in sic hinein.

»Ich habe sie heute morgen gehört«, sagte er leise.

»Wen?« fragte ich. Langsam fürchtete ich um seinen Verstand.

»Die Meute draußen. Sie verlangen den Vampir. Ich glaube, sie wollen mich verbrennen.«

»Soviel ich weiß, rammt man Vampiren einen Pfahl in die Brust«, korrigierte ich ihn, und er dankte es mir mit einem schiefen Lächeln. Kurzzeitig war er wieder ganz der alte. Das machte mir Mut. Ich wollte ihn spontan umarmen, doch er hob abwehrend beide Hände.

»Ich habe dich gesehen.«

Ich wich zurück. »Ja, natürlich.«

»Erst als die Chorprobe vorbei war, dämmerte mir, daß du hinten in der Kirche gestanden hattest.«

»Ja.«

»Warum bist du gekommen?«

»Um dich zu sehen. Ich wollte dich um Hilfe bitten. Ich wollte beichten, wollte mit allem… aufhören.«

»Als mir klar wurde, daß du es warst, bin ich dir gefolgt. Und dann habe ich dich gesehen. Aber du bist in einer Seitengasse verschwunden. Und ich bin in die falsche Straße abgebogen und habe dich aus den Augen verloren. Ich habe drei oder vier verschiedene Straßen abgesucht – jedesmal ohne Erfolg.«

»Ich wünschte, du hättest mich gefunden. Glaubst du mir das? Ich wünschte, du hättest mich rechtzeitig eingeholt.«

»Im Fleisch ist es anders. Sünde ist kein abstrakter Begriff.« Er sah mich mitleidig an.

»Du sollst wissen, daß ich Kraus alles gesagt habe.«

»Und?«

»Er hat mir nicht geglaubt.«

»Aber du hast es ihm gesagt?« Er lachte, ununterbrochen den Kopf schüttelnd, in sich hinein.

»Und ich werde es ihm wieder sagen«, erklärte ich. »Das wäre doch gelacht, wenn ich es ihm nicht beweisen könnte.«

Das erheiterte Gregor nur noch mehr. »Ach ja?«

»Das finde ich überhaupt nicht komisch«, protestierte ich, aber er achtete nicht mehr auf mich.

Er wollte noch etwas sagen, brachte aber vor Lachen kein Wort heraus. Endlich beruhigte er sich wieder. »Ich muß Gottes Narr sein«, stöhnte er.

»Nein, das darfst du nicht glauben!«

Es hatte keinen Sinn. Gregor schüttelte sich schon wieder vc Lachen.

Bei meiner Ankunft hatte die Menge vor der Polizeiwache noch au Müßiggängern und Schwätzern bestanden, aber als ich da Gebäude wieder verließ, war sie beträchtlich angeschwollen un wirkte entschlossener, aggressiver. Vereinzelt ertönten Rufe wi »Wir wollen Brod! Laßt Brod frei!« Aus einer anderen Ecke hört ich die Forderung: »Verbrennt den Priester!« Die Rufe erstarbe allesamt schnell, als klar wurde, daß ich etwas sagen wollte.

»Gute Leute, hier liegt ein schrecklicher Irrtum vor!« fing ich a Zu meiner Überraschung wurde das mit Beifall begrüßt, und wied wurde Brods Freilassung gefordert. Ich begriff, daß sie meine Wor falsch verstanden hatten.

Kraus erschien nun neben mir. »Wir werden die Beschuldigun gen gegen Ihren Diener fallenlassen, Graf. Das können Sie ihne ankündigen.«

»Aber er hat einen Ihrer Beamten fast erstochen«, protestiert ich.

»Das spielt jetzt keine Rolle mehr. Wir sind mitten in der Nacl über ihn hergefallen. Was hätte der Bursche da anderes tun sollen Sagen Sie es ihnen, Graf. Das wird sie von Pater Gregor ablenken.

»Hört her!« schrie ich. Tatsächlich verstummte die Menge. »W haben den Mörder noch nicht!« Hier und da ertönte ein mißbill gendes Gemurmel, aber niemand wagte, mir offen zu widerspre chen. »Ich bin überzeugt, daß weder Pater Gregor...« Wiede schwollen die Proteste an. Ich verschaffte mir mit erhobener Han noch einmal Aufmerksamkeit. »Daß weder Pater Gregor noc Brod des Mordes schuldig sind. Inspektor Kraus hat mir gesagt, da die Anklage gegen Brod fallengelassen wird und er das Gefängn verlassen kann.« Dafür gab es tosenden Applaus, obwohl die me sten Brod bestenfalls flüchtig kannten.

»Und Pater Gregor wird auch bald rehabilitiert, daran habe ic nicht den geringsten Zweifel. Bis dahin wollen wir ihn alle in unser Gebete einschließen.« Der letzte Teil meiner Ansprache ging fre lich im neu eingesetzten Getöse unter.

»Wenn sich die Gemüter nicht in ein, zwei Tagen beruhi

haben«, flüsterte Kraus mir zu, »lasse ich den Pfarrer zur eigenen Sicherheit nach Kolozsvar verlegen.«

»Die Vernunft wird bestimmt siegen«, antwortete ich mit einem resignierenden Nicken.

Dann sah ich Jakob sich durch die Menge zu mir durchkämpfen. Zu meiner Erleichterung hatte er die Ledertasche dabei, in der er die Kavalleriepistole aufbewahrte.

»Ich gehe zu Fuß«, beschied ich ihm, sobald er die Treppe erreicht hatte. »Nimm Brod im Zweispänner mit.«

»Du solltest lieber noch eine Stunde warten«, meinte Kraus an Jakob gewandt. »Bis dahin werden sie sich beruhigt haben. Und dann fährst du vor dem Hintereingang vor.«

Ich wartete eine günstige Gelegenheit ab, um in aller Stille zu gehen. Der Inspektor leistete mir solange Gesellschaft und begleitete mich dann zum Hinterausgang. Auf dem Weg durch die Halle nahm er vom Tisch eines Beamten ein verschnürtes Päckchen und reichte es mir. »Ich glaube, das gehört Ihnen.«

Trotz der Verpackung erkannte ich die Umrisse meines Skalpells wieder.

»Paßt in Ihrem ordentlichen, wissenschaftlichen Verstand alles zusammen, Inspektor?«

»Völlig geht es leider nie auf.«

»Und wo paßt dieses Stück in das Puzzle?« fragte ich und hielt das Päckchen hoch.

»Wenn es nicht paßt, dann beweist das, daß es kein Teil des Puzzles ist.« Aber so ganz überzeugt wirkte er selbst nicht.

Jakob hatte recht: Der Frühling lag in der Luft. Auf dem Heimweg wurde mir schnell warm. So hielt ich auf der Brücke an und zog den Mantel aus. Gerade hatte ich auch den Hut abgenommen, um mir die Stirn abzuwischen, als ich eine Stimme hinter mir hörte.

»Bravo, Graf!« Es war Oberst Rado. Er mußte am Ufer gesessen haben. Jetzt trat er heran und hockte sich lässig auf die Brüstung. In seinen Zigeunerlumpen schien er sich ganz wohl zu fühlen.

»Eine höchst politische Ansprache«, spottete er. »Pontius Pilatus wäre stolz gewesen. ›Laßt Barabas frei!‹ Aber wir dürfen uns nicht von der Kommunalpolitik ablenken lassen. Das neue Regime wird schon dafür sorgen, daß Pater Gregor kein Härchen gekrümmt wird.«

»Gilt immer noch morgen nacht?«

»Absolut. Seit unserem letzten Gespräch hat es ein paar geringfi gige Änderungen gegeben. Nichts Wichtiges.«

»Was für Änderungen?«

»Wir haben entdeckt, daß es eine undichte Stelle in unserer Org nisation gibt, aber keine Sorge, der Schaden ist schon wieder beh ben. Wir lassen uns davon nicht aufhalten.«

»Aber wie können wir sicher sein, daß die Sache wirklich gla über die Bühne geht?«

»Das können wir nicht. Man muß immer mit Sabotage rechne Oder daß der Prinz im letzten Moment doch noch kalte Füß kriegt.«

»Und er kommt bestimmt?«

»Nicht unbedingt. Aber Sie kommen. Erinnern Sie sich noch a die Schlucht, die wir letzten Herbst erkundet haben? Morgen nach werden Sie mit einer Laterne im Tal unten sein.«

»Ich werde eine leichte Beute sein.«

»Es ist eine Frage des Vertrauens, Graf. Sie verlassen sich doc sicher darauf, daß Seine Königliche Hoheit Wort hält?«

»Selbstverständlich.«

»Dann brauchen Sie sich um nichts zu sorgen. Wie dem auch se der Prinz und seine Leute wollen jede Gefahr ausschließen. Da Risiko tragen allein wir. Ein Mann mit Laterne, der die Gegen kennt. Das sind ihre Bedingungen.«

»Und danach?«

»Der Prinz wird auf dem Schloß bleiben, bis er erfahren hat, da die politischen Korrekturen zu seiner Zufriedenheit vollzogen sin Dann wird er mit dem Zug nach Budapest reisen und sich dort a Held feiern lassen. Damit wären wohl alle Fragen beantworte Wenn Sie jetzt weitergehen, drehen Sie sich am besten nicht meh um, Graf. Ab sofort werden wir immer ganz in Ihrer Nähe sein.

Am liebsten hätte ich Rado über das Geländer gestoßen und mi samt seinen unseligen Machenschaften ein für allemal aus der We geschafft. Aber jetzt erahne ich die Konturen meines wahre Schicksals. Der Fluß der Ereignisse hat mich mitgerissen, und ic werde gewiß nicht gegen den Strom schwimmen.

Ich zog mich in die Bibliothek zurück, obwohl mir klar war, daß Elisabeth mich am Ende aufspüren würde. Sie will Gerechtigkeit und wird vor nichts haltmachen. Mein Leben, mein Ruf interessieren sie nicht mehr.

Als wenig später jemand leise klopfte und gleich darauf die Tür aufging, rechnete ich eigentlich mit Elisabeth. Aber dann war es Stephanie, die hereingeschlüpft kam und sich mit einem hastigen Blick über die Schulter vergewisserte, daß niemand sie gesehen hatte.

»Das ist aber ein unerwartetes Vergnügen!« rief ich. »Aber sollten Sie nicht besser die Tür offenlassen, solange Sie bei mir sind?«

»Ich habe keine Angst davor, mit einem Mann allein zu sein«, erwiderte sie und nahm beiläufig mein Buch in die Hand, um zu sehen, was ich gelesen hatte.

»Natürlich, aber eine Dame muß auf ihren Ruf achten.«

»Warum? Kann man Ihnen etwa nicht trauen?«

An diesem Punkt hätte ich streng werden, sie über die Grundregeln des Anstands belehren müssen, aber das tat ich nicht. Ich habe keine Entschuldigung dafür. Anstatt auf die innere Stimme zu hören, die mir Einhalt gebieten wollte, achtete ich nur noch auf meinen beschleunigten Puls, auf meinen flacheren Atem, auf ein Prikkeln in der Magengrube und auf jenes wollüstige Gefühl der Ohnmacht, das mich immer dann überkommt, wenn ich drauf und dran bin, der Versuchung nachzugeben.

»Ob man mir vertrauen kann, müssen Sie selbst entscheiden. Aber in Sachen Etikette habe ich gelernt, daß es den meisten auf den äußeren Schein ankommt und nicht darauf, was tatsächlich geschieht.«

»Ich glaube, ich kann Ihrer Diskretion vertrauen.«

Natürlich merkte ich, daß sie Angst hatte und bei weitem nicht die versierte Verführerin war, wie sie mir weismachen wollte. Ich ging um den Tisch herum zu ihr.

»Sie sind ein reizendes junges Fräulein«, sagte ich und sah ein Lächeln über ihr Gesicht huschen, das sie aber gleich wieder unterdrückte. Sie bemühte sich erfolglos, ihre Freude über das Kompliment zu verbergen, sah schüchtern zu mir auf und sofort wieder weg. Ich ergriff ihre Hand. »Aber ich wäre ein Schuft, wenn ich daraus Vorteile ziehen würde«, vollendete ich meine Gedanken.

Nun musterte sie mich auf einmal mit einem leicht spöttische Ausdruck in den Augen. Das war doch wirklich verwirrend. Vo einem Moment auf den anderen wechselten sich bei ihr Naivitä und Raffinesse ab. Plötzlich kam ich mir wie das unschuldige Opfe vor. In dieser Hinsicht glich sie der jungen Nicole, nur floh sie nich vor mir. Ich brauchte ihr nicht nachzujagen.

»Aber ich möchte, daß Sie einen Vorteil daraus ziehen«, erklärt sie. »Von ausnutzen könnte darum keineswegs die Rede sein.«

Ein Mann kann mit einer unverheirateten Frau nur wenige Minu ten allein in einem Zimmer sein. Anstandsdamen und Mama bewachen ihre Schützlinge mit Argusaugen und machen sich sofor auf die Suche, wenn sie einmal nicht genau wissen, wo sie sind Jeden Augenblick konnten Elisabeth, Nicole oder eines von de Hausmädchen hereinplatzen, aber Stephanie wirkte völlig unbe schwert. Sie hatte den Kopf abgewandt, und ich bemerkte, daß sic ihr Busen rasch hob und senkte. Sie wartete darauf, daß ich si küßte. Als ich mich über sie beugte, hob sie das Gesicht. Ihre Lippe waren halb geöffnet, ihre Augen halb verschleiert.

»Sollen wir uns morgen abend treffen?« murmelte ich.

»Heute abend«, flüsterte sie lächelnd. Ihre Augen waren noc immer geschlossen.

»Morgen ist sicherer.«

Sie öffnete enttäuscht die Augen. Vorsicht war nicht romantisch Ohne Gefahr konnte es für sie kein Abenteuer geben.

»Morgen«, wiederholte ich. »Dann haben Sie Zeit, es sich ander zu überlegen.«

»Ich will es mir aber nicht anders überlegen.«

Sie hätte mich umarmt, aber ich bewegte mich schon auf die Tü zu.

»Morgen abend«, sagte ich mit der Hand an der Klinke. »Um el In der Laube im Rosengarten.«

»Es könnte sein, daß ich zu spät komme.«

Sie lehnte sich gegen die Tür, so daß ich sie nicht mehr öffne konnte, lotete ihre neugewonnene Macht über einen Mann aus.

»Sie müssen das Haus über die Hintertreppe durch den Dienstbo tentrakt und die Küchentür verlassen. Ich werde dafür sorgen, da sie offen ist.«

All diese Einzelheiten machten den Augenblick klein und häß

lich. »Ich werde dort hinausgehen.« Sie deutete auf die Terrassentüren.

»Nein«, sagte ich abrupter, als es ein Liebhaber hätte tun sollen. »Brod wird am Fuß der Haupttreppe Wache halten.«

»Dann verbieten Sie es ihm doch einfach.«

»Seit der Sache mit dem Vampir verbringt er jede Nacht dort. Er würde Verdacht schöpfen, wenn wir das von heute auf morgen änderten.«

»Sie können ihm doch sagen, daß das seit Pater Gregors Verhaftung nicht mehr nötig ist.«

Draußen hörte ich jemanden durch die Vorhalle gehen.

»Niemand in diesem Haus glaubt auch nur im entferntesten daran, daß Gregor der Mörder sein soll«, sagte ich schnell.

So hatte sie sich das nicht vorgestellt. Sie runzelte verärgert die Stirn.

Ich ergriff wieder ihre Hand. »Tun Sie mir den Gefallen?«

Ich drückte ihre Finger auf meine Lippen, sah ihr tief in die Augen. Allmählich hellte sich ihre Miene auf, das Vertrauen kehrte zurück, und jetzt funkelten auch ihre Augen wieder.

»Morgen«, flüsterte sie und war verschwunden.

13. APRIL 1888, NACHMITTAG

Ich bin kaum noch zum Schreiben fähig. Das Unglück, das uns befallen hat, das Grauen, das ich mitansehen mußte, übersteigt mein Fassungsvermögen. Und doch weiß ich, daß es keine Möglichkeit gibt, das Geschehene zu verarbeiten, außer durch Schreiben. Nur weil ich meine Gedanken in diesem Tagebuch festhalte, vermag ich ein gewisses Maß an Objektivität zu erreichen, die Ereignisse in meinem Leben mit einem bestimmten Abstand zu betrachten. Und jetzt habe ich das nötiger denn je, wenn ich nicht wahnsinnig werden will.

Weil noch immer kein Ende von Gregors Haft abzusehen war, herrschte beim Frühstück eine angespannte Atmosphäre.

»Manchmal sind die Menschen nicht das, was sie zu sein scheinen«, bemerkte Lothar. »Ja, ich glaube sogar, daß sie es in den seltensten Fällen sind.«

Elisabeths Augen blitzten auf. »Schon allein der Verdacht, Gr gor könnte ein so gemeines Verbrechen begangen haben, ist ein bodenlose Unverschämtheit!«

»Sieht so aus, als säße der Inspektor ganz schön in der Patsch Der Pöbel schreit nach dem Blut des Paters, und die Mächtigen hie oben verlangen seine Freilassung.«

»Ich fürchte, die nächste Beförderung von Kraus wird nicht gan seinen Wünschen entsprechen«, sagte Elisabeth. Noch nie hatte ic sie so schroff erlebt.

»Nach Herzegowina?« schlug Lothar vor. »Oder die Insel Krk?

»Es ist nicht Kraus' Fehler«, wagte ich einzuwerfen.

»Wessen Fehler denn sonst?« schnappte Elisabeth zurück. Zun erstenmal seit Gregors Festnahme brachte sie es über sich, mir wie der in die Augen zu sehen, doch ihr Gesicht war von Haß und Ver achtung verzerrt.

»Ich glaube, er tut nur seine Pflicht«, sagte ich. »Im Moment deu ten ja auch alle Indizien auf Gregor. Aber sobald sich die Beweislag ändert, wird er ihn bestimmt freilassen.«

»In der Stadt geht das Gerücht, Sie hätten Kraus angeboten anstelle des Paters ins Gefängnis zu gehen, bis seine Unschul bewiesen ist«, bemerkte Lothar beiläufig.

»Das stimmt nicht ganz«, erwiderte ich.

Elisabeth starrte stumm auf ihren Teller. Inzwischen haßt si mich. Sie wünscht sich, ich wäre tot, dessen bin ich mir sicher.

»Wie ich gehört habe«, sagte Lothar gedehnt, »haben Sie di Morde praktisch gestanden.« Er legte eine Pause ein, ließ die Erklä rung wie einen Köder vor mir hin und her baumeln. »Aber di Behörden wollten nicht zulassen, daß Sie sich für Ihren Freun opfern.«

»Ja«, seufzte ich. »Das habe ich dem Inspektor gesagt.«

»Aber er hat dir nicht geglaubt«, höhnte Elisabeth.

»Nein«, erwiderte ich ruhig.

»Ich nehme an, deine Argumente waren nicht sehr überzeu gend?«

Darauf hatte ich nichts mehr zu sagen.

»Trotzdem, es war eine großartige Geste«, sagte Lothar nich minder ironisch. Er genoß die Situation so sehr, daß ich fürchtete, e würde mir zuzwinkern.

Ich wechselte das Thema. »Heute morgen habe ich eine Nachricht von Kraus bekommen. Er sorgt sich um Gregors Sicherheit und möchte ihn noch heute nach Kolozsvar überführen.«

»Kann ich ihn vorher noch besuchen?« fragte Elisabeth.

»Ich glaube nicht, daß das eine gute Idee wäre«, meinte ich. »In der Stadt gärt es. Gestern nachmittag hat es vor der Polizeiwache wieder einen Aufruhr gegeben. Das ganze Gesindel hat sich zusammengerottet.«

»Kann ich ihn wenigstens am Bahnhof sehen? Es ist ja vielleicht das letzte Mal.«

»Die Sache ist vertraulich, aber er wird nicht zum Bahnhof gebracht. Dort hängen zu viele üble Gestalten herum. Kraus hat veranlaßt, daß der Zug außerhalb der Stadt hält. Dort soll Gregor einsteigen. Aber das darf natürlich niemand wissen.«

»Du wirst ihn ja wahrscheinlich noch einmal sehen. Kannst du ihm etwas von mir geben – ein Gebetbuch?«

Das Frühstück war beendet. Die Damen erhoben sich; Lothar streckte sich und erklärte, er werde eine Zigarre rauchen gehen; ein Hausmädchen räumte den Tisch ab – nur meinen kalten Kaffee, den ich noch nicht ausgetrunken hatte, ließ sie mir zurück. Ich war allein mit melancholischen Gedanken an den Abschied von Gregor, als plötzlich die Tür aufflog und Stephanie ins Zimmer gestürzt kam.

»Ich war sicher, daß ich meine Tasche auf dem Stuhl liegengelassen habe!« rief sie. »Aber sie ist nicht da.«

Ich nahm an, daß sie nur einen Vorwand gesucht hatte, um mir zu sagen, daß sie es sich doch anders überlegt hatte. Und so trat ich vor, um ihr die Tür aufzuhalten.

»Sie sind so edel«, flüsterte sie mir im Vorbeigehen zu. »Sich für einen Freund zu opfern!« Sie sah mir nur für einen kurzen Moment in die Augen, aber ich merkte, daß sie mit den Tränen kämpfte.

Ich las gerade im Salon Zeitung, als Lothar von seinem Spaziergang zurückkehrte. Mit einem Stoßseufzer ließ er sich auf die andere Seite des Sofas plumpsen und nahm ein Magazin in die Hand. Eine Weile lasen wir beide Seite an Seite. Freilich entging mir nicht, wie rastlos er war. Schließlich drehte er sich zu mir hin und flüsterte mir ins Ohr: »Sie wissen doch, daß Sie es Gregor schuldig sind, es wieder zu tun, nicht wahr?«

»Ich habe nicht die leiseste Ahnung, was Sie meinen.«

»Sie können von Glück reden, daß ich nicht Kraus bin.«

»Wieso denn?«

»Ich hätte Ihnen geglaubt. Ich hätte Sie auf der Stelle in Ketten gelegt.«

»In dem Moment dachte ich noch, es würde sich lohnen. Aber wie Sie sagen, es war eine sinnlose Geste. Trotzdem habe ich alles versucht, um Gregor aus diesem stinkenden Loch rauszuholen.«

»Wollen Sie ihn jetzt im Gefängnis von Kolozsvar verrotten lassen?«

»Natürlich nicht.«

»Dann brauchen Sie nichts anderes zu tun, als noch eine Frau umzubringen.«

»Seien Sie nicht albern.«

»Das würde ihn augenblicklich entlasten.«

»Nein!«

»Sie werden es ohnehin tun. Früher oder später bringen Sie die nächste Frau um. Warum nicht jetzt, wo Sie etwas Gutes damit erreichen können? Tun Sie es jetzt, und nehmen Sie mich mit!«

Es war einer jener Frühlingstage, an denen die Natur ihre ganze Pracht entfaltet und den Menschen deren Häßlichkeit vor Augen führt.

Jakob fuhr mich zur Polizeiwache. Das Verdeck hatte er aufgeklappt, damit ich die Sonne genießen konnte. Heute war ich zur Abwechslung froh, den schweren Beutel neben ihm auf dem Kutschbock liegen zu sehen, denn die Wogen schlugen hoch in der Stadt. Man kann nie wissen, wozu abergläubische Hysteriker alles in der Lage sind. In der Hand hatte ich das Gebetbuch, das Elisabeth Gregor schenken wollte.

Ursprünglich hatte ich beabsichtigt, mich auf der Polizeiwache von ihm zu verabschieden, ihm das Gebetbuch zu geben und ihm zu versichern, daß ich Himmel und Hölle in Bewegung setzen würde, um ihn rauszuholen. Aber als ich sah, was für eine Stimmung sich da in der Meute vor der Polizeiwache zusammenbraute, änderte ich meine Pläne. Heute mußte ich all meinen Einfluß geltend machen, um für Gregor eine sichere Fahrt zum Zug zu gewährleisten. Das war nicht mehr die zornige, doch wankelmütige Menge von gestern, das waren zu allem entschlossene Leute, und ich hielt sie für weitaus gefährlicher.

Ich wurde sofort erkannt, und die Menge teilte sich, um meine Kutsche durchzulassen. Dennoch stieg ich aus und ging zu Fuß weiter. Ich wollte mich zwischen ihnen bewegen, von ihnen gesehen werden. Hier und da kannte ich ein Gesicht, größtenteils waren es aber Bauern von außerhalb der Stadt. Zwischen ihnen trieben sich die üblichen zerlumpten Schurken herum, die bei solchen Gelegenheiten immer anzutreffen sind. Am Rande der Menge standen mehrere Kutschen von sensationsgierigen Bürgerfamilien, die zu diesem Zeitpunkt sogar ihre Picknickkörbe mitgebracht hatten.

Mir wurde schnell klar, daß Gregors Abtransport nach Kolozsvar kein Geheimnis mehr war. Umherstreifende Banden patrouillierten um das Gebäude herum und hielten Ausschau nach Beamten, die versuchten, den Gefangenen durch eine Seitentür herauszuschmuggeln. An einer Reihe übernervöser Polizisten vorbei, die das Gebäude bewachten, verschaffte ich mir Eintritt. In der Vorhalle traf ich Inspektor Kraus an, der rastlos auf und ab lief. Ihm war längst klar, daß sein ursprünglicher Plan, Gregor außerhalb der Stadt in den Zug zu setzen, nicht mehr funktionieren würde.

»Ich werde dafür sorgen, daß er sicher zum Zug gelangt«, erklärte ich.

»Dafür bin immer noch ich zuständig!« fuhr Kraus mich an. »Es ist meine berufliche Pflicht.«

»Das ist mir klar«, lenkte ich ein. Ich gab mir jede Mühe, in dieser ohnehin schon angespannten Atmosphäre nicht für zusätzlichen Zündstoff zu sorgen.

»Ich habe bereits nach Kolozsvar um Verstärkung gekabelt.«

»Durch Säbelrasseln verschärfen Sie die Lage doch nur.«

»Bis zum Bahnhof ist es weniger als eine Meile. Wenn die Verstärkung kommt, können wir die Sache endlich durchziehen.«

»Ich finde nicht, daß wir noch länger warten sollten«, gab ich zu bedenken. »Da draußen sind Unruhestifter, die die Menge aufstacheln.«

»Und was ist dann Ihr Plan, Graf?«

»Meiner Meinung nach kann Pater Gregor nichts geschehen, solange ich bei ihm bin. Ich habe hier einen guten Ruf. Sie werden uns nichts tun.«

»Nein. Wir werden ihn in der Polizeikutsche transportieren. Sie ist geschlossen. Es gibt nur ein winziges Fenster, und das ist vergittert.«

»Wir werden in meiner Kutsche fahren«, beharrte ich.

»Aber sie werden ihn herauszerren.«

»Ketten Sie doch Pater Gregor mit Handschellen an mich. Ich werde sein lebendes Schutzschild sein.«

»Ich weiß nicht, Graf. Es gibt da so viele Unwägbarkeiten.«

»Ich glaube nicht, daß die Polizei bewährte Methoden für den Umgang mit Vampiren hat.«

»Erzählen Sie mir bloß nicht, daß Sie an diesen Unsinn glauben«, schnaubte Kraus.

»Natürlich nicht. Aber wir haben es mit einer zutiefst irrationalen Horde zu tun. Jakob wird uns fahren. Sie werden auf der einen Seite sitzen, Pater Gregor und ich auf der anderen. Die Pferde werden zügig traben, aber nicht galoppieren. Auf keinen Fall darf es wie eine Flucht aussehen. Wir werden vor dem Haupteingang in die Kutsche steigen. Wir werden die ganze Zeit zu sehen sein, und wenn wir durch die Menge fahren, werde ich die Hand heben, damit sie sehen, daß Pater Gregor und ich aneinandergekettet sind und sein Schicksal auch das meine ist.«

Nach meinem gestrigen Besuch hatte ich mir große Sorgen um Gregors geistige Verfassung gemacht, aber heute wirkte er gefaßt, wenn auch sehr still. Verdankte er diesen Gleichmut seinem Glauben, aus dem er Kraft schöpfte? Nun, ich wünschte es ihm jedenfalls. Über Elisabeths Gebetbuch freute er sich sehr. Er erkundigte sich nach ihr und bat mich, ihr auszurichten, daß er sich demütig in sein Schicksal fügte.

»Unsinn!« tadelte ich ihn. »Du fährst heute nach Kolozsvar. Ich bringe dich persönlich zum Zug.«

»Ach ja«, murmelte er mit einem rätselhaften Lächeln, das mich vollkommen aus dem Konzept brachte.

»Kolozsvar ist sicherer«, beharrte ich. »Damit gewinnen wir etwas Zeit und können bestimmt den Beweis für deine Unschuld antreten.«

Ich hatte nicht geahnt, wie unbequem Handschellen sein können. Mit verlegener Miene schloß der Konstabler den Stahlring um mein Gelenk und sperrte zu. Im ersten Moment fürchtete ich, die Hand würde mir absterben, weil das Blut sich staute, und wollte ihn schon bitten, die Handschelle etwas lockerer einzustellen. Doch dann sagte ich mir, daß Gregor ja unter den gleichen Unannehmlichkeiten zu leiden hatte und auch nicht klagte.

Sobald wir in der Tür erschienen, brüllte die Menge los.

»Er ist mit dem Satan im Bunde!«

»Antichrist!«

Ich setzte zu einer Erklärung an, daß die Gerechtigkeit den Behörden überlassen werden müsse, aber in dem Geschrei konnte ich meine eigenen Worte nicht verstehen. So zeigte ich ihnen nur unsere aneinandergeketteten Hände. Bei ihrem Anblick verstummten sie. Es muß sie verwirrt haben, Gut und Böse auf diese Weise vereint zu sehen. Wir machten uns ihre Verwirrung zunutze und kletterten in die Kutsche.

»Fahr los!« wies ich Jakob an. »Aber langsam, hast du verstanden?«

Doch in seiner Angst gab er den Pferden die Peitsche. Die freilich waren in dieser dichtgedrängten Menge ohnehin schon nervös und bäumten sich auf. Nicht auszumalen, was passiert wäre, wenn sie losgaloppiert wären, aber ein beherzter Bauer verhinderte die Katastrophe, indem er eines der Pferde am Zügel packte und sie so wieder bändigte.

Damit waren wir jedoch auf Gedeih und Verderb der Meute ausgeliefert. Jakob konnte fluchen und an den Zügeln zerren, soviel er wollte, die Pferde rührten sich nicht von der Stelle, solange irgendwelche Männer sie festhielten.

»Zum Bahnhof«, sagte ich schließlich. Zu meiner Erleichterung deutete der Mann, der die Pferde gebändigt hatte, einen Salut an und ließ sie lostraben.

Auf diese Weise legten wir die Meile bis zum Bahnhof zurück. Es war eine sonderbare Prozession. Wie bei einem Leichenzug schritten die Menschen auf beiden Seiten mit ernsten, grimmigen Gesichtern neben uns her. Aber alles verlief in geordneten Bahnen. Sie geleiteten Gregor zum Bahnhof, wenn auch zu ihren Bedingungen. Trotzdem war es eine bedrückende Erfahrung, von einem Strom einfach mitgerissen zu werden, ohne daß man selbst etwas tun konnte.

Gregor schien nichts davon mitzubekommen. Er ließ sich die

Sonne ins Gesicht scheinen, seine Augen waren geschlossen, und auf seinen Lippen spielte ein leises Lächeln.

Ich legte meine freie Hand auf sein Knie. »Es wird alles wieder gut«, murmelte ich. Er nahm es mit einem langsamen Nicken zur Kenntnis, ohne dabei die Augen aufzuschlagen.

Der Zug wartete bereits auf dem Bahnsteig. Von Zeit zu Zeit stiegen große Rauchwolken auf. Auch hier empfing uns eine Menschenmenge. Kaum erblickten sie uns, kamen uns mehrere Männer entgegengerannt. Sie waren erregt und schrien, aber ich ging davon aus, daß sie nichts gegen die Mehrheit ausrichten würden.

Auf dem Bahnhofsplatz hielt unsere Eskorte an. Wir konnten bereits die Waggons sehen und das Stampfen der Lokomotive hören, wagten aber noch nicht auszusteigen. Weiter vorne war ein Streit ausgebrochen. Worüber die Leute sich so erregten, konnten wir nicht erkennen. Plötzlich begriff ich, daß das überhaupt kein Streit war. Diejenigen, die die ganze Zeit am Bahnhof gewartet hatten, setzten wild gestikulierend die Neuankömmlinge über irgend etwas in Kenntnis. Von einer Sekunde auf die andere schlug die Stimmung um. Auf einmal ballten unsere Begleiter aufgebracht die Fäuste und brachen in erregtes Geschrei aus. Der Lärm schwoll an, pflanzte sich bis zu uns fort.

»Leichen in der Kirche... Leichen in der Krypta... lassen sie ohne Begräbnis einfach verrotten... blutleer... lebende Tote...«

»Was soll das?« schrie Kraus. Wir konnten ihn in diesem Lärm kaum hören.

»Sie haben Leichen von Opfern der Seuche gefunden«, sagte Gregor ruhig. »Wir konnten sie nicht beerdigen, weil der Boden hartgefroren war. Offensichtlich sind sie jetzt aufgetaut.«

Ich stand auf, um den Irrtum zu erklären, kam aber gegen das Getöse nicht an. Inzwischen schwankte die Kutsche in diesem Gewühl so heftig, daß ich das Gleichgewicht verlor und auf meine Bank zurückfiel. Nun kämpften sich diejenigen, die mich mit ihren wütenden Schreien aufgeschreckt hatten, bis zu uns vor. Diese grobschlächtigen Kerle waren fest entschlossen, die Justiz selbst in die Hand zu nehmen; wer ihnen im Weg stand, wurde einfach beiseite gestoßen. Die Leute um uns herum bekamen genauso Angst wie wir selbst und stemmten sich gegen den wachsenden Druck der Meute. Eine wüste Schlägerei brach aus.

Dennoch glaube ich, hätten wir noch immer das Bahnhofstor erreichen können, wenn nicht eines unserer Pferde gescheut hätte. Im nächsten Augenblick bäumte sich das andere auf. Die Kutsche machte einen gewaltigen Satz nach vorne, und ich stürzte. Wohl aus Schreck stieß eine Frau ein entsetzliches Kreischen aus.

Es muß so ausgesehen haben, als wären wir bereit gewesen, über Leichen zu gehen. Mit einem Schlag war der Mob vereint, und wir wurden von einem Sturm der Empörung förmlich verschlungen.

Ich sah Hände nach Gregor greifen, aber noch bekamen sie nur Luft zu fassen. Als sie merkten, daß wir zu hoch oben saßen, spuckten sie ihn an und beschimpften ihn mit den unflätigsten Schmähungen. Doch trotz ihres Hasses wagten sie sich nicht an ihn heran, denn für sie war er ein Jünger des Teufels und besaß womöglich übernatürliche Kräfte.

Zwei Männer hatten Jakob an den Füßen gepackt und versuchten, ihn vom Kutschbock zu zerren. »Laß sie!« rief ich ihm zu. »Wehr dich nicht! Sie haben keinen Grund, dir etwas zu tun. Tu nichts, um dich zu verteidigen! Ich verbiete es dir!«

Ich glaube nicht, daß er mich gehört hat. Doch er hätte ohnehin nichts tun können. Im nächsten Moment hatten sie ihn überwältigt, und ich sah nichts mehr von ihm.

Gleich darauf rissen sie die Tür auf und holten Kraus heraus. Gregor saß während alledem gefaßt da, als ginge es ihn gar nichts an. Wieder hob ich unsere Hände, um ihnen zu zeigen, daß wir aneinandergekettet waren – es beeindruckte sie nicht im geringsten. Es war Gregor, den sie wollten, und zwar um jeden Preis. Sie hatten sich in eine wahre Raserei hineingesteigert. Mehrere starke Männer hoben uns hoch und schleuderten uns durch die Luft. Hände fingen uns auf und warfen uns weiter. Immer wieder wurden wir auf Armeslänge auseinandergerissen und in allen möglichen Verrenkungen durch die Luft gewirbelt, daß ich meinte, die Schmerzen nicht mehr ertragen zu können.

Ein Schrei schwoll an. Ihm folgte zustimmendes Gejohle, dessen Bedeutung ich noch nicht verstand. Plötzlich wurden wir Seite an Seite auf den Rücken gelegt. Mehrere Männer packten Gregor an allen Gliedmaßen und hielten ihn mit aller Kraft fest. Wollten sie ihn zerfetzen? Aber noch warteten sie. Irgendwo hörte ich Anfeuerungsrufe, und dann brach die Menge in Triumphgeheul aus.

Anscheinend hatte nun jeder begriffen, daß sie ihn in ihrer Gewalt hatten. Ein gespenstischer Gesang setzte ein.

Ich drehte den Kopf zu Gregor herum. Er lächelte mich tapfer an.

»Nur Mut! Viele Heilige sind unter größeren Qualen gestorben.«

»Was haben sie vor?« ächzte ich.

»Das liegt doch auf der Hand.«

Er schloß die Augen. Seine Lippen bewegten sich in einem stummen Gebet. Der Gesang kam nun näher. Die Menschenmenge um uns herum teilte sich, und nun sah ich, was sie vorhatten. Sie hatten einen Holzpfosten aus dem Boden gezogen. Ein Mann riß Gregor die Soutane vom Leib, ein anderer drückte ihm den Pfahl auf die Brust. Ich sah einen Mann in Eisenbahnuniform, der einen Schlaghammer hob. Um uns herum brüllte die ganze Menge im Chor »Spießt ihn auf! Spießt ihn auf! Spießt ihn auf!«

Ich warf einen Blick auf Gregor. Und was tat der? Er lachte denen über ihm ins Gesicht!

»Es gibt keinen Gott!« schrie er plötzlich.

Seine Häscher sahen einander triumphierend an. Ein Teufelsanbeter!

Ein Dröhnen ließ mich zusammenzucken. Mit einem mächtigen Hieb drosch der Uniformierte auf den Pfahl. Gregors Augen sprangen schier aus seinem Kopf. Er hustete, bekam aber keine Luft mehr. Doch sein Brustkasten sah immer noch intakt aus, weil die Spitze des Pfahls weggerutscht war. Ein Mann legte sich quer über mich, rückte den Pfahl wieder gerade und hielt ihn für den nächsten Schlag fest.

Diesmal drang der Pfahl zwei, drei Zentimeter tief in die Brust ein. Blut sprudelte aus der Wunde und mischte sich mit der an der Spitze klebenden Erde.

»Bete!« flehte ich ihn an. »Bete für uns!«

Beim dritten Schlag sank der Pfahl tiefer ein. Jetzt müßte er doch tot sein, dachte ich, aber er drehte den Kopf zu mir herum. Vor seinem Mund bildeten sich blutige Bläschen. Er versuchte, etwas zu sagen. Seine Lippen bewegten sich lautlos, und langsam, langsam erlosch das Licht in seinen Augen.

Ein vierter, ein fünfter Schlag, doch er lebte noch immer. Ich spürte, wie sich seine Hand in der meinen verkrampfte. Der nächste Hieb brach ihm das Rückgrat. Sein ganzer Körper bog sich durch so daß die Männer, die ihn gepackt hatten, ihn kaum noch am Boden festhalten konnten. Der siebte Schlag durchbohrte ihn schließlich ganz und nagelte ihn fest.

Ein neues Geräusch vom anderen Ende der Meute her hatte ich lange nicht wahrgenommen – Schreckensschreie, überlagert vom Donnern von Hufen und gellenden Pfiffen.

Jetzt merkten es auch die Mordgesellen in meiner unmittelbaren Nähe und wirbelten herum. Ein Trupp Reiter galoppierte auf uns zu. Plötzlich stoben die Männer um mich in alle Richtungen davon. Füße flogen in wilder Stampede über meinen Kopf hinweg, und ich fürchtete schon, zertrampelt zu werden. In meinen Ohren gellten die Angstschreie des Mobs. Ich rappelte mich auf, wurde aber wieder zurückgerissen. Ich hatte ganz vergessen, daß ich ja noch immer an Gregors Hand gekettet war. In diesem Moment erblickte ich einen Reiter in Zigeunerlumpen, der blind auf die Rücken und Schultern der Leute vor sich eindrosch.

Zu meiner Rechten beobachtete ein einzelner Reiter das Chaos und preschte dann heran. Es war Oberst Rado. Als er mich erkannte, gab er seinem Hengst die Sporen. Sein Tempo machte mir Angst, zumal das Pferd genau auf mich zuhielt und ich nicht ausweichen konnte. Hatte er mir nicht gedroht, er werde mich umbringen, wenn der Plan schiefgehen sollte? Verzweifelt versuchte ich, den toten Gregor fortzuzerren, aber er ließ sich keinen Zentimeter bewegen. Der Pfahl saß zu tief in der Erde.

Doch dann hielt Rado unmittelbar vor mir an und stieg ab. Zu meinem namenlosen Entsetzen zog er den Säbel aus der Scheide. Ich hörte die Klinge durch die Luft pfeifen, und mir wurde schwarz vor Augen. Ich dachte, ich wäre tot. Es war stockdunkel, und rings um mich herrschte Stille. Ich bewegte versuchsweise meinen Arm. Er kam mir schwer vor, gehorchte aber meinem Befehl. Meine Augen waren so fest zusammengedrückt, daß ich sie nur mit Mühe aufbrachte.

Es war noch immer Morgen. Anscheinend war ich nur wenige Minuten bewußtlos gewesen. Nur war ich jetzt vollkommen allein. Von den Reitern fehlte jede Spur.

An der linken Hand störte mich ein eigenartiges Ziehen. Erst vermochte ich es nicht einzuordnen, bis mir einfiel, daß ich ja noch immer an Gregor gekettet war. Ich setzte mich auf, und nun merkte ich, daß der Tote gar nicht mehr neben mir lag. Auf einmal fiel es mir wie Schuppen von den Augen, was Rado mit seinem Säbelhieb bezweckt hatte. An meinem Handgelenk baumelte nur noch Gregors Unterarm. Dann wurde es wieder schwarz um mich.

Wie lange hatte ich wieder das Bewußtsein verloren? Ich weiß es nicht. Ein Geräusch neben mir brachte mich zurück in diese Welt. Ich drehte mich um und erkannte Jakob. Er versuchte, den Pfahl aus Gregors Brust zu ziehen. Zu meiner Erleichterung hatte er das Inferno bis auf ein paar Abschürfungen unverletzt überstanden.

Er stemmte sich in den Boden und zog mit aller Kraft – vergebens. Aus dem Erdreich vermochte er den Pfahl zwar zu ziehen, doch in Gregors Körper blieb er wie festzementiert stecken.

»Warte, ich helfe dir«, sagte ich.

Ich glaube, Jakob hatte mich bis dahin gar nicht bemerkt. Denn als ich aufstand und er mich mit dem an der Hand baumelnden Arm erblickte, stieß er einen Schrei aus und bekreuzigte sich.

Wir zogen mit aller Macht, dann trugen wir den Toten zur Kutsche und legten ihn auf den Vordersitz. Eines der Pferde war erschlagen worden. Sein Tod entsetzte Jakob fast so sehr wie der des Priesters.

Während er losging, um das andere Pferd zu suchen, sah ich mich benommen um. Auf dem Bahnhofsplatz, wo es vor kurzem noch von Menschen gewimmelt hatte, war jetzt keine Seele mehr zu sehen. Der Boden war übersät mit Kappen, Hüten und Körben, die bei der panischen Flucht weggeworfen und dann zertrampelt worden waren. Gott sei Dank gab es keine weiteren Leichen.

Ein Mann kam auf die Kutsche zugehumpelt. Es war Kraus. In den Armen trug er ein kleines Mädchen, das anscheinend seine Mutter verloren hatte.

Wie sich herausstellte, war der Schlüssel für die Handschellen verlorengegangen. Wir fuhren langsam durch die verlassene Stadt. Kraus saß mit dem Mädchen auf dem Schoß neben mir und versuchte, es zum Sprechen zu bringen. Und tatsächlich gelang es ihm, ihm alles mögliche über seine Schwestern zu entlocken. Ich muß gestehen, daß ich ihm soviel Geschick nie zugetraut hätte.

Obwohl die Sonne warm schien, zog ich meinen Umhang fester um mich und drückte Gregors Arm wie ein totes Kind an mein Herz.

Ich fühle den Sog meiner Bestimmung. Ich brauche mich nur dem Strom anzuvertrauen und mich treiben zu lassen. Leicht fällt es mir nicht, was aber nicht am fehlenden Mut liegt. Ich habe keine Angst. Was immer mich in der Schlucht erwartet, ich werde es hinnehmen. Nein, der Grund für mein Zögern ist die mangelnde Bereitschaft, mich fallen zu lassen. Ich will meinen freien Willen nicht opfern, meine letzte Bastion im Kampf gegen die Bestie in mir.

Gut, ich werde mich Rado fügen. Wer hätte ahnen können, daß dieser strenge Befehlshaber seine Mission aufs Spiel setzen würde, nur um eine wildgewordene Meute auseinanderzutreiben? Was für eine romantische Vorstellung nur in ihn gefahren war? Er hatte geschworen, eine ganze Nation zu retten, und hatte sein Leben für einen einzelnen Mann riskiert. In diesem Moment errichtet ein Regiment der Gebirgsjäger außerhalb der Stadt ein Lager, doch weder Kraus noch Theissen, noch sonst eine Amtsperson weiß etwas von ihnen. Und von den Zigeunern fehlt jede Spur.

Ich halte es für das wahrscheinlichste, daß die Verschwörung aufgeflogen ist. Das soll meine weiteren Handlungen aber nicht beeinflussen. Ich werde alle Befehle ausführen. Darum habe ich Jakob bei Einbruch der Dunkelheit losgeschickt, damit er für mich die Gegend erkundet. Er ist noch nicht zurückgekehrt.

Beim Abendessen hörten wir in der Ferne den Knall einer Kavalleriepistole. Ihm folgte das Krachen eines Gewehrs.

Obwohl alle sich um den Tisch versammelt hatten und auf meinen Bericht warteten, sah ich mich außerstande, die Greueltaten von heute morgen vor ihnen auszubreiten. Andererseits haben sie zweifellos ihre Informationsquellen unter der Dienerschaft und dürften alle möglichen Gerüchte gehört haben. Folglich herrschte eine angespannte Atmosphäre.

»Was war das für ein Knall?« fragte Lothar.

»Nur Jakob, nehme ich an«, brummte ich. »Wahrscheinlich hat er wieder einen Wilderer erwischt.«

»Aber es waren zwei Schüsse«, ließ sich Stephanie vernehmen, die über ein weitaus feineres Gehör verfügt als die anderen.

»Ein Echo«, meinte ich achselzuckend. »Eine der Besonderheiten dieses Tals.«

Als Brod mir die Hammelkeule servierte, beugte er sich so tie herunter, daß ich seinen Atem spürte. Seit seiner Entlassung au dem Gefängnis ist er verdächtig besorgt um mich. Wann imme mein Blick zufällig auf ihn fällt, sind seine Augen starr auf mich gerichtet. Er ist ein geduldiger Mann.

Nach dem Essen wollte Lothar mit mir Billard spielen, aber ich wa zu unruhig. Ich schloß einen Kompromiß, indem ich mit ihm ein Zigarre in der Bibliothek rauchte.

»Verdammt ungewöhnliche Zigeuner«, bemerkte er.

»Ich kam nicht dazu, darauf zu achten«, wehrte ich ab.

»Ist Ihnen denn nicht aufgefallen, daß sie Säbel trugen?«

»Schon möglich.«

»Jeder einzelne von ihnen. Wie die Kavalleristen.« Und als ich nichts entgegnete, fügte er hinzu: »Jede Wette, daß wir mit den Haufen schon mal das Vergnügen hatten, und zwar bei unseren Ausflug letzte Woche.«

Ich untersuchte stumm die Spitze meiner Zigarre.

»Sie wollen mir nicht erzählen, was hier eigentlich gespielt wird?

»Wir werden es tun«, sagte ich.

»Was tun?«

»Sie haben gesagt, Sie würden mitkommen, wenn es soweit ist.

»O ja.«

»Sie haben es sich doch nicht anders überlegt?«

»Nein.«

»Dann gehen wir heute nacht hinaus.«

»Warum so bald?«

»Bekommen Sie etwa doch kalte Füße? Na gut, das ist nich jedermanns Sache.«

»Nein, ganz und gar nicht. Sie können auf mich zählen.«

»Wissen Sie überhaupt, wie gefährlich es ist?«

»Das gehört mit zum Spaß. Die Gefahr macht den Reiz doch ers aus.«

»Und Sie akzeptieren das?«

»Ja.«

»Sie werden sich bewaffnen müssen.«

»Darauf war ich nicht vorbereitet. Können Sie mir eine Pistol leihen?«

»Feuerwaffen nehmen wir auf keinen Fall mit. Wir müssen jeden Lärm vermeiden. Ich habe Ihnen doch gesagt, daß es gefährlich ist.«

»Sie sind der Experte. Was schlagen Sie also vor?«

»Suchen Sie sich eins von den Messern aus, die im Billardzimmer an der Wand hängen. Kein allzu langes. Lieber etwas Handliches, eines, das Sie nicht behindert.«

»Wie Sie meinen. Aber sagen Sie mir doch, worum es geht.«

»Es sind noch andere darin verwickelt.«

»Das habe ich mir schon gedacht.«

»Und Sie werden mit Brod fertig werden müssen.«

»Er gehört dazu? Na ja, eigentlich wundert es mich nicht, wenn ich daran denke, wie eigenartig er Sie die ganze Zeit anstarrt. Ist er der Wachtposten? Oder spielt er eine… tragende Rolle?«

»Darüber sprechen wir nicht. Er folgt mir. Was er hinterher tut, geht mich nichts an. Aber er wird Sie daran hindern wollen, das Haus zu verlassen. Deshalb sollten Sie meinen Schal und Umhang tragen. Kommen Sie am besten die Haupttreppe herunter; er hält vor der Vordertür Wache. Wenden Sie ihm den Rücken zu. Auf keinen Fall dürfen Sie mit ihm sprechen. Sie kommen direkt hierher und gehen durch die Terrassentür in den Garten. Sie treffen mich um elf in der Laube.«

Stephanie hat uns allen eine gute Nacht gewünscht. Ihre Augen blitzten, und ihre Wangen waren gerötet. Sie ist aufgeregt und hat Angst. Als sie zu mir kam, flüsterte sie: »Heute nacht.«

NACHT

Wird Brod Lothar hinauslassen? So ungeduldig er auch ist, dem Mann ist alles zuzutrauen. Ich hatte das Skalpell an seinen Platz in der Schachtel gelegt, und jetzt sehe ich, daß es schon wieder fehlt.

Wird Brod die Gelegenheit im dunklen Flur ergreifen? Wird er die Gestalt in meinem Umhang und weißen Schal erstechen, wenn sie ihm arglos den Rücken bietet? Andererseits ist Lothar scharfsinnig genug, um sich nicht so ohne weiteres abschlachten zu lassen. Morgen früh könnte es durchaus auch Brod sein, den das Zimmermädchen mit dem Gesicht auf dem Boden auffindet.

So, wie ich Brod kenne, wird er freilich eine günstigere Gelegenheit abwarten und erst dann zuschlagen, wenn der Verdacht nicht automatisch auf ihn fällt. Nein, Brod wird Lothar durch die Terrassentür gehen lassen.

In der Laube wird Lothar entdecken, daß nicht irgendein Mädchen geschändet werden soll, sondern seine eigene Tochter. Und anstatt von einem geheimnisvollen Edelmann in die vielen Facetten der Liebe eingeweiht zu werden, wird Stephanie einen Schurken vorfinden, den sie besser kennt, als ihr lieb sein kann. Ich frage mich nur, wie dieses *tête-à-tête* in der Dunkelheit enden wird.

Ich selbst bin an einem Scheideweg angelangt. Meine Hoffnung, den Prinzen in der Schlucht anzutreffen, ist klein, aber sollte unsere Aktion tatsächlich gelingen, hätte ich eine große Tat für Ungarn vollbracht. Wenn ich mein Schärflein dazu beitragen kann, daß mein Land die Unabhängigkeit erringt, darf ich für mich in Anspruch nehmen, ein gewisses Maß Sühne geleistet zu haben.

Falls dieses Tagebuch hier endet, bin ich in die Falle getappt, mit der ich eigentlich rechne. Mit Sicherheit wird man die Verschwörung nicht nur niederwerfen, sondern darüber hinaus auch totschweigen. Gut, meinen Tod nehme ich in Kauf, aber daß ich nie gelebt haben soll, das kann ich nicht dulden. Darum hinterlasse ich meine Aufzeichnungen an einem Ort, an dem sie zwischen den theologischen Abhandlungen meiner Großväter verstauben können. Sie sind seit zwei Generationen nicht angerührt worden, und aller Voraussicht nach wird auch dieses Tagebuch lange ungeöffnet liegenbleiben. Doch eines Tages, wenn ich schon längst vergessen bin, wird jemand es finden, und dann werde ich in der Phantasie meines Lesers wiederauferstehen.

Aber in den nächsten Wochen und Monaten wird der Grund meines Todes durchsickern. Wie mein Vater und Bruder werde dann auch ich als Patriot und Märtyrer für die Sache der ungarischen Befreiung gefeiert. Ich bin der Letzte meiner Linie. Der Name stirbt mit mir. Andere, glanzvollere Namen – Aponyi, Kossuth, Karolyi, Tisza, Andrassy – sind weit über unsere Grenzen hinaus bekannt. Sie sind unsterblich. Und doch hege ich die Hoffnung, daß die Erinnerung an Draculas Würde in den Herzen und Köpfen der Menschen in diesem Winkel Ungarns noch eine Weile fortbesteht und nur langsam verblaßt.